U0087916

小五義

中國古典名著

清・無名氏 編著
李宗為 校注

三民書局

國家圖書館出版品預行編目資料

小五義／清・無名氏編著;李宗為校注.－－初版一刷.
－－臺北市：三民，2007
面；　公分.－－(中國古典名著)

ISBN 978-957-14-4574-8　(平裝)

857.44　　95020087

© 小　五　義

編著者	清・無名氏
校注者	李宗為
責任編輯	劉培育
美術設計	郭雅萍
發行人	劉振強
著作財產權人	三民書局股份有限公司
發行所	三民書局股份有限公司
	地址　臺北市復興北路386號
	電話　(02)25006600
	郵撥帳號　0009998-5
門市部	(復北店) 臺北市復興北路386號
	(重南店) 臺北市重慶南路一段61號
出版日期	初版一刷　2007年9月
編號	S 856920
定價	新臺幣240元

行政院新聞局登記證局版臺業字第〇二〇〇號

有著作權・不准侵害

ISBN　978-957-14-4574-8　(平裝)

http://www.sanmin.com.tw　三民網路書店

※本書如有缺頁、破損或裝訂錯誤，請寄回本公司更換。

小五義 總目

引言

李宗為

本書是三俠五義（又名七俠五義、忠烈俠義傳）的續書。說起三俠五義，真正喜愛武俠小說的讀者都不會陌生，因為在十九世紀七十年代後，正是此書的出版與流行，在我國小說界掀起了一股俠義小說、公案小說的出版高潮，直接開啟與激發了二十世紀二十年代武俠小說創作的繁榮。因此，興盛至今而未衰，其間還珠樓主、金庸、黃易等大家輩出的武俠小說創作，追本溯源，三俠五義、小五義等實開其先河。

三俠五義及其續書小五義、續小五義皆署石玉崑述，然而三書工拙不同，在某些情節安排與人名上也有前後齟齬不合之處，因此胡適曾撰文認定：「從文章上看來，三俠五義與小五義絕不是一個人做的。所以小五義序裏的話（指其為石玉崑「原稿」的話）是不可靠的。」而魯迅中國小說史略則疑為：「草創或出一人，潤色則由眾手，其伎倆有工拙，故正續遂差異也。」本人則認為這裏的情況較為複雜，小五義序中所說雖不盡翔實，但也不能遽定正續三書「決不是一個人做的」。

石玉崑是清代道光年間著名的說唱藝人，以在北京書場說唱子弟書而名動京師，所唱的有「石派書」之稱的諸書中，以他自己所編的包公案（一稱龍圖公案）最為著名，故與他同時的富察貴慶詠石玉崑詩云：「驚動公卿誇絕調，流傳市井效眉顰。編來宋朝包公案，成就當時石玉崑。」富察貴慶是滿族人，嘉慶己未（西元一七九九年）任翰林，卒於道光十七年（西元一八三七年）以後，其詩作於晚年而說石玉崑已享盛名「近二十年」，則石玉崑當出生於西元一八〇〇年前。三俠五義是在西元一八七一年由署名「問竹主人」者據石玉崑包公案刪訂為長篇章回小說的，到一八七九年又由「問竹主人」的友人「入迷道人」以一年多時間重加編訂後出版流行。後來到一八八九年，經學大師俞樾閱後大為驚羨，又加以修訂後更名為七俠五義出版，更使此書聲譽鵲起，於是乎在次年與又次年緊接著就有小五義與續小五義相繼出版。從這一成書過程來看，三書縱非出於一人之手，後兩種也決不是向壁杜撰而成的。最大的可能是，在石玉崑的門徒中產生了不同派別，各對其師所傳作了種種不同的增補，而其中一派由文人將其上部一再修訂而成七俠五義，而另一派門徒則由書商文光樓主人將其後二部未作任何修訂（這從本書中能夠很清楚地看出）而立即趕時間出版，因而造成了在文字上工拙不同，在情節上也有所出入。但從總體上看，三俠五義與小五義無疑同出一源，並且小五義雖然文字樸質粗野，但相對於屢經文人精雕細琢的七俠五義，可說更接近於石玉崑演唱時的原貌，也自有其渾金璞玉般的可愛之處，借用一句文光樓主人序言中的話來說：「自詡天生峻筆，才子文章，又何足多哉！」正因為小五義是石玉崑門徒直接用來表演的底稿，所以書中明顯留存著說唱底本的痕跡，如許多回前保留了說話時的「入話」，插敘一些與書中情節毫不相干的歷史故事，更有許多處「贊」語，都是一長段用來彈唱的韻文。在其第八十九回，甚至直接插話說：「光緒四年二月間，正在王府說小五義，有人專要聽聽孝順歌……」云云，十足表現出其作為說唱底本的真相。

本書之所謂「小五義」，指的是盧方的兒子盧珍、韓彰的義子韓天錦、徐慶的兒子徐良、白玉堂的侄兒白芸生和歐陽春的義子艾虎。其中除艾虎外，四人都是「五義」中人的後輩，又彼此結拜為兄弟，故稱「小五義」。其實書中的主角並非僅是他們，前輩智化、蔣平等人所佔的篇幅比他們更多。在情節上，此書前四十回主要寫了白玉堂之死和蔣平、智化、展昭、歐陽春等去君山盜取其骨殖，並用計收降了君山寨主鍾雄的故事，與七俠五義結尾部分有所重複而細節不同。在第四十一回之後就以破銅網陣為綱而又穿插沈中（仲）元劫持巡按顏查散而眾俠分頭尋找的故事。就在這尋找的過程中，依次引出小五義。最後，老少諸俠找回了顏查散，聚集襄陽，一起去破銅網陣。

小五義今存光緒十六年（西元一八九〇年）北京文光樓原刊本及申報館排印本。這次校注，以文光樓原刊本為底本，用申報館本參校。如上所說，由於本書當初在出版時較完整地保存了作為說唱底本的原貌，所以書中有大量的借用字、古今字乃至錯別字。為了便於當今讀者閱讀，對其中的錯別字和不規範的借用字都徑自作了改正，並且不出校記，謹在此加以說明。

先姑丈趙景深可說是我治學的啟蒙導師，他曾經在西元一九五八年率先校點了三俠五義在上海古籍出版社出版。現在我接著校注這本續三俠五義的小五義，雖不敢說繼武前賢，但也可說是一種對他的小小紀念。

序

小五義一書，何為而刻也？只以採訪龍圖閣公案❶底稿，歷數年之久，未曾到手。適有友人，與石玉崑門徒素相往來，偶在舖中閑談，言及此書，余即託之搜尋。友人去不多日，即將石先生原稿攜來，共三百餘回，計七八十本，三千多篇，分上、中、下三部，總名忠烈俠義傳。原無大、小之說，因上部七俠五義為創始之人，故謂之「大五義」，中、下二部五義，即其後人出世，故謂之「小五義」。余翻閱一遍，前後一氣，脈絡貫通，與坊刻前部❷略有異同。此書雖係小說，所言皆忠烈俠義之事，最易感發人之正氣，非若淫詞豔曲，有害綱常；志怪傳奇，無關名教。自詡天生峻筆，才子文章，又何足多❸哉！余故不惜重資，購求到手。本擬全刻，奈資財不足，一時難以並成；因有前刻七俠五義，不便再為重刊，

---

❶龍圖閣公案：指明代無名氏編的龍圖公案，足本為短篇公案小說一百篇，乃匯集明末之前各種以包拯為主角的短篇公案小說集而成。因包拯曾任龍圖閣直學士，故以「龍圖」借指。

❷坊刻前部：指光緒十五年（西元一八八九年）由經學大師俞樾以三俠五義為底本改訂刊行的七俠五義。由上海廣百宋齋印行。

❸多：高明。

茲特將中部急付之剞劂❹，以公世之同好云。

光緒庚寅❺仲夏文光樓主人❻謹識

---

❹ 剞劂：音ㄐㄧ ㄐㄩㄝˊ。雕刻所用的刀具。這裏指刊刻。

❺ 光緒庚寅：即光緒十六年（西元一八九〇年）。

❻ 文光樓主人：據後序知其姓名為石振之，生平不詳。

知非子序

自來異書新出，大都不喜人翻刻，勢所必至，比比皆然。惟我友文光樓主人新刊小五義則不然。書既成，即告余曰：「此小五義一書，皆忠烈俠義之事，並附以節孝、戒淫、戒賭諸則，原為勸人，非專網利❶。現刷印五千餘部，難免字跡模糊，魯魚亥豖❷，校讎多疏。有樂意翻刻者則幸甚。祈及早翻刻，庶廣傳一世，豈非一大快事哉！」余喜其言之大公無私，善念無窮，爰書之簡端，以志欣慕。

時光緒庚寅仲夏知非子書於都門❸文光樓

❶ 網利：獲取利益。

❷ 魯魚亥豖：魯魚、亥豖都是形體相似、容易混淆的字，古人常以此表示抄寫或刻印中所產生的形訛。

❸ 都門：本指入京都的門，轉為京師的意思。這裏指北京。

慶森寶書氏序

聞之「有志者事竟成」，觀諸予友則益信。予友振之石君，為文光樓主，生平尚氣節，重然諾，每見書中俠烈之人，必欣然嚮慕之。嘗閱忠烈俠義傳，知有小五義一書，而未見諸世。由是隨在物色，不知幾經寒暑，今春竟於無意中得之。因不惜重資，延請名手擇錄而剞劂之。稿中凡有忠義者存之，淫邪者汰之，間附己說，不盡原稿也。蓋於醒心悅目之中，而寓勸人勵俗之意，豈僅為利哉？梓成而問序於予，予知予之友用心苦矣。然有志竟成，亦不負予友之苦心也。是為序。

光緒十六年歲次庚寅中呂月❶慶森寶書氏誌於臥游軒

❶ 中呂月：指農曆四月。古代常以十二音律之名紀月。

小五義辨❶

或問於余曰：「小五義一書，宜緊接君山❷續刻，君獨於顏按院查辦荊襄起首，何哉？」余曰：「似子之說，余詎❸不謂然。但前套忠烈俠義傳，與余所得石玉崑原稿，詳略不同，人名稍異，知非出於一人之手。向使從前套收伏鍾雄後接續小五義，挨次刊刻，下文破銅網陣各處節目，必是突如其來。破銅網陣各色人才，亦是陡然而至。不但此套書矛盾自戕❹，並使下套牙關相錯，文無線索，筆無埋伏，未免上下兩截，前後不符。必須將八卦連環，原原本本分析明白，用作根基，使眾人出載；條條段段解說精詳，以清來歷：乃不至氣脈隔膜，篇法斷絕。言之者庶免無稽，讀之者尚覺有味。以視蝮下添足❺、額上安頭者，不大相徑庭乎？」或聞言諾諾而退。余即援筆書之，亦望識者❻之深諒爾。（再者，提綱原

---

❶ 辨：說明。這裏相當於現在的出版說明。

❷ 君山：指三俠五義末回所載收服洞庭湖水寨鍾雄的故事。三俠五義中「君」作「軍」，實誤。又名軍山之君山在安徽省盱眙縣東北，非洞庭湖中之君山。

❸ 詎：豈。

❹ 戕：損害。

❺ 蝮下添足：即畫蛇添足。蝮，一種毒蛇。

❻ 識者：有識之士。

來詩詞數首，不暇糾正，姑仍其舊。）

時維光緒十六年歲次庚寅風迷道人❼又識

❼風迷道人：據前文可知即為文光樓主人石振之的別號。

回目

第一回　顏按院奉旨上任　襄陽王興心害人

詩曰：

清晨早起一爐香，謝天謝地謝三光❶。
國有賢臣扶社稷❷，家無逆子惱爺娘。
惟求處處田禾熟，但願人人壽命長。
八方寧靜干戈息，我遇貧時亦無妨。

話說襄陽王趙珏趙千歲，乃天子之皇叔，因何謀反？皆因上輩有不白之冤由。宋太祖乾德❸皇帝，乃兄弟三人：趙匡胤、趙光義、趙光美。惟宋室乃弟受兄業，燭影搖紅❹，太宗即位；久後光美應即太宗之位。不想寧夏國❺作亂，光美奉旨前去征伐，得勝回朝。太宗與群臣曰：

❶ 三光：指日、月、星三種發光天體。
❷ 社稷：本指土神和穀神，後用以代指國家。
❸ 乾德：宋太祖年號，凡五年（西元九六三——九六七年）。
❹ 燭影搖紅：又稱「燭影斧聲」，指野史所載宋太祖臨終時的故事。據說當時僅宋太宗趙光義在側，左右遙見燭影下太祖取柱斧戳地而後死，故太宗有弒兄之嫌。

「朕三弟日後即位，比孤盛強百倍，可稱馬上皇帝。」內有老臣趙普諫奏：「自夏傳子，家天下，子襲父業，焉有弟受兄業之說？一誤不可再誤。」人人皆有私心，願傳於子，不願傳於弟。得勝之人，並不犒賞，加級紀錄。光美見駕，請旨犒賞。天子震怒：「迨等❻爾登基後，由爾傳旨，今且得由朕。」光美含羞回府，懸梁自盡。

趙珏乃光美之子，抱恨前仇，在京招軍買馬。有九卿共議，王苞老大人奏聞，萬歲降旨，將趙珏封為外藩，留守襄陽作鎮，以免反意。不想更得其手，招聚四方勇士，寵幸鎮八方王官雷英，設擺銅網陣，招聚山林盜寇、海島水賊，即暗約君山飛叉太保鍾雄，擋住洞庭湖水旱八百里；黑狼山金面神欒肖、黑煞帥葛明、花面太歲葛亮等，擋住旱路。水路有洪澤湖高家堰鎮湖蛟吳澤。水旱路塞斷太宗的氣脈，南北不能通商，東西不能暢行。並有王府招來群寇：金鞭將盛子川、三手將曹得玉、賽玄壇崔平、小靈官周通、張保、李虎、夏侯雄、金槍將王善、銀槍將王保。並有鄧家堡群寇：青臉虎李集、雙槍將祖茂、通臂猿猴姚鎮、賽白猿杜亮、飛天夜叉柴溫、插翅彪王錄、一枝花苗天祿、柳葉楊春、神火將軍韓奇、神偷皇甫軒、出洞虎王彥桂、小魔王郭進、鑽雲燕申虎、過度流星靈光、小瘟皇徐暢、賽方朔方雕、聖手秀士馮淵、小諸葛沈中元、神手大聖鄧車，輔佐王爺共成大事。

焉能知曉京都拿了金面神欒肖，破了黑狼山，滅了高家堰，拿了吳澤，解往京都，招供王爺謀反之事。天子詔九卿共議。開封府府尹、龍圖閣大學士包公，跪奏「撤水拿魚」之法，天子旨准，派來代天

---

❺ 寧夏國：指宋代中國境內党項羌人所建立的大夏政權，轄有今寧夏、陝北等地。宋人稱之為西夏。

❻ 迨等：等到。

巡守天使欽差顏按院大人，察辦荊襄九郡。在金殿討下開封府一文一武：文臣主簿先生公孫策，武將御前帶刀四品右護衛錦毛鼠白玉堂。御賜上方寶劍，先斬後奏，一路上代理民詞❼。

是日請訓❽出都，浩浩蕩蕩，撲奔襄陽而來。一路無話。

至襄陽，文武官員俱各免見。上院衙投遞手本，單叫襄陽太守轎前回話。見金輝，大人單問襄陽王之事，金太守一一回明，方才告辭，上院衙伺候。襄陽城軍民人等紛紛瞧看。不料，黑妖狐帶領小義士艾虎，也在人叢之內偷瞧。智化因在暗地保護金大人上任，巧遇小義士艾虎活瓦盜刀❾，追殺賽方朔方雕❿，病太歲張華泄機，智爺深知襄陽王府內銅網陣之虛實，放走病太歲。師徒會在一處，正問艾虎君州的來歷，聽店中人員言道，按院大人到省。師徒在十字街前人叢中矮身而瞧，但見開道鑼鳴，龍旗牌棍，金鎖提爐，彩亭內供奉萬歲聖旨、上方寶劍，如君親臨。金牌後邊廂大人的大轎，轎前的引馬⓫乃係御前四品帶刀右護衛。單他戴一頂粉綾色六瓣壯帽，上繡三色串枝蓮，花朵爛漫，銀抹額⓬，二龍鬥寶⓭，兩朵素絨桃頂門上禿禿的亂顫；穿一件粉綾色箭袖袍，周身寬片錦邊，五彩絲鸞帶束腰，套玉環，

---

❼ 民詞：指民間訴訟。

❽ 訓：指皇帝的教訓、指導。

❾ 活瓦盜刀：指艾虎抽動屋瓦趁機盜走沈中元背後鋼刀的故事，見三俠五義第一百回。

❿ 方雕：三俠五義中作「方貂」。

⓫ 引馬：這裏指在轎前引導的騎士。

⓬ 抹額：武士束在額頭上的頭巾，也稱「抹頭」。

⓭ 二龍鬥寶：指繡在抹額上的二龍戲珠圖紋。

佩玉珮，內襯蔥心綠夾襯襖；青緞壓雲根⑭薄底鷹腦⑮窄腰快靴；天青色的跨馬服，錦簇花團；肋下佩帶一口軋把⑯峭尖雁翎勢⑰鋼刀，綠沙魚皮鞘子，金什件，金吞口⑱，藍挽手，絨繩飄擺，懸於左肋。看品貌，真是面如美玉，白中透亮，亮中透紫，紫中透光，光中透潤，潤中罩透出一種粉艾艾的顏色，如同是出水的桃花，吹彈得破。黑鬒鬒⑲兩道眉斜入天倉⑳，二眸子皂白分明，黑若點漆，白如粉錠，神情足滿。鼻如玉柱，口賽塗硃，牙排碎玉，大耳垂輪，細腰窄臂，雙肩抱攏，一團足壯，天生神威。跨下一匹白馬，鞍轡鮮明，項戴雙踢胸，乃大人的官坐㉑（五爺㉒與大人是生死弟兄，故此要這個威嚴）。右手拿定打馬藤鞭，進襄陽城旁若無人，哼哼的冷笑，把襄陽看作彈丸之地。智爺與艾虎言道：「看你五叔多大威嚴，今非昔比，福隨貌轉。」艾虎道：「師傅，你教我的，不是常說『將相本無種，男兒當自強』？」智爺暗喜：「此子日後必成大器。」觀看轎馬車輛等，俱都入上院衙。頃刻間，文武官員齊

⑭ 雲根：指繡在靴統底部的雲狀花紋。
⑮ 鷹腦：指鷹頭狀前端尖銳的樣式。
⑯ 軋把：指刀的把手處經過軋花以增加摩擦力的處理。
⑰ 雁翎勢：即雁翎式。指刀身形狀類似大雁翅上的翎毛。
⑱ 吞口：刀把與刀身相接處用以加固的部分。
⑲ 鬒鬒：音ㄓㄣˇ ㄓㄣˇ。毛髮黑而稠密的樣子。
⑳ 天倉：星相家稱人的額頭中央為天庭，兩旁為天倉。
㉑ 官坐：指公家供給的坐騎。
㉒ 五爺：對白玉堂的尊稱。白玉堂是五義中最年幼的，故有此稱。

壅塞塞，入上院衙投遞手本㉓。

智爺與艾虎回店用晚飯。智爺隻身奔上院衙與五弟送信，言講襄陽王府銅網陣之事。不想至上院衙，轎馬圍門，不能往裏帶信。自思無非聽張華所言，倘若不實，豈不是妄說，不如自己今夜晚親身至王府探探虛實，明日再來送信。想罷，自己轉身回店。

晚間，派艾虎至金知府署內，保護金大人不死，防備刺客。艾虎去後，自己等二鼓之半㉔，將燈移在前窗戶臺（換夜行衣靠㉕時，怕外邊人看見，故將燈移在窗臺上），脫去長大衣襟。頭上戴軟包巾，絹帕擰頭斜拉茨菇葉㉖；三叉通口夜行衣靠，寸排骨頭鈕，周身鈕襻，鈕扣俱已扣齊；青緞裩褲，青緞子襪；大葉搬尖魚鱗靸，倒納千層底；青綁腿，青護膝，青縐絹束腰；勒繫百寶囊，裝應用的物件：鋼鐵家伙，千里火筒，飛抓百練索。將刀由沙魚皮鞘內抽出，插入牛皮軟鞘之中；牛皮鞘上有羅漢股裝絲絛。胸前雙繫蝴蝶扣，脊背後走穗飄垂，伸手掖於肋下，為的是躥房越脊利落。拾掇妥貼，將燈吹滅，移於案上。起單窗觀看外面無人，將雙門倒帶，由窗欞紙伸手將插管拉上（怕有店中人前來看破，故此將門倒帶，不露痕跡），越身出店牆之外，直奔王府探看銅網的虛實。

若問銅網如何擺法，且聽下回分解。

㉓ 手本：下級官員參見上司或門生謁見座師所用的名帖。

㉔ 二鼓之半：即二更半。古代夜晚以更鼓報時，一夜分為五更。

㉕ 衣靠：指從左中右三面扣住的緊身衣樣式。

㉖ 斜拉茨菇葉：指傾斜連接的茨菇葉狀的頭巾樣式。

第二回　智化夜探銅網陣　玉堂涉險盜盟單

且說智化行至王府後身，將百寶囊中飛抓百練索取出，如意鉤❶搭住牆頭，揪繩而上。至牆頭，起飛抓，繞絨繩，收入囊內；取問路石打於地上，一無人聲，二無犬吠。飄身腳站實地，看了看，黑夜之間、星斗之下，空落落杳無人聲。墊雙人字步❷，弓腡❸膝蓋，鹿伏鶴行，瞻前顧後，瞧左看右，不住頻頻回頭。忽然間抬頭一看，黑威威、高聳聳木板連環八卦連環堡。智爺一瞧，西北方向木板牆極其高大。聽張華所言，不能依牆頭而入，上有沖天弩，若依牆頭而入，被毒弩射著潰爛身死。下有大門兩扇，按八方八門。大門內各套七個小門，按的是八八六十四卦，三百八十四爻❹。內分凶卦吉卦，六合六沖，歸魂遊魂。走吉卦則吉，無憂，利涉大川；走凶卦內有翻板。自家人從地道中出入，使進陣人首尾不能相顧，使招架人的兵刃。足下斜卍字勢，總要踏在當中，如若一歪，登在滾板之上墜落下去，坑內有犁

❶ 如意鉤：指飛抓上隨意能鉤住物體的三腳或四腳鉤。
❷ 雙人字步：指雙腳踮起各彎作人字形。
❸ 腡：音ㄎㄜ。膝蓋骨。
❹ 爻：音ㄧㄠˊ。組成八卦的陰陽符號。陰爻為--，陽爻為一。易經中的「卦」，是由六爻相疊而成的重卦，故有六十四卦。每卦六爻，共三百八十四爻。

刀、窩刀、毒弩、藥箭，立刻傾生。故此智爺到木板連環八卦連環堡外瞧了又瞧，看了又看，心中轉側。回手拉刀，點於大門之上，裏面並無橫閂立鎖，一點即開。果然內有連環七個小門，斜稜掉角。自己尋思：大門乃乾為天❺；七個小門是天風姤❻、天山遯、天地否、風地觀、山地剝、火地晉、火天大有。智爺看的明白，未敢進去。撲奔正北，也是兩扇大門，用刀點開，也是小門。智爺一瞧，大門乃是北方坎為水；七個小門是：水澤節、水雷屯、水火既濟、澤火革、雷火豐、地火明夷、地水師。智爺乃是精細之人，仍然撲奔東北，刀點雙門，乃艮為山；小門：山火賁、山天大畜、山澤損、火澤睽、天澤履、風澤中孚、風山漸。智爺仍不肯進去，行至正東，刀點雙門，大門乃震為雷；小門：雷地豫、雷水解、雷風恆、地風升、水風井、澤風大過、澤雷隨。智爺行至東南，不用開門，知是巽為風；風天小畜、風火家人、風雷益、天雷无妄、火雷噬嗑、山雷頤、山風蠱。正南，離為火；火山旅、火風鼎、火水未濟、山水蒙、風水渙、天水訟、天火同人。西南，坤為地；地雷復、地澤臨、地天泰、雷天大壯、澤天夬、水天需、水地比。智爺行至正西，刀點雙門，用意細看，乃兌為澤；澤水困、澤地萃、澤山咸、水山蹇、地山謙、雷山小過、雷澤歸妹。心中忖度，由地山謙而入，按卦爻說：逢「謙」而吉，遇「泰」而昌。入地山謙，數了又數，算了又算，可見智爺是膽愈大而心愈小，智愈圓而行愈方。

❺ 乾為天：乾、坤、坎、離、艮、巽、震、兌是易經中八卦的名稱，它們各象徵天、地、水、火、山、風、雷、澤等。

❻ 姤：音ㄍㄡˋ。易經中的卦名，其卦象為下巽上乾。巽象風，乾象天，故這裏稱作「天風姤」。此處以下各小門皆類此，略去不注，以免煩瑣。

智爺來到此處，皆是生發❼著自己：由西方而入，西方庚辛金❽，金能生水；智爺穿一身夜行衣靠，盡是黑色，屬水；北方壬癸水，金能生水，生發著自己。又入的是地山謙吉卦，又是生發著自己，故此吉祥。腳著卍字勢當中，心神念看定，不偏也不歪。

行至當中，見正北高聳聳沖霄樓三層。下有五行欄杆，左有石象，上馱寶瓶；右有石犼，上馱聚寶盆。寶瓶、聚寶盆兩物當中，有兩條毛連鐵鏈，當中交搭十字架，兩邊掛於三層樓瓦簷之上。此樓三層，按三才；下面欄杆，按五行；外有八卦連環堡。位列上中下，才分天地人；五行，生父子；八卦，定君臣。前有兩個圓亭，左為日升，右為月恆❾。銅網陣在於樓下。智爺看明，意欲撲奔樓去：「盡三層的上面，現有王爺大眾的盟單。吾今既然到此，何不將盟單盜將下來，明日見了五弟之時，說王府的利害，他倘若不信，現有盟單為證。」

智爺意欲向前，忽然聽東南「颼」的一聲，由「風火家人」❿進來一條黑影。智爺吃驚，伏身細看，原來是一人也奔中央而來。一身夜行衣靠，白臉面，背插單刀，行似猿猴，腳著卍字勢當中，輕而且快，疑是五弟到了。智爺收刀擊掌兩下。對面言：「二哥因何到此？」智爺方知果是白五弟。智爺知曉陷空島弟兄五人的暗令，每遇黑夜見面，大爺擊一下，二爺擊兩下，按次序擊掌，故此假充二義士韓彰。

---

❼ 生發：滋生。這裏指遵循「相生相剋」中的相生之道。

❽ 西方庚辛金：意為正西方從天干來說屬於庚辛，從五行來說屬於金。

❾ 月恆：指上弦月。詩經小雅天保：「如月之恆。」箋：「月上弦而就盈。」這裏即指月。

❿ 風火家人：指東南方的第二小門。以六十四卦來說屬於下離（火）上巽（風）的「家人」一卦。

原來五爺跟隨大人入上院衙，大人升堂，五爺與公孫先生站班，所有襄陽的文武魚貫而入。細細盤查為官的來歷，再問襄陽王的好歹。若有王爺的保舉，不是削去前程，就是明升暗降。故此耽延時刻，隺夜方散。五爺抽身告便，換便服出上院衙，至王府前後踩道，以備晚間至王府窺探虛實。回至上院衙，與大人同桌而食。顏大人再三囑咐，不許隻身夜晚入襄陽王府。五爺遂滿口應承，心中早有準備。勸大人安歇後，自己換好夜行衣靠，囑咐手下從人張祥兒：「大人若問，不許說出。」自己施展夜行術，出上院衙，至王府，飛抓百練索搭牆，掏問路石問路，並無人聲犬吠。下牆至木板連環八卦連環堡，一看乾、坎、艮、震四大門皆開，各套七個小門，自己早已明白，就知道乾為天；天風姤、天山遯、天地否、風地觀、山地剝、火地晉、火天大有。坎為水；水澤節、水雷屯、水火既濟、澤火革、雷火豐、地火明夷、地水師。艮為山；山火賁、山天大畜、山澤損、火澤睽、天澤履、風澤中孚、風山漸。震為雷；雷地豫、雷水解、雷風恆、地風升、水風井、澤風大過、澤雷隨。行至東南，巽為風，五爺一笑，刀點雙門，心中忖度：「可惜襄陽王不知聽了甚麼人的蠱惑，作此無用之物，難道說還是個陣勢不成麼？據我一看，除非是三歲的頑童不曉，但要稍知生剋治化之理，如踏平地一般。」此乃巽為風，吉卦，走風火家人，腳踏卍字勢當中。

忽然聽前邊擊掌兩下，知是二哥在此，倒覺吃驚：二哥不懂得消息。身臨切近：「原是智兄在此。」見禮，智爺攙住。智爺言道：「你好大膽量！」五爺勃然大怒：「智兄！怎麼說小弟好大膽量？你莫非比小弟膽量還大不成？」智爺深知五爺的性情，好高騖遠，妄自尊大，只知有己，不知有人，藐視天下的能人。智爺滿臉陪笑說：「五弟莫怒，劣兄非是膽大到此，因有王府人泄機，方敢前來。五弟聽何人所說此陣？」五爺大笑：「小小的八卦，何足道哉！不是小弟說句大話，我們陷空島七窟四島，三峰六嶺，三竅二十五孔，各處全都是西洋八寶螺絲轉弦的法子，全是小弟所造。這個小小的連環堡，玩藝一般。」智爺吃驚不小：「五弟，既然你明白，我問問你：這個樓，叫甚麼樓？這個欄杆，怎麼講？這兩個亭子，何用外頭的木板？咱們走的道路，是甚麼消息？」五爺大笑說：「智兄你好愚！這個樓，他喜叫甚麼樓，就是甚麼樓，橫豎我知道他的用意。三層，必是三才；欄杆，必是五行；好合外面的木板，是八卦；兩個圓亭，必是陣眼；腳下所走之地，明顯卍字勢，走當中，兩邊必是滾板，墜落下去，輕者帶傷，重者廢命。八卦者，走吉卦則吉，走凶卦則凶，不是有人，就是弩箭齊發。」話言未了，智爺連連點頭，甘心佩服，名不虛傳，也就不必往下再問。焉知曉淨說了上頭，沒說底下銅網陣之事。智爺言道：「你我二人既入寶山，焉肯空返，何不將沖霄樓上王爺的盟單盜來，拿獲王爺時以作干證。」五爺點頭：「待小弟上樓，兄與小弟巡風⓫。」將至樓下，二人說話聲音太高，早被看陣人聽見，在石象、石犼兩旁邊地板一起，上來二人，形如鬼怪，手持利刃，殺奔前來。

要問二位的生死，且聽下回分解。

⓫ 巡風：即望風。指在一旁掩護他人作案。

第三回　青臉虎看陣遇害　白玉堂失印追賊

且說二人正奔沖霄樓，石象、石犼兩邊地板一起，上來二人。左邊寶藍緞子六瓣壯帽，絹帕擰頭，寶藍緞子綁身小襖，寶藍裩褲，薄底靴子；藍生生的臉面，紅眉金眼，一口鋼刀，此人乃青臉虎李集。右邊一人，穿黑褂皂短衣襟，黑窪窪臉面，一口鋼刀，此人乃雙槍將祖茂。叱吼聲音：「好生大膽，敢前來探陣！」衝著五爺，擺刀就剁。智爺在後著急，兩個人首尾不能相顧：五爺在前，智爺在後。智爺耳中聽見磕喳匉❶。原來是青臉虎李集，早被五老爺一刀殺死；匉，雙槍將祖茂頭巾被五爺一刀砍掉。祖茂奔命❷翻身扎入❸地板中去了。

迨智爺趕到，死的死，逃的逃。五爺一陣哈哈狂笑：「智兄！想襄陽王府有幾個鼠寇毛賊，又有多大本領，半合未走，結果了一個性命，砍去了一個頭巾。哈哈哈哈！豈不教人可發一笑。智兄與小弟巡風，待小弟上樓去盜盟單。」智爺說：「且慢。五弟請想，兩個逃走一人，豈不前去送信？襄陽王府手下餘黨豈在少處，倘若前來，你我若在平坦之地，還不足為慮；你我若在高樓之上，那還了得？以劣兄

❶ 匉：同「砰」。音ㄆㄥ。象聲詞。
❷ 奔命：拚命。
❸ 扎入：頭朝下投入。

愚見，暫且出府再計較。」

五爺明知智化的膽小，又不肯違背智兄的言語，只得轉身向前。智爺仍然落後，出正西地山謙小門，仍由兌為澤大門而出，撲奔王府北牆，躥出牆之外，尋樹林而入，暫歇片刻。

智爺言道：「得意不可再往，等歐陽兄、丁二弟，大家奮勇捉拿王爺。」五爺聞說，笑而回答：「小弟在德安府與歐陽兄、丁二爺言道，說你們三位各有專責：他們二位押解金面神欒肖入都，兄臺護金大人上任，各無所失，定準俱在臥虎溝相會。兄臺明日起身上臥虎溝，會同歐陽兄、丁二爺，一同奔襄陽，在上院衙相會。」智爺言：「我走，金大人有事，如何對得起歐陽兄、丁二弟？」五爺言道：「無妨，全在小弟身上。晚間保護大人，至金大人衙內走走，料也無妨。」智爺說：「我囑咐你的言語，也要牢牢謹記。」說罷分手。智爺不住回頭，心中發慘，總要落淚。焉知曉這一分手，想要相會，勢比登天還難。

五爺回到上院衙，躥牆進去，回到自己屋內，問張祥兒：「大人可曾呼喚於我？」回道：「大人已睡熟了。」五爺更換衣巾，換了白晝的服色，去到公孫先生的屋內。先生尚未安歇，讓五老爺請坐。五爺就將上王府，與智化進木板連環，欲要盜盟單，殺了一人話，細說了一遍。先生一聞此言，嚇了一跳，顏色更變，說：「大人再三攔阻於你，怎麼還是走了？」五爺大笑：「先生不知，王府縱有幾個毛賊，俱是無能之輩，何足掛齒！先生，此話明日千萬不可對大人言講。」先生略略的點頭，待承五爺吃酒。五爺言道：「夜已深了，請先生安歇。」

五爺告辭，回到自己屋內，盤膝而坐，閉目合睛，吸氣養神；不時的還要到外頭前後巡邏，以防刺客。不料天交五鼓，正遇打更之人，五爺微喝：「從此上院衙內不許打更。」更夫跪言：「奉頭目所差。」五爺道：「有你們壞事。若有刺客要將你們捆起，用刀微喝，你們怕死，就說出大人的下落、大人現在哪裏。若無你們更夫，他倒找尋不著大人的所在。」更夫連連叩頭而出，回稟他們上司去了。一夜晚景不提。

次日早間，大人辦畢公事，仍與五老爺、公孫先生同桌而食。酒過三巡，先生就將昨日晚間五老爺上王府的事說了一遍。大人一聞此言，吃驚非小。五老爺在旁，狠狠瞪了先生兩眼，哼了一聲。大人叫道：「五弟！劣兄再三不教你上王府，仍是這般的任性。」五爺道：「從今小弟再不上王府去了。」大人言道：「去也在你，不去也在你。倘若再上王府，愚兄立刻尋一自盡，吾弟歸回，悔之晚矣。」遂將印信交與五老爺，派他護印的專責。五老爺當面謝過差使。大人雖是一番美意，縛住五老爺的身子，不想要了五老爺的性命。

早飯吃畢，大人仍然著五老爺在此談話，直至晚餐仍不放走。天交三鼓，五爺告便❹，回自己屋中。稍歇，外面一陣大亂。五爺叫張祥兒外面看來，祥兒回頭言道：「馬棚失火。」五爺一驚，就知道是調虎離山計，總怕大人有失，解磨額❺，脫馬褂衣襟，挽袖袂，勒刀❻，並不往外看失火之事，竟往大人屋中觀看。行至穿堂❼，遇公孫先生，言道：「五老爺，大勢不好，印所失火。」五老爺點頭，躥房過

❹ 告便：指告辭回房休息。
❺ 磨額：即抹額。
❻ 勒刀：把刀佩帶在身上。

去，見大人在院內抖衣而戰，玉墨❽攙架。五爺在房上言道：「大人請放寬心，小弟來也。」大人戰戰兢兢言道：「吾……吾……吾弟，大……大……大事不好了，印所失火。」五爺說：「大人放心。」飛身下房，縱身躥於屋內，至印所荷葉板門，由門縫內早見火光滿地，就知道是夜行人的法子，其名就叫「硫火移光法」。一抬腿，「噹啷」一聲，雙門粉碎，抖身躥❾入屋中，伸手桌案一摸，印信蹤跡不見。

若問印被何人盜去，且聽下回分解。

---

❼ 穿堂：即屋中的過道、走廊。

❽ 玉墨：三俠五義中作「雨墨」，是顏查散的貼身書僮。

❾ 躥：音ㄗㄨㄢ。向上或向前衝。

第四回　顏大人哭勸錦毛鼠　公孫策智騙盜印賊

且說見印信丟失，五爺暗暗的叫苦。回頭一看，賊人由後窗欞進來，撒下硫光火，雖是遍地的火光，有煙有火，絕不能燒甚麼物件，也不燙手，乃夜行人的鬼計。

五爺返身而出，言道：「大人，印信丟失，諒他去之不遠，待小弟追趕下去，將印信奪回。」大人言：「五弟，印信丟失不要了，只要有五弟在，印信丟失不妨。」五爺哪裏肯聽，早就踴身躥上房去。一看東廂房北山牆有一黑影一晃，五爺用飛蝗石子打去，匉一聲響亮，雖然打在身上，此人未能墜落下去。五爺縱在東房之上，趕上前去就是一刀，只聽見「哧」的一聲，原來不是個真人——也是夜行人用計——乃是江魚皮作成的，有四肢、一個頭顱。無用時將他摺疊起來，賽一個包袱；若要用時，腿上有個窟窿，用氣將他吹開，用法螺絲將他擰住，不能走氣。腦後有皮套一個，掛於牆壁之上，被風一擺，來回的亂晃，其名叫做「映身」。五爺上當，刀剁皮人，轉向撲奔正西。大人連叫「不可追趕」，五爺哪裏肯聽。

出上院衙，往西追趕，見一人在前施展夜行術，細看肩頭上高聳聳背定印匣。五爺趕上前來一刀，正中腿上，「噯喲」一聲，紅光崩現，滿地亂滾。五爺髁膝蓋點住後腰，先拔賊人背後之刀，拋棄遠方；解賊人的絲縧，四馬❶倒攢❷蹄，寒鴨浮水勢，將賊捆好。解胸前麻花扣，將印匣解將下來，雙手捧定，在耳邊先一搖，只聽見「咣噹噹」的亂響，就知道印信在於裏面，五爺暗暗歡喜。猛然抬頭一看，前邊還有一個夜行人，五爺意欲追趕那人，自思：「印已到手，便宜那廝去罷。」

後邊廂燈火齊明，原是上院衙官人趕到。本是公孫先生至馬棚救火，一浸而滅。先生進裏邊見大人，訴言其事。大人命先生派官人追趕白護衛，故此前來。遠遠問道：「前邊甚麼人？」五老爺答道：「是吾追賊人，不上半里之遙，將賊拿獲。爾等們來得甚巧，將他抬至上院衙，以備大人審訊。」眾人答言：「五老爺先請，我等隨後就到。」

五爺提印匣，按舊路而歸，仍是躥房越脊，不由大門而入。至大人屋中，見公孫先生在旁解勸，大人呆嗑嗑發怔。五爺捧定印匣說道：「大人印信丟失，小弟追出上院衙，不上半里之遙，將賊捉獲，將印信得回，請大人過目。」將印信放於桌案之上。大人歡喜非常，言道：「到底是我五弟呀，到底是我五弟！倘若印所門戶已壞，將印匣暫放先生屋內。」先生點頭，不肯去收，自忖道：「印已到賊人之手，不知印信可在裏面無有？倘若不在，糊裏糊塗將印收訖，倘若用印之時，裏面若無印信，豈不是交接不清，一人之罪麼？」故此問五爺說：「是怎樣將印信得回。」五爺道：「行不到半里之遙，一刀將賊砍倒，將印信得回。」先生說：「就是這樣得回？」五爺說：「正是。」先生道：「印信已到賊人之手，沒有甚麼舛錯？」五爺冷笑道：「先生若怕有甚麼舛錯，當著大人面前，大家一觀，也省了日後有交接不清之患。」大人道：「先生收起去。雖然印信丟失，片刻的光景依然追回，還有甚麼舛錯？」大人論

❶ 四馬：指四條馬腿。這裏比喻人的四肢。
❷ 攢：音ㄘㄨㄢˊ。聚攏在一起。

的是這個人，五爺不能辦錯事；先生論的是公事。五爺得了印匣之時，晃了兩晃，知道印依然在內，本就是狂傲的性分，哪時也沒讓過人，先生一問，就覺得氣哼哼的，冷笑說道：「先生，咱在一處當差，念書的人實屬利害。既然這樣，更得當著大人面前看明方好，先生不可收印。小弟雖把印信得回，不知裏面印信在與不在，在大人面前務必看明方好。」先生無奈，將包袱打開一看，就知道事頭不好，印匣上鎖頭不在了，說：「不必打開看了。」五爺按住印匣，一定要看。大人言道：「就打開看看何妨。」將印匣蓋打開一看，那一顆黃澄澄的角端印蹤跡不見，有一塊黑黯黯的鉛餅子在內。大人看見一急，將包袱望上一搭，吩咐收起去，料著五爺未看見。豈不想夜行人的眼快，早已看見，言道：「他們盜印的原是二人，小弟捉著一人，走脫一人。印匣既是空的，印信必在那人身上帶定。諒那廝去之不遠，待小弟將他捉獲回來，自然就有了大人印信。」大人用手一揪，死也不放，叫道：「五弟呀五弟！想你我當初在鎮江相會，你也無官，我也無官。事到如今，你身居護衛，我特旨出都，丟了國家印信，不至於死，無非罷職丟官。你我回到原籍，野鶴閑雲，浪跡萍蹤，遊山玩水，樂伴漁樵，清閑自在，無憂無慮，勝似在朝內為官。朝臣待漏❸，伴君如伴虎，一點不到，身家性命難保，五弟不至於不明此理。印信丟失，不要了。」大人揪住五老爺死也不放，並有那邊主管玉墨擋住，也是苦苦的將五爺解勸。五爺乾著急，不能出去，又不敢與大人動粗魯，只可坐在那裏，低著頭哼哼的生氣。

大人合❹五老爺說起私話來了，講論當初三吃魚❺的故事。公孫先生一聽大人與五老爺說起私話來

---

❸ 待漏：指淩晨起身，等待上朝的時刻。漏，古時用來在夜晚計時的漏壺。

❹ 合：通「和」。

了，轉身出得房外，觀見外頭有許多人對面站定。公孫先生至前一問，原來是看定盜印之賊。看此人夜行衣靠，腿上血痕，黃漸漸的臉面，倒捆四肢，是個渾人。吩咐官人：「搭在我屋裏去。」先生跟定，至屋中取止痛散與他敷上，便問：「朋友，我看你堂堂一表人才，為何作出這樣事來，豈不把自己的性命饒上？若肯改邪歸正，我保你在大宋為官。」賊言：「我今前來盜印，萬死猶輕，焉有做官之理，休來哄我。」先生道：「我們開封府眾校尉與護衛等，哪一個不是夜行人？何況你有說詞。」賊言：「我說甚麼？」先生道：「你們來幾個？」回答：「兩個。」先生說：「少時見大人，你說他盜印，你巡風，本要將他拿住，以作進見之功，不料他已跑遠。」賊人說：「此言錯矣。我現背定印匣，怎麼說是他盜印哩。」先生笑道：「你好糊塗！印是他早已拿著報功去了，你的印匣是空的，此人陷害於你，你還不省悟。」賊言：「此話當真？」「焉能與你撒謊。」「哈哈哈哈，好鄧車，原來是興心害我。先生若肯引薦於我，願與大人牽馬墜蹬，泄王府之機，說印信的來歷。」先生道：「兄弟，你先把話對我說明，我好在大人面前與你稟報。」賊言：「我乃襄陽王府與王爺換帖弟兄，姓申名虎，匪號人稱鑽雲燕。皆因是昨天大人手下不知是誰，前去至王爺府探陣，殺府內一人。我們那裏有一個鎮八方王官雷英出主意，令王爺差派人來盜印，就是神手大聖鄧車。教我與他巡風，命我馬棚放火，他去盜印。事畢，樹林相會，將印匣教我背定，見王爺報功。我只當是一番美意，不想插刀死❻、狗娘養的，害得我好苦！」先生問：

❺ 三吃魚：指顏查散與白玉堂初次相遇時，白玉堂三次在客店點吃昂貴的黃河鯉魚，試顏查散的氣量。事見三俠五義第三十三回「真名士初交白玉堂，美英雄三試顏查散」。

❻ 插刀死：罵人不得好死的話，猶今之「殺千刀」。

「得印回去，放在甚麼地方?」申虎言：「雷英的主意，放在沖霄樓三天，以作打魚的香餌；第四天，拋棄君山後身逆水寒潭。此處兇猛，鵝毛沉底，就是神仙也不能撈上來。」先生隨問，早記在心中，說：「大人已然睡覺，明天再見。」叫官人與申虎解開絲子，上了鎖子，交知府衙門收監。申虎次日方知是誆他的清供❼，也就無法了。

先生交申虎去後，細寫清供，入內見大人。大人勸五老爺，將今比古，好容易有點回嗔作喜模樣，不想先生把口供一遞，大人一瞧，惡狠狠瞪了先生一眼，先生也覺著無趣，喏喏而退。大人頗知五爺的性情，他若不知印的下落還好，他若一知下落，破❽著性命也要去找尋回來。此時五爺倒不是滿臉愁容了，反倒笑嘻嘻的言道：「夜已深了，請大人安歇睡覺罷。」大人淚汪汪的言道：「我安歇倒是一宗小事，只怕吾弟要追印去。」五爺道：「小弟謹遵大人的言語，焉敢前往。」大人道：「去也在你，不去也在你。你若要一走，隨後我就尋了自盡，縱然將印信得回，若想見吾一面，勢比登天還難，那時節只怕悔之晚矣。天已不早，你也往外面歇息去罷。」五爺告辭。這才是：滿懷心腹事，盡在不言中。任憑大人說破舌尖，自己的主意已定。回到自己屋中，更換衣巾，上王府找印。

若問白玉堂的生死，且聽下回分解。

---

❼ 清供：指詳盡的口供。

❽ 破：拚。

第五回　王爺府二賊廢命　白義士墜網亡身

且說五老爺與大人分手回歸自己屋內，五鼓意欲上王府，天已太晚，明日再去。叫張祥兒備酒，再亦吞吃不下，如坐針氈，如芒刺背。喚張祥兒取筆來書寫字柬，摺疊停妥，交與祥兒，言道：「今夜晚間不歸，明日早晨交與先生，叫他一看便知分曉。少刻天亮，我就出去，大人、先生若問，你就說你老爺出去時未曾留話，不知去向。倘若一時之間說將出來，大人將我追回，你也知道你老爺的性情，一刀將你殺死，然後再走。」張祥兒一聞此言，腦袋直出了一股涼氣，焉敢回答甚麼言語，只是嚇得渾身亂抖，淚汪汪道：「大人不是不教你去麼？」五爺說：「你休管閑事。」

天已大亮，五爺怕大人起來，換了一身嶄嶄新的衣服，武生相公的打扮。張祥兒說：「老爺你可早點回來。」五爺哼了一聲，揚長而去。衙門口許多官人問道：「老爺為何出門甚早？」並不理睬大眾，自己出上院衙，不敢走大街，淨走小巷，總怕大人將他追趕回去。以至吃飯吃茶，盡找小舖面的茶館飯店，也是怕大人將他追趕回去。

整遊了一天，晚飯吃畢，天已初鼓之後，人家要上門咧，將自己跨馬服❶寄在飯店，如數給了飯錢酒錢。天到二鼓，出飯店，直奔王府後而來。未帶夜行衣靠，也沒有飛抓百練索，掖衣襟、挽袖袂，倒

❶ 跨馬服：指適合騎馬時穿用的騎裝。

退數十步，往前一跑，躥上牆去。並不打問路石，飛身而下，看了看，黑夜之間並無人聲犬吠。奔木板連環。行至西方，並不周圍細看，就從西方而入。自己說過，拿此處看作玩藝一樣，又來過一次，公然就是輕車熟路一般。亮刀❷點開雙門，用眼一看，乃西方兌為澤：澤水困、澤地萃、澤山咸、水山蹇、地山謙、雷山小過、雷澤歸妹。自己想必須入地山謙方好。裏邊本是七個小門，逞聰明並不細數，總是藝高人膽大。五爺一生的性情，憑爺是誰，也難相勸。這就是俗言：「河裏淹死會水的。」智爺來的時節，俱是生發自己；五爺這次來，是剋著自己。西方本是一層❸白虎❹；本人又穿白緞衣襟，又是白虎；又叫白玉堂，又一個白，豈不是又一層白虎：犯三層白虎。

抖身躥入小門，本欲進地山謙，不想錯入七門中，乃雷澤歸妹。五爺一瞧，說：「不好！」按說雷澤歸妹可也是吉卦，可看甚麼事情，若要兒女定婚，乃大吉之卦。有批語就是「不利於出征」。雖不是出征，也要分剖優劣：強存弱死，真在假亡。五爺一瞧卦爻不吉，抽身欲回，焉得能夠？早有兩邊底板「叭嗒」一響，上來了兩個，全都是短衣襟，六瓣帽，薄底靴，手持利刀，怒目橫眉，聲音叱吼說：「怎生大膽，前來探陣！」五爺未能出去，兩個人已到，立刻交手，未走半合，就把過度流星靈光、小瘟皇徐暢兩個人殺了。五爺一笑：「哈哈哈，王府的毛賊，就是這樣無能之輩，就不必反身回去咧。凶卦中的

❷ 亮刀：從刀鞘中拔出刀來。
❸ 一層：這裏是「一重」的意思。
❹ 白虎：古時認為是鎮守西方的神獸。淮南子天文訓：「西方，金也。其神為太白，其獸白虎。」又是歲中的凶神名。人元祕樞經：「白虎者，歲中凶神也。常居歲後四辰。」

賊人已死，又何必多慮，不如早早上沖霄樓，大人印信得回，省得大人在衙中提心吊膽。」腳著卍字勢當中，盡是如走平地一樣，並不格外仔細留神。

過日升亭，走月恆亭，奔石象、石犼，看見黑巍巍、高聳聳，位列上中下，才分天地人，好一座沖霄樓！五爺暗暗歡喜，想大人印信必在頭層樓上。細想上樓之法，見石象、石犼實瓶與聚寶盆內，當中出兩條毛連鐵鏈，當中交搭十字架，上邊掛於頭層瓦簷之上，五爺想掐鐵鏈而上。行至中間，將刀反倒插入鞘內，歸身一縱，伸雙手揪鐵鏈，隨搖隨上。掐至中間，耳輪中但聽見「嘩喇喇喇喇」往下一鬆，說聲：「不好！三環套索。」五爺深知那個利害：上身躲過，腰腿難躲；腰腿躲過，上身難躲；若要稍慢，上中下三路，盡被鐵鏈繞住。五爺在陷空島拾掇過此物，焉有不認識的道理？有個躲法，除非是撒手拋身。說的可遲，那時可快，聲音響，早就撒手拋身，不敢腳站於地，怕落於卍字勢旁滾板之上，那還了得！故此擰身踹腿，腳站於石象的後胯。誰知那石象全都是假作，乃用藤木鐵絲箍縛，架子上用布紙糊成。淡淡的藍色，夜間看與漢白玉一般，腹中卻是空的，乃三環套索的消息❺。底下是木板托定，有鐵橫條、鐵軸子，也是翻板，前後一站就翻。五爺不知是害蹬上，此物一翻，這才知曉中計，說「不好」，已然墜落下去。仗自己身體靈便，半空中翻身衝下，腳站實地，還要縱身上來。焉知曉不行，登在了天宮網上。此石象、石犼乃是兩個陣眼，上是三環索，下面是天宮網同地宮網。若要有人登上，就是往下一拍、一搧、一動，十八扇銅網全動。五爺同智爺雙探銅網時，不容智爺說，自逞奇能，故此前文表過：「淨說了上頭，沒說下頭。」智爺以為五爺全知，就不必往下再說了。看此也是個定數，非人力

❺ 消息：指機關中發動的樞紐。

所為。

五爺一蹬，翻身墜落盆底坑中，挺身拉刀，見四面八方「嘩喇喇、嘩喇喇」的，類若鐘表開鬧的聲音。五爺早被十八扇銅網罩在當中。若問十八扇銅網的形勢：二指寬銅扁條打成，高夠一丈二尺，上頭是尖的，兩旁是平的，下有一根橫鐵條，兩邊有兩個大石輪子，按的是陰陽八卦，共十六扇，連天宮網、地宮網共十八扇。扁銅條造就有胡椒眼的窟窿，上帶倒鬚鉤。十八扇網俱在盆底坑上倒放著，單有十八把大轆轤，黃絨繩繞定，掛住鉤環，下邊並有總弦副弦十八條，小弦繞於消息之上。盆底坑何為？盆底上寬下窄，消息一動，網起一立，往下一拍，石輪走動，由高往下，比箭還疾。頃刻間，就把五爺罩在當中。四面八方緣絲合縫，銅網罩緊，就類似回回的帽子一樣。網一罩齊，下面金鐘響亮：「咚咚咚咚咚……。」五爺一瞧把自己罩在銅網的當中，卻看銅網的形勢，嚇了一跳。你道這銅網陣在沖霄樓的底下，怎麼會看的這麼真切？皆因是沖霄樓頭層，擱的是盟單、兵符、印信、旗纛❻、認標等物；二層是王爺的議事庭，議論君國大事的所在；末層下面有鐵方篦子❼，四角有四個大燈，晝夜不滅。故此五爺在下面看得明白，用手中刀一支銅網，紋風不動；用力一砍，單臂發痛。盆底坑上，四面八方一亂。東西南北四面，有四個更道地溝小門。有一面弓弩手，一面二十五人，每人一個匣弩，一匣十支竹箭，俱有毒藥餵成，著身一支，毒氣歸心準死。內中有一個頭目，如今就是神手大聖鄧車。因盜印有功，王爺賞給弓弩手的頭目。聽金鐘一響，由更道而入，手拿梆子。一陣梆響，眾人齊出；二回梆響，眾人將坑

❻ 纛：音ㄉㄠˋ。軍中所用的大旗。

❼ 篦子：這裏指由像篦片一樣的鐵條交織而成的頂棚。

圍滿；三陣梆子響，亂弩齊發。

五爺在內，刀砍不動銅網，就知不好，橫刀自嘆，想起：「大人衙中無人保護，自己亦死如蒿草一般。大人有失，自己死後，陰魂也對不起大人。再包相爺待我恩重如山，想不到一旦之間性命休矣，不能報答恩相提拔之恩。是吾鬧東京，開封府寄柬留刀，御花園題詩殺命，奏摺攙夾帶。萬歲爺不加罪於我，反倒褒封。萬歲爺隆天重地之恩，粉身難報。再有陷空島弟兄五人，惟我年幼，大哥、二爺、三爺、四爺縱有得罪他們的地方，並不嗔怪於我，可見得哥哥們俱有容人的志量。」五爺想：「從此再要弟兄們重逢，除非是鼓打三更，魂夢之中相會。」五爺只顧想起了滿腹的牢騷，不提防渾身上下弩箭釘了不少。哪見得？有贊❽為證。贊曰：

白五義，瞪雙睛，落坑中，挺身行。單臂起動，刀支銅網，毫無楞縫，直覺得膀背疼。直聞得「咯嘣嘣」，在耳邊，不好聽，似鐘表開鬧的聲。「嘩啰啰，唰喇喇」，隱隱的鳴；金鐘響，「嗡嗡嗡」。似錦毛鼠，吃一驚，這其間，有牢籠。無片刻，忽寂靜。「哧哧哧，嘣嘣嘣」，飛蝗走，往上釘。似這般百步的威嚴，好像那無把的流星。縱有刀，怎避鋒？著身上，冒鮮紅。五義士，瞪雙睛；可憐他，眾雕翎。這一種的暗器，另一番的情形：立彪軀，難轉動。不怕死，豈畏疼？任憑你穿皮透肉赴幽冥，還有這一腔熱血苦盡愚忠。白護衛，二目紅，思想起：不加罪，反褒封。身臨絕地，難把禮行，報君恩，是這條命。看不得，

❽ 贊：本是稱頌人物的一種文體，這裏指刻畫人物的唱詞。

而今雖死，以後留名。難割捨，拜弟兄，如手足，骨肉同。永別了，眾賓朋，恨塞滿，寰宇中。干雲霄，豪氣衝：群賊子，等一等！若要是等他惡貫滿盈之時，將汝等殺個淨，五老爺縱死在黃泉，也閉睛！

若問五老爺的生死如何，且聽下回分解。

第六回　襄陽王帥眾觀義士　白護衛死屍斬張華

且說五爺在銅網之內，被亂弩攢身，橫衝豎撞，難以出網，「磕哧哧」咬碎鋼牙，渾身是箭，恨不得把雙睛瞪破。橫著刀，弩箭毒氣心中一攻，就覺著迷迷離離的咧。後脊背早被銅網鉤掛住，霎時間萬事攻心，甚麼萬歲、包公、朋友、拜兄弟，也就顧不得遮擋毒箭了，霎時間射成大刺蝟相仿。眾弓弩手想：怎麼還不死哩？神手大聖鄧車將弓弩手的弓弩接在手中，對著銅網胡椒眼的窟窿，一扳弩弓，一雙弩箭對著窟窿射將進去，正中五老爺的面門。五爺就覺著眼前一黑，渺渺茫茫神歸那世去了。

只聽更道地溝小門中一陣大亂，燈火齊明。原來是王爺帶領著鎮八方王官雷英、通臂猿猴姚鎮、賽白猿杜亮、飛天夜叉柴溫、插翅彪王錄、一枝花苗天祿、柳葉楊春、神火將軍韓奇、神偷皇甫軒、出洞虎王彥桂、小魔王郭進、小諸葛沈中元、金鞭將盛子川、三手將曹得玉、賽玄壇崔平、小靈官周通、張保、李虎、夏侯雄、金槍將王善、銀槍將王保，還有許多的文官圍護著。

王爺由西邊地溝門而入。王爺言道：「銀安殿聽金鐘所響，必是網內拿住人了。」鄧車見王爺言道：「網內拿住一人，已被亂弩射死。死屍不倒，王爺請看。」王爺言：「怪道，怪道！甚麼人敢入孤家的銅網。眾位卿家，可有認識此人的無有？」病太歲張華言道：「上回小臣約智化前來投效王爺，據小臣一看，此人大半是智化到此。」王爺一聽，言道：「若是智化，可惜呀，可惜！」命張華去看，若是智化，死後追封。命一百弓弩手放下弓弩，奔大轆轤將十八扇銅網絞起，惟有五爺掛在銅網之上。絞上盆底坑，弓弩手將轆轤扳住。張華在對面細瞧，皆因渾身是箭，拿著刀，齜著牙，瞪著眼，令人可畏。張華細看，不是智爺，倒要細細瞧瞧。往前一趨，只見五爺的五官亂動，耳輪中只聽見「磕嚓」一聲，絨繩崩斷，銅網往下一落，五爺的這口刀正中張華胸間。只聽見「噗哧」一聲，張華仰面朝天，紅光崩現，連五爺帶銅網全壓在張華身上。那兩名弓弩手也教轆轤把打了個跟頭。群賊一亂，連王爺都吃一大驚，令人將銅網揭起，將五爺摘攏下來。王爺嘆息了一回：「可惜孤家的活人，教死人扎死。到底看看，果是何人。」眾人多不認識，惟有小諸葛沈中元微微一笑：「王駕千歲，也不用小臣過去細看，大略必是此人。」王爺問道：「你既知曉，倒是何人？」小諸葛言道：「乃是御前帶刀四品右護衛白玉堂。」王爺一聽，連連讚嘆：「耳聞他鬧過東京，盜過三寶，在龍圖閣和過詩，喪在孤家銅網，可惜呀，可惜！也罷！孤家將他屍首埋在盆底坑，封他個鎮樓大將軍，與他燒錢掛紙。」

旁邊有一人言道：「千萬使不得！千萬使不得！」王爺回頭一看，是相面的先生。此人姓魏名昌，人稱他賽管輅魏昌。請他與王爺相面，王爺問他：「看看孤有九五之尊❶沒有？」魏昌道：「王駕千歲，不可胡思亂想，若要胡思亂想，怕不能落於正寢❷。」王爺大怒：「將魏昌推出砍了。」連連喊冤，說：「人有內五行取貴，有外五行取貴。」王爺說：「何以看來？」魏昌言：「我看著王爺三天吃、喝、拉、

❶ 九五之尊：指天子之位。易經中乾卦第五爻為陽爻，因陽爻稱「九」，故此爻稱九五。其繫辭說：「九五，飛龍在天，利見大人。」後人認為象徵天子之位。

❷ 落於正寢：指得到正常壽終而亡。正寢，寢室。

撒、睡，可有取貴之處。」果然看了三天，辨別言道：「王爺有九五之尊。」王爺道：「分明你怕殺，奉承於我。」魏昌言：「不然。相書上有云：口能容拳，目能顧耳，定是君王之相。」王爺本不懂得相書，反倒歡喜，說：「孤家坐殿之後，封你個護國大軍師。」魏昌言：「謝主龍恩。」由此不讓魏昌出府。

此時魏昌一想：「我是大宋的子民，今現有白護衛死在此處，若要埋在盆底坑，永世不能翻身，也不能合五太太併骨，後輩兒孫也不能燒錢掛紙。我既在王府，我明裏向著王爺，暗裏向著白五爺。」言道：「王駕千歲，萬不可將此人埋在盆底坑中。又是兩國的仇敵，他又在廿載❸的光景，要將他埋在此處，豈不要終朝作祟，使我君臣終朝不安？」王爺言：「依你之見如何？」「依臣之見，將他用鐵箱子用火焚化屍身，裝在罈子裏，送往君山，交於飛叉太保鍾雄。平地起墳，立個石碣，鐫上他的名姓，前挖下戰壕，必有俠義前來祭墓，來一個拿一個，來兩個拿一雙。」王爺連連點頭，說：「此計甚妙。」命人將張華、靈光、徐暢屍首搭將出去，次日用棺木成殮，與他們燒錢掛紙。五老爺的屍身用火焚化，裝在古磁罈內，送往君山。君臣等出地道，暫且不表。

且說自從五爺去後，日色將紅，大人起來梳洗整衣，請五弟講話。公孫先生道：「五老爺出衙去了。」大人一聽，如高樓失腳，大海覆舟，「噯喲」一聲，半晌無言，不覺得泫然淚下，言道：「吾弟此去凶多吉少。」先生在傍勸解。不時的著先生出去打聽，總無音信。大人立志滴水不下，茶飯不餐，要活活餓死。

---

❸ 廿載：指二十歲。這一年齡之下死亡，古時被認為是夭折，其靈魂將作祟。

日已垂西，大人要叫張祥兒細問。先生出來威嚇張祥兒：「你家主人出去，你不至於不知，必然有話。你不肯說，大人要把你叫將進去，責罰了你。」祥兒又不敢見大人，又不敢現出字柬，直是要哭的樣子。先生苦苦的追問，這才說出：「我要說出，先生救我之命。」先生說：「全有我一面承當。怎麼個緣故罷？」祥兒說：「我家老爺臨行，留下一個字柬。我家老爺今天不回，叫我明天獻於先生。今日若獻大人，將我家老爺追回，先殺了我，日後還走。」先生道：「你把字柬拿來。你家老爺殺你，有我哩。」這才把字柬拿出，交與先生。先生入後見大人，就將前事說了一遍，把字柬呈上。大人打開一看，上寫著字：

奉大人得知，小弟玉堂今晚到襄陽王府沖霄樓探探印信虛實，有印則回，無印也回。

大人一看，「噯喲」撲倒，躺於地上，四肢直挺，渾身冰冷。不知大人生死如何，且聽下回分解。

第七回　臥虎溝蔣平定醜女　上院衙貓鼠見欽差

且說大人一見字柬，摔倒在地，眾人忙亂，將大人雙腿盤上，耳邊喊叫：「大人醒來，大人醒來！」大人悠悠氣轉，哭道：「五弟呀五弟！狠心的五弟，不管愚兄了。」先生在旁勸解：「五老爺既然往王府去過，輕車熟路，此去到王府也無甚麼妨礙。大人若提名道姓，哭哭涕涕，五老爺反覺肉身不安。」大人哪裏肯聽。眾人攙大人至裏間屋內，仍是哭泣。先生出來，至自己屋內著急：「今上院衙五爺一走，倘若王府差人前來行刺，我乃是文人，如何抵擋？大人有失，我萬死猶輕。」上院衙中更夫又被五爺趕出，只是為難，也是無法。

一連兩日無信，大人類若瘋迷一般，先生提心吊膽。外面官人報道：「蔣護衛到。」先生一聞喜信，連忙迎出。蔣爺從臥虎溝來，皆因水面救了雷振，丟了艾虎，不知下落，上臥虎溝打聽。到臥虎溝見鐵背熊沙龍，見禮讓至家中，問艾虎可到。沙員外將艾虎之事如此恁般，恁般如此❶，蔣爺這才放心，知艾虎沒死。又提歐陽爺的事，沙員外也就將大破黑狼山事，細說了一番。蔣爺一聽，原來將沙老爺家大姑娘給了艾虎。問到二姑娘可給擇婿，沙員外道：「不成，不成，醜陋不堪，沒人要。」蔣爺說：「我給說個人家。」沙爺道：「愔濁❷粗魯，膂力勝似男子。」蔣爺說：「何不請來一見。」老員外吩咐婆

---

❶ 恁般如此：這樣那樣。對前面已經敘述過的經過的簡略說法。

子請二位小姐。

不多時，聽外面喊一聲，如巨雷一般，起簾櫳進來二位姑娘。蔣爺一瞧，先走的如天仙一樣，後走的如夜叉一般。怎見得？有贊為證。贊曰：

沙員外，叫女兒，快過來，行個禮兒。蔣爺瞧，一咧嘴兒。大姑娘，叫鳳仙姐兒；似天仙，生得美兒。二姑娘，叫秋葵兒；蔣爺一瞧，差點沒嚇掉了魂兒。雖是個女子，氣死個男人兒；高九尺，有神威兒。頭上髮像金絲兒，罩著塊青絹子兒，並未帶甚麼花朵兒。漆黑的臉，賽過烏金紙兒；掃帚眉，入鬢根兒；大環眼，更有神兒；高鼻梁，大鼻翅兒；生一張，火盆嘴兒；大板牙，烏牙根兒；耳朵上，虎頭墜兒。頂寬的肩膀，頂壯的胳膊根兒。穿一件，男子的衣兒；叫箭袖，青緞地兒；不長不短正可，身軀不瘦又不肥兒。皮挺帶，繫腰內兒；寬了下，夠四指兒。夾襯襖，黑色灰兒。綠綢褲，花褲腿兒。藍帶子，箍了個緊兒。小金蓮，真有趣兒；橫了下，夠三寸兒。大紅鞋，沒花朵兒；扁哈哈，像鯰魚兒；撲嚓撲嚓，登山越嶺如平地兒。常入山，去打圍兒；拿猛獸，如玩藝兒。走向前，施了個禮兒；一個揖作半截，往旁邊，一閃身兒。蔣爺一見，把舌頭一伸，縮不回兒。

二位姑娘見禮已畢，員外說迴避了。蔣爺說：「我給二侄女說門親事。」老員外說：「四弟何必取笑，甚麼人要我那醜丫頭。」蔣爺說：「是我二哥之子，準是門當戶對，品貌也相當，膂力也合式。哥哥也

❷ 惛濁：愚昧。

不用見人，我告訴你這個外號就知道了。外號人稱他霹靂鬼。」老員外一聽，反覺大笑。蔣爺取一塊玉珮以作定禮。住兩日，四爺自覺心神不安，惦念五弟，告辭上襄陽。

一路無話。至上院衙，叫官人回稟。不多時，見先生出來，四爺就知五弟不好：「他若在，不能叫先生迎我。」連忙問：「先生，我五弟怎樣？」先生道：「裏面再說。」四爺知道更不好了。至裏面先生屋中落座，先生就將大人到任、丟印、拿盜賊、五爺走細說一遍。四爺道：「噯喲！五弟休矣！」四爺落淚，言道：「大人哩？」先生說：「大人滴水不下，非見五老爺不吃飯，要活活餓死。」蔣爺說：「我去，大人就吃飯了。」

先生帶領蔣四爺見大人，叫玉墨回明蔣護衛到。大人正在哭涕之時，一聞護衛二字，只道是五爺到來：「快請。」蔣爺見大人道：「大人在上，卑職蔣平行禮。」大人只想著五爺，忽道：「呀！我細看卻是蔣護衛。」不覺淚下，叫蔣護衛：「你我的五弟死了！」蔣爺說：「大人何出此言。方才卑職遇見五弟，他說大人丟印，他上王府找印，他瞧沖霄樓實係利害，他不敢上去。他想今日乃是第四天了，他們必定將印拋棄逆水寒潭，他在逆水潭臥牛青石之上等候他們擲印，擘手奪來，豈不勝似在沖霄樓上涉險？他是個精細人，為甚麼辦那樣險事？大人疑他死咧，豈不是多慮？並且卑職還勸他，上院衙沒人，你這一走，豈不教大人提心吊膽？他說你見了大人替我說明，教大人放心，我在此等印。我說我在此替你等印，你先見見大人為是。他說大人派我護印，將印信丟去，無臉面見大人，非得印不能見大人。故此卑職準知他的下落。」大人說：「既然知道他的下落，煩勞蔣護衛辛苦一遭，將他找來一見。」蔣爺連連點頭，說：「這有何難，卑職替他等印，將他換回來。」蔣爺意欲要走，故裝腹中飢餓，言道：「卑職由五鼓起身，至此時茶飯未進，在大人跟前討頓飯吃，然後再去。」大人說：「使得，使得。」吩咐擺飯，叫先生作陪。

飯已擺好，蔣爺叫給大人預備座位。大人道：「不見我那五弟，立志滴水不進。四老爺不必讓了。」四爺道：「大人賞飯，大人不用，卑職也就不敢吃了。我是立刻就去與大人辦事，哪怕就是餓死也不要緊。大人立志不吃，是不知道五弟的生死；如今五弟有了下落，大人何必一定不吃。就是這時不吃，片刻間五弟來了，難道大人不吃嗎？」大人被蔣爺一套言語，說得倒覺難過。大人說：「我陪著就是了。」四爺叫給大人斟酒。大人說：「我幾日未餐，酒可吞吃不下。」蔣爺說：「預備羹湯饅首。」蔣爺苦勸，自己端起酒杯，大吃大喝，連說帶笑。大人見這個景況，是見著五弟了；如其不然，他不能這樣的歡喜，招惹得自己也就吃了點東西。蔣爺暗喜，吃畢道：「謝謝大人賞飯。」大人說：「務必將我五弟早早找來。」蔣爺回答：「今天不到，明天也就來到了。」大人哪知道蔣爺說話無準，受了他的騙了。

蔣爺告辭，同先生出來。先生也信以為實，說：「你遇見五老爺了？」蔣爺說：「誰遇見咧？不是這樣，大人焉肯吃飯。」先生說：「你吃得痛快，好像真遇見了。」蔣爺說：「我吃的都打脊梁骨下去了。今已四天，我去撈印要緊。」先生說：「莫走，你若一走，有刺客前來，甚麼人保護大人？」蔣爺道：「噯喲！保大人也要緊，撈印也要緊，除非我會分身法才成哩。也罷！先生快寫告病的稟帖，開封府求救。」正要寫信，官人報道：「現有開封府展護衛老爺、盧老爺、韓老爺、徐老爺到，外邊求見。」

若問幾位來意，且聽下回分解。

第八回　穿山鼠小店摔酒盞　蔣澤長撈印奔寒泉

且說展、盧、韓、徐[1]，在開封府自從拿獲了欒肖、水路的吳澤，兩個人口供一樣，共招作反之事，將他們收監，待拿了王爺對辭。就將他們的口供奏聞萬歲，天子降旨，著開封府派點護衛上襄陽幫大人辦事。幾位爺各帶從人，乘跨坐騎，趕奔襄陽。

曉行夜宿，飢餐渴飲。那日離襄陽不遠，忽然天氣不好，前邊又不是個鎮店，緊緊催馬到了一個所在，沒有大店，就是一個小店，囑咐下馬進店。徐三爺嚷道：「店小子，打臉水烹茶。」店小二說：「不成，不成，我們是小店，那些事不管。」徐慶罵道：「小子，不要腦袋了！」展爺一攔：「三哥使不得，此處比不得大店。伙計，莫聽他的。」店小二說：「你們眾位老爺們，要吃甚麼，須先拿出錢來。是你們自己作；是我們作，可作不好。」展爺隨即拿銀子，連餵馬帶酒肉，一齊預備。

飯熟放桌子，端酒茶。徐慶喝道：「小子沒長著眼睛麼？」小二說：「怎麼了？」三爺說：「四位老爺，為何三個酒盞子？」小二說：「還是現借來的，再多沒有了。」三爺說：「沒有？將腦袋摔下來。」要打，小二跑了。不多時，雙手捧定一個大酒杯，言道：「錯過你們老爺們，我們掌櫃的也不給使。這是我們掌櫃的至愛的物件，我借來要是摔了，我這命就得跟了它去。」盧大爺說：「怎麼這麼好？」小

[1] 展盧韓徐：指南俠展昭及五義中的鑽天鼠盧方、徹地鼠韓彰、穿山鼠徐慶。

二說：「我們這裏的隔房❷都知道，這玩藝小名叫「白玉堂」。」盧爺罵道：「小輩還要說些甚麼！」小二說：「我說「白玉堂」。」展爺攔道：「莫說了，重了老爺的名字了。」小二道：「這個酒盞子是粉錠的地兒，一點別的花樣沒有，底兒上有五個藍字，是『玉堂金富貴』，故此人稱叫白、白、白、白……」三爺一瞪，他就不敢往下說了。三爺接來一看，果有幾個字：「展爺念念。」展爺說：「不錯，不錯，是『玉堂金富貴』。」三爺說：「人物同名，實在少有。我與五爺對近❸，就使它喝酒。」小二說：「黑爺爺，你可莫給摔了。」

大家飲酒，三爺隨喝隨瞧，忽然一滑，摔了個粉碎。店小二哭嚷道：「毀了「白玉堂」了！做了「白玉堂」了！」三爺抓住要打。展爺解勸，方才罷手。小二哭泣，展爺說：「我賠你們就是。」小二說：「一者，買不出來；二則，掌櫃的要……要我的命。」展爺說：「我見你們掌櫃的，沒有你的事就是了。」回頭一看，盧爺一傍落淚，飯也就不吃了。展爺親身見店東說明，人家也不教賠錢，言道：「人有生死，物有毀壞。」盧爺更哭起來了。店錢連摔酒杯，共給了二十兩銀子。

天已三鼓，大家睡覺，惟有大爺淨是想念老五，直到三鼓，忽覺燈光一暗，五弟從外進來，叫道：「大哥，你們到襄陽，多多拜上大人，小弟回去了。單等拿了王爺，回都之時多多照應你那弟婦、侄男。你我弟兄不能一處長聚了。」盧爺一驚：「你死了不成？你是怎樣死的？快些說來！」五爺說：「小弟仇人就是他。」從外進來了一個大馬猴，前爪往五爺身上一抓，再看五爺渾身血人一樣。盧爺意欲向前，

---

❷ 隔房：鄰舍。
❸ 對近：互相親近。

馬猴早被徐三爺揪住，探一雙手，把馬猴的雙睛挖將出來，鮮血淋淋。大爺把五爺一抱，哭叫道：「五弟呀，五弟！」焉知曉把展護衛抱住了。展爺說：「大哥，是我！」盧爺這才睜眼一看，卻是南柯一夢❹，放聲大哭，把二爺驚醒，言講夢裏之事，大家淒慘。展爺勸說：「大丈夫，夢寐之事，何可為論？無非大哥想念五弟而已。」

次日，起身出店上馬，奔襄陽而來。到了襄陽入城，上院衙外下馬，叫官人進去回稟。盧大爺目不轉睛，淨看著五弟出來，四爺出來行禮，並未看見。四爺叫：「大哥。」盧爺抬頭看見，言道：「五弟死了罷？」四爺言：「喪不喪！好好的人，因何說他死了？」大爺說：「因何不出來見我？」四爺說：「出差去了。有話裏面說去。」

大家入衙，至先生屋內。大爺要見大人，蔣爺使眼色。先生說：「大人歇了覺了。」展爺就知不好。四爺叫看酒，說：「三哥喜大杯飲酒，看大杯。」三爺與大家吃酒。四爺問大眾的來歷。展爺將奉旨的事細說一遍。三爺大醉，說：「我醉了，如何見大人？」四爺說：「你先睡覺，回頭再見。」三爺點頭，真就睡了。不多時，呼聲陣陣。大爺便問：「五弟倒是如何？」四爺言：「先把三哥灌醉，就好說了。」大爺言：「快說。」四爺就提大人丟印事，五爺追印未回。大爺哭道：「五弟死了。」四爺問：「何出此言？」大爺將摔盞、夢中事細言。四爺心慘，又把哄大人的話哄了大爺。大爺半信。四爺說：「好了，你們來得巧。我將要上寒潭，無人保大人，眾位一來，有看家的了。二哥同我去，與我巡風。」大爺也

❹南柯一夢：指情景非常逼真的夢境。語出唐人傳奇南柯太守傳，傳中記述一士人夢入大槐國娶公主、任南柯郡太守，夢醒後發現所謂「大槐國」是園中大槐樹樹洞中的蟻穴。

要去，四爺道：「逆水潭在君山之後，你老人家愛哭，倘若被君山嘍兵看見，豈不是禍患不小？」大爺說：「我不哭，我可得去。」四爺說：「你看家罷，家裏頭也要緊。」大爺說：「不教去，我就尋死。」四爺說：「你說話就不吉利。」二爺說：「去就教大哥去。」三爺怪叫了一聲，由夢中起來，說：「我也去。」蔣爺說：「又醒了一位。三哥要哪裏去？」三爺說：「哪裏去，我就上哪裏去。可是你們上哪裏去呢？」蔣爺說：「三哥，我告訴你，你可莫著急。大人到任把印丟了，教襄陽王府的人盜去。」三爺說：「我走。」蔣爺說：「三哥上哪裏去？」三爺說：「我找襄陽王要印去。」蔣爺說：「咳！沒在王府，他們擱在逆水寒潭了。又不是在山上，水裏頭是我去，山上才該你去呢。」徐慶說：「對，你是翻江鼠，我是穿山鼠，我給你巡風去，還不行麼？」四爺說：「大哥、二哥都給我巡風，何用全去？看家要緊。」三爺說：「看家有展護衛。」蔣爺說：「不行，展爺的本領不如你。」三爺說：「怎麼我比展護衛的本領還大？是我比你的本領還大麼？」展爺說：「大多咧。」蔣爺說：「你那個本領有考校❺呀。要是此刻前來，慢說動手拿賊，就是大喊一聲『穿山鼠徐三老爺在此』，就能夠諸神退位。」三爺大笑：「那不成了姜太公了嗎？既然如此，我就看家。我睡覺可死啊，要是刺客前來，你可叫醒了我，我好嚷諸神退位。」可見得蔣平一輩子不能長肉，自己哥們他還陰他呢。

四爺帶上水濕衣靠，大爺、二爺各帶夜行衣的包袱。四爺囑咐展爺：「保大人全在你一人，別指望我們三哥。」說罷，三人起身，出上院衙，走襄陽西門。一路無話。

日已垂西，遇一樵夫，打聽寒潭所在。樵夫說：「過北邊一段山梁，過山梁平坦之地，有一村，名

❺ 考校：講究。

叫晨起望。東西穿村而過，出東村口，有個澗，叫鷹愁澗；有個崖，叫錦繡崖。往東北有個小山口，千萬可別進去。小山口通君山後身，如若進山口，教嘍兵看見，立刻就綁押解見大寨主，問你的來歷。雖不至於死，可不嚇一大跳。過了小山口，往北，路東有個嶺，叫蟠龍嶺，上有五棵大松樹，密密匝匝，枝葉接連，年深日遠，其名叫五接松。樹下有新墳地。由蟠龍嶺前往北，有個大三神山；再往北，有小三神山。大三神山有山，小三神山無山有廟。由廟東山牆往北，地名叫上天梯。先前下不去，如今有鍾寨主找石匠鐫出一蹬一蹬的臺階來，其名就叫上天梯。站在上天梯的上頭往下一看，在東北有一個大水池子，方圓夠三里地。此水寒則透骨，鵝毛沉底，一味的亂轉，其名就叫逆水寒潭。聽見說是當初禹王❻治水的一個海眼❼。公然❽就是一個大水池子，有甚麼看頭？遇見嘍兵就要涉險。我可是多說。」蔣爺陪笑說：「借光，借光。」樵夫擔柴揚長而去。

三位爺過山梁，穿晨起望，走鷹愁澗，過錦繡崖，遠遠看見小山口，往裏一瞧：山連山，山套山，也不知道套出多遠去。往北奔大三神山，正東蟠龍嶺上有五棵大松樹，樹下新起的一個大墳頭兒，前面有石頭祭桌，上有石頭五供❾。傍邊有石碣子一個，上頭刻著字，字是「皇宋京都御前帶刀三品護衛大將軍諱玉堂白公之墓」。盧爺看見，哭道：「原來五弟死去，墳墓卻在此處，待我向前哭奠他一番便了。」

❻ 禹王：指大禹。傳說中的夏代由其子啟建立，故稱其為王。
❼ 海眼：指有洞穴直通大海。
❽ 公然：明擺著。
❾ 石頭五供：指石頭雕琢而成的五種供品。

二爺哭道：「正是。」四爺一見，說：「不好！墳前一哭，被嘍兵看見，即是殺身之禍。」不知三位的生死，且聽下回分解。

第九回　逆水潭中不見大人印　山神廟內巧遇惡嘍兵

且說盧爺、韓二義要奔墳前痛哭，被蔣四爺揪住，言道：「二位哥哥，你們是看見墳，以為是五弟的墳，要過去哭去，是也不是？」大爺哭哭啼啼的言道：「見著五弟的墳墓，焉有不慟之理？」蔣爺說：「要真是五弟的墳，哭死也應當。無奈五弟沒死，我實對二位哥哥說罷：五弟追印，教王爺拿住了，王爺愛他，勸他降王爺，他焉肯降！君山鍾雄因是王爺的一黨，他文中過進士，武中過探花，有些個韜略。他出的主意，把老五幽囚起來，假作墳墓，立上石碣，以作打魚的香餌。他知道五弟交的都是俠義的朋友，知曉墳墓在此，必要前來祭墓，豈不是來一個拿一個？」盧爺問：「怎見得？」四爺說：「你看前面明堂那裏，明顯著埋伏，不是戰壑，就是陷坑。」大爺問：「怎麼看出？」四爺說：「你瞧，祭桌前亮亮的一塊黃土地。山上哪裏有平平的黃土地，下面必有埋伏。過去被捉，死倒不怕，幽囚起來全歸降他們，求生不得，求死不得，那還了得！」盧爺一看，果然山上各處皆是石頭，惟有墳前一塊土地，可見得是有假，只可半信半疑，被蔣爺拉住。

往北走小三神山、山神廟東山牆，至上天梯，就聽見水聲大作，類如牛吼。再瞧上天梯，一蹬一蹬的石階，直上直下，如梯子一樣。果然東北有一個大水潭，水勢亂轉，「嘩喇嘩喇」的聲如鼎沸。盧爺說：「此潭利害。」四爺道：「固然是利害。我看過天下的水圖，真是個水眼，寒則透骨。」大爺道：「不好就別下去。」四爺說：「誰教印信在潭中，就是開水鍋，我也得下去。」盧爺大哭：「下去就夠活的。」四爺說：「多麼喪氣！你別下去了，在此巡風，遇嘍兵辨別辨別。你可也別哭，教人看見，全走不了。」盧爺無奈點頭，只瞧著二爺、四爺下去。

至寒潭，四爺換了水濕衣靠，下潭工夫甚大，不見上來。又知道四爺身體軟，若水又涼，工夫又大，準死。大爺叫：「四爺陰魂在前，少等片刻，愚兄在五爺墳上哭他一場。」就也不管巡風了。轉頭至山神廟前，在一旁有塊臥牛青石上一坐，把夜行衣包袱一丟，就聽見廟內呼救說：「救人哪！救人！」大爺生來是俠肝義膽，專愛管人間不平之事，聽婦女呼救，站起來到廟門口。門隔扇半掩，由縫內一看：有一男子，嘍兵的打扮，面向西北；有一婦女，年近三旬，面向東南。雖是鄉間婦女，倒也素淨，眼含痛淚，口中嚷道：「救人哪！殺了人了！」正被盧爺看見。那嘍兵笑嘻嘻的言道：「嫂嫂不用嚷，左右無人，天氣已晚，你要喊了我們伙計來，更不好了。不如就是你我二人在此，倒也無人知曉。」盧爺連瞧帶聽，嘍兵說了好些不是人行的話，把肺都氣炸了。一抬腿，「嗑嚓」的一聲，那隔扇上簒踹折，恰巧的往下一拍，正把嘍兵壓在底下，鬧了個嘴扎地。盧爺躥進來，用足一踢，將隔扇踢開，解嘍兵的腰帶，將二臂捆起。再看婦人，由那邊半開隔扇斜身跑出去了，並未給盧爺道謝。大爺也不嗔怪。

嘍兵教隔扇壓了一下，又將二臂捆起，只當是一塊的伙伴，說：「別玩笑，有這麼著玩的麼？」抬頭一瞧盧大爺，嚇了一跳，只見他頭上戴紫緞子六瓣壯帽，絹帕擰頭，斜拉茨姑葉，紫緞子箭袖袍，鵝黃絲鸞帶，墨灰色的襯衫，青緞壓雲根薄底鷹腦窄腰快靴。脅下佩帶一口軋把峭尖雁翎勢鋼刀，綠沙魚皮鞘子，金什件，金吞口，紫挽手絨繩飄擺，懸於左脅之下。晃蕩蕩身高九尺，紫巍巍一張臉面，類如紫玉一般。兩道箭眉斜入天倉，一雙虎目圓翻，皂白分明。面形豐滿，大耳垂輪，五綹長髯根根見肉，故此未做官，人稱為「美髯員外」。這位爺秉性剛直誠篤，仁人君子之風。排難解紛，濟困扶危，有求必應，喜忠正，憎奸佞；愛的孝子賢孫，義夫節婦；恨的貪官污吏，土豪惡棍，到處專管不平之事。可巧遇見他老人家，嘍兵嚇得真魂出殼，連連往上叩頭，說道：「爺爺你打哪裏來？」盧爺哼了一聲，把刀拉出約有三寸有餘，言道：「你與那婦方才講些甚麼？作此傷天害理之事，當在刀下作鬼。」嘍兵說：「爺爺慢著，方才那是我盟嫂。嫂子、小叔有個離戲，我合他鬧著玩，他就急了，可巧教爺爺瞧見。你別生氣，叔嫂玩笑，古之常理。」盧爺唾了他一口：「呸！呸！甚麼東西！問你叫甚麼名字？哪裏的嘍兵？」「爺爺要問，我是君山早八寨頭一寨，是巡捕寨的嘍兵，姓毛，叫毛嘎嘎。」大爺說：「聽你這個名，就不是好人。我且問你，前邊五接松這墳地是甚麼人的？」毛嘎嘎道：「這個人提起來，英名貫宇宙。你橫豎也聽見說過，是金華府人氏，後在陷空島五人結拜，人稱『五義』，號曰『五鼠』。有個錦毛鼠白玉堂，身居護衛之職，鬧過東京，龍圖閣和詩，萬歲一喜封官。如今跟隨顏按院大人，至襄陽查辦事件。不料王爺派人去，將按院大人的印盜來。此人一怒，追至王府，進八卦連環堡，上沖霄樓拿印，一旦失腳，由天宮網墜落下去，教十八扇網罩住。更道地溝內有一百弓弩手，圍住銅網亂弩齊發。」盧大爺說：「可射在致命處沒有？你……你……你……你……你……快些說來！」毛嘎嘎說：「豈止射在致命處，射成大刺蝟一般。弩箭上全有毒藥，毒氣歸心，可憐老爺子一命嗚呼！稱得起是為國盡忠。死後還拉了個墊背的，把個張華拿刀扎死。依王爺埋在盆底坑，封他個鎮樓將軍與王爺鎮樓。有個魏先生出的主意，送往君山交給我們寨主爺，平地起墳，前頭挖下戰壑，招俠義前來祭墓，好拿人。我們寨主接著這個古磁罐，念起他是個英雄，常言說的是『好漢愛好漢，惺惺喜惺惺』，找了一塊風水所在，可著❶我們君山的人，一晚晌的工夫修得了一塊墳地。每天派我們祭奠一次，燒錢掛紙，還得真哭，不哭回去還是挨打。皆因我帶著小童，一個叫三多，一個叫九如，擔著食盒。可巧我遇見路大嫂子，擠在廟中，二人說笑兩句，被爺爺看見，這就是已往從前……。」毛嘎嘎跪在那裏，低著頭說了半天，一抬臉看盧爺靠著那扇隔扇，按著刀，瞪著眼，一語不發。「呀！爺爺睡著了。」哪知道盧爺聽到「射成大刺蝟」那句話時，心裏一疼，就死過去了，耳邊聽見「嘭嚕嘭嚕」的，就不知說些甚麼。你道為何不倒？有那扇隔扇靠住身子。嘎嘎看大爺不言語，就起身跑出去了。

盧爺被一陣風一颼，醒過來了，叫嘎嘎，再找不見。出廟隨叫隨找。那邊有人在五接松松樹之下，兩個小童兒將盒打開，擺上祭禮，燒錢紙，叩頭大哭：「五爺呀！」大爺一見，心中一疼，「咕咚」一聲，躺於地上死過去了。

若問盧大爺的生死，且聽下回分解。

---

❶ 可著：這裏指盡可能地派遣。

第十回　盧方自縊蟠龍嶺　路彬指告鵝頭峰

且說兩個小童兒奉寨主令，跟嘎嘎前來上祭，半路一晃，不知嘎嘎哪裏去了。天氣不早，只可兩人去祭奠。擺祭禮，奠茶酒，燒錢紙，叩頭，諸事完畢，將家伙撤下來，撤在食盒之內，抬將起來，由墳後頭土山子過去，不等嘎嘎，回寨交令去了。

卻說盧爺瞧著小童兒哭得甚慟，自己就把這口氣挽住了。冷風一颼，悠悠氣轉，抬頭一看，童兒等蹤跡不見，自思：「五弟準是死咧，四弟也活不了。我們當初有言在先，不能同生，情願同死，到而今我可就等不得三弟、二弟了。」一瞧對面有棵大樹，正對著五爺之墳。自己奔到樹下，將刀解將下來，放在地下，將絲鸞帶解將下來。可巧此樹正有一個斜曲股杈，一縱身將帶子搭好，挽了一個死扣。跪禱神祇，向著都京地面拜謝萬歲爵祿之恩，謝過包相提拔之恩；向著逆水潭叫了兩聲四弟，向著墳前叫了兩聲五弟；向著陷空島又叫了兩聲夫人，又叫道：「嬌兒啊！盧方今生今世不能相見了。」用手將帶子一分，兩淚汪汪說道：「蒼天哪，蒼天！我命休矣！」大義士把脖頸一套，身子往下一沉，耳內生風，心似油烹，眼一發黑，手足亂動亂踹，渺渺茫茫。

忽然耳內有人呼喚，微睜二眸，看見兩個人在面前蹲著：一個是藍布褲襖腰緊，藍布鈔包靸鞋；一個是青布褲襖，青布鈔包靸鞋。一個是白臉面，細條身材；一個是黑臉面，粗眉大眼。全都未戴頭巾，高挽髮結。黑臉面的手中一條木棍，眼前又放著一個包袱。盧爺自思：方才上吊，怎麼這時節我坐在這裏？必是兩個人將我救下。連忙問道：「二位，方才我在此樹上自縊，可是二位將我救下？」二人說：「是。你偌大年紀，又不是窮苦之狀，因何行此拙志❶？」大爺說：「噯喲！二位若要救人一命，勝造七級浮圖。奈因陽世間沒有我腳踏之地，是生不如死。」黑臉的說：「你瞧，這個不是他嗎？」白臉面的說：「對對，是罷。老人家方才山神廟可救了婦人嗎？」盧爺道：「不錯，也是出其不意，聽見廟裏有人呼救，是吾將毛嘎嘎捆上。那位大嫂跑了，是二位的甚麼人？」兩個人說：「這個包袱可是你的嗎？」盧爺說：「是我的。」盧爺在石頭上坐著，進廟救人，追出毛嘎嘎，見小童兒上祭，然後上吊，哪裏還顧包袱，被二位拾來。

你道二位是誰？居住晨起望，打柴為生。一位姓路叫路彬，一位姓魯叫魯英，是姐夫郎舅。皆因路魯氏險些被毛嘎嘎污染，遇盧爺解圍，逃回家去，正遇路、魯賣柴回家。一聞路魯氏之言——路彬是個聰明人，伶牙俐齒；舅爺是粗莽庸愚——魯英提了一條木棍，同路彬至山神廟找尋了一回，並沒遇見毛大。石頭旁邊撂著個包袱，拾將起來，正要回家，遇盧爺上吊。魯爺過去，將盧爺解將下來，盤腿耳邊呼喚，盧爺悠悠氣轉。魯爺聽姐姐所言，救他之人，與盧爺面貌無差，連包袱俱都不錯。

兩人與盧爺行禮，稱盧爺為恩公。盧爺問：「二位貴姓？」一人說：「我叫路彬。」一人說：「我叫魯英。」盧爺問：「那位大嫂是你們甚麼人？」路爺說：「是我賤內。」魯爺說：「是我的姐姐。」二人問盧爺說：「恩公貴姓？」大爺不肯說。路爺明白，言道：「恩公有話請說，我們雖與君山甚近，

❶ 行此拙志：實行笨拙的念頭。指自殺。

可是大宋的子民，有甚麼請說，絕無妨礙。到底恩公貴姓？」大爺說：「我姓盧，單名一個方字。」路爺說：「莫非是陷空島的盧大老爺麼？」大爺說：「正是。」路爺說：「到此何事？」盧爺說：「方才你們說是大宋的子民，我方敢告訴你們，皆因按院大人丟失印信，教賊人拋棄逆水潭中，我特前來撈印。」魯英說：「甚麼？是你撈！」盧爺說：「不是。我們來了三個人呢，有我二弟、四弟撈印，是我四弟下去。」魯爺說：「下去了沒有？」大爺說：「下去了。」魯爺說：「淹死了。」盧爺說：「嗳喲！」只聽「磅嚓」一聲，路爺打了魯爺一掌，說：「你胡說！」魯爺說：「下去就死。上回六月間，我們十幾個人，就是我水性好，拿繩子把我腰繫上，他們幾個人揪著繩子，我往水裏一扎，教浪頭一打，我就喝了兩口水。幸虧他們拉得快，不然我就淹死了。」路爺說：「四老爺那個水性像你嗎？御河裏頭捎❷過蟾❸，高家沿治過水，拿過吳澤。江海湖河溝壑池淀溪坑澗，無論多大水，不足為慮，何況此潭？」問盧爺從哪方下去的。盧爺說：「從正西。」路爺說：「不行。活該湊巧，今天早晨，他們將印拋將下去，正是我們在上天梯下打柴，瞧他們在鵝頭峰拋下一樣東西。恰是日色將出的時候，黃澄澄繫著一塊紅綢子，拋將下去。我們只是納悶，你老人家說出，我才省悟是印。你老人家收拾，一路前往，我指告四老爺的方位。」盧爺點頭，由樹上將帶子解下來，繫在腰中，將刀挎將起來，包袱拿起來，奔小神山。一邊走著，路爺、魯爺問盧爺，因為何故在此自盡。盧爺又問路爺、魯爺說：「方才這個墳，可是

❷ 捎：握住上部取東西。

❸ 蟾：本指蟾蜍，這裏特指宋仁宗的寵物三足金蟾。蔣平在初次朝見仁宗時，仁宗曾將三足金蟾投入萬壽山下的北海中，命其捕捉以試其水性。事見三俠五義第四十九回「金殿試藝三鼠封官，佛門遞呈雙烏告狀」。

我五弟墳嗎？」魯爺剛要答言，路爺怕他說出來，言道：「這個墳不是五老爺的墳，我聽說五老爺被捉，勸降君山，五老爺不降。假作一個墳，暗地裏有人。若有人前去祭墓，那是準被他們拿住。五老爺不降，被捉的人若降了，那就像五老爺降的一樣。這是鍾雄用意，你老可莫認真。」會撒謊人真說得圓全。蔣爺說的，盧爺還不深信；路爺的謊，盧爺信以為真。你道路彬何故撒謊？是聰明人一見而明。他想盧爺上吊，必是為他五弟之事。魯爺在旁發怔，他也不知他姐丈是甚麼意見，又不教他說話。走到上天梯上，魯英說：「小猴，小猴。」盧爺說：「不是小猴，是我們老四。」路爺又打了魯爺一下。路爺叫盧爺嚷，莫下去。

焉知曉四爺頭次下水，自己穿上魚皮靴，摘去頭巾，拿尿脬皮兒罩住腦袋，藤子箍兒上有活螺絲，擰上兩把牛耳尖刀，把自己的衣服包袱蓋好，叫二爺給巡風。四爺扎入水中，被浪頭一打，自覺著昏頭轉向，不能隨水亂轉，逆著水力往下坐水，寒徹透骨，霎時間力盡筋出。前文說逆水潭鵝毛沉底，難道說蔣平比這鵝毛還輕麼？不然，有個情理：這水是亂轉，不是鵝毛到水就沉下去，是轉來轉去，轉在當中，往下一旋，即旋入海眼去了，故此鵝毛沉底。蔣爺下水，是活人，講究下水，就得知道水性，憑它怎麼的轉，也不順著它去；若要順它到當中，也就旋入海眼去了。只是一件，寒徹透骨，蔣爺禁受不得，坐了五六氣水，在水中看大人印信影色皆無。大略著再坐兩氣水，冷就冷死了。往上一翻上岸來，渾身亂抖。叫二哥拉出刀來，砍些柴薪，拿自來火筒，揑火出，點著柴薪。四爺前後的亂烘，方覺著身體發暖，說道：「利害呀！利害！」二爺問：「可見著印沒有？」四爺說：「沒有，沒有。再看這回。」二爺說：「不好，莫下去了。」四爺說：「不下去，焉能行得了。」聽大爺嚷道：「莫下去！」四爺說：

「大哥一來，又該絮絮叨叨的呀。」一躍身，扎入水中去了。大爺又嚷：「不行了，四爺又入水中去了。」三人下上天梯，至逆水潭涯，叫道：「二弟！我與你薦兩個朋友。」二爺猛回頭，倒嚇了一跳，問：「此二位是誰？」盧爺將自己事說了一遍，也把路、魯二位的事學說了一回。二爺反倒與路、魯二位道勞。盧爺問二爺四弟撈印之事，二爺也把四弟撈印毫無影色說了一回。等夠多時，四爺上來仍去烤火，暖了半天。盧爺與路、魯見四弟，說鵝頭峰拋印之事。說了一回。蔣爺一聽，說：「這可是天假其便。」要奔鵝頭峰撈印。撈得上來，撈不上來，且聽下回分解。

第十一回　樵夫巧言哄寨主　大人見印哭賓朋

且說蔣爺一聽路、魯之言，今日早晨看見把印繫著一塊紅綢，由鵝頭峰拋下。四爺聽說就要前去下水。路爺一把拉住，說：「且慢，我有個主意。水性太涼，如何禁得住。叫我們魯爺取些酒來，我再打下點柴薪。四老爺外面烤透了，腹中有酒，準保在水中半個時辰不冷。」就叫魯英去家中取酒。路爺自己借韓二爺的刀，砍了些柴薪擱在火上，叫蔣爺過來烘烤。不多時，魯爺到來，拿著個大皮酒葫蘆，拔去了塞兒，蔣爺「嘟嘟嘟」的喝了一氣。又喝又烤，頓時間渾身發熱，內裏發燒，酒也不喝了，火也不烤了，直奔東南到鵝頭峰下。盧爺嚷：「到了。」蔣爺高聲嚷道說：「大哥、二哥聽著，多蒙路、魯二位指告我的所在，託賴天子之福，大人的造化，才能撈將上來。再若見不著印信，我可就不上來了。」大家一聞此言，驚魂失色。盧爺就要大哭，被大家勸住。

單說蔣四爺扎入水中，坐了兩三氣水，覺著不似先前那般冷法，總是腹中有酒的好處。又坐了幾氣水，睜眼一看，前邊紅赤赤的一溜紅綢子，「喇喇喇喇」的被浪頭打得亂擺。蔣爺就知道是印。迎著水力往前一撲，探手一揪紅綢，一絲也不動，蔣爺吃一大驚。你道印信拿不過來是甚麼緣故？這個印要扔在潭中，不用打算上來。前文說過，此潭水勢亂轉，鵝毛轉在當中都要沉了海底，何況是印？總有個巧機會，又道是不巧不成書。一者大宋洪福齊天，二則大人造化不小，三來蔣爺的水性無比，四來又是路、魯二位的指告：活該蔣四爺作臉❶，這印被山石縫兒夾住。若不是這個石頭縫兒夾住，也就被水旋入當中海眼去了。蔣爺盡力往上一提，提出石縫。蔣爺往上一翻，鑽出水來。

路、魯、盧、韓四人在鵝頭峰下，眼巴巴的看著，聽水中「呼隆」一聲，四爺上身露出，手捧金印，舉了個過頂。盧爺過去要拉，被二爺揪住，說：「失腳下去，性命休矣。」蔣爺上來，路、魯二位與大眾道喜。四爺將印交與大爺，仍奔正西前去烤火。路、魯二人催道：「天晚了，換衣裳快走罷。不然，君山撒下巡山嘍兵，可不是當耍的。」蔣爺點頭，又喝了些酒，拔了刀子，去了尿脬皮，摘了藤簍，脫了魚皮靴，換了白晝的服色，包起魚皮靴。大爺解了印上的紅綢子，收了印信。魯爺提攜著酒葫蘆。路爺緊催道：「不早了，快走，快走。」

大家上上天梯，走到山神廟。盧爺一指說：「我就在這遇見路大嫂。」蔣爺道：「若不遇見路大嫂，你也就早死多時了。」說畢，大家反倒笑了一回。

忽然間，聽見前邊銅鑼陣陣，「嗆啷啷」聲音亂響，滿山遍野燈籠火把、亮子油松，照徹前來。嘍兵嚷道：「拿奸細呀！」「嗆啷啷」叉盤❷亂響，大喊一聲說：「拿奸細！」此人乃是君山巡山大都督，外號人稱亞都鬼，名叫聞華。蔣爺一看，此人身高九尺，蓬頭勒金額子二龍鬥寶，兩朵紅絨桃頂門上「禿禿」的亂顫。紫緞子綁身小襖，寸排骨頭鈕，紫鈔包大紅中衣，薄底靴子，虎皮的披肩，虎皮的戰裙。黑窪窪的臉面，粗眉大眼，半部剛髯。蔣爺叫：「大爺把印給我罷，你們迎上前去。」路爺低聲說：「不

❶ 作臉：北方方言。爭氣。

❷ 叉盤：鋼叉的頭、柄之間安裝的響盤，有鎮懾敵人的作用。

可，我二人迎上去，不行你們再出。」蔣爺點頭，暗道：「兩個人本領還不錯呢！」蔣爺三人暗暗隱避身去。路、魯迎到上面，嘍兵嚷道：「甚麼人？」路爺言道：「是我們兩個。」嘍兵報道：「前面有晨起望賣柴的路彬、魯英擋住去路，稟寨主爺的示下。」聞華道：「列開旗門❸。」嘍兵一字兒排開。路、魯二人施禮道：「寨主爺意欲何往？」聞華說：「方才嘍兵報道，上天梯下逆水潭旁火光大作，怕有奸細，是我看看虛實。」路彬說：「沒有。我二人方才在上天梯下邊打柴，天氣太晚，潭中寒氣逼人，點了些柴薪烤了一烤，剛打下邊上來，並無別人。若有面生之人，我們還不急急的報與寨主知道？寨主若不憑信，就自己去看。」聞華一聽此言，說：「火是二人點的，我就不必去看了。」說罷，將手中三股叉一擺，眾嘍兵尾作頭，頭作尾，別處巡山去了。

蔣四爺暗地聽明，說：「好一個路彬！此人大大的有用，乃吾之膀臂也。」待嘍兵等去後，與路、魯會在一處，走小路穿山道，至路爺門首，要告辭。路爺問：「上哪裏去？」四爺說：「回上院衙。」路爺說：「走不得，此時巡山人多多了，若遇上可不好辦了，明日起身，我有萬全之計。今日且在我的家中住下，明日再走。」四爺點頭，至路爺家，到裏面上房屋中坐下。有路魯氏過來見盧大爺叩頭行禮。盧爺言：「不敢當。」行禮畢，入後去了。大家用飯。

次日，路爺與大眾換了樵夫的衣巾，擔著幾擔柴，連路、魯二人共五個樵夫，有像的，有不像的。二爺就像；大爺不很像，長髯的樵夫很少；四爺更不像了，癆病鬼的樵夫哪裏有？過南山梁，幸而沒遇見一名嘍兵。到樹林內換衣服，仍是本來的面目。大爺拿印，施禮作別。四爺說：「我們見了大人，必

❸ 旗門：即牙門。指軍門。這裏指隊伍分成左右兩橫列，中留空缺如門狀

說二位的好處。印可是我撈的，功勞實是二位的。你們從此也不必打柴了，大人正在用人之時，保二位大小總可以有個官職就是了。」路爺連說：「不行，我們焉有那樣造化。」四爺說：「還有用二位之處。」那五擔柴改作兩擔，又挑回去了。

再說大爺三位走舊路而回。進襄陽城，四爺叫大爺、二爺揣印由後門而入，自己由前門而進。到了上院衙門首，官人見四爺歸回，個個垂手侍立。到裏邊，見公孫先生滿臉愁容，四爺說：「何故如此不高興麼？」先生說：「可了不得，你早回來也好。王府人來，一個個如狼似虎一般，衙前亂嚷亂鬧，拿著文書，請定了大人的印了，怎麼說也不行。好容易天晚了，把他們央及走了。今日雖走了，明日還來呢。要定了用印的日子，我焉敢應承多暫用呢。」蔣爺言：「你說明天用。」先生道：「無印，明日拿甚麼用？」蔣爺笑說：「得回來了。」先生說：「得回來了？嗳呀！萬幸！萬幸！現在哪裏？」四爺說：「我大哥拿著呢。」隨說隨往後走，見著大爺、二爺、展爺正講論印信之事。四爺問：「我三哥呢？」展老爺說：「早就吃醉了。」蔣爺說：「好，趁著他睡覺，咱們先見大人。」盧大爺將印交與蔣平，先生回話，連玉墨也是歡喜。

不多時，裏面傳話，說：「有請眾位。」大家進去，蔣爺見大人行禮道喜。大人淚汪汪的說道：「眾位見著五弟了麼？」蔣爺回稟大人道：「未曾見著五弟，將大人的印信由逆水潭中撈將出來，豈不是一喜。」四爺將印往上一獻。大人不看印還倒罷了，一見印信，睹物思人，想起五弟就為此印至今未見，大概早死多時。大人哭道：「不見我那苦命的五弟，要此印信何用！我五弟為我無印而死，我還若坦然做官，居心不安。你們大眾外面歇息去罷。」含淚道：「五弟呀，五弟！」

大眾出來。蔣爺說：「可好！自己捨死忘生，費了多大的事，在逆水潭中三次才把印信撈出，指望著見大人望上一呈，大人必是歡喜，哪知反倒落了個無趣。」蔣爺可也不嗔怪大人，大人與五弟義氣太重，這也難嗔怪於他。蔣爺與展南俠道：「我可不敢派你差使。這個護印專責，非你不可。」展南俠點頭道：「小弟情甘意願。可有一件，我可一人不當二差，我只管護印，外面甚麼事我都不管。」蔣爺說：「就是。」只顧交付展爺印信。不大要緊❹，外邊一陣大亂，喝喊的音聲甚眾。不知甚麼緣故，且聽下回分解。

❹ 不大要緊：不多一會兒。要緊，在北方方言中可表示緊急、時間短暫。

第十二回　王官仗勢催用印　蔣平定計哄賊人

詩曰：

開卷閑將歷代評，褒忠貶佞最分明。
稗官❶也秉春秋筆❷，野史猶知好惡情。

忠佞各異，褒貶不同。史筆昭然若揭：有褒於一時，而即褒於萬世者；亦有貶於一時，而不貶於萬世者。這套書褒忠貶佞，往往引古來證據：

西漢時，高帝❸既定天下，置酒宴群臣於洛陽之南宮，因問群臣說：「爾通侯❹、諸侯、諸將等，試說我所以得天下者何故？項羽所以失天下者何故？」高起、王陵二人齊對說：「陛下使人攻打

❶稗官：本是上古一種官職，專門給君主講述市井議論、民間風俗等。因官職卑微，故稱稗官。後世泛指各類小說、說唱等通俗文藝。
❷春秋筆：指春秋那樣寓褒貶之意的文筆。
❸高帝：指漢高祖劉邦。
❹通侯：秦漢時爵位名。本作「徹侯」，避漢武帝名諱，改稱通侯或列侯。

城池，略取土地，既得地就封那有功之人，與天下同其利，因此人人盡力戰爭，以圖功賞：此陛下之所以得天下也。項羽則不然，妒賢嫉能，雖戰勝而不錄人之功，雖得地而不與人同利，因此人人怨望，不肯替他出力，此項羽所以失天下也。」高帝說：「公等但知其一，不知其二。夫運籌策、定計謀於帷幄之中，而決勝於千里之外，這事我不如張良；鎮定國家，撫安百姓，供給軍餉，不至乏絕，這事我不如蕭何；統百萬之兵，以戰則必勝，以攻則必取，這事我不如韓信。張良、蕭何、韓信都是人中的豪傑，我能一一信用他。得此三人之助，此所以取天下者也。項羽只有一個謀臣范增，而每事疑猜不能信用，是無一人之助矣，此所以終被我擒獲也。」群臣聞高帝之說，無不欣悅敬服。夫用人者恆有餘❺，自用者恆不足。漢高之在當時，若論勇猛善戰，地廣兵強，不及項羽遠甚，而終能勝之者，但以其能用人故耳。故智者為之謀，勇者盡其力，而天下歸功焉。漢高自謂不如其臣，所以能馭駕一時之雄傑也。

閑言少敘，書歸正傳。

且說蔣爺把印交給展爺，展爺實心任事，叫公孫先生裝了印匣，包在包袱，交了。展爺將印所打掃乾淨，將印放在桌上。展爺在旁一坐，佩定寶劍，目不轉睛，淨看著印匣：似此護印，萬無一失。

外面一亂，蔣四爺出去一瞧，原來是兩個王官，帶定王府兵丁二十餘人。這兩個王官全都是六瓣甜瓜巾，青銅的磨額，箭袖袍，絲鸞帶，薄底靴，跨馬服，肋下佩刀。一個是黃臉面，一個是白銀面，全

---

❺ 恆有餘：常有餘力。

都是粗眉大眼，半部剛髯，托著個黃包袱。兵丁給他拉著馬匹，直是喊叫，要請大人用印。蔣爺到面前與他們道了個辛苦，衝著兩個王官一齜牙。兩個王官一瞧蔣爺這長短，戴一頂棗紅的六瓣壯帽，棗紅的箭袖袍，絲鸞帶，薄底靴子。身不滿五尺，四尺多高，形同雞肋，瘦小枯乾，軟弱弱病夫一般，骨瘦如柴，青白面目，兩道眉遠瞧是兩道高崗，近瞧稀稀的幾根眉毛。尖鼻子，尖峰稜頭骨。薄片的嘴，芝麻牙，圓眼睛，單眼皮，黃眼珠。窄腦門，小下巴頦。兩腮無肉，癟太陽，高顴骨。細脖挺，大咳啦嗉溜肩膀，小腳巴丫。正像是走著跳著是活，倒臥能吃能喝的骷髏骨。緊七慢八❻，癆病夠了月份了，小名叫「對付著活著」。一陣風來了，迎風而仆，附風而僵。裏頭沒有骨頭架子支著，還能往裏瘦；外頭沒有人皮包著，能把人散了。

王官如何瞧得起蔣爺這個樣兒，對著蔣爺拿著小架子。蔣爺抱拳笑嘻嘻的問道：「二位老爺貴姓？」王官說：「我叫金槍將王善，他是我兄弟叫銀槍將王保。奉王駕之旨，特來請印。昨日有位先生告訴我們，說大人病了，不能用印，可也倒使得。人吃五穀雜糧，能不生病嗎？到底給我們個準信，是幾時用印，我們也好回覆王爺。」蔣爺說：「明天二位再辛苦一次。」王官說：「慢說明天，就是下月明天，也不要緊。倒是有個準日子。別像昨日那個先生，說完了不能用印就跑了。明天用印，你作得了主嗎？」四爺說：「我作不了主，是我們大人的吩咐。」王官說：「你貴姓？」四爺說：「我姓蔣。」王官回頭叫帶馬，連兵丁俱回王府去了。

蔣爺入內求見大人。見大人，提說王府差官請印之事。「明天正午，大人必要親身升堂用印，使奸王

---

❻ 緊七慢八：少則七個月，多則八個月的意思。舊時生癆病的人一般只能活七、八個月，故有此言。

他們就死了心了。」大人無奈點頭。蔣爺出來見先生說：「明日王府請印，你把用印差使讓與我罷。」先生連連點頭說：「使得，使得，等明日用印。」一夜無話。

到第二天巳牌時候，外邊一陣喧譁，王府的差官前來請印。蔣爺吩咐將官人傳到，大人正午升堂用印。王府眾人納悶，一個個交頭接耳。兵丁暗稟差官說：「上院衙能人甚多，可莫教他們拿在裏頭，用上個假印。老爺們用印時，必須要親身瞧看才好。」王官說：「那是自然的。」

天色正午，大人升堂，傳話出來，教差官報門而入。王善、王保至堂前報名行禮，將文書呈上。先生接過文書，展開放在公案。大人看了看，是行兵馬錢糧的文書。大人吩咐用印。蔣爺打開了包袱，請鑰匙開鎖，從印匣請出寶印，衝著王府二位差官，特意顯顯，叫他們看得清清楚楚、明明白白。王善、王保二人一看寶印，把舌一伸，渾身是汗，暗說：「怪道呀，怪道！」將印用完，交與王府二位差官。出得衙外，將文書包好，吩咐帶馬。兵丁過來聽見，說：「印文沒用上罷？」王官正在氣惱之間，喝道：「少說話！」催馬回王府去了。

再說上院衙大人辦理些公事退堂。先生將印信包好收拾起來，仍交與展南俠護印。先生同著蔣四爺說：「嗳呀！這可就沒有事了。」蔣爺道：「嗳呀！這可就有了事了。」先生說：「這可有甚麼事？」蔣爺說：「這事更多。不用印，王爺還不想害人；這一用印，他必是害怕，今日晚間必遣人來行刺。」先生說：「遣人前來行刺，還是沒我的事，用你們武將拿人。」蔣爺說：「雖是我們武夫拿人，還得用先生。甚麼緣故呢？今日晚間，把大人安撫後樓睡覺。你同著主管玉墨，你假扮大人坐在前庭，等候著刺客前來。」先生說：「嗳呀！嗳呀！我可不能，不能。」蔣爺說：「你不能也不行。你願意把大人殺了嗎？」先生說：「噯呀！你願意把我殺了？」蔣爺說：「有我呀。」先生說：「有你可就沒了我了。」四爺說：「無妨。要是你有好歹，我們該當何罪？連管家玉墨還得辛苦呢。大人平安，大家全好。」先生道：「你同管家說去罷，他點頭就行。」

四爺到後面見大人，叫大人晚間在後樓睡覺。大人道：「不用，我情願早早的死了，方遂吾意。」四爺說：「卑職等身該何罪？」大人道：「既然這樣，玉墨同四老爺去前面聽差。」玉墨嚇了一身冷汗，說：「四老爺，我哪炷香兒沒燒到，怎麼找在我身上來了。別的可以，當刺客囮子❼，準是熱決❽。」四爺笑道：「不怕，有我呢。」玉墨說：「有你準沒我。」四爺說：「你要死了，我們剮罪。」

僮兒無法，出來見先生。先生說：「你願意麼？」玉墨說：「願意？也是命該如此。」蔣爺說：「不怕。二位不放心，先充樣充樣。」先生說：「好。」四爺說：「我當刺客，拿著個小棍當刀。先生坐在當中，叫玉墨看茶來。」管家答應。四爺說：「我進來一砍，只要跑得快，就行了。」二人點頭，四爺出去，二人將門對上❾，玉墨在傍，先生當中。四爺往裏一看，二人直勾勾的四隻眼睛，直瞪著外面。蔣爺笑道：「那如何行得了？你們二位直看著外頭，哪裏行得了？」玉墨說：「閉著眼睛等死？」四爺說：「賊看見，不下來了。」玉墨說：「下來，你有甚麼便宜？」四爺說：「下來好拿，不下來難拿。」二人又低頭不看。聽門一響，玉墨站著，回身跑得快；先生坐著，衣服又長，一下踹住，往前一撲，倒

❼ 囮子：本指捕鳥時用來引誘同類的鳥。這裏借指引誘刺客中圈套的人。囮，音ㄜˊ。
❽ 熱決：馬上就處決的犯人。
❾ 將門對上：指把兩扇門關上。

於地上。先生說：「我不行，我不行，賊來準死。」四爺說：「把衣服撩起，用手一攏，自然下身就利便了，要跑就快了。」蔣爺出去，仍把隔扇帶上，往裏一瞧，先生受了蔣爺的指教，將衣服撩起，用手一攏，先把一條腿邁出半步。蔣爺再進來，一躥，兩個人早跑在東西屋中去了。蔣爺說：「行了，行了。」又演習了幾次，大家放心。

可巧正遇穿山鼠睡醒，打聽蔣爺甚麼事情，蔣爺說：「三哥來得甚巧，今日晚間必有刺客前來。」三爺說：「你怎麼猜著？」蔣爺說：「不是我猜著，是我逆料著來。安排著教先生假扮大人，你我大家分前後夜，好好保護著先生。若傷著先生，你我吃罪不起。」徐慶說：「是。我可就是愛睏。」隨手將韓二義、盧爺俱都請到了。誰前夜，誰後夜？盧爺說：「不管前後夜，我不合三爺在一處。」四爺說：「我同大哥在一處。」大爺點頭說：「好。」二爺說：「必是我同三爺在一處了。」三爺說：「二哥，咱們在一處倒好。」二爺百依百隨，三爺佔了前夜。四爺說：「四更天換更。前夜有事，前夜人承當。」三爺說：「那是自然。」

吃畢晚飯，掌燈後，韓二爺、徐三爺帶著刀，在裏間屋住。二爺把隔扇戳出梅花孔，搬了一張椅子一坐，一語不發。徐慶是性如烈火的人，聲音宏亮，說：「少時刺客前來，二哥莫動，我出去嚷，徐三老爺在此，諸神退位！」二爺說：「你休胡說，那是四弟寃你呢！莫嚷了，等刺客罷。」

天交二鼓，三爺性急，恨不得一時刺客來才好，說：「怎麼還不來？不來我要睏了。」玉墨說：「你可莫睡覺。」焉知三爺的性情與俠義不同，睡覺總脫了大睡。這還算好，不肯全脫光，把襪子脫了，一歪身躺在床上，不多時打起呼來了，齁聲如雷。玉墨說：「可好，睡著了一位了。二老爺可莫睡。」二爺說：「莫說話咧，要來可是時候了，先生叫管家罷。」玉墨把隔扇對上，把腿叉開，手扶著桌子。先生把衣裳撩好，叫玉墨看茶來❿。

正打三更，忽然間「啰喇」一聲，隔扇一開，闖進一人，擺刀就砍。不知二人生死如何，且聽下回分解。

❿ 看茶來：把茶送上來。

第十三回　神手聖奮勇行刺　沈中元棄暗投明

且說上院衙防備刺客，果不出蔣爺之料。打❶用印後，王府的王官回去，王爺等正在銀安殿與大家議論：王善、王保是白跑一番，再去一次還不用印。專摺本❷入都奏聞萬歲，就說他半路途中，將國家印信丟失。贓官必要罷職，趁此行兵，殺奔東京。正說間，兩個王官歸回，將文書呈上，雷英道：「大半又是白跑一次。」兩個王官說：「早已用上了，請王駕千歲一看。」王爺說：「你們可看著用印來著？」二人說：「大堂上用印，我們是親眼所見，並且還看得清楚。」王爺說：「必是假的。」王官說：「據小臣看，可不假。」王爺回頭問雷英：「你可認識真假麼？」雷英說：「認識。」

雷英去不多時，取來三張，往文書上一對，分毫不差。王爺問：「這三張是印麼？」雷英道：「正是。皆因鄧勇士盜了印來，我就印下了三張，恐怕日後有這件事。如今一對不差，必是當初鄧車盜來的是假的。」鄧車一聽急了，來到王爺面前說：「回稟王駕千歲得知，小臣盜來是真的。雷王官送往君山拋棄逆水潭時，在半路途中賣與上院衙的人了。」雷英說：「分明你盜來是假，你怎麼訛是我賣了呢？」鄧車說：「分明你是賣了，如不然，哪裏又有真印用來？」兩個人口角紛爭。旁邊一人微微的冷笑，說

❶ 打：自從。
❷ 專摺本：指專就一事所上的奏摺。

道：「小事不明，焉能辦起大事？又道是：聖人有云，『不患人之不己知，患不知人也』。」王爺一看，原來是小諸葛沈中元說話。問：「甚麼叫不患人之不己知？」聖手秀士馮淵說：「這兩句話王爺不懂？就是炕大，睡覺人少，不擠著。」沈中元說：「你胡說！」馮淵說：「誰要轉文❸，誰是混帳東西。」雷英說：「沈爺分派❹分派，到底這印是我賣了，是他盜來的假的？」沈中元說：「盜來的是真印，拋於潭中的也是真的，用來的更是真的了。」馮淵說：「那不成了三塊真印了麼？」沈中元說：「你知道甚麼？」雷英說：「倒要分析明白。」沈中元說：「鄧爺盜來，你拋在潭中，就不許人家撈出來嗎？」雷英說：「他們怎麼知道在潭中？」沈爺說：「鄧兄盜印，幾個人去的？」雷英說：「兩個人。」沈爺說：「回來了幾個？」雷英說：「一個。」沈爺說：「那一個被捉，又不是啞巴。申虎的性分，殺剮他倒不怕，就怕人家拿住，好話合他一說，有甚麼就告訴人家甚麼。」雷英說：「就是告訴人家，逆水潭鵝毛沉底，也是撈不上來。」沈爺道：「曾聞兵書有云：『知己知彼，百戰百勝；知己不知彼，百戰百敗。』豈不聞上院衙能人甚多，有個翻江鼠蔣平，治過水，捕過蟾，天子欽封水旱帶刀四品護衛。撈印必是此人。」王爺說：「這印出水可不好，贓官一恨，必要專摺本入都，孤家大大的不便。」雷英說：「無妨。一不作，二不休，今晚派人前去，將贓官殺死，以除後患。」王爺說：「哪位御弟願往？」鄧車說：「上院衙我是輕車熟路，今夜晚小臣前往。」王爺一聽大喜。沈中元說：「鄧大哥一人前去勢孤，小弟與大哥巡風。」鄧車一聽，更覺歡喜，說：「沈賢弟前往，大事準成。」焉知沈中元沒安著好心。

❸ 轉文：猶言掉文。指引經據典地賣弄學問。

❹ 分派：分辨。

皆因為白五爺死在陣中以後，王爺的氣色一日不似一日。沈中元與申虎又是個至親，他拿話套鄧車的實話，才知道申虎被鄧車哄騙被捉，只惦念與申虎報仇。今日逢著這個機會，自己拿了鄧車，投在大人那裏，求取大宋的功名，勝似在王府，早晚勢敗，玉石俱焚。又與申虎報仇，又是自己一條道路。鄧車焉能猜得出他的心思。

用晚飯時，王爺與二位親身遞酒。吃畢，天交二鼓之半，各自更換衣巾，鄧車換了夜行衣靠；沈中元就是自己原來的衣服，背著條口袋。鄧車問：「怎麼不換衣服呢？」沈中元說：「殺人是你去砍下頭來，我好背著。」鄧車歡喜，暗說：「是我時運來了，聰明人都糊塗了。他背腦袋，人家不追便罷，倘若追來，總是捉拿背腦袋的。」沈中元不換衣服，來見大人，準是成心投大人來的；若穿夜行衣，怕大人反想。

別了王爺，二人出府。到上院衙躥房進去，見裏面並無動靜，沈爺想：「不好，莫是大人無福了。因何連看著大人的都沒有，全睡了？我先慎重慎重，若殺了大人，我還是保王爺罷。」鄧車上房聽屋中呼聲甚大，裏面叫玉墨看茶來。鄧車想：「大人睡覺，可待到幾更時候？又是一個文人，不如早早的下手行事。」由窗外一看，大人正坐，主管一傍立定，雙門未關。亮刀往裏一躍，舉刀就砍。大人往東屋一跑，主管往西屋便去，一刀未砍著。早有一人出來，手持利刀，前來交手。鄧車方知不好，一刀先把燈燭臺砍落在地上。屋中一黑，二人再交手。殺在一處。

先生進屋中，叫三爺不醒，打也不醒。先生著急，咬了三爺大腿一下，三爺才醒。先生說：「有了刺客了！」三爺問：「在哪裏？」先生說：「現在外間屋中動手。」三爺問：「我的刀呢？我的刀呢？」

尋著了刀，光著腳，往外一蹞，腳踹在蠟上一滑，險些摔倒，大嚷道：「好刺客！哪裏走！」二爺看三爺出來，兩個人拿賊，不費事了。別看三爺粗魯，武藝甚好。鄧車與二爺動手就不行，又來了個穿山鼠，如何行得了，不如賣個破綻，躥出房外。三爺嚷：「好小子！跑了！」

至院內，二爺追出，院內動手。三爺出來時，鄧車躥上西廂房去了，躍脊至後房坡，出上院衙飛跑。二爺隨後上房追出。三爺上房，腳心上有蠟油一滑，由房上咕咚一聲掉下來了，「噹啷噹啷」，舒手丟刀。立起身來，將腳心的蠟油用手摳出，在土地下蹲了一蹲，然後躥上房，也就追出，隨後趕來。看看臨近，嚷道：「二哥，可別放走了這小子！」二爺回頭一看，三爺追來。再扭身細看鄧車，蹤跡全無，嚇了一跳。只見前邊有一片蓬蒿亂草，二爺想：「刺客必然在內。」三爺來問：「二哥，刺客在哪？」二爺說：「追至此間就不見了，你看怪不怪。我看必在亂草之中。」三爺說：「我進去找他。」二爺說：「且慢，他在暗處，咱們是明處，進去就要吃虧。」三爺說：「怎麼樣？」二爺說：「等著天亮就瞧見他了。」三爺說：「咱們等著。」

就聽西面樹林內有人說道：「鄧大哥！鄧大哥！破橋底下藏不住你。」二爺一看，西邊果有一個破橋。鄧車心裏說：「人家沒有瞧見我，你何必嚷！」撒腿就跑。

二爺看見，追下來了。三爺在後，也就追趕。趕來追去，又不見了。西南上有人叫：「鄧大哥！鄧大哥！那個墳後頭藏不住你。」二爺一瞧，又追。追來追去，又不見了。西南嚷：「鄧大哥！鄧大哥！廟後頭藏不住你。」鄧車心內說：「人家沒瞧見我，你替我擔甚麼心。噯呀！是了，怪不得上回他問我申虎之事，想起來了，申虎與他係親戚，這是與申虎報仇。沈中元！沈中元！我若有三寸氣在，不殺你誓不為人！」沈中元巡風，本欲投大人，又怕無福，兩相猶豫。有意保大人，又想無有進身之功，只可跟下來，屢屢指告，心中說：「鄧車也明白了。你怎麼害申虎來著，我也怎麼害你。」這就叫：「臨崖勒馬收韁晚，船到江心補漏遲。」又嚷道：「鄧大哥！鄧大哥！小心人家拿那磚頭石子打你。」一句話把二爺提醒，自說：「當局者迷，何用石子，現有袖箭。」回手把袖箭一裝，只聽見「噗哧」一聲，「噯呀」，「噗咚」，鄧車中箭躺在地上，扔手中刀。二爺過去，拔袖箭，搭胲膊，擰腿，四馬倒攢蹄捆將起來。三爺說：「我拿那個說話的去。」二爺說：「算了罷。沒有說話的，咱們還拿不住他呢。」

對面沈爺聽見他們拿了鄧車，必然前來請我，等了半晌，並無音信，只得往對面問：「二位拿住刺客了？」二爺說：「拿住了。」沈爺說：「二位貴姓？」二爺說：「姓韓，單名彰字，人稱徹地鼠。」沈爺問：「那位呢？」說：「姓徐，我叫徐慶，外號人稱穿山鼠，開封府站堂聽差，鐵嶺衛帶刀六品校尉、穿山鼠徐三老爺就是我。」沈中元指望他們回問，連一個說話的也沒有。沈爺無奈，說：「小可叫沈中元，匪號人稱小諸葛。我乃王爺府之人，特地前來泄機，棄暗投明，改邪歸正。」說了半天，無人答言。沈爺明白了：「自己要是投大人，這個功勞豈不是我的麼？這兩個人不肯引見，怕我佔了他們的功勞。」一笑：「哈哈哈，好個五鼠義，名不虛傳，你們拿住刺客，報功去罷，咱們後會有期。」三爺同著二爺，正說往回扛刺客之事，沈中元說了好些個話，他們全沒聽見。正要搭❺刺客回衙，忽然前邊來些燈籠亮子油松，照徹前來。

要問來者何意，且聽下回分解。

---

❺搭：共同抬起。

第十四回　樹林氣走巡風客　當堂哭死忠義人

且說徐、韓二位拿住刺客，正要回衙，前面一派燈光，看看臨近，原來是蔣四爺同大爺後夜坐更，聽裏面嚷喝的聲音，一同到後面來。至庭房叫人點起燈火，一腿將蠟臺也踹扁了。東西兩屋內一看，一張桌子底下有一個人，東屋內是先生，西屋內是玉墨。將他們拉出來，仍還是戰戰兢兢的，說：「他們追出刺客去了。」

四爺叫大爺看著先生，自己出得衙外，正遇打更之人，又有下夜的官兵掌燈火追來，遠遠看見有人，原來是三爺、二爺。問他們的緣故，二爺就將有人泄機，拿住刺客細述一遍。蔣爺咳了一聲，說：「這個機會哪裏去找。那個說話的人哪裏去了？」三爺說：「就在這對面樹林子裏。」蔣爺往樹林找了一遍，氣哼哼的回來：「方才有我，就沒有這個機會了。」三爺說：「不要緊，咱們把鄧大哥搭回去。」四爺問：「哪個鄧大哥？」三爺說：「就是這個。」蔣爺低頭細細一看，說：「原來是他，搭回去。」官人過來，抬回衙署。蔣爺說：「抬在我屋內去。」蔣爺跟將進去，叫官人外邊伺候。

蔣爺把鄧車的頭往上一扳，說：「鄧寨主，你可認識於我？」鄧車說：「不認識。」蔣爺說：「你是貴人多忘事。可記得在鄧家堡，我去拿花蝴蝶時，與你相過面，你可記得？」鄧車說：「噯！可相過面是個老道。」蔣爺說：「我學一聲，你就想起來了：『無量佛！』」鄧車說：「對對對。你還了俗了？」

四爺說：「我不是還俗。我當初為拿花蝴蝶，巧扮私行。你不認識我，我姓蔣名平，字是澤長，小小的外號『翻江鼠』。」鄧車說：「印是你撈出來的？四老爺你救我罷。」蔣爺說：「知恩不報，非為君子。當時花蝴蝶殺我，沒有你，我早死多時了。我先給你敷點止疼散。」說畢，轉身取來，給鄧車敷在傷處，果然不疼了。又把他的腿撒開，就綁著兩臂，說：「你降了我們大人，立點功勞，做官準比我的官大。連我還是護衛呢。」鄧車一聽，甚喜非常，說：「只怕大人忌恨我前來行刺，我就得死。」蔣爺說：「無妨。有我替你說話，你就說他行刺，你巡風，特意前來泄機。可有一樣，大人問你王府之事，你可得說。」鄧車說：「那是自然。王府之事，我是盡知。」蔣爺說：「我可不給你解綁，等著大人親解，豈不體面。」鄧車點頭。蔣爺說：「你先在此等候，我去回稟大人。」

蔣爺出來，告訴外面官人，仍是在此看守。到後面，大人早下樓，在庭房坐定。蔣爺就將拿住刺客話回稟一遍。大人吩咐：「將刺客帶來，本院親身審問。」蔣爺出來，正遇見展爺抱著印匣也來，在大人跟前聽差。蔣爺歸自己屋中，帶鄧車聽審。剛走在院內，就遇見徐三爺，也要聽大人審事。蔣爺知道叫他去聽不好，就說道：「你這個樣兒，你也不看看，成甚麼體統。大人是欽差官，你這麼光著腳，短衣裳，也不戴帽子，像甚麼官事？穿戴去罷。」三爺果然走了。

四爺帶著刺客進屋中，叫官人把午門❶擋住，莫教三老爺進來。蔣爺把刺客帶到桌前跪下，大人說：「下面可是刺客？」刺客說：「罪民是鄧車。」大人說：「抬起頭來。」鄧車說：「有罪，不敢抬頭。」大人說：「赦你無罪。」鄧車抬頭一看，叫：「蔣老爺，這不是大人。」四爺說：「怎麼？」鄧車說：

❶ 午門：指正當中間的正門。

「我方才看見大人不是這個模樣。」四爺說：「你方才瞧的那位大人，就是旁邊站的那位。」刺客說：「這是甚麼緣故？」蔣爺說：「算計你們今天前來，故此安下招刺客人。那位是先生，這位才是大人呢。」大人一看，刺客戴一頂馬尾透風巾，絹帕擰頭，穿一身夜行褲襖，靸鞋❷，面賽油粉，粗眉大眼，半部剛髯，兇惡之甚。大人問道：「鄧車，本院可有甚麼不到之處？」鄧車說：「大人乃大大忠臣，焉有不到之處。罪民久住王府，深知王府的來歷，今夜前來，不為傷害大人，情願棄暗投明，改邪歸正。大人恩施格外，小人願效犬馬之勞。」大人問：「王府之事，你可知曉？」四爺在旁說：「問你王府之事，你可說罷。」鄧車道：「說，說，說。」大人問道：「白護衛之事，你可知曉？」鄧車說：「更知曉了。就皆因追大人印，墜落天宮網，掉在盆底坑，被十八扇銅網罩在當中，一百弓弩手亂弩齊發。」大人站起來，扶著桌子，問道：「亂弩齊發，五老爺怎樣？你……你……你……你快些說來。」蔣爺暗地與鄧車擺手，鄧車錯會了意，說：「我說，我全說。一陣弩箭，把五老爺射成大刺蝟一般，可嘆他老人家那個歲數，為國亡身。」底下的話未曾說完，大人「噯呀」一聲，「咕咚」，「咕咚」，「咕咚」，一句話躺下了三個：大人、盧方、韓二義一聞此言，三個人一齊都死過去了。鄧車一怔，蔣爺真急了，說：「你這個人真糊塗，我這裏直擺手，使眼色，你老不明白。你看這可好了，死過去了三口。」鄧車說：「你叫我把王府事說出，問甚麼，說甚麼。」蔣爺說：「去罷，先向我屋中等我去罷。」叫官人帶鄧車送在四老爺屋中去，復返，將大爺、二爺攙起。大人那裏，早有人把大人喚醒過來了。大人放聲大哭，數數落落的淨哭五弟。大爺、二爺大放悲聲，也是哭起五弟來了。

❷靸鞋：指一種鞋幫納得很密，前臉較深，上面縫著皮梁的很結實的布鞋。靸，音ㄙㄚˇ。

蔣爺一瞧真熱鬧，趕緊攙將出去，說：「人死不能復生，咱們應勸解著大人才是，怎麼咱們哭得比大人還慟？」大爺說：「誰像你是鐵打的心腸。」蔣爺說：「淨哭，要哭得活五弟，哭死我都願意，就怕哭不活。」大爺說：「你勸大人去罷。」蔣爺說：「別哭了，咱們大家想主意，與五弟報仇才是正理。」

蔣爺進屋中，口稱：「大人，到如今五弟事也就隱瞞不住了。五弟是早死了，大人可得想開些。大人要有舛錯，我們大眾甚麼事也就不能辦了。若有大人在，我們大眾打聽銅網陣甚麼人擺的，五弟的屍骨在甚麼地方，去盜五弟的屍骨，拿擺陣的人活活祭靈，捉王爺，大人入都覆命，這叫三全齊美，又盡了忠，又全了義。那時節，無事時，我與大人說句私語。咱們全與五弟是拜兄弟，磕頭時不是說過『不願同生，情願同死』？完了事，咱們全是褡褳吊❸。大人請想如何？」大人被蔣爺說了幾句話，反覺甚喜，說：「護衛言之有理，我是文官，與五弟報仇，全在你們眾人身上。」蔣爺說：「虧了我三哥未來。他若聽見，他是非上銅網那裏去不可。」

焉知曉三爺穿了箭袖袍，蹬了靴子，戴了帽子，帶子沒有繫好，也沒有帶刀，往外就跑。到窗外有許多官人擠住，自己就在窗外撕了個窟窿，往裏一看，正是鄧車說到「為國亡身」那句話，大家都死了。三爺納悶說：「五弟死了？他死了，我也不活著了。我向誰打聽打聽才好。噯呀！他們誰也不肯告訴我。有了，我去問鄧大哥去。」又見官人擁護著鄧車，上四爺屋內去了，自己也來到四爺屋中，把官人喝將出去，到屋中把兩個小童兒也喝出去：「你們若在外面聽著，把你們腦袋擰下。」

把人全都喝退，三爺這才坐在鄧車一旁說：「鄧大哥，你好呀！」三爺打聽刺客姓鄧名叫大哥，他

❸褡褳吊：指像搭在肩上的褡褳前後同時掛東西一樣一起上吊。

錯會了意。鄧車打算是稱呼他呢。鄧車說：「好。」二人就一問一答的說。三爺說：「你才說是五老爺死了？」鄧車道：「是五老爺死了。」三爺說：「鄧大哥，你知道是怎麼死的？」鄧車說：「掉在銅網內亂弩攢身，尚且沒死；我接過弩匣，一下兒就死了。」三爺說：「鄧大哥，你好本事！」鄧車說：「本不錯。」三爺說：「五老爺埋在哪裏了？」鄧車說：「火化屍身，裝在古磁罈子內，送在君山後身，地名五接松蟠龍嶺。」三爺說：「很好。」鄧車見三爺滿屋中亂轉，不知找甚麼物件，問道：「你找甚麼哪？」三爺說：「找刀。」鄧車說：「何用？」三爺說：「殺你！」鄧車打算取笑。焉知三老爺真是找刀，可巧四爺屋內沒有刀。三爺要上自己屋中拿刀，又怕有人來了不好辦事，不由氣往上一衝：「有了，把腦袋擰下來罷。」往上一撲，將鄧車按倒，一捏脖子，一手就擰。鄧車仰面捆著二臂，躺在炕上不能動轉，又不能嚷，瞪著二目看著徐慶。三爺擰了多時，擰不下來。皆因鄧車也是一身的工夫，再說脖子又粗，如何擰得動。三爺大怒，嚷道：「你還瞪著我哪？有了，把眼睛挖出來便了。」只聽見「砰」的一聲，三爺二指尖挑定兩個血淋淋的一對眼珠子，躥下炕來。鄧車「噯呀」，疼痛難忍，「咕咚」一聲，摔於地下，滿地亂滾。眼是心之苗，焉有不疼的道理。

若問鄧車的生死，且聽下回分解。

第十五回　挖雙睛鄧車幾乎死　祭拜弟俠義墜牢籠

且說徐三爺提了鄧車的眼珠子，要奔五接松祭墓。正走在廚房門口，自己一想：「打屋裏找一張油紙，將眼珠包上。不然，到墳前豈不乾了？」啟簾來至廚房，正有一個廚役王三在那裏喝酒，見三老爺進去，嚷道：「老爺喝酒。」三老爺說不喝，叫道：「王三，你知道不知道五老爺死了呀？」王三問怎麼死的，三爺說：「在王府著人亂弩射死了。」王三聽說，大哭道：「可惜老爺那個歲數。但不知埋在哪裏？」三爺說：「在五接松，我這就是去祭墓。」王三說：「我在廚房與老爺備點祭禮。」三爺說：「有了。」王三說：「甚麼祭禮？」三爺道：「是腦眼。」王三問：「是豬的、羊的？」三爺說：「人的。」王三說：「噯呀！我的媽呀！哪個人的？」三爺說：「你看，是鄧大哥的。你拿點油紙來，我包上。」王三說：「你老自己去取罷，嚇得我腿轉了筋了。就在那箱子底下呢。」三爺自己去拿，也有繩子，也有油紙。三爺將眼珠包好要走，又怕廚子與四爺送信，不容分說，就把個廚子四馬攢蹄捆上，拿過一塊搌布❶把嘴塞上，說：「暫且屈尊屈尊你。」出門去了。

走在夾道，聽屋中有人說笑，到裏面，是展爺的兩個小童。小童一瞧，說：「三老爺請坐。」三爺說：「找你們老爺去，我在這裏等。」那個小童跑去送信展爺，正在大家勸解大人之時。小童進來回話

❶ 搌布：擦器皿用的乾布。

說：「三老爺在咱們屋中，請老爺說話。」展爺說：「我無有工夫。」四爺說：「幸虧我三哥沒來請，大弟你就去罷，將他絆住，千萬別叫他上來。」展爺點頭說：「印可先交給你看著。」四爺說：「是了，你去罷。」

展爺回到自己屋中，見三爺落座。三爺說：「大弟，我們老五死了。」展爺一驚，心中說：「他怎麼知道咧？」遂問說：「三哥聽誰說的？」三爺說：「鄧大哥說的。」展爺說：「你知怎麼死的？」三爺說：「亂弩箭射死的。」展爺方知徐三爺知道了，不覺淚下，哭道：「五弟呀，五弟！」三爺說：「你別鬧這個貓兒哭耗子了。」展爺著急道：「三哥，這時候還說戲言。」三爺說：「本來你是個貓，他是個鼠，豈不是貓哭耗子呢？」展爺說：「五弟一死，焉能不慟。」三爺說：「你要真慟，上墳上哭一場去。」展爺說：「就是五接松墳上麼？」三爺說：「是。」展爺說：「去不得，聽四哥撈印回來說，墳上有埋伏。若教人拿住，大丈夫死倒不怕，就怕囚起來，求生不得，求死不行，可不是玩的。」三爺說：「我知道你不去。你聽見他死，你更願意了。當初在陷空島將你囚在通天窟，改名叫憋死貓，差點把你的貓尿沒憋出來。你聽他死了，更趁了你的願了，說『可死了小短命兒』，是不是啊？」展爺氣忿忿的說道：「是哪個人對你說的？」三爺笑說：「我想著是這樣，沒有人說，你別著急呀！」展爺聽了說：「這就是了。我二人左右護衛，焉有不慟的道理。」三爺說：「同我上墳去，我方信是真交情。」展爺被個渾人說得無法，只可點頭，暗想：「得便與四爺送信去，四爺若知道，準不叫去了。」展爺道：「我備些祭禮前往。」三爺說：「有了。」展爺說：「甚麼祭禮？」三爺說：「腦眼。」展爺問：「是豬的、羊的？」三爺說：「人的。」展爺問：「誰的？」三爺道：「鄧大哥的。」展爺說：「就是刺客鄧車的眼睛？」三爺說：「就是他的。」展爺說：「三哥，你太粗魯了，四哥還要問他襄陽的事情，你怎麼把他的眼睛挖出來了？他還肯說嗎？」三爺說：「我這就要死了，誰管襄陽不襄陽的哪。」展爺問：「你去死去呀？不回來了？」三爺說：「我不回來了。」展爺說：「我哪？」三爺說：「你別不回來呀，你回來好送信。」展爺說：「使得。」

展爺用了一個眼色說，叫童兒好好的看家。小童兒答言說：「是，老爺放心罷。」三爺說：「你二人看家？」童兒說：「是，我們看家。」三爺說：「先捆起來，口中塞物，不然你們與四老爺去送信。」小童兒說：「不敢送信。三老爺捆我們，可受不得。」三爺說：「便宜你們罷，跟我們前去祭墓。」小童兒只得點頭答應，想著三老爺一個不留神，就暗地與四老爺送信。焉能知曉，三老爺素常是個渾人，一點細微地方沒有，這天他偏留上神咧。他叫小童兒、展老爺在前，他在後面跟著。小童兒不敢抽身，直奔馬號，叫馬號人備上四匹馬。大家乘跨坐騎，仍是徐慶在後，直到城叫開城門。

主僕出城，天氣尚早，城門仍然關閉。三爺放了心了，準知童兒不能回去送信。

逢人打聽道路，直到晨起望，穿村而過，走錦繡崖、鷹愁澗，到小山口往北，就看見了正東上蟠龍嶺，怪石嵯峨，上邊有五棵大松樹，密密蒼蒼，枝葉接連。樹下有土山子一個，土山子前一個大墳，墳前有石頭祭桌。石頭五供，有石碣子一個。徐慶不認識字。展爺遠遠望見石碣上邊刻的是「皇宋京都御前帶刀三品護衛大將軍諱玉堂白公之墓」。展爺一見，不覺淒然淚下。徐慶說：「別哭，等到墳前再哭不遲。」從盤道上山，道路越走越窄，小童說：「請二位老爺下馬，馬不能前進了。」大家下馬，這小童兒拉定，在此等候。二位上山。

這蟠龍嶺是得繞著彎兒上去，此山就是蟠著一條龍的形象，好個風水所在。行至上邊，展爺肝膽欲裂。徐三爺回說：「等我擺祭禮。」由懷中取出眼珠兒來，隨掏隨走。兩個人並肩而行，未走到墳前，就覺著足下一軟，「噯呀不好！」「呼隆」一聲，兩個人一齊墜落下去。你道展南俠聽蔣四爺說過，怎麼會忘了？皆因是一見玉堂之墓，肝腸慟斷，一旦間把埋伏就忘了，故此墜落下去。從高處往下一沉，二位爺把雙睛一閉，只覺得「噗哧」的一下，類若陷土坑內一般。睜眼一看，「噯呀不好了！」將二目迷失。

原來是鍾雄接著古磁罈，有王爺的話，平地起墳，前頭安下埋伏，以作打魚香餌。鍾寨主愛惜五老爺是名揚天下第一條好漢，故此與他找了一塊風水的所在，就是五接松下。正巧前面有個山溝，準知必有人前來祭墓，把山溝下面將石灰用水潑了潑，成壙子灰❷墊在底下，摔不死人。上面蒲席蓋好，撒上黃土，行家看得出來。不想展、徐二人墜下去，一抨將壙子灰抨起，迷失二目。幸是壙子灰，若是白石灰，就能把展、徐二位的雙睛損壞。只聽見上邊嗆啷啷一陣鑼鳴，來了些撓鉤手，把撓鉤往下一伸，就將徐慶鉤住，一齊用力，就把徐三爺搭將上來，立刻將二臂牢縛。坐在地下，閉目合睛，「哇呀哇呀」的直嚷。回手又把展南俠搭將上來，也是如此。這一個不能睜開眼睛，托天的本事也就完了。人憑的是手眼為活，總得眼淚把壙子灰沖出，方能睜開二眸。

待了多時，睜眼一看，展南俠的寶劍早教人解下去了。展爺暗暗的叫苦。徐慶也就睜開眼了。面前有二十多嘍兵，瞧著他們兩個人直笑，說：「可惜這麼大的英雄，被捉了淨哭。」有一個嘍兵過來說話道：「朋友別哭了，我告訴你一套言語：我家寨主爺是個大仁大義，不愛殺人，見了他央及央及，多磕

❷ 壙子灰：指墓穴中墊在底部的熟石灰。

幾個頭，就能把你們放了。」徐慶罵道：「放你娘的屁！小子過來，快給我們解開，好多著的呢。如其不然，可曉得你們的罪名。」嘍兵說：「你是誰？」三爺說：「你看那位，是常州府武進縣玉杰村的人氏，姓展名昭，字是熊飛，號為南俠，萬歲爺賜的御號是御貓，乃是御前帶刀四品護衛之職。我乃鐵嶺衛帶刀六品校尉之職，姓徐名慶，外號人稱穿山鼠，徐三老爺就是我老人家。你們還不撒開嗎？」嘍兵聽言道：「我當你們是無名小輩，原來是有名人焉。伙計們，報與寨主去。」展爺瞪了徐慶一眼，說：「被捉求死就截了，何必道名。」徐慶說：「他們要是懼官，就許把咱們放了。」展爺說：「怎麼你又怕死了？」徐慶說：「我倒不怕死，怕幽囚起來。」展爺說：「就不該來。」三爺說：「誰又早知道。」展爺一聽，他是怕死的言語，跟他饒上真冤。見幾個嘍兵往前飛跑說：「寨主有令，將他們帶到山上，結果他們的性命。」

若問二位生死如何，且聽下回分解。

第十六回 山內鍾雄謙恭和藹 寨中徐慶酒後翻桌

且說展、徐二位被捉，嘍兵把寶劍解將下來。又有徐慶一說兩個人的名字，嘍兵聽了，拿著寶劍，穿邊山，走小路，奔飛雲關上巡捕寨見聞寨主、黃寨主、賀寨主、楊寨主，報：「啟稟眾位寨主得知，五接松拿住人了。」聞寨主問：「拿住的甚麼人？」「拿住了兩個祭墓的，一個叫展昭，一個叫徐慶，還有一口寶劍，眾位寨主請看。」聞華說：「報與大寨主去罷。」少刻回來，嘍兵說：「大寨主叫把二人帶上山去。」

聞華帶幾名嘍兵，就至五接松，見眾嘍兵押解二人，相貌堂堂。一個是寶藍緞武生公子巾，寶藍緞箭袖袍，鵝黃絲鸞帶，月白色襯衫，青緞壓雲根薄底雁腦窄腰快靴；七尺身軀，面如美玉，頂額闊，兩道劍眉，一雙長目，面形豐隆，雙腮帶傲，方海口，大耳垂輪。一個是青緞六瓣壯帽，青箭袖，絲鸞帶，薄底靴；黑窪窪的臉面，兩道濃眉，一雙金睛暴露，獅子鼻翻捲，四字口見稜見角，一部鬍鬚，一寸多長，扎扎蓬蓬糊刷一樣，胸寬背厚，臂膀寬堆，疊威風，疊抱煞氣。聞華一見，暗暗的誇獎：「俠義的英雄，名不虛傳。」抱拳帶笑說：「不知二位老爺大駕光臨，有失遠迎。望乞二位貴客恕罪。」展爺說：「請了。」徐慶一見聞華，「哈哈」的大笑說：「好呀，黑小子！」聞華瞪了三爺一眼，哼了一聲，說：「我家大寨主有請二位，中軍帳待茶。」展爺說：「我們被捉，速求一死，何必又見大寨主。」聞華說：

「豈敢。二位駕臨，三生有幸，請二位至寨，另有別談。」

嘍兵們帶路，行至飛雲關下，往上一走，但見此山赫巍巍，高聳聳，密森森，疊翠翠，上看峰漫漫，下看嶺疊疊。一行行楊柳榆槐松，上邊有白雲片片，下邊有綠水涓涓。真有四時不謝之花，八節長春之草。山連山，山套山，不知套出有多遠。洞庭水旱八百，可稱是一座名山勝景。當中有一座大牌樓，上書金字是「飛雲關」。進飛雲關，路南有木板房三間，山牆上有一大木牌，高夠八尺，寬有丈二，八字橫頭，橫著三個大字，是「招賢榜」。展爺草草的念了念：

管理君山洞庭湖水旱二十四寨招討大元帥鍾，為曉諭天下事：天下各省隱匿英雄壯士過多。古云「寒門生貴子，白屋出公卿。鹽車困良驥，田野埋麒麟。高山藏虎豹，深澤隱蛟龍。」余鍾雄一介寒儒，得中文武進士之職。皆因奸臣當道，貪婪無厭，懸秤賣官，非親不取，非財不用……。

後面許多言語，待等北俠、智化雙詐降時再表。

展爺被後面人督催，不能往下再念，心中暗暗誇獎鍾雄進士出身，到底心胸不小。來到早寨頭一寨，其名就叫巡捕寨。二百名嘍兵一字排開，各持利刃，全都是高一頭，大一膀的，俱在二十以上、三十以下，衣帽光鮮，軍刃順利，並有三家寨主，一個穿黑，一個著紫，一個是寶藍的衣巾。展爺早就問了亞都鬼聞華名姓。聞華又與三家寨主一見，說：「這位姓展，這位姓徐。這是我們巡捕寨主：這位寨主叫神刀手黃壽，這位叫花刀楊泰，這位叫鐵刀大都督賀昆。」說了些謙虛客套，說：「我大寨主有請二位，中軍內待茶。」

二位往上又走，行至二寨，其名叫徹水寨，兩邊鵝頭峰，相隔有九丈，當中是一個山澗，其名叫碧溪澗，上面搭著個木板橋，就是大柏樹一解兩半，拿大鐵箍把他箍將起來，一面有個鐵橫頭兒，上縛黃絨繩兩根，縛在那邊有兩把大花轆轤、絨繩繞於上面；若有不測，將轆轤一絞，盡把這個木板橋絞將起去，要想出入，除肋生雙翅。展爺等上木板橋往下一看，只聽水聲大作；往西南一看，碧盈盈的一帶竹城。下木板橋，有二百多嘍兵，一家寨主。聞華引見：「這是徐、展二位；這是我們徹水寨的寨主，人稱金棍將于清。」

又走至箭鋭寨，二百嘍兵，一家寨主穿皂袍。先見展爺，後說：「這是我們箭鋭寨的寨主，外號人稱賽翼德朱標❶。」見畢，至章興寨，金錘將于暢與展爺見過。又到武定寨，這寨主身高一丈開外，黃袍，面似淡金，兇眉怪眼，猛若瘟神，兇若太歲，膂力過人，天真爛漫，外號人稱金鐗無敵大將軍于賒，也與展爺見過。又到文華寨，一家寨主，二百嘍兵。展爺一見，嚇了一跳，品貌與白玉堂五弟一般不二，故此把展爺嚇了一跳，略險些沒叫出五弟來。聞華也引見此人，叫金槍將于義，排行也是在五，稱為于五將軍。又來到五福寨，一家寨主，二百嘍兵，人稱八臂勇哪吒王經。豐盛寨，一家寨主，二百嘍兵，這家寨主金刀將于艾。丹鳳嶺寨主賽尉遲祝英。丹鳳橋一家寨主，削刀手毛保。棚柵門兩家寨主：雲裏手穆順，鐵棍唐彪。所有眾人俱都與徐、展見過。

❶按：據後文，箭鋭寨寨主是賽尉遲祝英，而丹鳳嶺寨主才是賽翼德朱標。今傳三種小五義的光緒刻本都有這前後不一致的情況，當是原腳本就如此。今仍其舊。

到了裏邊，至豹貔❷庭前，這就是大寨。抱柱上有副對子，上聯是：山收珠履❸三千客，寨納貔貅❹百萬兵。展爺暗道：「好大口氣！」啟簾櫳到得屋中，抬頭一看，這家寨主方翅烏紗，大紅圓領，腰束玉帶，粉底官靴，七尺身軀，面如白玉，五官清秀，三綹髫鬚，乍瞧就是一位知府的打扮。展爺暗道：「君山八百地，水旱二十四寨，要為這個寨主，總得是紅髫子，藍靛臉，說話哇呀哇呀的，才管得住山中的群寇，似這個人文質彬彬斯文模樣，如何管得住山中眾人？此人必然大有來歷。」俗言「人不可貌相」，別看鍾雄的打扮，文武全才。論文，三墳五典❺，八索九丘❻，無一不知，無一不曉，諸子百家，通古達今；講武，馬上步下，長拳短打，十八般兵刃，件件皆能。上陣全憑一條槍，勇將不走半合。怎麼就不走半合呢？使槍為甚麼又叫個飛叉太保？皆因是若與人動手，穿戴盔鎧，背後有八柄小叉，上縛著紅綢子，若要交手，二馬相湊，槍未到時，飛叉必然先到，準使敵人落馬，這就是勇將不走半合，因此人稱為飛叉太保。無事時，永遠文官的打扮。

今見展南俠一到，二人儀表非俗，因此離正位出迎說：「不知二位老爺駕到，未能遠迎，望乞恕罪。」展爺說：「豈敢。我二人被捉，速求一死，何必寨主這般的謙恭稱呼。」徐慶說：「好小子，你倒是個

---

❷貔：音ㄆㄧˊ。古書上記載的一種猛獸，或說似豹，或說似熊，或說似虎。

❸珠履：指受到足蹬珠履待遇的門客。史記春申君列傳記載，春申君養門客三千餘人，其上客皆穿珠履。

❹貔貅：指勇猛如貔貅的戰士。貅，音ㄒㄧㄡ。也是古書上所載的一種猛獸。

❺三墳五典：古代典籍的名稱。說法不一，一般認為三墳指三皇之書，五典指五帝之書。

❻八索九丘：古代典籍的名稱。說法不一，大多認為八索為八卦之說，九丘為九州之志。

樂子❼。」鍾雄哼了一聲，知徐慶是個渾人，與南俠講話，說：「二位大駕光臨，草寨生輝，若非坦機應巧，用八人大轎請二位也不肯下顧。」展爺笑道：「明知山有虎，故作砍樵人。為朋友者生，為朋友者死，寨主何必多言。」鍾雄說：「小可方才說過，請二位還請不至，焉敢有別意見。」徐慶說：「認得我們麼？」寨主說：「久仰大名，如雷貫耳，皓月當空。二位光臨，是小可的萬幸。」徐慶說：「你別轉這個臊文了。既然認得，不給我們解綁？」寨主吩咐與二位解綁。

解綁後，三爺說：「拿點漱口水來。你這個招兒真損，鬧了一嘴石灰。」漱畢，說：「給我們倒茶來。」落座，鍾雄說：「看茶。」三爺拿起來就喝。展爺也不漱口，也不喝茶。徐慶叫擺酒，展爺瞪了徐慶一眼。寨主吩咐擺酒。真乃是俠義的朋友，與眾不同，慷慨之甚。展爺說道：「咳，我二人區區之輩，直是教寨主嗤笑。」鍾雄說：「哪裏話來。」鍾雄與聞華執壺把盞，斟酒落座。鍾雄說：「請飯。」展爺把酒杯一端，然後放下。徐三爺正在飢餓之時，大吃大喝，不時的有嘍兵與三爺斟酒。展爺說：「我看寨主堂堂儀表非俗，又是文武全才，為何不歸降大宋，爭一個封妻蔭子，豈不勝似山中一位寨主？」鍾雄說：「早已有意歸降，只怕天子不肯容留。」展爺說：「寨主若肯棄暗投明，我破著合家的性命，保寨主一官。寨主若要居官，必在我展昭之肩左❽。」徐慶在旁說道：「我們展爺這話不虛。他若求求我們包相爺，相爺在萬歲跟前說一不二。」鍾雄聞說，當面謝過二位，「我有句話不好出唇。」展爺說：「有話請講。」鍾雄說：「我意與二位結拜為友，不知二位肯否？」展爺一翻眼，就明白了：「依他意

---

❼ 樂子：有趣的人。

❽ 肩左：指地位更高。古代左尊於右。

見，想著把子也拜咧，也不降咧，那時怎處？」說：「寨主先棄高山，後結拜。」鍾雄說：「先結拜，然後棄山。」展爺道：「我說寨主可別惱，我們大小是個現任官職，若與寨主結拜，京都言官、御史❾知道，奏參❿我們，擔當不起。」徐慶也喝夠了，也吃飽了，嚷道：「展大弟，別聽他的，他是誆咱們呢！不棄山，還是山賊。咱們合山賊拜把子，擔當得住麼？鍾雄，你拿著桌酒席誆我們拜把子，你打算誰無吃過哪？翻了罷。」這一翻桌，就是殺身之禍。

若問二位生死，且聽下回分解。

❾ 言官御史：言官即諫官，負責進諫；御史負責監督官員。二者都有向皇帝檢舉其他官員過失的職能。

❿ 奏參：向皇帝上奏章彈劾。

第十七回　二俠義巧會鍾寨主　三英雄求見蔣澤長

且說徐慶天然的性氣，一衝的性情，永不思前想後。一時不順，他就變臉，把桌子一翻，「嘩喇」一聲，碗盞皆碎。鍾雄是泥人還有個土性情，拿住二人款待，吃飽了翻桌，氣往上一撞，說：「你這是怎樣了？」三爺說：「這是好的哪。」寨主說：「不好便當怎樣？」三爺說：「打你。」話言未了，就是一拳。鍾雄就用二指尖往三爺肋下一點，「噯喲」噗咚，三爺就躺於地下。鍾雄說：「你這廝好生無禮！」焉知曉鍾寨主用的是十二支❶講關法，又叫閉血法，俗語就叫點穴。三爺心裏明白，不能動轉。鍾雄拿腳一踢，吩咐綁起來。三爺周身這才活動，又教人捆上了五花大綁。展南俠自己把二臂往後一背，說：「你們把我捆上。」眾人有些不肯，又不能不捆。鍾雄傳令，推在丹鳳橋梟首。內中有人嚷道：「刀下留人！」猛一看，是亞都鬼聞華，說：「寨主爺，這兩個人殺不得。外面掛定招賢榜，若要殺了這兩個人，外面必說寨主不仁，還有個甚麼人敢前來投山？」鍾雄說：「依你之見怎樣？」聞華說：「不如把兩個人幽囚在山，一個幽囚鬼眼川，一個幽囚竹林塢，慢慢再勸，必然降順。」鍾雄依計而行。

不說二位被捆，單說蔣四爺，天光大亮，勸大人少歇，不見展爺回來，就把印匣交與大哥，自己出來看看。歸到自己屋中，見兩個小童兒在那裏打轉，四爺問：「你們在此作甚？不在屋中，不在屋看著。」

---

❶ 十二支：本指子、丑、寅、卯等等十二地支。這裏指人身與地支數相符之十二經脈。

小童將三爺要擰腦袋的話說了一遍。蔣爺就吃了一驚，連忙進在屋中，血跡滿地，惟有鄧車躺在地上。蔣爺將他攙起來，「噯喲噯喲」的連聲亂嚷。蔣爺一瞧，眼睛是兩個大紅窟窿。蔣爺問：「鄧大哥，你這是怎麼了？」鄧車說：「這又是誰叫我鄧大哥呢？穩住了❷害我。」蔣爺說：「是小弟蔣平，怎麼是害你哪？」鄧車說：「蔣老爺，你可實在的害苦了我了。」就把三爺挖他的眼睛事，如此恁般細說一遍。蔣爺一跺腳說：「咳！三哥淨作這個事。」叫道：「鄧大哥，你瞧我罷。」鄧車說：「我也得瞧得見哪！」蔣爺叫小童著官人將鄧車解到知府衙門，收入監中。

蔣爺上展爺屋中去，由夾道一過，聽廚房裏有人哽哧❸，往裏一瞧，王三被捆。蔣爺過去解開，把口中搌布掏出，王三嘔吐了半天。蔣爺問：「誰捆你的？」王三說：「除非你們老爺們，誰作得出這個事來。」把三爺捆他事細述一遍。蔣爺說：「你瞧我罷。」王三也就無法了。蔣爺出來，到展爺屋中一看，連一個人影兒無有。蔣爺說：「不好了！」到馬號裏一問，號軍說備四匹馬出城去了。蔣爺想：「那三哥渾，使得；怎麼展老爺跟他涉險去？走了，就得被捉，這還了得！」

四爺進裏面告訴大爺、二爺：「連印帶大人，交與你們二位，我追他們去。」拿上自己包袱，奔晨起望。走在半路，見四匹馬，兩個小童呆立。小童哭著，就將三老爺激發展老爺同去祭墓，怎麼掉在坑中之事，細述一遍。蔣爺一聽，說：「也難怪展老爺了，都是三哥的不好。」告訴小童：「回衙見大老爺、二老爺說明此事，提我上晨起望打聽去了，有要緊事到魯、路家中與我送信。」說畢，小童兒上馬，

---

❷ 穩住了：北方方言。肯定是。

❸ 哽哧：形容喉嚨被堵塞時所發出的聲音。

拉著兩匹去了。

四爺到晨起望路爺門首，家內人出來。蔣爺並不說話，往裏面走，見路、魯迎接行禮，問印的事。四爺學說了一遍，又把徐、展祭墳的事問二位可知。路爺說：「方才有人提五老爺墓前有人掉下去了，拿往山中，不知是誰。」四爺說：「死活可知？」魯爺說：「我去打聽打聽便知。」

去不多時，回來說：「我見著嘍兵沒問他，他自己說出來了。我讓他喝酒去，他說無工夫，山中點名甚緊，因拿住二人。我問是誰，他說不是無名之人，一個展南俠，一個徐義士。我問他殺了罷？他說沒殺，要論我們寨主，真是好人，一見二人就愛兩個，淨說好話與姓展的。姓展的也說好話。惟有姓徐的淨玩笑，開口叫人小子，叫解綁，要茶要酒，吃完了把桌子推了，打人，被鍾雄點穴法，三老爺就倒下了，要殺。姓展的自己把雙手一背叫捆，二人同來同死。人家說真是好朋友哇。聞華講情，把二人幽囚在鬼眼川、竹林塢兩個水寨之內。君山這兩天甚緊，不時的點名。這就是我打聽來的。」蔣爺一聽，說：「好辦，只要沒死就不怕。」問路爺：「水寨在君山哪一方？」路爺說：「由此往東南水面，往東直到竹城，又叫幽篁城。這竹子由石塊上長出，半靠著山水，周圍一百多地。地南面有一個水寨門，周圍圈起來，十六水寨就在這幽篁城裏面，堅固之極。」蔣爺說：「無妨，只要在水裏頭，我就進得去。」路彬說：「不行，不行！別看逆水潭印倒好撈，這水寨可不容易得很咧！聽老人家說，此山由堯舜❹時就有。堯帝有兩個女兒，給了舜帝為妻，一個叫娥皇，一個叫女英。舜死後，湘君二妃就在此山慟哭舜

❹ 堯舜：傳說中的上古帝王，「五帝」中的最後二位。相傳堯晚年嫁二女於舜，並命舜攝政，死後即由舜繼位。舜晚年南巡時死於蒼梧之野，葬於九嶷山（在今湖南寧遠）。

帝，眼中哭出血來，滴於竹上，以後竹子上生出一身的斑痕，後人起名就叫湘妃竹，年深日遠。自從鍾雄到於山上，歷年間拿銅鐵條把竹子穿了，年分已多，連竹子帶銅鐵全都鏽在一處了，如同銅牆鐵壁一般。四老爺要從底下進去，銅鐵竹子鏽在一處，進不去；若打上頭進去，竹梢兒太軟；若打小門進去，一碰，串鈴一響，合水寨人盡都知道了；若碰在滾刀之上，準死無疑。這水寨類似銅牆鐵壁一般，如何能進得去！」蔣爺一聽路彬之言，直是怔呵呵的半晌無語，嘆了一口氣，說：「這也就是命該如此了。」

正為難之際，家人進來說道：「四老爺，外頭有人找你老人家哪。我們可沒有說你老在這裏沒在這裏，見不見隨你。」蔣爺問姓甚麼，家人說：「一位說姓歐陽，一位姓智，一位姓丁。四老爺是見不見？」蔣爺說：「是這三位，我請還請不至哪！」四爺同路、魯二位出迎，見著是北俠、智化、丁二爺。大家見禮，與路、魯也都見過。路、魯二位一看，三個人相貌堂堂，氣宇軒昂，品貌非俗。一個是軍官的打扮，碧目虬髯，紫面目，紫衣巾，類著神判鍾馗一般不二；一個是壯士打扮，一身青緞衣巾，肋下佩刀，黃白的面目，就是智化；一位是武生相公的打扮，肋佩湛盧劍，就是丁二爺。讓到家中，落座獻茶。蔣四爺一看這幾位來，「救我三哥與展老爺不費吹灰之力」。

若問怎麼救法？且聽下回分解。

第十八回　徐三爺鬼眼川發燥　無鱗鰲在水寨追人

且說北俠、智化、丁兆蕙。智爺雙探銅網後，把艾虎打發上茉花村❶去了，自己上臥虎溝等了幾日。北俠、丁二爺解欒肖到開封府內交差之後，辭了開封眾人，回奔臥虎溝，與智爺見沙龍、孟凱、焦赤。北俠、智爺、丁二爺會在一處，各言其事，講論了一天一夜。次日起身，本說同著沙、焦、孟三位一齊上襄陽，可巧沙爺身上不爽，未能前來，就是北俠、智爺、丁爺三位同行。一路無話。

到了襄陽城，奔上院衙，叫官人進去稟報。不多時，盧爺、韓二義出來迎接北俠、智化、丁二爺。三位與盧爺、韓二義見禮。禮畢，盧爺眼淚汪汪道：「怎麼三位賢弟這時才到？」北俠問：「五弟可好？」盧爺說：「死了。」北俠三位一聽，說：「此話當真？」韓二爺說：「這事焉能撒謊！」大家都哭起來了。遂走到盧爺屋中，大家哭得把坐下都忘了。北俠、丁二爺說：「早知五弟要死，打德安府跟了五弟來罷。」智爺說：「人要有早知道，我們探銅網之時，我還不走呢。五弟倒是怎麼死的？」大爺哭哭涕涕、數數落落的就把五弟之事，一五一十的說了一遍，大家這才知道。智爺說：「不用說了，大家想著給五弟報仇罷。也不枉弟兄們相好一場。」話言未了，兩個小童兒跑將進來。盧爺說：「你們兩個從何而至？」小童兒就把展老爺、徐老爺半路遇蔣老爺，連蔣老爺帶回來的言語，也就細說了一遍。智化說：

---

❶ 茉花村：丁氏雙俠的家鄉，在松江府。見三俠五義。

「事要急處辦，咱們先救活的，後顧死的。還是咱們弟兄三人走上晨起望，打聽三哥、展老爺的生死，若要死了，一同報仇；若要活著，想法去救。」北俠說：「正是。」丁二爺說：「我們也不見大人了，若見大人，替我們說一聲兒罷。」大爺點頭說：「你們多辛苦些罷。」說畢出衙。一路無詞。

到了晨起望，打聽路、魯的門首，至門前叫門。家人出來，三位通了姓氏，叫家下人進去請蔣老爺出來答話。四爺出來，大家見禮，進去入屋中，落座獻茶。蔣爺才問：「你們幾位從哪裏來？」智爺說：「由上院衙來。」四爺說：「由上院衙來，我們老五的事必然知道。」智爺說：「這二位……」蔣爺說：「這二位不用避諱，所有之事，沒有他們不知道的。再說撈印之事，若非二位指教，也不能撈得出來。這是咱們自己人。」智爺說：「五弟的事，我們是知道了。展老爺、三哥事情怎麼樣？」蔣爺說：「也聽見喜信了。」就將魯爺打聽來的言語，述說了一遍。智爺說：「好辦，就在今天晚間入水寨救人。」蔣爺說：「路、魯二位可以與我們僱一隻船。」路爺問：「要船何用？」蔣爺說：「上水寨救人。」路爺說：「方才說過不行。」蔣爺說：「方才不行，這時行了。」路爺問：「甚麼緣故？」四爺說：「有歐陽哥哥、丁二兄弟的寶刀寶劍，切金斷玉，無論甚麼樣銅鐵之物，一揮而斷。不怕是金子城，都能砍得開。挖個洞兒，我就進去救人。」路爺說：「這個可算真巧，船隻咱們就有現成的，在青石崖下靠著哪。」四爺說：「更好了，晚間二位就辛苦一次罷。」路爺點頭：「這有何難。」

用畢晚飯，路、魯帶路，走小道，穿無人的地方。至青石崖下，魯爺解纜，拿竹篙撐船，靠近河沿，大家上船。眾人入艙，路彬撐船，魯爺掌舵，走到二更時分，至幽篁城西面。舟靠竹城，請眾人出來。大家出艙，看見水天一色，半靠山水，這座竹城一眼望不到邊，實在的堅固。蔣爺說：「是歐陽兄，是丁二弟，無論刀劍，把竹子挖一個方洞兒，我進得去就行。」丁二爺說：「我砍去。」回手把劍拉出，只聽得「嗆啷啷啷」的一聲響，寒光爍爍，冷氣森森；光閃閃遮人面，冷颼颼逼人寒；耀眼爭光，奪人的二目：好一口寶劍！稱得起世間罕有，價值連城。路、魯二人平生未睹，連連誇讚。

二爺往前趨身，只聽得唬吃、唬吃、唬吃、唬吃的挖了一個四方洞兒。丁二爺叫：「四哥，看看小不小？」蔣爺說行了，叫道：「眾位，我若進得竹城水寨，我可不熟，也不認得竹林塢，也不曉得哪是鬼眼川。我若進去，沒偏沒向，碰著誰救誰，但願救出兩個。倘若救出一個，可碰他們的造化。我可沒親沒厚，把話說明，我再進去。」北俠說：「四弟多此一舉。」智爺暗道：「四哥真機靈，裏面兩個人，一個拜兄弟，一個是相好，萬一救出一個來呢？是展爺，還沒話；若是徐三哥，他就落了包涵❷了。先把話說明，以後沒有可怨的了。」智爺說：「不必交代了，趁早進去罷。」蔣爺說：「歐陽哥哥，你的眼神好，往裏瞧著點。我們若來了，你在外招著點。」北俠點頭：「四弟去罷，小心了。」四爺換了水濕衣靠，頭上蒙了尿脬皮兒，用藤子箍兒箍好，將活螺絲擰住。四爺說：「我進去了。」將身一躍，躥入方洞去了。

蔣爺往水中一扎，往上一翻身，踩水法把上身露出。看對面一隻隻麻陽❸戰船排開，船連船，船靠船，把水寨圍在當中。也按的五行八卦的形勢，四面八方十分的威武。桅杆上晚間時五色號燈，白晝就換了五色的旗子。看號燈，正南方丙丁火❹，是紅色號燈；正西方庚辛金，是白色的號燈；正北方壬癸

❷ 包涵：這裏是被人諒解的意思。

❸ 麻陽：縣名。在湖南。城臨辰水北岸，自古以善於製造堅固的木船著稱。

水，可不是黑色的號燈，白紙的燈籠上面有個黑腰節；正東方甲乙木，是綠燈；中央戊己土，是黃紙糊出來的燈籠。眾船接連，上面有嘍兵坐更，傳著口號。兩個人當中，有一個燈籠。蔣爺看畢，暗說道：「好個君山的水寨！這可是大宋的大患，四爺倒不足為慮。這個君山非除不可。」聽見船上的嘍兵講話，聽不見他們說些甚麼，非身臨切近不行。

分波踏浪，橫踹幾腳水，直奔船來。橫著身子，微把臉往上一露。船上有人說：「好大魚。」魚叉就在船上放著，一回手，衝著蔣爺就是一叉；若不是蔣爺那樣水性，也就教他們叉住了。四爺瞧見他們拿叉時，橫著一踹水，就多遠出去了，微把身子往上一露，聽見他們那裏說：「好大魚！可惜沒叉著，頂好的酒菜跑了。」那人說：「是你先嚷『好大魚』，不嚷，得著了。」蔣爺暗道：「得著了，你們可好，我可就壞了。」

由那邊來了一隻小船，船頭上擱著個燈籠，馬扎❺上坐著個嘍兵，捲簷藍氈帽，青袍套半袖，前後的白月光❻，上頭描寫著「徹水寨」，當中一個「勇」字，青布靴子，黃面目，手拿一枝令箭。四爺分水向前，知道這個船上沒叉，把耳朵眼睛露將出來，聽他們說道：「寨主爺也不知是看上他哪點了。要上竹林塢，有多省事，也不用過大關；上鬼眼川請他，還得過大關，寨主喜歡他那個渾哪，是愛他罵人哪！」

---

❹ 南方丙丁火：以古代陰陽家之說，東南西北中五方各與天干、五行相配。南方在天干中屬丙丁，在五行中屬火，故謂。下四方從略。

❺ 馬扎：又作「馬箚」。舊時所用的一種小型摺疊椅。

❻ 的白月光：指月色般純白。

坐著的嘍兵說：「你如何知道寨主爺的用意性情？姓展的不行，人家有主意，不像他。少時將他請在大寨，拿酒苦苦灌他，他一醉，拿好話一說，他就應了。一拜把兄弟，他算降了。姓展的二人同來，他降，那個不能不降。寨主爺是這個主意，你焉能知曉。」

那二人說話，早令四爺聽見。誰說三爺不是那樣性情？可好，三爺來了半日，性情令嘍兵都猜著了。來到大關，對面有人嚷道：「甚麼人？要開弓放箭了！」船上人說：「不可。我們奉寨主爺的令過關，上鬼眼川請徐慶去。現有令箭，拿去看了。」臨近，有人接過去，與水軍都督看了，回來將令箭交與船上人，吩咐開關。將大船解纜開關，大船撐出，小船過關。小船將到，大船上人嚷道：「小船好大膽子，船底下私自帶過人去。左右拿撈網子撈人！」四爺在底下一聽，嚇得魂飛海外，若叫人撈上去，準死無疑。

若問蔣爺的生死，且聽下回分解。

第十九回　入水寨幾乎廢命　到大關受險擔驚

且說蔣爺在水中，一手摳定了船底，一手分水，叫小船帶著他走，更不費力。他耳朵出來，凡船上所說話，他俱都聽見。行至大關，聽船上人討關，也是不教過去，看了令箭，方才開關。可見得君山的令，實在是森嚴。你道甚麼是大關？就是大船排在一處，開關時節，將大船的纜解下來，撐出一隻去，讓小船過去，這就叫開關。他若不開關，別處無有道路可過。好容易盼到開關時候，又被人家看破，自己將要扎下水去。小船上人說道：「不用拿撈網子撈人，我們是打中軍大寨領來的令箭，徹水寨要的船，眾位放心罷，沒有奸細。」大船上人說：「既然如此，放他們過去罷。」蔣爺暗暗說道：「是三哥活該有救。」仍然貼著船底過去了。你道大關上是為甚麼嚷要拿撈網子撈人？難道他們還看見不成？那眼睛也就太尖了。此乃是君山大關的一個詐語。是晚間，每遇有船之時，大眾必要七手八腳亂嚷一回，說有奸細，乃是個君山的詐語。日子長咧，也就不以為是了。哪知道今天把個奸細就帶過來了。

一過大關，蔣爺就不跟小船走了，自己在水中浮著水，跟著小船走了二里多地，小船就奔鬼眼川去了。遠遠的看見三哥在那邊暴跳如雷的亂嚷呢。這個地方，蔣爺一看，就知道要把三哥急撮❶壞了：在水中生出一個大圓山孤墩來，山上有房子，山上有竹子。拿竹子編出個院牆來，門外有一蹬蹬的臺階，

❶ 急撮：故意捉弄，使人發急。

曲曲彎彎的，又是盤道。就見三哥綁著二臂，在上亂跑亂罵。

你道人家展爺在竹林塢，也不綁，也不捆，單有兩個人服侍他。徐三爺也是如此，有人服侍，也不捆著。奈因他與人要酒喝，人家與他預備，還是上等的酒飯，喝醉了翻桌打人。人家就跑，他在後面就追。山上哪裏有他跑得快？他是穿山鼠嗎！追至河沿，一腳把人踢下河去。再找山上，沒人了，只可生會子悶氣，躺在屋中睡了。睜眼一瞧，依然二臂牢縛。緣故是他踢下水去的嘍兵，上了中軍大寨，見了大寨主，說了三爺的行為。大寨主吩咐：「叫亞都鬼把他捆上，你們就好看著了。」嘍兵說：「不用，既有大寨主爺的令，我們等他睡著的時候，就把他捆上了。」鍾雄吩咐去罷。嘍兵回來看他睡熟了，用繩子就把他綁起來了。三爺睜眼一瞧，二臂牢縛，嘍兵在院子裏說話：「三老爺，咱家爺兩個說了明白，可不是我捆的你老人家，是我們頭兒捆的你。你還要追我，我就跳河跑了，你也不能吃，也不能喝，豈不是活活的餓死！你要不要我的命，我好服侍你吃喝。」三爺說：「你倒是好小子，我要你的命，我不是東西。」嘍兵半信半疑。後來服侍三爺，果然他不要他的命。就是不與他鬆綁。吃完了晚飯，睡了一覺，天已三鼓，三爺出來滿山上亂跑，想起自己的事來，一急，故此就罵起來了。

遠遠望見小船上頭有個燈亮兒，蕩悠悠的前來，徐三爺站在山上，往下瞧著。小船靠岸，打著個燈上盤道，向著三爺把手中令箭往上一舉，說：「我家寨主有令，請三老爺中軍大寨待酒。」「你家寨主要請我吃酒？」嘍兵說：「正是。」三爺問：「請了展護衛了沒有？」嘍兵說：「早就請了，先請的展護衛，後才請你老人家來。展老爺在大寨久候多時了。」三老爺說：「他去了，我也去；倘他要沒去，我可不去。」嘍兵說：「去了。」蔣爺暗道：「這個嘍兵真會講，怎麼他就把三哥的性情拿準了？」就聽見三爺說：「鬆綁，鬆綁！」嘍兵說：「三老爺，我可不能給你鬆綁。」三老爺說：「你有這麼請客的麼？綁著手，我怎麼端酒杯子？」嘍兵說：「我的老爺，你好明白呀！能夠捆著喝酒？到那裏就給你解開了。」徐慶說：「不行，不解不去。」嘍兵說：「我的老爺，你老人家沒有不聖明的。我們寨主派出來請你來了，沒有吩咐解綁不解綁。我若私自把綁給你老人家解開，我們寨主一有氣，說『你甚麼東西，怎麼配與三老爺解綁？』我也擔了罪名了，於你臉上也不好看。暫受一時之屈，見我們寨主，下位親手解其縛，可不體面嗎？」徐慶說：「有理，有理！」蔣爺暗笑：「這小子冤❷苦了三哥了。」

嘍兵引路下山，棄岸登舟，三爺也不用謙讓，就在馬扎之上一坐。船家搖櫓，撲奔大關而來。到關口叫開關，仍把令箭遞將上去。不多時，嘍兵將令箭交回，吩咐開關。大船撐將出來，小船將要過關，大船上又是一陣亂嚷：「小船底下帶著人哪，看撈網子伺候。」小船人說：「列位不用費事了，剛打鬼眼川來，路上沒有甚麼別的動靜，不必費事了。」四爺方知是君山的詐語。

蔣爺跟船底過來，行至一里多地，船要往東。蔣爺由水內往上一躥，呼楞一聲，猶如一個水獺一般，把嘍兵嚇了一跳。四爺上船，用足一踢，那名嘍兵墜在水中去了，搖櫓的也踢下去了，掌舵的也踢下去了。三爺也一驚，細看是四兄弟。三爺笑道：「我算計你該來了。」四爺說：「你好妙算哪！我與你解綁罷。」三爺問：「展老爺你救了沒救？」蔣爺一想：「嘍兵都能冤他，難道我就不會哄他麼？」四爺說：「我先救展護衛，後來救你。」三爺說：「可別冤我。」四爺說：「自己哥們，焉有此理。」三爺說：「人家是我把他蠱惑來的，一同墜坑中被捉，先救我出去，對不住人家。」四爺說：「先救的他。」

❷ 冤：北方方言。指欺騙。

三爺說：「還丟了點東西哪。」四爺問：「甚麼物件？」三爺說：「腦眼兒。」四爺說：「我還要詐他的實話哪，你把人家的眼睛挖出來了。」三爺說：「我想五弟一死，我不活著了。」四爺說：「能可與五弟報仇，那才是交友的義氣哪！完了事，大家全死，不死還不是朋友哪！」三爺說：「先報仇。」四爺說：「對了，先報仇，後死。你可先別死哪！」三爺說：「俺們一同的死。可全都是誰來了？」四爺說：「歐陽哥哥、智賢弟、丁二爺全到了。」三爺問：「都在哪裏等著呢？」蔣爺說：「在幽篁城外船上等著呢。你看，到了。」

蔣爺說：「眾位，我們到了。歐陽哥哥招著點。」北俠在外早就看見了，說：「列位瞧罷，四弟撐著小船來了，不知是哪裏的船，會到他手裏了。」智爺說：「他那鬼計多端，甚麼招兒全有。」大家笑了。丁二爺問：「歐陽哥哥，你老人家看看四哥救出幾個人來？」北俠說：「船上就是徐三弟一人，並沒有展大弟。」丁二爺一陣狂笑：「哈哈哈哈！我早已就算著了，必是如此。」智爺一聽：「說不得，二爺要挑眼❸。」

蔣四爺在裏面嚷道：「接引著點，我三哥出去了。」徐三爺往外一躥，嗖的一聲，三爺出來，雙手扶船，腳沖天，仿佛是拿了一個大頂相似。把腰兒一躬，手沾船板，立起身來，對眾人講話：「有勞眾位前來救我。」大家說：「豈敢，你多有受驚。」蔣爺說：「眾位別說話，我出去了。」大家一閃，蔣爺也就躥出來了，挺身站起，過來將要與大眾說話，不想被丁二爺揪住問道，說：「四哥，你把三哥救出來了，我們舍親❹怎樣？」蔣爺說：「休要提起，誤打誤撞，碰上我三哥。我真不知道竹林塢在甚麼

❸ 挑眼：挑剔他人的缺點（多指待人接物方面的）。

地方。」丁二爺冷笑道：「那是你不能知道展護衛的下落。你不想想，三哥是你甚麼人哪？誰教我合姓展的係親呢！我少知水性，只可破著我這條命，若不把展護衛救將出來，總❺死在水寨，情甘願意。」說罷，就要往方洞裏頭一躥。北俠用手抱住說：「二弟！那可不行，你進去如何行得了，慢慢商議商議。」蔣爺說：「二弟，你還是這個脾氣。我進去險些沒教人家拿魚叉把我叉了。可巧有個小船請我三哥去，我跟著小船混過大關，差點沒有教人拿撈網子把我撈了。涉了這些險，才把我三哥救出。二弟，你可別惱，你那個水性，進去多少死多少。我就怕你挑眼，先把話說明，沒偏沒向。你容我救出一個，再救那個，我還能說不管嗎？」北俠說：「對了，我可不是替四弟說話，人家有言在先，能救一個救一個，能救兩個豈不更好呢！他絕不是有私的人。」智爺說：「二弟放心，我同歐陽兄明天由旱寨進去救出，你還不放心嗎？」徐慶說：「展大弟沒出來呀？他比我人緣甚厚，準死不了。他若死了，我不抹脖子，我是狗娘養的！」說得二爺這才不進去了。路爺說：「天不早了，快走罷！咱們船小，不會水的人多，要教人家大船追下來，可是合船的性命。」北俠說：「有理，快開船。」

那船走不到一里，後面鑼聲震耳，除麻陽大戰船一隻，數十隻小巡船趕下來了。

若問大眾如何，且聽下回分解。

---

❹ 舍親：對他人謙稱比自己小的親戚。展昭是丁氏雙俠的妹夫，故有此稱。

❺ 總：一起。

第二十回　蔣爺一人鑴船底　北俠大眾盜骨罈

且說蔣爺救了徐慶，路、魯催著開船。行不到一里之遙，後面鑼聲亂響。乃是蔣爺救徐慶，把小船人踢下水去，惟有使船的沒一個不會水的，雖然三個嘍兵墜水，全都撲奔水寨大關去了。惟有那個拿令箭的，他叫于保，雖然墜水，就死也不肯把那枝令箭撒手。三個人一到大關，將往上一露身，人家大關上人是手疾眼快，拿撈網子一撈，就把三個人抄上去了，說：「有奸細。」于保說：「是我們自己人。」大家一看，有相熟的問道：「是怎麼咧？」于保就把前言說了一遍，把身上水往下擰了一擰，就帶著他們見二位水軍都督：一個叫水底藏身侯建，一個是無鱗鰲蔣熊。于保見二位都督，就把前言細說了一遍。侯建傳令，命嘍兵駕小船，四下哨探往哪邊去了。不多時，報由正西竹城挖了一個方孔，出寨去了。二都督蔣熊說：「小弟追趕。」傳令齊隊。

蔣熊脫長大衣襟，利落緊襯，提刀飛身出水寨門，跳上船去，嚷喝催軍。嗆啷啷鑼聲振振，嘩啷啷、嘩啷啷拉起水寨門，一隻大船，後面十幾隻小船。痲陽戰船走動，似箭如飛。你道如何恁般快法？此船前有兩把大櫓，就得八個人搖，共十六把棹，一面八把，故此走起來甚快。

小船正走一里之遙，路、魯二人驚魂失色，說：「四老爺，可了不得了，後面痲陽船出來，片刻就要趕上咱們這小船。二船一碰，咱們這隻船就是一河的碎板子。」北俠、智化、徐慶說：「快靠船罷，別教我們都餵魚。」路彬說：「不能靠，離岸甚遠。」蔣爺說：「別慌，不怕，有我呢。漫說這麼幾隻船，再多也不怕。」原來預先他就防備下了，預備兩份鎯頭、鑽子，趁著沒脫水衣，叫路爺搖船慢慢走著。「不用忙，待我打發他們回去。」哧的一聲，躥入水中去了。

不多時，再看後面船上火滅燈消。原來是四爺下去，踹了幾腳水，上身露出，看見船頭立定一人，青緞短衣巾，六瓣壯帽，薄底靴子，面似瓦灰，手持一口鬼頭刀，嚷喝催軍。蔣爺暗笑，又往水中一沉。無鱗鼇正催水軍，忽聽見咚咚咚三聲，再聽唿唿唿唿的亂響。蔣熊說：「不好，是漏了，漏了，都漏了。」個個船上都是聽見咚咚三聲，再聽唿唿唿唿的水響，煞時間全亂成一處。漫說前進，就是一味的淨沉。四爺在水內，與他們各船上每隻船三鑽子，那些船隻不能前進。蔣爺就放了心了，復反又由水底下踹水而回，趕上了自己的船隻，「呼隆」往上一冒，把北俠等嚇了一跳。蔣爺一扶船幫上來，大眾問：「怎麼把他們打發回去咧？」蔣爺說：「就是這個玩藝，教路爺給預備了兩份。他們來的船少，若是再多點，這兩份也就夠用的了。」北俠說：「你就可以稱得起來的個『萬夫不擋之勇』。」蔣爺說：「『勇』在哪裏？」北俠說：「一萬人坐著船，你把船做漏了，誰能擋你？」蔣爺說：「哥哥，你寃苦了我了。」大眾笑了一陣，惟有丁二爺總是不樂。

蔣爺把水衣等脫將下來，白晝的服色穿好，天已快亮。至青石崖下船，魯英將船上的纜掛好。大眾回晨起望，仍是路彬帶路。拐山彎、抹山角、走山路、繞松棵，道不平，曲折折，就見徐三老爺用手一指說：「眾位，到了五弟墳了。噯喲！五弟呀，五弟！」三爺就哭起來了，哭得還是很慟，大家也覺傷心。智爺說：「既然如此，咱們都與五弟相好，何不大家到墳上哭他一場。若要四顧無人，沒有嘍兵看著，咱們就把他的屍骨盜將回去，日後五弟妹也好與他併骨，後輩兒孫也好與他燒錢化紙。」大家點頭說：「原當如此。」仍是路爺在前。

行至蟠龍嶺上，北俠說：「別往前去，你看那埋伏。」徐慶說：「我們就打這掉下去了，腦眼還在裏頭。」智爺說：「這就沒有埋伏呢！」丁二爺說：「明明這擺著呢，怎麼說沒有埋伏呢？」智爺一笑，說：「明煌煌露著這一段山溝。鍾太保總是個好人，他若不是好人哪，他就把這段山溝重新再拿席子蓋上，撒上黃土，先拿了兩個，再等拿別人。這個他露著山溝，他就無意拿人，就不是明擺個理兒，何必多慮！」眾人佩服智爺那個心眼真快，故此大家往前，繞著那段山溝，奔墳而去。

大家見墳，由不得一陣心酸，俱各放聲哭起來了，連路彬、魯英都遠遠跪在那裏磕了幾個頭。大家數數落落的哭了一回。先是智爺止淚，勸了這個，再勸那個：「人死不能復生，與他報仇倒是正事。」北俠與丁二爺也就收淚。忽聽見土山子後有哭泣之聲，細聲細氣，哭的是：「五弟呀，五弟！」智爺一拉蔣四爺說：「別哭了，四弟，你聽土山子後細聲細氣，哭的是五弟呀，五弟！別是大人來了罷。」蔣爺止淚細聽，可不是！蔣爺說：「我去看去。」奔到土山子，一躍身躥過土山去。果見一人扶定土山子，放聲大哭，看不出是誰來。頭上戴著一頂草綸巾❶，身穿著藍布短襖，藍布褲，花綳腿，藍布靴鞋，看不見臉面，有草綸巾遮蓋。旁邊立著一根扁擔，裏著一條口袋，拿繩子捆著一個藥鋤兒。蔣爺納悶：「怎麼他也哭五弟呢？」過來將草綸巾揪住，往上一掀。你道這草綸巾是甚麼帽子？就是樵夫戴的草帽圈。蔣爺將草帽圈揭下來，一看此人面似銀盆，兩道濃眉，一雙闊目，皂白分明，黑若點漆，白如粉錠；準

❶ 綸巾：本指諸葛亮在軍中所曾戴的一種青絲編織的頭巾，故又名諸葛巾。這裏稱樵夫戴著遮陽的帽圈。

頭❷豐隆，四方海口，大耳垂輪：相貌堂堂，儀表非俗。蔣爺說：「原來是你。」

此人乃是鳳陽府五柳溝的人氏，姓柳名青，外號人稱為白面判官。先本是綠林出身，自己一看綠林中沒有慶八十❸的，自己棄了綠林，在鳳陽府柴行中打點了一個經紀頭兒，以恕自己前罪。到處裏揮金似土，仗義疏財。近來有許多人尊敬他，都稱為「柳員外」。此人與白玉堂至厚，後來與五爺結拜兄弟。這晨起望有他一個表兄，叫蔡和，也是打柴為生。皆因柳員外前來看望他的表兄來了，吃完晚飯，蔡和問他說：「你吃的東西行化❹了無有？」柳爺說：「行化多時了。」蔡爺說：「告訴你一件事，你可別哭。」柳爺說：「我不哭。」蔡和道：「你死了一個朋友。」柳爺問：「是誰？」蔡爺說：「萬想不到。」柳爺問：「到底是誰？」蔡和道：「是你結拜兄弟白五老爺死了。」柳爺一聽，忙問道：「可是當真？」蔡爺說：「這事焉能有假。」就把五老爺如何死的細述了一遍。話還沒完，柳爺早死過去了。叫轉還陽❺，柳爺又哭。蔡爺說：「不必這裏哭，我告訴你上墳上哭去，得不得？」柳爺哭問：「墳在哪裏？」蔡爺指告明白。次日五更後，與柳爺換了一身衣服，樵夫的打扮，又說道：「你若要叫君山上人拿去，不可害怕，提與我係親，他必來打聽，我去能把你救出來了。」柳爺與表兄要了一根扁擔，一條口袋、二個藥鋤兒，將繩子捆好，打算得便將屍骨盜回五柳溝去，叫他們那些拜兄弟背著簍子趕船❻。趕緊出蔡和

---

❷準頭：相面的稱鼻子的下部為準頭。

❸慶八十：指慶祝八十歲大壽。

❹行化：消化。

❺還陽：指昏死過去後又甦醒過來。

家中，來到五接松蟠龍嶺，至墳地後身。見墳前有一個大窟窿，不敢由前而入，怕有埋伏，就在土山子後頭。一見這個大墳，就摔倒在地。工刻❼甚大，冷風一颼，這才悠悠的氣轉，耳輪中聽見有人哭喊的聲音，站起身來，把著土山子一看，原來他們大眾，把自己的眼淚招出來了，放聲大哭。

自覺草綸巾被蔣爺揪下去，這才見是翻江鼠，說道：「病夫呀，病夫！那都不是你把五弟的性命要了？」蔣爺說：「老柳，你不對，怎麼是我把五弟的命要了？」柳青說：「你若不在陷空島將他拿住，他若不出來作官，焉有今日之禍？」蔣爺說：「我叫他出來作官，為的顯親揚名，光前裕後，蔭子封妻，爭一個紫袍金帶，你怎麼說我把他害了？你還不知道他那個脾氣：眼空四海，目中無人，犯傲無知，酸驕美大自足。若不是他那道性分，如何死的了？來罷！老柳，我給你見幾個朋友來罷。」

拿著他的草帽圈，拿著他的扁擔，與大眾見禮。蔣爺說：「這是鳳陽府五柳溝人氏，姓柳名青，人稱白面判官，與老五把兄弟。這位遼東人氏，複姓歐陽，單名一個春字，人稱北俠，號為紫髯伯。這位黃州府黃安縣人氏，姓智，單名一個化字，人稱黑妖狐。這位茉花村……。」丁二爺說：「不必見，柳爺我們認識。」「這二位是晨起望人，一位姓路名彬，一位姓魯名英，打柴為生。那個哭的不用與你們見了，你必認識。」柳爺說：「不用見，我們認識。」智爺對蔣爺說：「四哥，這個不是個綠林底❽嗎？」蔣爺說：「誰說不是。」智爺說：「聽說雞鳴五鼓返魂香，我想咱們何不把他請將出來，拔刀相助。」

❻ 背著篙子趕船：俗語。形容在同做一件事上落在後面。
❼ 工刻：指經過的時刻。
❽ 綠林底：指綠林出身。

蔣爺說：「可以，那有何難，交給我咧。」蔣爺說：「老柳，老五是死了，咱們都是連盟把兄弟，你還用我給你下帖去嗎？咱們大家商量與老五報仇，大概你也不能不願意罷？」柳青說：「住了，病夫！實對你說了罷，若有老五在，百依百隨；五弟不在，天下別無朋友了。」丁二爺天生的好挑眼，專有小性兒，他一聽這句話，說：「列位聽見了沒有？他說除了老五，天下沒有朋友了，你我都不是朋友了。」北俠說：「不是老四給見過，他想不出費事。」智爺說：「有我呢，我有主意。」叫道：「三哥還哭哪！」三爺說：「我不哭了。」智爺道：「有人罵你哪，說你不是朋友。」三爺問：「誰罵哪？」智爺說：「就是他。」三爺說：「柳青，好賊根子！」劈胸一把抓住，揚拳就打。

若問兩個人怎樣打法，且聽下回分解。

第二十一回　徐慶獨自擋山寇　智化二番假投降

且說徐慶聽了一氣，抓住就打，蔣爺、智爺把徐三爺勸開。智爺說道：「三哥，何必生這麼大氣呢！誰是朋友，誰不是朋友，還用人說，我準知道。歐陽哥哥，遼東守備❶，辭官不作；丁二爺，外任官❷的少爺；徐三爺上輩開鐵舖，有道是『一品官，二品客』❸，本人有官，根底是好的；四哥上輩是飄洋的客人，本人有官底子，更是好的了；路、魯二位沒有多大交情，也說不著；我父信陽州的刺史❹，人所共知。這些人誰是朋友，誰不是朋友？橫豎不能上也是賊，下也是賊。上有賊父賊母，下有賊子賊孫，中有賊妻，一窩子淨賊，這還論朋友？這樣人同咱們呼兄論弟，怎麼配哪！」柳青一聽，黑狐狸精更損，罵得柳爺又不好急。大眾淨笑。

蔣爺說：「老柳，你比得了哪位，你說罷。依我說，你應了罷。」柳爺應了，是個跟頭；不應，又走不了，實在無法，說：「病夫，你叫我出來不難，除非應我三件事。」蔣爺說：「哪三件事？可應就

---

❶ 守備：武職官名。其位在都司之下，千總之上。

❷ 外任官：在京都之外各地任職的地方官。

❸ 二品客：指各地客商的地位僅次於地方官。

❹ 刺史：一州的最高地方長官。宋代以後稱知州。

應，你說罷。」柳爺本無打算哪三件事，蔣爺苦苦的逼著他說，當時想不起說甚麼好，順口說：「要我出來，我衝著眾位，我可不見大人，是個私情兒❺行了。」蔣爺說：「使得。第二件？」柳爺想這件不要緊。四爺又催：「你說呀，說呀！」柳爺本是正直的人，花言巧語一概不會，說：「二件，我幫著使得，我可不作官。」四爺說：「行了。三件？」柳爺一想更不要緊了。四爺知道柳爺沒準主意，緊催：「三件、三件、三件，說呀！我好點頭。」急得柳爺抓腦袋，忽然想起一件難人的事來了，說：「病夫，這三件怕你不能應了。」四爺說：「你說呀！」柳爺說：「我頭上有個別髮簪子❻，你若能打我頭上盜下來，我就出去；如若不能，你可另請高明。」大眾一聽，就知是成心難人。四爺說：「那有何難。你是不知我受過異人的傳授，慢說盜簪，就是呼風喚雨，也不為難。你把簪子拔下來，我看看就行了。」柳爺聽了好笑，說：「病夫不要冤我。」四爺說：「不行，你別出手，準拿在你手裏。」柳爺拔下簪子來，交與四爺一看，是個水磨竹子的，彎彎的樣式，頭兒上一面有個燕蝙蝠❼兒，一面有圓壽字，光溜溜的好看。四爺看了半天，說道：「我要盜下來，你不出去當怎樣？」柳爺說：「盜下來，我不出去是個婦人。」四爺說：「我若盜不下來，請你出去，我就臉上搽粉。」柳爺說：「咱們一言為定。」蔣爺說：「咱們兩個人擊掌，各無反悔。」兩個人真就擊了掌。蔣爺說：「咱們到底說下個時候。」柳爺說：「限你三晝夜的工夫，行不行？」蔣爺說：「多了。」柳爺說：「兩晝夜。」蔣爺說：「多了。」「那麼

❺ 私情兒：指以私人交情幫忙的人。

❻ 別髮簪子：指古代插在髮髻上不讓頭髮散開的長條狀物，以竹木、金銀、玉石等材料製成。

❼ 燕蝙蝠：指形如飛燕的蝙蝠圖案。因蝠與「福」同音，常被用作「福」的象徵。

一天一夜。」「多了。」「一夜。」「多了。」「半夜。」「多了。」柳爺說：「你說罷。」蔣爺說：「老柳，我給你一個便宜，要盜下簪子來，不算本領，給你再還上。」柳爺更不信了，說：「到底是多大工夫？」蔣爺說：「連盜帶還，一個時辰多不多？」柳爺說：「不多。」蔣爺道：「你我說話這麼半天，有一個時辰沒有？」柳爺說：「沒有。」蔣爺把手中簪子往上一舉，說：「你看這不是盜下來了嗎？」柳爺說：「呸！別不害羞了！」蔣爺將簪子交與柳青，說：「咱二人在你家裏見。家中去盜去，這也不是盜簪的所在。」

柳爺說：「方才我說你來著，險些沒教別人挑了眼。我天膽也不敢說別位。」蔣爺說：「便宜你。不是四哥，此山只要你下得去。」智爺說：「叫這位等等走。這位有條口袋，一個藥鋤，咱們借過來把墳刨開，把老五的骨殖起出來，日後也好埋藏。不然教別人起了去，擱在他們家裏，當他們的祖先供著，咱們就該背著篙竿趕船了。」柳青惡狠狠瞪了他一眼，無奈將藥鋤、口袋交與蔣爺，說：「我可就要走了。」蔣爺說：「你請罷，咱們家裏見。」柳爺一肚子的暗氣，帶了草綸巾，扛了扁擔，下蟠龍嶺去了。

大眾將墳刨開，將古磁罈請出來，裝在口袋，拿繩子捆上。三爺說：「我抱著它。老五在生的時候，我們兩個人對近。我抱著他，我們兩個人親近親近。」丁二爺說：「三哥，你也不曉得起靈的規矩。」三爺說：「甚麼規矩？」丁二爺說：「你得叫著他點。你不叫他，縱然把骨殖起去，他魂靈仍在此處。」果然，三爺就叫喊起來了，說：「老五老五，跟著我走；五兄弟，跟著我走；五弟呀！你可跟著我走。」正然叫著五弟光景，就聽見後面有人說道：「三哥，小弟玉堂來也。」徐三爺連大眾嚇了一跳，人人扭項，個個回頭。眾人以為是白玉堂顯聖，焉知曉是丁二爺取笑。智爺說：「二弟，哪有這麼鬧著玩的？」

丁二爺說：「我聽著三哥叫的這麼親近，老沒有人答言。」徐三爺說：「你這一聲，真嚇著了我了。」路彬、魯英說：「千萬可別說話了，天已大亮，還不快走呢！」

下蟠龍嶺，就聽見嗆啷啷一陣鑼響，原來是巡山大都督亞都鬼聞華，帶領著嘍兵趕下來了。皆因水寨損壞了船隻，幸而好一個人也沒死，立時飛報巡捕寨。一面是神刀手黃壽、花刀楊泰、鐵刀大都督賀昆，飛報大寨主。一面是聞華帶領著嘍兵追趕下來，手提三股叉，竟奔小山口而來。鑼聲振振，喊聲大作，出小山口就把大眾追上了。

智爺一瞧，黑壓壓一片，往前追趕，口中嚷：「拿奸細呀，拿奸細！」智爺說：「我們幾個人露不得面，你把罈子交給我，你上去把他們打發回去。」三爺說：「我是打君山跑❽的人，人家見了面罵我幾句，可怎麼好？」智爺說：「你就跟他犯渾❾，可別殺人。」三爺說：「這些人裏邊必有寨主，這些個嘍兵，你不叫我殺人，怎麼打發他們回去？」智爺說：「我自有道理。」回頭叫：「歐陽哥哥，把你老人家那個刀，借給三哥用用。」三爺一聽就歡喜了，有了這七寶刀，自然就容易了。北俠將刀交與穿山鼠。

這些嘍兵看看臨近，三爺就撞上來了，大喝了一聲：「小子們哪去！」嘍兵稟報大寨，前面有人擋路。亞都鬼吩咐列開旗門，嘍兵列開一字長蛇陣。聞華提叉向前說道：「前面甚麼人？」徐爺說：「是你三老爺。」聞華說：「原來是徐三老爺。我家寨主派我追趕於你，請你回山。」徐慶說：「放你娘的

❽ 打君山跑：從君山逃走。
❾ 犯渾：裝著不講道理的脾氣發作了。

屁！」把手中刀亮將出來，往前一縱。聞華就知道這人不通情理，對準了三爺頸嗓咽喉就是一叉。徐三爺把身子往旁邊一閃，用七寶刀往上一迎，嗆啷一聲，「鐺啷啷」，就把個叉頭砍落在地下。聞華這可好了，剩了個叉桿，扛起來就跑。徐三爺一陣撒瘋，就聽見「唥喳唥喳」一陣亂響，「丁丁當當」又是一陣亂響。緣何「唥喳唥喳」？是把人家兵刃削折了的聲音；「丁丁當當」，是那半截折兵器墜落在地上的聲音。嘍兵四散。三爺也並不追趕，拿著刀交與北俠，自己帶起大眾。同回晨起望路上去了。三爺誇獎這七寶刀的好處。

來到路、魯的家中，日色將紅，將古磁罈放於桌案之上，大家又參拜了一回。路爺預備早飯。飯畢，蔣爺說：「昨天把我三哥救將出來，我今天晚間務必再把展護衛救將出來，也不用去多少人，就有兩個人就行了。」智爺說：「且慢，你要今天晚間再去，大大的不妥。按兵書上說，得意不可再往。」蔣爺說：「今天我不去救展大弟，那可就透出有偏有向來了。我今晚夜入君山，總然死在那裏，清心塗膽，甘心情願。」智爺說：「不行。大丈夫總然不怕死，也不可盡愚忠愚義。四哥，你請想，那飛叉太保鍾雄文中過進士，武中過探花，文武全才。文的不必說。論武，書讀孫武十三篇，廣覽武侯兵書；善講攻殺戰守，稱得起『運籌帷幄之中，決勝千里之外』。鬼神莫測之機，濟世安民之策，雖不能比成湯⑩的伊尹⑪、渭水的子牙⑫，我耳聞著很夠看的。他昨日傷了船隻，今日又殺敗了個亞都鬼，他今夜晚間焉有

⑩ 成湯：商朝的建立者，以聖明著稱。

⑪ 伊尹：成湯時的執政者，輔佐湯攻滅夏桀，建立商朝。以足智多謀著稱。

⑫ 渭水的子牙：指輔佐周文王、武王滅商的呂尚。姜姓，呂氏，名望，字子牙，人稱姜太公。與周文王遇合前

不嚴禁之理？你若前去，豈不是要受險？」蔣爺說：「咱們那裏頭有個人，難道說還能不救他去麼？」智爺道：「救是救，咱們總得想個法子。」蔣爺說：「我先領教領教甚麼法子。」智爺說：「我在五接松蟠龍嶺，就想出招兒來了。常言『一人不過二人智』，我說出來，你得刪改刪改。」蔣爺說：「你說罷，哪點不好，咱們大家議論議論。」智爺就把會同著北俠詐降君山的事，細述了一遍。

畢竟不知是怎樣降法，且聽下回分解。

隱居垂釣於渭水。

第二十二回　晨起望群雄設計　洞庭湖二友觀山

詩曰：

善處家庭善自全，從來惟有舜為然。
屢遭奇變終無禍，半賴宮中女聖賢。

古來處家庭之變者，莫如舜；善處家之變者，亦莫如舜。舜有個異母兄弟叫象，脾氣驕傲無比，累次要害舜，舜卻終無禍患，並且使父子兄弟終歸和睦。舜固是生來的孝友，也是半賴內助之賢，仗著二妃常常指告。後來帝舜南巡，二妃從之。舜崩，葬於蒼梧之野，二妃哭泣不止，淚點滴在竹上，遂成斑竹。就此三日不食，沉江而死，即葬在湘江之旁，為湘江神靈，管著湘江水府。二妃乃是帝堯之二女：一個叫娥皇，為湘君；一個叫女英，為湘夫人。給他在山上立了一個廟宇，四時大祭。後人就叫此山為君山，廟叫作湘君廟。故此將他的故典引來，述說一遍：

昔唐堯在位之時，天下大治。因見其子丹朱為人不肖，不可君臨天下以治萬民。因命臣子四處訪求賢人，以傳大位。

訪求多時，四岳❶乃奏道：「臣等細細訪求，今得一人，其名曰舜，頗有聖德，可以佐理天下。」堯問道：「舜乃何人？汝等何以見他有德？」四岳回答：「凡人能治國者，必先能齊家。這舜乃歷山農夫，常耕於野。他的父親叫作瞽叟，為人最是愚頑；他的母親又最嚚❷蠢；他的兄弟叫作象，又最傲慢。一家人皆不知道理。因見舜仁以存心，義以行事，且舉動必以禮，言語必以正，故父母皆不喜歡他，惟溺愛於象。故家中凡有勤勞之事，皆叫他去，象則聽其嬉遊。這舜毫不動心，事父母則惟知盡孝，待兄弟則惟知友愛。任父母百般折磨，他只逆來順受。所以臣等見他有德。」堯聽了肅然起敬，道：「舜能如此，誠為難得。但不知可有妻子沒有？」四岳對道：「因父母不愛，尚是有鰥❸在下。」堯喜道：「如此卻好。吾想人誰不孝，每每孝衰於妻子。他既無妻，朕有二女，朕甚愛之，要他出類拔萃，作個娥中之皇，女中之英。故長女取名娥皇，次女取名女英。二人德性頗賢，朕不配與凡流。今舜既孝弟如此，朕就將二女同嫁於他。一來使二女得嫁賢人，有所仰望終身；二來就可試他待父母何如；又可看他有了二女，又待父母何如，便可知他的才德了。」四岳道：「聖帝之言，最為有理。」堯說：「既是有理，就可舉行。」四岳領命，就使人到歷山與舜說知此事。瞽叟聽了大驚道：「畎畝❹匹夫，怎敢娶天子宮壼❺中

❶ 四岳：相傳在堯時管理四方諸侯的四位大臣。
❷ 嚚：音一ㄣˊ。指母親對子女缺乏慈愛。書堯典：「父頑，母嚚，象傲。」
❸ 鰥：音ㄍㄨㄢ。沒有妻子（未娶或喪妻）的（成年男子）。
❹ 畎畝：田地。畎，音ㄑㄩㄢˇ。

的淑女。」就叫舜去辭。舜因說道：「天子之命猶天也，欽承❻猶懼不恭，誰人敢辭？況娶妻乃嗣續大事，天子之女不娶，更娶何人？」瞽叟道：「若不辭，娶了家來，他倚著天子貴女，將公婆也要管著，卻將奈何？」舜道：「聖王淑女既肯下嫁，焉能驕傲。既知夫婦之禮，必無上凌之事。」遂承命不辭。

四岳報堯帝，堯帝大喜，遂與娥皇、女英說知。到臨行又再三囑咐道：「欽哉❼，必敬！必戒！」二女領命，遂由河直下降到溈汭，與大舜為配。

二女果賢，自歸舜之後，上事公姑，克盡婦道，全無一毫驕貴之氣。夫妻之間情意和諧，甚是相得。舜雖仍舊耕田，到了此時貴為天子之婿，卻家有倉廩❽，野有牛羊，室懸琴瑟，壁倚干戈，朝夕間幽閑靜好。

象看在眼裏，便心懷妒忌，因與父母商量，要謀害舜，道：「若能害了兄舜，我只要他的干戈、琴瑟，並教二嫂收拾床鋪足矣。其餘倉廩牛羊，盡歸父母。」瞽叟道：「若要害他，他又孝順，怎好明明殺他？只好喚他來飲酒，將他灌醉，便好動手。」象喜，因治下醇酒，傳父母之命，叫舜來飲。舜聞命，知其蓄意不善，因告二女。二女道：「父母命飲，安敢不往。妾有藥一丸，祕

---

❺ 宮壼：指皇宮。壼，音ㄎㄨㄣˇ。宮裏的道路。
❻ 欽承：恭敬地接受。欽，敬重。
❼ 欽哉：要敬重啊。
❽ 倉廩：貯存糧食的糧倉。

含於口，雖飲千杯，不至沉醉。」舜受藥而往。父母命飲，舜飲一朝。父母問：「醉乎？」舜曰：「不醉。」又飲一晝。父母問：「醉乎？」舜曰：「不醉。」又飲一夕。父母問：「醉乎？」舜曰：「不醉。」父母以為奇，因放之還。

復與象算計道：「酒不能醉，後面廩屋最高，上多缺漏，明日叫他上去塗蓋，汝在下面撤階梯，舉火焚燒，彼自不能逃死。」象又大喜，又傳父母之命，叫他去完廩⑨。舜聞命，知其來意不善，又告二女。二女道：「父母命完廩，安敢不往。」因取一斗笠，叫舜戴在頭上，以為遮日之具。舜因戴笠而往，升到廩屋頂上，方塗蓋將完，忽下面火發，將廩屋燒著。舜急欲下來，而升廩之階梯已為象移去。正無可奈何，忽聞二女在廩下作歌道：「鳥之飛兮，翼之力。人而不飛，為無羽翼。為無羽翼，何殊乎⑩斗笠！」大舜聽見，忽然有悟，因除下斗笠，平抱在懷中，踴身往下一跳。原來斗笠張開，鼓滿了風氣，便將身子都帶住了，竟悠悠揚揚落在地下，毫無損傷。

象看見甚是不悅，報知父母道：「舜已將焚，卻被二嫂在下面作歌，叫他除下斗笠做翅飛下，故未燒死。」瞽叟聽了大怒，因又尋思道：「廩上可以飛下，前面老井最深，明日用繩繫他下去淘井，待他下去，你可將繩取去，任二女有智計，也救他不出。」象聽了大喜，又傳父母之命，叫他去淘井。舜聞命，知其來意不善，又告知二女。二女道：「父母命淘井，安敢不往。」因取一柄短鍤，並數十長釘，叫他藏在腰間，以為浚⑪井之用。舜因藏釘而往。到了井邊，用繩繫了下

---

⑨ 完廩：修繕廩屋。

⑩ 何殊乎：有什麼不同呢。

去，剛繫下去，象就收了繩子，去報父母矣。二女在上面看見，因撫井作歌道：「滑滑深深，雖曰無路；寸鐵分層，便可容步；入穴升天，神就之度。」大舜在井中聽了，又忽有悟，因腰間取出釘錘，下釘一個立腳；上釘一個攀手，一步步釘了上來。二女接著，忙忙逃了回宮。象收了繩子，去報父母道：「今日功成矣。」瞽叟道：「舜雖在井，卻未曾死。」象道：「這個不難。」因復到井邊，用土將井口填滿。

象大喜，遂走入舜宮，要來佔他的宮中所有。及走在舜宮，忽看見舜坐擁著娥皇、女英二妃，在那裏鼓琴作樂，吃了一驚，又甚覺無趣，心中十分忸怩，便腳下趑趑趄趄⑫，進不是，退不是。大舜看見，忙歡歡喜喜迎他坐下，道：「賢弟何來？」象此時沒法，只得說道：「因鬱陶⑬思君爾。」舜聽見說個「思君」，便大喜不勝道：「感吾弟友愛之情，直至如此。」因命二妃出酒食款之，盡歡方送他別去。象歸報知父母，以為舜有神助，便再不敢設謀陷害於他。

堯見舜有許多聖德事跡，又見二女相安，心下大喜，遂與四岳商量，竟將天子之位讓他坐了。舜知堯帝倦勤是實意，遂受之不辭。既為天子，因立娥皇為后，女英為妃，封象於有鼻⑭，盡孝以

⑪ 浚：挖深（井、河道）。

⑫ 趑趑趄趄：想前進又不敢前進的樣子。趑趄，音ㄗ ㄐㄩ。

⑬ 鬱陶：因思念而心情沉重的樣子。語出史記五帝本紀：「象……曰：『我思舜正鬱陶！』」。

⑭ 有鼻：地名。在今湖南零陵。漢書昌邑王傳：「舜封象於有鼻，死不置後。」注：「師古曰：有鼻，在零陵，今鼻亭是也。」鼻，又作庳。

事瞽叟。舜見天下已為唐堯治得雍熙⑮於變⑯，十分太平，不敢更作聰明，每日只恭己無為；完了朝政，就在宮中被袗衣⑰鼓琴以為樂。二女裸侍於旁，十分恭敬和悅，深得舜心。舜凡有所行，皆謀於二女。二女聰明貞仁，所言所行，皆合禮道，並無偏私妒刻。後舜巡方⑱死於蒼梧，二妃不能從，望而痛哭，亦死於江湘之間，世因號為湘君。古今頌賢后妃，盡以二妃為首。

閑言少敘，書歸正傳。

且說智化與蔣爺議論救展南俠之事。水路不能進去，怕人家多有防備；由旱路進去。一者為救展南俠，二則君山是大宋的大患，智爺的主意是先把君山破了，以後再定襄陽。就將這個主意與蔣爺一商議，蔣爺說：「這個主意固然是好，怎麼進去法？」智爺用手一指北俠說：「我同他。我們兩個人詐降，只要哄信鍾太保，豈不把展老爺救出來了？」蔣爺搖著頭說：「不容易呀，不容易！」智爺說：「易固然是不易，除了這個主意，別無方法。憑著我這一張嘴，憑著歐陽哥哥這一口刀，倘若被人識破機關，打裏往外一殺，讓丁二弟往裏一殺，憑著咱們的寶刀合寶劍，縱然萬馬千軍，也攔擋不住。此計如何？」蔣爺說：「我們都外頭聽信，倘有凶信，我們大眾一齊都殺將進去。」智爺說：「不用，你同三哥將古磁罈送往上院衙去。你然後上五柳溝，總得要將柳青請來才好呢。」蔣爺說：「據我看來，有他也不多，

⑮ 雍熙：和樂的樣子。
⑯ 於變：變惡為善。出書堯典。
⑰ 袗衣：單衣。袗，音ㄓㄣˇ。
⑱ 巡方：視察四方。

沒他也不少。」智爺說：「倒不用他人，用他雞鳴五鼓返魂香要緊。」蔣爺說：「不難，這件事全在我的身上，橫豎準有這個人就是了。」智爺又對北俠說：「歐陽哥哥，方才這些話，你可聽見沒有？」北俠道：「我俱已聽見了。」智爺說：「你老人家可願意？」北俠說：「為朋友萬死不辭，焉有不願意的。既然這樣，咱們就一言為定，吉凶禍福，憑命由天。」說畢，蔣四爺同徐三爺送古磁罈往上院衙去了。

一路無話，到了上院衙，也不用官人回稟，二人自己進去，見了盧大爺與韓二爺，連忙的將口袋放下，兩個人與大爺、二爺行禮。大爺問被捉的情形。三爺就將怎麼被捉，怎麼出來的話，細說了一遍。大爺一聞此言，原來展南俠還在寨內幽囚著呢，說道：「可別不管人家呀！」蔣爺說：「主意已然定好了。這就是老五的骨殖，現在這裏。」盧、韓二義士放聲大哭。公孫先生出來打聽，也就哭了一番。有蔣四爺勸解，然後將骨殖罈請到裏面，面見大人。大人一見，慟倒在地，哭得是死去活來，連主管也哭了個不了。大眾好容易才將大人勸住。大人吩咐將古磁罈放在大人的臥寢，每遇大人早晚吃茶吃酒用飯，必要在古磁罈前邊供獻供獻，並且早晚間還要燒錢化紙。若論朋友之交，也就是了；就是親胞兄弟，還怕不能如此。大人見了古磁罈之後，與先生商議：「五老爺雖死，王爺尚未拿獲，這個摺本⑲先不必入都。」先生說：「正當如此。」蔣爺又把定君山救南俠的事，回稟了大人一回。大人說：「但憑你們諸位辦理就是了。」蔣爺告辭出來，見了三位哥哥說：「我上五柳溝去了，早晚之時，你們可要多加小心才好。」盧爺說：「上院衙的事，你不用管，自有我們幾個人料理。你們要有用人之處，我們再往那裏撥人。」蔣爺說：「你們在此，我走了。」蔣爺出上院衙，奔五柳溝，暫且不表。

---

⑲摺本：這裏指奏告白玉堂殉職的奏摺。

且說晨起望眾人，惟有智化躊躇了兩日，這才把這一個詐降的主意拿好，就將路爺請將過來，問道：「咱們這裏可以找一隻小船，撐船的可要面生之人，又是得咱們自己人才行，不然不好說私話。」路彬說：「有，我有個親戚，離此四十里，終日在渡口撐船。此人姓王，名叫王順，他要到了這裏，並沒人認的。若把他找來，有甚麼私話皆都可說。」智爺說：「既有此人，就煩路大爺將他請來。」路爺點頭，立刻就叫魯英請王大哥去。魯爺點頭，就此起身，到了次日早晨方到。

路爺帶了那人，與大家見禮。智爺一看王順，三十多歲，穿了一身藍布的衣服，白襪青鞋，黑黃的臉面，細條身材，很透著機靈。智爺一看準行，說：「王大爺，我教的你幾句話，你可說得上來？」王順說：「你老人家可別稱呼我大爺、大爺的呀！我叫王順，你要教的我甚麼言語，我全行，還不用你費事，教甚麼會甚麼，可就是不能生發。」智爺說：「那就行了。」就把設計詐降君山、怎麼救展老爺的話，說了一遍，說：「你明天撐著船，去送我們去。我們要是上了山，倘有嘍兵下來問你怎麼僱的船，你可把我這話記住了，你就說：我們僱了一年的船。若問你上哪去，你告訴沒準。」王順說：「世間哪有那樣事情，撒謊可要圓全。小人我可是多說。」智爺笑道：「你別管他，若問你的時節，你再說。」王順說：「他要問我僱這一年的船，可上哪裏去，我怎麼回答？」智爺說：「他若問你這一年哪，你就說：他們僱這一年的船，為的是遊山望景，哪裏有好山水，就往哪裏去。若見名山勝境，也許住一年半載，也許住個月起程。若要山水不好，轉頭就走，連舟就不停。淨在兩湖、兩廣、山、陝、浙、閩普天蓋下的地方，只要哪裏有山水就去。一年是四百兩銀子，酒錢在外。給了二百兩，下欠二百兩。若是把二百兩給你，把我們的東西搬下去，你撐船就走，就沒有你的事了。」王順連連答應說：「是了，是了。」

路彬過來問道：「智大爺，還要甚麼東西？」智爺說：「還得合你借幾份鋪蓋被褥。」北俠說：「跑到船上睡覺去麼？」智爺說：「想咱們花四百兩銀子，僱一年的船，連份鋪蓋沒有，這可稱得起是個窮樂。」北俠說：「沒有你想不到的事。」智爺說：「咱們哥兩個，也得商量明白了才好呢。這一進君山，可是見機而作，隨機應變，指東而說西，指南而說北，一句真話沒有。」北俠說：「罷了，我是一輩子不會撒謊。」智爺說：「無妨。看著我眼色行事，設若我指著正東，我說這不是正西麼，你就說正是西方庚辛金。我指著正南說是北，你就說不錯，正是北方壬癸水。你橫豎捧著我說就行了。」北俠說：「我若接不住，那可怎麼好？」智爺說：「無妨。我看得出來，你若接不住，我就接著說下去。」北俠說：「我是準不行，若要叫人看出破綻來，可別怨我。」智爺說：「我也不準行，看展爺的造化，看國家洪福就是了。」

果到次日，吃了早飯，將行李搬在船上，二位穿好了衣服。丁二爺說：「二位哥哥多辛苦了，我聽信，若有不便，我急去。」路爺道：「有我哪！我在外面聽信，若聞凶信，必然回來報信。」

智爺與北俠出門，有路爺帶道。行至地名叫馬保峰，路爺一指正北說：「我可不往那邊去了，遇見熟人不便。」智爺說：「你往哪裏去？」路爺道：「我在飛雲關底下，地名叫蚰蜒小路聽信去了。」說畢便走。智爺來到河沿一看，船隻不少，有人嚷道：「在這裏！那二位。」智爺二人由跳板上船，跳板拉在船上開船。二人艙中一看，外面水天一色，這就看見了君山。只見山上樹木森森，滿山的花朵，並且山上還有廟宇，也是遠遠的鐘聲，好一座名山勝境！怎見得？有贊為證：

有二人，用目觀，瞧山景，真好看，還有一個古廟卻在上邊。山水如畫，畫裏深山，未免得引動了二位英雄往四下觀：

山連水，水依山，山水出，瀑布泉，水影之中照出了一座君山。水秀麗，把山纏，水與山連，山與水連。山中寺，寺依山，山在寺前，寺在山彎，山寺的鐘聲到耳邊，高僧隱在山洞邊。寺內的僧人望景觀山，又在水，又在山寺前。山花開放，花兒滿山；山裏花香，花映山嵐；花發山嶺，山嶺花鮮。山花清妙，花長深山；山花疊放，花又似山；花倚山峰，山峰花遍。賞花人，登山看，山中沽酒，沽酒在山。松在山上，山上松連；松和琴韻，流水高山。山兒疊，松林傴，松如雲水，山寺之間。花上松枝，重上高山；山松花寺，共與水連。

好一個，清幽景物天然妙；真能夠，令人觀瞧十分的爽然。

且聽下回分解。

第二十三回　讀招賢榜有人偷看　改豹貔庭自顯奇能

且說北俠、智化在船中，觀看山景，好不巍峨。常言一句說得好：「望山跑死馬。」自打上船就看見君山，行了三十餘里路，方到飛雲關下，船不能前進。此處地名叫獨龍口。王順說：「有請二位出艙觀山。」北俠同著智化出得船艙，站在船頭觀看君山前面的形勢，就見赫巍巍、高聳聳、密森森、疊翠翠一帶高山阻路。上邊有大牌樓，橫著一塊大匾的相似，篩青的底，大赤金的字，上寫著「飛雲關」三個字。打飛雲關底下往裏，可就不知套出❶多遠去了。北俠低聲告訴智爺說：「山上有人看著咱們呢！」再瞧智爺，撒起瘋來了，指手畫腳，搖頭晃腦，似瘋顛一般。北俠說：「智賢弟，這是怎麼了？」說：「我這是誇山哪！」北俠說：「你這是怎麼誇山呢？設若是到了裏頭，我這怎麼給你捧得住？你這是怎麼個意見❷呢？」智爺說：「我這是誇獎怎麼山清水秀。」北俠說：「你不言語，誰知道？」智爺說：「你打算我說給誰聽呢？」北俠說：「你不拘❸衝著誰說，也得說出來呀！」智爺說：「我衝著山賊說呢。」北俠說：「聽得見哪？不是白費氣力麼！」智爺說：「我這指手畫腳，特意叫山賊瞧見，使他們

❶ 套出：接連不斷地延伸。
❷ 意見：北方方言。指意思。
❸ 不拘：不論。

納悶疑心，為的是少時入得君山，好辦咱們的大事。」北俠說：「你打啞謎，我如何猜得著你的心事哪！這又該怎麼樣了？」智爺說：「該下船，進他們的大牌樓看看去罷。」北俠說：「使得。」叫船家搭跳板，二位下船，搖搖擺擺，東瞧西看，直奔飛雲關來了。

走到大牌樓底下，智爺指著牌樓高聲說道：「歐陽兄你看，這是飛雲關。」北俠說：「正是飛雲關。」二人說著，往前直走，過了飛雲關，離巡捕寨不遠，路南有一木板房，山牆上掛著大木牌，牌上有大字橫頭，橫著三個大字，是「招賢榜」。智爺高聲朗誦，念道：

管理君山洞庭湖水旱二十四寨招討大元帥鍾，為曉諭天下事：天下各省隱匿英雄壯士過多。古云「寒門生貴子，白屋出公卿。鹽車困良驥，田野埋麒麟。高山藏虎豹，深澤隱蛟龍。」余鍾雄一介寒儒，得中文武進士之職。皆因奸臣當道，貪婪無厭，懸秤賣官，非親不取，非財不用。余退歸林下，隱於君山，以文武會友，要學當年黃金臺之故事❹。若有樂毅之能者，余鍾雄情願北面事之。無論士農工商，若有一技一能者，入君山皆有大用。非為反叛朝廷，以待天子招安，急急率賓歸降，以爭封妻蔭子，顯耀門庭。為此特示，須❺至榜者。

智爺念畢招賢榜文，後面還有許多條例，俱按軍規營規的例則，並有十七條禁律，五十四斬。復又

❹ 黃金臺之故事：指戰國時燕昭王在易水東南築黃金臺，以千金招天下賢士，後果得中山人樂毅，擊破齊國，下齊七十餘城的故事。臺的遺址在今河北大興，為燕京八景之一。

❺ 須：這裏指等待。

高聲念道：

特示君山寨主、嘍兵謹守，毋犯禁令：

其一：聞鼓不進，聞金不止，旗舉不起，旗按不伏，此謂悖軍，犯者斬之。

其二：呼名不應，點時不到，違期不至，動乖師律❻，此謂慢軍，犯者斬之。

其三：夜傳刁斗❼，怠而不報；更籌❽違慢，聲號不明，此謂懈軍，犯者斬之。

其四：多出怨言，怒其主將；不聽約束，更教難制，此謂構軍，犯者斬之。

其五：揚聲笑語，蔑視禁約，馳突軍門，此謂輕軍，犯者斬之。

其六：所用兵器，弓弩絕弦，箭無羽鏃，劍戟不利，旗幟凋弊，此謂欺軍，犯者斬之。

其七：謠言詭語，捏造鬼神，假託夢寐，大肆邪說，蠱惑軍士，此謂淫軍，犯者斬之。

其八：奸舌利齒，妄為是非；調撥軍士，令其不和，此謂謗軍，犯者斬之。

其九：所到之地，淩虐其民，如有逼淫婦女，此謂姦軍，犯者斬之。

其十：竊人財物，以為己利；奪人首級，以為己功，此謂盜軍，犯者斬之。

其十一：軍民聚眾議事，私進帳下，探聽軍機，此謂探軍，犯者斬之。

---

❻ 動乖師律：動輒違背部隊紀律。

❼ 刁斗：古代軍中用具，狀如銅鍋，白天用於煮飯，夜晚用來敲擊傳遞訊號。

❽ 更籌：古時插在夜晚計時的漏壺中觀察時刻的竹籌。竹籌上有時間刻度，一夜更換五根，故稱更籌。

其十二：或聞所謀，及聞號令，漏泄於外，使敵人知之，此謂背軍，犯者斬之。
其十三：調用之際，結舌不應，低眉俯首，面有難色，此謂狠軍，犯者斬之。
其十四：出越行伍，攙前越後；言語喧譁，不遵禁訓，此謂亂軍，犯者斬之。
其十五：託傷詐病，以避征伐；捏傷假死，因而逃避，此謂詐軍，犯者斬之。
其十六：主掌錢糧，給賞之時，阿私❾所親，使士卒結怨，此謂弊軍，犯者斬之。
其十七：觀寇不審，探賊不詳，到不言到，多則言少，少則言多，此謂誤軍，犯者斬之。

智爺又念畢，不覺哈哈大笑道：「可惜呀，可惜！」叫道：「歐陽兄，可嘆這個寨主把心機用盡，掛這招賢榜。只是有一點不到之處，總是山內缺少能人之過，短一個謀士將他提省。」北俠心內說：「他教我捧著他指東說西，自然是他說話我就得捧他。」問道：「你看他怎麼短個謀士，哪點不到？」智爺說：「據小弟看來，此榜得用千里馬骨的故事。」北俠說：「何為千里馬骨的故事？」智爺說：「你不曉得，當初有一家員外，要買千里馬，總未買著；派人出去四鄉八鎮，總未買著。有一人在鄉村之內，見人剝了一匹死馬，此人抱馬慟哭，眾人不解其意，問甚麼緣故。此人說：『這匹馬乃是千里馬。』給了數兩白金，買了一塊馬骨而回，獻於買馬之人。買馬人言道：『我要的千里活馬，要這馬骨何用？』買馬骨人說：『雖花數兩白金買了一塊馬骨，不久千里馬必至。』果然，日限不久，千里馬到了，還不止一匹。緣故是買馬骨之時，就說出要買千里馬之人姓氏住處，借眾人口裏傳出某人要買千里馬，若有

❾ 阿私：阿附偏向。

千里馬去，可獲多金，連一塊死馬骨還肯買去，要有活千里馬至，焉有不多買之理？後來才有千里馬到。這招賢榜必須仿這個而行。」北俠說：「這也花十兩銀子買塊馬骨？」智爺說：「咳！不是。我說的是個比喻。」北俠說：「依你怎麼樣呢？」智爺說：「依我，多用些伶牙俐齒的文人，帶上銀兩，到四鄉八鎮城鄉村莊店道，傳揚這位寨主怎麼樣的敬賢，怎麼樣的愛士。常言道：『英雄生於四野，好漢長在八方。』若是依我這個主意，準能夠文人武將，望風歸順君山。歐陽兄請想，是也不是？」北俠連連點頭稱善。焉知曉二位在此說話，早被嘍兵報去巡捕寨四家寨主，說：「報四家寨主得知，山下來了一隻船，船上有兩個人，奔到咱們飛雲關裏頭看招賢榜來了。」亞都鬼擺手說：「去罷。三位在此，待小弟出去看看來。」在巡捕寨外嘍兵正要吆喝，亞都鬼將他們攔住，自己偷看著二位，暗道：「真是世間罕有的英雄，堂堂的相貌，凜凜的威風。」怎見得，有贊為證：

聞華看，二好漢，仔細瞧，真希罕。壯士的樣，可是文不淺，天生的氣宇軒昂，品貌不凡。那個人在左邊，還有個右邊站。

一個是紫箭袖，稱體穿，頭上的帽，分六瓣，絹帕擰著一個茨菇葉兒在上邊安。皮挺帶，繫腰間，鑲寶石，珍珠嵌，耀眼明，光燦爛。左脅下，寶刀懸，這利刃，世間罕：但要離匣，邪魔外祟，鬼怪精靈，不敢向前。墨色灰，是襯衫；足下靴，是青緞：底兒薄，雲根燕，真乃是中道而行，那險路不到前。生一張，重棗面，五官端正，碧目虯髯。

右邊的人，更好看：青緞袍，穿一件；絲鸞帶，繫腰間，鵝黃色，四指寬。夾襯襖，是天藍；足下靴，虎頭尖：能登高，能涉險，躥房躍脊，如同是平地一般。腰兒細，臂膀寬；足壯壯，精神滿。另一番的氣象，穩重端然。挎著刀，左脅懸，但離匣，光閃閃，愛管人間報不平，殺了些惡霸贓官。跨馬服，穿一件，天青色，顏色鮮，繡著些花朵，暗隱著瓜瓞綿綿⑩。六瓣帽，是青緞。看面目，黃白的臉；二眉長，入鬢邊；皂白明，一雙眼；方海口，面形端；兩耳大，要垂肩。這位爺，天然的骨格相貌非凡。

這二人，有天大的膽，殺惡霸，斬權奸，忠者的興，逆者的剪，愛殺人，更慈善，為救展南俠，捨死忘生，才到了君山。

⑩ 瓜瓞綿綿：連綿不斷的大瓜、小瓜（圖案花紋）。瓞，音ㄉㄧㄝˊ。

第一百二十四回　飛雲關念榜談故典　徹水寨吊起獨木橋

且說亞都鬼聞華看了北俠、智化的相貌，暗地吃驚：「看這兩個人儀表非俗，並且那個人是文武全才，難測兩個人的來歷。我向前問問，可就曉得他們的肺腑了。」聽見智爺念招賢榜，說千里馬骨的故事，暗暗的佩服。等智爺念畢，連忙說：「二位壯士請了，小可有禮。」

北俠早就看見他在那邊樹後偷看，如今過來行禮，北俠也就一躬到地說：「寨主請了。」智爺仍然是倒背著手兒，在那裏看招賢榜，嘴裏咕咕噥噥，不知說了些甚麼。北俠道：「人家寨主與咱們行禮哪！」智爺這才回頭深施一禮，說：「我一時的荒疏，未能看見寨主，得罪，得罪。」聞華說：「豈敢，未能領教二位貴姓高名，仙鄉何處？」智爺說：「這是我盟兄，他乃遼東人氏，複姓歐陽，單名春字，人稱北俠。我乃雲南寧國府人氏，姓智單名一個化字，匪號人稱黑妖狐。」聞華一聽，哈哈大笑，說：「二位，一位雲南寧國府，一位是邊北遼東的人，萬里相交，還是義兄弟，這可算世間罕有，難得呀，難得！」北俠心中一想說：「這還詐降哪！頭一句話教人問住了。你就說是原籍黃州府就截了，怎麼搬到雲南去了？這還沒見大寨主哪，這要見了大寨主，更不定怎麼樣了罷。」智爺說：「寨主爺這一問，我哥哥在遼東，我在雲南，普天蓋下也找不出這麼遠交朋友的來。有個緣故，我哥哥在遼東作官，我是隨任。我天倫❶是遼東的刺史，我因隨任，我才見著我歐陽哥哥。我們兩個人結拜之後，我天倫故在任上，扶靈柩又歸原籍，我哥哥不忍兄弟分離了，自己辭了官，跟我回南。是我二人看破功名道路，利鎖名韁，倒不如淡泊滋味。長僱了一隻小舟，遍遊天下名山勝境。聞說此處有座君山，特地前來瞻仰瞻仰。到得此山一看，名不虛傳，皆因貪看山景，多走了。過了飛雲關，看見招賢榜，貪看招賢榜的言語，不料被寨主看見。誤踏寶山，多有得罪。」聞華說：「這就是了。」北俠心裏說：「黑狐狸精真會對付。」

聞華說：「既然二位大駕光臨，稱得起草寨生輝。請臨敝寨待茶。」智爺說：「不敢。我二人又不投山，又不入伙，誤踏寶山就是得罪，焉敢在寨中討茶。」聞華說：「也不是請二位投山，也不是請二位入伙，請二位吃杯清茶，然後再去不晚。」智爺說：「我們不入伙，可不敢討寨主的茶吃。」聞華說：「不一定是請二位入伙，才能到寨中；就是不入伙，到寨中吃杯茶也沒甚麼妨礙。常言道：『同船過渡，皆是有緣。』二位到寨中吃杯茶，然後再走，日後見面，倒有個茶水之交。」北俠說：「智賢弟，這寨主苦苦相讓，不然咱就到寨中討杯茶吃，然後再走也不算晚。別辜負了這位寨主的美意。」北俠是天然生就的忠厚樸實，與智爺的聰明差得多，心內想著：「是詐降來了，怎麼往裏讓又不進去哪，這是甚麼緣故？」口中不言，心裏說：「可別繃老了❷。」因叫智爺在寨中討茶。智爺說：「既然歐陽兄這般言講，你我就在寨中討杯茶吃，然後再走。寨主爺，我們可不入伙呀！」聞華說：「沒請二位入伙，無非吃杯茶，談談就是了。」將嘍兵叫將過來，附耳低言說了幾句話，那名嘍兵轉身去了。北俠問道：「這位寨主貴姓高名，未曾領教。」聞華說：「小可姓聞名華，匪號人稱亞都鬼。」智爺說：「久仰，久仰。」

---

❶ 天倫：對他人提到父親的婉轉說法。

❷ 繃老了：北方口語。指把有彈性的物體拉過頭後彈不回去。常用來形容事情做得過分了，反而弄巧成拙。

走到巡捕寨，見前面二百名嘍兵兩邊站定，每人一把雙手帶❸，又叫攔馬，刀尖對刀尖，架定刀門，要入巡捕寨，非從刀下過去不行。智爺明知他們這是個主意：設若鑽刀而入，上邊刀尖一碰，必是嗆啷嗆啷的亂響；若要是奸人，必然是變顏變色的，他們就好看出破綻來了。走在刀門以前，智爺就問：「寨主是請我們吃茶，是叫我們鑽刀涉險哪？」聞華連忙陪笑說：「這是我們山中的規矩。」又見他把手往上揚，眾人把刀就撤下了。這才三個人來到巡捕寨前，就見早有三個人在那裏等候，一字排開，垂手侍立。聞華說：「這是我們這三位寨主。」用手指定說：「這位是神刀手黃壽，那位花刀楊泰，那位鐵刀大都督賀昆。這二位：這位遼東人，複姓歐陽，人稱北俠。這位姓智，人稱黑妖狐。」彼此對施一禮。智爺看這三家寨主，全都是六瓣帽，箭袖袍，絲帶跨刀，薄底靴子；一個穿青，一個穿藍，一個豆青色；二個白臉面，一個黑臉，全都是虎視昂昂彪形的大漢。智爺暗道：「怪不得君山幫著王爺要反，哪裏挑選來的這些人？真是怪道！」

見畢，讓到屋中落座，嘍兵獻上茶來，一邊吃著茶，一邊神刀手盤問了二位一回。智爺又將前言說了一遍，是一字兒也不差。忽然間進來了個嘍兵，曲單膝說：「報——啟稟眾位寨主得知：大寨主聞聽來了二位遊山的壯士，請在中軍大寨待茶。」聞華一擺手，那名嘍兵退去。智爺站起身來告辭，聞華攔住說：「我家大寨主有請二位至中軍大寨待茶。」智爺故作驚慌之色，說：「不敢。我二人在此討杯茶，就多有騷擾，何敢再去見大寨主？」聞華死也不放，智爺非走不可。北俠說：「盟弟，既是這家寨主苦苦相讓，咱們就見大寨主何妨。」北俠是真急，恨不得一時就見大寨主才好，只恐怕綳老了。智爺的意

❸雙手帶：一種用雙手把握的長柄的大刀。

見，猜出這個情理來了：若是寨主要見這兩個人，他們天大膽量也不敢將兩人放走。寨主要問，說：「我們見的人哪？」他們說：「人家要走，何不就叫他們走了嗎？」這以上制下交派，焉能下得去？就是要了他們的命，他們也不敢放走，故此沒有綑老了。智爺說：「既是歐陽兄這麼說，咱們就見見大寨主去。哪位前邊帶路？」聞華說：「小可前邊帶路。」

出了巡捕寨，到了徹水寨，也是二百嘍兵，使的是長槍，槍尖對著槍尖。智爺還未及說話，聞華一擺手，兩邊槍尖撤下。有一家寨主，穿大紅的衣巾，面如重棗，此人是金棍將于清。智爺與他們見了。智爺、北俠上了木板橋，看兩邊鵝頭峰❹相隔著有八九丈，上有木板搭定，往下面一看，水聲甚大。西南上有竹城的竹子，一望甚遠。智爺想救徐三爺的時候，由西方進去，今日在這邊看見，這有多遠！下了橋往上再走，把二位英雄嚇了一驚。耳內聽見「嘎吒，嘎吒吒」的一陣響。二位回頭一看，嘍兵把轆轤一絞，就把一座木板橋絞起去了。北俠暗說：「不好！想得倒不錯。教人看破，我們打裏往外殺，他們打外往裏殺。這一起，肋生雙翅也過不去了！只有入去的道路，沒有出去的地方了，只可看自己的命運如何了。」智爺把此事毫不放在心上。

行到三寨，是箭銳寨，有家寨主賽尉遲祝英，穿黑袦皂袍。聞華也與見過。到四寨，章興寨，一家寨主，金錘將于暢，藍臉紅眉；武定寨，金鏜無敵大將軍于賒；文華寨，二寨主，金槍將于義。北俠與智爺一見于義，險些要哭，緣因相貌與五老爺一般無二。五福寨寨主，人稱八臂勇哪吒王經。豐盛寨的寨主，金刀將于艾。丹鳳嶺的寨主，賽翼德朱標。丹鳳橋的寨主，削刀手毛保。寨柵門兩家寨主：雲裏

❹ 鵝頭峰：指狀若鵝頭般探出的懸崖。

手穆順、鐵棍唐彪。各寨皆是二百名嘍兵。各寨的寨主，俱都與北俠、智化全然見過，書不重敘。若論各寨的寨主，一個一個的怎麼穿戴、打扮、臉膛，帶著甚麼兵刃，說半天的工夫也說不全，不如一氣俱都連串說出，免得絮煩。

大眾等見了二人，俱都跟在後面進來。到了大廳的前頭，聞華說：「二位暫且在此等候，我回稟我家大寨主去。二位在此聽請。」聞華進了大廳，智爺、北俠在外等著。就聽見裏面細聲細氣的說：「聞賢弟，你焉能知道兩個人的來意？這是為御貓而來。」說罷大笑，哈哈大笑。北俠一聽，吃驚非小。

若問二人的生死，且聽下回分解。

第二十五回　識破機關仗著胡拉混扯　哄信寨主全憑口巧舌能

且說北俠、智化在院落之中聽請，不料鍾雄看破機關，說為御貓而來，把北俠嚇了一跳，暗說：「不好！」就要拉刀殺將出去。智爺用肩頭一抗，智爺說：「歐陽兄，你冤苦了我了。」北俠心內說：「我冤苦你咧？你別是冤苦了我了罷！」北俠說：「怎麼冤苦你了？」智爺說：「我不進來，你偏要進來。你瞧，進來有甚麼好處？遇這不開眼的寨主，把你我看作了小賊，要偷他的玉貓。他說咱們為玉貓而來，小弟家內你是去過的，玉房裏頭有翡翠獅子、瑪瑙老虎、白玉馬，有多少古董玩器。哪位朋友去，我也沒留過神，他把咱們看作小偷兒，咱們還見他作甚麼？早出去，小心人家丟了東西！」說罷，轉身就走。北俠心內說：「黑狐狸真會打岔。」北俠說：「對了，他瞧不起咱們，咱們走罷！」焉能走得了？後面許多的寨主壅壅塞塞，早就有神刀手黃壽擋住去路，說：「二位，沒有我家寨主的令，二位可不能出寨。」

屋內鍾雄見聞華進來，說：「把兩個請到。」寨主往外一看，早已耳聞，知道有個北俠，大略此人不能投山。智化可不知是誰。現在山中有個南俠，別有兩個人來的，其中有詐，故此戳了他們一句，且看他們兩個人的動作。聽了智爺一套言語，就去些個疑心。又有亞都鬼在旁說：「寨主，這兩個人一個是雲南，一個是遼東，他們焉曉得是咱們寨中的御貓？他當作是玉作的貓哪！」鍾雄說：「既然這樣，將二位請回。」聞華說：「得令！」

出得庭來說：「二位請回，我家大寨主有請。」智爺說：「我們不回去了，叫你們寨主小心著玉貓罷！」聞華說：「我們說我們寨中事情，不與二位相干。」北俠瞧也走不了，不如回去倒好，說道：「賢弟，人家又不是衝著咱們說，咱們還是回去的是，別辜負了寨主的美意。」智爺說：「可見見寨主，又有何妨？只是一宗，這位寨主外面掛定招賢榜，榜上的言語可倒不錯，寫的甚麼要學當年黃金臺之故事，若有一技一能者，入君山也有大用。他只知道寫，他可不懂得行。當初燕太子得樂毅，金臺拜帥，連下七十二城，那才叫敬賢之道。敬賢士如同敬父母的一般，方稱得起愛賢禮士。似乎這位寨主焉能懂得敬賢哪！你我二人可稱不起是賢士，他坐在庭中昂然不動，這還講究招賢？招點子綠豆蠅來，橫豎行了。」北俠心說：「你罵人罷，早晚有咱們兩個人的命賠著哪！」

就是那鍾雄也古怪，教智爺這麼一罵，倒罵出來了。出了庭外，下階臺石，一躬到地說：「原來是二位賢士，小可有失遠迎，望乞恕罪。」北俠答禮說：「豈敢。」細看鍾雄，烏紗圓領，大紅袍，束玉帶，粉底官靴；面白如玉，五官清秀，三綹短髯。北俠一看，暗自驚訝。智爺並不還禮，說：「歐陽哥哥，你看上邊的這個大匾，是『豹貔庭』三個字。據小弟想來，這位寨主不至於不明此理，似乎此寨這『豹貔庭』三個字斷斷用不得。」北俠問：「怎麼用不得？」智爺說：「這是當初文人弄筆，罵那個不認得字的山王寨主哪！若論這個字意，是大大使不得。常說是『三虎出一豹』，其實不是。虎不下豹，虎、彪配❶在一處，下出來三個彪，內中有一個豹，其利害無比，漫說是人，就是山中的猛獸，無不懼

❶ 配：指交配。

怕於他。獅子配了狻猊，下出來就是貔貅。言其這兩宗物件❷，全不是正種類。不然，怎麼說是罵人？別者❸的山王寨主，他也稱孤道寡；他又不是儲君❹殿下，他又不是守闕❺的太子，怎麼當稱孤道寡哪！就罵的是他不是正種類。自己又不認得字，以為是利害就得了意了。這樣寨主，通古達今，文武全才，外面掛著招賢榜，裏頭又有『豹貔庭』，大大的不符。」

亞都鬼在旁邊告訴寨主：「說千里馬骨的就是他。」寨主往前趨了一趨說：「這位壯士所說的不差。只是一件，有小可❻到得山中，山中事情實係太多，小可總無閑暇的工夫，故此因循到如今未改，懇求尊兄與小弟刪改刪改。」智爺說：「原來是寨主，我只顧與我哥哥說話，一時的荒疏，望寨主爺千萬別見責小可。」寨主說：「奉求這位尊兄，與小弟刪改『豹貔庭』三個字。」智爺說：「不敢，不敢，小可才疏學淺，倘若改將出來，還不似原先，豈不貽笑於大方。」

智爺並不理論❼寨主，轉過頭來又與歐陽爺講話，說：「哥哥，請看他這副對，也不大合體。」北俠暗道：「人家寨主在那裏伺候著，他淨胡拉混扯，也不知道怎麼個意見，只可以捧著他。」說：「智賢弟，這副對子怎麼不好？」智爺說：「你看這是『山收珠履三千客，寨納貔貅百萬兵』。」北俠說：「是

❷ 兩宗物件：兩種東西。這裏指兩種動物。
❸ 別者：別處。
❹ 儲君：將來要繼承大位的太子。
❺ 守闕：鎮守宮殿。
❻ 小可：對自己的謙稱。可，在這裏表示「輕微」的意思。
❼ 理論：理會。

怎麼不好呢？」智爺說：「山大寨小。似這山，水旱八百里，這個山上要收三千客，固然裝得下。『寨納貔貅百萬兵』，一百萬兵，怕寨裏頭裝不下一百萬人，豈不是不妥當？」北俠問：「怎樣方好？」智爺說：「論我的主意，『山納貔貅兵百萬，寨收珠履客三千』。寨縱然是小，三千人足行，平仄準合。」鍾雄一聽，點頭稱善，刻下就叫人來將對聯摘下，按著智爺所改的改了，找書手寫了另掛。寨主復又過來，求懇改「豹貔庭」。智爺一定說不行，怕有人嗤笑。

只見寨主將智爺、北俠往裏一讓，北俠同智爺上階臺，復又讓入庭中。進門來，智爺抬頭一看，正北的上面橫著一塊大紙匾，書黑字，寫的是「豈為有心」四個大字。智爺說：「歐陽兄，你可曾看見？」北俠心中說：「我是兩隻夜眼，有斗大的黑字我再看不見就得了。」說道：「我看見了。」智爺說：「這是『豈為有心』。你老人家可曉得這個意思？」北俠說：「我不知。」智爺說：「別看寨主管領水旱二十四寨，在眾人之上，還不足興，此處無非暫居之所。此人心懷大志，日後得地之時，就得面南背北，故此是『豈為有心』。居此地，無非隨處樂吾天。」

這句話不要緊，就把鍾雄的心打動，緣故這個橫匾是鍾雄自己的親筆。自打掛上這個橫匾，鍾雄自己立願，可著❽君山水旱二十四寨寨主、頭目、嘍兵等，猜破他這個機關，參透他的肺腑，就用誰以為謀士。他的意見是受了襄陽王的聘請，王爺許下的，他若是擇日行師的時節，他是封他招討大元帥、前部正印先鋒官。若得了江山的時節，與他平分疆土，列土分茅❾。他早看出襄陽王不能成其大事，他的

❽可著：北方方言。盡其所有的意思。
❾列土分茅：指分封土地。列土，即列土分疆。分茅，即分封土地時所舉行的一種儀式：天子登上以五色土築

意見：若得了江山時節，他把襄陽王推倒，他就面南背北；倘若大事不成，他就隱於山中，永不出世。今日智爺倒就把他的肺腑點破，說的種種的情形，就知道智爺才學不小，此人若留在山中作一個謀士，可算自己一個大大的膀臂。

隨即請北俠、智爺落座。嘍兵獻上茶來。鍾雄就把亞都鬼叫來，附耳低言說了幾句，回頭便問說：「聽聞賢弟之言，你們二位是金蘭之好⑩。」智爺指北俠說：「這是我盟兄。」鍾雄說：「二位大駕光臨，實在是小可的萬幸。」智俠說：「豈敢，我們兩個誤踏寶山，被寨主不嫌我等兩個，還賞賜茶羹，當面謝過。」鍾雄離位，深施一禮說：「還是奉懇閣下，與小可刪改刪改這個『豹貔庭』。」北俠遂說：「智賢弟，你若能改，就給人家改一改，若是不能改，就給人家一個痛快話兒。」智爺說：「焉有不能改的道理。改出來又恐怕不好。」鍾雄說：「閣下不必太謙了。」智爺無奈，說道：「這個庭，改個『殿』字如何？」鍾雄說：「好，但不知甚麼殿？」智爺說：「用個『承運』⑪二字如何？『大哉，堯之為君，惟天為大』⑫。」鍾雄一聽，鼓掌大笑，連連點頭誇好，叫人將「豹貔庭」改為「承運殿」。鍾雄道：「一事不煩二主，我還有個書齋，是『英銳堂』，懇為刪改。」智爺說：「不好。堂者，明也，亮也。總是用

成的祭壇，封一諸侯，就用白茅包上象徵其土地方位顏色的泥土交給他。

⑩ 金蘭之好：指交情親密深厚的至交。典出易經繫辭上：「二人同心，其利斷金；同心之言，其嗅如蘭。」

⑪ 承運：明清皇帝詔書開頭必稱「奉天承運」，表示上奉天命而承接帝運的意思。這裏用「承運」隱射「奉天」，故有下文「惟天為大」之說。

⑫ 大哉三句：出自論語泰伯。是對堯之偉大的讚美，讚頌他對天下百姓的恩澤可與天相比。

個小小「軒」字，「五雲軒」如何？」鍾雄更覺歡喜，立刻叫人改了，吩咐擺酒。智爺一聽擺酒，就知詐降計妥了。「總想個主意，教歐陽哥哥顯顯才能方好。」忽然心生一計。畢竟不知想出甚麼主意來了，且聽下回分解。

第二十六回　削剛刀毛保甘受苦　論寶劍智化暗罵人

且說智爺一聽擺酒，站起身來告辭。寨主伸手攔住說：「已然擺下酒了。」智爺說：「不能。我們入山討茶就不敢當得很，焉敢又要討酒？我們又不投山入伙，焉敢屢領寨主的賞賜？」鍾雄說：「實對二位說罷，船隻已然打發了。」智爺說：「寨主不必哄我們，怎麼能把船隻打發了？」聞華說：「我家寨主打發嘍兵下去問明，船上人說所欠他二百兩銀子，給了他二百兩銀子，還賞了他二十兩銀子酒錢。你們二位就有兩份行李，別無他物，對不對？」智爺一聽，假意著急：「怎麼把我們船支開了？」鍾雄說：「我為的留二位在山上多住幾日，走的時節再與二位另僱。酒已擺齊，請二位上坐。」北俠說：「就坐下罷。」鍾雄與聞華親自把盞斟酒。

酒過三巡，慢慢談話。智爺說：「我歐陽哥哥與我就是相反，我是文的上略知一二，我兄長是武的上可不敢說好，比我強得多。就說他有一萬勝刀，我至今也沒學會。」鍾雄說：「這位尊兄會萬勝刀？這趟刀一百二十八手，可會得全？」北俠說：「倒也全都記得。」鍾雄驚訝道：「這趟刀全會的可是少，無論哪趟刀全由萬勝刀摘下來的。奉懇奉懇，賞賜我們一觀。」北俠說：「小可武藝不佳，不敢在寨主爺跟前出醜。」寨主說：「兄臺不必太謙，賜教賜教。」智爺說：「兄長，你就施展施展，又有何妨？」北俠點頭，遂將刀摘將下來。智爺伸手接將過來，胸中忖度：「聞名寨主文武全才，我今何不試試他，到底學問怎樣？」說：「寨主，請看我哥哥這把刀怎樣？」說罷，將刀遞將過去。

寨主欲待不接，然遞過來了，一看此刀墨沙魚皮鞘，金什件，金吞口，紫挽手絨繩飄擺，雙垂燈籠穗。將刀亮將出來，「嗆啷啷」聲音亂響，光閃閃遮人面，冷颼颼逼人寒，霞光灼灼，冷氣侵人，一身龜紋。鍾雄一看，暗暗驚羨，想：「此刀無價之寶，世間罕有，價值連城。此人若有這口利刃，必然準是出色的英雄，不然這個刀他佩帶不了。」每遇寶刀寶劍，有德者居之，無德者失之。鍾太保可稱得是懂物之人，看畢，哈哈大笑說：「好刀哇，好刀！」智爺問：「寨主爺連連誇讚此刀，小可領教領教，此刀何名？」鍾雄道：「此刀名叫作靈寶，出於魏文帝曹丕❶所造。三口哪，一口叫靈寶，一口叫含璋，一口叫素質。」智爺問說：「怎麼我哥哥說叫七寶刀？」鍾雄暗道：「這個人實在的利害，剛到山上，初逢乍見，他就要探探我的學問深淺，才幹如何。」便笑道：「若問這個『七寶』名字，是俗呼謂之七寶，皆因他是有四絕三益之妙：一泱勝負，二防賊盜，三誅刺客，四避精邪，謂之『四絕』；切金，斷玉，吹毛髮，謂之三益。何謂『一泱勝負』？每遇出征之時，跨上此刀，伐梆點名，掌號起隊，此刀由鞘中自己出來寸許光景，今日出征必是大獲全勝。倘若此刀仍在鞘中不出，那就急急的撤隊；倘若一定要出征，非交鋒不可，必是傷兵損將。這就是『一泱勝負』。這第二是，有賊人前來偷盜竊取，此物若在牆壁之上，或在床頭，自己就能墜落於地，難道說還不驚醒？這就是『二防賊盜』。這第三是，若有仇人夜晚之間藏在黑暗之處，或橋梁之下，無論他在甚麼地方，此刀必在鞘中錚錚作響，難道自己還不留神？

❶ 魏文帝曹丕：三國時曹操次子。曹操死後不久，他代漢稱帝，國號魏。從他的著作典論的軼文來看，他不僅擅長文學，在騎射、技擊等武藝方面也造詣很高。

這就叫『三誅刺客』。這第四，無論白晝黑夜，行在哪裏，若有邪魔鬼怪，此刀能在鞘中出一道白光，邪魔遠避不能向前。這就是『四避精邪』。共謂之四絕。三益是：『切金』，拿過塊金子來，能用刀把他切碎；斷玉，是將玉斷成一片一片的，如同上了砣子❷的一般，這就謂之『斷玉』；吹毛髮，是將髮拿著一綹❸，衝著刀刃上一吹，這髮俱都齊齊的斷了，這就謂之『吹毛髮』，可稱為『三益』。這四絕三益，俗呼謂之『七寶』。」智爺連連稱讚說：「罷了！寨主爺名不虛傳，稱得起是博古通今。」大家笑了一番，又把刀交與北俠。智爺拿著刀鞘，北俠早就把衣襟吊好，袖袂挽好，把刀接將過來，衝著寨主一躬到地說：「我要在寨主面前出醜。」鍾雄說：「豈敢！尊兄賜教。」

北俠回頭一看，承運殿外有許多人把承運殿都圍滿了。皆因大眾沒寨主爺的令，不敢私自進殿，自可就在外邊，把窗戶紙通了許多的窟窿，往裏觀瞧。就見北俠轉回身來，往外又是一躬到地說：「眾位寨主，可別見笑，倘若我有哪手不到，求寨主指教一二。」說畢，把刀手一擎，就聽見颼颼颼，颼颼颼，就是金刃劈風的聲音。先前看不大很起眼，嗣後來一刀快似一刀，一刀緊似一刀。這口利刃，按的是搧砍劈剁，折吸攔掛，躥迸跳躍，閃輾騰挪，綿軟矮速，小腕跨肘膝肩，手眼身法步，心神、意念足，真稱得起「手似流星眼似電，腰似蛇行腿如鑽」。躥高縱矮，腳底下一點聲音皆無。北俠這一趟萬勝刀，把寨主爺看得樂了個事不有餘，又是誇讚，又是連連的叫好，說道：「此人若非幼年的工夫，焉能到得了這個部位?」說畢，又是連連的大笑。北俠這一趟萬勝刀，用了八十餘回就收住勢了，把刀一背說：「獻

---

❷ 砣子：切割、打磨玉器的砂輪。砣，音ㄊㄨㄛˊ。

❸ 綹：音ㄌㄧㄡˇ。量詞。將許多根毛髮、絲麻等細絲狀的東西聚成一把，叫作一綹。

醜，獻醜，教寨主見笑。」鍾雄說：「賜教，賜教，實在高明。」寨主看他氣不湧出，面不改色，就知道這人的工夫甚純。

將要談話，就見承運殿躥進一人嚷道：「毛保來也！」智爺暗道：「歐陽哥哥這一趟刀練得怪好的，怎麼又來了一個毛保？」你道毛保因何進殿？此人性情與大眾不同，專好抬摃，你說東，他偏要說西；人要說他不行，他偏行定了。皆因在外面，眾家寨主看北俠施展刀法，人人誇好，個個說強。其實好幾位使刀的哪！神刀手黃壽，花刀楊泰，鐵刀大都督賀昆，金刀將于艾，雲裏手穆順，這幾個人都是使刀的，全說好，惟有削刀手毛保不服，說：「你們別長他人的志氣，滅自己的威風。據我看著，很不要緊。」大家全知道他的性情，素常合這君山連嘍兵都不歡喜他。大眾弄了一個眼色，說：「毛寨主，瞧他的刀不好，你有些不服？」毛保說：「我為甚麼不服？」大眾成心要冤他，說：「你服哇？你不能不服，你不服也得服啊！」毛保說：「如此說，我偏不服！」眾人說：「你服了罷！」毛保說：「我不服！」眾人說：「你不服，可敢進去合人家較量？」大眾說：「沒有寨主號令。」毛保說：「我不曉得甚麼叫令不令。」言還未了，他就躥入庭中去了。

鍾雄一看，問道：「毛賢弟，為何無令進庭？」毛保說：「外面大眾誇獎這個紫面的本領高強，小弟與他較量較量。」鍾雄說：「毛賢弟，你的武藝如何是這位英雄的對手？」毛保一聽，哇呀呀的喊叫，說：「我這命不要了！我們兩個要見個上下高低。」鍾雄說：「既然這樣，歐陽兄，你就教訓教訓我這個毛賢弟。」北俠說：「小可不敢。」智爺說：「既有寨主的話，哥哥你就陪著這位寨主，走個三合兩趟的就是了。」北俠說：「這位寨主爺，咱們無仇無恨，可是點到為是。」毛保說：「格殺無論。」言語未了，颼的一聲，刀就到了。北俠一閃，淨仗著自己的身法，就贏了他了。兩個人交手，北俠總不還招。鍾雄淨笑，說道：「尊公不必戲耍我毛賢弟了，還招罷。」智爺說：「哥哥還招罷。」北俠暗道：「這可是你們叫我還招，真殺了他倒不要緊，誤了我們的大事了。」就將刀一碰刀，嗆啷啷一聲，瑲啷，毛保刀頭墜地，說道：「不是我的人不行，是我的刀不行。我有好兵器，我去取來，咱們兩個人總得較量較量。」說畢，轉身出去。

北俠在大寨主面前請罪說：「我一時的不留神，把那位寨主的刀削斷，得罪了那位寨主。」鍾雄說：「是我毛賢弟不知自愛，閣下何罪之有？」又見毛保打外邊闖將進來，手中一口明晃晃的寶劍，要與北俠較量。鍾雄打毛保手中把劍要將過來，要試試智爺眼力如何，叫道：「這位尊兄，看看小可這口寶劍如何？」智爺看了暗驚：這是我展大哥的寶劍。有了，我罵他兩句，說：「寨主，這可是一口好劍，我猜著了，必是你們祖上的，傳在寨主手中。」鍾雄一聽，顏色更變。

不知到底如何，且聽下回分解。

第二十七回　論本領刀削佞性漢　發誓願結拜假意人

且說毛保把劍拿來，怎麼會把展老爺的劍拿來？皆因展爺被捉，鍾寨主就把寶劍掛於後面五雲軒內，單有兩個小童看守，憑他是誰不准拿將出來。今有毛保把刀一削，想起展爺的寶劍來了，去到五雲軒把寶劍摘將下來，將劍出匣，劍匣拋棄於地，轉身就跑。小童就追，見毛保竟躥入裏邊去了，進來就要與北俠動手，寶劍教寨主要將過去，叫智爺觀看。智爺這才罵了他一句，明知是展爺的，愣說是他們祖宗的。北俠暗笑：「黑狐狸多損！這就叫罵人不帶髒字。」鍾雄一聽智爺說是他祖宗的劍，臉上發赤說：「不是，此劍乃朋友所贈。」智爺連忙告罪說：「我可太愣。」寨主說：「無礙，不知者不作罪。」智爺說：「該打，該打！按此劍可稱無價之寶。論出處乃戰國時歐冶子所鑄，共是五口劍：大形三，小形二。大形是湛盧、純鈎、盤郢，共是三口；小形二，是巨闕、魚腸兩口。前後五口。此劍乃巨闕劍，價值連城，世間罕有，也是切金、斷玉、吹毛髮。論當初，鑄劍以天地之氣，用五山之精，方能成此寶物。送與寨主爺寶劍的這個朋友，交情可謂不小。愚下胡批了幾句，可也不定是與不是，寨主千萬別嗤笑於我。」鍾雄說：「是說得一點不差。」說畢，將劍交與毛保，說道：「賢弟，不必再較量了。」毛保不服，總要找一找臉，復又過來與北俠交手。

歐陽爺為難，寶刀遇寶劍，二寶一碰，總有一傷：傷了自己的刀犯不上，傷了展大弟的劍，日後如何對得起兄弟哪。北俠拿了一個主意，與毛保動手，刀不見劍，萬不能傷損一物。二人動手，猶大人逗小孩子玩耍的一樣。毛保使劍本不行，又對上了北俠一戲耍他，工夫不大，毛保眼花了，不是好幾個北俠，就是一個沒有。緣故北俠抱著自己的刀，或前或後，把自己陸地飛騰之術施展出來。那毛保一看，左邊一個，右邊又是一個，前後好幾個。其實北俠一人。講身法，如刮風的一般那樣快法。毛保眼睛一花，怎麼會不像看著是好幾個人的一般？不然北俠老在他的身後隨東就西，身形亂轉，總不教他看見自己的身子。工夫不大，毛保通身是汗。他打算的好，拿寶劍砍刀，劍要壞了，他不心疼；刀要壞了，他算贏了。焉知曉老看不見人，一點方法沒有；不然就是好幾個，砍哪個哪個空了：就是這樣，急也要把他急壞了。鍾雄笑道說：「毛賢弟，我把你好有一比，比作個伏魚入海。歐陽兄，不必戲耍我毛賢弟了，還招罷。」北俠聽了寨主的言語，心中暗道：「有你話，我可就給他留一個記號了。」把刀往上一遞，冷颼颼正在毛保的脖子之上。毛保一歪腦袋，噯喲了一聲，把眼睛一閉，牙關一咬，覺著冰涼挺硬，貼著左邊的臉一蹭❶兒鮮血直躥。噹啷啷把劍一丟，撒腿就跑，拿手一摸，短了一個耳朵。原來刀雖臨於脖頸，不肯殺他，把手往上一翻，連點臉子帶耳朵，哧一聲，血淋淋的一個耳朵就墜在了地上。

毛保一跑，北俠仍在大寨主跟前請罪。寨主說：「兄臺何罪之有，這還是閣下手下留情，不然他豈不早死多時了。」叫人將劍拾起，然後歸座。北俠也就將刀帶起，重新另換杯盤。有嘍兵撿起了耳朵，追毛保去，叫他趁著熱血沾上。看劍的小童兒進來，訴說毛保搶劍之事。寨主並不往下追求，將劍交與小童兒，仍收在五雲軒之內。

❶ 一蹭：一擦。

三位暢飲，酒至半酣，鍾雄說：「二位，我有一言，在二位跟前不知當講不當講？」智爺說：「寨主爺有話請說。」鍾雄說：「我意欲要與二位結為生死的弟兄，不知二位可肯否？」智爺說：「我二人區區之輩，焉敢與寨主結為生死弟兄。」鍾雄說：「若要棄嫌我是個山賊，二位身價甚重，就不必了。」智爺說：「我們是不敢高攀，要論我們是求之不得。只是一件，咱們既要結義為友，要學一學古人喝血酒，發宏誓大願，方覺妥當。」鍾雄一聽，更覺著願意了。智爺說：「序序齒，誰大誰小。論歲數，也就是你們二位，論我小多著呢！」鍾雄說：「我今年四十歲。」智爺說：「我歐陽哥哥也是四十歲，這單看生日是誰大了。我歐陽哥是臘月❷二十五的日子。」北俠暗說：「你怎麼混給我改起生日歲數來了。」你道智爺是為甚麼緣故？總為的是比鍾雄小才好辦事。鍾雄說：「還是歐陽兄弟哪！我是冬至月❸十五的生日。」險些智爺說臘月二十五這個日子，再往前說幾天，還比鍾雄大了哪！智爺說：「我是三十二歲，三月三的生日。咱們沐浴沐浴，才好燒香。」鍾雄叫嘍兵帶著上沐浴房。

嘍兵帶定北俠、智爺上沐浴房中，嘍兵遠遠的等著。北俠見無人，說：「賢弟，你的言多語失，怎麼拜把子？你還出主意教喝血酒，發願？咱們本是假事，若起誓，我可怕應誓。」智爺說道：「我問你不是沒成家麼？」北俠說：「不但沒成家，日後我還出家哪！」智爺說：「你也沒兒子。」北俠說：「我沒成家，哪裏的兒子？」智爺說：「艾虎是你的義子，又不姓你這個歐陽的姓兒。少時要起誓的時候，就說：『我要有三心二意，教我斷子絕孫。』你瞧這個誓起得大不大？你橫是應不了。」北俠大笑：「你

❷ 臘月：陰曆十二月。因古代在此月中合祭眾神，稱作臘。
❸ 冬至月：俗稱陰曆十一月。亦作「冬子月」。

怎麼想來著？我這個好辦，你哪？」智爺說：「我呀，若是起誓時候，甚麼誓重，我就起甚麼誓，甚麼天打呀，雷劈呀，五雷呀，轟頂哪。」北俠說：「要應了誓，那可怎麼好？」智爺說：「不怕，我嘴裏起誓，腳底下畫『不』字。起誓的時節，是『不』字當頭，是不叫天打雷劈，不叫五雷轟。」北俠說：「你可別寫慢了。」智爺說：「不能，我寫慢了，那還了得麼！」北俠這才放心。沐浴完了，穿上衣服，叫嘍兵帶路，直奔承運殿而來。

行至承運殿外，早把香案預備妥貼，水早二十四寨各寨主，俱在殿外伺候。派了四個扶香❹的：亞都鬼聞華，神刀手黃壽，八臂勇哪吒王經，金槍將于義。鍾雄沐浴，先從後面出來。智爺說：「寨主哥哥，你就燒香罷，不必謙讓了。」鍾雄點頭。亞都鬼將香點上，交與鍾雄。鍾雄往上一舉，聞華接將過去，插於香斗之內。鍾雄雙膝跪倒，叩頭已畢，說：「過往神祇在上，弟子鍾雄與北俠、智化結義為友，有官同作，有馬同乘，禍福共之，始終如一，義同生死。若有三心二意，天厭❺之！天厭之！」說畢，站起身來。香案上有一碗酒，將自己左手中指刺破，將血滴於酒內。有神刀手黃壽將香點著，遞與北俠。北俠接將過來，往上一舉，仍有黃壽接將過去，插在香斗之內。北俠跪倒，叩頭已畢，說：「過往神祇在上，弟子歐陽春與鍾雄、智化結義為友，有官同作，有馬同乘，不能同生，情願同死。倘有三心二意，叫我斷子絕孫。」鍾雄說：「噯！太言重了！」北俠暗笑：「一點不重。」也是刺破中指，血滴酒內。該智爺了。于義點香，與前皆是一樣，惟獨他跪的那裏話可就多了，說：「過往神祇在上，弟子智化與

❹ 扶香：指在燒香祭祀時擔任輔助工作。

❺ 厭：指厭棄、拋棄。

鍾雄、歐陽春結義為友，有官同作，有馬同乘，義同生死。如有三心二意，天打雷劈，五雷轟頂，不得善終，必喪在亂刃之下。死後入十八層地獄，上刀山，下油鍋，碓搗磨研。」嘴裏起誓，腳底下不、不、不、不、不、不、不，就畫開「不」字了。

那宋時年間起誓應誓，不像如今大清國起誓，當白玩的一般。古來一個牙疼咒兒，還要應誓。緣故那時有監察神專管人間起誓，那裏若有起誓的，監察神就在雲端裏看見，有慧眼遙觀，就知道這個人日後改變心腸不改。不改，也就不記了；若要改變，就將這人記上，到時好叫他應誓。正是君山燒香，監察神全在雲端站定：頭一個心腸不改，不用記了；第二個也不用記了，他應誓不應誓皆是一樣；第三個不實著，與他記上。拿筆寫了許多，那個神仙說：「不用寫了，你是淨聽見他的嘴，沒看見他的腳，不教天打，不教雷劈，不教五雷轟頂，不教這個那個的。」神仙一有氣，把筆一丟，從此再不管了。不然怎麼以後起誓不靈了哪？

大家結拜後不知怎樣，且聽下回分解。

第二十八回　在後寨見侄誇相貌　獅子林老僕暗偷聽

且說鍾雄與北俠、智化三個人燒香發願，都與盟兄叩了頭，飲了血酒，撤了香案，俱歸承運殿內。眾家寨主與三家寨主賀喜。鍾雄吩咐承運殿擺酒，請眾家寨主到承運殿一同吃酒。水旱寨的嘍兵俱有賞賜。智爺說：「我嫂夫人現在哪裏？」鍾雄說：「現在後宅。」智化說：「我們二人拜見嫂夫人，然後再飲酒。」

鍾雄點頭，頭前引路，來至後宅，吩咐人傳報。不多時，有婆子出來，嘍兵告訴明白。智爺暗暗誇道：「雖然是山王寨主，不失官宦的風俗。」裏邊點聲一響，嘍兵說：「請。」三人往裏就走，穿宅越院，來至夫人院中，早見婆子排班站立。進了屋內，見鍾雄之妻姜氏站在屋中。鍾雄就指引說：「這是歐陽賢弟，這是智賢弟。這是你嫂嫂。」姜氏道了一個萬福：「原來是二位叔叔。」智爺、北俠一看，這姜氏夫人穩重端然，並無半點輕狂之態，是一團的正氣。二人雙膝跪地，口稱：「嫂嫂，小弟二人有禮。」鍾雄說：「二位賢弟請起。」二人站起身來。後寨也沒有許多的說的，意欲要走。鍾雄說：「且慢，見過你的侄男女。」長女叫亞男，有婆子攙出來。智爺一看，不過十四五歲，珠翠滿頭，鮮色的衣服，豔麗無雙，姿顏貌美，深深道了一個萬福。又見婆子拉著公子出來。寨主說：「見過二位叔父。」就見公子頭上紫金冠，紅緞子，袍兒上繡著三朵藍色的花朵，青緞小靴子；前髮齊眉，後髮披肩扇頸；

面白如玉，五官清秀，天然的福相。雙膝跪地，將要叩頭，就被智爺抱將起來，說：「我的侄子，不必行禮了。你叫甚麼名字？」說道：「叔父問我，我叫鍾麟。」智爺說：「你多大歲數咧？」說：「我今年十一歲了。」智爺說：「哎喲！好侄子，你愛煞我了！」鍾雄說：「你愛，把他給你罷。」智爺說：「我有那麼大的造化嗎？哥哥，日後這孩子必成大用。」鍾雄說：「怎麼？日後還成大用麼？看他的造化罷。」說畢，將公子放下，大家出來，至承運殿吃酒。日已墜西，大家散去。眾家寨主各自回寨。

鍾雄吩咐另整杯盤，重新落座，可剩了鍾雄、北俠、智爺，說兄弟三人傾談肺腑。鍾雄說：「智賢弟，我有心腹話實對你說了罷。若不結義為友，我也不能對你全說。我這裏有一點心事對你說說。是怎樣的辦法？」智爺說：「哥哥說罷。」鍾雄說：「我呀，是降了王爺的人了。」智爺故裝不知，說：「哪位王爺？」鍾雄說：「就是襄陽王爺。我上頭掛的『豈為有心』這個匾，就是我的誓願。這是我的親筆所寫，可著君山無論寨主嘍兵，誰要猜破我的機關，就用誰為謀士。可著君山眾人，連一個猜著的沒有。不料賢弟今日頭天入山，就猜著了我的肺腑。方才不說此話，為甚麼緣故？皆因咱們這君山用度甚大，就是降了王爺以後，君山的錢糧，全是王府往這裏撥給。王爺可派了親信一個人來，在咱們君山，公然的就是王爺的耳目，當著此人不好講話。不然，為甚麼大家去後，方才傾談肺腑？」智爺問道：「此人是誰？」鍾雄說：「就是賽尉遲祝英。」智爺說：「這就是了，日後說話總要留神。你還有甚麼心腹事？」鍾雄說：「方才你猜著我這個『豈為有心』。我可是保著王爺，我可看王爺無福，講論文武才幹，相貌品行，無一處可取的地方，焉能有九五之尊？明年若得了宋家江山，我也是把他推倒，我就面南背北。如果大宋福大，王爺不能成其大事，我就隱於山中，永不出世了。」智爺說：「主意甚好。倘若是事要不成，不必隱於山中，若隱於山中，草木同凋，一生不能顯姓揚名，豈不可惜！事若不成，將王爺拿住，獻於大宋，哥哥可不是高官得作，歸於正途，夢穩神安。」鍾雄說：「那不是反覆的小人麼？豈你我弟兄所為！」智爺也就不往下深論了：「這就是你的心事？」鍾雄說：「不然，我還有心事，就是你早晨看的那口劍的劍主兒，此人姓展，號為南俠，因祭墳被捉。還有個徐慶。把二人幽囚起來，教人家救出一個去了。這口劍就是姓展的東西。我甚喜愛此人，他就是不能降山。」智爺問：「勸過他無有？」寨主說：「勸過他，他不降這山中。若得此人，何愁大事不成。」智爺說：「不難，憑我三寸舌，準管一說就行。」寨主說：「如能說降此人，賢弟可以記功一次。」智爺說：「大哥，不是小弟說句大話，不管甚麼大事，哥哥看看小弟行不行。」寨主更覺大樂。天到三鼓，大家各散。寨主大醉。

鍾雄早已安排在獅子林安歇。有小童兒在前打著羊角燈，頭前引路。北俠、智爺在後跟隨。拐山彎，來到了獅子林。進了院子，全是山石頭縫兒裏長出來的竹子，編成牆的樣子，上有古輪錢的花樣。三間南房屋裏，糊裱得乾淨，名人的字畫，桌椅條凳。裏間屋子內，滿窗的玻璃，有窗戶檔兒。南邊一張床，床上有一小飯桌兒，有茶壺茶盞，果盒兒點心，無一不備辦齊備的。智爺打發小童兒：「歇著去罷。」小童說：「明天早晨，再伺候二位寨主爺來。」北俠說：「去罷。」小童跳跳躦❶躦去了。

智爺把屋門關上。北俠把刀摘將下來，掛在牆上。北俠嘆了一口氣說：「咳喲！這一天真把我拘泥透了。好個飛叉太保，被你我二人……」智爺一聽，嚇了一跳，猜著北俠的意見，是要說飛叉太保被你我二人哄信了。準是這個話語。他也不想想，在人家這個地方說得說不得？倘若說出，就是殺身之禍。

❶ 躦：音ㄗㄨㄢ。向上蹦跳或向前衝。

將說到「被你我二人」那個地方，就拿肩頭一靠北俠，就接著說道：「不錯，飛叉太保鍾寨主，把你我二人看作親同骨肉的一般，這才是前世的夙緣❷，可稱得是一見如故哇。」哈哈哈哈的一笑。就聽見外面颼的一聲，由玻璃那裏往外一看，有一個黑影兒一晃。智爺過來，把窗戶檔兒一拉，將玻璃擋上，然後將燈挪在小飯桌上，拿了一碗茶叫北俠。二人在床上對面坐定，拿手指頭蘸著茶水，往桌子上寫字，叫北俠瞧寫的：「是你要說哄信了，對不對？」北俠也就拿著指頭蘸著茶，寫的是：「誰說不是？」智爺又寫：「後邊有人跟著你，看見沒看見？一句話說出，就是殺身之禍。」北俠又寫：「誰能像你機靈。」智爺寫：「不機靈，能向這邊詐降來嗎？明天咱們說沙大哥是你的師兄，咱們把他請來，就說是你師哥。」北俠又寫：「我去說也行了。」智爺寫：「你去不比我去好。」北俠寫：「就是，就是。睡覺罷。」二人把飯桌挪下去，就在此處抵足而眠。

你道外邊黑影兒是誰？就是君山鍾寨主的心腹家人。此人姓謝叫謝寬，合大家在前面議論了半天。是機靈人聚在一處：神刀手黃壽、花刀楊泰、亞都鬼聞華、金槍將于義、八臂勇哪吒王經，還有他兩個兒子謝充、謝勇。大家一議論投降君山這兩個人。謝寬說：「北俠這個人，我是知道的，萬不能降山。」聞華說：「不能降？現在降了呢！」謝寬說：「人心隔肚皮。」于義問說：「老哥哥有甚麼主意？」謝寬說：「要知心腹事，但聽口中言。少時，等他們酒散，寨主吩咐叫他們在獅子林睡覺，我暗地跟將下去，聽他們說些甚麼。」眾人說：「老哥哥，你上了年歲，我們這有的是人。」謝充、謝勇他這兩個兒說：「我們去罷。」謝寬說：「你們少說話。」說畢，叫嘍兵說道：「他們酒散之時，報與我知道。」

❷ 夙緣：同「宿緣」。指前世的因緣、緣分。

不多時候酒散，嘍兵報道大寨主酒已散了。謝寬辭了眾人，背插單刀，來到獅子林，正遇見小童拿著燈籠出去。他正聽見北俠說：「飛叉鍾太保被你我二人……」再聽是智爺接過來說：「是不錯，飛叉鍾太保把你我二人看作親同骨肉一般，這才是一見如故，真乃是前世的夙緣。」謝寬自己縱身而去。颼的一聲躍上房去，伸手把住房簷瓦口，用雙足找著陰陽瓦壟❸，身子往下一探，整在房上等了半夜。可倒好，連二句話也沒說，白等了半夜。飄身下來，由窗櫺紙往裏一看，原來二人早已睡熟。謝寬不覺氣往上一撞說：「我白來等了半天。這兩個人其中有詐降，回去與眾人商議，見大寨主薦言，說這兩個人來意不正。」

若要見大寨主說出，不知怎樣辦法？且聽下回分解。

❸ 陰陽瓦壟：屋頂上所鋪屋瓦形成的凸凹相間的行列。因屋瓦在鋪時一行凹面向上，一行凸面向上，故稱「陰陽」。

第二十九回　眾人議論捨命勸寨主　彼此商量備帖請沙龍

且說老家人謝寬就聽了一句，房上待了半夜，後來一看兩個人睡了，復返回在五福寨，大家議論，就把北俠說的話，智爺怎麼接續說的學了一遍。就有說要見大寨主的，就有說破著命要去說的，就有說不可說的。王經說：「寨主爺剛拜把子，正是初逢乍見對勁❶的時候，誰說他們不好，誰落無趣兒。」眾人說：「依你之見？」王經說：「依我意見，只管讓寨主爺實心任事❷的交友。只管讓寨主交去，咱們大眾也不用對人說，暗地裏訪察，若察出他的劣跡來，稟與寨主爺知道。」眾人說：「那可就行了。」大家定好主意，暫且不表。

單提北俠與智爺早早起來，髮包巾，正要吃茶，小童兒來說：「有請二位新寨主。」說畢，小童頭前帶路，出了獅子林，奔了中軍大寨，面見鍾太保請了安好，然後讓坐。鍾雄吩咐擺酒。智爺說：「等，天氣尚早，也得吃得下去。」鍾雄說：「為的是說話。」擺酒，羅列杯盤。寨主首座，北俠二座，智爺三座。從此就是這樣坐法。

酒過三巡❸，慢慢的談話，這就論起展南俠的事了。智爺說：「我本不餓，我去先望看望看此公去。」

❶ 對勁：俗言。指相互適合。
❷ 實心任事：誠心誠意。

鍾雄說：「你吃完了再去罷。」智爺說：「不是『敬其事而後其食』嗎？」鍾雄大笑說：「真乃吾之膀臂！」叫嘍兵頭前引路。智爺一聽，嚇了一跳，暗道：「這兩個嘍兵壞事。這要到了那裏，見了展大哥，他是必要嚷我；他要一叫我『智賢弟』，豈不漏了機關，前功盡棄？又不能不叫嘍兵跟著，只可到那見機而作。」問道：「寨主哥哥，此人還囚在原先所在？」鍾雄說：「不是。先前一個鬼眼川，一個竹林塢，教人家救出了一個。此刻幽囚在引列長虹。」智爺說：「小弟去了。」

辭別寨主，轉身離了承運殿，走在水面，叫嘍兵撐過船來。智爺上船，至東岸下船，不多時到了引列長虹。這個地方是一帶小山溝，兩邊的山石是一道一道的分出五色石的形相來，猶若天上雨後出的那個長虹一般，故此這地名叫「引列長虹」。向東往上一走，盤道而上，到得上面，也是由山石縫出來竹子，編成牆的一樣；牆頭上編出來許多的花活玩藝❹。直到門前，叫嘍兵稟報展爺，就說「新寨主拜望展老爺來了」。智爺一聽，展大哥在裏邊氣哼哼的說話。

是怎麼個緣故？皆因是同定徐三爺祭墳，寨主把兩個人幽囚起來，把展老爺幽囚在竹林塢，每日有兩個嘍兵伺候，也不捆著，吃的是上等酒席。忽然間往這邊一挪，拿話一問嘍兵，嘍兵也就把實話對他說了。剛把早飯擺好，請老爺用飯。展爺一氣，一伸腿把桌子一翻，嘩喇一聲，全摔了個粉碎。嘍兵說：「我老爺，你教三老爺附下來了，素常你老人家可不是這脾氣。」展爺說：「少說！」展爺越想越有氣。二人一同被捉，救出去一個，可見是親者的厚，展爺焉能沒氣？正在有氣之間，嘍兵報道：「我家新寨

❸ 巡：這裏指給全體在座的人斟酒一遍。
❹ 花活玩藝：新奇生動的東西。玩藝，同「玩意」。

主拜望你老人家來了。」展爺說：「你家寨主拜望，難道說還叫我迎接他不成？叫他進來！」嘍兵出來，說：「請。」智爺咳嗽一聲，其實早就聽見展爺的話了，氣哼哼的說話哪。智爺暗喜：「越是氣哼哼的合我說話才好哪！」慢慢的往裏走。

裏面展爺聽見咳嗽的聲音耳熟，回頭往外一看，好生驚訝：「怎麼智兄弟來到此處？方才報是寨主到，他怎麼作了寨主？智爺乃官門公子出身，入了賊的伙裏，他斷斷不能。噯喲！是了，別是為救我前來行詐罷？若要為我前來，我一嚷他，可就壞了他的事了。我且慎重慎重，設若為我前來，必裝不認得我；他若真作了寨主，不但認得我，必勸我降山。進來時便知分曉。」嘍兵引路，給兩下裏一見，說：「這是我們新寨主，這是展老爺。」展爺扭著臉不瞧智爺。智爺暗喜說：「我的肺腑，他準猜著，這個伙計搭著了。」智爺道：「這位就是展老爺麼？」展爺暗道：「準是為我來的，不然怎麼連我他都不認得了？我可別壞了他的事，我也裝不認得他。」展爺說道：「這位就是寨主嗎？」智爺暗想：「這可漏不了咧。」說道：「展老爺在上，小可有禮。」展爺說：「寨主請了。」智爺落座，嘍兵獻上兩盞茶來。展爺問道：「這位寨主貴姓高名，仙鄉何處？」智爺說：「小可乃貴州府人氏，姓智，單名一個化字，匪號人稱黑妖狐。」展爺說：「久仰，久仰。」暗說：「我今日趁著他當寨主，我罵他兩句，他都不能還言。」說：「我看寨主堂堂儀表非俗，必是文武全才，為甚麼不思報效朝廷，在山寨之上以為山王寨主？上也賊、下也賊、中也賊，似乎你這樣人物，隨在他們隊內，可惜呀，可惜！」智爺暗道：「老展，咱們可過不著❺這個，怎麼為救你，你倒罵起我來了？」智爺說：「本欲歸降大宋天子，不納也是枉然。

❺ 過不著：夠不上；沾不到。

請問展老爺，在我們山上住了多少日子了？」展爺說：「住了好幾日了。」智爺說：「我們寨主可曾與展老爺預備沒有？」展爺說：「每日預備的三餐，倒也豐盛。」智爺問：「吃了沒有？」展爺說：「若要不吃，豈不辜負寨主的美意？」智爺一笑道：「聽說展老爺來的時節，身體瘦弱，如今身體胖大得很。」展爺問：「甚麼緣故？」智爺說：「你吃了我們賊飯，長了一身賊肉。」彼此大笑。展爺暗道：「我繞❻不過這個黑狐狸精。」智爺使了個眼色，將嘍兵支將出來，重新拿指蘸著茶，在桌子上寫字，就將已往從前都寫清楚。展爺也寫上在這裏來的緣故。智爺又寫鍾雄派他順說❼展老爺的話寫完，展爺又寫：「鍾雄再三勸我歸降，我不降。你一趟就降了，怕的是他生疑心。」智爺寫：「我再來一兩趟再說。」兩人把主意論好，連嘴沒張。智爺就叫嘍兵過來，自己告辭。展爺送出，彼此一躬在地。

嘍兵頭前引路，下了山坡，穿過夾溝子，至水面上船，正北下船，直奔承運殿。到在屋中，見了寨主。寨主就問：「賢弟，順說那人怎樣？大略他是不降。」智爺說：「降可便降，這次沒降，我聽出他的言語來了。他的家眷現在京都，他怕降了咱們君山，京都御史將他奏參。再去兩次準行。」寨主聞聽，歡喜非常，立刻擺酒。

智爺說：「怎麼淨欲喝起酒來了？常言道『酒要少吃，事要多知』，議論咱們的大事。」寨主問：「甚麼事？」智爺說：「據我看，咱們山中的人少，欲成大事，非得人多不可，益多益善。」寨主說：「固是益多益善，哪裏請去呢？」智爺說：「有的是。刻下就有一位老英雄，人馬無敵，稱得起是員虎將。

❻ 繞：這裏指口舌上糾纏。
❼ 順說：勸說。

刻下在家中納福，不肯出頭，並且不是外人，一請就到。」鍾雄說：「到底是誰？」智爺說：「是我歐陽哥哥的師兄。此人姓沙名龍，外號人稱鐵臂熊，作過一任遼東的副總鎮。皆因那時節奸臣當道，自己退居林下。若把此人請將出來，可以為前部正印先鋒爵位。」話言未了，鍾雄讚嘆，咳了一聲：「原來這位沙員外，是二弟的師兄呀！」北俠說：「不錯，是我的師兄。」其實不是他的師兄，是智爺的主意，說是師兄，為的是透著❽親近。北俠說：「提此人，大哥為甚麼讚嘆？」鍾雄說：「這個朋友，咱們也不能往山上請，大概早晚就有性命之憂。」智爺一聽，嚇了一跳，問道：「哥哥，是甚麼緣故？」鍾雄說：「這人得罪了王爺。皆因黑狼山有一個金面神欒肖，被這位老朋友——也不知是拿去了，也不知是結果了性命。王爺恨此人恨如切骨。王爺險些沒派君山人去拿他。咱們要把這位朋友請到君山，王爺若是要他，可是給與不給？若給王爺送去，豈不是斷送這位老哥哥的性命；若不送去，不是得罪王爺麼？再說咱們君山的錢糧，都是王爺供給。」智爺說：「無妨，全有我哪。設若王爺那裏要人，我親身去見王爺，先顧咱們這裏又得一員虎將。」鍾雄說：「賢弟，你可準行得了嗎？」智爺說：「我若不行，豈不教沙大哥的性命斷送了？」鍾雄一聽歡喜，寫信備帖，就是智爺親去請。

這一去不知如何，且聽下回分解。

---

❽透著：顯得。

第三十回　一個英雄中計遭兇險　二位姑娘奮勇鬧公堂

且說前文論的是智化請沙龍的節目。沙員外在家中果遭兇險：

君州的刺史姓魏叫子英，他本是王爺手下之人，就由黑狼山一破❶，魏刺史就通知了王爺。欒肖本是王爺的拜弟，王爺一聞此信，就立志拿沙龍與欒肖報仇。皆因按院到任，沒有工夫，這可得便來諭，著魏子英拿沙龍，用囚車解往襄陽。刺史接著王爺諭後，就要派馬快❷班頭前去拿人。旁邊有位先生姓臧的，攔住老爺說：「不可，這個沙龍不是好拿的。要把他拿了，他有兩個女兒，大的還好，這個次女實不通情理。再說沙龍老兒一反臉，去幾十號人也拿他不住。」魏老爺問：「依你之見？」臧先生說：「要依書辦❸愚見，拿老爺的帖，把老頭子請來吃飯，暗把官人藏於屏風後，老爺丟金杯為號，使他不防，將他上囚車就走。」老爺點頭。先生說：「要請沙龍，非李洪不可。」臧官說：「不行，先生不知，

❶ 黑狼山一破：沙龍與歐陽春、智化破黑狼山山寨的故事見三俠五義第九十八回「沙龍遭困母女重逢，智化運籌弟兄奮勇」。但寨主「欒肖」作「藍驍」，音相近而字不同。

❷ 馬快：指三班差役中的快班。舊時一方官署之差役分皁、壯、快三班。皁班掌守牢獄，壯班掌召捕，快班掌偵緝。快班又稱馬班，壯班又稱步班。

❸ 書辦：官府中掌理案牘文件的胥吏。猶如現在的書記。

李洪與他是結拜兄弟。上次有媒人去說沙龍的女兒與我兒為妻，媒人教沙龍罵出來了。我正要找尋沙龍，李洪求情：一定要他的女兒，他可以去說。我一氣不要了。今要叫他去，豈不將沙龍放走？」臧先生說：「老爺，無妨。一面派人叫李洪，一面將李洪家口收在獄中。老爺與他說明，沙龍不到，不放你的家口。」老爺一聽，說：「此計甚妙。」一面派人拿李洪家口，一面去叫李洪。李洪進來，見老爺行禮。老爺說：「拿我名帖到臥虎溝將沙龍請來閑談，提你老爺衙中立等。」李洪拿了贓官名片，將才要走，贓官說：「回來，我是立等。要是請不了來，你的家眷可在獄中，不用打算出來。」

李洪點頭出衙，正遇上一伙人擁著自己家眷，連老娘也在其內。有自己的伙計同來告訴，總是早把沙員外請來才好。李洪就知贓官不是好意請客，又不能泄漏，自己的家眷要緊。自出城至臥虎溝，門上有人回進話去。沙員外請入見禮，問兄弟的來意。李洪就把名片拿出，交與員外一看，說：「我們老爺說請老哥暢談。」沙員外一笑說：「賢弟不要哄我。吾自知之，又是為你的侄女之事。我去見他，這不怕了，全是有了人家了，受了人家聘禮。你大侄女是智大弟為的媒，給了艾虎了。次女給了韓天錦了，蔣四老爺為的媒。我去見他，你叫他另說別人家之女罷。」

原來是魏子英有一個兒子，小名叫狗兒，大名字送生。這小子仗著他父是地方的現官，由著他的性兒亂鬧，臥柳眠花。又有他一個小童兒，是臧先生之子，小名叫馬兒。全是馬兒出的主意，捧著魏狗兒亂鬧，越鬧越大，就要搶人。可巧那天遇見沙鳳仙、秋葵二位姑娘入山打鳥。鳳仙拿著彈弓子，秋葵拿著棍。魏狗兒見著鳳仙，他就二目發直。馬兒說：「可別闖出禍來，這姑娘不好惹哇。」狗兒說：「我倒怪愛他的。」馬兒的主意，回家告訴老爺，找人提親。真教沙員外罵出來了：「我的女兒，焉能配那狗子！」媒人回去，搬了許多是非沒搬動。如今李洪一來，員外就知又是為女兒事情來了。「兩個女兒全給了人家了，我這還怕他麼？」換了衣服，帶了一名從人，同著李洪出了臥虎溝的東梢門，進了城，到了刺史衙，有執帖門房進內回稟。

不多時，正門大開，有人說：「請老員外。」直到花庭，贓官迎接出來。老員外欲行大禮，贓官攔住，落座獻茶。老員外說：「不知大人呼喚小民，有何見諭？」魏子英說：「豈敢！老兄臺，我是久有此心，請老兄臺到敝衙暢談。」隨就吩咐擺酒，讓老員外上座。沙員外推辭了半天，方才落座。酒過三巡，這才談話說：「老員外前番拿了黑狼山的山賊，可算幫著我清理地面，你總算有功之人。我令人去要差使，你怎麼不給？」沙爺說：「非是小民不給，有開封府的蔣四老爺，那日與大人的差役口角紛爭。大人如果不信，請大人問著差役，便知分曉。」贓官立時詐喊道：「好一個大膽沙龍！你這般光景，目無官長，藐視你老爺！」別看沙員外可是個武夫，處處總講「情理」二字，撩衣雙膝點地，說：「老大人暫息雷霆，小民不敢。」贓官早就把手中金杯噹啷啷丟在地上，由屏風後馬步班卒有三十號人，往上一擁，不容分說，把沙員外捆將起來。沙員外破口大罵：「你敢是反叛的一黨！」魏子英吩咐官人將沙員外上了囚車，復又吩咐將李洪家眷放出。

先生叫官人出去，看沙龍帶來多少從人，立時拘拿進來。少時官人回話，沙龍帶來從人依然跑去了。先生說：「不好了！他這從人跑去，必然家中送信。倘若他的女兒前來，老爺早作準備才好。」贓官一笑：「難道還敢反了不成？先生不必多慮。此事多虧先生妙策。這裏有的是酒，請來一同相飲。」有人過去將杯拾將起來，重整杯盤。

酒飲不到一個時辰，忽聽外邊一陣大亂。官人飛跑進來說：「老爺，大事不好了，臥虎溝沙員外家兩個姑娘殺奔來了。老爺快逃走罷！」贓官吩咐叫官人好生用心，與我拿住。官人回稟老爺：「誰敢拿？」又有三四個官人跑進來說：「快逃罷！不走就是性命之憂。還得打後門逃跑，前門還是走不得。」話言未了，先生說：「吾要走了。」老爺說：「等等，你背著我罷，我腿肚子轉了筋了。」先生早跑出多遠去了。老爺把紗帽一丟，靴子一脫，拆了玉帶，扯了紅袍，呱唧呱唧就跑。怎麼「呱唧呱唧」的？那是光著襪底的聲音。到後門正遇見太太，披頭散髮的逃命。他拉著太太逃在民房中躲避去了。

前面是沙員外被捆上囚車，從人一見撒腿就跑，到了臥虎溝，正遇見大漢史雲，外號又叫愣史，艾虎的徒弟，漁翁張立、史氏媽媽的內侄，就皆因大戰黑狼山，父女巧相認❹之後，金大人帶張立、史媽媽夫妻上襄陽上任去了，就把史雲留在家中，常上臥虎溝來。今日正遇著老員外的從人，嚷道：「史大爺，不好了！」史雲問：「甚麼事？」從人說：「老員外叫贓官請吃飯，把老員外誆去捆上，用囚車解了上襄陽去了！我回家送信。」史雲說：「快給大姑娘他們送信去罷！」史雲正入大門內，可巧正遇著二姑娘秋葵。史雲說：「二姑娘，我沙爺爺教贓官解往襄陽去了。」秋葵聞聽，急入內告訴姐姐，一同出來。二位姑娘全換了短衣服，鳳仙拿了彈弓，挎了雙刀；秋葵是一條鐵棍；愣史拿一根門拴。外面街坊聚了多人，全是受過沙員外的好處的。眾人全拿長短兵器，全本是各戶都願意把員外救回。秋葵出村

❹父女巧相認：指襄陽太守金輝與女兒牡丹相認之事。見三俠五義第九十九回「見牡丹金輝深後悔，提艾虎焦赤踐前言」。

一蹲，將鳳仙背在他的身上，不多時就進了城。到了衙門口，醜姑娘把他大姐姐放下，自己一晃鐵棍，嚷了一聲，如同打了一個劈雷相似一樣。誰想打進去，連一個人也無有了，三班六房全跑遠了。故遠遠望見塵沙蕩漾，土雨翻飛，一則懼怕二位姑娘，二則間全都受過老員外的好處，故此全都跑了。醜姑娘由大堂上打起，吸嚕嘩喇打進去，把大堂橫楣子、公案桌、後屏風、鳴冤鼓，一齊俱都粉碎。直打到後面一層一層的房屋，大大小小的臥室，古銅玩器等，一概全完。醜丫頭如同瘋魔的一樣，打了三個來回，連一個人影兒也沒見。

忽然間由西月亮門❺出來一人，冷笑道：「哈哈，我猜著了，姑娘你是找你大爺來了。」你道這個人是誰？送生來了。皆因臧馬陪著大爺練武，皆因他不好念書，愣說他沒帶學堂來，改了練武了。其實就擔個練武的名氣。正在西花園裏，聽見外邊一陣大亂，撞出來一瞧，這人東西亂跑，回去訴魏狗說：「大勢不好了！眼見臥虎溝的姑娘打了來了，連太太都跑了，咱們逃命罷！」魏狗一聽，說：「不是上回咱們瞧的那姑娘罷？」臧馬說：「就是他。」魏狗說：「他許是找大爺來了，我得出去見見他去。」馬兒說：「可拿上兵器。」送生提了一條槍，躥出西院，與二位姑娘撞成一處。

若論勝負輸贏，且聽下回分解。

---

❺ 月亮門：指通往花園的圓形門。

第三十一回　姑娘扮男妝行路　智化討書信求情

且說二位姑娘打了個夠，也沒見著一個人，好容易出來一個人：六尺多高的身軀，鸚哥綠的武生公子巾，墨綠的箭袖袍，鵝黃的絲鸞帶，薄底靴子。看面上黃醬的顏色，一雙鬥雞眉，一對母狗眼，尖鼻子，尖小耳朵，薄片嘴，芝麻牙，高顴骨，瘦腮幫，拱弓肩，雞胸脯，圓脊梁蓋，紅花子骨，提著一條槍，笑著就說道：「小妞兒找我來了？上回見著一回，必是想你大爺。」這個「爺」字兒還未說出，咕唧的一聲，彈子就打進了左眼睛裏頭去了，鬧了個換虎出洞。何為換虎出洞？眼珠子是圓的，彈子也是圓的，眼眶子裏頭只許一個圓的，不許兩個。彈子進，眼珠兒出來了。送生眼睛一瞎，焉能動手，將身一倒，正在秋葵的眼前，就著一棍，正在頭上，一聲響，打了個萬朵桃花，鮮血淋淋，死屍躺在地下。並無別人，就遇見了這麼一個，鳳仙一彈子，秋葵的一棍，結果他的性命。

迎面來了一人，秋葵掄棍便打。鳳仙說：「使不得，這是李叔父。」就聽李洪說道：「二位姑娘快走罷，你們二人打死了送生衙內，其罪不小。少時若有武營官兵，你們可就走不了哩！你們順著大路追你們天倫，打碎囚車，救了你們天倫。此處不可多待，即速回去辦事。我在這裏與你們講話，我被別人看見，我就是殺身之禍。」鳳仙點頭：「多蒙叔父的指教。」

二位姑娘、史雲，連臥虎溝的眾人，一併回去。出城門，下關鄉，走到曠野，這內中有聰明人——

這位上了點年紀，夠五旬多歲，姓鄒，說：「別忙，點點咱們的人數。若要不是我們臥虎溝的聽真：你們若是跟下來，非殺了不可！」先是有好些個瞧熱鬧的，後來出城就沒有了，下了關鄉更沒了。焉知道刺史衙內地方❶跟著哪，共是三個人，聽見這裏說要殺，立時不走了，對著❷。愣史拿頂門閂，就往回裏一追，地方三人撒腳就跑，依然去遠。轉回頭來，在眾人隊裏一看，並無別的眼生之人。大眾回臥虎溝，東門上安上人，要有面生之人速速的拿住。眾人答應。

二位姑娘回到家中，將兵刃放下，思量李洪之言，趁早追趕天倫。女兒之身大大不便，他們二人換上男子衣服，走在道路之上，免著人盤查細問。想畢，將秋葵叫來說：「咱們換上男子打扮。」他這有一個表兄，父母雙亡，就跟著沙員外。他們這裏早晚教給他本事，沒到一百天，小癆病鬼死了。練大法了，督催得太緊，一百天的病就死了。這個衣服就鎖在箱子之內。這要女扮男妝，鳳仙這有現成的衣服，是他死鬼表兄的，穿戴起來就是。秋葵容易，就把沙員外這身穿戴起來就得。事不宜遲，換上衣服。秋葵就把員外六瓣壯帽拿來，勒上網子❸，戴上帽子，摘了耳朵上虎頭墜❹，穿上箭袖袍，蹬上員外的靴子，還有點擠腳呢。鳳仙也就打扮起來，先把滿臉的脂粉洗了又洗，這才洗將下去。頭上勒上網子，戴上武生公子巾，穿上襯衫，腳底下把一雙靴子拿將過來，襯了綿花，拿布合綢子將腳纏好，穿上靴子，

❶ 地方：一鄉、一坊的巡役稱地方。
❷ 對著：指（與眾人）對立著。
❸ 網子：指罩在頭頂上裹住頭髮的絲巾。又稱網巾。
❹ 虎頭墜：指虎頭狀的耳墜子。

穿了箭袖袍，繫上了絲帶，佩上了刀。找了一點白蠟，將耳朵眼撚上❺。自己重新看了又看，自己連自己也認不出是誰來了。包袱打開，將自己所用的衣服連秋葵的衣服，細軟金珠，值錢物件，釵環鐲串，連自己的弓鞋包在包袱之內，叫秋葵繫在馬梢繩之上。秋葵就將自己的棍，也就絞在蝦蟆口❻上。姑娘出來，也就顧不得家了，叫婆子看家，外頭叫史雲照應，託咐了隔房。這二位姑娘上馬，出西梢門，直奔襄陽去了。

且說臥虎溝老員外被捉，姑娘大鬧公堂，打死少爺，立刻傳言出去，就驚動了雙傑村中的孟凱、焦赤。一聞此信，兩個人會在一處，直奔臥虎溝而來。到了東梢門，人都滿了，過去一問，方才知道。二人一想：「老哥哥活不了，二位姑娘有了人家了，這便如何是好？咱們兩個人追趕下去，見著姑娘，好救姑娘；見著沙大哥，好救沙大哥。」二人就在沙家，帶上了點盤纏❼起身，直奔襄陽的大路。天氣已晚，到了一個鎮店，找店住下三間上房，傳酒要菜；空把酒菜擺好，吞吃不下，放聲哭起老哥哥來了。忽然進來一人，正是黑妖狐智化。

這智爺由君山起身，拿著請帖到了晨起望，見了路彬、魯英、丁二爺，就把自己詐降的事說了一遍。大家歡喜。又說：「我上臥虎溝請沙大哥去，也叫他上君山。人還少哪，若想定君山，還得進去人哪，人少不行。」大家聽了。由晨起望起身，天氣不早，智爺也下店住西廂房，烹茶打臉水。未能傳喚酒菜，

❺撚上：指用手指搓細條後塞上。撚，搓成細條。
❻蝦蟆口：指一種狀似蝦蟆頭的馬具上張口之處。
❼盤纏：供途中花費的錢財。

就聽上房有人哭老哥哥，耳音甚熟，立刻到上房屋中去看。將到石臺階，聽屋中人說：「你不用哭了，到了襄陽，見了智賢弟就得了。」智爺一聽是孟凱、焦赤的聲音。

智爺掀起簾櫳進上房，問道：「二位哥哥，因何在此涕哭？請來見禮。」孟凱一見，焦赤也過來一拉，說道：「老哥哥有殺身之禍。」智爺說：「不要著急，全有我哪！」孟凱說：「你管得了麼？」智爺說：「自然是管得了。」孟凱就把沙員外囚車解往襄陽王府的話，細說了一遍。「不料二位侄女趕下他父親去了，我們二人知道，也順著大路追下來了，一路並無見著。天氣已晚，住在店中，不料遇見賢弟，想個主意才好。」智爺說：「無妨。」附耳低言說了幾句話，就把詐降的話說了一番。「老哥哥我倒能救，只是二位姑娘要緊。」孟爺說：「我們正沒主意哪，遇著你就得了。你說怎麼辦法？」智爺說：「先吃飯，吃完了飯的時候，不用住店，連夜找人。」二位依計而行。

飯畢，打發了酒飯店錢，三人先奔臥虎溝打聽，姑娘沒有回去，把史雲帶著奔晨起望，一路並沒見著姑娘合沙龍。到晨起望，與路彬、魯英、丁二爺、孟、焦二位、史雲大家相見，就將路、魯、史雲寄在晨起望。

智爺自己奔君山，由旱路走飛雲關，進旱八寨，至寨柵欄門，進承運殿。鍾雄一見，說：「怎麼這樣快就回來了？」智爺說：「寨主哥，不好了！應了你老人家話了！沙大哥被王爺府內要去了！」言還未盡，衝著北俠使了個眼色，連北俠帶智化雙膝點地說：「求寨主哥哥救我沙大哥！」寨主爺一皺眉說：「二位賢弟請起，你們的哥哥，還不是我的哥哥。只是一件，我在王爺跟前說一不二，這時王爺既拿了這位哥哥，必定是給鑾肖報仇。我要講情，這時王爺倘若不准，大事就不好辦了。」智爺說：「寨主哥哥只管放心，只要有你講情的一封信去，我親身自去見了王爺，全憑我三寸不爛舌，兩行伶俐齒，準保能說得王爺信了。」鍾雄說：「既然如此，我就寫信。」將信封好，交與智爺。

智爺告辭出山，直奔襄陽而來。一路無話，到了襄陽，直奔王府。到了府門首，望裏一看，西邊有一所房屋，門上一塊白匾，寫著「回事處」三個字。智爺到了門房，見了回事的，說道：「我乃是由君山而來，現有寨主的書信，面見王駕千歲投遞，奉懇哪位將雷王官請來一見。」有人問道：「你叫甚麼名字？」說：「小可我叫智化。」眾人一聽，說：「你就是黑妖狐？」智爺說：「不錯，匪號人稱黑妖狐。」眾人說：「你是君山的新寨主哇！」你道王府怎麼知道哪？前文說過，賽尉遲祝英是王府的耳目，三朝兩日不斷來信，君山無論大小的事情，全都稟與王爺知道，故此智化是君山的新寨主，王府的人皆都知曉。立刻讓座獻茶。一邊有人請王官去了。不多時，裏面出來的人說：「智賢弟來了嗎？怪不得不上我們這裏來哪！你只記著作寨主哪。」智爺看是聖手秀士馮淵、雙槍將祖茂、通臂猿猴姚鎮、賽白猿杜亮、飛天夜叉柴溫、插翅彪王祿、一枝花苗天祿、柳葉楊春、神火將軍韓奇、神偷皇甫軒、出洞虎王彥桂、小魔王郭進，同定雷英，與智爺一見，帶到裏邊面見王爺。

畢竟不知怎樣，且聽下回分解。

第三十二回　王爺府苦求釋老將　山谷中二女墜牢籠

詩曰：

害民蠹國幾時休，致使人間日日愁。
哪得常能留俠義，斬他奸黨佞臣頭。

亂臣賊子人人得而誅之，使俠義常留，豈肯容他在朝。可惜俠義不在，人無法以制之耳。後來宋朝有段故事，余細細述說一遍：

宋史：徽宗時，承祖宗累世太平，倉庫錢糧充盈滿溢。那時奸臣蔡京為相，只要保位固寵，乃倡為豐亨豫大❶之說，勸徽宗趁此太平，歡娛作樂。一日，大宴群臣，將所用的玉琖❷、玉卮❸示

❶ 豐亨豫大：易經「豐」卦、「豫」卦的繫辭中，有「豐亨，王假之，勿憂，宜日中」與「聖人以順動……豫之時義大哉」等言，據宋史蔡京傳記載，蔡京曾因而提倡「豐亨豫大」理論，鼓吹在國家富裕之際，皇帝可無為而治。

❷ 琖：同「盞」。音ㄓㄢˇ。小杯子。

❸ 卮：音ㄓ。古代用來盛酒的器皿。

輔臣說：「此器似太華美。」蔡京奏說：「陛下貴為天子，當享天下的供奉。區區玉器，何足計較。」徽宗又說：「先帝嘗造一座小臺，言官諫者甚眾。」蔡京又奏說：「凡事只管自己該做的，便是人言，何足畏乎？」徽宗因此志意日侈❹，不聽人言。蔡京又另外設法，搜求羨餘錢糧，以助供應；廣造宮室，以備徽宗遊觀。起延福宮，鑿景龍江，築艮岳❺假山，皆窮極壯麗，所費以億萬計，天下百姓困苦無聊，紛紛思亂。而徽宗不知，恣意遊樂。寵任蔡京之心愈固，於是京之威權震於海內矣。

那時又有梁師成、李彥因聚斂貨財得寵，朱勔因訪求花石得寵，王黼、童貫因與金人夾攻遼人，開拓邊境得寵。這些不好的事，都是蔡京引誘開端，所以天下叫這六個人為「六賊」，而蔡京實「六賊」之首。因此海內窮苦百姓離心。到靖康年間，金人入寇，京師不守，徽宗父子舉家被虜北去，實寵任「六賊」之所致也。

自古奸臣要蔽主擅權，必先導其君以逸豫遊樂之事，使其心志蠱惑，聰明壅蔽，然後可以盜竊威福，遂己之私。觀徽宗以玉器為華，是猶有戒奢畏諫之意，一聞蔡京之言，遂恣欲窮侈，釀禍基亂。嗟乎！此孔子所謂一言而喪邦者歟！大抵勉其君恭儉納諫者，必忠臣也。言雖逆耳，而實利

---

❹ 侈：這裏指放縱。

❺ 艮岳：宋代宮苑。又稱萬歲山、華陽宮。在北宋首都汴梁（今河南開封）城東南隅。周長約六里，苑內峰巒迭起，奇石羅列。所用石皆遠自江南以「花石綱」方式運來，最大一塊太湖石高達五丈。建成僅四年即毀於金人南侵之兵燹。

於行。導其君侈靡自是者，必奸臣也。言雖順意，而其害無窮。人主能察於此，則太平可以長保矣。

閑言少敘，書歸正傳。

且說智爺看見霸王莊這伙賊人，還算自己的故友，見面很覺親熱。初會雷英，戴一頂藍緞子六瓣壯帽，赤金的摩額，二龍鬥寶，兩朵紅絨桃在頂門亂顫，翠藍箭袖袍，鵝黃絲鸞帶，月白襯衫，薄底靴子；身高八尺，膀闊三停，面如油粉，劍眉三角目，直鼻，菱角口，髫鬚不長，肋下佩刀，倒是個英雄的樣子。群賊與智爺一見，說：「這就是我們雷王官。」智爺向前要行大禮，雷英用手攙住說：「不敢當！先聽見張華張賢弟言過，又聽見說兄臺為了寨主，今日一見，果然的不俗，可稱得起朝野皆知，遠近皆聞，名垂宇宙，貫滿乾坤。」智爺說：「豈敢！小可久聞你老人家的大名，轟雷貫耳，皓月當空，今日得見尊顏，實為小可的萬幸。再小可歸了君山，日後共同輔佐王駕千歲之大事，我們若有不到之處，只求王官老爺在王駕千歲駕前美言一二。」雷英說：「賢弟不要太謙。」遂往裏邊一讓，直奔集賢堂。少時到階臺之下，王官進去回話，轉頭說道：「王爺有諭，著智化進見。」

智爺來到屋中，鞠躬盡禮，匍匐於地，口稱：「小臣智化，與王駕千歲叩頭，願王駕聖壽無疆，千歲，千歲，千千歲！」王爺久聞此人之名，見此人來到集賢堂，不覺的歡喜，在上面說：「智化平身賜座。」智爺說：「王駕千歲在此，焉有小臣座位。」王爺說：「有話敘談。」智爺說：「謝座。小臣奉我家大寨主之命，有一封書信獻與王爺千歲，請看。」王爺說：「呈上來。」智爺遞與雷英，雷英遞與王爺，王爺拆開一看。

智爺偷瞧王爺，見他戴一頂五龍盤珠冠，嵌明珠，鑲異寶，光華燦爛；穿一件錦簇簇，榮耀耀，蟒翻身，龍探爪，下繡海水江涯，杏黃顏色圓領，闊袖蟒龍服；腰橫玉帶，八寶攢成，粉底官靴；面若銀盆，濃眉三角目，直鼻闊口，一部花白的鬍鬚尺半多長，揊滿前胸。智爺看罷奸王，就知道他沒有九五的福分。

王爺說道：「智寨主，你家大寨主無論甚麼事情，孤無有不應之理，惟獨此事，我孤不能點頭。拿了沙龍，所為與欒肖抵命，萬不能將他釋放。」智爺跪倒說：「小臣冒奏王駕之前，千歲不久就要行師，正是用人之際。雖傷了欒寨主，人死不能復生，也怪不得沙龍，乃是『桀犬吠堯，各為其主』。沙龍不作大宋之官，尚且報效大宋，平黑狼山，清理地面，總是向著大宋。王爺將他拿住，如今他也知道了身該萬死。王爺恩施格外，不要他的性命，他若降了王駕千歲，有罪不加，反倒賞他個官職，豈不是破著死命報效王爺？王駕雖失欒寨主，又得來了一個沙龍。小臣把他二人好有一比：欒肖比一隻犬，沙龍比一隻虎，失了一犬，得來了一員虎將，豈不是王駕千歲的萬幸？」王爺說：「你說得雖然有理，那沙龍作過大宋官，怕他不歸降我孤，也是枉然。」智爺說：「他縱然不降，小臣把他帶回君山，我們大眾苦勸，無有不降之理。」王爺說：「降也是降你們君山。」智爺說：「就是降我們君山，也是大家輔佐王駕千歲，共成大事。欲要興師之時，我們在前逢山開路，遇水疊橋，見城得城，見鎮得鎮。託王駕之福，旗開得勝，馬到成功，攻無不取，戰無不勝，早早推倒宋朝天子，王駕千歲豈不就登基坐殿？」

王爺聽奉承了他幾句，不覺大樂，說：「怪不得有人誇獎你的本領，今日一見果然高強。不用走了，就將你留在府中，與我孤作一個謀士罷。」這句話把智爺嚇了一跳，暗想：「在君山詐降計已成，不久得破君山，救南俠，拿鍾太保。我若在王府，甚麼人辦理那邊的大事？」心生一計，跪倒叩頭說：「王駕千歲駕前有雷王官，就是謀士。此人文武全才，運籌帷幄之中，決勝千里之外；鬼神莫測之機，治國安民之策；熟讀孫武十三篇，廣覽武侯的兵書。攻殺戰守，排兵布陣，鬥引埋伏，精於攻戰。王駕千歲手下有此人，何必用小臣在此。君山上五日一大操，三日一小操，十日一總操，每遇操演水旱的嘍兵，非小臣在旁不行。如今新演了幾個陣勢，都是小臣的主意，若在府內伺候王駕，豈不誤了君山演陣？」王爺這才准奏。又有雷英說：「智寨主所言不差，不如教他回君山的為是。」雷英也怕有了智爺，顯不出他來。王爺說：「既然這樣，你就將沙龍帶回君山去罷。」智爺叩頭謝恩。王爺要賞賜酒飯，智爺再三叩頭不領。王爺派人帶著智化到囚牢中，把沙龍帶將出來，打去了肘銬，交與智爺。

智爺與沙爺道驚。智爺取了點銀子，賄賂了官人，同著沙爺到了店中，給他現買的衣服。智爺一邊到了金知府衙門裏打聽了打聽，鳳仙、秋葵並沒到知府衙門裏頭來，自己心中納悶，告辭出來，也不敢對著沙大哥說。「這二位姑娘就是老員外的掌上明珠，若對他說，他必要憂心，反為不美，此事不必對他提。」遂即回店，同著沙老員外。次日，給了店飯錢，回君山，一路無詞。

到了君山，見了大寨主，與沙大哥見禮。老員外當面謝過救命之恩，要行大禮。鍾雄再三攔住，讓老員外在當中坐，沙爺不肯。其實沙爺見智爺時，智爺一五一十的全說明白了。不然，也不用勸，就降了山，焉能這麼容易？智爺回頭一看，展爺也在那裏坐著，就知道自己出山的時節，必然是把人情重在鍾雄的身上，過來見禮。鍾雄出令，水旱寨的寨主俱到承運殿，與沙爺、展爺大家見禮；留眾位寨主在承運殿大家同飲，與沙員外壓驚。初鼓方散。惟有北俠、智化、沙龍、展昭大家另整杯盤，復又再飲，直吃到四更方散。鍾太保大醉。早就安置了沙龍、展爺的住處。智爺晚間到他們屋中商議破君山，拿鍾雄的計策，暫且不表。

且說二位姑娘行路。天晚，鳳仙著急，秋葵不怕。鳳仙說：「你可別叫我姐姐呀！」秋葵問：「叫你甚麼？」大姑娘說：「你叫我相公，我可叫你是沙葵。論說應叫你是兄弟，你的相貌與我不同，不像弟兄。曲尊曲尊你罷。」秋葵說：「那算甚麼要緊的。」越走天氣越晚，進了山路，忽見前面有燈光射出。鳳仙說：「這可好了！有了住戶人家，可就好打聽了。」

看看臨近，見人家院內中牆裏頭有一高竿，竿上掛著個燈籠來，在牆外白灰牆上書黑字。鳳仙一看是「婆婆店」，暗自歡喜：「『婆婆店』就是媽媽❻開的，我們是兩個女兒之身，實在湊巧。」下馬前去打店，只聽見咕嚕嚕嚕一響，原來是把個燈籠繫下來了。姑娘叫門，裏邊婆子答應：「喲！幹甚麼的？」外邊答道：「住店的。」婆子說：「我們這有個規矩，燈籠不下，多少人都住；燈籠一下，沒有地方了，別處打店去罷。」秋葵說：「不行！不開門就要砸了。」婆子說：「你砸罷！」就聽見鐺啷一聲。婆子說：「喲，反了！小子你別忙，我去開門看看。你知道，我們這裏無人欺負我們娘們。」把門一開，婆子打著個燈籠一照，瞧秋葵那個樣，嚇了一跳，說：「愣小子，拿著棍子，衝媽媽腦袋打三下子，算你是好的。」秋葵真要打，被鳳仙攔住，轉身與婆婆行禮說：「是我的一個醜小廝，媽媽不要與他一般見識。我們是沒出過門的人，不敢前進，怕遇見歹人。沒有房屋，我們在院子裏站一夜，也是如數的給錢。」

❻ 媽媽：這裏指年長的已婚婦女。

媽媽一見鳳仙說話恭敬，人品又端方，說：「我這個人吃順不吃強，似乎❼你這個話，哪怕把我的屋子讓與你，我都願意。」進了店門，拿下物件，解下馬上的包袱來。婆子帶路，過了映壁❽，三間上房，三間東房，三間西房。可是兩間一門，一間一門。奔到西邊兩間的屋中，點燈住下。婆子說：「我有房子，撤燈籠不住人，我是怕錯了我的規矩。相公貴姓？府上在哪裏？」鳳仙說：「我居住臥虎溝，我叫艾虎。」媽媽說：「我給你們預備飯罷。」回答：「很好。」把酒菜端來，二位姑娘吃了三杯，翻身摔倒在地，口漾❾白沫。

不知生死如何，且聽下回分解。

❼ 似乎：像。

❽ 映壁：又稱照壁、照牆。即建在門前或門後起屏蔽作用的短牆。

❾ 漾：這裏指口中吐出。

第三十三回　假艾虎受害悲後喜　真蔣平遊戲死中活

且說姑娘為甚麼說他叫艾虎？皆因說出他住臥虎溝，不敢說姓沙，周圍三五百地，沒有不知沙員外無兒的。自己一想，不如提出艾虎哥哥的名字倒好。將飲到三杯酒，就暈倒在地。媽媽進來一笑：「上了媽媽的道兒，就是該媽媽的錢。」進來衝著秋葵一看，說：「好小子，你不哼了！」過去把包袱打開，淨是紅綠的衣服，釵環鐲串，連弓鞋都有。媽媽說：「這是我女兒的造化。」正瞧之間，院子裏問：「媽呀，又作這傷天無理的事哪罷？」媽媽說：「上了我的道，那前輩子該我的錢，你進來瞧來罷。」姑娘進來說：「瞧甚麼？」媽媽說：「頂好的個相公，教他這個醜小子要了他的命了。」姑娘乳名叫蘭娘兒，一身的本事，會高來高去之能，躥房躍脊的工夫，是九頭獅子甘茂之女。此處地名叫娃娃谷。

列公，你們看書的眾位，看此書也是三俠五義的後尾，可與他們先前的不同。他們那前套還倒可以，一到五義士墜銅網，淨是胡說。銅網陣口稱是八卦，連卦、爻都不能說得明白，故此餘下此書，由銅網陣說起。列公，請看書中的「情理」二字。他那個書上也有君山，這書上也是君山。君山與君山不同，眾公千萬不可一體看待。閑言少敘。

就說這娃娃谷婆婆店這頭。倒還有一到、二到、三到，一回與一回不同。蘭娘聽了「相公」二字，一看鳳仙，不覺的心一動，想自己終身無靠，看此人不俗，終身配了此人，平生情願，便問：「媽呀！

看這個相公怪可憐的，你拿水來灌活了他罷。」媽媽不肯，蘭姑娘苦求。婆子有氣：「他要活了，問我因何害他又救他，我說甚麼？」蘭娘說：「你就說是親戚。」婆子問：「他問甚麼親戚，我何言答對？」姑娘說：「我的媽媽好糊塗——」這個「媽媽好糊塗」，是打宋朝興的。婆子說：「呀！我明白了。怪不得人說『女大不留，留來留去反成愁』。孩子，我灌活了他，他要是娶過親事，難道說你還給他作個二房不成？」姑娘說：「哪裏趕的那麼巧呢！」「那麼姑娘，你就取水去罷。」

取了水來，用筷子把鳳仙的牙關撬開，把涼水灌將下去。不多時，蘇醒過來，問道：「媽媽，方才我這一陣是怎麼了？」媽媽說：「相公，我先問你件事，你定了親了沒有？」鳳仙一怔，暗道：「我是女兒之身，定甚麼親事？」說：「尚未定下親事。」媽媽說：「阿彌陀佛。」鳳仙說：「我沒定親，他怎麼念佛呢？」媽媽說：「你沒定下親事很好，我有件事情合你商量商量。」鳳仙說：「媽媽有話請說。」媽媽說：「我有女兒在那邊站著哪，頗不粗陋，情願許你為妻，大概料無推辭。」鳳仙一瞅，那邊站著個姑娘，鵝黃絹帕罩著烏雲，玫瑰紫小襖，蔥心綠的汗巾，雙桃紅的中衣，窄窄的金蓮一點紅猩相似，就是沒有看見桃花粉面。鳳仙暗想：「他們這是個賊店，給我蒙汗藥酒喝，必是被這姑娘瞧見，是姑娘主意，將我灌活。丫頭，你錯瞧了，咱們兩個人一個樣，怎麼好？」推辭說：「有了。媽媽快些住口，想你少爺乃是宦門的公子，豈肯要你這開黑店的女兒。還不快些住口！」媽媽說：「如何？你瞧，他有這手沒有？他罵咱們娘們哪！」姑娘說：「好野男子。媽呀，我將他捆上，交與老娘就是了。」袖子一挽，一躍身軀，過來將打。

鳳仙一見，也就一閃。二人交手，甘媽媽在傍看定，連連喝彩。不多時，鳳仙要敗。緣故白晝打上衙門，又騎了一天的馬，又勞乏又受了蒙汗藥，灌過來功夫不大，四肢不隨和，又是小腳穿著男子的靴子，很不利落，怎麼會不輸？一失招，就教蘭娘兒一腳踢躺下，咕咚一聲，倒於地上。甘媽媽過來拿了繩子，四馬攢蹄捆將起來。

蘭娘一笑：「憑你有多大的本領，也敢同姑娘動手。媽呀！你殺？我殺？」媽媽說：「我殺。」就把鳳仙的刀拿起來要殺。蘭娘兒道：「媽呀！你殺他，可問他，別教他後了悔。」媽媽說：「好丫頭，你瞧瞧，你這個還了得麼？」來在鳳仙面前說：「生死路兩條，可要你想明白點。」鳳仙自忖：「我若一死，輕如蒿草，我們的天倫甚麼人去救？再說秋葵也就活不了咧。不如暫且應了此事，連自己的性命也都保住了。我雖是女兒之身，乃提的是艾虎哥哥的名字，我這事應承，只當是與艾虎哥哥定下門親事。」說道：「媽媽不用殺我，我這事應承了。」媽媽說：「這不是明白的嗎？」蘭娘說：「媽呀！可教他留下點東西。」媽媽說：「喲，孩子，你去罷，我比你懂得。」遂解開綁。鳳仙抽了抽身上的塵土，過來與媽媽見禮。媽媽說：「喲！姑老爺！歇著罷。可不是我說哪，咱們這親事是妥了，你多少得留下點東西。」鳳仙點頭，隨即過來一看，自己包袱依然打開了。算好沒有丟東西，拿出一塊碧玉珮，交與媽媽作為定禮。可巧這宗物是北俠給他的，焉知暗裏是定他的定禮，鳳仙自己不知。

列位，前文說過，此書與他們❶不同。他們是鳳仙走路時節，假充未過門的女婿。眾公想情：他是千金之體，他若知道配了艾虎，他豈肯充艾虎的名字？此事乃是北俠與沙龍暗地說明，放定時就是這塊碧玉珮。還是北俠當面給的，作為是初會見面的禮兒。秋葵背地裏還不願意哪，抱怨北俠說：「給姐姐，

❶ 他們：這裏指說三俠五義故事的藝人。

不給我。」如今就將這玉珮，又定了蘭娘兒。

媽媽接了定禮，鳳仙問道：「岳母到底是姓甚麼？」媽媽說：「姑老爺，有你岳父的時節，姓甘叫甘茂，外號人稱九頭獅子。有本事著的哪！我的女兒就是跟他學的。」鳳仙問岳母：「我這個從人怎樣？」媽媽說：「這裏有半碗涼水，灌下去就好。姑老爺，你灌他，我去備辦點好酒飯來你用。」鳳仙說：「很好。」媽媽出去，蘭娘沒走，在院子裏哪，說：「媽呀！一不作，二不休，把上房屋內那個瘦鬼也救了他罷。今日將瘦鬼殺了，血跡漂蓬，大為不利。」媽媽說：「我恨他合我玩笑。」蘭娘說：「得，你行點好罷。」鳳仙將秋葵灌活。秋葵一問怎麼個緣故。鳳仙就把自己從前細述了一遍。秋葵先有氣，後來一聽給艾虎哥哥定下親事，也就罷了。

忽聽上房屋中「噸撐噸撐」的聲音，好似擂牛的一樣，「噯喲噯喲」的亂嚷說：「姑爺，快過來勸勸罷。」又聽到說：「哈哈！你四老爺終日打雁，教雁啄了眼。」仍然又打。

你道蔣四爺因何到此？上院衙安放古磁罈之後，奔晨起望。至晨起望問明大眾，智爺詐降君山已成，自己奔五柳溝。天氣太晚，誤走婆婆店。至娃娃谷，婆子往裏一讓：「天氣不早，別越過住宿。」蔣爺問：「有上房嗎？」婆子說：「有。」蔣爺到裏面，進上房落座，說：「媽媽貴姓？」說：「我們姓甘。」蔣爺說：「原是乾媽。咳，你是誰的乾媽呀？」婆子說：「本是姓甘，你願意叫我乾媽？」蔣爺說：「我這個歲數叫你乾媽？巧咧，我也姓甘。」婆子說：「怎麼你也姓甘呢？尊字怎稱呼？」蔣爺說：「我小名老兒。」婆子說：「原來是乾老兒❷。喲，你是誰的乾老兒？」蔣爺說：「你願意叫我乾老兒。怎麼

---

❷ 乾老兒：即乾爹。

你張羅呢？去罷，你們當家的哪？」婆子說：「去了世了。」蔣爺說：「你守了寡了，我也守了寡了。」婆子說：「你是爺們，守甚麼寡？」蔣爺說：「我們內人死了。我守的是男寡，你守的是女寡，何苦這麼彼此守寡？有那麼著，咱們兩個人作一個。」婆子說：「瘦鬼，你要老成著些才好。你還要說甚麼？」蔣爺笑嘻嘻的說道：「作了親家，你的歲數比我小，你是個小親家子。小親家呀！我也不喝茶，給我擺酒，你陪著我喝。」羞得婆子臉紅。他本不能玩笑，蔣爺是專好玩笑。這一玩笑不大要緊，自己幾乎性命之憂。

婆子把酒端來，把燈點上。蔣爺讓婆子吃酒，婆子連理也沒有理，就出去了。蔣爺笑道：「小親家，你別急呀！」蔣爺端起酒來，細細的察看，怕有緣故；又聞了一聞，酒無異味，酒無異色，方才敢喝。媽媽知曉甘茂在生時節，獨門的能耐，會配返魂香，自己造熏香盒子、蒙汗藥酒。別人的蒙汗藥酒發渾，有味氣，斟出來亂轉；他這個無有，也無異味，也無異色，也不亂轉。蔣爺喝下去，翻身撲倒，躺在地上，不省人事。婆子進來說：「瘦鬼不玩笑了罷？」正要結果性命，自己先將大門關上，可巧正是鳳仙、秋葵到。這時作了親戚，蘭娘講情，婆子拿水灌活，反倒教蔣爺踢倒，騎上婆子亂打。婆子嚷叫：「姑老爺！」蔣爺知道必有餘黨。

鳳仙進門一瞧，訝道：「喲，原來是四叔，侄男有禮。」秋葵也說：「侄男有禮。」蔣爺一怔，住手起來說：「你們怎麼到這裏來？」婆子「噯喲」了半天，說：「你認得我們姑老爺嗎？」蔣爺說：「怎麼會不認得呢。他是你甚麼人？」回答：「我們姑爺。」蔣爺說：「他怎麼是你們姑爺呢？他叫甚麼？」鳳仙使了眼色，婆子說：「他叫艾虎。啊？不是嗎？」蔣爺說：「是，對對，是。艾虎，衝著你們親戚，便宜你罷！你也衝著你們親戚，給我們點好酒喝罷。」婆子說：「便宜你。」隨即去取好酒。蔣爺問：「二位侄女是甚麼緣故這般打扮？」二位姑娘就把天倫被捉，打在囚車，鬧公堂，追趕天倫，誤入婆婆店受蒙汗酒招親，說了一遍。蔣爺說：「你天倫不怕，你智叔父如今假降君山，他必知道，他就獻了。你們明日奔金知府那裏，找你們乾姐妹去。」鳳仙點頭。

婆子到，把酒擺上，大家同飲。婆子問：「你到底是誰？」蔣爺說出自己的名姓，婆子方知他是蔣平。姑娘問：「四叔往哪裏去？」蔣爺說：「上五柳溝請柳青。」婆子問：「就是白面判官嗎？你們怎麼認識？」蔣爺說：「是我盟弟。」婆子說：「呀！你可是我把侄了。」蔣爺說：「你是我把孫。你可找我玩笑哇？」婆子說：「他是我徒弟，還是小徒弟呢。大徒弟雲中鶴魏真，是個老道；二徒弟是我娘家的內侄，小諸葛沈中元；三徒弟是柳青。」蔣爺說：「九頭獅子甘茂，是你甚麼人？」媽媽說：「是我去世的亡夫。」蔣爺說：「這就是了！」婆子說：「提起都不是外人，奉懇與我們作個媒人罷。」

外邊有人叫門。不知來的是哪個，且聽下回分解。

第三十四回　魏昌小店逢義士　蔣平古廟遇龍滔

且說婆子叫蔣爺作了媒人、保人。蔣爺說：「淨作媒人，不作保人。」婆子說：「媒、保一樣。」蔣爺說：「作媒不作保。」蔣爺作保得保人，他是個姑娘，怎麼保法呢？日後也對不起柳青。作媒可以，準有個艾虎，不算冤他。婆子亦就點頭。

外邊有人叫門投宿。婆子說：「不住人了。」那人苦苦哀憐。蔣爺要出去，婆子與蔣爺一個燈籠。蔣爺開門一看，那人是文人打扮，南邊口音。蔣爺將他讓進，至西房一間獨屋內住下。蔣爺問：「貴姓？」那人一瞅蔣爺面目，說：「你是現任的職官？」蔣爺說：「怎麼看出來了？」那人說：「你是五短身材，又是木形的格局。」蔣爺暗驚：「好相法！」細一瞧他說：「你淨瞧我，未看自己印堂發暗，當時就有禍。」那人說：「我倒遇見敵手了。你到底是誰？」蔣爺說：「我叫蔣平，四品護衛。你到底是誰？」那人跪倒，央求救命，說：「姓魏叫魏昌，人稱為賽管輅❶。因與王爺相面，衝撞王爺，後來是我巧辯，沒殺我，留在府中。就打五老爺死後，我看王爺禍不遠矣。今夜晚逃跑，走在這裏，巧遇四老爺。懇求你老救我。」蔣爺攙起道：「聽說我們老五多虧是你，不然屍骨不能出府。你只管放心，我指你一條明路。」

❶ 管輅：三國時魏人。字公明。以精通占卜、相面等術數知名於世。輅，音ㄌㄨˋ。

言還未畢，外邊有人叫門說：「開門來！」魏昌說：「這就是王府的王官追我來了。」蔣爺說：「先生放心，有我哪！將燈吹滅，不可高聲。」蔣爺提著自己燈籠出來，開門一看，兩個人是王官的打扮，騎著兩匹馬，說：「店小兒，你們這裏可住下了一個穿藍袍的沒有？這人可拐了王爺府許多陳設。住的這裏，可要說呀！」蔣爺說：「這人不是姓魏呀，南邊的口音？住在這裏了。」二王官下馬進來拿人。蔣爺說：「我們開店知道規矩，跑了人有我呢。還用二位老爺去拿？我給二位先備點酒。我們把他捆上——人已然是睡了。你們喝著酒，明日早晨再走，豈不省事。」二人聽了歡喜。蔣爺把馬繫在馬棚，將門關上，把二人讓在三間東房，將燈對上❷，說：「我取酒去。」到了上房見婆子，就把給鳳仙連給自己的藥酒連菜端來，與兩個王官吃用。酒不到四杯，二人便倒於地上。轉頭❸婆子將兩個王官拉在後面現成刨出來的大坑，連酒菜全都倒於坑內。

蔣爺勸婆子說：「從此不必作這個買賣了。你這個女兒給著了這個艾虎，他是智化門人、北俠的義子，外號人稱小義士。我見了他的師傅、義父，無論是誰，都可以給你帶個三五百銀，就有了姑娘的嫁妝了。我見了你們徒弟，我再說一說。他這時大發財源，他也得算著，你還作這傷天害理的買賣何用？」一邊裏說話，一邊裏埋人。二個王官才真冤哪，糊裏糊塗的就嗚呼哀哉❹。婆子說：「真累著了我了，

---

❷ 對上：這裏指用已點燃的燈火點燃另一盞燈。

❸ 轉頭：方言。指隨即。

❹ 嗚呼哀哉：指死了。古代祭祀亡靈的祭文末尾，習用「嗚呼哀哉，伏惟尚饗」之語，故常以此四字戲稱此人已成了亡靈。

這可沒事了。」蔣爺說：「還得累累你哪。」婆子說：「病鬼！當著我們新親，你可別玩笑，教人家看不起我。」蔣爺說：「咱們兩個不過背地裏偷偷摸摸的。」婆子說：「你更是胡說了！甚麼事罷？」蔣爺說：「還有兩匹馬哪，你幫著我趕出去。」開了門，將馬趕出，把東屋裏燈熄滅。

婆子奔上房。蔣爺上西屋裏來，與魏昌談話，復又將燈點上。外邊事情魏昌都聽見，與蔣爺道勞，謝過救命之恩。蔣爺一笑，將先生攙起。魏昌問：「四老爺指的我這條明路，是投奔哪方？」蔣爺說：「上院衙正在用人之際，你就投奔上院衙，就是一條道路。」魏昌說：「去不得，看著襄陽大小，人多有識認於我的，被他們看見，王府得信，我就是殺身之禍。」蔣爺說：「無妨，我把你妝扮起來，連你自己都不認得自己。」魏昌不信。蔣爺說：「臨期你就知道了。」天光大亮，先打發鳳仙、秋葵起身，將包袱包好了，捎在馬上，蝦蟆口咬上鐵棍，告辭出門。媽媽要送，蔣爺攔下。房飯錢不必細表，定然是不給了。蔣爺囑咐，叫上知府衙。二人點頭上馬。

蔣爺回來，叫甘媽拿槐子❺熬些水來。媽媽備妥拿來。蔣爺把自己的包袱打開，拿出五個斑蝥❻蟲來，先教先生用槐子水洗了臉，後用斑蝥蟲往面上一擦。取鏡子一照，魏先生嚇了一驚，面目黃腫得難看，說：「怎麼好？」蔣爺笑道：「見了上院衙的公孫先生，能治。」言罷起身。四爺也不教給店錢，送出門外作

---

❺ 槐子：不是指槐樹的種籽，而是指槐花的花苞。槐花苞如米粒大時，經炒乾，稱槐子。古時用以煎出黃色水用染料。

❻ 斑蝥：一種鞘翅類昆蟲，體長六、七分，金綠色而有黃斑。有毒，觸之令皮膚紅腫難消。俗訛作斑貓。蝥，音ㄇㄠˊ。

別。蔣爺回，婆子說：「我請請你罷！」四爺說：「那倒是小事。我見見姑娘。」婆子答應，入內。不多時，姑娘出來見過四叔，道了個萬福。蔣爺看了果然真好，別看可是開黑店的，姑娘倒也穩重，總是艾虎的造化。四爺問了聲好，蘭娘回頭去了。婆子待飯畢，蔣爺告辭。婆子送出，看著蔣爺去遠方回。

蔣爺奔五柳溝，非只一日，曉行夜宿。那日到了五柳溝，天已二鼓，自己想著見了柳賢弟，難道還無住處不成嗎？故此天晚進了東村口。路北頭一個黑油漆門，高臺階，雙門關閉，自己上前打門，裏面人開門問：「哪位？」蔣爺說：「是我。」老家人細看說：「蔣四老爺麼？」蔣爺道：「還認得我呀？」老家人說：「四老爺，恕老奴眼瞎，老奴有禮了。」四爺問：「你們員外在家麼？」回道：「我家員外上白棚❼去了。」四爺問：「行人情❽去了？」家人說：「不是，在廟中設上五老爺的牌位，與五老爺念經哪。」蔣爺問：「在哪廟中？」回道：「在玉皇閣。」蔣爺問：「廟在哪裏？」家人說：「由此往東，直走到雙岔路口，路北有一棵龍爪槐樹，別往正東，走東北的小岔，直到廟門。」蔣爺說：「我上廟中找他去。」家人讓四老爺家裏等罷，四爺一定要走。家人進去關門。

四爺出東口，往東不到一里之路，看不見龍爪槐。可巧起了一陣大風，風沙迷目，不能睜眼。仍是向前，未能看見槐樹。直走了七八里路，也沒走到玉皇閣，心中納悶：「別是柳安兒冤我罷？」直聽見有人嚷：「好惡僧人！禿頭！哪裏走，著刀！」四爺順音而去，一看前邊有一廟宇，門兒半開。蔣爺矮身而入，進了山門，西屋裏有婦人涕哭。蔣爺來到屋中一問，婦人說：「家住深石崗，我丈夫叫姚猛，

❼ 白棚：指寺廟。

❽ 行人情：指施捨。

人稱飛蟿大將軍，又叫鐵蟿將。我娘家姓王，居住王家陀。我由娘家回婆家去，帶著兄弟王叩鐘，走在廟前，風沙迷眼，不能前進。這個廟叫彌陀寺，裏面的惡僧人名叫普陀。他有四個徒弟，叫月接、月長、月截、月短，素常知道不是好人。看見我在廟門前避風，他讓至客堂待茶。依我不進來，我兄弟說裏邊避避也好。將到客堂，我兄弟教和尚捆出去了，不知生死。普陀過來，要與我行無禮之事，我一喊叫，進來一個大漢，將惡僧人叫出去，兩個人在後邊動手哪。小婦人怕僧人回來，早行拙志，不料遇見爺臺。這就是一往從前。」蔣爺聽了，就知道他丈夫是個英雄，說：「你自管放心，我去幫大漢捉拿兇僧。我與你找一個地方，暫且隱藏身軀，千萬別行拙志。」婦人叩頭。

蔣爺帶路，直奔頭層大殿，開了隔扇，教婦人在殿中躲避。一回轉頭：那邊捆定一人，口中塞物。蔣爺過去解了繩子，拉出口中絹帕，原來就是叩鐘，給蔣爺叩頭，蔣爺叫他在這看守他姐姐。蔣爺出去，隨帶隔扇，到於後面，原來是五個和尚圍定一人，那人正是大漢龍滔。蔣爺躥上房的後披，揭了兩塊瓦，對準了普陀的禿頭，噗哧的一聲，躺倒在地。龍爺在兇僧腿上砍了一刀。蔣爺飛身下來，給了大和尚一棍。一陣亂打，月接、月長、月截、月短死了兩個，帶傷的兩個，把帶傷的捆起來。龍滔過來見禮，問：「四老爺從何而至？」蔣爺把已往從前，說了一遍，問龍滔：「你打哪來？」龍滔說：「我把差使給了馮七。我聽說老爺們跟大人在襄陽，我也要上襄陽，求老爺們給我說說，跟大人當當差使。我想大人正是用人之際，我有一個姨兄住在深石崗，叫姚猛，把他找上。走在廟前，聽婦人呼救，進得廟來，見禿驢實在可惡，我把他叫出來與他較量。我正不是他的對手的時節，你老人家到了，救了我的性命。」蔣爺問：「那個婦人你可認識？」龍爺說：「沒有看明白。」蔣爺說：「那就是你的嫂嫂。」帶了龍滔，到前邊見了王氏，叔嫂相認。蔣爺說：「明日把兇僧交在當官，你同你姨兄奔晨起望，打聽打柴的路彬、魯英，在他們的家中相會。」龍爺點頭。

直到次日，蔣爺起身，見著人打聽玉皇閣在哪裏，有人指告。原來昨日亂風的時節，未能看見那棵槐樹，多走了六七里地。次日到廟，果然經聲佛號，山門關閉。向前打門，有人出來。蔣爺一問，說柳員外回家去了。蔣爺並未進廟，轉身又回五柳溝去了。到了家中，有人出來告訴員外上廟去了。蔣爺復又回廟，廟內人說又回家去了。走了四趟整，是八個來回。蔣爺一翻眼，明白了：「分明是老柳不見我，告訴家人來回的亂支，作就了的活局子❾。必是我一嫌煩，揚長而走，他這算不出世了。我自有主意。」

這回又到家中，家人出來，沒容他說話，蔣爺就走進去了，直奔書房屋中落座，氣哼哼的吩咐：「給我看茶來。」家人答應，獻上茶來。問柳安：「這是你們員外的主意，成心不見我？你知道我找你們員外是甚麼事情？」家人說：「不知。」蔣爺說：「他在五接松說錯了話了，人家不讓他走，我給他講的情，說下了盜簪還簪。設若你不定下，這還可以；定下又不見我，我遠路而來，來淨支我，我整跑了八趟。用著我們哥們時候，百依百隨，盜三千葉子黃金，拿到他家裏來了，他說買糧糴賑濟貧民，誰又瞅見了？這時候用著他了，不是我用他呀！老五死了，大伙與老五報仇，教他沾個名，不怕他不出來。別寃我呀，打早到晚我還水米沒打牙哪！給我看酒。」老家人吩咐擺酒，點上燈燭擺酒。四爺喝得大醉，說：「老柳，這日子你不用過了，過我罷！」拿燈一燒窗戶。家人往外跑，嚷：「四老爺放了火了！」柳青由垂花門出來，被蔣爺抓住盜簪，且聽下回分解。

❾ 活局子：指互通聲氣的騙局。

第三十五回　盜髮簪柳員外受哄　舞寶劍鍾太保添歡

且說蔣四爺借著點酒，把臉一蓋，故意裝醉，拿燈燭將窗欞紙點著。老家人沒看明白，往裏就跑，嚷道：「四老爺放火！」有何緣故呢？是鄉下最怕失火。柳青出來，蔣爺把他一把揪住說：「姓柳的，我們哥們幫著你盜金子，絕不含糊。如今我遠路而來，你來回的寃我，一百使不得，二百下不去，三百不夠朋友。說話不算，你就擦粉❶。」柳青說：「你真要盜？」四爺說：「我作甚麼來咧？」柳爺說：「屋裏來。」廚役把家伙撤去，蔣爺坐在東邊，柳爺坐在西邊。柳青說：「盜哇！」蔣爺說：「有言在先，連盜帶還，一個時辰。你把帽子摘下來，你把簪子拔下來，教我的小搬運童兒瞧一瞧。」柳爺摘了帽子，拔了簪子，遞過來說：「甚麼搬運童兒？」蔣爺瞧簪，仍是那個水磨竹的，一邊有個蝙蝠，那邊一個圓壽字。柳爺說：「搬運童兒可受過異人的傳授？」蔣爺說：「還能呼風喚雨，撒豆成兵。」柳爺說：「誰教的你？」蔣爺說：「黎山老母。」柳爺說：「你別胡說了。」蔣爺說：「你把簪子別好了，你叫大家出去，別在這裏瞧著。」家內二十多人全擠著要看。柳爺將大眾喝出，眾人在窗外觀瞧。

蔣爺說：「我要盜，盜個手明眼亮。你把兩隻手擱在桌子上，我把兩隻手搭在桌上，淨教搬運童去盜。」柳青半信半疑，就將手放於桌上。蔣爺兩隻手壓住柳青兩隻手，說：「小搬運童兒，去把他那簪

---

❶ 擦粉：指當女人。

子拔下來。咱們作個臉❷，慢慢走，上了腿了，上肩膀兒了。」鬧得柳爺毛毛咕咕的，說：「怎麼看不見？」蔣爺說：「三寸高，你是肉眼凡胎，如何看得見？」柳青說：「你哪？」四爺說：「我是慧眼。」柳爺連肩膀帶腿、腦袋亂搖亂晃。蔣爺說：「你捽了我童兒的腰哪！」柳爺說：「別瞎說了。」蔣爺說：「瞎說？盜下來了。」柳爺不信。蔣爺抬起一隻手來，往上一翻，仍然拿手背還是壓著柳青的手，一舒掌說：「你看簪子。」柳爺一怔，果然盜下來了。一合手，交與他的左手。柳青接來燈下一看：「呀！病夫，你真有些鬼鬼祟祟❸的。」蔣爺劈手奪來，仍又拿自己的右手壓住他的左手，說：「淨盜不算為奇，還要與你還上。」柳爺說：「不還，我也不出去。」蔣爺說：「還上，你可別矯情❹了。」柳爺說：「只要還上，就算你贏。」蔣爺說：「連盜帶還，沒有一個時辰罷。」柳爺說：「這時就還上，可沒一個時辰。工夫一大，可就過了時刻了。」蔣爺說：「你淨矯情，早還上了。」柳爺不信。蔣爺將雙手往下一撤，說：「你摸去。」柳爺回手一摸，果然還上了，說：「怪道哇，怪道！」蔣爺說：「你說話罷，是出去不出去？」柳青說：「教我出去不難，還得依我一件事情。」蔣爺說：「你不出去就罷，別為難我了。怎麼還得依你一件事情呢？」柳爺說：「只要依我這件事情，我就出去。怕你不應。」蔣爺說：「你說罷。」柳爺說：「你把這盜簪的法子教給我，就隨你出去。」蔣爺道：「不難，等著得便之時再教。」柳爺說：「不成，立刻就教。」蔣爺說：「淨持授桃木人得一年。」柳爺說：「我就等一年。」

❷ 作個臉：指給個情面。
❸ 鬼鬼祟祟：這裏指歪門邪道。
❹ 矯情：假作清高。

蔣爺說：「你等一年，我可等不了一年。也罷！我當時就把你教會，你便怎樣？」柳爺說：「我再不去，我是個畜類！這個咒不能一時就會。」蔣爺說：「行七字靈文八字咒，一教就會。」柳爺大樂，說：「來罷，老師你教給我罷。」蔣爺說：「你方才看著盜得快不快？」柳爺說：「快。」蔣爺說：「不快，還能快，你看又盜下來了？」柳爺驚疑不止，連說：「好快！好快！」四爺說：「又還上了。」柳爺一摸，果然還上了。連著五六次，柳爺總未省悟。這回柳爺摸著還未回手，蔣爺說：「又盜下來了。」柳爺一把揪住說：「好病夫，你冤苦了我了！」

列位，這本是蔣爺玩的個戲法。說書總講情理二字。蔣爺自打五接松瞧了他這只簪子，花樣尺寸就記在心裏，照樣買了一個。宋時年間，攏髮包巾，滿街上都是賣簪子的，故此買得容易。未盜簪時，叫柳爺摘下來看，怕不是那個。論柳爺家內，甚麼簪子無有，可巧還是那個。不教眾人在眼前，怕他們看出來。叫柳爺雙手放桌上，他拿手壓著柳爺的手，怕他回手一摸，就不行了。哄信了他之後，所以是左盜右還的，那時摸出算完了。蔣爺教柳爺抓住，說：「是兩個。」四爺說：「可不是兩個？我實無別法，想了這個招兒，你出去呢，咱們大家報仇；你不出去，我就死在你的眼前。」說罷，跪下哭道：「你怎麼樣了？」鬧得柳爺無法，也就哭了，說：「四哥，不是我不出去。」四爺說：「你不必說了，我大哥得罪於你，必教我大哥與你大大的賠一個不是就完了。」柳爺說：「也不用。」隨戴上頭巾飲酒。

次日起身，蔣爺教多帶熏香，直奔晨起望，非只一日，到了路、魯的門首，直入裏面，見大眾行禮，連焦、孟、史雲全都見過。有人進來說，外面有二人，口稱龍滔、姚猛。二位請入見禮。蔣爺一見姚猛，好人物樣兒。智爺也打外面進來，大家全見個面，將自己的事細說一遍。蔣爺說：「智賢弟出主意罷。」

智爺說：「裏頭人少，讓他們二位去。」蔣爺說：「龍、姚二位，你們看可行啊？太粗魯些。」智爺說：「可以，這樣更好。我告訴蔣四哥一套話，你慢慢的教他們。丁二爺、柳爺，你們二位算表兄弟。柳爺算送二弟去，你不降，苦勸再降。二爺你別說真名姓，就說叫趙蘭弟。」二爺說：「為何教我改姓？」智爺說：「你不算改姓，本是兆蘭的兄弟，故此是『兆蘭弟』。」二爺一笑說：「你真可以，就是了。」智爺安排好了，說：「我在君山等去。」說畢，起身回君山去了。

智爺回君山，走早八寨回承運殿，可巧這日就剩鍾雄一人在承運殿獨坐。正然寂寞，忽然智爺進來。智爺問：「他們都上哪裏去了？」鍾雄說：「他們大眾同沙大哥閑遊去了。沙大哥總覺心中有些不快，大眾陪著沙大哥去遊山，教他散散心去。」智爺說：「這個展護衛，我又沒在家，是怎麼降得？」鍾雄說：「並未準降。我那日到引列長虹，他說了許多的好話，甚麼是死有餘罪的人，身該萬死的人，寨主還有這般優待。我說既然這樣，何不請到承運殿一敘。他雖來，不知歸降不歸降。」智爺說：「好辦，交給我了。只是還有件事。」寨主問：「甚麼事情？請說。」智爺說：「來這些日了，我把山中眾位寨主們連前帶後，連嘍兵全算上，有賢有愚，有奸有忠，惟獨有一個人我看著奇怪。」寨主說：「是誰呀？」智爺說：「武國南、武國北。這兩個人可是親弟兄不是？」鍾雄說：「不是，那是我們這老家人武成之子。長子也是三十歲了，他撿來這麼個孩子，拿蒲包兒包著，還是一身的胎練⑤，小毛衫上寫著生辰八字。抱回來現找的奶娘，可著家人誰也不許說是抱的，就說是親生自養的。他的父親在我天倫手裏出過力，死後還是我發送的。」智爺說：「此人早把他趕下山去，萬般要不得。他相貌是兔頭蛇眼，鼠耳鷹

⑤ 胎練：指剛出生的嬰兒身上的白色茸毛。

愢，其意不端，萬要不得。」寨主說：「有賢弟這一論，有我在，他不敢怎樣。」智爺說：「豈不聞『大福不在，必生禍亂？』」鍾雄說：「誠哉是言也！」話言未了，大眾歸回，一同吃酒。

次日早飯用畢，嘍兵報道：「虎頭崖下來了兩個投山的。」鍾雄一擺手，嘍兵撤身出去。鍾雄說：「智賢弟，你出去看看，若看出破綻，不用與我商議，立刻結果性命。」智爺點頭出去。去夠多時，進承運殿說：「外面兩個投山的，小弟帶來，哥哥再過過目。」說：「將二位請將進來，說我家寨主有請二位。」先啟簾櫳進來，鍾雄一瞧，二位堂堂的儀表：一個是銀紅色武生巾，銀紅箭袖，鵝黃絲鸞帶，薄底快靴，天青色的跨馬服，腰懸寶劍，翠藍挽手飄垂；面似傅粉，細眉朗目，形相端正，唇似塗朱，牙排碎玉，大耳垂輪，好一位面如少女的英才。一個是藍緞六瓣壯帽，藍緞箭袖，皂緞靴，杏黃絲鸞帶，脅下佩刀；面若銀盆，粗眉大眼，虎視昂昂。鍾雄看罷，喜之不盡。見二人欲行大禮，鍾雄離位攙住說：「不敢，未曾領教。二位貴姓高名？」說：「寨主在上，小可姓柳名青，匪號人稱白面判官，居住鳳陽府五柳溝。這是我個表弟，他叫趙蘭弟。皆因他父母雙亡，有點本事，性情驕傲，我怕他入在匪人的隊內，歲數年輕，一步走錯，恐怕對不住我去世的姑母。聽見寨主這裏掛榜招賢，特地將他送來，早早晚晚跟寨主學些本事，不知寨主可肯收納？」鍾雄說：「我這裏招賢掛榜，聘請還恐不至，焉有不收之理！」柳青說：「如此說來，我當面謝過，我就要告辭。」鍾雄說：「不是說你們二位？怎麼兄臺要走哪！」柳青說：「小可家中事煩，又是買賣，又是地畝，全憑小可一人照管，實在不能投山入伙。」連智爺在旁苦勸，這才點頭。智爺與大家見過，鍾雄擺酒，頃刻杯盤齊備。

酒過三巡，智爺問道：「趙蘭弟肋佩雙鋒，必然是好劍法。」二爺說：「才學，漫說是好，連會也不敢說。」智爺說：「你這是太謙。你們二位投山，咱們都是前世的夙緣，稱得起是一見如故，酒席眼前無以為樂，煩勞施展劍法，我們瞻仰瞻仰！」回答：「本領不佳，不敢當著大寨主出醜。」智爺說：「不必太謙了，施展施展罷。」柳青說：「既是眾位說著，你就舞一趟，哪點不到，好跟眾位領教。」二爺點頭，把劍匣摘將下來，放在桌上，袖袂一挽，衣襟一吊，嗆啷一聲，寶劍出匣。眾人一看此劍，寒光灼灼，奪人耳目，冷氣森森。鍾雄一瞧，暗暗驚訝，睹物知人，就知道二爺的本領不錯。再看二爺將身一躍，手中這口劍上下翻飛，躥高縱矮，一點聲音無有。人人喝采，個個生歡：「好劍法！好劍法！」收住勢子，氣不湧出，面不更色。鍾雄就知道平素諳練得工夫純熟。鍾雄親遞三杯酒道勞。智爺說：「可不是，我這個人沒夠，還要奉懇一趟，我們這裏還有一位陪著你走一趟。」丁二爺說：「使得，使得。」衝著展爺又是一躬到地，說：「展大哥，我是深知你的劍法高明，故此奉懇。」展爺點頭。

這雙舞劍的節目，且聽下回分解。

第三十六回　為誆❶寶劍丁展雙舞劍　設局詐降龍姚假投降

且說智爺說：「寨主爺愛雙舞劍，山中會劍的甚少，這位趙蘭弟與大哥，你們二位可稱得是棋逢對手。你們二位要雙舞這一趟，那可就可觀的無比了。借著我們大哥光，我們也開開眼。」展爺說：「使得，這有何難？沒有寶劍。」智爺說：「有的是。來呀！去到後邊五雲軒，提大寨主的令下，把劍取來。」鍾雄一聽，嚇得面貌更色，暗說：「不好，智賢弟假聰明，你不想展昭投降未妥，要將寶劍拿出來，他得到手中，若要不降了，可也不好與他要。這就叫縱虎歸山。再若勸降，他要不降還好；他要一翻臉，他那口劍誰能抵擋？智賢弟，你錯大發了。」暗暗使了個眼色，使聲音咳嗽，他總不回頭，乾著急，並無方法，又不好叫他明說。不多時，將劍取來，智爺叫把劍給了。展爺也就明白了，暗道：「好個黑狐狸精，給我誆劍哪！」連北俠大眾等全明白了。智爺涎著臉❷說：「終日大哥愛看雙舞劍，今日看罷，準對意味❸。」鍾雄有氣，暗說：「誰愛瞧雙舞劍？是你愛瞧罷。」因此總老不看他們。智爺又道：「彼此二位可沒有冤仇，無非點到為活❹，誰可不許傷著誰。我這裏有禮了。」隨就一躬到地。二人齊說：

❶ 誆：音ㄎㄨㄤ。哄騙。
❷ 涎著臉：方言。指做出涎皮賴臉的樣子。
❸ 對意味：方言。表示中意、對胃口。

「不敢。」

二人一齊捧劍，垂首下座。文武本領全講「情、禮」二字，展爺論先在山上，丁二爺是新來的，又歲數兒小，又是親戚禮道的，這是何苦哇！丁二爺說：「寨主手下留情。」展爺心中不樂，暗說：「二舅爺，你可不當這麼著，怎麼指實了叫起我『寨主』來了？你可別怨我，我也鬧你一句。」說：「趙爺手下留情。」二爺瞪了他一眼，委曲著說：「豈敢！」北俠等大眾暗笑，他們親戚禮道的，倒湊合了個圓全。說畢，二人動手。

好一雙英雄！要是看了這次舞劍，再也不必看了。二人留出行門過步，半個過河。二人施展平生的武藝，手眼身法步，心神意念足，躥蹦跳躍，閃輾騰挪，輕若貓鼠，捷恰猿猴，滴溜溜身軀亂轉，躥高縱矮，足下一點聲音皆無，類若走馬燈兒相仿。全講的是貓躥、狗閃、兔滾、鷹拿、燕飛、掛畫六巧之能。雖然這般的比試，鼻吸口氣的聲音皆無，就聽見「颼颼颼」，「剖剖剖」。「颼颼颼」，是劍刃劈風的聲音；「剖剖剖」，是衣襟刮風的聲音。忽前就後，忽左就右，這才叫棋逢對手，將遇良材，把大家看得眼都花了。不是一樣好哇，人的品貌、衣服、器械全好，真算是世間罕有。鍾雄雖然不高興，究屬他是個行家，先前不愛瞧，他就是低著頭生氣，未免得也就偷著瞧一兩眼。除非你不瞧，你若一瞧，管保你把別的都忘了。他把兩眼一直，比別人看得更入彀❺了。

待兩個人收住勢子，彼此的對說：「承讓，承讓！」一轉身，當著寨主說：「獻醜，獻醜！」寨主

❹點到為活：即「點到為止」的意思。因「止」與「死」聲音相似，故改以「活」來表示。

❺入彀：本指進入射程之內，引申為受人控制。這裏指被深深吸引。彀，音ㄍㄡˋ。

爺說：「實在高明。」眼睜睜的，展南俠搭理搭訕❻的把寶劍跨起來了，鍾雄又煩起來了。智爺攏酒與二位道勞，這才衝著寨主說：「哥哥，你看看二位劍法實在是好，果然的妙，準保寨主哥哥愛看。」寨主說：「你是準知道我，不然怎麼說『知性可以同居』呢。」隨即使了個眼色，把智爺調出，說：「眾位告便。」智爺隨後也說：「眾位我且告便。」也由後邊出來。

至於院內一看，鍾雄在那裏等候。智爺問：「寨主哥哥，甚麼事將我調出？」鍾雄說：「你錯作了件事情，言多語失，你知道不知道？」智爺說：「我不知。」鍾雄說：「這個姓展的，他降意不準，這寶劍到了他手裏，豈不是縱虎歸山。還不是錯？你錯大發了！」智爺說：「就是為這個事？這寶劍我成心誆出來給他的。」鍾雄說：「賢弟，錯過❼是喝過血酒，你這一句話不要緊哪，我就錯疑了。」智爺說：「我出正無私，不怕人疑惑。」鍾雄說：「你怎麼成心給他？」「寨主哥哥若問，我把這段細情由，給你說了罷。這個寶劍不能不給他。我假意著說是哥哥愛看，借這麼個因由好教他物歸本主。」鍾雄說：「你可知道那劍的利害？」智爺說：「我怎麼不知，把寶劍給他，露出寨主爺的大仁大義來了。請人家降山，又不給人家寶劍，人家豈不小看於你？」寨主說：「依你之見？」智爺說：「他在這裏一坐，咱們該說的也不敢說，該講的也不敢講。降不降就在今朝了。」鍾雄問：「怎麼講哪？」智爺說：「小弟少時進去，我就說哥哥叫我出來商量一件事，所有在座的諸位，有拜過一盟的，可也有沒拜過的，有一得一，今天全續同盟，有不願意的，趁早說明。」鍾雄說：「他若不拜？」智爺說：「他若不拜，那就

---

❻ 搭理搭訕：指為了把尷尬場面應付過去而沒話找話地與他人敷衍。

❼ 錯過：方言。若不是。

是不降，晚晌用酒灌醉，結果了他性命，寶劍落在哥哥手中；他若結拜，就是降了，有甚麼話也好對他說，就不用避諱了。」鍾雄說：「罷了，賢弟比我盛強百倍。」

說畢，二人回席，仍然落座。智爺說：「寨主爺將我叫出去，說咱們在位人，續一回盟，拜過的再重複一回。可有一件，哪位不願意，趁早說明，這也不是強為的事情。」惟有展南俠一怔，說：「我本是該死之人，蒙寨主這般錯愛，如今又要結盟，焉有不願意之理？無奈何一宗：我的家眷現在都京，倘若風聲透漏，萬歲降旨，封門抄家，我擔架不住。」智爺說：「無妨，怕你不願意。倘若願意，將寶眷接在山上，那還怕他甚麼？」隨說道：「你不用憂慮了！寨主哥哥預備香案。」把個鍾雄樂得是手舞足蹈。也是他時運領的❽，拿著喪門弔客當喜神。大家沐浴更衣，序齒結拜。沙老員外居長，依次鍾雄、北俠、展爺、智化、柳青、趙蘭弟七人結拜，也沒發願，也沒喝血酒。書不可重敘：水旱寨眾寨主，大家相見道喜，留在承運殿吃酒，整整樂了一天，日落席散。當日鍾太保喝了個大醉，安置柳爺、趙蘭弟的住處。

又待了三日，早飯畢，嘍兵進殿，報山下虎頭崖下來了兩個投山的，特來報知。鍾雄一擺手，嘍兵退去，叫：「智賢弟，還是你去看明來意，如要有詐，結果了他的性命，別著他脫逃去了。」智爺出去。去了多時，轉頭回來，啟簾櫳進來說道：「有二個人叫在承運殿外，以候寨主的令下。」鍾雄說：「敬賢之道，下個『請』字，怎麼這個你說是『叫』呢？」智爺說：「你看甚麼人，甚麼人說甚麼話。」到承運殿外說：「我家寨主叫你們進去。」只聽見「唯」的一聲，如同半空中打了一個巨雷一般，進得承

❽ 時運領的：指時運不好，引得他（做錯事）。

運殿。一個是身高八尺，那一個比他還高一尺。全是一身青緞衣襟，六瓣壯帽，絹帕擰頭，青緞箭袖袍，絲鸞帶，薄底緞靴，閃披著英雄氅。一個肋下佩刀；一個是長把鴨圓大鐵錘，腰中繫著鼓鼓囊囊的大皮囊。一個白方面黑髯；一個是面如刃鐵，半部髫鬚。一個是胸膛厚，臂膀寬；一個是肚大腰粗，腩肉翻著，翅子肉❾橫著。一個是堆壘鋭鋒，疊抱著殺氣；一個是威風凜凜，虎視昂昂。全都是憐❿粗愚魯，悶愣⓫溷濁。鍾雄一見，喜不自禁，問道：「貴姓高名？仙鄉何處？尊字怎樣稱呼？」兩個投山的衝著智爺：「嘿，我說，那個他……」這個也說：「嘿，我說，那個他……」這個說：「別合我們轉文玩笑咧。」智爺說：「過來給寨主叩頭。」兩個人倒身便拜，咕咚咕咚也不知磕了幾個頭，起來旁邊一站。智爺問：「叫甚麼名字？」那人說：「我叫大漢龍滔。」這人說：「我叫姚猛，人稱鐵錘將，又叫飛蹔大將軍。我們居住深石崗，因在家好管不平之事，故此打死人了。有咱們董二大爺告訴說，君山有個寨主，叫飛叉太保鍾雄，他那裏招賢。我們說沒有盤費，二大爺給了一吊錢，我們奔這裏來。到了山下，打聽明白才進來。你們要我們不要？若是留下，情願牽馬墜鐙。可得管飯，我們可吃得多。」鍾太保笑道：「智賢弟，你可通六國之語⓬。」智爺說：「人有人言，獸有獸語。哥哥看看有詐否？」鍾雄道：「這樣人焉能有詐？」豈不想傻人專寃機靈鬼！問：「智賢弟，這兩個還是結拜？還是怎樣？」智爺說：

❾ 翅子肉：指兩旁肋骨上的肌肉。
❿ 憐：音ㄓㄡˋ。方言。頭腦固執死板。
⓫ 悶愣：呆呆的頭腦不開竅的樣子。
⓬ 通六國之語：形容人善於見什麼人說什麼語。

「這樣結甚麼拜哪！只要哥哥願意留下，大小給點差使就得。」鍾雄說：「把他們撥往哪寨哪？」智爺說：「這樣給不得臉⑬哪，也辦不了大事，可準誠實。有了，哥哥睡覺的屋子穿堂，不是有十名健將上夜？我每見他們偷閑多懶，我要撥換他們。這就不用了，把這兩個人派為健將的頭目，兩個人管十個人，准其⑭他們鞭處。似乎這兩個人，要教他們睜著眼睛瞪一夜，決不敢少閉。就是這個缺分⑮，他們兩個就以為到了天堂了。哥哥請想如何？」寨主說：「可有點難為他們。」智爺說：「甚麼人，甚麼待承⑯。」遂把龍、姚叫過來說：「寨主賞你們一個健將的頭兒，你們愛分前後夜，是愛分一對一天，隨你們帶十個人商議。官中有飯，每月一人十兩銀穿衣服。」謝過寨主，叫嘍兵帶著去見十名健將去了。鍾雄說：「賢弟實能見機而作。」大眾也就誇獎了一番。當日無事，無非敘了些個閑言。

到了兩三日，這日智爺見鍾太保歡喜，說道：「寨主哥哥，這個巡山的差使，聞寨主當了多少日子了？」寨主說：「聞寨主那是投山的頭一個拜弟，到寨就是巡山的差使。」智爺說：「我看聞寨主晝夜操勞，要把他累大發了，明年行兵之時，人一疲乏，如何打仗？不如將此差使換與小弟，替他當個三兩個月，然後再換與聞寨主；再要兩三個月，再換與小弟。不知寨主意下如何？」寨主說：「賢弟，你幫著我料理白晝之事，很就是了；再要操勞夜間之事，使劣兄心中不安。」智爺說：「這是小事，哥哥做

⑬給不得臉：不能過於給面子；不能過於抬舉。

⑭准其：准許。「其」在這裏用作加強語氣。

⑮缺分：指職務。以前官職的空額稱做「缺」。

⑯待承：待遇。

了皇上，我還不是一字並肩王麼？」鍾雄聽了歡喜，隨即傳令，將巡山大都督的缺，換與智寨主；聞寨主撥與小飛雲崖口鎮守，不得違令。聞華一聞此言，嚇了個真魂出竅。智爺得了巡山的差使，任其出入，找蔣四爺商量破君山的節目，且聽下回分解。

第三十七回　承運殿大醉因貪酒　五雲軒夢裏受毒香

且說智爺討了這個巡山差使，亞都鬼聞華約會了黃壽、于義、王經、謝寬，俱在小飛雲崖口相會，大家議論此事：這巡山差使非尋常可比，寨主派了別人，倘有一點舛錯，可著君山玉石皆焚，萬萬生靈塗炭。不若咱們大家破著性命見大寨主薦言，就提這個差使給不得別人。于義說：「不行，你們曾記得『令出山搖動，嚴法鬼神驚』？倘若不行，大家死倒不怕，鬧一個沒面目，又沒有拿住他犯款❶的大病。」聞華說：「依你主意怎麼樣？」答道：「咱們大眾暗地細訪，如查出他的劣跡來時，咱們大眾破❷著死命，一下就把他扳倒。如其不然，因為小事，大寨主又不能治他之罪，這不是往返麼？」大家一聽合乎這情理，就悄悄的暗地裏訪查。焉能知曉智爺手大遮不過天來，以為是把寨主哄信，把大家更哄信了。強中還有強中手，能人背後有能人。

自從智爺得了這巡山大都督，這一百巡山的嘍兵，俱聽智爺調遣。這一個早早晚晚，不分晝夜，沒有一點鬆神的地方。可有一宗，出入方便，上晨起望，也不用避諱這嘍兵了。這時節就是上院衙，也不要緊了。不怕遇見寨主嘍兵問他，他都有說的，就說是訪聽事情去了。

---

❶ 犯款：違反法令。

❷ 破：方言。不顧惜；捨得。

這天到了晨起望，見了大眾、蔣四爺。見禮畢，蔣四爺就問：「詐降的人怎麼了？」智爺就把已往從前，細話說了一遍。大家笑了一回。復又說道：「四哥，我們裏頭的人也夠了，拿鍾雄的日子也有了。冬至月十五，趁他生日，這天後寨有三千罈釀酒，搭出來散於大眾，把寨主灌醉，用返魂香把他熏將過去，盜出君山。你們在外頭接應著我們。」蔣爺說：「是了，裏頭事在你，外頭事在我。」智爺說：「我們可不走早八寨。」路彬說：「可別走水寨呀！會水人少；水寨嘍兵惡烈，又有水寨出不來，又有大關擋著。」智爺說：「不走水寨，我瞧了小飛雲崖口一條道路，過了小飛雲崖口，就是荻子坡、龍背陀、前引山、前引洞，就出來了。」路彬說：「對！要打那出來，咱們這船可以在那裏等著。那點山是極高，乃連雲峰的下坎兒❸。是日，我們二更就到。」智爺說：「可別忘了。還有件事，到了十五拿鍾雄，山中必是一亂。他們又不知鍾雄的下落，山中也有高來高去的能人，倘若他們吃疑，追至上院衙，上院衙空虛無人，大人有失，那還了得！有道是：『未思進，先思退，君子防未然』。」蔣爺連連點頭：「言之甚善。我倒有個主意，先請大人上武昌府，叫我二哥保護，讓我們大哥、三爺全上我們這裏來。」智爺說：「更好，不怕他，去也是撲個空。還有一件，四哥給運三枝信火❹來，是日我們把他盜出來，到承運殿頭枝信火，寨柵欄門是二枝信火，上了小飛雲崖口是三枝信火騰空，你們也就知道了，外邊接應。」蔣爺說：「是日我們把晨起望的住戶約上，見你們信火一起，我們在外頭亂嚷助陣，藉著山音說：『天兵天將好幾百萬人，四面八方共破君山。』嚷『殺呀，殺呀！』裏邊他們不戰自亂，助你們一臂之力。」

❸ 下坎兒：指連接主峰的較低山峰。坎，臺階狀的東西。

❹ 信火：用作傳遞訊號的焰火。

智爺說：「此計甚善。」

蔣爺說：「賢弟，我還有句話，龍滔身上帶著一個藥餅兒，他沒告訴你罷？」智爺說：「沒有，甚麼藥餅兒？」四爺說：「當初我二哥初見花蝴蝶時候，拿了一個串珠花的婆子，他是拐子手，拐了一個巧姐，巧姐是貨郎兒莊致和的外甥女。我二哥白日裏在大夫居喝酒，沒了錢了，莊致和素不相識，會了酒錢，就提他丟外甥女兒的事情。可巧晚間遇上了，從巧姐頭上起下來一個藥餅兒。這種東西按在頂門❺上，人事不省，閉住了七竅；若要還省人事，起下藥餅，後脊背拍三掌，迎面吹口冷氣，立刻就明白了。後來拿住花蝴蝶，就用的是此物。剮❻完了花蝴蝶，龍滔再三央及我二哥借這種東西，不好意思駁他的回，作為暫借的。龍滔昨日一問，他尚有此物，要用時節你找他要去。」智爺說：「這是寶貝呀！這可大大的有用。」蔣爺說：「你也該走了。」智爺說：「我如今是巡山的，早早晚晚全不怕了。我告訴你的話，你可辦理。」蔣爺說：「外頭事交給我了，你不用掛心。」

兩個人將事情商量停妥，隨即起身回山。這座君山如銅牆鐵壁一般，萬馬千軍也不能破。兩個人的主意，裏面八個人，外面八個人，就給國家除了大患。

且說智爺回山，等了兩日，交❼到十一月初旬，說：「寨主哥壽誕之日可就到了，今年得大大的熱

---

❺ 頂門：頭頂前面的部分。

❻ 剮：指古代死刑中最嚴酷的凌遲刑，即把犯人的肉片片割下致死。在三俠五義中花蝴蝶被捕後本當凌遲處死，包公從輕發落，改判斬立決（立即斬首）。見第六十八回「花蝶正法展昭完姻，雙俠餞行靜修測字」。所說與本書不同。

鬧熱鬧。」鍾雄屢年的規矩，眾寨主在承運殿吃早飯，晚晌每人一桌酒席；嘍兵各自有份，賞他們的酒肉，年中的舊例。智爺說：「今年不比往年，得大大的熱鬧。我看後寨存著三千罈釀酒，散於大眾，全把他喝了。寨主傳下一道令去：這天無令，也不用傳梆、發口號、點名、當差，放他們一天假，叫他們歡呼暢飲，豁拳行令，彈唱歌舞，聽其自便。這日無有軍規，第二日整齊嚴肅。」鍾雄說：「使不得，賢弟難道說不知『軍中不可一日無令』？倘有差池❽，那還了得！」智爺哈哈大笑，說：「寨主哥無用多慮，小弟主意沒錯。難得你就過這一個生日了。」鍾雄聽了一驚，這是不利的言語，說道：「賢弟，我就過這麼一個生日，過年我就死了不成？」智爺說：「哥哥，你又想差了，我說你就這一個生日。」鍾雄說：「我就過這一個生日，再不能過生日，可不就是死了麼？」智爺說：「不是，今年過完了，過年行上軍了，在軍營裏頭枕戈待旦，臥露眠霜，渴喝刀頭血，睡臥馬鞍心，萬馬營中度日，刀劍隊裏為家，知道幾年才把江山得在手內。若要是登基之後，前三後四，那就叫辦萬壽，就不叫生日了。這生日可不就是這一個，還想過甚麼生日？」智爺胡拉亂扯，把個鍾雄說得立刻傳令，著書手寫了告示，教嘍兵在水旱寨各寨粘貼。合山中一亂，聲音甚大，渾人大樂，聰明著急，暗有議論，不表。

且說定準十五無令，智爺慢慢的將信火帶進寨來，暗地把他們詐降的全派好了誰辦甚麼事情：智爺要了迷魂藥餅兒，自己帶定，自己與柳青用香熏寨主，龍滔背人；姚猛跟著北俠承運殿外頭枝信火；南俠在寨柵欄門第二信火；丁二爺在小飛雲崖口三枝信火；沙員外在後宅門攔人斷後。

---

❼ 交：指到了（某個季節、月份、時辰等）。

❽ 差池：方言。指意外的錯誤。

冬至月十三日，即將後面酒罈搬出算好，每人該有多少，殺豬宰羊，下山置買乾鮮水菜，多添廚役，忙了三天。

到了十五日早晨，鍾雄穿上百福百壽袍、百福百壽巾，掛上老壽星，上了供獻。承運殿擺開桌椅，先有後寨婆子扶著姑娘，抱著公子，至殿下來與寨主叩頭拜壽，齊說：「願天倫聖壽無疆。」鍾雄看了一對兒女，十分歡喜。婆子也來拜壽。寨主吩咐後面領賞，仍扶小姐與公子入內去了。眾家寨主都與鍾雄拜壽。鍾雄先要與沙大哥叩頭，讓了半天方才對行一禮。然後俱與寨主拜壽，齊說：「願寨主聖壽無疆。」鍾雄傍立，打一躬，言道：「劣兄有何德何能，歷年間討禮。」全都叩畢，落座獻茶。外面各寨嘍兵頭目到來，在殿外拜壽。寨主也還了一禮，人人俱都有賞。眾人出去。合寨的嘍兵在寨柵欄門外拜壽。寨主迎出，也是還禮：「有勞你們。」可見得寨主何等的恭威。也是俱都有賞。

然後，進來席前，單短智化，寨主心中不樂。聞華過來說道：「眾家寨主俱已到齊，請寨主吩咐擺酒。」鍾雄意見要等智化，被聞華一催，也只可吩咐擺酒。頃刻擺列杯盤，大眾一口同音說道：「今天是寨主哥哥的壽誕，我們每人敬獻三杯。」鍾雄說：「不可，你們每人敬我三杯，三四一百二十盅，我不用再喝就醉了。今天又趁著山無令，何不細水長流，慢慢的大家同飲，豁拳行令，熱鬧熱鬧。」黃壽說：「沙寨主就是年長，你就作個領袖罷。你遞三杯酒，我們大家行個令。」沙老員外點頭，斟了三杯酒，遞與鍾寨主。寨主連飲了三杯。大眾一躬到地，寨主也就還了個禮兒。寨主復又敬大眾三杯，大眾再三不肯受，這才攔住。然後歸座，各斟上門盅兒❾。

❾ 門盅兒：酒席上置於各人面前隨意飲用的酒。

將要飲酒，智爺慌慌張張打外邊進來，立刻就雙膝點地，跪倒就磕說：「我願寨主哥哥千秋永業，萬壽無疆。」鍾雄離席，大家站立。鍾雄一躬到地說：「劣兄有甚麼好處，敢討兄弟之禮？你這樣分心操勞，實實我過意不去，我敬你三杯。」智爺說：「哪有反禮而行，總是我敬你老人家才是。」說畢，先敬鍾雄三杯，寨主也回敬了三杯。彼此落座，大家端酒，智爺說：「等等，就這麼喝麼？我算出令官，看大杯來！」嘍兵答應。又說：「今天寨主哥哥壽誕，要大家獻個壽詞，要一個頂針續芒兒⑩，句句都要吉祥的言語，不然罰酒三巨觥。」這裏頭許多人說：「我們不懂得，說不上來。」智爺說：「不怕，哪位說不上來，先罰這麼三杯。」沙老員外說道：「咱們這裏就屬我的年長，我倘若接不下去，大家大笑，我也得喝，不如我先受罰。」一連叫了三杯。然後受罰的人多了，你也受罰，我也受罰。君山上的人，有說得上來的，人家不說，情願受罰；就剩了個南俠、北俠、雙俠、智化。

智爺說：「我是出令官，打我這先說。」眾人一樂。藉著眾人一樂，便說道：「大家一陣歡笑，與寨主爺上壽。」北俠說：「壽比南山不老松。」南俠說：「松柏之榮有餘慶。」雙俠說：「慶有餘年福壽增。」智爺說：「增福壽。」北俠說：「壽長生。」南俠說：「生貴子。」雙俠說：「子孫榮。」智爺說：「榮萬代。」北俠說：「代君封。」南俠說：「封顯爵。」雙俠說：「爵位正。」智爺說：「正下了與國同休的一位老壽星。」北俠說：「興家業。」南俠說：「業興隆。」雙俠說：「隆恩重。」智爺說：「重公卿。」北俠說：「卿⑪且吉。」南俠說：「吉有慶。」雙俠說：「慶壽人。」智爺說：「人

⑩ 頂針續芒兒：即頂針格。指下句的第一個字要與上句的末一個字相同。

⑪ 卿：這裏通「慶」。說文通訓定聲：「卿，假借為慶，書大傳：百工相和而歌卿雲。」

貴奉，奉的是巧比丹青一軸壽容。」北俠說：「容富貴。」南俠說：「貴尊榮。」雙俠說：「榮慶壽。」智爺說：「壽且永。」北俠說：「永平安。」南俠說：「安然靜。」雙俠說：「敬壽酒。」智爺說：「酒滿瓶，憑著寨主爺的大德，壽活八百有餘零。」寨主一聽，哈哈大笑說：「我寨中文武全才，何愁大事不成！」

不知怎樣成法，且聽下回分解。

第三十八回　慶生辰鍾雄被獲　鬧大寨智化遭擒

詩曰：

二月二日❶江上行，東風日暖聞吹笙。
花鬚❷柳眼❸各無賴❹，紫蝶黃蜂俱有情。
萬里憶歸元亮井❺，三年從事亞夫營❻。
新灘莫悟遊人意，更作風簷夜雨聲❼。

❶ 二月二日：唐代蜀中風俗，陰曆二月二日為踏青節，城市居民多於是日春遊踏青。
❷ 花鬚：指花卉吐出的鬚狀花蕊。
❸ 柳眼：柳樹初舒之眼狀嫩葉。
❹ 無賴：愛到極點所發出的憎罵語。猶徐凝憶揚州：「天下三分明月夜，二分無賴是揚州。」
❺ 元亮井：用陶淵明歸園田居「井灶有遺處，桑竹殘朽株」典故。陶淵明名潛，一字元亮。
❻ 亞夫營：指在東川節度使柳仲郢幕府任職。「亞夫」指周亞夫，為漢代名將，曾屯兵於細柳營。這裏用這典故暗寓幕主的柳姓。
❼ 此詩為唐代詩人李商隱所作之七律二月二日。詩中描寫了詩人為了生計，撇下家人，隻身遠赴四川梓州當幕僚時抑塞不舒的情懷。

且說鍾雄一見作的這壽詞，更覺歡喜，寨中人一個個文武全才，何愁大事不成。說：「我給眾位兄弟掛紅。」自己也就端起大杯來。正飲之間，只聽外邊聲如鼎沸，唱的、樂的、嚷的、鬧的、划拳的、行令的、猜三的、叫五的，熱鬧非常。智爺說：「哥哥，你看這個歡喜不歡喜？咱們也該划拳了。」划了一陣拳，日已垂西，眾家寨主告辭各自回寨。鍾雄恨不得大家一時出去，與這幾個知心的好朋友一處再飲才好。另整杯盤，點上燈火，點的都是通宵的壽燭。天到初鼓，智爺說：「今日山中雖然無令，我可得出去照料照料。」鍾雄說：「總是你得多受累。」

智爺隨即出來，要到早八寨瞧瞧。將到豐盛寨，眾嘍兵排班站立。智爺一看，就嚇了一跳，到裏邊隱在嘍兵身後，問了問緣故：「你們為甚麼不吃酒？」嘍兵說：「我們三寨主有令，不叫吃酒，吃酒者立斬。還叫我們今天防備，預備兵器。」智爺說：「你們愛飲酒不愛飲？」早有酒頭答言：「我們都饞出涎沫來了。」智爺說：「先教五十人別處去喝，再等回來換這五十人去喝。來回更換，大家全喝著了。可別說是我說的。」大家歡喜。智爺去後，先走五十人，喝上不回來了；又走五十人，也不回來了。大家一議論，法不責眾，全走了。寨主一瞧全走了，他也喝起來了。列位，怎麼他也喝起來了？總歸是「天命」二字。此人不醉，不用打算盜寨主出山。智爺又到一寨，是文華寨，二百人也沒喝酒。又教他們一個招兒，一百人告假撒尿，由尿遁裏喝酒去，喝完再換，那一百人再撒，先一百人一去不回，後一百人改了告假拉屎，鬧得于義無法，自己到底不曾吃酒。餘者的寨主嘍兵，盡都東倒西歪。

智爺歸回承運殿，一使眼色，大家苦一勸酒，就把鍾雄灌醉。小童兒攙到五雲軒，把頭巾摘下去，大衣服脫了，放在床上，放下半邊的帳簾，叫四個童兒警醒著聽差。智爺出來，看龍、姚二人在穿堂裏坐著，一問十名健將俱都醉了。智爺說：「你們預備紗包。」二人說齊備了。到承運殿，碗盞俱都撤將下去，燈火熄滅，就留了一雙壽燭，教看殿的人：「你們吃酒去罷，我今夜在此處安歇。」看殿人歡歡喜喜的去了。智爺叫大眾預備，智爺單同柳青奔五雲軒。智爺預先就告訴明白了：「大眾盜鍾雄時，但得能不殺人，千萬可別殺人。」

來到五雲軒，柳爺先拿了布捲，龍、姚、智三人連自己俱把鼻子堵上，把熏香盒子拿出來。這盒子乃紅銅作成，類如大清國仙鶴腿的水煙袋一樣；仙鶴的脖子是活螺絲一節一節的，一擰螺絲，一拉多長，仙鶴腹上有個瓶蓋，拿指甲一撣，瓶蓋一起，半個月牙盒裏取出香來，用千里火筒一拍，將香點著，放在仙鶴腹內，捏上瓶蓋，收起千里火筒，將銅仙鶴戳在窗櫺紙窟窿之內，後手一拉仙鶴的尾巴，尾巴有個消息❽通著兩個翅膀，翅膀一呼搧，腹上有個透眼，一呼搧，往裏一透風兒，由嘴內一條線相似，先把四個小童熏倒；然後一轉，衝著那邊掛起來的半幅簾子裏，又是一拉仙鶴的尾巴，將鍾雄熏將過去。收了香盒子，四人進去，先把那半邊簾子掛起，拿迷魂藥餅兒先按在鍾雄頂門心上，然後把他的膀子勒緊，往起一抽，爬在龍滔身上，拿紗包兜住了他的兩臀，來回的繞住，繫了個扣兒。轉頭出去，把堵鼻子的東西扔了。到承運殿，北俠問：「怎樣？」回答說：「得了。」一點信火，「哧」的一聲，信火騰空。後面嗆啷啷鑼聲亂響。

有老家人謝寬，帶著謝充、謝勇一百名飛腿短刀手，俱都點酒沒聞。信火一起，大家說不好了，殺奔前來。正到後宅門，沙老員外橫叉不許進去，說：「寨主大醉，今日晚間憑爺是誰，不許進去。」謝

❽ 消息：指暗藏的機械裝置，觸動後能帶動其他部分。

寬說：「我奉夫人之命，有要事見寨主回稟。」沙爺說：「不行，明日再見。寨主已睡，有話也不能說。」見二枝火起，家人急了，說：「老寨主不教我進去，可不行了。誤了我的事情，可要得罪寨主了。」沙爺說：「你還敢怎樣？」一抖手中叉。家人舉刀，兩個兒說：「爹爹躲開。」二人一低頭，暗器出來了。一個是低頭錘，一個是花妝弩。仗著沙爺躲得快，不然中了暗器了。自己隨退，大眾並不追趕，俱奔五雲軒去看寨主。沙爺出來，眾人已到小飛雲崖口，聽後面趕來，嚷喝：「快將寨主留下！好一群狼心狗肺之人！」大家往上一圍，鑼聲亂響，後面人陸續都來了，連武國南、武國北、金槍將于義、鐵棍唐彪——旱八寨內總有不吃酒的人，也有不甚醉的。

飛雲口上是聞華鎮守。小五寨內人全沒喝酒，此山口上石頭是直上直下，如鏡子面兒一樣；山口不寬，橫著滾木，兩邊有絨繩兜住，有四名嘍兵拿著刀，聽吩咐；刀剁絨繩，滾木往下一滾，就把人軋得骨肉如泥。北俠是兩隻夜眼，看得分明。上面聞華聽鑼聲一響，自己就齊隊，二百人全是長拘鉤。若要頭根滾木放下去，用拘鉤往前一推，就不能用絨繩兜了，就拿拘鉤搭住，要放的時候，一摘拘鉤，就放下去了。北俠把著刀往上一跑，跑到七成，還有三成就到了上面了。聞華叫：「放滾木！」刀剁絨繩，「鐺」的一聲，咕嚕、咕嚕、咕嚕、咕嚕滾下山去。一看北俠已到後面，嘍兵用長拘鉤一推，北俠就勢用寶刀一劃，呵嚓呵嚓一陣亂響，拘鉤一折，人人往前一撲。北俠不忍殺人，反與聞華交手。你道北俠怎樣上來的哪？跑到半山，看見放滾木，黑忽忽的奔自己而來，並無躲閃之處。一看傍邊山石上，可巧有一塊石頭鼓出來許多，又有由石縫中出來一棵小樹兒，自己一蹬那塊石頭，單手一扳那棵小樹，容滾木過去，再往當中一躥，兩三個箭步就到了上頭，拿刀一剁，各嘍兵往前一爬。隨即聞華的叉就到了，一反手，嗆啷的一聲，叉頭墜地。也是聞華命中所犯，還剩一棍，撒腿就跑。眾嘍兵勢如破竹，北俠就在山口上大叫：「眾位！如今已得了飛雲崖口，咱們的救兵也到，攻破了君山！」南俠、雙俠保護著龍滔、姚猛，往上就跑，隨後就是沙老員外，緊跟著就是柳青。

到小飛雲崖口，上面就聽見哎喲一聲，焉知曉是智爺被捉。智爺倒是一分好意，瞧見他們得了飛雲崖口，自己先擋住大眾，容他們上頭再得一寨，自己再上去不遲。憑手中這口刀遮前擋後，工夫不小了，虛砍一刀，往上就跑。眾人意欲要追，于義不教往上追。智爺這才放心，剛一回頭，噗哧「噯喲」，咕嚕嚕。噗哧是中了于義一鏢，「噯喲」是嚷了一聲，咕嚕嚕是滾下山來。智爺把雙睛一閉，淨等著刀槍亂扎亂剁。

可憐北俠大眾連個影兒也不知，他們自顧往前闖，就見君山外面火光沖天，殺聲震耳，必是蔣四爺外面助陣。前面嘍兵擋路，一齊嚷叫：「快把寨主留下！」二百嘍兵列開一字長蛇陣，當中有一家寨主，姓廖叫廖方，擋住去路說：「快把寨主留下！牙崩半個『不』字，休想活命！」丁二爺躥上，廖方的雙鐧往下一劈，劍往上一迎，嗆啷一聲，雙鐧皆折；噹的一聲，頭巾墜地。過了荻子坡，就是龍背陀。二百嘍兵，一家寨主，廖圓手中蕪翅鎲。展南俠並不答話，嗆啷，是把鎲削折；鏜啷啷，鎲頭落地。回頭就跑，嘍兵四散。到了前引山，二百嘍兵，一家寨主，北俠一露面，寨主回頭就跑，嘍兵一亂。你道這家是誰？毛保見北俠，焉有不怕之理。過了前引山，到了前引洞，過不去了。二百嘍兵，也沒有兵器，寨主是賽尉遲祝英。看見前邊的山洞極深，非得進洞內不能開開石門❾。上面是山，下邊是洞，上邊拿石頭壘起一堵牆來，若有人奔洞，二百嘍兵拿石頭亂打。一人一塊，就是二百塊，越近石

❾ 這句的意思是說洞門設在洞口進去一些的地方。

頭越大，故此誰也不能向前。幾個人過去，幾個人都跑回來了，多少身上還帶點傷兒。這回是北俠往前，嘍兵不但不打，還是亂嚷亂跑。北俠躥入洞中開門。

你道甚麼緣故？是蔣四爺辦理外頭之事，大人上了武昌府，二爺、先生保護，帶了大爺、三爺上了晨起望。十五晚間約會合村老叟、頑童、中年漢，由旱路而來。盧、徐、蔣、焦、孟、史、路、魯，大眾乘三隻船，在連雲峰下坎等候。見了兩枝信火，不見三枝，叫大眾嚷喝：「天兵天將到了，四面八方攻破君山了！」就在山外放起一把火來，滿山遍野烈火飛騰。藉著火光，徐慶獨自一人別著一口刀，自爬上山去。常言一句：「不巧不成書。」要沒徐慶，這山萬萬闖不出來。三爺到了上面，看見祝英，抽後就是一刀，幸而祝英一閃躲過，嚇得撒腿就跑。徐慶並不追趕，為的是瞧看下面大眾。上邊問道：「你們可拿了鍾雄？」大眾告訴：「已然拿獲了，山下見罷。」眾人出洞，蔣四爺迎住，暫且不表。

單提的是北俠搶上了飛雲崖口，武國北一拉武國南退下，找了個僻靜所在，說：「哥哥，大勢不在了，咱們疾速護夫人逃難罷。」武國南打算是一番好意，連連點頭，到於後面求見夫人。婆子帶將進去，來見夫人。見了夫人，雙膝點地，說：「夫人，大事不好了，我家寨主教他們盜出君山，天兵天將殺將進來，玉石皆焚。夫人，早作準備才好。」姜氏夫人一聽，眼含痛淚說：「早知道寨主的禍不遠矣，苦勸不聽。我活著是君山人，死了是君山鬼，我是萬不能出山。」武國南說：「夫人不出君山，可以使得。我們把公子、小姐保將出去，若是有禍患，日後倒有報仇之人。」夫人無奈，說：「你們倒是一番的美意。」就叫婆子、丫鬟，與公子、小姐多穿幾件衣服，打點細軟金珠，包裹停當。這一逃難，就有性命之憂，且聽下回分解。

第三十九回　逃難遇難親姐弟　起誓應誓同胞人

詩曰：

養身不亞似生身，寨主何曾負僕人？
姐弟豈知同遇難，家奴反欲逼成親。
竟迷暗室懷中寶，幾喪明珠掌上珍。
若使未能逢智化，終難重聚樂天倫。

且說武國南、武國北雖係兄弟，是兩樣心腸。武國北瞧寨主勢敗，失了小飛雲崖口，就知道君山不保，自己會同著哥哥到後寨，勸解著夫人逃難。他們兩人全沒成過家，這一逃難，教他哥哥就把夫人收了，他把小姐佔了，就是為這個主意而來。欲先說出，他怕他哥哥不點頭。怪不得智爺與鍾太保議論武國北，此人萬不可用，如今就應了智爺的言語。見了夫人一說，夫人就把一雙兒女交與他們。姑娘哪裏肯走，總是大了幾歲，說：「娘呀！你死在君山，我合你一塊死。」姜氏肝膽欲裂，一手拉著鍾麟，一手拉著亞男說：「兒哩！女兒！難道說為娘就捨得你們？倘若老天垂念，還有相逢之日。這都是你天倫忠言逆耳，才害得咱們娘們好苦。你們就跟隨你武大哥、武二哥逃難去罷。國南、國北，我就把我這一對兒女交與你們了。」國南說：「夫人請放寬心。」說著話，雙膝點地，對天盟誓：「過往神祇在上，保著我家公子、小姐逃難，如改變心腸，天誅地滅！」說：「國北起誓。不管夫人怎樣，咱們先明明心。」國北說：「哥哥，你起了就得了，還教我起誓？」武國北無奈，跪在地上說：「過往神祇在上，保著我家公子、小姐逃難，如若改變心腸，我哥哥怎麼樣，我也怎麼樣。」武國南說：「不像話，你個人單起你的誓。」武國北說：「我若改變心腸，教我死後屛花腸子，教狼吃了。」武國南說：「不成，沒有那麼起誓的，重新另起。」夫人說：「不必了。」外面把紅沙馬備好，包袱細軟之物，一切全繫在馬上。國南勸解夫人不必掛心。武國北攙著小姐，武國南背著鍾麟，一出門猶如送殯的一樣，就哭起來了。

小姐上馬，武國南背著鍾麟，武國北拉著紅沙馬，出了後寨門。把門人俱都醉倒。慢慢過了摩雲嶺，繞過白雲澗，到了蓼花崗，由西往下就是蓼花灘，叫：「哥哥，咱們往哪裏走？」武國南說：「咱們走蓼花崗，那灘中不好走，淨荊條絆人。」走著路，武國北問：「哥哥，聖人說『不孝有三，無後為大』，你也不想成家了罷？我怎麼樣呢？」武國南說：「我這歲數還成甚麼家。就是你了，以後給你說上門親事，接續香煙。」國北說：「那得多久暫？」國南說：「到了岳州府，若寨主大勢不好，給小姐擇婿，必定門當戶對。把小姐事情辦完，再給你說親。」國北說：「與其那麼著，省件事好不好？也不用給小姐擇婿，也不用給我說親，這就是頂好的件事：小姐也出了閣了，我也成了家了。」國南說：「你也得說著才能成家哪！」國北說：「把小姐給我。」國南一聽，說：「好天殺的！你還要說些甚麼？」國北說：「哥哥，我試探試探你呀。你要順著我說，我就把你殺了。」國南說：「你說這句話雖係試探，我就損壽二十年。」鍾麟說：「武大哥，我害怕。」國南一回頭，黑忽忽的萬丈的深潭，令人可怕，說道：

「少主人閉著點眼睛罷，過了這點窄狹的道路就好了。」話言未了，就聽見噗的一聲，早被國北一腳踹在國南的腿上，一歪身，「噯呀呀」一聲，連國南帶公子就墜下深潭去了。姑娘一見國北的光景，也要躥下潭去，早被惡賊一把扭住，想動不能，拉著馬撲奔正北去了。暫且不表。

列位，這一段定君山本是極大的個節目，不能略草而已。事情也多，頭緒也亂，必得說得清清楚楚的。事情雖多，就在十五、十六、十七三日全完，時候不許說差，請看書的眾公留心細記。

固然是說書一張嘴，難說兩家話。單提的是智化受鏢滾下山來，大眾槍刀亂扎亂砍，早教金槍將于義一把手攔住說：「把他綁起來，解往承運殿。」正要追趕寨主，火光沖天，殺聲貫耳，人家救兵到了，眼瞧著小五寨人陸續敗回，連祝英俱到，說：「不用趕了，教人接迎到水面上船去了。」一個個面面相覷，意欲打水寨追趕，明知他們會鑹船底，慢慢再作計較。聚會承運殿，吩咐把智化綁上來。

不多時，智化進承運殿，一陣「哈哈」的狂笑，面上並無懼色。大家一瞧，見了罪之魁、惡之首，各各咬牙，人人憤恨，俱找兵器，要將智爺亂刀分屍。智爺又是「嗤嗤」的冷笑。若是淨糊塗人，智爺就死了，可巧有明白人，偏要問問。那愚人說：「可別讓他說話呀！他能花言巧語。」于義說：「讓他有話說完。難道說還把他放了不成？姓智的，你樂的是甚麼？」智爺說：「我樂的是你們大眾空有這些人，連一個有能耐的沒有，全是些個衣冠禽獸。我們雖把寨主盜出君山，可不是有意殺害寨主，勸寨主改邪歸正，作大宋的官，夢穩身安，可得有我的三寸舌在。不料我今被捉，可不是我怕死，我怕死還不敢詐降呢。縱然一死，落個千古聲名。就拿姓智的到得君山，準佔幾個好字，佔的是『忠、勇、仁、義、禮、智、信』。」于義大笑說：「你是人面獸心，這幾個字你連半個字也不能佔。」智爺說道：「我身無寸職，你們君山是國家一大患，我定了君山，先佔個「忠」字。君山如銅牆鐵壁一樣，萬馬千軍到此，破不了君山。我們八個人把君山破了，可佔個「勇」字。自我姓智的到山，無論寨主、嘍兵、頭目犯罪，我去講情，大事化小，小事化無，佔個「仁」字。用酒將爾等們灌醉，俱都殺死，豈不省事？連一名嘍兵不傷，我佔個「義」字。難道說我們不會四下裏放火，教你首尾不能相顧，出去豈不省事？不放火燒山，佔個「禮」字。種種的主意，條條的計策，我全把寨主哄信，佔個「智」字。當初結拜說過「有官同作」，寨主幫著王府作反，我不忍坐觀成敗，我勸他歸降大宋，我佔個「信」字。我把七個字佔全，交友之心大略如此。爾今見大寨主被捉，倒遂了你們的心願，或是輪流作寨主，或是抓鬮兒❶作寨主。寨主剛一被捉，你們就改變心腸。按說寨主多大，夫人多大。我今被捉，就沒一個問問夫人去是殺是剮，你們就私自作主。我笑的就是這個。」說畢又笑。渾人說：「殺了罷。」于義、謝寬說：「不可，他講的有理。」就命謝充、謝勇解到後寨見夫人，教殺就殺，教放可別放，仍把他解回承運殿，也是剮了他。

說畢，解智爺至後寨，叫出婆子言明此事。婆子進去，少時出來說：「夫人要見他哪！你們這等著罷。要教剮，我們也會做活兒。」將智爺往裏一推，拍的拍，擰的擰，罵的罵，推的推。到了裏邊，面見夫人端然正坐，即便雙膝跪倒說：「嫂嫂，小弟智化與你老人家叩頭。」夫人不看智爺，低著頭說：「智五弟，今天你哥哥的生日，不在前庭飲酒，面見為嫂有甚麼事情？」智爺瞧這個景況，羞得面紅過耳，說：「嫂嫂不必明知故問了，小弟慚愧無地。」夫人一抬頭問：「五弟為甚麼倒綁著二臂？」智爺就將怎麼詐降，為救展南俠，弟兄結拜，盜鍾寨主出山，一五一十，細說一遍。夫人問：「寨主本領比

❶ 抓鬮兒：從做好記號的紙捲中抽取一個，以所抽到的來作出決定。鬮，音ㄐㄧㄡ。

你如何？」智爺說：「我哥哥如天邊皓月，我如燈火之光。」夫人問：「君山堅固不堅固？」智爺說：「如銅牆鐵壁。」夫人說：「國家伐兵，一時破得了君山破不了？」智爺說：「千軍萬馬，一時也不能就破此君山。」夫人說：「卻由來你們幾個人把君山破了，把寨主拿了。一者是大宋之福；二來你們都是佛使天差，個個不凡。你今被捉，我一句話，你就是碎屍萬段。我何故逆天行事？總怨是寨主爺的不好，我苦苦相勸，忠言逆耳，總是個定數。來呀！你們把智五爺的綁鬆了。」婆子丫鬟說：「智五爺的綁鬆不得，仇人總是殺了他，給寨主爺報仇。」夫人說：「你們哪知道。鬆綁！」婆子無奈，才把智爺綁解開。夫人說：「五弟，我放你出山，等著你寨主剮的時節，預備一口薄木的棺槨，將你寨主哥哥的屍骸成殮起來，就算盡了你們結拜的義氣了。」智化說：「嫂嫂可別行拙志，三五日必見佳音。」夫人說：「五弟，你出山去罷。」智爺說：「噯呀！嫂嫂，我那一對侄男女哪裏去了？」夫人說：「國南、國北帶著他們逃難去了。」將要說往哪裏去，婆子把嘴一按說：「可別說了，他是要斬草除根。你別損了，留點德行罷。」智爺說：「國北非係好人，我侄女倘有差錯，那還了得！」夫人說：「憑他們的造化罷。五弟，快些出山去罷！」

婆子往外一推。智爺無奈出來，不敢往前去，由西越牆而出。一蹿❷一點❸，出後寨門，過摩雲嶺，繞白雲澗，走蓼花崗，聽見鍾麟喊叫：「智五叔！」天色微明，這就到了十六日了。智爺往下一看，黑暗暗的深灘。鍾麟叫智五叔，智爺答應說：「侄男不必驚慌，你五叔來了。」

❷ 蹿：跳。
❸ 點：這裏指用腳尖點地。

你道萬丈深灘，鍾麟為何沒死？皆因是主僕往下一撲，離著三二丈深，由山石縫兒裏長出一棵柏樹，年深日遠，上面的松枝蟠了頂大，上邊又有幾棵藤蘿，歷年間把松枝蟠成一個大餅子相彷，主僕墜落在上面。主僕蘇醒了半天，國南勸解公子不要害怕，罵道：「國北天殺的，真狠！」鍾麟說：「不好下去。」國南說：「天亮有打柴的，就把咱們繫下去了。」鍾麟說：「有我五叔到，就救了咱們了。」國南說：「別叫他，不要他來。」公子偏叫。

智爺看見，又驚又喜，問他們的緣故。國南無奈，就把已往從前說了一遍。想了個主意，復返回到蓼花崗的南頭，下蓼花灘，走到樹下，教國南把刀扔下來。拿著刀，把葛條砍下無數，接在一處，蟠了一蟠，拉著了上蓼花崗，扔將下來，將鍾麟的腰拴上往下放葛條多些，公子腳站實地。拴完叫他解開，復又拉將上來，將國南腰拴好：「把你們繫將下去，你們投奔何方？」國南說：「上岳州府。」智爺叫他們上晨起望路、魯家中去。武國南應允。智爺說：「你要不去，你可得起誓。」國南恨著心起誓：「我要不去，教我淹死，上吊死！這還不行麼？」智爺方肯把他放將下去，扔了葛條，提刀撲奔正北。不到三里路，看見小松林樹上捆著小姐，國北提刀威嚇，拴著紅沙馬。智爺躥入樹林，一刀正中胸膛，生吃了惡奴的心肝，救小姐回晨起望。且聽下回分解。

第四十回　甘婆藥酒害艾虎　智化苦口勸鍾雄

詩曰：

青龍❶華蓋及蓬星，明星地戶太陽臨。
天岳天門天牢固，陰陽孤宿合天庭。
十二辰宮❷真有幸，凡事依之驗如神。
行兵能知其中妙，一箭天山定太平。

且說國北喪了良心，將哥哥踢下山去，拉馬到小樹林，拴馬捆小姐，拿刀威逼小姐從他。小姐大罵。智爺一到看見，用手抓住國北，隨用刀開了膛，吃了他的心，也不消心頭之恨。急解開小姐，百般的勸解安慰，哄著他上馬，直奔晨起望來了。他們走後，來了個餓狼，過去把國北肝肺腸肚吃淨才走，這就是起誓應誓。

---

❶青龍：這裏的青龍、華蓋、蓬星以及下面二、三、四句中的明星、地戶、太陽、天岳、天門、天牢、陰陽、孤宿、天庭都是從前的星名，術數家用以代表十二辰宮，推算吉凶禍福。

❷十二辰宮：術數家以十二時辰為十二宮，分配十二方位，用以推算吉凶禍福。

漫說是他，連國南還得應誓。國南到了蓼花灘，解開葛條，背起公子，天已大亮了。一想若奔晨起望，活活的送了公子性命，不怕自己應了誓，也是投奔岳州府。走到中飯時候，公子嚷餓，哄著他說：「出了山，就有賣吃的了。」冬令的時節，天氣甚短，整走了一天，日落方才出山。走不到半里，一道長河攔路，那邊來了一隻小船，說：「船家渡我們到西岸。」船家說：「你們要上哪裏去？」國南說：「要上岳州府。」船家說：「我們是岳州府船，索性帶你們上岳州府。」問船價多少，船家說：「無非帶腳，你看著給罷。」靠岸上船，將鍾麟放在艙內，由後艙出來一大漢，九尺身軀，短褲襖，蹬著雙大草鞋，臉生橫肉，到前頭問：「公子叫甚麼？把帽子給我罷。」抓了帽子，直奔船頭。公子一哭，國南說：「沒有這麼逗孩子的。」隨即爬出船艙，要奔船頭，早受了一鍬，噗通一聲，打下水去。自己喝了一口水，水勢又硬，被浪頭打出多遠。好容易這才上來，通身是水，也看不見船隻，也找不著公子。冬天的景況，冷風一颼，飄飄颻颻，雪花飛下來了。

那位就說了，下雪怎麼河還不凍哪？這是南邊地方，雪倒可以下一半點，河可不凍。國南一見是身逢絕地，前邊有一樹林，就把帶子解將下來，搭在樹上，繫了個扣兒，淚汪汪叫了兩聲蒼天，把脖子往上一套，眼前一黑，渺渺茫茫；少刻又覺蘇醒，依然坐在地上。旁邊站定一人，青衣小帽，四十多歲，問道：「你為何上吊？」國南又不敢說真話，只可說：「我活不得了！」那人問：「你上吊，我救下你來，你有何事說出來，萬一能管，我就管管；不能，你再死。」國南說：「我帶著我家少主人上岳州府，上船教水手將我打下水去，失去少爺，我焉能活著？」那人說：「是兩個水手，一高一矮？」國南說：「對了。」那人說：「我姓胡，排七，在酸棗坡開酒舖。跟我上舖子，我有主意。」國南聽了歡喜，拿了帶子，擰了擰衣服的水。胡七問：「貴姓？」回說：「姓武，排大。」

到了酒舖，有個伙計讓至櫃房。胡七拿出乾衣服與他穿上，暖了些酒，叫國南吃了。將要上門，進來一人問可買酒，回說賣酒。落座要酒。來者的是艾虎，在茉花村聽見信，冬至月十五日定君山，自己偷跑來的。到此已然十六日了，又下起雪來。要喝酒，入舖內，把酒擺上，自己吃用。忽聽裏面說：「得慢慢的辦，誰敢得罪他？」艾爺就知必是惡霸，自奔到屋中問：「甚麼事？要有惡人，你們怕，我不怕！我可愛管閑事。」胡七說：「這位行了。」國南要與艾虎叩頭，小爺攔住。武國南將丟公子的話，說一遍。艾虎問：「掌櫃的，你可知道？」胡七說：「有八成是他們。」艾爺說：「你說罷，不是也無妨。」胡七說：「他們二人，一個叫狼討兒，一個叫車雲，是把兄弟，狼討兒有個妻子，是趙氏，暗與車雲私通。二人擺渡為生，忽窮忽闊。武大哥所說就是他們，住在狼窩屯。」艾虎說：「我酒也不喝了，我同武大哥上狼窩屯。」給了酒錢，同武國南出來。

胡七同著到了擺渡口，說：「由此往西，他們住村外路北。」胡七說：「我回去了。」雪也住了，到了村外，看見牆內屋中燈光射出，教國南外等。進去時刻太大，方才出來，拿著公子的衣服頭巾與國南看。國南問了緣故，小爺說：「我到裏面殺了姦夫淫婦的性命，就是車雲、趙氏。狼討兒背著你家公子，上岳州府賣去了，把衣服留下。剩這兩個狗男女議論，要害親夫，教我遇上殺了。男的問明，女的也就殺了，放了把火。咱們走罷，上岳州找去。」國南拿著衣服，又要叩頭。艾爺不許，直奔西南。走有二里路，國南說：「有了。」艾爺問：「哪裏？」國南：「看這腳印子是他。」艾爺問：「因何看得準？」國南說：「他穿的是大草鞋。」艾爺樂了。順印兒找下來了。走著才問艾虎的姓。艾虎告訴他姓艾。找到一個門首無有了，細看進去了，院內掛著燈籠，艾爺問：「武大哥，這牆上是甚麼字？」國南說：「婆婆店。」

艾爺上前打店，裏面婆子出來，開門進去，問：「二位客官住西屋兩間如何？」小爺說：「好。」將到院內，就聽東屋內人說：「我找我武大哥。」國南一聽，一著急，便拉了艾爺一下，說：「艾恩公聽見沒有？」艾虎說：「你別管，有我哪！」婆子問：「你們作甚麼哪，拉拉扯扯的。」小爺說：「你別管，說我們的話哪。」來到西屋，國南出房外，聽東屋的公子說甚麼。艾爺叫點上燈，問：「媽媽貴姓？」婆子說：「姓甘。」艾爺說：「原來是甘媽。喲，你是誰的乾媽？」甘婆說：「你願意叫我乾媽。」艾爺說：「你那歲數，我叫你乾媽不要緊。」婆子說：「那可不敢當。客官貴姓？」「我姓艾，我叫艾虎。」婆子說：「你叫甚麼？」又說：「我叫艾虎哇！」「你再說。」「我本叫艾虎麼！」婆子想其間有同名同姓的，問：「你在哪裏住？」艾虎說：「臥虎溝。」一聽，眼都氣直，氣哼哼的問：「你們一溝有多少艾虎？」說：「全叫艾虎。」也是氣，說一溝都是艾虎。婆子明知是買他的便宜，假充他們姑爺，問道：「客官用酒飯罷。」艾虎說：「拿去。」婆子出去，國南進來。國南說：「恩公，那屋裏打我們公子哪！」小爺一聽，鍾麟說：「找我武大哥。」回答：「咱們這就找你武大哥去了。」遂將孩子叭叭的亂打。孩子直哭，婆子問：「你打這孩子是誰？」回答：「是我兒子。」婆子又問：「他武大哥哪？」回答：「是我們大小子。」艾虎說：「武大哥，他說你是他大兒子。」國南說：「他是我重孫子！」婆子進來，擺上酒菜，復又出去，說：「你別在這裏管孩子，你一打，他一哭，人家還睡甚麼覺哇。」那人說：「我們走。」婆子說：「正好，我給你們開門去。」國南說：「他們要走。」艾虎說：「走才好哪！你這等著，我追他們去。」聽著婆子給他們開門，等他們出去又關上門，讀讀念念❸往後去了。艾虎出院子，一擰身躥出牆外，跟下狼討兒來了。過了一射之地，前頭有道山溝。書不可重絮，他先著狼討兒擱下公子，過去一刀，結果了狼討兒性命，扔在山溝，背著公子說：「我帶著找你武大哥去。」回到店外，躥過牆去，進了屋中一看，武國南倒於地上，口漾白沫。將鍾麟放下，說：「你看，這不是武大哥？」鍾麟說：「是我武大哥，睡著了。」艾虎說：「你叫甚麼？」說：「我叫鍾麟。」艾虎說：「這是你們使喚人麼？」回答：「是我們家人武大哥。」艾虎說：「你們哪住？」答道：「我們在君山，我父親叫飛叉太保，著人家拿了。我跟著我武大哥逃難哪。」艾虎暗暗歡喜，說：「你武大哥受了蒙魂藥了。這是賊店，我把他拿了，交在當官。」公子說：「我懂賊店害人。」艾虎說：「我拿他們，你可別言語，在這邊躲著，小心著他們殺了你。」二番又把國南拉開，為的是地下寬闊，好動手。往當地一蹲，單等人來。

媽媽進來，艾虎往當地一爬。媽媽過來一看說：「這你就不叫艾虎了。」「罷」這個字沒說出來，腿腕子早教艾虎抓住，往懷中一帶，婆子爬伏於地。艾虎起來騎上，揚拳便打，嘣嘣嘣擂牛的聲音一般。婆子嚷道：「姑娘快來！」蘭娘進來，艾虎看見短打扮，絹帕罩住烏雲，左手一晃，右手就是一拳。艾虎並沒起來，還是騎著婆子，伸手一叼蘭娘的腕子，叼住了腕子，一攏❹寸關尺❺，往懷裏一帶。蘭娘

❸ 讀讀念念：指讀書那樣咕咕噥噥地自言自語。
❹ 攏：這裏指收緊、捏住。
❺ 寸關尺：指小臂上近手腕的部位。中醫用三指把腕脈，稱距手腕最近一指所按部位為寸口，其他二指所按依

往懷裏一奪，艾虎往外一攮❻，摔倒在地，鯉魚打挺飛起來，就是一腿。艾虎單手一掛❼，就把腿腕用手鉤住，往起一掛，蘭娘復又摔倒，爬起往外就跑。婆子苦苦央求，艾虎方才起來。「沒過門的女婿打丈母娘」，就打這留下的。媽媽說：「我們有眼如盲，你要不假充我們親戚，我們也不能這樣。」艾虎說：「你們親戚是誰？」婆子說：「臥虎溝艾虎，是我們姑老爺。」艾虎一笑說：「怨不得哪！你見過你們姑爺沒有？」婆子說：「怎麼沒見過哪！長得雪白粉嫩。」艾虎說：「冤苦了我了。有媒人沒有？」婆子說：「有蔣四老爺。」小爺說：「呀，我四叔哇！這就好了。你只管打聽，臥虎溝艾虎沒兩個。外號人稱小義士，北俠是我義父，智化是我師傅。錯了，我輸腦袋。」婆子聽了一怔，暗道：「這要是真的，比那個還好，結實足壯，本領強多。但這時難論真假，見了蔣四老爺再說。」艾爺說：「我們這個人如何？」婆子說：「容易。」隨取了水來灌了國南。

小爺叫取些好酒來用。媽媽去取。國南問公子的事，艾虎叫公子過來。公子見了國南，一撲大哭，連國南也就哭了。收淚與艾爺道勞。婆子拿了酒來，一看驚問：「這孩子因何在這裏？」艾爺告訴了一遍。婆子方才明白，與公子穿了衣服。鍾麟就將已往從前，說了一遍。一同吃酒，到次日起身，婆子店飯錢一概不要，有話見蔣四爺再說。

這就到了十七日了。國南說：「艾恩公，咱們要分手了。」艾虎說：「上哪裏去？」國南說：「我

㳄為關上、尺中，簡稱寸、關、尺。

❻ 攮：音ㄙㄨㄥˇ。方言。推。

❼ 掛：武術用語。指彎手作鉤狀去鉤住對方踢過來的腳。

們上岳州府。」艾虎說：「你陪著我多繞兩步罷，上晨起望。」國南說：「就是不上晨起望！」艾虎說：「不去不行，我奉我師傅、義父之命，特意請你們來了。」國南說：「你師傅、義父是誰？」艾虎說：「北俠是我義父，智化是我師傅。」國南一聽：「噯喲！害苦了我了！」艾虎說：「要去，你背著公子。你要不去，我把你殺了，我背著公子。」國南說：「這是我們主僕命該如此，跟我們寨主大家死在一處就是了。」言畢，一同起身。

再說展南俠大眾出君山上船，大家給展爺道驚道喜。蔣爺一點人數，少了個智化，誰也不知。惟獨柳青說：「上小飛雲崖口，聽見『噯喲』一聲，大概是被捉了。」丁、展爺要回君山去救智爺，被蔣爺攔住，遂說：「他合我只要嘴能動，就死不了，不必掛心。」晨起望助威的人，由旱路而歸，棄船登岸，背鍾雄至路、魯家中。

到了次日申牌時候，智爺到，大家迎接進去，道驚道喜，將小姐攙下馬來，把馬拴在院內。把小姐帶著，看看沙龍、南俠、北俠等。智爺問：「他天倫現在哪裏？」沙龍說：「現在西屋內，吃醉了酒，那裏睡。」智爺明知，帶著姑娘去看看，啟簾來在屋中。姑娘一看天倫躺臥一張床上，眼含著痛淚，叫道：「天倫！」叫了兩聲不答應，就要放聲大哭。智爺勸住說：「你還不知道，你天倫那酒性喝醉了就睡覺，一叫他就打人，等他醒了再見罷。」叫路爺帶姑娘到後邊見路魯氏，讓魯氏勸解。姑娘往後邊去不提。

大眾到上房落座，智爺就把自己被捉，已往從前說了一遍，問：「武國南可曾來到？」大眾說：「沒來。」智爺說：「他不來可不好辦！」蔣爺說：「等一半日不來，我有主意。」到了十七日晌午，忽有人進來說：「外面有個叫艾虎的，找眾位爺們呢。」智爺說：「教他進來。」不多一時，帶武國南、公子一齊到屋中。艾虎給大眾行禮，徒弟史雲給他行禮。武國南把公子放下，與大眾行禮。智爺說：「你今天才到，應了誓了沒有？」國南說：「全應到了，活該死在這裏。」智爺隨即說：「叫路爺帶公子到後邊姐弟相見。」也叫國南到後邊去。進來眾人將鍾雄搭至庭房，起了迷魂藥餅，後脊背拍了三掌，迎面吹了一口冷氣。鍾雄悠悠氣轉，睜眼一看，七長八短，高矮不等，也有識認的，有不識認的，仍是問智化：「賢弟，這是怎麼個緣故？」智爺雙膝跪倒，就把已往從前詐降，救南俠，結拜，暗往裏誘人，過生日無令，灌醉寨主、嘍兵，用熏香，自己被捉，夫人釋放，誤走蓼花崗，救鍾麟、武國南，殺武國北救小姐，武國南落水丟公子，國南上吊遇胡七解救，艾虎捉姦，娃娃谷殺狼討兒，這些事細說了一遍。「哥哥，你在夢中：大宋洪福齊天，王爺如何能成其大事？你是聰明反被聰明誤，大勢一壞，玉石皆焚。小弟等不忍坐觀成敗。你若降了大宋，小弟等的萬幸，你若不降，小弟等一頭碰死在你這面前，盡了交朋友義氣，以後任憑你自為。我們口眼一閉，大事全不管了。」旁邊連公子小姐同說：「爹爹降了罷。」鍾雄點頭，降了大宋。不知如何，且聽下回分解。

第四十一回　寨主回山重整軍務　英雄聽勸骨肉團圓

且說鍾雄聽智爺滔滔不斷的言語，這才知道三天的工夫連兒帶女受了無限的苦處，寨中也是大亂。這時要是自己一人在山，萬不至如此。自己回頭一想，如同一場春夢，糊糊塗塗的。難得智賢弟這般誠實，大眾全跪下，一口同音勸降。鍾雄說：「智賢弟，你為我可不是容易，心機使碎，晝夜的勤勞，可見你是鍾氏門中大大的恩人了。頭一件，祖、父墳塋保守住了，祖、父屍骨不能拋棄於外。第二件，大宋的洪福齊天，君山一破，玉石皆焚。第三件，救了你這一對侄男女。他們本是絕處逢生，多蒙賢弟保住鍾氏門中一條根苗，銘刻肺腑，永不敢忘。」隨說著話，鍾雄早已跪下了，說：「眾位老爺們也有識認的，也有不識認的，我一介草民，叛君反國，身居大寨，已該萬死，萬死猶輕。如今眾位必是看在我智賢弟的分上，不肯將我淩遲處死，怎麼反與我罪人行禮，我如何擔當得起。我今降了大宋，倘若口是心非，我必死在亂刀之下。」大眾一口同音說：「言重了。」大家同起，哈哈一笑。

蔣四爺說：「知時務者，呼為俊傑。」智爺說：「給你們見見，這是蔣四老爺，這是我盟兄。」對施一禮。鍾雄說：「多蒙大人恩施格外。」蔣爺說：「有過能改，就是英雄。」所有沒見過者，挨次都給見了一回。武國南過來給寨主磕頭。智爺說：「不宜遲，早些回山，省得我嫂嫂提心吊膽。」智爺說：「咱們誰送回山？」盧爺、徐爺、蔣爺、展爺、智爺、艾虎、北俠、雙俠都願意送寨主回山。鍾雄說：

「我已是降了，怎麼還叫我寨主哥哥呢？」智爺說：「你雖然是降了，君山的錢糧浩大，你此時雖降了大宋，大人也不能供山上的用度，總得聽旨後由哪裏撥糧餉。暫且回山，仍稱寨主，千萬別教王府知曉；他若知曉，豈肯再供糧餉？哥哥，你若回山，不教寨主、嘍兵揚言此事，你可壓令得住壓令不住？壓不住，公然不提。」鍾雄說：「壓令得住。我若不說，不瞞昧賢弟的好意？」智爺說：「既然這樣，咱們及早回山。」鍾雄說：「咱們回山，把你侄男女留在此處，然後再接他們來。」智爺說：「哥哥多此一舉，你不是那反覆無常的小人。你把侄男女寄在這裏，以作押帳，這是何苦？若是怕你，還不叫你回山哪！教我嫂嫂早見兒女，早歡喜歡喜。」說畢，叫武國南背了公子、小姐到後面辭了路魯氏，仍是上馬。不去的，送出門來；送寨主的，一同前往。

智爺用手一指說：「哥哥，可別叫他趙蘭弟了。」鍾雄說：「怎麼？」智爺說：「此人松江府茉花村，姓丁雙名兆蕙。」鍾雄說：「是雙俠呀！怎麼不說真名姓哪？」智爺說：「誠心冤你。南俠、北俠、雙俠皆投降，你不吃疑麼？那時被你看破，就沒有今日了。」寨主說：「你真乃高才。」隨說隨走，就到了飛雲關下。鍾雄說道：「嘍兵聽真，疾速報與眾寨主得知，如今被我智賢弟勸說歸降大宋。」智爺說：「哥哥有甚麼話，到裏邊承運殿再說不遲。」少刻間，壓山探海❶，全山的寨主、嘍兵，俱都前來迎接寨主，跪了一片，給寨主道驚道喜。然後如眾星捧月一般，圍護著寨主，走早八寨進寨柵門，奔承運殿。寨主走了三天，山中亂了三天。謝充、謝勇在後寨，等到紅日東升，才見婆子出來，疾忙過來一問，才知道夫人早將智爺放走。二人嚇了一跳，自己把自己綁上，到承運殿請罪。眾人也不肯結果他的

---

❶ 壓山探海：猶言人山人海。形容人多的樣子。

性命，只可與他鬆綁。渾人們說：「不教他說話好不好？他也不能走了。寨主盡都教他哄信了，何況夫人。」你言我語，整亂了三天。這天報寨主回山，大家迎接入承運殿。

智爺拉馬奔後寨，至後宅門，叫國南放下公子，攙了小姐，拴了馬匹。不多時，裏面婆子出來，請智爺同國南帶公子小姐進去。來到階臺石下，早見夫人出來迎接。智爺行禮說：「小弟智化，與嫂嫂叩頭。」夫人說：「智五弟免禮。」智爺說：「小弟蒙嫂嫂不肯殺害，恩施格外，總算嫂嫂有容人的識量。若不是小弟逃走，我這一對侄男女也是身逢橫禍。如今將我寨主哥哥勸說降了大宋，送回君山；我將侄男女交與嫂嫂，我還得同我寨主哥哥辦承運殿中大事哪！」姜氏說：「智賢弟，也不枉你寨主哥哥喜愛交友。交遍天下友，知心有幾人？你是鍾氏門中大大的恩人。請上，應受為嫂一禮才是。」智爺說：「不敢！折罪死小弟了。」姜氏叫亞男、鍾麟，與智爺叩了頭。智爺告辭出來。姜氏許持百日之齋，滿斗焚香，大謝上蒼，暫且不表。

單提的是智爺，來到承運殿，寨主說：「正然等候智賢弟一同吃酒。」智爺說：「別忙，你可對大眾說明降宋之事。」鍾雄說：「被你一攔，我也不敢往下再說了。」智爺說：「這可說罷。眾位，我替寨主說。寨主如今教我姓智的同眾校護衛老爺們，勸說歸降大宋。你們大眾連嘍兵等，若要願降，一併歸降大宋；如不願降，請為一言，或投親，或投故，或歸原籍，或投王府，給你們預備盤纏，請早離君山。」言還未畢，見徐慶、艾虎每人扛頂一人，倒捆二臂進門來，摔於就地。三爺說：「拿來了兩個。」大眾一瞅，原來是賽尉遲祝英，還有他個從人。

你道甚麼緣故？是智爺在飛雲關說出歸降的言語，就知此話說早了，準知祝英不降，他是王爺的眼目，因走在蚰蜒小路口，就把三爺、艾虎留下，說：「要有個黑臉大身軀使鞭的見著，就拿奔承運殿。」果然是祝英一聽寨主降宋，帶了他的從人，提了鞭，從丹鳳橋北穿蚰蜒小路出山，給王府送信。將進蚰蜒路不到半里，遇一人要他的買路金銀。祝英說：「好大膽！在這裏斷道。」就是一鞭。艾虎一閃，祝英早教三爺由石後躥將出來，一腳踢了個跟斗。艾虎過來就捆；從人一跑，也教三爺一腳踢了個跟斗，倒牢縛二臂，每人扛起一人，直奔承運殿。路上嘍兵誰敢攔阻？到承運殿摔於就地。

智爺過來解開祝英，說：「我家寨主降了大宋，不怕你不降，不犯❷偷跑。」祝英說：「我受王爺的厚恩，我就知報效，我不知甚麼叫大宋。『忠臣不事二主，烈女豈嫁二夫。』如今被捉，速求一死。你們還是殺了我；若是放了我，我就去上王府送信。」智爺微微的冷笑，說：「原要借你口中言語，教奸王知道。疾速去罷！」把個鍾雄嚇了二目發直，直瞉瞉的瞅著智爺，又不敢說話，又猜不著智爺是甚麼主意，自思：「祝英上王府一送信，大事全壞。」祝英說：「這可是你的主意，不殺我呀！我可要走了。」智爺說：「請罷！」剛一轉臉，智爺瞅著北俠的刀，一扭嘴。北俠就領會了他的意見，把刀一亮，嗖的一聲，一個箭步趕到祝英背後，磕喳一聲，把祝英劈為兩瓣，咕咚咕咚撲於地上，紅光崩現。大號一聲說：「哪位不願意降，快些說來！」大伙一口同音，齊說：「願降！」又聽見噗哧一聲，原來是艾虎把那個從人殺了。蔣爺暗道：「黑狐狸真壞，假手殺人。」鍾雄說：「智賢弟，這是甚麼意見？既把他放了，怎麼又把他殺了？」智爺說：「他是個渾人，要是傳令丹鳳橋下梟首，他明知他活不了，他要破口大罵，咱們也是白白的聽著，不如這麼打發他回去省事。」鍾雄說：「我不及賢弟多矣。將死屍搭將出

❷ 不犯：犯不著。

去。」將屍搭出，用灰土掩埋血跡，然後大排宴筵。嘍兵各有賞賜。

酒過三巡，智爺說：「哥哥，君山的花名寫清，好給大人送去。」盧大爺說：「我去送去。我正想二弟哪！」三爺說：「我同哥哥一路前往。」盧爺點頭。寨主派書手抄寫花名。智爺說：「這可得了。把哥哥你的事辦完，我們要破銅網了。」鍾雄說：「甚麼？誰破銅網？」智爺說：「我們大眾。」寨主搖著頭說：「不易呀！不容易！你知道總弦❸在哪裏，副弦❹在哪裏？就是有寶刀寶劍，也不易破。你們知道甚麼人擺的？」蔣爺說：「是雷英。」鍾雄說：「不是。」

畢竟不知他說出是誰來，且聽下回分解。

---

❸ 總弦：指啟動機關的總的弦狀樞紐。

❹ 副弦：配合總弦的輔助性弦狀樞紐。

第四十二回　蔣澤長八寶巷探路　老雷振在家中泄機

詩曰：

款款衷情仔細陳，願將一死代天倫。
可憐一段豪雄志，不作男身作女身。

趙津女娟者，趙河津吏之女，趙簡子❶之夫人也。初，趙簡子欲南擊楚，道必由津，因下令與津吏，期以某日渡津。至期，簡子駕至欲渡，而津吏已醉如死人，不能渡矣。簡子大怒，因下令欲殺之。津吏有個女兒叫女娟，聽見簡子下令欲殺其父，不勝恐懼，因持了渡津之楫，而左右亂走。簡子看見，因問道：「汝女子而持楫左右走，何為也？」女娟忙再拜以對，道：「妾乃津吏息女❷，欲有言上瀆❸，不敢直達，意亂心慌，故左右走耳。」簡子道：「汝女子而有何言？」女娟道：「妾父聞主君欲渡此不測

❶ 趙簡子：即趙鞅。春秋末年晉國的卿。晉定公十九年（即西元前四九三年）攻滅范氏、中行氏，大大擴大了封地，奠定了此後建立趙國的基礎。
❷ 息女：女兒。
❸ 瀆：不敬；冒犯。

之津，竊恐水神恃勢，風波不寧，有驚帆檣，故敬陳酒醴，禱祠於九江三淮之神，以祈福庇。祭畢，而風恬浪靜，以為神饗❹，歡飲餘瀝，是以大醉。聞君以其醉而不能供渡津之役，將欲殺之，彼昏昏不知，妾願以代父死。」簡子道：「此非汝女子之罪也。」女娟道：「凡殺有罪者，欲其身受痛而心知罪也。想妾父醉如死人，主君若此時殺之，妾恐其身不知痛而心不知罪也。不知罪而殺之，是殺不辜也。願主君醒而殺之，使其知罪，未晚也。」簡子聽了道：「此言甚善。」且緩其誅，津吏因得不死。既而簡子將渡，操楫者少一人。女娟操楫前請：「妾願代父以滿持楫之數。」簡子道：「吾此行，所從皆士大夫，且齋戒沐浴以從事，豈可與婦人同舟哉？」女娟道：「妾聞昔日湯王伐夏，左驂❺牝驪❻，右驂牝麋，而遂放❼桀至於有巢之下。武王伐殷，左驂牝騏❽，右驂牝驥❾，而遂克紂至於華山之陽。勝負在德，豈在牝牡哉！主君不欲渡則已，誠欲渡津，與妾同舟，又何傷乎？」簡子聞言大悅，遂許其渡。渡至中流，女娟見風恬浪靜，水波不興，因對簡子說道：「妾有河激之歌，敢為主君歌之。」因朗歌道：

升彼阿❿兮而觀清，水揚波兮杳冥冥，禱求福兮醉不醒，誅將加兮妾心驚，罰既釋兮瀆乃清。

---

❹饗：享受酒食。

❺驂：音ㄘㄢ。上古戰車駕馬三匹，駕在左右兩旁的馬分別稱左驂、右驂。

❻牝驪：雌性的純黑色馬。

❼放：放逐。

❽騏：有青色棋狀斑紋的馬。

❾驥：黃白色的馬。亦作騜。

歌已，又歌道：

妾持楫兮操其維⑪，蛟龍助兮主將歸，呼來棹⑫兮行勿疑。

簡子聽了大悅道：「此賢女也！吾昔夢娶一賢妻良母，即此女乎？」即欲使人祝祓⑬以夫人。女娟乃再拜而辭道：「婦人之道，非媒不嫁。家有嚴親，不敢聞命。」遂辭而去。簡子擊楚歸，乃納幣⑭於父母，而立為夫人。君子謂女娟通達而有辭⑮。

閑言少敘，書歸正傳。

且說蔣爺問鍾雄：「我們都知道這銅網陣是雷英擺的，你怎麼說不是？」鍾雄說：「我先前也知道是他。王爺請我上府裏住了三天，合王爺談了兩天的話。末天與雷英敘了口盟的盟兄弟；他後來又在我們君山住了三天，無非是講論些個文武的技藝，那人很露著淺薄。就提銅網這節不行，又講論些八卦、五行、三才，問到準消息的地方，他就說不出來了。我說：『你是藏私，我就不問了。』後來他說：『你我若非生死之交，我可不能吐露實言。』我說：『你我輔佐王爺，共成大事，難道說我還能泄露於外不

---

⑩ 阿：山崗。

⑪ 維：指將楫固定在船上的粗繩。

⑫ 來棹：迎面而來的船。

⑬ 祓：音ㄈㄨˊ。消災求福的祭祀。

⑭ 納幣：古代在結婚前由男家送致禮物章服給女家的禮儀。

⑮ 以上關於女娟的故事以及河激歌詞，均出自列女傳，但在故事中增添了不少細節。

成？』」這他才說出實話。他有個義父，此人姓彭叫彭啟，先在大海船上瞧羅盤，遇暴風刮到西洋國去了十二年。遇天朝的船，北風一起，又刮回來了。本來人就能幹，又學了些西洋的法子，奇巧古怪的消息。雷英認成義父。是他出的主意，雷英稱的名。據我想，非得著這個人不行。」蔣爺說：「不知此人在哪裏居住？」鍾雄說：「就在雷英家中居住。聽說這個人精於道學，壽已老耄，面目如童子一般，早晚必成地仙。」蔣爺說：「恰巧，若在雷英家，要見此人不難。」南俠問道：「怎麼見此人不難？」蔣爺說：「我在丹江口救過雷英的父親，名叫雷振。救了他，問了名姓，知道他是反叛，要把他推下水去；一想此人有用，萬一辦王府之事，可以往他打聽王府的虛實。我沒告訴他真名真姓，我說我叫蔣似水。有這個活命之恩，到了他家，要說見這個彭啟，大概容易。」智爺說：「這倒是很好的個機會。雷振他若念活命之恩更好，若是不念活命之恩，用熏香盜也把他盜出來。」蔣爺說：「我是販藥材的客人，咱們仍打扮成販藥材的客人。都是誰去？」智爺說：「我去把柳爺請來。」蔣爺說：「我去拿咱們大眾的所用的東西去。」言畢，起身上晨起望，邀了柳青，同到君山。寨主將山中的草藥，用荊條筐兒裝上他們的兵器包袱等件，上面堆上藥材，用繩子捆住，全換了青衣小帽，先教嘍兵推下山去。

四位辭了寨主，到了山下，推著車子，路上無話。直到襄陽，進城到王爺府後身，有個小藥王廟，廟裏面出來一個小和尚，智爺說：「小和尚。」蔣爺說：「小師傅，我們是辦藥材的，今晚在此借宿，等三兩日起身，多備香燈助敬。」小和尚去不多時，出來說：「請眾人推車進廟西屋內。」老僧接出來說：「眾位施主，請屋中坐。」大家入內落座，問：「師傅貴姓？」和尚回答：「小僧淨林。未領教幾位貴姓？」智爺說：「那位姓展，那位姓柳，那位姓蔣，弟子姓智。」和尚說：「阿彌陀佛。」就在廟中用飯，住在南院西廂房內，小車搭到屋裏。一夜不提。

次日早飯畢，蔣爺說：「我去了，聽我的喜信。」出了廟門，見一老人問道：「哪裏叫真珠八寶巷？有個明遠堂雷家在哪裏？」那人說：「路東口內，盡東頭，路北第一門就是。」蔣爺與人家道了勞駕，自己走到東口內，路北黑油漆門，兩傍有兩塊藍牌子金字，是「明遠堂雷」。蔣爺上前叫門。門內有人出來，開門一看，問蔣爺找誰，回答找雷員外。家人問：「找老員外呀！」四爺說：「正是。」家人問：「貴姓？」四爺說：「我叫蔣似水。」那人聽了說：「你怎麼才來？我們員外想你都想瘋了，快進來罷。」蔣爺說：「你先回稟去。」那人進去。

不多時，雷振出來說：「蔣老恩公，想死我了。」見面就要叩頭。蔣爺攔住說：「使不得，若大年紀。」二人攜手，往裏走進了。路西四扇屏風門，是油綠撒金，四塊斗方⑯寫著「齋莊中正」四個字。路東也是四扇屏門關閉。進了西院，一帶南房，路北垂花門⑰。進了門內，四爺一看一怔：好怪！五間上房⑱，兩耳房⑲，東西兩道長牆，平牆頭東面兩個黑門，無門檻，門上左邊有個八楞⑳銅疙瘩；西邊兩個黑門無門檻，門上有個八楞銅疙瘩。並無別的房屋，好奇怪！上了石臺階，到了屋中，蔣爺暗道：

---

⑯ 斗方：舊時書畫所用的方形紙張。
⑰ 垂花門：上方有鏤空花紋作裝飾的門。
⑱ 上房：即中間的正房。
⑲ 耳房：正房兩旁的側室。
⑳ 八楞：八角形。

「以為雷家哄了王爺些個銀子，沒見過世面，蓋的房屋不合樣式。」焉知曉到了屋中一看，很有大家的排場，糊裱得乾淨，名人字畫，古銅玩器，桌案几凳，幽雅沉靜，很是庭房的樣式，頗有大家風氣。蔣爺落座。雷振又拜了一回，隨即獻茶，跟著就擺酒。頃刻擺齊，蔣爺上座，雷振旁陪，親斟三杯酒，一飲而乾，然後各斟門盅。雷振說：「恩公從何而至？」蔣爺說：「就打你我分手，上了趟河南，由河南上山東，由山東又上陝西。我今打陝西而來，忽然想起老兄來，特意到此望看望看。」雷振說：「恩公到此就不必走了。」蔣爺說：「不行，帳沒算清。回頭算清帳目再來，我就不走了。有件事情，老哥哥我問問你。」雷振說：「甚麼事？」蔣爺說：「怎麼這院子內也沒有東西廂房，四個小門也沒門檻，甚麼緣故？」雷振說：「咳！無怪你瞅著納悶。這是你侄子的主意，孝順我。」蔣爺說：「甚麼緣故哪？」雷振說：「我有個毛病，吃完飯就睏，非睡一覺不可。你侄子怕我把食存在心裏頭，作了一輛小鐵車，是個自行的車子。我坐在上邊，兩邊有兩個鐵拐子，當中有一個銅別子[21]，別著一個輪子，把這別子往外一抽，自來輪子一轉，這車子就走起來了。要往裏首轉彎，一扳左邊的鐵拐子，他就往裏拐；要往外首轉彎，一扳右邊的鐵拐子，他就往外拐。東邊的這兩個門，靠著耳房的這個，進去是小東花園子，南邊的那個黑門，進去從東夾道，奔北花園子。西邊挨著耳房的那個小黑門，進去是你侄婦的院子。西邊南頭的那個門進去，由西夾道奔北花園子。我要上了車子，吩咐開哪個門，他們就把八楞銅疙瘩一擰，門就開了；把別子一抽，車就往裏走。來回轉騰幾趟，食也消了，也就不睏了。這是你侄子的主意。」蔣爺說：「老賢侄還有這個能耐呢！我也求老賢侄給我做一個。」雷振說：「不行，就把這個給你罷。」

[21] 別子：本指線裝書套子或書畫卷子上用來別住開口的小插子。這裏借指插住輪子的剎車。

蔣爺說：「我不要，君子不奪人之所好。」雷振說：「恩公，你要我這個命都給你，何況一個玩物。」蔣爺說：「不要，我是一定求他給我做一個。」雷振說：「恩公不知，這不是他做的。」蔣爺問：「是誰做的哪？」雷振說：「若非恩公，我實在不能對你提起。是我們乾親家——他的乾老兒做的。」蔣爺說：「這人貴姓？是哪裏的人氏？」雷振說：「這位是南邊人，姓彭叫彭啟，字是焰光，在海船上瞧羅盤。就是此人所做。」蔣爺說：「此人現在哪裏？」雷振說：「就在咱們家裏居住。」蔣爺說：「好極了！請過來，咱們一同飲酒。」雷振說：「不行！此人與人不同，憑爺是誰，他也看不起。我兒認他為義父，我們兩人見過一次，他不願意理我，他瞧著我是個粗魯人，不配與他交談。我想著咱們兒子跟人家學本事，擺了一桌上等海味官席，他連坐下都沒坐下，道了個擾就走了。就是待你侄兒好，瞧不起我，我也瞧不起他。你侄也真孝敬他，每逢回家，見完了我就去見他義父去。我也想得開，任他怎麼瞧不起我，我兒子總是親生自養的。把他請過來，也是得罪了恩公。」蔣爺說：「這個人是古直，不隨世道。」蔣爺暗想：只要知道他的地方，夜間就能把他盜出。

忽然間，瞧簾兒一啟，打外邊進來一個人：藍六瓣壯帽，藍箭袖，藍英雄氅，薄底靴；肋下刀，身高八尺，膀闊三停；面賽油粉，粗眉大眼，半部鬍鬚。蔣爺將要站起，雷振把他攔住說：「這就是你侄子雷英。」著過來行禮。說：「蔣叔父救了我天倫，要知恩叔居住何處，早就造府道勞去。你老人家恕過。」說罷，又叩了三個頭，起來給蔣爺斟了三杯酒。蔣爺也並不推辭，一飲而乾。蔣爺說：「管家預備杯箸，給你少爺斟酒。」雷英說：「侄男少時奉陪叔父。」雷振問：「何事回家？」雷英將要低聲說，雷振說：「不用，蔣恩公不是外人，不用避諱他。」雷英說：「王爺見信：君山降了大宋。」這一句話不要緊，把蔣爺嚇得真魂出竅。

若問以後說些甚麼，且聽下回分解。

第四十三回　蔣平見鐵車套實話　展昭遇黑影暗追賊

詩曰：

揮金買笑逞豪英，自愧當年欠老成❶。
脂粉兩般迷眼藥，笙歌一派敗家聲。
風吹柳絮狂心性，鏡裏桃花假面情。
識破這條真線索，等閑❷踢倒戲兒棚❸。

且說雷英道：「王爺知道君山降了大宋，可不知是真是假。王爺以防不測，派我上長沙府郭家營，聘請雙鍾將郭宗德。」蔣爺暗忖：「君山信，還是王爺知道了。」雷英說：「我到那院裏，少時過來。」當時別了蔣爺出去了。蔣爺明知道是上東院裏去了。

蔣爺搭訕著，東瞧西看，出了屋子，看見雷英過去將銅八楞疙瘩一擰，雙門自開，躥將進去。蔣爺

❶ 欠老成：做事不夠穩重。
❷ 等閑：這裏是「輕易」的意思。
❸ 戲兒棚：臨時搭成的簡易戲臺。這裏借指假情假意的妓院。

隨後跟來，暗道：「院內必有埋伏，不然自己的院子，何用連躥帶蹦？」蔣爺看得明白。東院裏地腳甚矮，門內用磚砌起高臺，門雖無有門檻，與門下面一般高，東西卻有五層臺階。見雷英越身蹬在三路磚上，並不從東面臺階下去，直奔正北，縱身腳站實地。蔣爺想定：「他走哪裏，我跟在哪裏，不錯腳印，萬無一失。」蔣爺也就縱在三路磚上，往北下去，東西一段長牆，有四扇屏風門，五層臺階。雷英走的一三五，不走正門，把西邊屏風推開，進了裏院。蔣爺也照舊跟隨進了西邊屏風。裏院當中雖有甬路，雷英卻走土地。蔣爺知是花園。並無山石花草，當地一個大玻璃亭子，正北有座房子，是明三暗五❹，也是五層臺階；就由地下往上一躥，不走當中的隔扇，從西邊的隔扇躥將進去。蔣爺照樣上來，往東一歪身，把窗櫺紙用手指戳了一個月牙口，往裏偷看：有個後虎座；東邊放著個單簾；西邊落地墨花牙子❺，雕刻冰乍梅❻的花朵；當中放一張桌子，桌子上擺列著兩三套缽盂淨水、黃紙朱筆、一個量天尺❼、珍珠算盤，一個天地盤❽擺在當中。有一張硬木羅圈椅，坐定一人，不問而知就是彭焰光。穿著一件古銅色的袍服，盤膝而坐。光頭挽髮，別簪未戴帽，頭如雪，鬢如霜，面似少年，得內養❾可稱得起返老

---

❹明三暗五：三間明間，五間暗間。明間是直接與外面相通的房間；暗間則是前面隔著一道走廊，不與外面直接相通的房間。

❺花牙子：指放置盆花的花几。

❻冰乍梅：一種在冰裂紋中散布著梅花的圖案。

❼量天尺：古代用以測量天度的一種較精細的六分儀。

❽天地盤：繪有天地四時圖的圓盤。

❾內養：指養氣。道家修煉分內外二途，內修氣而外煉丹。

還童的。滿部的銀髯，閉目合睛，吸氣養神。蔣爺一瞅，就透著⑩有些古怪。

雷英一跪，上邊說話是南方的口音，說：「吾兒起來，不在王府，幹甚麼來了？」雷英說：「王爺派我上長沙府，聘請郭宗德。風聞著君山降了大宋，不知是真是假，請你老人家占算占算。果然是真，好作準備，也就不給他們供糧供餉了。如果要假，淨是一派訛言，亦未可知。」彭啟說：「這有何難。」隨即拿過憲書⑪來一看，把天地盤一轉：「噯喲！不好！」又把天地盤一轉：「噯喲！噯喲！」連說不好，問雷英：「你把甚麼人帶進來了？」雷英說：「就是孩兒一人進來。」說：「不能，外面有人，出去看了。」把蔣爺嚇得毛骨竦然：必有些妖術邪法！跑罷，不好；不走罷，不好；總是不走為是。

雷英出來，萬不信外頭有人，這院內沒人敢來。蔣爺過去要推隔扇，雷英說：「恩公打哪裏來？」回答說：「遊花園來了。」雷英說：「這不是花園，你怎麼會走得這裏來了呢？」蔣爺說：「我拿腿走得這裏來的。」雷英說：「萬幸！萬幸！你真是好人就活了；不然輕者帶傷，重者得死。」蔣爺一聽，故裝渾身亂抖，顏色改變，說：「這還了得？你得救我！」雷英說：「打這頭一層臺階，你跳在底下去。」蔣爺說：「我跳不了那麼遠，我一蹬一蹬的下罷。」雷英說：「不行，那就摔死了。」蔣爺說：「我就那麼上來的。」雷英說：「不能。」蔣爺說：「你抱下我去罷。」雷英攙著一躥，蹦到土地，說：「恩公別動，若動，死了我可不管；等我回來，再帶你出去。」蔣爺就在那裏蹲著。

雷英回到屋中，蔣爺復又上來，外面聽著說些甚麼。彭啟問：「外面有人沒有？」雷英說：「是蔣

⑩ 透著：方言。顯得；表現出。

⑪ 憲書：就是曆書。

恩公。」又問：「蔣恩公是誰？」雷英說：「丹江口救過我天倫，此人叫似水。」彭啟把天地盤子一推，說：「唔呀！他是水，我是火；他人旺相，我本人休咎⑫我受他人剋制。我問你，是他近，是我近？要是他近，我早早的趨吉避凶；若是我近，把他生辰八字拿來，我自有道理。」雷英一聽，連連點頭說：「義父請放寬心，出去即將他生辰八字誆來。」說畢出去。蔣四爺聽真，暗自心中忖度：「好利害！如若誆了我的生辰八字，準死無疑。」仍又回在土地上蹲著。

雷英出來，同著蔣爺撲奔正南，到了屏風門，蔣爺要奔甬路，被雷英一把揪住說：「走不得！」同蔣爺上高臺。蔣爺裝著戰戰兢兢，雷英心中納悶：「這麼個不要緊的人，我義父值得要他性命？」說：「恩公走這個臺階，要走一三五，二層合四層走不得。」其實蔣爺心中早暗暗記住。蔣爺說：「我來的時節一蹬一蹬的走的，哪有那麼長腿哪。」雷英說：「恩公記錯了，除非這麼來不成。」蔣爺說：「我害怕。」雷英說：「還是我攙著你，跟西邊小門裏，離門還有三路磚就不著走了，由此處得一下蹦出門外。」

老雷振正在那裏尋找呢，遇見蔣爺說：「曖喲！我的恩公，你上哪去來呀？」蔣爺說：「我遊花園去來。」雷英說：「不好，恩公上東院我義父那去來。」雷振說：「可了不得，你怎麼上那院去？那院可去不得，你怎麼進去的？」蔣爺說：「我也不知道我怎麼進去的，糊糊塗塗的就去了。」雷振說：「請來喝酒罷。」蔣爺到屋中落座。雷英說：「恩公自己少待，請我天倫說句話。」蔣爺明知是為生辰八字。「他若問我，明是六月內，我也說是臘月內；明是十五，我也說是初一。」自己縱身在窗欞裏頭，竊聽

⑫ 休咎：吉凶。

他們說些甚麼。雷英就將他義父的言語，告訴他天倫一遍。雷振說：「不用去誆，我記得，連時辰我都知道，是六月二十三正子時。」蔣爺先前很有些害怕，難道說還說出生日來？他怎麼記得？嗣後來一聽，暗笑：「這個老頭子交著了，他替我撒謊。」雷英一怔，說：「這不是你老人家生辰八字嗎？」雷振說：「可不是我的，要人家的不能。世間上恩將恩報，沒有恩將仇報的。只可拿著我的生辰八字，先把我害了，我一死全不管。」雷英說：「我怎麼回覆我義父哪？」雷振說：「兩全其美，此事落個三全其美。」雷英問：「怎麼？」雷振說：「你打這上長沙府，我說王爺派人來催逼走了，不許在家停留。我的也省下了，我多活二年。同恩公明天我們在家裏住都不住，我們就開藥舖去了。」雷英依計而行，說：「我也不上裏頭見恩公去了。」

雷振到了屋中，仍然落座吃酒。蔣爺就要套他的實話了：「你才說那是個小花園，我才進去，敢情這麼險哪！」雷振說：「那麼險？看怎麼險了。若錯過好人，有五個也死了。」蔣爺說：「我到底打聽打聽怎麼險。」雷振說：「錯非你老人家，怎麼我也不肯說。」蔣爺說：「你告訴我怕甚麼呢？」雷振說：「這就是剛才提咱們小子的乾老兒，他在那居住，一院子淨埋伏。就拿一進門說，他共總四路方磚，就是臺階要蹬著。這進門頭一塊方磚，雙門一閉，打門內出來的牛耳尖刀，噗的一下，正扎在人的身上，連劃帶扎，焉能有命在？蹬在二路磚，打牆頭裏出弩箭，正中後脊背；這種箭毒藥餵成，中上就死。非蹬三路磚，才是好地。對面就是臺階，可蹬不得，乃是一個木頭作成，有鐵軸活穿釘，一蹬就翻過，底下是大坑，坑中有刀，刀尖衝上。必得要由正北跳在土地上，奔正北屏風門臺階，得走一三五；若要蹬著四層兒，三層上就出來弩箭；若要蹬二層兒，頭層必定出來弩箭，中在腿腕子，都是毒藥餵成，釘上就不了；若奔屏風門走正門，淨是透甲錐迎面射來。或走東，或走西，進裏面必須要由土道，可別走甬路。走到正北五層臺階，由末層往上一躥，那三層是翻板。若由當中隔扇進去，盡是方磚墁地：頭一路磚，上面橫著吊下一個大鐵梁來；二路磚，由東屋簾子裏頭，進來一個大鍾擋，拿寶劍亂砍；東屋裏一進簾子，除了鍾擋，那個地方全是大坑，後虎座木床上一坐，就教鐵叉子叉住，落地罩⑬上淨弩箭。往西屋去，他睡覺的床。在北面西屋裏頭，是方磚墁地，當中夾著一溜條磚，往西屋裏去必得由條磚上走。走在床前，又是三路方磚，蹬在三路上，從棚上吊下一個大圓鉛餅來，把人打個肉餅子一般。若蹬在二路磚上，床帷子裏頭出來全是長槍，三指寬，鴨子嘴的槍頭。要到頭一路磚，那就盡挨著床了。床面子當中出來半拶車輪相似，上頭都有鱣魚⑭頭的刀頭，正在人下頭，滴溜一轉，性命休矣。」蔣爺說：「你別說了，他睡覺不睡覺？」雷振說：「睡覺。」蔣爺說：「睡覺他得上床去，他不受了消息⑮了麼？」雷振說：「不能。他未曾進屋的時節，也靠著北邊落地罩，底下有個銅環子，他一擰銅環子，卸個消息，就打床上下來一個木臺階，正落在三路頭裏。這臺階是一層一層的木板銀釘，扣咬出來。一層一層臺階，往起一拉，就是一摞板子。他上得床來，拉起板子，放下一個大銅罩子，把他罩在當中。」蔣爺說：「這為甚麼？」說：「他總怕有人進去拿他，弩箭亂發。有這罩子罩著他，弩箭射不進去。罩子這個樣式，全是拿銅絲擰出來小燈籠錦⑯，故此弩箭射不進去。」蔣爺說：「就完了罷。」雷振說：「還有哪！倘

⑬ 落地罩：將房間分隔成內外兩重的落地門罩。上有鏤空雕刻，起屏障與裝飾作用。

⑭ 鱣魚：即鱔魚、黃鱔。

⑮ 受了消息：指觸動機紐。

若人家把罩子撬開，牆上有塊鐵，他往鐵板上一歪，就進牆裏頭去。牆是夾壁牆，倒下臺階，復又上來，也是梯子一樣。後院有眼大井相似，上有木頭蓋，打外開不開。」蔣爺說：「幹甚麼要這些東西？」雷振說：「著哇！你我不作虧心事，也不怕；他老怕有人拿他，故此設下這些消息。他老怕死，早晚就吃半茶碗粳米飯，半碗白水。他說吃這個就成了，我說就死了。」蔣爺聽了告辭，定下回去算帳，晚晌還來。雷振送出。

蔣爺回廟，來到南院，見了大眾，將前言細說一遍。智爺說：「四哥出主意，怎麼辦呢？」蔣爺就在展爺耳邊說了一套話。展爺收了自己的東西，辭別了和尚，出廟撲奔上院衙而來。直到裏邊見了大人的從人，問了大人的事情，吃了晚飯，晚間出門小便，見一條黑影一晃，展爺趕下來了。趕的是誰，且聽下回分解。

---

⑯ 小燈籠錦：指用竹絲編織小燈籠時所採用的編織花樣。

第四十四回　伏熏香捉拿彭啟　假害怕哄信雷英

詩曰：

不知何處問原因，破陣須尋擺陣人。
捉虎先來探虎穴，降龍且去覓龍津。
五行消息深深祕，八卦機緘❶簇簇新。
終屬熏香為奧妙，拿他當作蠢愚身。

且說展爺領了蔣爺的分派，在上院衙吃的晚飯，叫管家到西門，教城上留門❷，預備太平車❸一輛，可要心腹人。晚間出來小便，看見一黑影，拉劍追下來了。至於後面，地下躺著一人。展爺上前看，那人倒捆四肢，口中塞物。展爺不顧追人，收了寶劍，解開這人，拉出口中之物。一問，這人叫李成。「正在後面解手，來了個夜行人，把我綁上了，問我大人的下落。」展爺說：「你必告訴他了。」李成說：

❶ 機緘：即機關。
❷ 留門：夜晚留下人準備開門。
❸ 太平車：宋代一種有車廂的大型車輛。用二十餘頭騾或五六頭牛拖拉。見東京夢華錄。

「沒有。拿刀蹭我的腦袋，我死也不說。」展爺說：「你沒說很好，若說可了不得。」

展爺找了半天，並沒下落。換上利落的衣服，出了上院衙，撲奔八寶巷來。在東口，早瞧見有幾個黑影兒亂晃，就知道是蔣四爺。聽見對面擊掌的聲音，湊在一處，見他們都是夜行衣靠。展爺就把上院衙遇刺客，沒追上，說了一遍。蔣爺說：「無妨，大人不在上院衙，怕他甚麼。」智爺說：「少時進去，各有專責。」蔣爺說：「我帶路。」柳爺說：「我使熏香。」展爺說：「我背。」智爺說：「我給你們巡風。」蔣爺說：「隨我來。」智爺說：「把消息記妥當。」蔣爺說：「不勞囑咐。」嗖一聲，就上了牆頭，原來這就是那個東夾道。飄身下去，大家又上了那個牆頭，往西一看，蔣爺低聲說：「省事了，不走西邊那個門，少遇好幾道消息。咱們就奔正北的屏風門進去就是了。」大家下來，柳爺就把塞鼻子布捲，給了每人一付。蔣爺在前，魚貫而行，全是墊雙人字步，弓䠀膝蓋，鹿伏鶴行，瞻前顧後，直奔臺階。回頭打著手式一三五，後面點頭。上了臺階，奔西邊的那扇屏風，下了土道，直奔正北。蔣爺等暗喜，彭啟尚未歇睡。上臺階，由五層躥在頭層之上。四個人分開，全拿指甲戳窗櫺紙，戳出小月牙孔，湊一目，眇一目，望裏窺探，見著彭啟仍在那裏打坐。智爺暗嘆：「此人道學的功夫不在小處，就應當隱於高山無人的所在，日久何愁功夫不成。又不為名，又不貪利，這要盜將出去，就是個剮罪。」

忽然間，聽見他「唔呀」了一聲，說：「好雷英，叫他去問生辰八字，也不見回來了。我這一陣心驚肉跳，莫不是禍事臨頭？待我占算占算。」把天地盤子一轉，又「唔呀」了一聲。蔣爺深知他的算法實靈，拿胳膊一拐柳青，叫他點香。聽屋中又說：「你們好大膽，全來了，全是似水鉤來的，這可說不得了！我不忍行這樣損事。常言道：『人無害虎心，虎有傷人意。』可就講不起，要傷德了。」連南俠帶智爺嚇了，都是面面相覷，緊催柳爺。柳爺也是渾身亂顫，把香點著銅仙鶴嘴，戳在窗櫺紙上，緊拉仙鶴尾，雙翅亂抖，由透眼進風，一股煙直奔彭啟。彭啟已然用朱筆把符畫成，將要往燈上一點，他就聞見香氣，說：「這是甚麼氣味？」往裏一吸，翻身便倒，磕喳的一聲，連人帶椅子全都倒於地上。智爺哈哈哈大笑起來了。蔣爺說：「你這麼大的聲音，再教人聽見，當是在你們家裏頭呢。」智爺說：「是可笑麼！他要一燒那個符，大家不要活的了。他能算，他沒有算出點熏香來。」蔣爺，那不是神仙了麼？這個能耐就不在小處。他會算出是似水拿鉤子，把你們鉤來的。」說罷又笑。這才推開當中的隔扇。智爺說：「咱們試試他消息靈不靈。」展爺說：「使得。」隨即拿寶劍蹭在門檻上，向著二路磚一戳，只聽見咕嚕嚕的一響，從東屋裏出來一個假人，合北俠一樣判官巾，紫袍靴子，全是真真的傀儡頭。藤子胎當中有消息，底下有輪子。方磚一動，這假人就到，手中是一口真寶劍，衝著展爺嗖就是一劍。展爺把劍往上一迎，正削在假人的胳膊上，嘡啷啷一聲，連半截胳膊帶寶劍墜於地上，剩了那半截胳膊，還咯噔咯噔的剁了半天。智爺又笑說：「可見消息極靈，剩了半截，他還真剁哪！剁完仍然回去。把頭一路磚也給他點了罷，省得咱們進去擔心。」展爺又用寶劍一戳，如地裂天崩的聲音一般，打上面黑壓壓一根大鐵梁墜落塵埃，嘡啷一聲，把大家嚇了一跳。容塵土落了一落，大家才進去。智爺先把迷魂藥餅與彭啟按在頂上，用網子勒住，然後搭起，爬在展爺脊背，用大鈔包兜住後臀，來回十字絆絆住，繫了個麻花扣兒，大家出來。

原來智爺把桌子上天地盤、量天尺、書一切物件，包在包袱，背將出來。蔣爺說：「這作甚麼？」智爺說：「我是賊，不空回。」仍然按著舊路出來。躥下五層臺階，出西邊屏風門下，外頭的臺階是一三五。蔣爺說：「這得了，把塞鼻子布捲全都不要。」奔東牆，展爺躥上牆頭，飄身下來，腳站實地。原來貼牆根出來一個人，拿著長拘鉤就搭，展爺一閃身，拘鉤搭空了。智爺往東牆一躥，出牆外去了。那人一回頭，牆上又露出來兩個，過來四五把拘鉤，也沒搭住，也就出那段牆外頭去了。惟獨蔣爺將要飄身下去，一下就教拘鉤搭住了，往下一拉，噗咚摔倒在地，搭胳膊擰腿，四馬攢蹄捆起來了。

你道這些人，也不是看家護院的，全是些個更夫，預先就安排好，萬一家裏要是鬧賊，就叫他們拿著長拘鉤；萬一若有動靜，就叫他往牆根底下等著，把燈籠點起，拿半個柳罐片罩著燈籠，用的時節一揭就得。先是智爺大笑，人家就聽見了；後來又聽見落鐵梁的聲音，人家就準備好了。全沒拿住，單把蔣爺捉住，四馬倒攢蹄。拿燈籠一照，大家亂嚷：「是恩公，給員外送信去罷。」

少刻，雷振到，說：「怎麼著，是我恩公作賊？」早有人把燈火掌起來，把頭一扳，何嘗不是哪！問道：「恩公，你這是怎麼了？」蔣爺說：「你先撤開，我有話，回頭再說。」立刻吩咐解開繩子。蔣爺起來撣了撣身上的土，跟著雷振直奔上房來了，落座獻茶。雷振又打聽。蔣爺說：「你摒退左右。」雷振即教家人俱都出去：「恩公有話請說罷。」蔣爺說：「我不是蔣似水，我姓蔣名平，字是澤長，匪號人稱翻江鼠。我是來救你們全家性命來了！我白日來是來試探你來了，瞧你念當初活命之恩不念。不但你念起活命之恩，並且你格外還有點好處，我這才救你們滿門的性命。刻下王爺府銅網陣打死白護衛大人，一者是奉旨拿王爺；二者是與五老爺報仇，不久的就要破銅網陣，王爺的禍不遠矣。若是拿住擺銅網陣之人，你算算該當甚麼罪過？就是剁成肉泥，也不消大人心頭之恨。明明的是彭啟擺的，怎麼但願意教你兒子應聲呢？若要事敗，那還了得！白晝我來測道，見你這個人實在誠實，我回去合我眾校尉護衛大人說明。方才將彭啟盜將出去，罪歸一人，不怕以後拿了王爺，也沒有你們父子之事。可有一件，你兒子要是回來的時節，可就別教他再上王爺那裏去了。仍然助紂為虐，漫說是我，連我們大人都救不了你了。」雷振一聽，雙膝跪倒：「多蒙四老爺的恩施，我這可就明白了。」蔣爺說：「我這可就要走了。」雷振說：「我這預備下酒飯了。」蔣爺說：「改日再擾罷，公事在身，不敢久站。」說罷，出了屋子。雷振吩咐開門。蔣爺說：「向例我是不愛走門。」躥房躍脊，登時間蹤跡不見了。

再說展南俠背著彭啟，到了上院衙門口，解開麻花扣，把彭啟放下了。那裏早有一輛太平車，連車夫帶從人在那伺候著呢。展爺就把彭啟四馬倒攢蹄捆好，裝在車上，放下車簾。到裏面各人換好了衣服，仍然出來，跨上車轅，連從人跨在那裏，車夫趕著，直奔城門。到了城邊，叫開城門，車輛出城，仍然又把城門關閉。到了下關，直奔西南，地名叫楊樹林，直等到紅日東生的時節，方見小車兒來到。大家會在一處，奔晨起望。著彭啟泄機破銅網，且聽下回分解。

第四十五回　見大人見刑具魂飛魄散　看油鍋看刀山膽戰心驚

且說智爺、柳青出來時，聽見蔣爺被拿。柳爺要回去救去，智爺說：「不用，我教君山拿住，尚且無妨，何況他是人家的恩公。我們兩個人嘴一轉動，就不怕。咱們回去。」二人回廟，躥牆下去，開門點燈，換衣服。到五鼓，蔣爺回來。智爺說：「怎樣？我說不怕。」蔣爺換上衣服，就把被捉的事說了一遍。柳青說：「咱們歇歇罷。」次日天明，收拾小車，給了廟中的香資，搭出小車，和尚送出：「阿彌陀佛！再會罷。」奔城門而來。出了城，奔下關，到了楊樹林，早見展爺在那裏等著。會在一處，展爺打聽蔣四爺的事情。蔣爺又學說一回，展爺暗笑。叫上院衙的從人回去，把小車上東西全搬在太平車上，幾位爺換迭著坐，坐車歸晨起望路上而來。每遇早晚，給彭啟一點米湯飲，就不至於死。一路無詞。

到了晨起望，正是飛叉太保鍾雄在晨起望，就把彭啟搭將下來，車上的東西盡都拿將下來，把車夫打發回襄陽，賞了些銀子。所有的眾人見禮，打聽盜彭啟的緣故，把一五一十的從頭到尾，學說了一遍。沙員外把他迷魂藥餅起下來，問他銅網陣的消息。鍾雄說：「且慢。逢強智取，遇弱活擒。遇文王說禮義，遇桀紂動干戈。此人若起了迷魂藥餅兒，問他一個不說，他把死置之於度外，他一個不肯說，那時節可就不好辦了。總要先把主意拿好。」蔣爺說：「誠哉，是言也。就讓寨主哥哥，你給出個主意罷。」

鍾雄說：「總是四老爺與我智賢弟，你們高見，我如何行得了。」智爺說：「不用太謙了。咱們一人不過二人智，三人一塊定好計，誰也不用推辭。」本來智爺與蔣四爺到一處就可以，這又添上了個飛叉太保，這三個人你出一個主意，我說一個道兒，他使一個招兒，這就算鐵桶相似。

彭啟就由受熏香，本是雞鳴五鼓返魂，這個魂靈老返不回來，是有迷魂藥餅兒閉住七竅，也不知道有多少日限了。這日忽然氣脈通暢，睜開二眸，旁邊站著兩個青衣人，上面坐著瘦弱枯乾的一位老爺，身不滿五尺，箭袖袍，絲鸞帶，薄底靴子，青銅磨額，其貌不揚。彭啟納悶：「甚麼所在，這是甚麼人？」自己回思在屋中打坐，教雷英誆蔣似水的生日，沒見回信；晚間又一占算，來了許多人，可不知是誰；後來聞見一陣香氣，就渺渺茫茫，這也不知是甚麼所在。對面那人一笑說：「彭老先生，你認得我不認得？」彭啟說：「不認識。」說：「我就是蔣似水。我可不叫似水，我實對你說罷，我叫蔣平，匪號人稱翻江鼠，奉按院大人之諭拿你。我就是原辦的差官，頭次探道，教你算出來了；二次辦你，同著眾位老爺們，也教你算出來了。你有托天的本事，可惜先生你用錯了。你既打算修道，當找一個山谷幽密的所在，人煙罕到的地方。似你這個能耐，不至於不懂天道循環，國家的氣運興衰，為甚麼助紂為虐，幫著襄陽王，擺銅網陣，打死白護衛？大人要拿擺銅網陣的人，與五爺報仇，我才將你拿在此處。咱兩個說句私話，你只要把銅網陣裏邊的消息說明，我們大家去破了銅網陣，這就算是你的奇功一件。你要願意為官，我給你求求大人，奏聞萬歲，保你為官，憑你這個能耐，稱得起國家棟梁之材。如若不願為官，找仙山，覓古洞，作一個隱士，雖不能成佛作祖，修一個壽與天齊。」彭啟聽了這套言語，自己暗忖：「自己所作之事，焉有不知之理。」問道：「四老爺，實在我不明，我怎麼會到了這裏頭？我怎麼昏昏沉沉的，是甚麼緣故？」蔣爺說：「我明人不作暗事，我是用熏香把你熏過去了。我勸你是好意，我照實說罷，你今年九十幾了？」彭啟說：「今年九十二歲了。」心中暗忖：說出來就是剮罪，任憑怎麼夾打，三推六問，我也不肯吐露實言。問道：「蔣四老爺，我是老而無能的人，方才怎麼說銅網陣是我擺的？但不知大人聽何人所說？」蔣爺笑道：「我無非是多說，我就管把你辦了來，別的事也不應例我管。我無非看著你那點道學，怪可惜的，一時半時哪裏就能煉到。先一見就明了，可別耽誤了自己的正事。」外邊有人嚷道：「大人升了堂咧！帶彭啟！」蔣爺說：「就到。怎麼樣？你要一點頭，可就不用帶你見大人去了。」彭啟說：「我一概不知，一概不曉。」說：「來呀！把他鎖上見大人去。」官人往前一趨，索鏈往脖頸一帶，頭上擊了一掌，就覺渺渺茫茫，睜開二目一看，已到大堂。

大人升了虎位，居中落座，兩邊官人伺候。蔣平手中拉定鐵鏈，即回道：「稟大人得知，將彭啟帶到，面見大人叩頭，請大人審訊。」大人吩咐叫挑去鐵鏈，問道：「彭啟擺銅網陣，害死我五弟，快些招來，免得三推六問。」彭啟說：「大人冤枉冤哉！甚麼叫銅網陣？我是一概不知，一概不曉。」大人說：「哪怕你是銅打鐵煉，用上刑你也得吐露實言。」彭啟說：「實在不知，實在不曉。」大人說：「拉下去，重打四十。」官人過來，往下一拉，褪去中衣，把大板往上一揚。彭啟嚇得是渾身亂抖。大人問：「快些招將出來，免動刑具。」彭啟說：「冤枉冤哉！」說：「打！」大人復又問道：「我看你偌大年紀，我勸你不如招了罷。」彭啟說：「無招。」大人微微冷笑：「四十板你不至於禁受不住，看夾棍❶！」

---

❶ 看夾棍：準備好刑具。夾棍，舊時所用夾足的刑具。由夾住雙足的三根木棍（中間一根，兩足外各一根）及收緊的繩索組成。

官人答應，將三根無情木❷咣啷一聲，放在堂口。彭啟將中衣提上，爬伏在地，脊背上騎著個人，頭顱上用五尺白布擰住，怕頭暈死過去。夾棍套在連接骨❸上，有兩個官人背著兩根皮繩，兩下裏一拉，聽大人吩咐用幾分刑，拉到甚麼地方。已把刑具套上，教招仍是不招。蔣爺在旁勸解：「大人暫息雷霆，彭啟壽已老耄，倘若刑下斃命，無有清供，難以破陣。不如卑職把他帶將下去，苦苦相勸他，倒可以吐露實言。」大人說：「倘若不說，豈不往返無益？」蔣爺說：「他倘若不說，拿卑職是問。」大人說：「你敢承當此事？若要問不出來，聽參。鬆刑！」官人將刑具撤下，帶上鐵鏈，往下帶的時節，頭顱擊了一掌，睜開二眸，已然拉到屋門口了。

進了屋子，蔣爺說：「彭先生請坐。方才在堂口之上，你可曾聽見了？我方才若不勸解大人，你這陣也就早死多時了。我這個人心最軟，我老可憐人，老沒人可憐我；你只當可憐可憐我，把銅網陣這個事，咱兩個袖裏來袖裏去，我絕不告訴別人。再不行，我給你下一跪磕個頭，這還不行麼？」彭啟道：「要是我擺的，絕不支持到這時候。四老爺一定說是我擺的，甚麼人說是我擺的，教他質對於你。」蔣爺說：「質對你的人固然是有，若實在擠得我沒了路，我可就把質對人帶來了。我且問你，方才堂口我在大人跟前說下了大話，問不出你的清供，請大人奏參，你可聽見了沒有？」彭啟說：「我俱都聽明白了。」蔣四爺說：「你這是好歹全不說。陽世三界❹，咱們兩個說不清；到陰曹，我把老五找著，教質

---

❷無情木：用以形容夾棍。

❸連接骨：指連接足踝的小腿骨下部。

❹三界：這裏指今世、此世。法華經譬喻品：「三界無安，猶如火宅。」

對你。我們當初一拜之時，說過同生同死，我這活著，就是多餘。為破銅網陣多活幾日，你不泄機，銅網陣不能破，我活著無味，咱們閻王殿前辦理。」彭啟說：「唔呀！我不去。」再瞧蔣爺，已然把帶子拴在窗欞，蹬上，叫：「彭啟！你這裏等著！」脖子一套。彭啟嚷：「不好！四老爺上了吊了！」官人進來，在彭啟頭上一掌，再睜眼看，眾人圍著蔣爺的死屍，說：「活不了哩！」眾人走，說：「回大人去，剩兩個人看著他。」

到三鼓時，二人全睡了，燈光發暗，聽見風聲響，滿地火球亂滾，進來四個鬼：一個弔客❺，一個地裏鬼，一個地方鬼，一個大鬼。大鬼說：「吾乃五路都鬼魂是也。奉閻羅天子鈞旨，捉拿彭啟的陽魂，閻羅天子臺前聽審。兄弟們！」小鬼答應「嗚！」「帶了他走！」小鬼答應「嗚！」在他頭上擊了一掌。自覺一個冷戰，再一睜眼，進了鬼門關，見一個大牌樓，看見森羅殿❻有刀山，有油鍋，嚇得他心驚肉跳。

不知怎樣對詞❼，且聽下回分解。

---

❺ 弔客：本與「喪門」同為歲之凶神，俗用以指弔死鬼。

❻ 森羅殿：陰曹地府中閻羅所居之殿名。

❼ 對詞：指對質。在法庭上各訴訟關係人面對面互相質問。

第四十六回　地君府聽審鬼可怕　閻王殿招清供畫圖

且說彭啟被五路都鬼魂帶著一走，睜開二目，黑暗暗看不很真，一到了枉死城❶內，前面有個牌樓，有兩盞綠燈，看見上面有塊橫匾，是「地君府」；兩邊有兩塊匾，是「群靈」、「托命」。還有副對聯，是「胎生卵生濕生化生❷，生生不已」；下聯「佛道仙道人道鬼道，道道無窮」。將進牌樓，就看見森羅殿，彭啟方知是自己的魂靈出殼。這可就看得明白了。殿裏頭有張桌子，前頭桌子上擺著供獻、香爐、蠟籤、五供❸，點著兩盞綠燈；後頭桌子上有張椅子，椅子上坐著閻王爺：頭戴冕旒冠，珍珠倒掛，穿一件杏黃的蟒袍，上繡金龍，張牙舞爪；下繡三藍色海水翻波，腰橫玉帶，粉底官靴。面如紫玉，箭眉虎目，垂準頭，方海口，大耳垂輪。一部鬍鬚白多黑少，鬚滿心胸，尺半多長，根根見肉。原來是個閻王爺，手執七星圭。左右有兩個判官：一個是藍袍，一個是紫袍，全是判官巾，朝天如意翅，腰束玉帶，粉底官靴。一個是面如赤炭，吹去蒙灰；一個是碧目虯髯，紫臉膛。高放著許多帳簿，有黑紅硯臺，三山筆

❶ 枉死城：指地獄。

❷ 化生：佛家用語，四生之一。指無所依託，僅依業力而忽然現出者，如諸天及劫初眾生。瑜珈論：「依殼而延曰卵生，含藏而出曰胎生，假潤而生曰濕生，無而化有曰化生。」

❸ 五供：佛家所說的五種供養物品：塗香、華鬘、燒香、飲食、燈明。

架架著黑紅筆。兩旁邊有牛頭，有馬面，有小鬼，有大鬼，高矮不等，一個個猙獰怪狀。在階臺石頭兩邊，左邊是個刀山，右邊是個油鍋。兩邊有兩個大鬼，全都是蓬著頭，赤著臂，虎皮的披肩，虎皮的戰裙，紫紗袍，大紅的中衣，薄底靴子。一個是面如菜色，一個是黑白的面目，是黑地長了一臉的白癬。一個是拿著牛頭鐺，一個是拄著三股叉。那邊是個刀山，全都是牛耳尖刀，刀尖衝上。這邊是個油鍋，底下架著劈柴，真是燒得鍋內油亂滾。兩旁邊跪著十幾個小鬼，全是蓬頭垢面，俱是男鬼，沒有女鬼。只聽風中帶砂的聲音，呼呼亂響，鐵鏈亂抖，悲哀慘切，類若鬼哭神號。

彭啟見此景況，身軀亂顫，體似篩糠。再聽上邊閻王爺說：「湛湛清天不可欺，未從作事吾先知。善惡到頭終有報，只爭來早與來遲。來！先將頭一案帶上來。」就將油鍋跪著的小鬼，帶上來一個，跪在閻羅天子面前。叫注錄官看他陽世三界作了些個甚麼事情。就見那紅臉的判官把生死簿打開，查了半天說：「此人在陽世三界作惡多端，不孝父母，不敬天地，咒風罵雨。」閻羅天子問道：「當下甚麼地獄？」判官說：「當下油鍋地獄。」閻羅天子吩咐叉出去，發往油鍋地獄。彭啟早就教他們威喝得在月臺❹前邊跪下，正看著要把這個鬼叉往油鍋地獄，被地方鬼頭上擊了一掌：「別瞧熱鬧！」再要睜眼之時，早見那個大鬼把小鬼叉下月臺，往油鍋裏一放，就聽見滋喇的一聲，叉往上一挑，就成了一塊紅炭相似，往油鍋旁邊叭喳一擲。又教第二案。又帶上去一個小鬼，跪在供桌之前。閻羅天子叫注錄官，查看他在陽世三界作了些甚麼事情。注錄官說：「此人在陽世三界作惡多端，潑撒淨水，作踐五穀，平人祖墓，折算人口。」閻羅問：「發往甚麼地獄？」判官說：「發往刀山地獄？」閻羅說：「來！叉出去。」

❹月臺：正殿前方凸出的、三面都有臺階的臺。

看刀山的鬼答應一聲，就見牛頭馬面往上一擁，把那個小鬼叉在叉頭，摔在刀子山上。彭啟瞧著，也是怪怕。刀尖全都縮在刀山裏邊去了，那小鬼一摔，刀尖全又出來，那個小鬼通身是血。又把第三案帶將上來。書不可重敘，無非是強擄少婦長女，拐騙人口，哄人的財帛，引良為盜。一案一案，是發往碓搗的、磨研的、睡鐵床、拿鋸鋸的，俱都帶將下去。

發放完畢，問：「彭啟陽魂可曾帶到？」注錄官回說：「早已帶到，以候鈞旨。」閻羅天子吩咐帶上來。五路都鬼魂答應，就將彭啟帶到供桌之前，雙膝點地。閻羅天子喝道：「好生大膽！在陽世三界作惡多端，擺銅網陣害死白虎星君，應入十八層地獄。來！叉下去，先將他叉入油鍋。」彭啟說：「唔呀！有報！有報！」閻羅說：「快些報來！」彭啟說：「方才閻羅天子所說擺銅網陣害死白虎星君，是一概不知，一概不曉。」閻羅大怒說：「咄！你打算陽世三界准你鬼混，我這冥司無私。現有蔣平縊死之魂，你還敢在此強辯？將他叉出去！」腦後喳啷一聲。回道：「且慢，我也知曉冥司無私，這個銅網陣我招認了就是。可有一件，方才閻羅天子所說白虎星君，大概就是白護衛了。」閻王說：「白虎星君奉玉帝敕旨降世，輔佐大宋國朝，陽壽未終，被你設法害死，你難道說還不與他抵命？」彭啟說：「我雖設擺銅網陣，不是請他前去的，又不是我將他誘進陣。上院衙能人甚多，怎麼單他一人墜網？總是他性傲之過。」閻羅說：「你陽世就是個舌辯之徒，你的魂靈兒仍是個說客。蔣平可是你逼得他自縊身死？」彭啟說：「唔呀！那更怨不上我來了。」閻羅大怒說：「來！把蔣平冤魂帶到對詞。」

不多時，蔣平來到，相貌本就難看，這更難瞧了，七孔血出，有根繩子勒著脖項，來到跪倒說：「就求閻羅天子作主，教彭啟給我們兩個人抵命。」一回頭，看見彭啟抓住要打，被鬼卒攔住。揪扭著彭啟教閻羅天子作主。彭啟說：「蔣四老爺，當著閻羅天子面前，不許矯情。是我把你勒死的？是你自縊死的？」蔣爺說：「雖是我自己死的，你要在陽世報出銅網陣，我何必尋死。」彭啟說：「我陽世報出，我也就剮了。這陰曹焉能鬼混的過去。」蔣爺說：「你任憑怎麼說，也得給我們哥們抵命。」閻王說：「我查看查看你們的陽壽，我自有道理。」注錄官查彭啟的陽壽，查了半天，說：「此人根基甚厚，應活二百年，還可修成地仙，就不屬咱們管了。」看白虎星君與蔣平的陽壽，回說：「白虎星當活六十歲，二十八歲歸天，還有三十二年。蔣平七十二壽終。」閻王說：「罷了，有仇可解不可結。彭啟，我放你們大家還陽，你把銅網陣消息說明，從哪裏進去，說得清清楚楚、明明白白的，教他們好破銅網陣。也是王爺氣脈微敗，大宋洪福齊天。這也是個定數，你不該逆天行事，早把機關一泄，各人及早回頭，別耽誤了自己的正事，修一個無聲無色、壽與天齊不壞的金身，享清淨之福，免得落於沉淪苦海。」彭啟一聽，無限的歡喜，暗忖道：「我也不用淨護庇著我的義子，早知王爺不能成其大事，也是自作聰明，反倒耽誤了自己的正果。不如說了罷，脫身早覓仙山隱遁的為是。」並有注錄官說：「閻羅天子在上，白虎星君屍骸化成飛灰，不能還陽。再者已然回歸仙府，享清淨之福去了，不肯臨凡。」閻羅說：「既然這樣，也罷。就將白虎星君三十二年陽壽也歸彭啟，彭啟可曾聽見了？」彭啟說：「聽見了。」蔣爺又說：「我不是還有三十二年的陽壽麼？我是活惡心了，我再活十年足已夠了，把我那二十二年陽壽也給彭啟。只求閻羅天子作主，可得他把銅網陣的事情說得清楚。倘若他要藏私說不明白，銅網陣不能破，鬧一個半途而廢，就得多少條性命饒上。那時節還得求閻羅天子作主，我可就不上吊了，我可就抹脖子一死了；他得給我抵命，拿他那個壽數配我這個壽數，我瞧瞧到底誰合算，誰不合算。」彭啟說：「我為甚麼合你一般見識。我正分還有一百一十多年的陽壽，我要不說，就不說；我要說，必是清清楚楚，教你們一去就破。可得有寶刀寶劍。」蔣爺說：「寶刀寶劍有的是，你就當著閻羅天子說明罷。」閻王爺說：「對了，你就當著我說明罷。你那點說的不到，我也聽的出來。」原來這位閻羅也是個行伍❺。彭啟說：「這麼說可不行，放我們還陽，找一個淨室屋中，一個人不要，畫出圖樣，寫上字，按著卦爻方位、總弦副弦的所在，那才行得了。就這麼一說，也記不清楚，破不了反來怨我。」閻羅瞧了蔣爺一眼，方才點頭。彭啟暗想：「不好！閻王神色不對，別受了他們的冤。有了，我把指頭一咬，要是疼，就是假的；若要不疼，就是真的。」

這一咬指頭不大要緊，把個假扮陰曹機關泄漏。不知怎樣，且聽下回分解。

❺行伍：舊時稱軍隊的行列，泛指軍隊。此指軍人出身。

第四十七回 陣圖畫全商量破網 大人一丟議論懸梁

且說這個陰曹地府本是假的，連大人審問動刑，一概全是假的。列公請想，大人現在武昌府，就是在衙中，也不能把彭啟又解回襄陽。都是蔣平、智化、鍾雄三個人的主意，要冤聰明人。冤出來得像，不然就肯信？是鍾雄說的，開封府不是假扮陰曹審過郭槐？咱們先將他文勸，文勸不行刑勸，刑勸不行死勸。文勸就是蔣爺。刑勸就是飛叉太保扮的大人，山神廟作為是公堂，眾人扮作出兵丁衙役，只管是要打要夾，早是安排好了的不打不夾。若要夾打，怕的是假勾他魂時，腿一作痛，他就省悟了。焉有魂魄知疼痛的道理？要拿他時，頭上擊一掌，就是按上藥餅兒了，搭著他上山神廟。到了大家安排好了，才起下藥餅，吹一口冷氣，他就明白了。每日皆是如此，不抬不搭，回去也是按上藥。這裏假扮陰曹，與戲班子裏頭借來的砌末子❶。可巧正是岳州府戲班裏新排的一齣遊地府，可不是如今的八本鍘判官，這齣戲還沒有哪。卻是唐王遊地獄❷、劉全進瓜的故事。正是新彩新砌借來。把山神廟拿席搭成胡同，裏面用鍋煙子抹了。山神廟的橫匾拿紙糊了，寫上「森羅殿」。山神爺拿席子擋了。東邊擺上刀山，西邊擺上油鍋。是真的真油，真劈柴，等他到來，席牆外頭有人抖鐵鏈，裝鬼號。擺上牌樓，拉上布城，把

❶ 砌末子：即砌末。戲曲舞臺上所用的布景、器物等等。名稱起於元代雜劇，亦作切末、砌。

❷ 唐王遊地獄：即西遊記中所載唐太宗遊地獄的故事。元代楊顯之有劉全進瓜雜劇敷演這一故事，見錄鬼簿。

供桌往前一搭，又擺一張桌子，上頭擺上椅子。閻王爺是沙龍，判官是孟凱跟北俠，五路都鬼魂是亞都鬼聞華，弔客是史雲，地裏鬼是艾虎，地方鬼是路彬，看油鍋的鬼是焦赤，看刀山的鬼是于賒。所有牛頭馬面，全是大眾套上那個套兒，穿上行頭❸。外面的風中帶砂，是扇車子❹裏頭裝上穀秕子，有人一攪扇車子，就是刮風，穀秕子打在席子上，就是風中帶砂的聲音。這才把彭啟哄信。

你道那彭啟不是傻子，有先見之明，怎麼這一個假扮陰曹，他就會沒算計出來？有道是「工欲善其事，必先利其器」。若有他的天地盤子、珍珠算盤，早就算出來了。可惜沒有此物，可就算不出來了。就是沒有此物，他也要算計算計。說是放他還陽畫圖樣，閻王爺不敢作主意，瞧著蔣四爺，彭啟心中吃疑，把手指一咬，便見真假。把手剛往回裏一捲，閻王說：「送轉還陽。」往頭上一擊，把藥餅按上，大家都笑起來了。閻王爺也下來。

先有人把彭啟搭在路彬家裏。蔣四爺說：「先去裝活的去，你們大家拾掇❺罷。」這兩個看差的是謝充、謝勇，先教躺在床上，他們把燈拾掇得半明不暗，把迷魂藥起將下來，脊背拍三掌，迎面吹口冷氣。彭啟「唔呀」一聲，睜開了眼睛，自己一看，仍在那裏坐著。兩個燈兒是半明不暗，兩個看差的是俱都睡著。忽然打外邊進來一人，說：「呵，你們好大睏哪！這差使要是跑了呢，你們擔架得住麼？」這兩個說：「好意思，我們方才打了個盹。」那人說：「大人這就要升堂了，不管他有口供沒口供，先

---

❸ 行頭：指戲劇演員在演出時所用的服裝和道具。行，音ㄒㄧㄥˊ。

❹ 扇車子：舊時用人力轉動的鼓風機，用以清除米粒中所混雜的糠秕。

❺ 拾掇：收拾、整理的意思。

著他給四老爺抵償。」答應：「喳，這就是了。」彭啟說：「我有了口供了，也不用給四老爺抵償了，四老爺少時就活過來了。」那人說：「你這老頭別胡說八道了，人死不能復生。」把蠟花一剪，嚷道：「不好了！四老爺詐了屍了！」彭啟說：「不是，不是，還了陽了。我們方才分說，我豈有不知道的？」官人往外就跑，剛到門口，聽蔣四爺說：「回來！」這官人才回來，問道：「四老爺，你真活了？」蔣爺說：「你們去給大人送個喜信去罷。」衝著彭啟說：「彭先生，方才咱們兩個人的事情，你還記得不記得呢？」彭啟說：「這麼一會，我就忘了麼？」蔣爺說：「怎麼樣？你要是那裏說的這裏不算，我就抹脖子。」彭啟說：「不能不算。君子一言既出，駟馬難追。」蔣爺說：「好朋友，識時務者呼為俊傑。」彭啟說：「我單要這間屋子，誰也不許進來。預備一張桌子，一張大紙，筆墨硯臺，晚晌的燈燭。辰刻，我要半茶碗粳米飯，外撒雪花糖；申刻，半茶碗白開水。除此之外，甚麼也不要。可有一樣，拜託四老爺，大人要是怪罪的時節，全仗著四老爺救我。」蔣爺說：「全有我一面承當。」

說畢天亮，就按著他所說的辦理。仍派人在外頭看守，也是怕他跑了。飛叉太保帶領大眾回山，將行頭與戲房送去，賞他們的銀兩。拆棚等項諸事完畢，淨等陣圖一得，議論請大人去。大家歡歡喜喜議論是誰去。大爺送花名也早當回來了，怎麼還不回來？

說書一張嘴難說兩句話。單說是大人到了武昌府，有武昌府知府池天祿預備公館，武昌府文武官員投遞手本。大人深知池天祿是個清官，給大人預備了公館，二義士韓彰晚間坐更，直頂到第二天早晨方去歇覺。一連三五日的光景，先生不忍，意欲替韓二義士代勞，說：「韓二老爺，你晝夜的不睡，那可不好，要常常如此，日子一多，人一疲乏，也許成疾，也許誤事。我們替代替代你如何？」韓彰說：「不行，你二位俱是文人，沒事很好；倘若有王爺差來刺客，知道大人的下落，現叫我就不行了。」先生說：「不是那樣主意。常聽見展老爺說，每遇夜行人，有時候二鼓吃飯，三鼓到四更以後可就不出來了。我同魏先生陪著大人說話，你吃完了晚飯就睡覺；到了三更天，我們去睡去，你坐到五更以後，我們五更以後再來換你；你睡到紅日東昇時節，大人也起來了，彼此都不至於疲乏。」韓二義士又不好不應，應了罷，又怕有險，無可如何，就點了頭。就打當日就是如此，到二更後來換先生。大人在東裏間屋內睡覺，韓二義士就在裏間屋門口搬了張椅，端然正坐。聽外面四鼓之後，公孫先生就來了。如此的是五六天工夫。

這日早晨，太陽已經是出來了，韓二義士弄髮包巾，啟簾去到大人住的屋裏一看，嚇了一跳：魏先生在那邊，公孫先生在這邊，兩個人伏几而眠。玉墨在北邊床上呼呼的正睡呢。蠟還點著，那蠟花有二寸多長。過來輕輕的拍了先生一把，先生由夢中驚醒，說：「我沒睡覺，我心裏一糊塗。」韓二義士說：「你看蠟花，是才睡著的麼？」玉墨也就醒了。魏先生說：「我當你醒著哪！我剛才閉眼睛。」公孫先生說：「我當你醒著，也是剛閉眼睛。」玉墨說：「算了，別說了，只要大人沒醒就得了。」把著大人屋中門簾一看，見大人帳簾放著，就知道大人沒醒。各人洗臉吃茶畢，仍然未醒。二義士有點吃疑，再命主管進去看看。玉墨到了裏間嚷起來了，說：「大人沒在裏面，你們快來罷！」眾人一聽，面如土色，大家進去把帳簾用金鉤吊起，大人蹤跡不見。眾人又往外跑，前前後後連中廁俱都找到，並不見大人蹤跡。玉墨哇的一聲，就哭了。大家復又回頭到屋中，二義士一抬頭，看見牆壁上留一首詩，叫：「先生你來看。」一見字寫得不甚大好，歪而且正，斷而復連，半真、半草、半行書，寫得是豐彩❻之甚。詩曰：

審問刺客未能明，中間改路保朝廷。
原有夙仇相踐踏，盜去大人為誰情？

念了半天，不知是怎樣情由，也講不上來。這時武昌府知府池天祿要過來與大人請安，先生迎接出去，就將丟大人之事細說了一遍。池天祿也知道代天巡守按院丟在這裏，必是滅門之禍，也到裏間屋中看了一看，把腳一跺，叫了兩聲：「蒼天哪！蒼天！比不得上院衙丟了大人還有推諉，此處丟了大人是一人之罪，不如尋一個自盡。」說畢，把刀拉將出來，立刻要自刎，被大家拉住說：「不可，要死大家在一處。」池天祿說：「死，我是上吊。」公孫先生說：「我也是上吊。」魏先生說：「咱們一同自縊。」將要上吊，打外面躥進兩個人來。若問是誰，且聽下回分解。

❻ 豐彩：豐富多彩。這裏是調侃字體之不正規。

第四十八回　觀詩文參破其中意　定計策分路找大人

且說大家正要懸梁自盡，打外頭進來二人，就是盧方、徐慶，拿了君山的花名，離了君山，跨著兩匹坐騎，直奔武昌府而來。進城到了公館，下了坐騎，到門上教人往裏稟。官人告訴說：「不好，先生、大人都在那裏上吊哪！」三爺就急了，往裏就跑。大爺也跟進來了。三爺說：「有我，有我，那個吊就上不成了。」盧爺一見，都是眼淚汪汪。盧爺一問：「二弟，怎麼一段事情？」二義士說：「把大人丟了。」徐慶說：「你是管甚麼的？怪不得尋死！死罷，咱們兩個一堆死。」盧爺把他們攔住，問：「倒是怎麼丟的？」韓彰就將丟大人之事說了一遍。盧爺說：「好大膽！還敢留下詩句，待我看看。」盧爺看畢說：「先生可解得開？」先生說：「解不開。」盧爺說：「不要緊，我有主意，能人全在晨起望哪。咱們教他們解解，解解。他們若解得開更好，他們若解不開再死未晚。」大家依計而行。公孫先生專會套寫人家筆跡，就將詩句抄將下來，交與盧爺、徐慶。臨行再三囑咐，千萬別行拙志。大家送出，乘跨坐騎，回奔晨起望。曉行夜宿，飢餐渴飲，一路無話。

書要剪斷為妙。到了晨起望路彬、魯英門口，下了坐騎，把馬拉將進來，拴在院內樹上，直往裏奔來，到屋中見了大眾。眾人過來，都給盧爺行禮。盧爺把蔣四爺一拉說：「四弟，可了不得了！」徐慶過來一拉說：「四弟，可了不得了！」蔣爺說：「你們別拉，再拉我就散了，有甚麼話只管慢慢說。」

徐慶說：「把大人丟了。」蔣爺說：「怎麼？把大人丟了。怎麼丟的？」徐慶說：「教盧大哥說你聽。」盧爺說：「我們到了武昌驛館，池天祿、公孫先生、魏先生、二弟韓彰，他們上褡褳吊❶，我們進去才不上了。先前是二弟一個人守著，後來是先生與二弟二、五更換，是先生的美意。趕到第二天，太陽多高，二弟過去，見先生跟主管三個人還沒醒哪。現把他們叫醒，屋中一看，大人已經丟失了，並且還敢留下詩句。公孫先生將字的原本套下，我今帶來，你們大家琢磨琢磨。」所有眾人一個個面面相覷，齊聲說：「此賊好生大膽！」盧爺就將字跡拿將出來，放於桌案之上。北俠說：「定是襄陽王府的。」大家圍住桌子亂念詩句。智爺說：「你們往後，你們又不認得字，也擠著瞧；正經認得字，倒瞧不見了。」艾虎、史雲諾諾而退。蔣爺念了半天，不解其意。智爺看了，也是解不開。有一個人顯然易見，往前趨身看了一眼，抽身便往。智爺瞧了他一眼，就明白了。就在那詩句上拿指頭橫著畫了一道，又瞧了那人一眼。蔣爺把小圓眼睛一翻，連連點頭說：「哦，哦，哦哦，是了。」

你道那人是誰？就是白面判官柳青，與沈中元他們是師兄弟，雖然不在一處，見了筆墨，焉有不認得之理。瞧見是他的筆跡，趕著抽身往回就走，早被機靈鬼看出破綻來了，橫著一畫，瞧了一眼，蔣爺就明白了，一把揪住柳青說：「好老柳！你們哥們作的好事！你趁早說出來罷，大人現在哪裏？」柳青這陣不叫白面判官了，叫紫面判官了，冬令時候，打臉上往外津津的出汗，說：「四哥，可沒有這麼鬧著玩的，我可真急了。這個事怎麼也血口噴人？」北俠勸解說：「這個事可別誣賴好人。」蔣爺說：「怎麼誣賴好人呢？必必真真，是他知道。」智爺說：「不錯，是他知道。」柳青氣得渾身亂抖。北俠說：

❶ 褡褳吊：指像褡褳兩頭掛東西一樣一起上吊。

「你們異口同音，看出哪點來了？」蔣爺說：「這詩句，哥哥你多少橫豎懂得點。詩合詞不同，有古風詩、西江月、滿江紅、一段橋、駐雲飛、打油歌、貫頂詩、藏頭詩、回文錦，都叫詩詞。他這首詩叫貫頂詩，橫著念，『審問刺客未能明』，念個『審』字；『中間改路保朝廷』，念個『中』字；『原有夙仇相踐踏』，念個『原』字；『盜去大人為誰情』，念個『盜』字。橫念是『沈中元盜』。沈中元是他師兄弟，焉有不認識的道理，不合他要合誰要？」北俠是個誠實人，勸四爺把他撇開：「四弟也不用著急，柳賢弟也不用害怕。『兒作的兒當，爺作的爺當』，慢說是師兄弟，就是親兄弟也無法。大概此人沒有殺人之意。」蔣爺說：「他就是為三哥合我二哥得罪了他了。」北俠說：「是甚麼緣故哪？」蔣爺說：「你還沒有來哪，他同鄧車行刺，屢次泄機，前來棄暗投明，是我兩個哥哥沒有理人家。人家哈哈一笑，說：『我走了，你們報功去罷，咱們後會有期。』待到我趕到了的時候，就晚了。我還上樹林子裏叫了他半天，他也總沒言語，焉知曉他懷恨在心。他這是成心要鬥鬥我們哥們。諒他沒有殺害大人之意；若有殺害之心，可不在衙門中砍了？他必是把大人搭個僻靜的所在，他央求去。他不想想丟失了大人，我們哥們甚麼罪過？『一計害三賢』，這叫一計害五賢。」北俠說：「四弟不用著急。柳賢弟你要知道點影色，你可就說將出來。」柳青說：「我們不見面有十五六年，我焉能知道下落？我知道不說，教我死無葬身之地，萬不得善終。」北俠說：「算了罷，人家起了誓了。」蔣爺說：「算了罷，我的錯。你幫著找找，橫豎是行了。」柳青說：「那行了。不但幫著找，如要見面，我還能夠合他反目。」蔣爺說：「既然這樣，咱們大家分頭去找。」把路爺請過來：「打這上武昌府有幾股道路？」路爺說：「有兩股道，當中有個夾峰山。兩山夾一峰，或走夾峰山前，或走夾峰山後，兩股全是上武昌府的道路。」一議論誰去，有一得一，這些人全去。蔣爺說：「不行，這些人全去，就讓逢見他，你們也不認得他，總得有作眼的才行。」北俠說：「我認得。他在鄧家堡，我沒認準他；後來到霸王莊，二次寶刀驚群寇時節，有智賢弟指告我，我才認準了他。那人瞅著就是的。」

列位，前文說過，此書與他們那忠烈俠義傳不同，他們那所說北俠與沈中元是師兄弟，似乎北俠這樣英雄，豈肯教師弟入於賊隊之中？這是一。二則間沈中元在霸王莊出主意，教鄧車塗抹臉面，假充北俠，在馬強的家中明火。若是師兄弟，此理如何說的下去？這乃是當初石玉崑石先生的原本，不敢畫蛇添足。原本兩個人，一個是俠客，一個是賊。如果真若是師兄弟，北俠也得驚心。

歐陽爺說認得他了，南俠說：「我不識認，咱們一路走了。」二爺說：「我也不認得，我也同你一路走。」盧爺說：「我放心不下，我還得回去哪。誰同著我走？」三爺說：「我同著你回去。還有誰一路走？」龍滔、姚猛說：「我同走。」史雲過來說：「我也走。」柳青說：「你們幾位不認得，我作眼。」蔣爺說：「不可，咱們兩個一塊走。」盧爺說：「我們這些人全不認得，誰給我作眼？」蔣爺說：「教艾虎去，他認得。」大家遍找艾虎，蹤跡不見，連他的刀帶包袱全都沒有了。智爺就知道偷跑了，自己找沈中元、大人去了。永遠他是那種性情。蔣爺說：「智賢弟，你同他們去罷，除了你，他們誰也不認得沈中元。」智爺說：「四哥，你派的好差使麼。你看這些個人，有多明白呀？」蔣爺說：「有你就得了罷。」智爺說：「咱們商量誰走夾峰前山，誰走夾峰後山。」北俠說：「隨你們。」徐慶說：「我們走夾峰前山。」北俠說：「你們走夾峰前山，我們就走夾峰後山。」蔣爺說：「我們上娃娃谷。老柳，你不是想你師母，我帶你去找你師母去。我算著沈中元必找他姑母去；必在娃娃谷。」智爺說：「你這個算哪，真算著了。我猜著也許是有的。是可就是，不知艾虎往哪去了。」

焉知曉艾虎聽見說明此事，自己偷偷的就把自己的東西拿上，也不辭別大眾，自己就溜出來了。原來是打婆婆店回來，同著武國南、鍾麟回了晨起望，見了蔣四爺，書中可沒明說呀，就是暗表。他問了他四叔娃娃谷的事情，對著艾虎說了一遍鳳仙怎麼給招的親事。艾虎先前不願意，嗔怪是開黑店的女兒。蔣四爺又說：「別看開黑店，有名人焉，人家徒弟都可以，誰，誰，誰。」艾虎記在心中，如今要上娃娃谷找去。離了晨起望，走了一天多，看見樹林內一宗詫事。不知甚麼緣故，且聽下回分解。

第四十九回　小義士偷跑尋按院　勇金剛遭打找門人

詩曰：

人欲天從竟不疑，莫言圓蓋❶便無私。
秦中久已烏頭白❷，卻是君王未備知❸。

且說艾虎歲數雖小，心情高傲，自己總要出乎其類的立功，聽見蔣四爺說沈中元是甘媽媽的內侄，又是二徒弟，自己一算：「他盜了大人準上娃娃谷，我何不到娃娃谷看看。有定下姻親一節，白晝可不好去，只可等到晚間躥房躍脊的進去。沈中元與大人若要在那裏，自己是全都認得，就下去拿沈中元，救大人，那就說不得甚麼姻親不姻親了。」主意拿好，可巧路走錯了，是岳州府的大道。見著前面樹林

❶ 圓蓋：指天。古時認為天圓地方，天像圓蓋一樣罩著大地，故云。

❷ 烏頭白：烏鴉的頭部變成白色。指燕丹子所載戰國時燕太子丹的故事。太子丹在秦國當人質，想回燕國而秦王嬴政（後來的秦始皇）不願放行，故意為難他，說如果烏頭白、馬生角就放他歸國。太子丹向天祈求，秦國果然出現了白頭烏、生角馬，秦王乃不得已遣之歸國。

❸ 未備知：知道得不完全、不全面。這句與上句總的意思是說：秦國所在地早就有一種白頭烏（並不是太子丹祈求上天後變出來的），只是秦王以前不知道而已。

內有些人，自己也就進去看看。分眾人到裏邊一看，是打把式❹的，地下放著全是假兵器、竹板刀。山檀木棍算長家伙。二三十個人全在二十多歲，都是身量高大，儀仗❺魁梧；有練拳的，有砍刀的，連一個會的沒有。小爺暗忖道：「全是跟師媽學的。」有意要進去，又想找大人要緊，轉頭便走。

前面有酒舖兒，自己想著喝點去。外有花犬兒，進去到裏面，坐北向南；入屋內，靠西南是長條兒的桌子，東邊有一個櫃，櫃上有酒罈子。過賣❻過來問：「要酒哇？」艾爺說：「要酒。」過賣說：「可是村白酒。」此酒就是如今的燒酒，論壺算的。艾爺說：「要十壺。」那人說：「一個人喝呀？」艾虎說：「對，一個人。你賣酒，還怕喝得多嗎？」那人說：「不怕，越多越好，財神爺嘛！」說畢，取來四個碟子，菜有熟雞子、豆腐干、兩碟鹹菜。艾虎問：「還有甚麼菜？」那人說：「沒有。」又問：「有肉腥無有？」回答：「無有。」小爺說：「沒肉不喜喝了。」又聽後面刀勺亂響，自己站起，到後門往外一看，大怒。又坐下，把過賣叫來說：「我吃完了，給錢不給？」那人說：「焉有不給錢的道理。」小爺說：「給錢不賣給我，甚麼緣故？」過賣說：「沒有甚麼可賣的。」艾爺說：「你再說，我要打你了。後面刀勺亂響，我都看見了，你還說鬼話。」那人說：「你說後頭那個呀？那可不敢賣，那是我們掌櫃的請客。」艾爺問：「你們掌櫃姓甚麼？」回答：「姓馬叫馬龍，有個外號叫雙刀將。」艾虎問：「作買賣又有外號，別是不法罷。」過賣說：「不是。你只管打聽打聽去，在左近的地方沒有不知道的。」

---

❹ 打把式：練武術。把式也作把勢。指某種技術、技巧。

❺ 儀仗：儀表；外型。

❻ 過賣：猶言跑堂的。舊時稱酒館飯店中招待客人的伙計。

愛了事❼，勿論誰家有點事，大事化小，小事化沒。上輩作官，人人管著他稱馬大官人。」艾爺又問：「後面作菜請誰？」回答：「與人家道勞。」又問：「道甚麼勞？」回答：「與人打架來著。」又問：「有人欺壓他來著？」回答：「沒有，誰敢哪！打鬧的不是外人。」又問：「是誰？」過賣說：「你太愛打聽事了。」艾爺說：「無非是閑談。」回答：「不如我細細的對你說了罷。南頭兒有個張家莊兒，有位張老員外，大財主，人稱為叫張百萬。他有個兒子叫張豹，外號人稱叫勇金剛。此人渾濁悶愣。他們是乾哥們，老員外臨死，把我們掌櫃的找了去了，說：『我要死了，馬賢侄，全仗你照應他。不然早晚遇上事，就得給人家償命。』把張爺叫過來說：『我死後，這就是你的父母、哥哥一般，他說甚麼，可就得聽他說甚麼，如同我說你一樣，我在地府也瞑目，縱死如生。不聽他的話，就是不孝。』說畢，叫張爺又給叩了回頭，將拐杖給了我們掌櫃的。員外死後，張爺鬧了幾回事，我們掌櫃的出去就完了。惟有前日，他們村中兩口子打架，可巧遇上了他，一打人家的爺們。那人說：『我管我們女人哪，二太爺別管。』他們本莊兒上全都稱呼他是二太爺。他說：『不許男打女，好朋友男對男打。』人家說：『這是我女人。』他說：『不懂得，就是不准男打女。』我們掌櫃的走在那裏看見，一聽是他無禮，一威喝，他也就完了。這日他變了性情了，他說：『你別管我，你姓馬，我姓張，你休來管我。』我們掌櫃的有了氣了，打了他一頓，由此絕交。昨天許多街坊出來了事，叫他與我們掌櫃的叩個頭就完了。他也省悟過來了，今日見面。我一句沒剩下全說了，省得你刨底兒。」艾爺笑了：「此人渾得太利害。」

正說之間，外面一亂，過賣說：「來了。」眾人說：「二太爺走罷，二太爺走罷。」艾虎往外一看，

❼ 了事：解決事情；和解糾紛。

眾人一閃，當中一人身高八尺，膀闊三停❽，頭上高挽髮髻。身穿短汗衫，青綢褲子，薄底靴子。肋下夾著青綢絹大氅，面如鍋底，黑中透暗，劍眉闊目，獅子鼻，火盆口，大耳垂輪，連鬢落腮鬍鬚不甚長，煙熏得灶王一樣，聲音洪亮。大眾一讓說：「走，走！」將入屋中，一眼就看見了艾虎，站住不走了，淨瞪著艾虎。本來艾爺也是個英雄的樣兒，摘下了頭巾，穿著短褂，繫著紗包，青褲子，靴子，脫了衣服，連刀全放在桌子上。小爺四方身軀，精神足滿。

列公，這可是過了年，到二月初旬了，書可是一段跟著一段的說，日子可不少了。定君山是冬至月十五，連盜彭啟，假扮陰曹畫陣圖，丟大人，就過了年。光陰荏苒，天氣透熱了，艾虎又是酒燒，故此更熱，才脫了衣服。兩下對瞧，眾人就怕要打起來，往裏讓說：「走罷，上樓罷。」張豹成心到小爺桌頭兒這裏一碰，酒壺倒了幾把。艾小爺立起身來，問道：「這是怎麼了？」張豹答道：「二太爺沒瞧見。」艾虎問：「你是誰的二太爺？」張豹聽問，本看見艾虎心中就有點不服，成心找事，說：「你問我呀？巧哩！是你的二太爺！」艾虎說：「誰的？」張豹說：「你問，就是你的二——」把那個「太爺」二字沒出來，就聽見嘣的一聲，腦袋就見了鮮血了。原來是艾虎手腳是真快，俠義的性情是一個樣，別的還可，就是不教罵。他說了一個「二太爺」，又問的時候，那酒壺就到了手裏頭啦。「太爺」沒說出來，嘣一下打上了。紅光一現，二太爺就急了，罵道：「好小子！咱們外頭說來！」艾小爺說：「使得。」隨後就躥出去了。雖有眾人，焉能拉得住。

❽ 膀闊三停：指整個身體中肩膀闊得很明顯。相術家分人體為頭、腰、足三停（三部分），故三停即為整個人體之意。

二人交手，張豹力大，皮粗肉厚，腦袋破了不知道疼痛；又一交手，本領差得多多了。小爺暗笑，轉了幾個彎，一橫身子，使了個靠閃。張豹「噯喲」，咕咚，倒了半壁山牆相似，爬起來又打。艾虎得便，飛起一腿，分手剁了腳。張爺又咕咚倒於地上，起來又打。張爺用了個雙峰灌耳，艾爺使了個白鶴亮翅，雙手一分，又一矮身，掃蕩腿掃上了。張爺又倒，這回不起來了。艾爺站著說：「你起來呀！」張爺說：「我不起來了。」又問：「怎麼不起來了？」張豹說：「費事，起來還得躺下，這不是費事麼？」艾爺說：「我不打躺著的。」張爺說：「可是你不打，我可起去了。」艾爺說：「對！你起來再打。」張豹說：「不打了，輸與你了。」艾爺說：「你甚麼法子使去。」張爺起來說：「你是好的，在此等等。」艾虎笑道：「我在此等你三年。」

張豹跑了，眾人才過來。艾爺說：「誰往前來，我可打誰。你們全是本鄉本土，穩住了我，拉躺下打我。」過來二位老者說：「壯士！有你這一想，人心隔肚皮。你瞧瞧，我們兩個人像打架的不像？我七十八，他八十七。」艾虎說：「怎麼樣？」老者說：「方才這位姓張，他是個渾人，拿著你這個樣，何苦合他一般見識。」艾爺說：「你看看，是我們兩個，是誰招了誰了？」老者說：「你若有事辦事罷，不用合他爭氣。」艾虎說：「我說我等他麼。」有一位老者說：「我們這塊，這位二太爺，他要來了，你是準贏他。他必要帶了打手來。他的徒弟好幾十號人哪，哪一個都是年力精壯。可就是有一樣，師傅不明弟子濁，連他還不行呢，何況徒弟？再要來了，你把他先扔一個跟頭，騎上他說：『誰要向前，要你師傅的命。』他們就不敢向前了。你別瞧他那麼大身量，就是打他、砍他，拿刀剁他，他全不怕。他就怕一樣，就怕擰。你要一擰他，甚麼大，他叫甚麼。」艾虎一聽，「嗤」的一笑，說：「好鄉親！你老人家貴姓？」老者說：「我姓陰。」艾虎說：「教給人擰人，夠不『陰』的了。如此說來，你是陰二大爺。」

張豹回到樹林叫徒弟。原來艾虎看的那打把式的，就是張豹的徒弟。張豹喊叫：「徒弟們！跟著我去打架去！」眾徒弟答應，拿家伙。張豹提了一根木棍，直奔馬家酒舖而來。必是一場好打，且聽下回分解。

第五十回　張家莊三人重結拜　華容縣二友問牧童

且說張豹上樹林找徒弟，他本來沒本事，誰還肯拜他為師哪？皆因有個便宜：拜他為師，跟他學本事，一家無論有多少口人，娶兒嫁婦，紅白大事，吃喝穿戴，全是師傅供給。這個徒弟就擠破了門了。可有一樣，得他如意才收，他不如意不要。總得像他那麼渾，他才要哪。拜了師傅，家內就有了飯了，故此他的徒弟連一個會本事的沒有。如今用著徒弟了，拿了家伙，直奔馬家酒舖。

原來艾虎受了陰二大爺的指教。少刻來了一人，藍壯帽，藍箭袖，薄底靴子，絲帶圍腰，白臉面，細條身子。來到跟前，眾人說：「掌櫃的來了。」抱拳帶笑說：「眾位鄉親們，為我們兩個人的點小事，勞累眾位，實在使小可居心不安。方才在家中等候聽信，家中人回去送信，說是那村夫❶又不知得罪了哪位。」眾人指道：「就是這位壯士。」過來與艾虎身施一禮，說：「方才那個村夫，是我個把弟，得罪了壯士，小可特來替他陪禮。」艾虎說：「豈敢！尊公就是馬大官人？」回答：「不敢，小可叫馬龍。」艾虎說：「久仰雙刀將的名氣。」馬爺說：「不敢，沒有領教這壯士爺的貴姓？」艾虎說：「姓艾叫艾虎，匪號人稱小義士。」馬爺說：「這就怪不得了。此處不是講話之處，請到樓上一敘。」艾虎一笑說：「無論你舖中擺的甚麼樣的刀槍陣式，姓艾的不敢進去，不算英雄。」馬爺說：「不必多疑，我天膽也

❶ 村夫：指傖俗鄙野的男子。

不敢。」艾虎哈哈一笑，公然往裏就走，問道：「打哪裏上樓？」馬爺說：「打這櫃後頭。」仍然還是艾虎當前，馬爺在後。勸架的可沒上樓，外邊等著。

馬爺叫過賣獻上茶來，就說：「方才聽家人說，尊公拳腳高明，不知令師是哪一位？」艾虎說：「黃州府黃安縣的人氏，姓智，單名一個化字，匪號人稱黑妖狐，那就是我的恩師。遼東人，複姓歐陽，單名一個春字，人稱北俠，號為紫髯伯，那是我的義父。」馬爺一聽，說：「原是俠義的門人。這時意欲何往？」艾爺說：「我如今跟隨按院大人當差，奉差而出，去到娃娃谷。」馬爺說：「這時由何處而來？」艾爺說：「由晨起望。」馬爺說：「要是由晨起望，道路走錯了，這就是岳州府了。這位老兄，我那拜弟來了，別合他一般見識。我必要帶他過來，與你老磕頭。」

言還未了，只聽見說：「打！打！打！他多半跑了罷？」雙刀將馬爺一攔，說：「我好好帶上他來，與你老賠不是，千萬可別下去動手。」雙手把樓門一擋，不教艾虎下去。焉知曉艾虎早有主意，就把前面樓的小隔扇一開，往下一縱。正是打手圍著罵得高興，打半懸空中飛下一人，手中並不拿東西。大伙一害怕，往半壁一閃，艾虎腳踏實地。二太爺用木棍就打，說：「好小子！」艾虎往旁邊一閃，跟著打手瞧出便宜來了，嗖的就是一棍。艾虎一翻身，伸手接棍，往懷裏一帶，把棍刁著，說：「你躺下！」那人說：「使得！」艾虎也不肯結果他的性命，復返又合張豹交手。張豹本沒多大本事，說：「好小子！」艾虎也不答言，衝著後脊背吧喳就是一棍。張豹往前退出好幾步遠去。艾虎往前一奔，一矮身掃蕩棍，嘣的一聲，噗咚摔倒在地。艾虎過去用髁膝蓋點住，眾打手往上一趨，艾虎說：「你們誰不怕死，誰就往前來！」大伙嚷道：「撒開我師傅哇！撒開我師傅！」正此，雙刀將馬龍過來說：「大家不許動手。」

沒肯就著過來，為的是教艾虎打他幾下出出氣。原來艾虎受了高人的指教，並不打他，就在肋下擰了他幾把。再瞧張豹威風一點也沒有了，一味的淨嚷：「嗳喲！嗳喲！使不得！使不得！你真損，哥哥過來勸勸來罷。」這馬爺才過去說：「尊兄饒了他罷，看在小可面上。」艾虎這才起去，說：「便宜你這廝。」張豹直「嗳喲」，說：「誰教的你這法子，怎麼你會知道？哥哥，你認得嗎？」馬爺說：「固然是認識。」張豹說：「認識，你不早來勸架。」馬爺說：「給你們見見，這是勇金剛張豹，是我的把弟，是個渾人。這是艾壯士爺，人家是俠義的門徒，你就行得了？」艾虎說：「我姓艾叫艾虎，匪號人稱小義士。方才得罪，得罪。」彼此對施一禮。張豹說：「我說我不行呢。你敢情是俠義的門徒，咱們得交交，不打不相與。」馬龍說：「咱們大家還是上樓。走，走，走。」進舖內上樓，這些個徒弟暗暗的漫散了；了事的人一看不用了事，沒有給見面❷，自然兩個人就和美了，也就漫散了。

三個人上樓，馬爺吩咐將請客的酒席擺將上來，讓艾虎上座，馬、張陪定。艾虎本就好喝，這就對了他的勢了。酒過三巡，張豹這才慢慢一打聽。艾虎看看這兩個人也不錯，也沒隱瞞，低聲悄語，就將辦理襄陽的事情，丟大人各處尋找，細說了一遍。張豹答言說：「我說哥哥，咱們哥兩個還用人家給見面嗎？咱們爹爹死的時節，不是託付你管著我嗎？我是個渾小子，你還不知道？我給你磕幾個頭，你別生氣。」馬龍說：「別說了，你我的事，教這位艾兄恥笑。」艾虎說：「這個朋友倒是可交，準有一個親兄弟，不能如此，也是無法。」張豹說：「咊！你說我可交，你愛我罷？咱們交一交罷。我可是愛你。」馬爺說：「住了，你不會講話。艾兄，你要不棄嫌，我們哥兩個——咱們三個人結義為友。」艾虎說：

❷ 給見面：指作為中介讓鬧糾紛的雙方見面和解。

「只要你們哥兩個不棄嫌小弟，我是情甘願意。」張豹說：「少時咱們家裏拜把子去，咱們家裏寬綽。」馬龍說：「就是。」

書不可重絮，這酒食吃到日暮沾山的時候方才撤去。艾虎穿了長大的衣服，拿了自己的東西，同著張、馬二位出了馬家酒舖，直奔張家莊。到了那裏一看，廣亮大門，原來是眾徒弟都在那裏等候著師傅呢。張爺把他們叫過來，都給艾虎見了，說：「你們要練把式，跟著你二太爺練罷。他是俠義的門徒，會的都是打人的招兒，不像我教的你們都是挨打的招兒。」艾虎說：「算了罷，哥哥。」往裏就走。果然是張百萬，家裏是闊庭房。落座獻茶，吩咐預備香几，後花園結義為友。弟兄三人一序齒，馬龍歲數大，居長；張爺行二；艾虎行三。燒香結義，立誓願有官同作，有馬同乘，生死共之。燒完了香，挨次著磕頭。弟兄們整整的就吃了一夜的酒，第二天又留住了一日。艾虎惦念著尋找大人，不能久待，要奔娃娃谷。二爺約會馬龍，三人一同前往。馬龍推辭，又是買賣，又是家物，總得自己照應，不能同他們前去。張爺與艾虎一同的奔娃娃谷。馬爺囑咐千萬的不可闖禍。就此辭別了馬龍。

張豹帶了銀兩，直奔娃娃谷。路過華容縣，即是古郡南安❸地面。遠看山峰疊翠，天氣已晚，道路不大分明，看見山坡上來了個牧牛童子，作歌而來。怎見？有贊為證：

但見那晚煙垂照，更顯得山峰疊翠，晚景之中牧童遙。吹短笛，哪有宮商無腔調。映著那，新柳

❸南安：華容縣曾用名。華容縣在湖南岳陽西北，洞庭湖北岸，本為古雲夢澤之地。漢代為孱陵縣，屬武陵郡；三國時吳置南安縣，至隋代起改為華容縣。

林，曲折徑，風送聲音調兒高。山水清幽成佳趣，變態風雲難畫描。宛轉轉，勝玉簫，方顯出清中妙；片刻間，那笛音杳。牛背上唱起山歌呀，好叫人心動神搖。他說道：名也好，利也好，世人忙，忘卻老。奔忙路，人怎逃，苦苦被名韁利鎖何時了？多少英雄難棄難拋。一年一度，離離荒草；古往今來，亂亂蓬蒿。爭爭戰戰，血濺荒郊；勞勞碌碌，顏色枯焦。濃濃豔豔，鏡裏花妖❹。休貪戀，粉骷髏，早作個計較。急尋個歡樂，百萬觴，三千套❺，隱隱逸逸友漁樵。飲山泉，山歌好；食黃齏，淡中飽。居籬牆，茅屋小；又何須，防賊盜。悶來看，山兒高，月兒小；一陣陣清風，香馥繞繞。春遊那，柳與桃；橫牛背，踏芳草；夏時節，蓮舟好；更有耐寒菊，秋霜傲；向紅爐，把枝木兒燒。一邊唱，手揫鞭兒不肯抽，愛他的牛，空把鞭兒慢搖。二位爺往前忙施禮，向著那牧子跟前問個根苗❻。

並且不知牧子說些甚麼言語，且聽下回分解。

---

❹ 鏡裏花妖：形容女子之妖嬈美貌好像鏡中之花一樣虛妄。

❺ 三千套：歌唱三千套曲子。套，套曲的簡稱，指由若干樂曲組合成套的散曲。也叫「套數」、「散套」。

❻ 根苗：事情的來由和根源。這裏借指目的地的方向和走法。

第五十一回 復盛店店東暗用計　綺春園園內看遊人

且說艾虎合張豹聽見牧牛童兒唱著山歌，看看臨近，艾虎一抱拳說：「借光了！我們上娃娃谷，走哪呢？」牧牛童兒用手一指正東，說：「那就是華容縣。可別進城，偏著荒奔南關。到南關直奔東南，南大東小❶，瞧見山，進山口再打聽罷。」艾虎點頭，道了個「借光」，二人直奔南關。

天氣向晚，商量就在此處打店。路西有一個大店，叫復盛店。店中伙計讓道：「住了罷，天氣不早了，別越過了宿頭。我這房屋乾淨，吃食便宜。」張豹問：「有上房麼？沒上房不住。」伙計說：「西跨院上房三間。」艾虎說：「二哥，咱們住了罷。瓦房千間，夜眠七尺，又不是自己的屋房。」張爺點頭，便著伙計帶路。

到了西跨院，來到屋中，屋中也倒乾淨。打洗臉水點茶，二人淨了面，吃茶。伙計問道：「二位客官貴姓？」說：「姓艾。」伙計說：「那位客官呢？」艾虎說：「我家二太爺。」伙計說：「我們是買賣生意，怎麼玩笑哇。」張豹說：「你甚麼東西，合你玩笑！你只管打聽打聽，岳州府張家莊兒，誰不稱我二太爺。」伙計說：「你安頓著點，在你們那裏，你二太爺，在我這裏，不能稱二太爺。我們是買賣生意。」張豹氣往上撞，就罵起來了。艾虎勸解。就有本店中少掌櫃的，帶著五六個人進了跨院，奔

❶ 南大東小：指東南偏東方向。

到屋中說：「二位客官為甚麼緣故，想來是伙計得罪著了。我替伙計前來陪禮。二位氣若是不出，今晚晌散他。」艾虎瞧了這人，黃漸漸臉皮，細條身材，青衣小帽，作買賣的人樣兒，說話有點尖酸的氣象。艾虎說：「不可，千萬可別散他。情實是我二哥的不好，他一點不好也沒有。」少掌櫃的說：「若非這位客人講情，我一定不用你了，好好伺候二位客官。我方才聽見是哪位姓張？」張豹說：「我姓張。」店東問：「官印是張豹罷。」張豹說：「是。你怎麼知道我呢？」店東說：「有老員外的時候，是專好行善，離著三五百地，誰不知道他老人家。我們上輩還受過老員外的好處，以後正要報答，他老人家歸西去了。但不知這位客官貴姓？」小爺說：「我姓艾，沒領教掌櫃的貴姓？」店東說：「我姓賈，我叫賈和，字是文輝。」小爺說：「原是賈掌櫃的。」彼此對施一禮。店東說：「二位意欲何往？」答道：「上娃娃谷。」店東說著話，兩眼睛不住的瞧著張豹、艾虎，遂說：「我晚間可沒有工夫，不能奉陪二位。明天早起暫屈二位尊駕，我有一杯薄酒奉敬，只求二位賞臉，千萬不可推辭。」艾虎說：「我這事可是緊要，實在不敢領賞。」張豹說：「人家是個美意，不可辜負於他，吃了酒再走，也不算晚。」店東出去少刻，人家就給預備過酒飯來了，掌上燈火。用畢晚飯，撤將下去，開發飯錢店錢，人家一概不要，只可明天早起再說。

一夜無話，清晨起來要走，店東伙計攔住說：「我們店東有話說，教二位吃了早飯再走。」二位也就無法，只得等著。直等到巳正❷的時候，艾虎也是想酒飯，張豹也是覺著餓了，店東方才過來，吩咐一聲備酒，頃刻間，擺列杯盤。飲酒之間無非閑談，講論了些個買賣的事情。

❷ 巳正：巳時的正中。古代巳時約今之上午九時至十一時，巳正即今之上午十時。

書中須要剪絕，不可重絮。用完了這頓飯，就晌午時候了，撤將下去，端上茶來，說：「二位，天氣不早了，明天再起身罷。我們這裏有個可觀的所在，同著二位，咱們去消散❸消散去。」張豹問：「叫甚麼所在？」店東說：「離此不遠，叫松蘿鎮，有人家一個大花園子。本家姓竇，叫竇家花園。先前作官，後人窮了，花園子也敗落了，度日還艱難哪，哪有錢拾掇花園子。我們這南邊有個地名，叫新立店，有個財主，姓崔叫崔龍，外號人稱鑌鐵❹塔崔龍。這個人先前保鏢，掙得家成業就。又且此人專幹營謀，精明強幹，他通知了竇家，把花園子典過來了，各處的點綴煥然一新。各處內用人賣茶、賣酒、賣飯，包辦酒席，帶賣南北的碗菜。可有一樣，進門有一個攔櫃，有人先問你是遊園哪，你是吃酒。若要用酒，先給銀子後喝酒，吃完了就走。他起一個名兒，叫『綺春園』。每日遊園請客，攜妓帶娼，彈唱歌舞的男女多多了。咱們今日到那裏看看，吃些酒去，倒也可趣。」艾小爺不願意去，張二爺願往。說畢起身。

艾爺將自己銀秤了二十兩，三人同行。走到綺春園不遠，遊園人甚多。將到門外，就見橫著一塊大匾，藍匾金字「綺春園」三個字。也有茶、酒的幌子❺，東邊牆上有塊豎匾，是「包辦酒席，帶賣南北的碗菜，上等海味官席」。三人將要進門，後面追來一人說：「掌櫃的，有人找來了，立等著回去，少刻再來罷。」賈掌櫃的說：「二位先在裏面等我，我少刻就來。」依艾虎不進去了，張二爺一定要裏面看看去，艾虎無法。店東去了。張、艾二位進大門，路西屏風門。將進屏風門，路南有個攔櫃，櫃後有一

---

❸ 消散：消遣散心。

❹ 鑌鐵：精煉過的鋼鐵。

❺ 幌子：舊時用作所賣商品標誌的旗子。

個大胖子看著，每遇有人進去，就問：「是遊園哪？是吃酒？」艾爺告訴說：「我們吃酒。」胖子姓廖叫廖廷貴，有人管著他叫廖貨，是店東。

掌櫃的為何事請二位遊園來？有個原故。此處開花園的這個姓崔的，是一個賊，現今不偷了，想作這個買賣。又有這個廖貨，他出的主意，先銀後酒，天平是加一平⑥。若要交的銀多，吃不了，要找回去銀子，內中準有一塊假銀，出門不換。賈掌櫃的上回交的銀子不夠了，苦苦的求跟一個人去取，廖貨再三不行，非留下了一件衣服方才叫走，回去要找人出出氣。若說官面上辦得熟慣⑦，沒姓崔的熟慣；論打，他的人多。可巧遇上張、艾二位。他又知道張豹有本領，還不知艾虎的能耐。這是個主意，邀來遊園，早定好了。後面有人跟著他，為的是他不露面，怕連累他，故此假告辭回去了。

張、艾二位將到門內，廖貨要銀，艾爺就把秤的二十兩拿出來。廖廷貴一秤，秤完說：「這是十八兩。」艾爺說：「二十兩。」回答：「十八兩。」張爺罵道：「胖小子！那是二十兩。」廖貨說「十……」「八兩」二字還沒出口哪，早被張二爺揪住，要把腦袋給擰下來。艾虎說：「別動粗魯。我使了二兩，是十八兩。」張豹說：「別著他訛咱們哪！」艾虎說：「為甚麼叫他訛咱們呢？本是十八兩。」張豹說：「胖小子！便宜你。」廖廷貴瞅著張豹就害怕，整個像燒灶一樣，問：「二位貴姓？好給你們吆喝下去。」艾虎說：「我姓艾。」廖貨說：「艾爺，那位哪？」張爺說：「二太爺。」廖貨說：「就是這一位艾爺罷。那個不好吆喝。」

⑥ 加一平：指做過手腳的其砝碼偏重一成的天平。在這種天平上稱銀兩，就比實際重量輕十分之一。

⑦ 熟慣：熟悉。

二位離了櫃臺，往北一看，只見人煙稠密，遊園的甚多，也有亭館樓榭，樹木叢雜，太湖山石，竹塘，茶蘼架，月牙河，抱月小橋，蜂腰橋❽，四方亭，抄手式❾的遊廊，過廊，過庭，平臺卍字亭❿。二人看了多時。真有四時不謝之花，八節長春之草；畫棟雕梁，別有洞天；正是桃柳爭春的時候。可惜二位也不懂得詩文，也不認識個字兒，就奔了流風閣來了。就聽見管弦亂奏，彈唱歌舞，猜拳行令，亂亂哄哄，鬧熱非常。他們進了流風閣，就聽見那邊嚷道：「艾爺交銀十八兩，在流風閣請客。」流風閣的過賣答應：「知道了。二位哪位姓艾？」艾虎說：「我姓艾。」又問：「那位哪？」張豹說：「我叫二太爺。」過賣說：「我不問了。二位用茶用酒？」艾爺說：「要酒。」過賣答應說：「甚麼酒？」小爺說：「女貞陳紹⓫上等酒席一桌。」過賣吆喝過去，不多一時，擺列上酒席。二位斟酒，開懷暢飲。二人還等著賈掌櫃的來哪。忽然間打屏風外躥進一人，挽著髮髻，穿著藍汗衫、藍紗袍、藍中衣、薄底靴子，肋下夾著一件藍大氅，裏面裹著一口明晃晃的利刃。看不見臉面，皆因是他向正南。櫃上的問：「這位還是遊園哪？還是吃酒？」那人說：「我在這裏等人，行不行？」櫃上說：「等人焉有不行之理。」那人一指，撲奔正西，側轉臉來，見細眉長目，一臉的煞氣。撲奔賞雪亭，進得屋中，就把大氅往桌上

❽ 蜂腰橋：形容頂部細薄、兩頭粗厚的拱橋。

❾ 抄手式：指餛飩一樣環狀的。北方稱餛飩為抄手。

❿ 卍字亭：有卍字形欄杆的亭子。

⓫ 女貞陳紹：指紹興黃酒中的女兒酒。又稱女兒紅。紹興人在生女兒那年，都釀酒若干甕埋藏地下，等這個女兒長大出嫁之時，再取出饗客，因稱此酒為女兒酒。

一放。從外邊又躥進來了一個，手中提著一個小黃口袋，拿著一口刀，把口袋往櫃上一放，拿著刀直奔廖廷貴。

若問來者何人，且聽下回分解。

第五十二回 賞雪亭喬賓奮勇 流風閣張豹助拳

贊曰：

願為大義捐生，不使名節敗壞。

一時玉碎珠沉，留作千秋佳話。

綠珠者，晉石崇❶之妾也。綠珠姓梁，白州❷博白縣人，生雙角山下，容色美而豔。石崇為交趾❸採訪使，聞綠珠美，以珍珠三斛換了回來，置之金谷園❹中。綠珠能吹笛，又善舞明君❺。石崇自製明君歌以教之，寵愛無比。晉趙王倫作亂，奸黨孫秀正在驕橫之時，訪知綠珠為石崇愛妾，竟使人向石崇求之。石崇方宴樂，使者至，述其來意。石崇道：「孫將軍不過欲得美人耳，何必綠珠？」因盡出姬妾

❶石崇：歷史上著名的大富豪。西晉渤海南皮（今屬河北）人。字季倫。累遷侍中，出為荊州刺史，以劫掠過往客商而斂財無數。曾與貴戚王愷鬥富而勝之。八王之亂時，他與齊王冏結黨，被趙王倫矯詔滅門。

❷白州：州名。唐置。在今廣西博白。

❸交趾：古代郡名。漢代置。故治在今越南東京州。

❹金谷園：石崇所築私宅園林，一稱河陽別業。在當時洛陽城西十三里之金谷澗中。

❺明君：即昭君怨曲。

數百人，皆熏蘭麝，披羅綺，穠豔異常，聽使者選擇。使者看了道：「美俱美矣，但受命欲得綠珠，此非所欲得也。」石崇聽了，因毅然作色道：「此輩則可，綠珠吾所愛，不可得也。」使者道：「君侯博古通今，察遠見邇，豈不聞明哲保身？何惜一女子而致家門之禍耶！」石崇道：「但知保身，獨不為保心計乎？可速去！」使者既去，而又復返道：「今日之事，毫釐千里，願公三思。」石崇竟不許。使者報秀；秀大怒，乃譖崇於倫，倫命族之。崇正與綠珠在樓上作樂，賊兵忽至，崇因顧謂綠珠道：「我今為汝獲罪矣！子將奈何？」綠珠因大哭道：「君既為妾獲罪，妾敢負君？請先效死於君前。」石崇道：「效死固快事，但吾不忍耳。」綠珠道：「忍不過一時耳，快在千古！」遂踴身往樓外一跳，竟墜樓而死。石崇看見，含笑赴東市受誅矣。君子謂綠珠情近於義。崇死後不十數日，趙王倫敗，將軍趙泉斬孫秀於中書❻。閑言少敘，書歸正傳。

詩曰：

此去三徑❼遠，今來萬里攜。
西施因網得，秦客被花迷。
所在青鸚鵡，非關碧野雞。
豹眉憐翠羽，刮目想金篦❽。

❻ 以上故事，出宋樂史綠珠傳。
❼ 三徑：本指竹林中所開之三條小路，後被用來比喻隱士所居之處。

且說瞧見先躥進來的是一臉的煞氣，後又躥進來的這一個猛若瘟神，兇如太歲，喊一聲如巨雷一般，手中提著把刀，拿著個小黃布口袋往櫃上一蹲。廖廷貴問：「遊園哪？是吃酒？」那人說：「吃酒。」廖廷貴說：「先銀後酒。」那人說：「口袋裏就是銀子。」廖貨說：「打開瞧瞧成色。」大漢說：「不懂的。」廖貨說：「也得秤一秤。」大漢說：「不懂的。」廖貨說：「金銀不比別的物件，不教看，不教秤，怎麼樣呢？」大漢說：「不教看，不教秤。」廖貨說：「到底多大分兩？」大漢說：「一百兩。」廖貨說：「你說一百兩，就是一百兩嗎？難道說瞧瞧還不行嗎？」大漢說：「你要瞧瞧，我先給你一刀，然後再瞧。」廖貨說：「不瞧了。你老貴姓？我好給你吆喝下去。」大漢說：「祖宗！」廖貨說：「別玩笑，到底你姓甚麼？」大漢說：「告訴你了你又問，我是祖宗！你若再問，就給你一刀。」廖貨說：「祖宗祖宗罷。你找地方喝酒罷。」

艾虎一瞧這大漢，一轉臉好生的兇惡，藍生生一張臉面，兩道紅眉，一雙金眼，獅子鼻，火盆嘴，一嘴的牙七顛八倒，生於唇外，連鬢落腮的鬍鬚，紅鬍子亂乍，胸寬背厚，肚大腰圓，說話的聲音太大，嚷聲如巨雷一般。一轉身滿園子找人，就聽先進來那一位說：「賢弟在這裏呢。」張豹說：「你看這小子倒有個玩藝。」艾虎說：「教人聽見那還了得。你還看不出來，這是拚命的樣式。」張豹說：「不要緊。」口中嚷道說：「小子！你合人家拚命麼？」那人站住不動身，瞅著張豹。艾虎就知道不好，是要闖禍。那人說道：「你問誰哪？小子！」張豹說：「我問你哪，藍大腦袋小子！」那人說：「好說呀，黑大腦袋小子！瞧著我們拚命罷，小子！」張豹說：「打不過人家，二太爺幫著你。」那人說：「祖宗

❽ 金篦：亦作金鎞。金製小刀狀器具，用作刮掠物體表面。古代有以金篦刮眼膜治眼疾之法，係自印度傳來。

一生不用人助拳。」張豹說：「你這邊喝罷，小子！」那人說：「你那邊喝罷，小子！」艾虎問：「張爺，你認得人家嗎？」張豹說：「我不認得他。」艾虎暗道：「這可是人有人言，獸有獸語，難得二人全不急❾。」就見那邊櫃上吆喝下來：「祖宗交銀一百兩，是碎銅爛鐵。」那人走後，廖貨打開一看，是碎銅爛鐵，就知道這人是成心找晦氣來了，派人疾速給東家送信；又派人給各屋送信說：「所有你們在這飲酒的，你們還瞧不出來嗎，西屋內那位是找著拚命來了，掌櫃的一來就打起來了，不定是多少人命呢。可有一條，今天全是我們掌櫃的侯了，全不要錢。所有櫃上存的你們那銀子，明天再來取來。」各屋送信。

你道這兩個人是誰？先進來的那個，就是華容縣魚行裏掌秤的經紀頭兒，此人姓胡叫胡小記，外號叫鬧海雲龍。皆因上次同著賣魚的上綺春園吃酒，交了十兩銀子，一秤就是九兩，當著些個賣魚的，他們又是粗人，飯量又大，他們這酒飯又貴，吃禿露❿了，自己親身到櫃上見廖貨寫帳，碰了說：「你們常買魚，我天天在魚市上掌秤，難道說還不認得我麼？」廖貨說：「不行。掌櫃的有話，不論是誰，一概不賒。」教跟人取去，說櫃上無人，要留東西。因為這個打起來了，連賣魚的全動手，把綺春園人全打跑了。東家掌櫃的鑌鐵塔，帶著四個教師，是獨爪龍趙盛、沒牙虎孫青、癩皮象薛昆、病麒麟李霸，四五十打手。眾人一到，一場混打，胡小記等全輸了，甘拜下風，各各帶傷，並且還著人家留下衣服。歸到自己家中，第二天就沒起炕，夾氣傷寒，又重癆了兩三回，好容易才好了。自己就想著，寧教名在

❾ 急：這裏指發怒。
❿ 禿露：俚語。指把錢花光了。

人不在，這心一橫，打算要找崔龍拚命，還有一簍油廖廷貴。可巧今早來了個朋友，把臂為交，生死弟兄。此人湘陰縣的人，姓喬叫喬賓，外號人稱叫開路鬼。到這望著胡小記來了。一問哥哥因為何物這般形容憔悴，胡小記把自己事說了一遍。喬賓一聽，忿忿不平，氣得轉身就走，被胡小記攔住說：「你上哪裏去？」喬賓說：「我找他去，給哥哥報仇。」胡小記說：「不行，人家人多。有意替我報仇，咱們兩個人一同前往，你幫著我殺幾人，你就一走，甚麼你也別管，我出頭打官司。」喬賓說：「我打官司，我與他抵償。我死了，家裏有兄弟，還有上墳燒紙的哪。」胡小記說：「我惹的禍，怎麼教你出去償命。助我一臂之力，就很是盡心了。」喬賓說：「咱們先去罷。」一晃，喬賓就不見了。胡爺拿大氅裏上刀，望綺春園就趕，並未趕上。

原來是喬爺走到街上，遇見一個老頭兒，地下擺著些銅片、鐵圈、鉛餅兒、釘子等物，旁邊擱著一個抽口小黃布口袋。喬爺說：「包圓⑪要多少銀子？」老頭兒看喬爺就害怕，聽問的又古怪，說：「你瞧著給罷。」喬爺就把那些個東西裝在口袋裏了。老頭說：「就是這麼包圓麼？我一身一口，就指著這點東西倒本度日，你這麼包圓，我就餓死了。」喬爺說：「焉有那樣道理。」摸了一錠銀子，扔在地下，揚長就走。老頭拾起，不知真假，教換金舖看去了。喬爺拿著碎銅爛鐵，到綺春園，硬說百兩白金，焉知曉這是成心找事。將奔賞雪亭，瞧見張豹，也打心中愛惜，對罵不急。少時見了胡小記，彼此坐下，將刀鏜的一聲，插的桌上。那裏吆喝下來了：「賞雪亭祖宗交銀一百兩。」他是各處單有各處的過賣，誰也不管誰的事情。活該這過賣倒運，姓吳，他叫吳常，派他管這個地方，他看見這刀桌上一插，真魂

⑪ 包圓：口語。指把貨物全部買下。

就嚇冒了，聽見叫：「滾進來！」就見那個過賣往地下一爬。喬賓說：「這是幹甚麼？」過賣說：「不是叫我滾進去嗎？」喬賓說：「你甚麼東西？走進來，四桌上等酒席一塊擺。」過賣答應一聲，往外就跑，說：「祖宗，擺不下呀！」喬爺說：「把四張桌子並的一塊。」答應：「使得。」一齊擺上，頃刻之間，擺列杯盤。喬賓讓張豹說：「黑小子！這邊喝來呀。」張二爺說：「不用讓了，喝罷，小子。」再看這園內的吃酒、喝茶、連遊園的，淨往外走，沒有人往裏走。各屋中一送信，這還不全走嗎？全是上這裏買樂來的，誰肯跟著赴渾水，故此全走。惟有到張、艾這裏一說，張二爺就罵：「我們找著這個熱鬧還找不著哪！你遠著點，不然我們先拿你樂樂手。」過賣一聽跑了。再聽外面一陣大亂，嚷：「打！打！打！」艾爺就知道是不好，說：「二哥，咱們走罷。」張二爺說：「不行，我應下人家了嗎。他不行，我還幫忙哪。」艾小爺說：「咱們又不認得，沒交情，管那些閑事。倘若有人命，如何是好。」張爺說：「沒交情，幫個忙兒，就有了交情了。」艾爺說：「插手就有禍，準有人命。依我說，別管的好。」張爺不聽。

眾人就進來了，頭一個就是鑌鐵塔崔龍，趙盛、孫青、薛昆、李霸，帶著三十多人，都是短衣巾靴子，人人拿著長短兵刃。崔龍問：「在哪裏哪？」廖廷貴說：「在賞雪亭哪！」胡、喬二人早聽見來了，喬賓一手先把過賣抓來，舉起頭朝下爬喳的一聲，頭碰柱腦髓迸流。張二爺叫「好」兒，說：「真好！摔得好！」艾爺說：「死了一個人，你老叫『好』兒，這是何苦。」又見那亭中的二人出來，每人一口刀，往上一撞，喬爺罵道：「好狗男女！今日祖宗要你們的命！」崔龍說：「醜漢有多大的本領，較量較量。」原來崔龍與趙、孫、薛、李全是賊，養著許多打手，也怕有人攪鬧花園。你道甚麼緣故？連加一平，帶找頂銀⑫，又不賒賬，東西又貴，也怕有人不答應，他不然怎麼衙門中上下全熟識？三節兩壽，人情分往，永遠當先。今日在家中坐定，有人報信去說：「不好了，東家掌櫃的快上花園子去罷，有人攪鬧來了，得多帶人哪，人家來得可不善哪！」崔龍五個人連打手全來了，進門剛一問，人家就摔死了過賣。二人提刀出來交手。五人一圍胡、喬，又叫：「打手上呀！」眾打手一齊全上。張二爺罵：「好小子！你們有多少人？」一腳把桌子翻了過來，碗盞全碎，拉刀出去。艾爺也出去。

不知如何，且聽下回分解。

⑫頂銀：指充當銀子的假銀。頂，充當的意思。

第五十三回　到花園為朋友捨命　在葦塘表兄弟相逢

且說崔龍五個人就與胡小記、喬賓動手。本來艾虎與張豹就議論：「你看，你與他玩笑的那個是輸是贏？」張爺說：「準是他們兩個輸，他們人少。」艾虎說：「不在他們幾個人，是夜行人❶，故此這二位不行，不是黑門學的工夫。嗳喲！更不行了，打手上去了。」張豹說：「可了不得了，完了我這小子了！疼死人，想死人。」只聽嘩喇一聲，桌子就翻過來了。張豹拿刀出去，喊一聲：「小子們閃開，二太爺到了！」叱喳喀喳的亂砍，殺將進去，衝開一條道路，隨後大伙仍然又裹上來。剛一圍裹，就聽見嗖的一聲，打半空中飛下一個人來，大伙一瞧，一怔，身量不大甚高，虎頭基頷，手中這口刀上下翻飛，就是崔龍可以敵住艾虎，餘者的全不行，也不敢向前。

你道艾虎為何打半空中下來？皆因是張二爺翻桌往外一跑，他就跟出來了，為的是賣弄賣弄這手工夫，教他們瞧瞧。往上一聳，在大眾頭上躥將進去。這手叫「旱地拔蔥，燕子飛雲中」。嗖的一聲，腳站實地，把刀亮將出來，直撲奔了崔龍。張豹看見老兄弟進來，心中十分歡喜，見人家有一個對一個的，有兩個對一個的：是胡小記敵住了趙盛、孫青，喬賓敵住了薛昆、李霸，張豹他與這些打手就交了手。常言一句俗說：「矬子❷裏選將軍。」就屬他的能耐有限，與這些打手打起來，他的本領比打手勝強百

❶ 夜行人：指夜間活動的盜匪。

倍。頃刻間，也有帶傷的，也有廢命的，也有逃跑的，把打手打得不敢向前，直往後退。這場子可就寬綽了。張豹只顧與打手交手，在他的背後嗖的一聲，就是一刀。他如何躲閃得及？又不能招架。可見得是「傻好」、「傻好」，要是錯過心地忠厚，這也就死了。艾虎雖然動著手，明知道二哥的本事有限，自己的心神念一半在崔龍身上，一半在二哥身上，看這件事實在不平，心中暗暗的有氣。他看著喬賓動著手跑啦，薛昆一轉身，對著二哥身後就是一刀。早被艾虎一抬腿，就踩在薛昆肋下，「曖喲」一聲，噗咚躺倒在地，嗆啷啷舒手扔刀。張豹這才看見，倒覺嚇了一跳，擺刀就剁。薛昆使了鯉魚打挺，閃開這一刀，分開打手，自己逃命去了。二爺要追，早教李霸截住，二人動手。

原來喬賓不是跑了，殺開一條道路出去。他看出來了，有艾虎一人，這些群賊哪個也不能逃命。他找仇人來了，直奔南邊攔櫃。櫃裏頭伙計瞧著事頭不好，就都跑了，淨剩了廖貨一個人了。也是造就了的，這小子惡貫滿盈，兩個眼睛直直的瞧著東家動手呢。旁邊喝彩，他捨不得走，知道櫃內有銀子；又知掌櫃的人多，不能夠甘拜下風，大肚子往前裏一坦，正靠著櫃往那邊瞧。喬賓到他眼前，他會沒看見。喬賓用自己的刀，順著櫃面對準了他的肚子，就聽見噗哧的一聲，就正中在肚腹之上，說：「我給你放了泡罷！」噗咚，死屍腔躺倒。喬爺一扶櫃，就躥將進去，見「一簍油」大開膛，心肝腸肺流將出來，又剁了他幾刀。也是他出主意，用加一平、使頂銀種種的惡事，這算報應臨頭。喬爺給哥哥報了仇，一轉臉把天平桌的抽屜拉開，裏頭許多的銀子。看見自己小黃口袋倒在地下扔著，把口袋拿起，把裏頭的碎銅爛鐵，俱都倒將出來，把天平桌裏頭一包一包的銀子，俱都裝在口袋裏頭。自己把鈔包解下來，把

❷ 矬子：方言。身材矮小的人。矬，音ㄘㄨㄛˊ。

口袋嘴兒抽上裹在鈔包之內，重新緊捆好，提了刀躥出櫃外，正遇見打手，往兩旁一閃。胡大爺追殺趙盛、孫青，喬二爺擋住正要截殺，兩個人一歪身，聽「嗖」的全都躥上房去。連胡小記帶喬二爺，全都不會躥房跳脊，乾著急，無法施。轉身回來，復又動手，喬賓與張豹兩個人圍裹的李霸動手。胡小記幫著艾虎拿崔龍。李霸一瞧事頭不好，三十六招，走為上策，虛砍一刀，撒腿就跑。後邊追趕，見他一跺腳，賊人已然上房去了。二人也不能追趕，二人對叫：「小子，咱們拿那個去。」二人返回來，崔龍不容二人動手，早就跑了，也就躥上房去。除非艾虎一人會高來高去。張豹說：「老兄弟，除非你會上房，別人都不會，你去追罷。」艾虎本不願意追，想著又不是自己的事，何苦與他們作對，並且又有了幾條人命，早走的為是，被張二爺一說，又不能不追，只得躥上房去。追了不多時，復返歸回，躥下房來，大叫一聲：「住手！看你們這些打手，俱是安善良民、僱工人氏，如今惡人一跑，我們也不跟你們一般見識，你們扔了兵器，才算安善良民。哪一個不服，來來來，咱們較量較量。」眾人俱都拋了兵器，跪了一片，苦苦的哀求說：「我們俱是僱工人氏，誰敢違背他們的言語。」艾虎說：「既然這樣，饒恕爾等去逃命去罷。」打手聽見此言，如同見了赦旨一般，大家一哄而散。滿地上也有帶輕傷的，也有帶重傷的，也有死於非命的，橫躺豎臥，哼嗨不止。

胡小記過來說：「我們兩個不是他們的對手，看看落於下風，若非二位恩公前來助拳，我們二人就有性命之憂。請問二位貴姓高名？仙鄉何處？」意欲跪下磕頭。艾虎一把拉住說：「此地不是講話之處，有話隨我來說。」艾虎在前，三人在後，走夠多時，只見後邊有幾個跟下來了。你道是誰？原來是綺春園的伙計，瞧著事情不好，預先就出了綺春園，遠遠的望著，見掌櫃的出來告訴說：「他們若是出來，驀地裏❸跟著，看他往哪裏去，逃在何處，回頭好告訴我。我先上縣衙門裏去告，你們去找地方。」故此艾虎出來，他們就跟下來，又被艾虎看見，說：「你們前頭走著，我在後邊斷後。」即把刀亮將出來，說：「呔！你們這些人們，打算不要命了？誰跟著我們，一個不留，全殺你們。」大家回頭就跑。大家跑，屢次回頭看著。艾虎仍在那裏看著。這個意思難以跟著看他下落。連地方也不敢跟著了。當個小差使，誰肯賣命？艾虎看不見他們，這才前來追趕大眾。

天色已晚，前面黑忽忽一片葦塘，艾虎說：「瞧瞧，這是旱葦呀水葦？」胡小記說：「旱葦。」艾虎說：「咱們裏邊講話，倒是個幽密的所在。」眾人分葦塘，到得裏面，大家用腳踹平一片地方。胡小記過來與艾虎、張豹行禮；喬賓也過來與艾虎行禮，衝著張豹說：「小子！方才難為你，爺爺給你行個禮罷。」張豹說：「起來罷，好小子，不用與爺爺磕頭了。方才要不是二太爺，你早就沒了命了。」艾虎瞪了二爺一眼。胡小記說：「未曾領教二位恩公尊姓大名？仙鄉何處？」艾虎說：「小可姓艾，單名一個虎字，匪號人稱小義士。這是我盟兄，行二，姓張名豹，匪號人稱勇金剛。」胡小記說：「賢弟，你原籍莫非杭州？」艾虎說：「你怎麼知道？我正是杭州霸王莊人氏。」

不列公，你道艾虎就打開封府出首、六堂會審、認真假馬朝賢、發配大名府之後❹，無論誰問，總不

❸ 驀地裏：出乎意料間。

❹ 艾虎在開封府出首、辨認內庫總管太監馬朝賢等等情節，見三俠五義第八十二回、第八十三回。只是三俠五義中對艾虎的處分是「雖以小犯上，薄有罪名，因為御冠出首，著寬免」，並無發配大名府的情節，與此有所不同。

愛說出他是杭州的人氏來。自打到了臥虎溝，見沙伯父之後，再有人問，就說臥虎溝人氏。不然怎麼到了娃娃谷，說是臥虎溝的，艾虎險些沒教甘媽媽要了性命。如今教人指實了杭州，也不能不說了，點頭說：「是。尊公怎麼知道小可？」胡小記說：「我說個人，你可認識？」艾虎說：「看是誰咧。」胡小記說：「賣茶糖的胡老。」艾虎說：「那是我舅舅。」胡小記說：「那是我天倫。噯喲！表弟呀。」不覺大哭起來了。艾虎說：「你就是小記哥哥麼？」原來艾虎四歲，父母相繼而亡，跟著舅舅度日。那時表兄過繼他舅舅家，為是日後不丟魚行秤上的經紀買賣。胡老故去，艾虎年方六歲，又在叔伯舅舅之家。長到十三歲，在霸王莊當茶童。知道有小記哥哥，就是不識認，如今一見，彼此全都傷心。復又與表兄行禮，將要問他們緣由，就見外邊燈火齊明，人喊馬嘶，說：「在葦塘裏哪！」

這一進葦塘搜尋幾位，畢竟不知怎樣，且聽下回分解。

第五十四回　眾好漢分手岔路　小英雄自奔西東

且說胡小記與艾虎認著表親，悲喜交加。兩個渾人聽著發怔，張爺說：「人家是親戚，咱們也算親戚。」喬爺說：「算甚麼親戚。」張爺說：「你算我的小子。」答道：「你算我的小子。」胡、艾二位一攔說：「使不得了，都不是外人，別玩笑了。」艾虎問：「與他們花園子裏有甚麼仇？」胡小記將自己的事學說了一回，就將喬爺叫將過來，與艾虎、張豹見禮，說了名姓住處。艾虎又將張豹叫將過來，也就將名姓住處說了。就聽外邊一陣大亂，俱都操家伙出，被艾虎攔住：「等他們進來時節，再與他們動手。」就聽外邊說：「準在裏頭哪，進去找去。」內中有人說：「不能。六條人命，十二個帶傷的。他們在此處不定跑出多遠去了。」那人說：「依我說，進去瞧瞧的為是。」那人說：「你們要願意進去，你們就進去。依我說，咱們往下趕趕罷。」大家竟自去了。

四位又等了半天，外面沒有聲音，方才說話。艾虎說：「你們意欲何往？」胡小記說：「我在此處也住不了啦。」喬賓說：「上我們湘陰縣罷。」張豹說：「我哪？」說：「你回家，離著不遠。可有一件，夜間走，白日住店。這本地面好幾條人命，必要派人四下裏拿兇手。白日走，倘若遇上拿回來，就得與他們抵償。我若知道還好，我若不知道，與他們抵了償，實在太冤。」張豹點頭說：「我多加小心。可有一件，我捨不得咱們大家分手，這得何日才能見面呢？」喬賓說：「我也是捨不得。不然，咱們大家拜回把子，然後分手，日後見面也多親近。可就他們又是親戚，也不好拜。」艾虎說：「這也無妨，就是親戚，再拜回把子，古人也是常有的。」胡小記說：「咱們就拜。」說畢序齒：胡小記是大爺，喬賓行二，張豹居三，艾虎是老兄弟❶。插了三根葦子當香，衝北磕了頭，又大家按著次序磕了頭。胡大爺問：「老兄弟，你意欲何往？」艾虎說：「我上娃娃谷。」大爺說：「甚麼事？」艾虎就如此這般，這般如此，細說了一遍。喬賓說：「要不然，咱們一路走，遇不見官人便罷；倘若遇見，就說不上不算❷了，大家拒捕。」艾虎說：「不好辦。若是一兩位還可；若是三四個人同行，久講究❸辦案的，他就疑心。單走著，留點神就有了。是公門應役的，難道咱們看不出他的打扮來？出了他這個境界，就好辦制了。連我上娃娃谷，還得繞路哪。」喬賓說：「既是單走，我給你們盤纏。」張豹說：「我的銀子在復盛店，也不好回去取去了。」喬賓說：「我這有的是銀子。」就將鈔包解開，口袋拿出。張豹說：「那個銀子我們不要，淨是碎銅爛鐵。」艾虎也笑說：「除非是二哥你要，我們不使那個。」喬賓說：「你當還是碎銅爛鐵哪？早換了。」打開一瞧，果然是一包一包好銀。說起來怎麼開了廖廷貴的膛，怎麼拿的銀子。艾虎說：「既然是這樣，咱們大家帶點。」說畢分手。作別之時，再三囑咐。喬賓說：「老兄弟，你上娃娃谷也得繞路，何妨先在一路走呢。」小爺點頭。

再說張豹單走，到了第二日天明，找店住下，吃用早飯，吃飲了個「沉醉東風」❹；晚間又用了晚

❶ 老兄弟：排行居末了的弟弟。在北方口語中，以「老」指排行最後的，如老妹子、老閨女、老兒子等等。

❷ 不算：指不算數、不承認有效。

❸ 講究：重視。

飯，給了店錢，起身就走。晚間走路，都得多加小心。倒好，倒未有遇上甚麼禍患。那日到家，先找的是馬龍。見著馬爺，就將綺春園的事細說一番。這馬爺一聽，說：「你看看，夠多麼險！你先在家裏多待幾日，別出門，小心外邊有甚麼風聲。」張爺也就依著他的主意。

焉知曉欲要人不知，除非己莫為。這個風聲就到了岳州府了。岳州府的知府是個貪官，姓沈名叫沈潔，人給他起外號叫審不清。他有個妻弟姓懷，叫懷忠，叫白❺了，都管他叫「壞種」。倚仗著他姐夫是個知府，如同他做著一樣。在外邊養著許多閑漢，任意胡為，搶擄人家少婦長女，重利盤剝，折算人口，佔人家田地，奪人買賣。講文的，打官司不是他的對手；講武的，打架沒他人多。打一年前，他上張家莊去，就看上了這處宅子：前後瓦房夠五六百間，後花園借進去外頭的活水❻，一言難盡這個好法子。當時就要訛他，手下人告訴他：「這家可不好辦，銀錢、勢力、人情全有，可不是當玩的。」這如今有一個壞鬼與他出主意，說：「現時華容縣綺春園六條命案，四個棄兇逃走。內中有兩個有姓的，有兩個無姓的，一個黑臉，一個藍臉。明天大爺去拜他去，先合他好講，借他的房子一住，叫他搬家，這叫明借暗要。他必不肯給，可就說綺春園黑臉的就是他，他必害怕，就算得了。他若不答應，就把他鎖來，就說是他房子內存賊。這房可垂手而得。」壞種一聽大喜，說：「此計甚妙，明天去拜。」

可巧壞種家有個家人姓張，叫張有益，家裏不寬容❼，兩三輩子都受過張百萬家裏的好處。他聽見

---

❹ 沉醉東風：南曲中曲調名。這裏單取「沉醉」之意。

❺ 白：指把字形或字音弄錯了。

❻ 借進去外頭的活水：指引入外面流動的河水。

這件事，趕緊著上張家莊，往張豹家中送信。張豹給了來人二兩銀子，囑咐千萬祕密。來人走了，派人與馬爺送信，立刻把馬爺請到，如此如彼，合馬爺說了一遍。馬爺說：「壞種來了，我見他。說翻了，就給這一方除了害，就了結他的性命。」張爺說：「我見他。」馬爺說：「不用你見他，你太粗魯。」主意定妥，淨等次日。

到了第二天晌午的光景，壞種果然的帶許多人來，有人進來回話。馬爺說：「請！」家人出去，不多一時，壞種進來。馬爺往外迎接，彼此兩人見面。馬爺細看此人的面目，實為可惱。怎見得？有贊為證：

馬大爺，到外邊兒，見惡霸，至門前兒，勉強著身施一禮，長笑顏兒：有失遠迎，大爺海涵兒。這奸賊，便開言兒：我是特意前來問好，請請安兒。看品貌，討人嫌兒：戴一頂軟梁巾兒，是藍倭緞兒，金線邊，蓮花瓣兒，鑲美玉，是豆腐塊兒；腦袋後，飄繡帶兒。真是一團的奸詐，更有些個難看兒。穿一件，大領衫兒；看顏色，是天藍兒。袖兒寬，皂錦邊兒；上邊鑲，繡牡丹兒。湛湛新，顏色鮮兒。又不長，又不短，正可身軀，別名叫雨過天晴玉色藍兒。蔥心綠，是襯衫兒；繫絲絛，在腰間兒；蝴蝶扣，風飄擺兒。足下鞋，是大紅緞兒；窄後跟，寬腦蓋兒；露著些，白襪臉兒；一寸底，青緞邊兒；正在那福字履的傍邊，有些個串枝蓮兒。瞧面上，孤拐臉❽兒；生

❼ 不寬容：不富裕；拮据。

❽ 孤拐臉：顴骨生得很高的臉。北方方言稱顴骨為孤拐。

就的黃醬色兒。兩道眉，不大點兒。是一對，眯縫眼兒，斷山根❾，鼻子尖兒。見了人，就眨巴❿眼兒。極薄的嘴，露牙尖兒；天生就，黃牙板兒；一張口就猶如放屁一般，臭氣烘烘討人嫌。兩個耳，像錘把兒。黃鬍子，八根半兒。細脖子，小腦袋兒。未曾說話先就一呲牙，外帶拱拱肩兒。慣害理，慣傷天兒。搶婦女，只當是玩兒。甚麼叫王法，哪又叫官兒？依勢仗勢，就愛的是銀錢兒。

馬爺勉強著身打一躬，說：「懷大爺，小可有禮。」壞種說：「罷了。」請到書房，落座獻茶。壞種問道：「尊公貴姓？」馬爺答道：「小可正是馬龍。」壞種說：「咱們兩個素不相識，你把姓張的給我叫出來。」馬龍說：「不敢相瞞，姓張的是我個拜弟，實沒在家。」壞種說：「不見我不行，見我倒好辦。」馬爺說：「有甚麼話，只管你留下，回來我對他學說。」壞種說：「簡直⓫的告訴你說罷，他的事犯了。他要出來見我呀，俺兩個相好，我還可以給你撥弄⓬撥弄；要是不出來見我呢，他禍至臨頭，悔之晚矣。還有一節，他住的這房子是我的，我兩個人相好，從前也不好意思的說。他已經住了二十多年了，我家裏房子窄狹，住不開，該叫他還我房子了。」馬爺說：「他這房子，我準知道他是祖遺。依我相勸，你不要打算生事，你可要把眼睛長住了；你要訛人，你要打聽打聽。你若欺負到我們這裏來了，壞種，你不

❾ 斷山根：指塌鼻梁。山根，本指山麓，相術家用以借指鼻梁部分。
❿ 眨巴：方言。不斷地眨眼。
⓫ 簡直：方言。索性。
⓬ 撥弄：指調解。

打算出去了？」壞種說：「咱們說不著。」往外就跑。跑到門外，叫打手上。馬龍將他一把抓住，舉起來頭朝下往下一摔。若問生死，且聽下回分解。

第五十五回　空有銀錢難買命　尋找拜弟救殘生

且說壞種一瞧馬龍神色不好，刖❶了個智兒，往外就跑，馬爺追出，叫打手：「上呀！」馬爺抓住胸膛，一手操腿，舉將起來，頭顱衝下，只聽壞種殺豬的相似，苦苦的求饒。馬爺說：「要打，爾等們一齊上。」俱拿著些短棍鐵尺，衝著馬爺就打。馬爺也會就舉著人迎接他們的兵器，急得壞種說：「別打！別打！馬大哥，你饒了我罷。」眾人誰敢向前，一齊說道：「你撒開我們大爺罷。」馬爺問：「壞種！你還要我們的房子不要？」回答：「不要了。」又問：「當真不要？綺春園的事，你還訛我兄弟不訛？」回答：「不訛了。」馬爺說：「空口無憑，寫給我一張字樣。」惡賊說：「我甘願意寫給你們一張字樣，永遠無事。」馬爺說：「既然如此，叫家人取紙筆墨硯來。你會寫字嗎？」回答：「會寫。」馬爺就把壞種嘣的一聲摔在地上，又嘣的一聲往他身上一坐。又兼著壞種朝朝暮暮眠花宿柳，氣脈虛弱，馬爺往他身上一坐，身子又沉，又用了點氣力，這小子如何禁受得住，就嗚呼哀哉了。馬爺還不知道哪。打手看見壞種唇如靛葉❷，呲著牙，翻著眼，一絲兒不動，就知是死了。大眾也就溜之乎也了。馬爺等著取紙筆墨硯來，叫道：「壞種！你可寫得清清楚楚的。壞種，說話呀！說話呀！你別是又要反覆罷？」

❶ 刖：音ㄅㄛˋ。方言。安排。

❷ 靛葉：指蓼藍的葉子。蓼藍的葉子作深藍色，舊時將它發酵後製成有機染料，稱靛藍或靛青。

又一叫：「壞種！」這才低頭一看，見他四肢直挺，渾身冰冷，用手一摸，胸膛一絲柔氣皆無，這才知道他是死了。自己心中暗暗忖度：「我結果人家的性命，待二弟出來，準是他不教我出首。我結果的性命，怎麼好叫他償命。有了，我扛著屍首去報官去。」將壞種往肩背上一扛，直奔岳州府而來。

這一路上，幼童老叟全圍擁來看，說：「可好了，給咱們除了害了。」一個傳十個，十個傳百個，百個傳千個，登時間城裏關外全嚷遍了。將進城門，離衙門不遠，就聽見後邊嚷道：「哥哥！給我壞種。」馬爺一聽不好了，說：「張賢弟，你回去罷，不必前來。」張爺並不言語，身臨切近，伸手把壞種的腿往下一拉，噗咚摔倒在地。馬爺轉頭往胁下一挾，說：「這是我坐死的，你搶的甚麼？」張爺把雙腿抱住，往胁下一挾，說：「這是我坐死的，你搶甚麼呀？」兩人彼此對著爭論。也對著❸二位那個膂力也真大，也對著壞種也真糟，因他平日間把身子全空透啦，就聽見嘣的一聲，把壞種折為兩段，肝肺腸肚全流將出來。馬龍、張豹也全爬在地下，皆因用力太猛。移時二人爬起來，一人拉著半截就走。滿道跟著許多的狗。你道這是甚麼緣故？是在生的時候傷害了天理，死後這是報應循環。旁人替他們讚嘆：「既然這樣，是一人出首，怎麼二人全來，這不是白白饒上一個嗎？」到了衙門口，認得他們二位的甚多：馬爺是個外面人❹，常給人了事；張豹是個大渾財主，故此二位衙門口全熟。就有兩個頭兒出來說：「二位把這個先扔下，請班房內坐下。」兩個人扔在大堂之前，就進了班房。馬爺說：「二弟，沒你的事，你回去罷。」張豹說：「馬大哥，沒你的事，你回去罷。」有一位先生進來說：「原來是張員外，請在

❸ 對著：方言。由於。

❹ 外面人：俗語。指經常出頭露面的人。

我屋裏坐下罷，快過來，快過來。」焉知曉是他們的壞處。他們明鏡知道把官親要了命了，這兩個人前來出首，要教他們走脫一個，老爺焉能干休？還比不得是民間事呢！故此怕的是睡多了夢長，省悟過來就不好辦了，才將他們讓在屋中。一壁說著話，一壁代書先生就將他們的供底取了去了。

其實老爺早已知道了，太太也知道了。太太對著老爺哭了半天：「我娘家就是這一個兄弟。」沈老爺說：「他真鬧得不像了，我在書房內常常勸他說：『你若事情鬧大了哇，就有人根上，合著給你抵命，你就許有殺身之禍；不然，就把我這頂紗帽鬧丟了。你是老不聽說。』如今果然是殺身之禍，中了我的話了。」太太說：「我娘家就這一個兄弟，縱然有點不是，也不當這樣，他們這不是反了罷。王子犯法，還得一例同罪，何況是你的子民。我聽見說，是兩個人哪。求老爺作主，把兩個人都給我問成死罪。就是兩個人給我兄弟抵償，他們都不配。」說罷，又哭將起來。這位老爺有宗病，一者是耳軟，二則是懼內。今天這還算好哪，倒是央求。老爺每回的官事，俱是由內吩咐出來，教怎麼辦理就怎麼辦理，老爺不敢駁回。

有人進來回話，把兩個人全看起來了，老爺吩咐升二堂伺候。整上官服，升了二堂，吩咐帶了忤作驗勘屍身。沈知府直不忍觀瞧。忤作回話：「此人被用力摔於地上，絕氣身亡，並無別傷。死後兩個人一掙，掙為兩段。」沈不清又是慘忍，又是氣憤，填了屍格，然後問了一聲：「兩個人可在外邊看押？」答應一聲：「是，已在外面看押房裏。」先生把兩個人的草供呈在堂上，老爺吩咐先帶馬龍。來到堂口，雙膝點地。說：「馬龍，好大膽子！無故要了懷忠的性命，快些招將上來。」馬龍也並不推辭，說：「要他的命是情真。」就將他怎麼訛詐房子，怎麼帶多少打手，有種種不法的情由，我怎麼把他摔死的話訴說了一遍。「小人情甘認罪。」老爺說：「分明是你們兩個人打死，後又將他屍身扯為兩段。我且問你，你願意兩個人與他抵償呀，還是一個人與他抵償？」馬龍說：「小人自願意我一個人與他抵償，沒有我那個朋友的事。一人作的事一人當。」知府說：「要願意一人與他抵償，你就說路遇將他摔死，素沒挾仇，就叫你一個人與他抵償，釋了你的朋友。」馬爺暗道：「怎麼也是死，不如這麼應了罷，到底把二弟釋出去。」「並無挾仇，路遇將他摔死，沒有我朋友的事，小人情甘願意與他抵償。」上頭吩咐叫他畫供。馬爺隨即就畫了。誰知上了他的圈套，立刻釘肘收監，拿收監牌標了名字，叫押牢帶下去。又把張豹帶將上來，書不可重敘，也是照樣問，也是照樣招承，教他認了這個死罪，開了朋友之罪。張豹更渾了，一個字也不認得，怎麼說，怎麼是。立刻叫他畫供，他畫了個十字，也是照樣釘肘收監。立刻上司申文詳報，暫且不表。

且說此時岳州府紳縉富戶，舉監生員，大小的買賣，住戶人家，連庵觀寺院，有幾位出頭的，有幾位賣力氣的壯漢，搭著二人相識的，及岳州府城裏關外，集廠鎮店，各處花銀子花錢，要與張、馬二位打點官司。連賭博場，帶煙花院，聽其自己的心願，攢簇❺銀錢。「除了你們眼中釘，肉中刺，從此沒人訛詐，願給多少給多少。」不上三兩日的工夫，銀錢湊了無數，向著岳州府衙門裏外花銀錢，打點倉、印、門、號、廚❻，連內裏頭丫鬟、婆子，連監牢獄、解、記❼，押牢、院長、班頭、觀察、總領、牢

❺ 攢簇：拼湊。
❻ 倉印門號廚：指分別管理倉庫、官印、大門、號房（做傳達工作的下人）、廚房的人。
❼ 獄解記：監獄中的獄卒、解差、書記。

頭、獄卒，快壯皁❽，六房裏先生，俱用銀錢買到。然後託人見知府，許白銀五千兩，買二位不死。贓官有意應承此事，奈因夫人不許。老爺本來懼內，夫人不許，也是無法，所有管事的人束手無策。可有一樣，二位雖收在死囚，是項上一條鐵鏈，別的都是出水的❾家伙。一天兩頓酒飯，無論甚麼人瞧看二位，在獄門上說句話，自然就有人帶將進去，指告明白死囚牢的地方。官人還躲得遠遠的。

列公就有說的，難道說也不怕他們串供？此時是當差的，全都願意有個明白人進來串套口供，保住他們性命，兩個人不死。此時岳州府衙門裏頭外頭，除了太太合老爺不願意，剩下都皆願意。此時早就把懷忠的屍骸裝殮起來，請高僧高道超度，這都是太太的主意。可巧張豹有個一家族弟叫張英，此人性烈，粗莽身矮，有個外號，人稱他「矮腳虎」。他來探監，又約會些個朋友，劫牢反獄，被馬爺攔住，叫上武昌府找艾虎送信。此人領了這句話，回到家中，拿了盤纏，直奔武昌府。

送信的事情，且聽下回分解。

❽ 快壯皁：即官府中的三班差役。

❾ 出水的：俗語。指有水分的，不是貨真價實的。

第五十六回　徐良上襄陽獻鐵　艾虎奔賊店救人

雙調西江月：

蓋世英雄，山西地面甚有名。行至烏龍崗，誤入賊店中。猜破就裏情，反把賊哄❶。李、劉、唐、奚枉把機關弄。若不然，大環寶刀得不成。

且說艾虎同著鬧海雲龍胡小記、開路鬼喬賓，三個人整走了一夜，第二日早晨找店住下，吃了飯，整睡了一日。如此的三晝夜，出了岳州府的境界了。艾虎著急說：「準誤了我的事情了。」與店中人打聽奔娃娃谷打哪門走，店中人說：「問娃娃谷，岔著一百多里路哪。前邊有個烏龍崗，由烏龍崗直奔西北。」再問上湘陰縣往哪裏奔，人家指告的是直奔正南。打店中吃了早飯，這白晝走也就無妨了。給了店飯錢起身，直奔烏龍崗。

正走間，過了一個村子，出了村口，看見村外一夥人壓山探海瞧看熱鬧。三位爺也就直奔前來，分開眾人，看看甚麼緣故。見裏邊有一個婦人，約有三十多歲，穿著藍布衫、青布裙，頭上有一個白紙的箍兒，那婦人眼含痛淚，在那裏跪著。有兩個年近七旬，手中拿著兩根的繩兒，兩邊繩兒上穿著二三百

❶ 哄：哄騙；用假話或其他手段騙人。

錢。婦人面前地下鋪著一張白紙，上面書寫黑字。艾虎、喬賓俱不認識，叫大爺念念聽聽。胡大爺念道：

告白四方親友得知，小婦人張門李氏，因婆母身死，無錢置買衣衾棺槨，屍骸暴露。丈夫染病在床，病體沉重，命在旦夕。小婦人不顧拋頭露臉，恩求過往仁人君子、大眾爺臺，以助資斧。一者置買衣衾棺槨，二則請醫調治丈夫之病。永感再生之德，棄世的永感於九泉之下。

念到此處，不由得幾位爺心中一動。這幾位本來都是生就俠肝義膽，仗義疏財，見人之得，如己之得，見人之失，如己之失。那邊一個文生秀士叫聲：「童兒，打包袱取銀。」取出兩錠白金，交與二位老者說：「我有白金二錠，助於這位大嫂辦事就是了。」二位老者接將過來說：「大奶奶，都是你這一點孝心，感動天地，這才遇見這樣的好人。衝❷上磕頭罷。請問——請問相公貴姓高名？仙鄉何處？」這位相公說：「些須幾兩銀子，不必問了。我乃是無名氏。」老者說：「不能，我們回去好交代這位大奶奶的丈夫。」倒是小童兒說出：「我們不是此處人氏，我們是信陽州，居住蘇家橋。我們相公姓蘇叫蘇元慶，上岳州府尋親，打此經過。我們相公這是路上盤纏，不多，在家裏頭三五百兩常常周濟人，永遠不說名姓。」此人在此處說出，到了續小五義上，三盜魚腸劍，瞧破藏珍樓，請劉押司先生畫樓圖，周濟義俠太保劉士杰的時節再敘說，此是後話。總論好人總有好處。艾虎等就暗暗的誇獎：「雖是念書的書生，會知道大丈夫施恩不求報。」

此處原來靠著烏龍崗，那裏有座黑店，開黑店的外號人稱「飛毛腿」，姓高叫高解，是個大賊，結交

❷衝：口語。指向著、朝著。

著綠林中的五判官：第一是黑面判官姓姚叫姚郝文，花面判官姚郝武，玉面判官周凱，風火判官周龍，病判官周瑞；金頭活太歲王剛，墨金剛柳飛熊，急三槍陳正，菜花蛇秦葉；南陽府的伏地君王東方亮，紫面天王東方清，汝寧府太歲坊的伏地太歲東方明，陝西朝天嶺王繼先、王繼祖；金弓小二郎王新玉，金龍、金虎，黃面狼朱英，神拳太保賽展雄王興祖等，都是把拜為交的弟兄。他在烏龍崗這裏開著座黑店，手下跴盤子❸的小賊有一百號人。大家出去，東西南北分四路往店中勾人。也無論仕宦行臺，來往客商，見了人就誇獎這店房屋乾淨，吃食便宜。進了這店，就不用打算出去。哪個小賊勾了來的，結果了性命，銀錢財物有他一成帳，尋常的時候也沒工錢月錢，店中飯食現成，吃完了出去勾買賣去。

　　這天可巧四個人在一處，也是瞧這個張門李氏來著，正遇上蘇公子給這婦人銀兩。蘇公子也是沒出過門的人，童兒又呆，他把包袱打開，又把銀袱子打開，這就算露了白了；並且銀袱子也沒裹上，就說開了話了。內中就有一個小賊看出便宜來了，那個就調坎兒❹說：「把合拘迷子伸托。」那個小賊就打書童襠底下要捏銀子，早被旁邊一人看見，說：「你幹甚麼的？他是個賊，找地方把他鎖上。」小賊撒腿就跑。那人就追，被小賊的伙計攔住。老頭說：「大奶奶，咱們走罷。」拿著銀子，笑嘻嘻的去了。旁邊有人說：「相公，把銀包起來罷。」胡小記就問艾虎說：「他們所說的是甚麼言語，我怎麼一概不懂？」艾虎說：「你自然是不知道，那是賊坎兒，你能知道？他說『把合』，是瞧一瞧；『拘迷子』，是銀子；『伸托』，是伸手。」胡小記說：「哦，就是了，他們是賊。不好了，相公要吃苦，咱們跟下去罷。」

❸ 跴盤子：黑話。指盜匪跟蹤線索、尋找下手對象。跴，音ㄘㄞˇ。

❹ 調坎兒：打切口，說黑話。

猛然間，就聽見吱吽吽，吱吱吽吽，河南小車響，一轉身看見一宗詫事：小車上兩邊有兩個箱子，是黑油漆漆的；銅什件，也用黑油漆漆了；銅鎖頭，也用黑油漆漆了；小車連轂輪，全是黑油漆漆的；前頭有人拉著個牽繩，也是黑的；後頭有人推著小車，也是黑的。後頭跟個人，身高七尺，青緞壯帽，青絹帕擰頭，正當中面門上映出來一個茨菇葉兒。穿一件皂青緞的箭袖袍，青絲鸞帶，黑色灰的襯衫，青緞窄腰快靴，往臉上看，黑紫的臉膛，兩道白眉毛，一雙虎目，垂大準頭，四字口見稜見角，大片牙，烏牙根，大耳垂輪，未長髭鬚，正在年少。細腰窄臂，雙肩抱攏，一團足壯，閃披青緞英雄氅，腰間跨刀，綠沙魚皮鞘，金什件，皂色挽手，絨繩搭甩，明顯著威風，暗隱著煞氣。一看此人好生古怪。

原來此人是山西祁縣的人氏，徐慶之子，名叫徐良，字世常，外號人稱山西雁，又叫多臂熊，雲中鶴魏真的徒弟。天然生就俠肝義膽，好管不平之事。文武全才，十八般兵刃件件皆能，高來高去，躥房躍脊，夜行術的工夫，來無蹤跡，去無影響，會打暗器，雙手會打，雙手會接，雙手會打鏢，雙手會打袖箭，會打飛蝗石，會打緊臂低頭花裝弩，百發百中，百無一失。故此人稱為叫多臂熊。山西雁的外號可不是山西的大雁，是當初列國時，跟隨晉重耳❺走國❻的那些文臣武將，有稱謂叫「山西雁」，故此他這個山西雁比的當初古人。此人雖是徐慶之子，父子的性情大岔天淵。徐三爺憨傻了一輩子，濟了這麼

❺晉重耳：即春秋五霸之一的晉文公。他本是晉獻公的長子，因獻公立幼子為嗣，他曾逃離晉國十九年。後由秦國派兵護送回國即位。在位期間整頓內政軍務，國力大增。在城濮之戰中大敗楚軍，在踐土（今河南滎陽東北）大會諸侯。

❻走國：出逃國外。

一個精明強幹的後人。徐良性情，出世以來，無論行甚麼樣的事情，務要在心中盤算十幾回才辦。聖人云：「三思而後行」，他夠「十思而後行」。他出世以來不懂得吃虧，甚麼叫上當。抬頭一個見識，低頭一個見識。臨機作變，指東而說西，指南而說北，遇見正人絕無半字虛言。先前徐三爺在家開著一座鐵舖，因為打傷人命逃出在外。如今蔭出十座鐵舖，得了點廝孩兒鐵，打了些刀槍的坯子❼。有徐三爺信到家，三太太叫徐良上襄陽，一者跟隨大人當當差，也是出頭之日，也見見他的天倫——活二十多歲沒見過天倫，徐慶走後才生的。

徐良他是奉母命離了山西地面。一路上推著刀槍的坯子，所過津關渡口，一句實話也沒有。可巧走在此處被艾虎看見，三個人對說：「這個人古怪。」胡大爺問艾虎：「你瞧他們又說甚麼呢？」就聽見小賊們說：「曈曈剛兒，附托挑窯。」艾虎說：『曈曈剛兒』，是過去與那個相公說話；『附托挑窯』，是讓在他們店裏住去。此處必有賊店，我出主意，咱們一邊戲耍戲耍他們，一邊保護著這位相公，毀壞了他們這個賊店，也就給這一方除了害了。」胡爺問：「怎麼戲耍呢？」艾虎說：「如此這般，這等這樣。」畢竟不知說出些甚麼言語，且聽下回分解。

❼ 坯子：即毛坯。初具形狀的製品、半成品。

第五十七回　小義士戲耍高家店　山西雁藥酒灌賊人

且說艾虎他們定好了主意。原來他們這四個小賊貼上蘇相公了，搭訕著蘇相公說話：「今天宿在哪裏？」蘇相公說：「走路看天氣說話。」小賊說：「天也不早了，就宿在頭裏❶罷。這裏有個高家店，房屋乾淨，吃食便當❷；按你又是個念書的人，走也多走不了幾里地，又沒腳力。」蘇相公說：「承你們幾位指教，這是個高家店？」小賊說：「拐過彎就看見，就是這一座店。」就聽見那邊小河南車「吱吽吽」響，跟車的說話。

按說徐良說話可是山西的口音，這要寫在書上就不能按山西口音了。要論山西的口音，「盆」「朋」不分，「敦」「東」不分。不信，諸位與山西人說話，就說「棚底下有一個大盆，到東邊敦一敦」；要教山西人說，「盆底阿有一懷大棚，到敦邊東一東」。要是打油，他告訴「媽惱」；要是買蠟，他就說「媽油」。再說前套七俠五義，有段「男女錯還魂」❸的節目，屈良、屈申兩個人說話，下面都要綴上山西的字音。這可不能。是何緣故？正續的小五義二百餘回，盡是徐良的事多，若要徐良說話，字字綴上山西

❶頭裏：前面第一處；最前面。

❷便當：方便合適。

❸男女錯還魂：見七俠五義第二十五回「白氏還魂陽差陰錯，屈申附體醉死夢生」。

的口音，看的反覺不明白，聽的也覺發亂，倒不如還是洪武正韻❹，倒覺爽快。

閑話少敘。單提徐良，嚷道：「你們兩個人實為可惱，還慢騰騰走呢，天氣不早了。若要是趕不上道路，那還了得！比不得不要緊的東西，這個東西若不留神，要有點失閃，甚麼人擔架得住。自然沒你們的事，我要賣個家產盡絕，連我的命饒上，也不值人家這一箱子東西。打算是鬧著玩的？還不快走呢！」可巧又被小賊聽見，又調坎兒說：「合字，招老兒把合，念奚泱悶字，直咳拘迷子。」說的是「伙計用眼睛瞧一瞧」；「念奚」，是「山西人」；「直咳拘迷子」，是「值好些個銀子」。小賊就顧不得跟著蘇相公了，一轉身就奔了小車來了，搭訕著徐良說話：「掌櫃的，你這是上哪裏去？」徐良說：「你瞧我頭上戴的像掌櫃的呀？身上穿的像掌櫃的？」小賊說：「聽你說話是山西人。山西爺們做買賣的多，你哪行發財？」徐良說：「小買賣，教你們幾位恥笑，保鏢。」小賊說：「原來是達官爺，貴姓？」徐良說：「姓揍，叫揍人。」小賊說：「玩笑哇。你要揍誰？」徐良說：「『戚謝鄒俞』的『鄒』，『仁義禮智信』的『仁』。你們幾位大哥貴姓？」一個說：「姓李，姓唐，姓劉的，姓奚的。」徐良說：「原來是李、劉、唐、奚四位大哥，外不流糖稀❺。」小賊說：「咱們四個人怎麼湊合❻來著？你別這麼叫我們了。你保的是甚麼鏢？」回答：「紅貨❼。」又問：「甚麼紅貨？」回答：「這箱子裏頭有映青、映紅❽、珍珠、

---

❹ 洪武正韻：明初洪武年間頒布的韻書。大抵根據中原音韻而將古來二百六部韻部合併為七十六部。其後再校，更名洪武通韻。此書從者甚少，這裏只是指中原口音。

❺ 糖稀：舊時用來製作糕點的含水分較多的麥芽糖。

❻ 湊合：拼湊。

瑪瑙、碧璽、翡翠、貓兒眼、鬃晶、髮晶⑨、茶晶、墨晶、水晶、妖精。」小賊說：「你別混鬧了。那麼妖精呢？」徐良說：「真有拳頭大的貓兒眼，盆子大的子母綠，兩丈多長的珊瑚樹。」小賊說：「你順嘴開河了，別的都可以，你要說是兩丈多長的珊瑚樹，這箱子共有多長，裏頭盛得下麼？」徐良說：「你不知道，珊瑚子樹是兩丈多長，人家把他鋸得一轂轤⑩一轂轤的，裝在箱子裏頭。」小賊說：「你今住哪個店裏？」徐良說：「老西⑪正沒主意呢，道又不熟。」小賊說：「前邊有個高家店，這個是頂好了，你這裏頭有要緊的東西，是更穩當。」徐良說：「李、劉、唐、奚四位大哥，你們住哪裏？」小賊說：「我們就住那裏。」徐良說：「你們幾位不棄嫌，咱們都住在一處。」小賊說：「敢情好了。」徐良說：「就是那麼辦了，咱們到那裏拜個把子。」小賊說：「我瞧著你們這位，推車子也推不動了，我們替你搭⑫著罷。」他們暗地裏議論議論說：「這個人說話可沒準，咱們替他搭車，較量較量這個分兩，真是好東西必有分兩。」故此這才要替他搭車。徐良說：「那可不敢勞動。」小賊說：「些須小事，

⑦紅貨：指珠寶一類貴重貨物。

⑧映紅：一種珍稀的寶石。趙翼粵滇雜記：「寶石有紅、藍諸色，舊時質大而光厚，並有映紅、映藍二種，貯水缸則滿缸如其色，近已不可得。」

⑨髮晶：與茶晶、墨晶等都屬水晶。色黑者俗稱黑晶（即黑煙水晶），色褐者俗稱茶晶（即煙水晶），中含纖維狀、苔狀石類者俗稱髮晶（即草入水晶）。

⑩轂轤：亦作轂轆。本指車輪。這裏指車輪那樣扁平狀的。

⑪老西：山西人的俗稱。

⑫搭：指共同抬起來。

那算甚麼。更不用推著，我們搭著就得了。」隨即接將過來，往起一顛，分兩不小。這幾個小賊喜之不盡，以為是真正的好東西，搭起來就走。山西雁後邊跟隨。

拐了一個彎兒，就到高家店，大門上頭有塊橫匾，沒有字號，就寫著「高家老店」。兩邊板凳上坐著十幾個伙計。內中有兩三個叫了一個「王」字，姓劉的就一使眼色，山西雁就明白了八九，復又說：「你們幾位打哪裏來？」小賊說：「我們上岳州府去。」店中伙計問：「這位是誰？」小賊說：「這是達官爺。」伙計問：「達官爺貴姓？」徐良說：「姓揍，叫揍人。」伙計說：「別玩笑。」小賊說：「姓鄒名叫鄒仁。是鄒達官爺。」伙計說：「有三間東房。」他們就把小車搭到東房門口，徐良就把箱子解下來搭到屋裏。是何緣故？徐良是怕他們撬開瞧瞧，說是「紅貨」，怎麼成了黑貨了？

到了屋內，也不洗臉，也不喝茶，就要飯吃，要一桌酒席，五瓶陳紹。酒席擺齊，李、劉、唐、奚說：「我們可是點酒不聞。」山西雁說：「序齒是李大哥當先喝，第二盅才是我喝。」姓李的說：「我是點酒不聞，實在不能從命。」山西雁說：「你不喝，我也不喝，咱們這酒就不用喝了。」姓李的說：「我這酒喝了就躺下。」徐良說：「對勁，我也是如此。」就把酒遞過去。姓李的說：「你可喝二盅。」回答：「大哥喝罷。」小賊咬著牙，一喝而乾，一歪身躺在炕上。姓劉的說：「我給達官爺斟上。」徐良說：「對了，你斟的你喝，連我女人給我斟酒，我還不喝呢。」強逼著叫這姓劉的亦喝了，也就躺下了。讓唐大哥飲，任憑怎麼讓，也是不喝。山西雁一回手，嗖的一聲，把刀亮出來，咚的一聲把刀往桌子上插，一瞪眼睛說：「老西將酒待人，並無歹意，若不喝，今日有死有活。要是序齒，你比我大。老兄弟，我絕不讓他喝。」姓奚的說：「哥哥，你喝了罷。」姓唐的一飲而乾，也就躺倒了。姓奚的說：

「我可不給你斟了，你自斟自飲。」山西雁說：「我自斟自飲。」把酒斟上一看，此酒發渾，酒盅兒裏頭亂轉，明知若是喝將下去，準是人事不省，說：「奚大哥，你替我喝了罷。」姓奚的說：「殺了我也不喝。」山西雁說：「你瞧我喝。」往前湊了一湊，一伸手把姓奚的腮幫子捏住，拿起酒來往嘴裏硬灌。哽的一聲，還晃搖了一晃，一撒手，翻身便倒。把刀起下來要殺，就聽見外面「噯喲，噯喲」。

徐良一看窗欞紙破損的地方，往外一看，見外面來了個病人。就是胡小記教喬賓攙著裝病，全是艾虎的主意。艾虎教大爺、二爺遠遠等著，他跟著蘇相公。見他們進店，伙計問他：「就是二位？」回說：「不錯，可有上房？」伙計樂了，沒有小賊跟著，他們多分一成帳。跟到上房，打洗臉水烹茶。少時問了問來歷，問要甚麼酒飯。童兒說：「我們相公爺吃素。我的飯量小，我們吃這飯就是點染⑬而已。」伙計說：「是進我們店裏來，都是財神爺。相公吃素也容易，烙炸豆腐軟筋。」童兒說：「我們一概不要。」伙計說：「吃甚麼呢？」童兒說：「有豆腐湯麼？」伙計說：「不好吃，就是老湯熗豆腐。」童兒說：「就是我吃兩口就得了。拿饅首，有點好鹹菜就行了。你可別看我們吃得少，先說明白了，兩吊錢酒錢。」伙計說：「照顧一個大，我們也不敢慢怠。不喝酒麼？」童兒說：「不喝，先取饅首出來。」早被艾虎聽見，回去教給了兩個人。到了灶上，嚷道：「要碗豆腐湯，咳咳的迷字，先檢兩碟饅首。」

胡小記躬著腰，喬賓攙著，「噯喲，噯喲」的就進了店裏。伙計問：「作甚麼？」回答說：「這是我哥哥，有病才好了，見了我一喜歡，要出來走走。走了一里多地，我教他回去，他說還要走走，又走了一里多地，他還要走走，把個病也重勞了。我先同著他到店裏歇歇，能走就走，不能走就住下，借你個地方坐

⑬ 點染：本指國畫中最後一道點綴景物和著色的工序。這裏形容點綴、略表意思。

坐。」大影壁⑭前頭有張桌子，兩條板凳，胡小記在東邊哼不斷聲，喬賓在西邊，看看上房。就問：「我們的菜得了沒有？」答應：「就得。」伙計催著快作。不多一時，炒杓一響，伙計拿著個托盤，把一大碗豆腐湯放在盤內，伙計單手一托，胳膊上搭著塊代手⑮，出了廚房。正走到胡大爺眼前，大爺「噯喲，噯喲」一歪身，往地下一倒，絆在過賣伙計腿上，爬嚓嘩喇，盤也扔了，碗也碎了。徐良看得明白。說話之間，嗖的一聲，打房上躥下一人。若問來者何人，且聽下回分解。

⑭ 影壁：舊時築在大門內起屏蔽作用的牆壁。
⑮ 代手：俗語。抹布。

第五十八回　到黑店胡喬裝病　烏龍崗徐艾追賊

且說胡小記往下一倒，把店小兒腿一絆，往前一撲，撒手將盤子碗全碎了。一怔說：「這是怎麼了？」喬賓過來說：「得了，瞧我這個哥哥，淨給我惹事，該多少錢，連碗帶菜，我給。」伙計說：「有你給就行，可誤了人家吃飯了。」喬賓說：「好人誰能夠，人家不答應，我去見見去。」伙計瞧著喬賓，就有三分的害怕，已然是摔了，也就無法了，說：「真是我的時運背就結了。」喬爺把胡爺攙起來，說：「你怎麼會躺下，惹得人家叨叨念念❶的。」大爺說：「曖喲，曖喲，我眼前一黑，就躺下了。誰叨叨我，合他拚命。」喬爺說：「算了罷，你上裏邊去罷，別又碰了人。」喬爺上東邊坐著去了，胡爺換在西邊。

上房問：「湯得了❷沒有？」伙計說：「得了，教人家給碰了。」上房說：「要沒得就不要了。」伙計說：「得了，這就得了。」他也是願意早早的喝了躺下，買賣就妥當了。復又告訴櫃上說：「照樣再作一碗豆腐湯。」豆腐湯作好，擱上老湯，合上糰粉❸，撒上蒙汗藥，倒在碗內，擱在托盤，灶上囑

---

❶ 叨叨念念：嘮嘮叨叨、沒完沒了地抱怨。

❷ 得了：指（某事）做好了、完成了。

❸ 糰粉：指增添湯水稠度的糯米粉。

咐小心點。伙計說病鬼挪在裏頭去了，難道好人還掉下凳子來麼？出門的時節，兩手把著托盤，眼瞅著病人，走過了桌頭，仍是單撒手托著盤子。他想著不怕了，哪知道就聽見嘣、爬喳、噗通、嘩喇、嗷兒的一聲。明是喬賓掉下板凳來，一聲是嘣；爬喳，是把盤子扔了；噗通，是伙計躺下了；嘩喇，是碗摔碎了；嗷兒一聲，是先前摔的那碗豆腐湯，正有個狗在那裏吃哪，伙計正爬的他身上，故此嗷兒的一聲。

那位就說了，這個事情太巧了。有句俗言：「不巧不成書。」閑話少敘。伙計起來說：「哈哈，你們這可是成心，瞧見我這身油了沒有？病人躺下，我倒不惱，好人怎麼也掉下板凳來，分明你是給我個垛子腳❹。不然，我也躺不下。」過去掄拳就要打，一看喬賓爬在地下，紋絲不動。胡大爺過來陪禮，哼哼不止的說：「你看❺我罷。」伙計說：「我看你，誰看我呀？」胡大爺說：「我兄弟他有個毛病，本是個濁人❻，禁不住著急，一急就犯羊角瘋❼，這是為我又犯了羊角瘋了。」伙計說：「哪有那麼巧？這是羊角瘋？你別冤我，也別說，我過去瞧瞧去。」胡小記說：「嗳喲！嗳喲！我這個兄弟病犯上來，不怕前頭是眼井，是道河，是火坑，他也就躺下了。」伙計說：「羊角瘋我摸得出來。要是羊角瘋合死了的一樣，渾身發挺，不過就是不涼。」過去一摸：「這是羊角瘋，真是羊角瘋。」甚麼緣故呢？他這腿扳也扳不回來，拍也拍不動，筆直。伙計信了。其實全是假的，都是艾虎商量著合他們鬧著玩。他聽

❹ 垛子腳：指突然間伸出來的腳。垛子，城牆上向上凸出的部分。
❺ 看：這裏指看在（某人）臉上。
❻ 濁人：頭腦混濁不清的人；渾人。
❼ 羊角瘋：癲癇的俗稱。

見要碗豆腐湯，「咳咳的迷子」，就知道是要下蒙汗藥，回去告訴：「他要下蒙汗藥，他端過豆腐湯去，大哥在車子外邊裝病躺下，把他豆腐湯碰撒。他要再作呀，二哥裝羊角瘋，仍然碰躺下。他要是三回再作，我就進去。」伙計連拍帶扳，一絲不動。喬二爺一按力，他如何扳得動。又一按力，他更拍不動了。其實趴的那個盡笑，老不敢抬臉。伙計信以為實，說：「今天這個買賣真來的邪。」行灶上❽問：「又摔了？」伙計說：「可不是，再作一個罷。你瞧，這倒真是羊角瘋，這不是攙起來了，又坐下了。」再看更好了，先前是一個人哼哼，這才是兩個人哼哼了。這個「嗳喲」，那個「哼咳」；這個「哼咳」，那個「嗳喲」。「你們跑到這喊號來了？這不打人夯❾。」上房屋裏問：「豆腐湯得了沒有？」回答：「得了，又教病人碰了，這就得。」上房屋裏說：「我們不要了，得了，你們喝罷。我們明天開發❿錢，相公爺歇了睡了。」伙計說：「得了，你多少喝點罷。」「我們不喝了，關門睡覺了。」「瞧瞧，都是你們兩個，耽誤我們買賣。」

又聽見後院有人叫，說：「你們店裏有人沒有？」走過一個來。這個伙計抱怨那個伙計：「你們是幹甚麼的？進來人也瞧不見。」門上說：「沒有人。」那個又說：「沒有人？後院喊叫。」門上說：「沒有人，怎麼後院喊哪？我進去瞧瞧去。」這個何三拐過影壁來。聽後院耳房裏頭嚷哪，到耳房一看，見一個壯士歲數不大，穿一身青緞衣巾，壯士打扮，拿著皮酒葫蘆蹲著喝酒哪。何三問：「你打哪來？」

---

❽ 行灶上：指廚房裏。行灶，一種陶製的可以移動的灶。

❾ 打人夯：用人力砸實地基（為了幾人同時發力使勁，要有節奏地唱夯歌或發「嗨唷」聲）。

❿ 開發：支付。

艾爺說：「打我們那裏來。」又問：「上哪去？」回答：「沒準。」又問：「你怎麼進來的？」告訴：「走進來的。」說：「我們怎麼沒瞅見？」回說：「你們眼神有限。」「喝茶呀？」「不渴。」「洗臉哪？」「永遠不洗臉。」「吃飯哪？」「前途用過了酒。」「你是不喝呀？」「不喝，我這幹甚麼哪？」「你是作甚麼來了？」「上你們店內睡覺來了。」「我真沒見過你這和氣人。」「你是少見多怪。」「那麼叫我們幹甚麼？」「我這有酒無菜，你給我預備點菜。」伙計暗樂：「只要你吃東西就行。」「你要甚麼菜蔬？」「要豆腐湯。」「還要甚麼？」「我就剩這個大錢了。」伙計說：「可以。」出去嚷豆腐湯：「咳咳的迷子。」艾爺叫：「走回來。」伙計回來問：「甚麼事？」艾爺說：「要個豆腐湯，咳咳的迷子。」伙計就知道是黑道的人，說：「你是個『河字』⓫？」說：「我是『海字』。」又問：「甚麼『海字』？」回說：「比『河』大。」「我說你線上的⓬？」回說：「是繩上的。」又問：「甚麼繩上？」回說：「比線頊⓭。」伙計就知道他不懂，說：「你方才說甚麼叫『咳咳的迷子』？」艾爺說：「你講理不講理？」回答：「怎麼會不講理？你不講理倒是有之。」艾爺說：「誰不講，誰是個畜類。『咳咳的迷子』是你說的，是我說的？你說完了，我跟著你學的。我還要問問你，甚麼叫『咳咳的迷子』？」伙計一想：「對呀，是我說的，倒教他問住了。」「告訴你罷，『迷子』就是多著⓮胡椒麵⓯。」艾虎說：「巧了，我就是好吃胡椒

⓫ 河字：即「合字」。黑道上的切口。指道上的同道。
⓬ 線上的：黑道切口。指黑道上的。
⓭ 頊：方言。粗。
⓮ 著：方言。把（調料等）撒進去。

麵。」廚房裏勺上一響，說：「得了，我給你取去了。」

不多時，拿來交與艾虎。伙計出去，走了五六步，就知道他準得躺下。又聽屋裏叫：「轉頭回來。」看他在那裏舔碗哪。伙計滿屋找，並無蹤跡，以為是灶上忘了擱蒙汗藥了。艾爺說：「『好迷子』，『好迷子』，給我再要一碗，多擱『迷子』，越『咳』越好。」伙計抱怨灶上一頓，灶上說：「我擱的不少，這回你瞧著他喝。他若不當著你喝，他必是潑了。」伙計也會領了這個主意，就把豆腐湯送來。艾虎說：「這回可『咳』呀？」伙計說：「『咳咳』的很了。」艾虎故裝著拿起來就喝，伙計就在對面站著，又裝作怕燙，問：「你幹甚麼呢？」回答：「沒事，伺候你哪。」艾爺說：「你瞅著，我喝不下去。」伙計說：「是了，我走了。」把簾子一摞，走的沒兩步，一翻身回來，往裏一探頭，說：「哈哈，你真鬼呀！」原來是一掀席子，往坑洞裏倒哪；倒完了，又裝著舔碗，沒容倒碗，又教伙計看破了。伙計說：「你倒是甚麼事？」艾虎噗嗤一笑，說：「實對你說了罷，是個『河字』。我是好鬧著玩。」伙計倒不得主意了，盤問盤問他罷，說：「真是『河字』？」艾虎說：「可不是『河字』。『河字』線上的朋客，覓你們瓢把子來了。景子外有號買賣，阻倒黏值，咳拘迷子，留丁留兒勢孤，先搬點山，然後兌盤兒。」這是調坎兒話：「伙計，咱們是一個道上的朋友，尋你們頭來了，這號買賣，銀子多啦，在城外頭東南上，我一個人勢孤，我喝點酒兒，再見你們頭兒。」伙計說：「我就知道你是個行中人，你算寃苦了我了。我給你言語聲兒去罷。」艾虎說：「不用，我還有句話，你先給我帶了去。你們寨主是甚麼萬兒？」「萬兒」可就是問姓。伙計說：「你不認得呀！」艾爺說：「聞名。」回答：「外號人稱飛毛腿，叫高解。你要

⑮ 麵：指粉。北方口語稱粉末狀物為「麵」。

是初會呀，給拉號買賣，就不用提我們掌櫃的。那人有多少買賣到手，你給多少是多少。你可想著我們點。你教我帶甚麼話？」艾爺說：「附耳上來。」這小子把脖子一伸，艾虎的刀就出來，往上一翻手，噗哧的一聲，就結果了性命。

艾爺又叫：「店裏頭有人？倒是過來一個呀！」前面又來一人，進門就殺。又叫：「倒是來個人哪！」一連三個全殺了。第四個跑了，嚷：「耳房裏殺了好幾個人了！」艾爺追出西院，連前頭十五六個人拿著家伙，一圍艾虎。徐良也出來了。艾虎一轉身，就倒了三四個，眾人往後跑，叫：「寨主快出來罷！扎手！」艾虎、徐良跟著追殺，迎面高解帶群賊擋住。

動手的節目，且聽下回分解。

第五十九回　徐良得刀精神倍長　高解丟店喪氣垂頭

且說艾虎出來一動手，所有的事情徐良全都看見，就打著主意助拳，倒不管李、劉、唐、奚了。自己躥出屋外，也就拉刀幫助。艾虎往後就追。「病人」也好了，也就拉刀往後就追。到了後面，飛毛腿高解正在後邊同著小賊們排練哪。前頭有人嚷：「寨主！快快出來罷！」他就提大環刀，把刀鞘放下，說：「爾等們跟著我動手。」往上一撞，就看見艾虎、徐良兩個壯士的打扮。單看徐良，難看，黑紫臉，兩道白眉。喝道：「你們兩個人好大膽，敢在太歲頭上動土！」二位一瞧高解，七尺多高，高挽髮髻，寶藍小襖，藍裩褲，青縐紗包，薄底靴；面似瓦灰，兩道直眉，一雙小三角眼，高鼻梁，紫嘴唇，搨尾髭鬚，大耳垂輪，細條身材。手中這口刀古怪，軋把峭尖雁翎式，冷颼颼奪人的耳目；刀後頭有一個銅環子，嘩啷啷亂響。這口刀瞅著就透各別❶，乃是一口寶物。出於大晉赫連波老丞相所造，三口刀：一口叫大環，一口叫龍裂，一口叫龍鱗。專能切金斷玉，無論金銀銅鐵一齊削。這樣的寶物，總得有德者受之，德薄者失之。

那日有一位武進士公，騎著一匹馬，挎著這口刀，住在高家店，用蒙汗藥酒藥倒，結果了性命，高解得了這口刀。有個老踹盤子的，姓毛叫毛順，外號兒叫百事通，有能耐，無運氣，老看不起人。他告

❶ 各別：特別。

訴高解刀的出處，怎麼樣的好法。為得這寶刀，高解立了回大會，聘請天下水旱的綠林山林盜寇，海島的水賊，定的是四月初八。是日來了五六十號人，高解很掃興。憑高解的聲氣不行，請不動天下綠林。毛二出的主意，教他：哪省爺臺，就把哪省大頭目名字寫上，自己名字列於下首，人家關係兩下的情面，不能不來。這個主意定好，抓了個錯處，他把毛二辭了，怕的是毛二會外邊賣弄寶刀，故此把他辭了。這就是喪盡天良，他這口刀如何保守得住。刀一露面，就被徐良看中意了。

前面胡小記、喬賓趕來，艾虎說：「好賊人！大概你各處有案，不定害死過多少人了，今天是你惡貫滿盈，快些過來受死。」言還未盡，喬賓說道：「你還同他敘話哪！」擺刀就砍，高解眼瞅著寶刀砍到，把大環刀往上一迎，就聽見嗆啷鏜啷啷，把刀削為兩段；跟著就是一個順水推舟的架式，就奔了喬賓的脖頸。喬爺縮頸藏頭，一弓腰躲過了，沒躲過帽子。把艾虎嚇了一跳，擺刀就剁。高解一翻手，衝著艾虎刀迎來，要削艾虎的利刃。艾虎可不受這手，他遇著好些位使寶刀寶劍的，他專能逢避躲閃，總不叫寶刀碰在他的刀上，不求有功，先求無過。自己這口刀上下翻飛，神出鬼沒。徐良暗暗誇獎：「好俊身法，真受過名人的指教，功夫實在到家。」把自己緊臂花妝弩拾掇好了，淨等得便好打。高解吩咐手下人殺，眾人往上一裹。胡小記亦就躥將上來，艾虎說：「大哥合群賊交手罷，這個交給我了。」喬賓遇一個小賊，拿著一根大棍，迎面打將下來。喬賓用單臂膀一搪❷，嘣的一聲，雖然打上，喬二爺生來的骨壯筋足，竟不覺著疼痛，往外一挽手，就把根棍夾在脅下，往懷中一帶，那個小賊噗通栽倒在地。二爺奪過棍來，衝著小賊腦袋一戳，啪嚓一聲，腦漿崩裂。他就掄起這根棍來，望著眾賊亂打，越打地

❷ 搪：音ㄊㄤˊ。抵擋。

方越寬。高解始終削不了艾虎的刀，心中一發急燥，眼瞧著他手下這些個人東倒西歪，橫躺豎臥，也有帶重傷的，也有死於非命的。瞧著艾虎這一刀砍空，他把他刀往上一舉，蓋著艾虎的刀往下就剁。只聽見噗哧的一聲，一枝暗器正釘在高解右手上，一疼一撒手，鐺啷一聲，寶刀墜地。艾虎要過來撿刀，喬賓也看出便宜來了，也要過來撿刀。哪知道打半懸空中飛下一人來，不偏不歪，正踹在他的腳底下，蜻蜓點水，彎腰撿將起來，就追高解。艾虎納悶：「方才在前院裏幫著自己動手，到了後院裏就不見了；如今又來了，打頭好認，他就是這兩道白眉毛，可不知是誰。」

原來是徐良看見他這口寶刀，心中就愛上了。他站在高聳聳一塊石頭上，把緊臂低頭花妝弩拾掇好了，淨等打他手背。比了又比，老沒打出去。他是來回的躥蹦，恐怕打了別人。這回對準，叭的一聲，正釘在高解右手背上。自己施展燕子飛雲縱的工夫，類若打半懸空中飛下來相似。高解就跑。徐良得了寶刀，心內不盡喜歡。艾虎也追下來了，叫：「大哥！你開發了他們這群人罷。」胡小記說：「爾等們聽真，方才這位是跟隨按院大人辦差的委員，我們都是奉大人諭出來拿賊；如今你們的頭目教委員老爺追下去，你們要知時務，把手中兵器一扔，你們就是安善的良民。哪一個仍然不服，來來來，較量較量。」答道：「我們都是好人。」大家跪下，苦苦一齊哀告。胡小記說：「你們可別走哪，等艾老爺回來，再聽他吩咐。」也有暗暗的溜了的，也有假裝著受傷的，一蹶一拐出門去了。

單提艾虎、徐良直趕飛毛腿。高解手背上釘著大棗核釘子，咬著牙，拔將下來，仍然是跑。論腿底下真快，徐、艾二人絕趕不上。趕來趕去，瞧著頭裏有個大土崗子，就是烏龍崗，指著這個地方起的名字。追得過了這烏龍崗，頭裏還有一道小土崗，直奔土崗。艾虎在徐良後，徐良說：「這位大哥，咱們不要這麼追，這是我追他，你追我，追一天也追不上。你打那邊追，我打這邊抄；或是你打這邊抄，我打那邊追，可就追上了。」艾虎一聽，好個主意，果然，艾虎由北邊一抄，徐良打這邊一跟，繞過這一段小土崗兒去。一碰頭，艾虎一瞧是徐良，徐良一瞧是艾虎，高解蹤跡不見。二人納悶。這是甚麼緣故？艾虎說：「這位大哥，你追的人哪？」徐良說：「真個是甕裏走了鱉了，怎麼把他追丟了。」徐良說：「這位大哥，隨我來，倒要細細找找。」艾虎跟著，也是目不轉睛的四下張望，就見徐良拿手中刀，往土坡上噗哧一扎，往上一撩，裏頭是個黑忽忽的一個大洞，原來是賊洞呀。各人都有個便道，在烏龍崗的頭裏。他這個小土崗，是拿磚砌的，留出一個洞門來，橫擔上一根過木，過木上釘上一領席子——洞門多大，席子多大——熬一鍋小米粥，倒在席子上，為是趁著黏糊把黃土撒上。這個土崗也是用黃土堆起來的，是人打外邊一看，一點痕跡不露。高解自來他有他的暗記，兩邊可是相通的，教他們追的無法，鑽在洞裏，反由西邊出來，逃躥性命。

徐良看出一點破綻，就是扎席子，看見這黑洞說：「這小子鑽了狗洞了。」艾虎說：「待我進去捉拿。」徐良一把抓住說：「這位大哥，你好粗魯。他在暗處，咱們在明處，他要打那邊走了還好，倘若就在裏邊，咱們是甘受其苦。」艾虎點頭說：「大哥言之有理。」二人復從西邊一看，也是一個大洞，方才知道高解已逃命去了，這才彼此對問。艾虎說：「這位大哥貴姓高名？仙鄉何處？」書不可重絮。徐良說了自己名姓籍貫，艾虎趕緊過來磕頭說：「原來是大哥。」徐良又問艾虎，艾虎也把自己名姓事情說了一回。彼此說起，可不是外人。艾虎又問徐良的來意，徐爺就把推鐵找天倫事細說一番；又問了天倫近來的事情。艾爺也就告訴了一遍，二人就回來了。

到了店中，與胡、喬彼此都見了，叫開了上房門，見蘇相公言講，暗地保護他的話說了一遍。蘇相公致謝眾位。徐良找了刀鞘兒，此時店中小賊全都跑得乾乾淨淨。隨即找了地方❸，就提他們幾個俱是跟隨大人當差的，奉諭拿賊。所有活著的，死的，著他交地方官辦理，連李、劉、唐、奚一併交官。幾位議論一路走，問地方：「由此處奔武昌府，上湘陰縣，打哪裏分手？」回答：「前邊有個黃花鎮，東南是武昌，正南是湘陰。」艾虎說：「徐大哥，你在黃花鎮等我，我到娃娃谷得信回頭找你。倘遇不見那位老人家，咱們一同上武昌。」言畢，次日艾虎起身找大人。且聽下回分解。

❸ 地方：鄉中的巡役。

第六十回　朋友初逢一見如故　好漢無錢寸步難行

且說小爺大眾把烏龍崗事辦完，蘇相公與眾位道勞。艾虎上娃娃谷，胡、喬、徐推著小車上黃花鎮。本地面官審事，驗屍抬埋，將店抄產入官，暫且不表。

且說未定君山之先，跟大人的眾位俠義俱有書信回家。盧爺的信到陷空島，丁二爺的信到茉花村。陷空島盧珍接著天倫的信，回明了母親。老太太將盧珍叫過去問話，說：「你天倫的信，倒沒提你五叔的生死麼？怎麼家人們都說五叔死了哪。你天倫如今年邁，你五叔要是一死，你天倫必要想念你五叔。這破銅網陣，你天倫要有些差池，那還了得！意欲差派吾兒急奔襄陽，為娘放心不下。」盧珍說：「差派孩兒去上襄陽，娘親放心不下，我到茉花村找找我大叔，問問我大叔去不去。我大叔要去，我們爺兩個一同前往，娘親意下如何？」老太太說：「好，我兒急速前去，為娘在家聽信。」

隨即辭了娘親，到了茉花村，見了丁大爺。原來丁大爺也見著二爺的書信，正欲前往。盧珍提了自己的事情，大爺很願意，就教他回到家中，對老太太說明，拿著自己應用的東西，辭別了娘親，到茉花村與大爺一路起身。大爺把自己的東西帶上，由此起身。

爺兩個上路走了八里，忽然看見前面有個鎮店，進了鎮店一看，路北有許多的人圍著瞧看熱鬧。這爺兩個也就分著眾人，到裏邊看看。內中有人說：「這可好了，茉花村大爺到了，別打了，了事的人來了。」一看，原來是一個飯鋪，卻是新開張，掛著大紅的彩綢，有許多人拿著木棍，在那裏打人。看這個挨打的是個窮漢，穿著條破褲子，連打帶撕，扯成粉碎。瞧這個大漢站起來，足有一丈一二，頭髮長的挽起來一個疙瘩鬏❶兒，短的扎扎❷蓬蓬，兩道濃眉，一雙怪眼（可是閉著哪），獅子鼻，翻鼻孔，火盆口，栗子腮額，一嘴的歪牙，七顛八倒，生於唇外；通身❸到下，就合地皮一樣黑而且暗。盧珍一瞅，就知道是個落難的英雄。你道是誰？這就是徹地鼠韓彰的螟蛉義子，姓韓叫天錦，外號人稱霹靂鬼。他乃是黃州府黃安縣的人，皆因是韓二爺書信到家，此人天生的爛漫，忠厚樸實，生就膂力過人，食嗓❹太大。他原本是萬泉山的人，打柴的韓老跟前的。皆因父母一死，有幾畝地也教他吃完了；瞧見誰家煙筒一冒煙，進去就吃人家飯去，不怕人家要打他，他吃他的。後來合村人寃他，教他出去打杠子❺去。遇見官人把他辦住發邊軍❻，有人說合就完了。

這天又出去打杠子，打著公孫先生。先生瞧他是好漢子，給了他一條明路，教他上白鶴寺。到了白鶴寺，遇見韓彰、蔣平，打了無數的僧人。蔣平出主意，教韓彰認為義子。韓彰作了官，打發他回家。到家也無人緣，頭一樣，說話就得罪人；二則飯量太大。又打發他上襄陽，帶了許多銀子，始終沒找到

---

❶ 鬏：音ㄐㄧㄡ。頭髮盤成的髮結。
❷ 扎扎：也作扎煞、挓挲。方言。指（頭髮、手指、樹枝等）張開、伸開。
❸ 通身：全身。
❹ 食嗓：方言。指食量。
❺ 打杠子：指用打悶棍的方式搶劫錢財。
❻ 發邊軍：指充軍。即把犯法的人發配到邊疆服兵役。

襄陽府去。忽然想起問路來了，見一人說：「站住，小子！」人家一瞧他這個樣子，夜叉相似，說：「你要攔路打搶？」他說：「老子上襄陽，往哪裏走？」人家說：「往西。」他一撒手，把人摔倒。他也不認得哪是西，走著走著，他想起來了又問，見著人抓住：「小子，站住！」把那人嚇一跳，說：「我不欠你的。」他說：「老子要上襄陽，往哪裏走？」那人說：「往北。」一撒手，又把那人摔倒，爬起來就跑。照這樣問路，走一輩子也到不了襄陽。銀子花完了，帽子賣了，靴子換了鞋，襯衫、帶子全完了，直落得剩下一條褲子。三四天任甚麼沒吃。大丈夫萬死敢當，一餓難挨。兩眼一發黑，肚子裏亂叫，舉目無親，一想還是打杠子去罷，又怕壞了爹爹的名姓。「噯喲，有了！這個頂新的門面，我進去吃一頓飯，吃得飽飽的，沒有錢他必打我，合著教他打我一頓。我不說名姓，也壞不了爹爹的名氣。」主意已定，進了飯舖。

新開張的買賣，人煙稠密，出入人太多，過賣就哄：「要討吃也沒眼力，你在外頭等著去罷。」他就坐在板凳上了。過賣說：「咳，你是幹甚麼的？」他說：「你們這是幹甚麼的？」過賣說：「我們是賣飯的。」韓爺說：「我是吃飯的。」過賣一瞧他這個樣兒，哪有錢哪，說：「你吃飯有錢哪？」韓爺說：「錢多著的哪！」過賣問：「在哪裏？」回說：「咱們爹爹那裏有銀子。」過賣不敢擔這個沉重，過去問了問櫃上。櫃上說：「只管教他吃飯。東家有話，每遇沒錢的強要寫帳，打他兩三個子就好了。這就叫敲山鎮虎。」過賣得了這句話，回來問他：「吃甚麼呀？」回說：「吃餅。」過賣說：「喝酒？」回說：「不喝。」又問：「要甚麼菜？」回說：「燉肉。」又問：「要多少餅？」回說：「十五斤。」過賣說：「幾個人吃？」韓爺說：「一個人，不夠再要。」過賣說：「有餓眼沒餓心，你幾天沒吃飯了？」

韓爺說：「三天了。」過賣說：「要多少燉肉？」回說：「十五斤。」回說：「這燉肉不論斤，論碗。你要十五斤麼，我給你一碗一碗的往上端，多咱❼夠了算完。」「餅可要十五斤，烙一個餅。」過賣說：「我們這不行，沒那麼大餅鐺。」又問：「多大一張？」「半斤一張。」說：「那麼烙他三十張罷。」「還是十五斤，你怎麼算來呀？我給你往上端罷，幾時飽了，幾時算帳。」往上一端餅合燉肉。各飯座上不顧吃飯了，連樓上都下來了，瞧看那個吃飯。四張餅一捲，嘴又大，吃四五口，剩一塊往裏一填，一瞪眼，一呲牙，二斤餅就入了肚了。一大碗燉肉拿箸子一合弄，也不管肥瘦，一扒拉就完了，淨剩湯。雖說吃了沒十五斤餅，沒十五斤肉，也差不許多的。過賣說：「你飽哩？」韓爺說：「將就了罷。」「給你算算帳。」說：「不用算，給你十兩銀子罷。」過賣暗說：「別瞧窮，真開道❽。」「你把銀子拿來罷。」「這會沒有，你看我身上哪有銀子？」過賣說：「你打算怎麼樣哪？」「告訴過你，咱們爹爹那裏有銀子，去取去呀。」「哪裏取去？」「上襄陽。」「我們不能上那麼遠去。」「你說不能上那麼遠去，可沒法子了。沒有怎麼辦哪？」過賣說：「你說怎麼辦，咱就怎麼辦，橫豎你沒錢不行。」韓爺說：「非跟了去取去，沒錢。不用說你們是要打呀？」過賣說：「你成心賣打來了。」早有掌櫃的過來，說：「買賣衝你不作了，上門❾，上門，打他。」韓爺往外就走，噗通躺在門的外頭。伙計說：「他沒走，躺在外頭了。」掌櫃的吩咐打他。淨是木棍，沒有鐵器，早就吩咐好了的了，淨打下身。打的是一語不發，打著教他央

---

❼ 多咱：方言。什麼時候。咱，音ㄗㄢˇ。是「早晚」兩字的合音。
❽ 開道：方言。待人大方。
❾ 上門：指上門板打烊。

求，教他叫。瞧熱鬧的人如壓山探海圍上了。掌櫃的是要個臺階就完了。

這麼個時刻，正南上一亂，大官人、盧珍打外面進來。盧珍過去瞧韓天錦，大官人問掌櫃的來歷。韓天錦睜眼一瞧公子盧珍，品貌不凡，粉融融的臉面，一身銀紅色的衣巾，脅下佩刀，武生相公的樣，笑嘻嘻問道：「這位大哥為甚麼在此挨打？」韓天錦說：「我吃完飯沒錢，他們就打我，他們說打完了，就不要錢了。」盧爺說：「大哥，你姓甚麼？哪裏住？」韓天錦說：「我住在黃州黃安縣，姓韓叫猛兒。」盧爺問：「我提個人，你認得不認得？姓韓，單名一個彰字，人稱徹地鼠。」韓天錦說：「噯喲！那是咱們爹爹。」盧珍說：「我再提個人，你認得不認得，陷空島盧大爺？」韓爺說：「那是我大大爺。」盧珍說：「原來是大哥，轉上受我一拜。你怎麼落到這般光景？」韓爺說：「一言難盡。你是誰呀？」盧爺說：「方才提陷空島姓盧的，是我天倫。你不是韓二叔跟前的大哥嗎？」韓爺說：「噯喲！你是兄弟。」盧爺說：「我給你薦個人，茉花村姓丁的，你聽見說過沒有？」韓爺說：「我的丁大叔，我的丁二叔。」盧爺說：「這就好辦了。過來你見見。這就是茉花村丁大叔。」丁大爺一瞧，嘿，好樣子！怪不得他們說長得兇猛，今日一見果然是威風。這還沒有衣服呢，要有了衣服，更是英雄的氣象了。衝著丁大爺磕了幾個頭。丁大爺把他攙起來。盧爺說：「這就是我韓二叔跟前的，我韓大哥。」大官人拿出銀子來，給了櫃上錢；櫃上再三不要，就給了伙計們酒錢了。

帶著韓天錦回家，更換衣服，一同上襄陽，且聽下回分解。

第六十一回　因打虎巧遇展國棟　為吃肉染病猛烈人

且說韓天錦到了茉花村丁大官人家中，在外面等著，給他拿出衣服來換上，雖然不合身體，暫且將就穿上。現教人出去買辦，買了合身體的衣服、頭巾、靴子、帶子，洗了臉，穿戴起來，更是英雄的樣子了。帶著到裏邊見了見女眷，擇日起身。

書不可重絮。起身的時節多帶銀兩。道路之上為了難了，韓天錦睡覺不起來，叫不醒，怎麼打他也不醒，故此就耽延了日期。這日往前正走，忽然間進了山口，到了山裏頭一看，怪石嵯峨，山連山，山套山，不知套出多遠去。算盡在山裏頭走路，倒也沒甚坑坎，一路平坦。大官人說：「此山我看著眼熟，好像百花嶺。要是百花嶺，咱們這塊兒還有一門親戚呢。」盧珍問道：「大叔，甚麼親戚？」丁大爺說：「就是你展三叔的兩個哥哥，一位叫展輝，一位叫展耀。二位皆作過官，只因奸臣當道，如今退歸林下，守著祖塋。他們祖塋就在百花嶺，此處可不定是與不是。」

正說話間，忽然一陣風起——這風來得真怪，冷颼颼的透體，並且裏頭帶著些毛腥氣。盧珍說：「大叔，別是有甚麼猛獸罷？」丁大爺說：「我正要說呢。大家留神，各處仔細瞧看。」韓天錦說：「哈，你們瞧，好大貓，大貓！大貓！你們這裏瞧來罷，好大貓！」盧珍說：「大哥哥，那不是貓，是個老虎。」盧珍、丁大爺都看見在山峰缺處一隻斑斕猛獸，每遇著要行走之時，把身子往後一坐，將尾巴亂攪——

尾巴一動，自來的就有風起，不然怎麼虎行有風呢。久入山的人——或採樵、或打獵，都會看風勢，不然盧珍、丁大爺見風起得怪，又有毛腥氣，就疑有猛獸。真是：

風過處，有聲鳴；轉山彎，現身形。他若到，百獸驚；靠山王，威名勝。蹿深澗，越山峰。八面威，張巨口。將身縱，吐舌尖，眼如燈，呲剛牙，烈而猛。真個是雲從龍來，虎從風去。

盧珍說：「哥哥，會上樹不會？」天錦說：「小時打柴，甚麼樹不會上？」盧珍說：「急速快些找樹，不然山王一到，就沒處躲避了。」天錦說：「我為甚麼躲避？還要把他抱住呢。抱回家去，教他們瞧大貓去。」正說話間，就見那隻猛獸走動，蹿山跳澗，直奔前來了。大爺、盧珍早就藏於樹後，隱避身軀，亮出兵刃，總怕猛獸前來，就顧不得韓天錦了。焉知韓天錦迎著猛獸前來，扎挲❶著兩臂，笑哈哈的嚷道：「這來，大貓！大貓，這來！」頭裏有段山溝隔住，天錦蹿不過去，只可就在東邊等著這隻老虎。哪知這虎縱身就蹿過山溝，又蹿起一丈多高，對著韓天錦往下一撲。盧珍就知道大哥這個禍患不小。焉知天錦也算粗中有細，見虎衝著他往前一撲，自己一躬腰，也就衝著他往前一撲。老虎撲空了，老虎的前爪一空，天錦就把老虎的後爪攢住，用平生之力掄起這隻虎來，望山石一摔，只聽見啪嚓一聲響亮，那虎「嗚」的一聲吼叫。再瞧韓天錦把虎腦袋上皮毛抓住，一手把尾巴揪住，連踢帶打，那虎「嗚」的亂叫。踢了半天，索性他把虎騎上，一隻手抓住了腦門，一隻手把老虎眼噗哧的一聲，打瞎了一隻，一換手，又把那隻虎眼也打瞎了。那虎「嗚」的一聲，就成了一隻瞎虎。又打了半天，竟把那隻猛

❶ 扎挲：即扎煞、挓挲。方言。張開雙手。

獸打得絕氣身亡。這虎可也不大，並且已然是帶過傷咧。也是天錦的神力，這才將他打死。可把大官人與盧珍瞧了半天，連話都說不出來，暗道：「天錦有多大的膂力！」霹靂鬼見虎不動，說：「這個大貓不動了，我該抱去教他們瞧去了。」盧珍說：「不要，誰也不瞧那個。」

正說話間，就見西邊山坡上有一人嚷道說：「那是我們的貓！」盧珍說：「我打❷著，就是這韓大哥管他那叫貓哇，還有叫貓的哪！」瞧這個人身量不甚高，頭上高挽髮髻，身穿青緞短襖，腰緊紗包，青緞裩褲，薄底靴子；黑窪窪的臉面，四方身軀，粗眉大眼，聲音宏亮。他說是他的大貓，隨即跑下山來，走山路如踏平地一般。看看走到這段山溝，喊道：「那個大小子，還我貓！」盧珍說：「哥哥給他罷。」韓天錦說：「便宜他。黑小子，過來取來！」那人說：「大小子，你給扔過來。」天錦就把這隻虎抓起來。盧珍說：「哥哥，扔不過去，山溝太寬，教他過來取罷。」韓爺偏不聽，一定要扔將過去。盧珍怕的是扔不過去，掉在山溝裏頭不好去撿，又教他人恥笑。韓爺哪裏肯聽，離山溝不遠，提著這隻虎悠了幾悠❸，往前一跑，嗖的一聲，竟自扔過去了。盧珍與大官人更覺著吃驚。那人說：「呔！我那是個活貓，這是個死貓，我不要，要我的活貓。」天錦說：「就是死貓，沒有活貓。」那個說：「我要定了活的了。」天錦說：「要活的，你扔過來。」那人說：「使得。」啪嚓一聲，照樣又扔過來了。天錦提起來說：「就是這個。嗳！要不要？」嗖的一聲，又扔過去。那人復又扔過來說：「沒有活貓，你就別走了。」韓天錦隨說：「你過來，黑小子！」那人說：「使得，你那裏等著罷，大小子！」就見他

❷ 打：這裏指估計、計算。

❸ 悠：口語。悠盪；懸在空中來回擺動。

順著山溝，往南就跑。

不多一時，就在溝的東邊，由南跑來。丁大爺看見兩個人撞在一處，伸手要打。就見西北上有人嚷道：「少大爺，又合人打架哪，員外爺來了。」那人說：「別打了！別打了！咱們員外來了！」一夥人看看臨近，內中有一個員外的打扮，高聲嚷道：「原來是丁大弟到了。」大官人一告訴盧珍說：「這是百花嶺，我們親戚來了。」看看來到山溝，說：「大弟從何而至？你在那邊略等，待我過去。」往南原有一個搭石橋兒，不多時來到面前。大官人過去行禮，早被展員外攙住說：「怎麼過門不入，甚麼緣故？」丁大爺說：「我們連一人沒遇見。我看著像百花嶺，正同我侄子這裏說哪。給大哥見見，這就是盧大哥之子，他叫盧珍。這是你二叔。」盧珍說：「二叔父在上，侄男有禮。」展員外說：「賢侄請起。怪不得說『將門之後』，名不虛傳。」大官人說：「呔！你也過來見見。」天錦說：「見誰呀？」大官人說：「這是你二伯父。這就是韓二哥的義子，他叫韓天錦。」韓爺就跪下磕頭。展二爺說：「這真是英雄的氣象。我空有兒子，真不好給見。國棟過來見見，這是你丁大舅，過去磕頭。」國棟給丁大爺磕頭。展爺又說：「再給你盧大哥、韓大哥見見。」彼此對施一禮。

展二爺往家中一讓，大家一同前往，拐了一個山彎，就到了一所莊窠。進了大門、二門，到庭房落座獻茶。員外問：「你們爺幾個，意欲何往？」大官人就把始末根由細說一遍。又問盧珍文才武技，皆都是應答如流。展二老爺嘆息了一聲，說：「大弟，你看人家兒子，甚麼氣象；看你那個外甥，方才你也見過，連一句人話都不會說。」大官人更覺嘆息，說：「我倒想要那麼一個，還沒有哪。哥哥別不知足了，有子萬事足。」員外吩咐擺酒。雖在山中居住，倒也是便當，把酒擺好，吩咐請韓公子：「哪裏去了？」家人說：「同著少大爺在西花園裏吃烤虎肉哪。」展員外說：「快把韓公子請來，人家比不得咱們家裏大爺，吃那個東西克化❹不動，請他這裏喝酒。」來去不多時，回來說：「韓公子合少大爺吃烤虎肉吃得對勁，商量著要拜把子哪。我們一定要請，要把我們的腦袋擰下來。」大官人說：「既然那樣，也就不叫他來了，他們二人對勁，倒很好。」然後大家用酒。

書要剪斷。直吃到二鼓方散，在西書房安歇，預備的衾枕是齊齊整整。霹靂鬼與打虎將，他們是一見如故。原來回來的時候，他們就岔了路了，把虎扛回來，他們就吃開了烤虎肉了。天錦本沒吃過，起先吃著過不得❺滋味，嗣後來是越吃越香，吃了個十成飽。人家與他預備茶，他都不喝，非喝涼水不可，把涼水喝了無數。大官人叫本家家人，把他找到書房，進門就睡。展員外也陪著在書房安歇。天到三鼓後，大家安歇。天到五鼓，霹靂鬼大吼了一聲。眾人驚醒一看，天錦把眼睛一翻，四肢直挺。

若問甚麼緣故，且聽下回分解。

---

❹ 克化：方言。消化（食物）。

❺ 過不得：指有阻礙、受不了。

第六十二回　打虎將有心結拜　盧公子無意聯姻

且說人看不得怎麼健壯，都架不住生病。天錦天然生就了得，皮糙肉厚，天然神力，雖生貧苦人家，究竟日後造化不小。烤虎肉就涼水，焉有不病之理？睡夢中就覺著內裏頭著火的一般，大吼了一聲，眼前一發黑，頭顱一暈，復返躺於床上，把大家驚醒。燈燭未息，大家一看，見天錦眼睛往上一翻，四肢直挺，呼喚了半天，一語不發。眾人一怔，展二老爺叫家人趕緊去請大夫。不多時請來，進書房與天錦診脈。大夫說：「就是停食。」開了個方兒。大夫去後，天光已亮，抓了藥來，煎好教他吃將下去，拿被窩一蓋，見了身透汗，立刻痊癒。就是一件：好得快，重落❶得快。甚麼緣故？病將一好，還是大吃大喝，誰人攔擋不住，一頓就重落。又請大夫，又是一劑藥就好。一連重落了六七次，可急壞了打虎將了，每天進來瞧看。

盧珍也是著急，惦念著襄陽天倫的事情，心中煩悶：「天錦哥哥病勢老不能癒，又不能將他扔下走了。」可巧國棟進來說：「我大哥哥還沒好哪？」盧珍說：「沒有呢。」國棟說：「好容易交了個朋友，又要死。盧哥哥，你會本事不會？」盧珍說：「不會。」國棟說：「你怎麼不教我丁大舅教教你。」盧珍說：「我笨嘛。」國棟說：「你要愛學，我教教你。」盧珍說：「可以，等候著有工夫的時候，跟你

❶ 重落：方言。指病情好轉後又變得嚴重。

學學。」國棟說：「咱們這就走，上花園子，我教教你去。」盧珍雖不願意，也是無法，教國棟揪著就走，無奈之何，跟著到了花園子。盧珍一想，也是閑暇無事，一半拿著他開開心。

那個國棟本是個傻人，就把兩根木棍拿來，說：「我先教給你潑風十八打。」盧珍接過棍來，說：「我可不會，咱們混掄一回，誰打著可不許急。」國棟說；「那是我淨打你。」盧珍說：「你打死我都白打。你要打著我，我倒跟你學；你打不著我，我倒不跟你學。」國棟說：「那麼就打。」盧珍拿起棍來，見他也不懂得甚麼叫行門過步，劈山棍打將下來。盧珍用棍一支，國棟換手一點，盧珍斜行要步，往外一磕，撒左手反右臂，使了一個「鳳凰單展翅」，又叫「反臂倒劈絲」，聽見啪的一聲，正中在國棟的後脊背上，啪啪啪削出好幾步去，幾乎沒栽倒。國棟說：「唔呀！你別是會罷。」盧珍說：「我不會。先就說明白了，我不會。」國棟說：「再來。」盧珍說：「咱們就再來。」又是照樣兩三個彎，仍然照樣受了一個掃蕩腿，噗通一聲，摔倒在地。盧珍微微的一笑說：「兄弟起來。」國棟說：「我不用起來了，我給你磕頭，你教教我罷。」盧珍說：「不會，我教給你甚麼？」國棟跪下不動，說非教不行。他鬧得盧珍無法，說：「是了，等著有工夫我教你。」

國棟說：「咱們兩個人拜把子，你願意不願意？」盧珍本不願意，又一思想：「倘若鬧的到展二叔耳朵裏去，憑人家這個待承，要不與人結義為友，也對不住人家。再說國棟也是個好人，這個把子也可以拜得。」隨即點頭。國棟說：「就在這裏拜。」折了三個樹枝插在土上，兩個人衝北磕頭。盧珍大，就跪在太湖石前。盧珍說：「過往神祇在上，弟子盧珍與展國棟結義為友，從此往後有官同作，有馬同乘，禍福共之，始終如一，倘有三心二意，天厭之！天厭之！」磕了頭。國棟跪下說：「過往神祇在上，弟子展國棟與盧珍結義為友，有官同作，有打同挨。」盧珍說：「不對，有馬同乘。」國棟說：「有官同作，有馬同乘，這才是有打同挨呢。」盧珍說：「不對，沒有個『有打同挨』，該當是『禍福共之』。」國棟說：「這才是有打同挨呢！」盧珍說：「沒有這麼句話。」國棟磕了幾個頭，轉過來又與盧珍磕頭。

國棟說：「咱們這可就是把兄弟了，有官同作呀。就是你作官，我也作官；你騎馬，我也騎馬；你吃好的，穿好的，我也吃好的，穿好的。」盧珍說：「對了，就是這麼個講兒。」國棟說：「倘若是我，要有人見面就打我、罵我，你當怎麼樣哪？」盧珍說：「你我生死之交，我的命不要了，必然要與你出氣。」國棟說：「此話當真嗎？」盧珍說：「要是假的，你別叫我哥哥了。你果有這樣人欺負你，我不與你出氣，我是畜生！甚麼人欺負你？說罷。」國棟說：「這個人就在咱們院裏住。」盧珍說：「必是惡霸，你帶我找去，要死的，要活的，就聽你一句話。若要將他要了命，還是我出去償命，與你無干。倒是姓甚麼呀？」國棟說：「就是我姐姐。」盧爺一聽，說：「啐！你胡說！我當是誰，原來是你姐姐，虧了你是與我說，要與別人說，教人家把牙都笑掉了。你邀人打你姐姐，你還算了人了。趁早別往下說了，你再往下說，我就不認得你了，你我斷義絕交。」國棟說：「你打算我這個姐姐，像別人家的姐姐哪！他與別人不同，力氣大、棍法精、拳腳快、刀法熟，我們動手，我總得跑，不跑就得受他的打，並且不放走，給他跪著叫『姐姐、親姐姐饒了我罷，再也不敢了』，這才叫走哪。見頭打頭，見尾打尾，我實無法了，各處找人幫著我打他，總沒有能人。我看著我天錦哥哥可以，他又病了。想不到哥哥你準能打他！有言在先，有人欺負我，你管，這你又不管我了。也罷，你愛管不管罷，你不管，我一輩子也逃不出來了，不如我死了，倒比那活著強。」盧珍知道他是渾人，倘若真行了短見識❷，更不對了，無奈勸勸他罷，說：「兄弟你想，姐姐是外姓人，在家還能有多少日子，你再忍幾年就得了。」國棟說：「你別管我了，我這就碰死，你去你的罷。」說畢，又哭起來了。

盧珍為難，心中想：「有了，我冤他一回倒行了。我應著幫打，叫他把他誆來，我在山子❸後面蹲著，他叫我不出去，等他姐姐走了，我再見他，我說我睡著了。只要哄他過了一日半日，我們一走就完了。」想妥了這個主意，說：「兄弟別哭了，我應了，幫著你打還不行嗎？」國棟聽說道：「你管了？」盧公子說：「我管了。」國棟說：「我也不哭了，你真是我的好朋友。我去誆他去，你在山石後等著。我將他誆到此處之時，我叫『救兵何在』，你在山子石後面出來說：『好大膽！欺負我的拜弟，我打你這個東西！』你打他，叫他叫，不叫還打；我也叫他叫，不叫再打，就給我出了氣了。」盧珍說：「你快去呀！」國棟說：「你可得言要應典❹哪！不然我走了，你跑了，我救兵不在，那可害苦了我了——那可是他打的，明天去，他還打哪，我可得死與他瞧。你要走了，我是個王八——我可不敢罵你。」盧珍無法，只可等著。

國棟的姐姐乳名叫小霞，本是展輝之女。展耀就有一子是國棟。大太太先死的，大員外後死的，病到十分，叫姑娘過來與叔父、嬸母叩頭，說：「從今後，不許叫叔父、嬸母，就叫爺爺、娘親。你們夫妻可要另眼看待這苦命的孩兒。」二員外夫妻說：「哥哥放心，我們待他要與國棟兩樣心腸，我們不得

❷ 短見識：即短見。指想不開而自殺。
❸ 山子：方言。指花園裏的假山。也叫山子石、山石。
❹ 應典：亦作應點。方言。指實踐諾言。

善終。大爺，姑娘給甚麼人家？」大員外說：「一要世代簪纓之後❺，二要人家單淨，三要文有文才，四要武有武工夫，五要品貌端方，六要本人有官職。」二員外一聽，就知道太難了，說：「大哥，若有一件不全，給不給？」大員外「嗷」的一聲，嚇了氣了，大家慟哭。發喪辦事將完，二太太又死了，也把事辦完。姑娘帶著兩個小丫鬟，習學針黹，描鸞刺繡，早晚的舞劍打袖箭，全是展家家傳。國棟可不會，每遇姐倆交手的時節，國棟必敗。姑娘比他強得多多，力氣可沒他大，用得巧妙。國棟輸了，姑娘叫他求饒。每遇動手，回回如此。國棟忌上了小姐。本是邀天錦，天錦又病了。如今見盧珍又強多了，定好了計，自己到姑娘的院內叫陣。姑娘出來，短衣襟，手拿木棍，說：「你這幾日沒受打之故罷？又來了！」國棟說：「我拜了老師了，你不行了，快給我磕個頭罷，我就饒了你。」姑娘大怒，二人交手不到十個回合，小爺就跑奔西花園子而來。姑娘在後，進了花園與盧珍見面，且聽下回分解。

❺ 簪纓之後：高官顯宦的後代。簪纓是古代高官的冠飾，故借指高官。

第六十三回　小爺敗走西花園內　公子助拳太湖石前

詩曰：

城頭疊鼓聲，城下暮江清。
欲問漁陽摻❶，時無禰正平❷。

且說展國棟去到姑娘香閨繡戶，以比棍為名，把小姐誆將出來，先比試了幾下，敗走西花園內，進月樣門，直奔太湖山石。姑娘在後面追趕。國棟衝著太湖石嚷喝，說：「呔！救兵何在，救兵何在！」姑娘一聽，不敢前去，心中暗道：「這孩子不是外邊勾了人來？倘若外邊勾進人來，自己拋頭露臉，沒穿著長大衣服，就是這樣打扮，漫說見男子，連婦女們都不見。倘若叫叔叔知道，數說自己幾句，那時怎了！國棟本是一個渾孩子，他真許外頭勾進人來，不如早早迴避為是。」國棟連叫救兵，回頭又叫：

❶ 漁陽摻：即漁陽參撾。三國時禰衡所作鼓曲名。據世說新語言語所載，曹操折辱狂生禰衡，將他謫為鼓吏。禰衡乃於元宵鼓漁陽參撾，淵淵有金石聲，滿堂賓客為之改容。摻，音ㄘㄢˋ。

❷ 此詩即唐代李商隱所作七絕聽鼓，描寫詩人望著漢末才子禰衡墓葬所在的長江中的鸚鵡洲，聽著城頭的暮鼓聲，心中所興起的對歷史上那位狷介狂放、不畏權貴的文士的緬懷嚮往之情。

「姐姐，你怕了我了？是好的回來，我這有救兵，你敢來麼？從此你就永不用合我誇嘴了。」姑娘聽他這一套話，不覺的氣往上一撞，又見國棟衝著太湖石叫了半天，並沒人答應，自己忖度：「別叫這個傻小子誆我，一句話就把我嚇跑了。國棟是個傻人，他在外面一嘲笑，我豈不被外人恥笑？」這是姑娘都是驕傲的性情，何況這姑娘是一身的功夫，那性情未免的更顯著驕傲了。自己一反身，又追下國棟來了，說：「你這孩子，這個打今天是沒挨夠哪！你叫甚麼救兵？你若不叫救兵，我倒饒了你。今天衝著你這個救兵，連你帶你這個救兵給我跪下，我都不饒。」隨說隨追，國棟就跑，衝著太湖山石又嚷：「救兵何在？救兵快些出來，不然我要不好。噯喲！救兵跑了，你可害苦了我了。」姑娘聽著喊救兵喊得緊，又收住步了。姑娘看太湖山石後並無一人，又追。追到身臨切近，國棟真急了，說：「救兵再不出來，我可要胡罵你了。」姑娘說：「今天你倒不要緊，我倒看看你這救兵是項長三頭，肩生六臂？」國棟又說：「你不出來，連我姐姐都要罵你啦。」

盧珍實忍不住了，本是裝瞌睡，一聽要罵可就忍不住了；再聽姑娘說話又太大了點，連救兵帶國棟給他跪著他都不饒，本來無心與這姑娘交手，被這兩句話一擠兌，把盧公子的火擠兌得就發燥起來了。單手提那根齊眉棍，往上一抬身軀，往對面一看，原來是一個十七八歲的姑娘，追趕國棟。短打扮，頭上烏雲有一塊鵝黃綢帕罩住，並沒戴定花朵，也沒有釵環鐲釧；穿一件玫瑰紫的小襖，蔥心綠的汗巾繫腰，雙桃紅的中衣；三寸窄小的金蓮，一點紅猩相似，粉面桃腮，十分的俊麗；手中提一根齊眉木棍。盧公子故意斷喝一聲，說：「呔！甚麼人大膽，敢欺負我的拜弟！來，來，來，與公子爺較量三合。」

姑娘猛然間，見太湖山石後顯露一人，小姐立住腳步。但見這位相公頭戴銀紅色武生巾，銀紅色箭袖，香色的絲帶，靴子、襯衫俱被太湖石擋住。往臉面上看，粉融融一張臉，兩道細眉，一雙長目，皂白分明，鼻如懸膽，口賽塗朱，牙排碎玉，大耳垂輪，細腰窄臂，雙肩抱攏。姑娘一瞧，羞了個面紅過耳，拉棍回頭就走。國棟在旁邊說：「救兵，打！打！打！別教他跑了，追打！姐姐，你可栽了跟頭了。就會欺負我，今天可教人家追跑了，明日再別合我說嘴了。」

姑娘出花園，回自己香閨繡戶。國棟仍是後面追來，說：「你敢上後花園裏去嗎？」姑娘回頭叫：「兄弟，到我屋裏來，我與你講話。」國棟不敢進去，就在院裏站著，拿根棍子說：「我就在這裏等著你。你幾時也給我跪下，我才饒你。」早有丫頭接了棍進去，問：「小姐，怎麼今天大爺得了勝了？」姑娘說：「你少說話，請大爺進屋裏來。你告他，只管進來，不是誆著打他，有話合他說。」國棟方敢進來，說：「姐姐，你不是誆到屋裏打我去？」姑娘說：「你只管進來，我有話合你說。」國棟到了裏面，說：「姐姐，甚麼事？」姑娘說：「兄弟，那邊坐下。」國棟說：「甚麼事？姐姐你說罷。」姑娘說：「你我姐弟，有甚麼仇恨？」國棟說：「咱們沒有甚麼仇恨。」姑娘說：「既沒有甚麼仇恨，你為甚叫了外人打姐姐來？」國棟說：「就為你屢次三番打得我實在難受，我老不能贏你，故此我才找了一個助拳的。他也不是外人，他是我盟兄。」姑娘說：「你我姐弟，是親姐們，你打了我也不要緊，我打你也不要緊。誰道你竟把姐姐恨上了。好兄弟，你真不錯，我真疼著了你了！我就是告訴爹爹去，我問問爹爹，你是哪裏約來的人。我就是教爹爹打你，我也打不了你。」說罷就哭。把國棟嚇了個膽裂魂飛，就與姑娘跪下說：「好姐姐，千萬可別教爹爹知道，我再也不敢了。」他也明知要教他天倫知道，必把他打個死去活來，故此苦苦央求姐姐。其實姑娘是怕他告訴，故此拿利害話把他威嚇住，就省得爹爹知道了。倘若員外知道，數說自己一頓，是死是活？叔叔比不得嬸母，嬸母數說一頓不要緊。想著把傻小子安置住了就得了，不想外頭還有人泄漏。

那盧珍雖然見著姑娘，見姑娘臉一發赤，回頭就跑，國棟就追。盧珍哪裏肯追。見他們姐弟跑了，把棍子一扔，奔東院來了。回到屋中，看韓天錦病勢已然好到八九成。重落了好幾次，都由食上重落，這也知道喝點粥了，看看痊癒，正對看大官人與二員外在裏頭講話。少刻大官人出來，進了書房，盧珍站起身來說：「大叔哪裏去來？」大官人說：「上裏邊合你展二叔談了會子話，看了會子閑書，要合我著棋，哪裏我有閑心與他對弈。不然你上裏邊去，與你展二叔著兩盤棋倒也罷了。」盧珍說：「叔父既無閑心著棋，難道說侄男就有那樣閑心？侄男恨不得這時就到襄陽，見著我天倫才好。」丁大爺這也就不便去了。丁大爺又過來看了看天錦，就見盧珍在那裏坐著，忽然「嗤」的一聲笑了。大官人問盧珍說：「你方才笑甚麼來著？」盧珍回答：「侄男並沒笑。」丁大爺說：「莫非你有甚麼心事嗎？怎麼連笑你都不知道哪！」盧珍說：「侄男情實的沒笑，必是叔父聽錯了。」大官人隨即也就說：「大概是我聽錯了。」慢慢的察言觀色，淨看著盧珍仍是如有所思的樣子，待了半天又「嗤」的聲一笑。大官人說：「這你可就不必隱瞞了，有甚麼心事快講上。」盧珍情知隱瞞不住了，就將拜把子，見著人家姑娘，一字不曾隱瞞，就細述了一遍。丁大爺一聽一笑，問：「你看見這個姑娘品貌如何？」就把盧珍羞得是雙頰帶赤，一語不發，就是低著頭害羞。究竟總是古時年間的人，這要到了如今——我國大清，不用叔伯父問，自己就要講論講論。再說是甚麼樣的英雄？

大官人忽然心想：頂好的一門親事，我何不與他們兩下裏作個媒人？想罷，復又到裏邊面見展二員外，仍是落座獻茶。大官人說：「我自從到了家中，這些日子，未曾見著姑娘，倒是把甥女請過來見見。」二員外點頭，立刻把姑娘請到。啟簾而入，一看姑娘，怎見得？有贊為證：

丁大爺，觀對面；但只見，一啟簾，進來了一位姑娘，貌似天仙。豔麗無雙多俊俏，閨閣的女子穩重端然，透出了，正色顏。綠鬢垂，珠翠鮮；麻姑髻❸，烏雲挽，別著個，碧玉簪。襯著那，珠兒又圓圓，翠兒又鮮鮮，花朵兒顫顫。穿一件，對領衫，襯衫上，繡牡丹。百褶裙，遮蓋嚴；準定那，裙兒之下是丟羞的小小金蓮。梨花貌，芙蓉面，桃蕊的腮，似把笑含。土❹形正，如懸膽，配著那，耳上環。櫻桃口，真是一點，不點胭脂，紅裏透鮮。兩道眉，似春山，皂白分，星眸顯。見了那丁大爺，道了一個萬福，欲前不前。

丁大爺看見了甥女小霞，方與展二員外說道：「姑娘幾載不見，長成人了。」二員外道：「姑娘，你也不認得你大舅了罷？」姑娘回答不認識了。深深道了一個萬福，歸後去了。大官人復又問：「姑娘可曾許配人家？」展二員外說：「我哥哥的遺言，六件事全方才許配，差一件事不給，故此耽誤。」丁大爺問：「哪六件事？」回答一要世代簪纓之後，二要人口單淨，三要文才，四要武技，五要品貌端方，六要本人有官。丁大爺說：「我作個媒人就是。盧珍可稱世代簪纓，家裏就是三口人，文才武技你是問過

❸ 麻姑髻：古代婦女一種髮髻樣式：把髮髻挽在頭頂中央，其餘的頭髮垂披肩後。麻姑，傳說中的仙女，見葛洪麻姑傳。

❹ 土：這裏指鼻。土在五行指方位時配中央，鼻在五官中位於中央，故相術中以鼻配土。

的，品貌你是瞧見了。這一到襄陽，跟著大人拿王爺回來，何愁無有官作。」展二老爺一聽，喜之不盡，說：「大弟，我見面就有意，可不知定過姻親沒有，今天大弟一提，焉有不願意之理。」就此定妥。丁大爺身邊帶定一塊玉珮，作為定禮。二員外收將起去。丁大爺對盧珍說明，就把盧珍帶將進來，與二員外行了禮，就以岳父呼之。合家人皆知此事，都與員外爺道喜。

萬事皆是個定數，非人力所為。此事若非天錦染病，斷斷也成不了此事。親事定妥，韓天錦的病體痊癒，告辭起身，直奔襄陽去了。全珍館鬧禍，俱在下回分解。

第六十四回　黃花鎮小五義聚會　全珍館眾英雄相逢

且說盧珍定了親事，韓天錦病體痊癒，爺三個起身直撲奔襄陽，暫且不表。

且說的是山西雁徐良，同著鬧海雲龍胡小記、開路鬼喬賓，與艾虎分手，定下在黃花鎮相會。徐良叫人推著小車，直奔黃花鎮而來。一路之上，曉行夜宿，飢餐渴飲。這日到了黃花鎮，進了東鎮口道，這裏有座飯鋪，字號是全珍館。門口有長條桌子，長條板凳。開路鬼叫道：「哥哥、兄弟，咱們在此吃會子酒罷，肚內覺著餓了。」徐良點頭，就將小車放在門外，教他們就在這桌子上要吃食物件。迎著門擺著個三角架子，上頭搭著塊木板，板上搭著個簾子，簾子上擺著饅首、麵、粽兒、包子、花捲，為的是賣力氣的苦人擔挑推車地到了，就有現成吃食物件。並且那邊靠著門旁有個綠瓷缸子，上頭搭著塊木板，板上有幾個粗碗，缸內是茶。裏面人吃飯喝茶走了，把茶葉倒在缸內，兌上許多開水，其名叫總茶。每有苦人在外頭吃東西，就喝缸內的總茶，白喝不用給錢。三人進了全珍館，直往後走。到了盡後面，後堂迎面一張桌子，三位謙讓了半天，胡小記迎面坐了。過賣過來問：「要甚麼酒菜？」要了一盆子醋。然後胡小記、喬賓要酒，要上等的酒席一桌。不多一時，羅列杯盤，酒已擺齊，三位暢飲。

正在吃酒之間，忽然有一騎馬的來到，見那人下了坐騎，有舖中人將馬匹拉將過去。此人下馬直奔裏邊來，問舖中人：「可有雅座？」掌櫃的說：「沒有雅座。」又問：「可有後堂？」回答：「有後堂，教人家佔了。」說：「可能夠教他們騰一騰？」鋪中人說：「那可不行，全都有個先來後到。」又問：「就是一個後堂嗎？」回道：「有個腰門❶。」那人說：「待我看看。」隔著一層欄杆，那人說：「這也倒可以。」出去打馬上取出一個綠布口袋來，叫他們涮了一把茶壺，抓上茶葉，把開水倒上，拿了四個小茶缸兒，就在腰門靠著西邊那張八仙桌上，叫過賣淨了桌面，西面放了一張椅子。

不多一時，聽外面一陣大亂，一個個撇蹬離鞍，有鋪中人把馬匹接將過去，就在鋪面前來回的遛馬❷。有一位相公，許多從人伴當❸，真是眾星捧月的一般。但見這位相公，戴一頂白緞子一字臥雲武生公子巾，走金邊，卡金線，繡的是串枝蓮；兩顆珍珠，串著鵝黃燈籠穗❹，在兩肩頭上亂擺；白緞箭袖袍，繡的三藍色的大朵團花，五彩絲鸞帶束腰，套玉環，佩玉珮，蔥心綠襯衫，青緞靴子；肋下佩刀，金什件，金吞口，軋把峭尖雁翅式鋼刀懸於左肋。細條身材，面如美玉，白中透亮，亮中透潤，彷然是出水的桃花一般；兩道細眉，一雙長目，皂白分明，鼻如懸膽，口賽塗朱，牙排碎玉，大耳垂輪，細腰窄臂，雙肩抱攏，暗隱著一團威風殺氣。眾從人擁護著來到後邊，問道：「在哪裏烹茶哪？」先進來的那從人說：「茶已烹好，現在此處。」那位武生相公也往後看了一看，就在西邊八仙桌上落座，吩咐快些拿茶來，好生燥渴。那人趕緊的答言「是」，就斟出四半缸兒茶來，由靴筒兒裏掏出一把扇子來，就把這茶用

---

❶ 腰門：指後堂與前面大堂之間的部位。
❷ 遛馬：牽著馬慢慢走，使馬解除疲勞。
❸ 伴當：跟隨在身邊做伴的僕人或伙伴。
❹ 燈籠穗：指常被掛在宮燈下作裝飾的那種絲穗。

扇亂搧，把茶搧得可口，說：「請相公爺吃茶。」

徐良與胡小記說：「大概此人家中不俗，這是行上路還有這麼大的款式❺呢！」胡小記說：「看看這樣，定然是不俗。」將把茶要往上一端，聽著外邊大吼了一聲，進來一人。這一聲喊，半懸空中打了雷相似，好詫異！進來一人，身高一丈開外，一身皂青緞的衣服，面似地皮，進門來撲奔後面說：「我渴哪！渴哪！」衝著山西雁而來。徐良告訴過賣說：「你先張羅❻這一個料半❼的身量去。」過賣迎出去說：「你是幹甚麼的？」

你道此人是誰？原來就是霹靂鬼韓天錦。同著大官人、盧珍正走黃花鎮東鎮口外，說：「我渴了。」盧珍說：「這是個鎮店，裏面必有賣茶的，咱們到裏邊去找茶舖。」韓天錦一人先就進來。公子就怕他闖禍，誰想還是闖禍。將進鎮店，他就看見全珍館了，直往裏走，嚷渴。過賣迎住問他，他說：「渴了，我要飲水。」過賣說：「門口外頭有現成兒的，你要事忙，拿起來就飲，也不用給錢。」韓天錦聽見，一扭頭，他就看見那個武生相公人家那裏的茶了，他只當那個茶，拿起來就飲。那過賣說是「門口兒那個缸裏的茶」，是天錦聽錯，也是過賣沒說明白，事從兩來，莫怪一人。韓天錦拿起人家的茶來就飲，一連四碗，人家焉能答應。

畢竟不知怎樣鬧法，且聽下回分解。

---

❺ 款式：這裏指花樣、派頭。

❻ 張羅：這裏指應酬、接待（顧客）。

❼ 料半：製造物品的材料比通常所用的多出一半。這裏比喻有通常的一個半人那麼大。

第六十五回　愣漢子吃茶誇好　莽男兒喝湯噴人

詩曰：

真人塞其內❶，夫子❷入於機❸。
未肯投竿起❹，惟歡負米歸。
雪中東郭履❺，堂上老萊衣❻。
讀遍先賢傳，如君事者稀❼。

❶ 真人塞其內：修行得道的人，內心充實而外邪不侵。淮南子主術訓：「外邪不入，謂之塞。」
❷ 夫子：對男子的尊稱。這裏指此詩所贈對象崔處士。
❸ 入於機：深入造化。語出莊子至樂：「青寧生程，程生馬，馬生人，人又反入於機。」
❹ 投竿起：拋棄隱居而出仕。竿，這裏指隱士垂釣的魚竿。
❺ 東郭履：指像史記滑稽列傳中所載的東郭先生所穿的有面無底的敝履。東郭先生以方士待詔公車時，貧困飢寒，「行雪中，履有上無下，足盡踐地」，為路人嘲笑，他卻解嘲說：誰能像我這樣穿履在雪中行走而印出的卻是人的腳掌印？
❻ 老萊衣：指老萊子所穿的讓雙親發笑的五色衣。老萊子是春秋時楚國的隱士，事親至孝，到七十歲還常穿著五色斑爛的彩衣倒地作嬰兒啼，以娛雙親。見孝子傳等。

且說韓天錦問過賣，他說外頭有現成的茶，拿起就喝。天錦一看北邊是裏頭，隔著一段欄杆，這必是外頭了。他一看四個小茶缸四半碗茶，從人才把他搧涼了，他過去伸著大手就要端茶。從人一攔，說：「你好生無禮！」這句話未曾說完，就被武生相公攔住，打算著大個把茶喝完，道個致謝也就完了。就見大個嘴又大，碗又小，茶又少，端起來咯的一聲，一碗茶就沒了，一吧咂嘴，都嚥下去。大個說：「好嘛！」又端起來一碗，一連就是四碗，喝完了又說：「好嘛！」轉臉要走。被武生伸手拉住說：「呔！你這廝好生無禮。」天錦問：「怎麼無禮？」武生說：「你方才喝這茶好不好？」天錦說：「我直說好嘛！」武生說：「好便怎樣？」天錦說：「喝好了給櫃上傳名。」武生說：「是我的茶，怎麼喝好了給櫃上傳名？」大個說：「好小子！」武生回答：「罵我哪？」大個說：「我沒罵你，我罵這小子哪。你說『外頭有現成的，拿起來就喝』，教人家損❽我一頓。我就是打你個狗娘養的！」過賣嚇得是渾身亂抖，說：「大太爺等等，咱們可不許嬌情❾。我說『外頭』是門口，外頭西邊有個綠瓷缸，瓷缸上有塊板，板上頭有個黃砂碗，拿起來就喝，也不用給錢。誰叫你拿起人家的茶來喝？人家豈有不說的道理？」天錦說：「到底是你沒說明白。」一言還未盡，抓起過賣要打。武生說：「大個，我看你有些不說理。不用欺負他，來，來，來，咱們較量較量。」正說話間，盧珍打外邊闖將進來，隨後大官人也到。

原來是他們見韓天錦到黃花鎮蹤跡不見，直找到西頭，又打西頭找回，方才找到全珍館。高聲嚷道：

❼ 此詩為唐代李商隱所作之崔處士。

❽ 損：方言。指用尖刻的話挖苦人。

❾ 嬌情：方言。指強詞奪理，無理取鬧。

「哥哥要合人打架，千萬可別動手。」連大官人也到，一問怎麼個緣故。過賣就將所有的情由述了一遍。盧珍拿好話安慰了過賣幾句，說：「你看我罷。」轉頭又問了問天錦。天錦說：「他說得不明。他說『外頭』，也沒說是哪個外頭，教人家損了我一頓。」盧珍說：「到處裏就是哥哥你闖禍。坐著罷，我過去給人賠禮去。」「這位大哥在上，小弟有禮。方才是我無知的哥哥得罪了兄臺，看在小弟分上。把尊公的茶全都喝了，我們也不敢說是賠了，我再給閣下斟出幾碗來涼著就是了。」武生連連陪笑說：「豈敢！豈敢！我倒透著小器了。」彼此對施一禮。

盧珍告退，歸到東邊，緊著武生相公那張桌子落座，數說了天錦幾句。然後過賣過來，倒給天錦陪了個禮，然後要茶。天錦說：「甚麼也敵不住人家那茶好喝。」盧珍一笑說：「哥哥還會品茶哪！」天錦說：「甚麼話哪，真好喝嘛！」

山西雁徐良說：「你看這個人那麼大個，他會沒喝過茶？」喬賓說：「看看他有多時開過眼。」胡小記說：「聽見怎麼樣？別看他料半的身量，我一低腦袋，他就得躺下。那個武生相公倒是個朋友，說話也真通情理，可就是不知道姓字名誰。」再聽那邊說的話，更奇怪了。就說這喝茶，天錦直誇這茶好。盧珍說：「怎麼個好法？」天錦說：「喝到嘴裏呀，他那麼噴噴香的，苦因因的，沉嘟嚕的，甜津津的。」「你是淨喝過涼水，沒有喝過好茶。過賣過來，把你們裏頭那頂高的雨前，照著那邊的樣子烹一壺來。」不多時烹了一壺來。盧珍把三碗斟上，過去又讓了讓⑩那邊武生相公，頭碗遞給大官人，二碗遞給天錦，然後自己端起一碗，說：「哥哥，嘗嘗這個茶怎麼樣。」天錦把茶端起來咯的一聲，一吧咂嘴，又一裂

⑩讓了讓：指向對方表示了一下請先用。

嘴說：「差多，差多。」盧珍問：「怎麼差多呢？」天錦說：「喝到嘴裏不那麼香噴噴的，不那麼苦因因的。」盧珍說：「別說了，教人家聽見恥笑。」大官人說：「這茶就很好。」

不多一時，來了一個人，提著一壺茶，放在桌案之上，說道：「我家主人聽著這位爺誇獎我們個茶好，原本是打我家鄉帶來的茶葉；固然此處買的茶葉，敵不住我們帶來的茶葉好。這是我家主人孝敬你們爺們的。些須小事，望乞笑納。」盧珍說：「素不相識，這如何使得。淨是韓大哥誇好，教那位尊兄送過來，這怎麼答人家的情哪？回去見你家主人，替我們道謝。」說畢，復又衝著相公桌上一謝。大官人也就謝了一謝。韓天錦就先把茶斟起來一喝，說：「大叔，兄弟，嘗嘗這茶。到底是真好！」盧珍也就點頭。大官人也說：「好！怪不得他誇獎。」

少刻，那邊武生相公過來說：「飯已要齊，請諸位在那邊一同著吃一杯酒罷。」大官人、盧珍都說：「不陪，不陪，少時我們飯也就要來了，大家兩便罷。尊兄先請。」不多一時，叫過賣來，也要了一桌上等酒席，擺列杯盤。盧珍與大官人俱到武生相公面前，讓了一讓，復返落座，大家吃酒。盧珍雖是這邊吃酒，不住的淨看著那邊武生相公。但見那相公端起酒來，長嘆一聲，復又放下，心中如有所思。從人們勸解說：「相公總得吃飯，怎麼連酒也不喝了。」勉強著要了兩碟饅首，讓相公吃。剛吃了半個，也就放下。又給要湯，相公言不要了，從人一定叫過賣強要了一碗湯——是木樨湯⓫。不多時湯到，相公叫看茶來漱口。

忽然由外面進來一人，背著個包袱，一身墨綠的衣服，壯帽，肋下懸刀；面如熟蟹蓋一般，粗眉大

⓫ 木樨湯：即蛋花湯。因打碎的雞蛋經烹調後略似木樨花（即桂花）。

眼，直往裏跑，進門來就嚷：「餓了，餓了，我餓了！」正是過賣張羅著盧珍，那邊擺齊，又到後堂張羅著胡小記的酒飯。徐良說：「你看打外頭來了個餓的。方才來了個渴的，這又來了個餓的，瞧他去罷。」過賣將出來，那人已經到了後堂，說：「餓了，餓了，瞧有甚麼吃的，快些拿來。」過賣說：「要現成的這裏沒有，外頭有現成的，拿起來就吃，有忙事吃了就走。」可巧過賣又沒說明，始終又沒提門口的外頭，又遇見了個渾人。那人一想，那欄杆裏頭是裏面，欄杆外頭是外面，轉身又看見武生相公那桌酒席，直奔前來。到桌案之前，他也不管好歹，就把方才端來的那碗熱湯，端起來就要喝。又是碗清湯，也沒有油，也不冒熱氣，這人端起來就喝。頭一口咕嚕一聲嚥將下去，燙得心腹生疼。似乎這二口湯就不用喝了，嘴急，又把二口湯喝在嘴內，燙得「噗哧」一聲，一口湯噴出，正噴在武生相公臉上、頭巾、衣服等處，無一不有。人家是新開剪，頭次上身，湛湛新的衣服，全給油了。武生相公氣往上一撞，用手一指說：「那醜漢這是怎樣了！」那人「噯喲」半天，說：「你說怎樣？」武生相公說：「你賠我。」那人說：「你還得賠我。」武生相公說：「我賠你甚麼？」那人說：「賠我舌頭。」武生相公說：「我的菜誰叫你端起就喝？」那人說：「那小子他叫我喝的。」過賣早就嚇得抖衣而戰，過來分證這個理說：「我叫你在門口外頭有個三角架子，上頭有個木板，木板上有饅首、麵、粽兒，拿起來就吃，誰叫你喝人家這個來。」那人一聽，羞惱便成怒，抓起過賣就要打。

裏面的三位英雄不服了，開路鬼喬賓就要出來，被胡小記攔住，山西雁說：「該這位相公倒運，喝茶犯小人，吃飯又犯小人。」韓天錦也有了氣了：「怎麼人家的東西他拿起來就要吃？」盧珍說：「哥哥，你別說了，只許你拿起來就喝，不許人家拿起來就吃麼？」那武生相公就是泥人，也有土性兒。喝道：「那個小輩，不用合過賣發橫，你就是賠我的衣服。」那人說：「你就賠我舌頭。衣服有價，舌頭沒價。索性我也不衝著過賣說了，賠舌頭罷！」小子隨說著，上頭一晃，就是一拳。武生相公一伸手，接住腕子，底下一腿，那人便倒，復又起來。裏外眾人哈哈一笑。那人羞惱成怒，亮出刀來。

不知兩個人怎樣計較⑫，且聽下回分解。

⑫ 計較：這裏指爭吵。

第六十六回　盧珍假充小義士　張英被哄錯磕頭

且說那人羞愧難當，摔了個跟斗，大家一笑，不由氣往上一撞，把刀亮將出來，往前一趨，對著那位武生相公就剁將下來。武生相公往旁邊一閃，正要拉刀，那人早「噗通」躺在地上。原來是盧珍趕奔前來，抽後把腕子接住，底下一腳，那人便倒。

盧珍將他攙將起來，說：「朋友，你在這邊坐。」那人說：「甚麼事，你把我蕩❶個跟斗？給我刀來。」那刀早被盧珍拿將過去，遞與大官人了。盧珍說：「朋友，你別著急。人將禮義為先，樹將枝葉為堅。咱們都是素不相識，你們兩下裏我俱不認得。天下人管天下人的事，世間人管世間人的事，哪有袖手旁觀，瞧著你們動刀的道理？故此將你讓到這邊。論錯，是哥哥你錯了，也搭著過賣沒說明白。你也該想一想，你也該看一看，就有現成的，哪裏有成桌的酒席給你預備著？你也當問問，再吃再喝才是。知錯認錯，是好朋友。哥哥是你錯了不是？」那人說：「我皆因有火燒心的事，我兩哥哥在監牢獄中，看看待死，上武昌府找人去。慢了，我兩個哥哥有性命之憂。故此聽那小子說外邊有現成的東西，我拿起來就吃。那個人，既是他的東西，他就應當攔我才是，為何等我喝到口中，他方說是他的？他還叫我賠他衣服，他就是賠我舌頭。」盧珍說：「你就是不論怎麼急，吃東西總要慢慢的，不然吃下去，也不

❶ 蕩：掃。

受用。別管怎麼，看在小弟的分上，你過去給他賠個不是。」那人說：「你不用管了，他與我賠不是，我還不能答應呢！」盧珍說：「事情無論鬧在哪裏，總有個了局。你方才說有要緊的事情，此事不了，你也不能走。依我相勸，你先過去與他賠個不是，別誤了你的大事。」那人說：「你住口罷，趁早別說了。我這人是個渾人，任憑甚麼人勸解，我也不聽。此時除非有一人到了，他說教我怎麼辦，我就怎麼辦。」盧珍問：「是誰？」那人說：「除非是我艾虎哥哥到了，別者之人，免開尊口。」盧珍暗笑，自思：「冤他一冤。此人既認得艾虎，必不是外人。」復又問道：「你怎麼認得艾虎？」那人說：「我不認得，我哥哥認得。」盧珍更得了主意了，說：「你不認得艾虎，你貴姓？」那人說：「我姓張，我叫張英，上武昌府找艾虎哥哥，與我們託情。」盧珍說：「你不用去了。這才是恰巧哪！我就是艾虎，匪號人稱小義士，將打武昌府往這裏來。你要上武昌府，還要撲空了哪。」那人一聽，趕緊雙膝跪地，說：「哎喲！艾虎哥哥，可了不得了，咱們家禍從天降。」盧珍說：「咱們無論有甚麼事情，全有小弟一面承當。咱們先把這件事完了，再辦咱們的家務。」張英說：「此事怎麼辦法？我可不能給他賠不是。」盧珍說：「論近，是咱們近。你要栽了跟斗了，如同我搶了臉❷的一般。」張英說：「除非是艾虎哥哥，你派著我，別人誰也不行。你教我磕一百頭，我還磕哪！」盧珍說：「好朋友，你這少待。」

原來大官人勸解那位武生相公，人家是百依百隨，連身上噴的那些油湯，盡都搽去；又打來的臉水，也把臉上洗淨。盧珍過去說：「看在小可分上，我將他說了幾句，帶將過來與尊公賠禮。」武生說：「屢屢淨教兄臺分心。不必教他過來了。」盧珍隨即將他帶將過去。張英說：「除非我哥哥教我給你磕頭，

❷搶了臉：沒了面子。

不然你給我磕頭，我還不答應呢。」氣忿忿跪在地下，磕了幾個頭。人家武生相公更通情理，也就屈膝把張英攙將起來，說：「朋友，不可計較於我。」盧珍也就給武生相公作了個揖，拉著張英往他們這座位來了。大官人也就給武生相公施了個禮，就奔自己的座位了。

盧珍聽見後面有人說：「此事辦得好。」有個山西人說：「好可是好，就是有點假充字號。」盧珍瞅了他們一眼，暗道：「這幾個人莫非是認得艾虎？」自己重新又與張英說話：「你先坐坐，咱們有現成的東西，你先吃點。」張英說：「艾虎哥哥，我吞食不下。」盧珍說：「你不可叫我艾虎哥哥，我不姓艾，我與艾虎是盟兄弟，我帶著你去找他去，我有地方找他。」張英一聽，大吼了一聲，劈胸一把揪住盧珍，說：「你冤苦了我了。你就是賠我舌頭，賠我舌頭！」盧珍說：「你這厮好不達時務！」用手把他腕子刁住一翻，張英噗通就跪在地下，被盧公子擰住他的胳膊，問他怎麼這麼不通情理。忽聽見後面山西人說：「不用打了，真正艾虎來了。」大官人說：「好，盧珍撒開他罷。艾虎來了。」就見艾虎慌慌張張往裏就走，說：「我看見小車，我就知道你們在這裏哪！」一回頭，看見了大官人、盧珍，艾虎一怔說：「大叔從何而至？」大官人說：「我們的事，少時再告訴你。你先見見你這個朋友。」艾虎過來與盧珍行禮。盧珍說：「你不認得這是誰罷？」艾虎說：「不認識。」盧珍說：「這是韓二叔跟前的韓大哥。」艾虎說：「不是天錦大哥？」盧珍說：「是。」艾虎說：「只聽見說過，沒見過。」隨即過來磕頭說：「小弟艾虎與哥哥磕頭。」天錦說：「起來罷，小子。」艾虎說：「呀！怎麼哥們見面就玩笑。」盧珍說：「韓大哥，不可。這是歐陽叔叔的義子，智叔叔的徒弟。」韓天錦說：「艾兄弟，別惱我呀！這是我的口頭語。」艾虎暗說：「好口頭語！」復又問：「盧大哥，裏邊那位白眉毛的，你不認識？那是徐三叔跟前的，名叫徐良，外號人稱多臂熊，又叫山西雁。」回頭把裏頭幾位叫過來，與大眾見見。先給徐良見：「這是茉花村的丁大叔。」徐良過來磕頭。大官人問了，才知是徐三哥之子。又與韓天錦、盧珍相見，又把胡小記、喬賓與丁大爺見了，復又與盧珍、韓天錦見了。徐良問艾虎娃娃谷的事。艾虎說：「全搬了家了，白跑了一趟。」艾虎又問盧珍：「怎麼同韓大哥走到一塊了？」盧珍就把奉母命，會同了大叔，半路遇天錦打虎、養病，方才搶人家茶喝的事情，細說了一遍。艾虎一聽，淨笑。

大官人說：「我們這到襄陽也就晚了罷。艾虎你必然知道。」艾虎說：「甚麼事？」大官人說：「你五叔到底是死了，是沒死？」艾虎說：「你老人家還不知道哪？死了，沒有半年，也有幾個月了。並且死得苦，屍骨無存。」這句話還未說完，盧珍就「噯喲，我的五叔哇！」就把氣挽住了。大官人放聲大哭說：「我的五弟呀！五弟呀！想不到你一旦間身歸那世去了。」徐良在旁邊也是落淚，艾虎也是淒慘。就見那邊武生相公「噯喲」噗通一聲，摔倒在地。眾家人忙成一處，呼喚了半天，武生相公方才悠悠氣轉。大家這才把他攙將起來，坐在椅子上，哭得死去活來好幾次。你道這是誰？這是白玉堂的侄兒，白金堂之子，名叫芸生，外號人稱玉面小專諸❸，因為他事母至孝。玉堂的那身工夫，是金堂所傳；芸生這身工夫，是玉堂所傳。馬上步下，長拳短打，十八般兵刃件件皆能。高來高去，躥房躍脊，來無蹤跡，去無影響。別創一格的能耐，會打暗器，就是飛蝗石，百發百中，百無一失。就是一樁，五爺會擺的西

❸ 專諸：春秋時刺殺吳王僚的刺客，與刺殺韓相俠累的聶政同載於史記刺客列傳。但在刺客列傳中只記載聶政事母至孝。

洋八寶螺絲轉弦的法子，奇巧古怪的消息，沒教過芸生。芸生要學，五爺說：「惟獨這個藝業，我已然是會了，就算無法了。古人會甚麼，就死在甚麼底下的甚多，故此不教。」何嘗不是？會消息，就死在會消息的底下。芸生奉母命上襄陽，帶著些從人，到了此處，聽艾虎說，方知叔叔凶信。不然怎麼死過去了？搌❹了眼淚，過來見大官人說：「原來是丁叔父。」跪倒磕頭，自通了名姓。大官人一聽，說：「這可不是外人。」大家見了一回禮。艾虎問：「這位是誰？」張英說了自己的事情。艾虎就要辭別大眾，上岳州府救兩個哥哥。這段節目，且聽下回分解。

❹ 搌：音ㄓㄢˇ。（用乾燥的布或紙）輕輕擦抹，吸去濕處液體。

第六十七回　結金蘭五人同心合意　在破廟艾虎搭救賓朋

詩曰：

英雄結拜聚黃花，話盡生平日已斜。
五義小名垂宇宙，三綱大禮貫雲霞。
憑歌不屬荊卿子❶，談吐何須劇孟❷家。
自此匡王扶社稷，宋皇依舊整中華。

且說張英在旁邊又是氣，又是恨，瞧他們大家見禮，方知道這才是真正的艾虎哪。直等到白芸生見禮已畢，回到他那邊換衣服去了。原來芸生大爺來的時節，就聽見人說，他二叔在襄陽地面故去了，故此就打家中把素服帶來；如今這可知道叔叔已然故去，家人把包袱解將下來，到全珍館把包袱解開，拿

❶ 此句大意謂：慷慨悲歌不專屬於荊軻。荊卿子，指戰國時為燕太子丹去行刺秦王嬴政的荊軻。燕人稱他「荊卿」表示尊敬。子，古代對男子的尊稱。荊軻赴秦行刺，太子丹送行至易水，荊軻歌：「風蕭蕭兮易水寒，壯士一去兮不復還」。

❷ 劇孟：史記游俠列傳所載之漢初著名游俠。

出一頂青布武生巾，迎面嵌白骨。摘了那頂頭巾，戴上這頂；脫了白緞子箭袖，換上青布箭袖；套上灰布襯衫，緊了青線線帶換了青布靴子。那口刀是綠沙魚皮鞘，孝家❸不應例帶，有個青布套兒把他套上，復返過來與大眾說話。再看芸生公子，更覺著好看了。俗言：男要俏，一身皂。這品貌與五爺相似。

說書的一張嘴，難說兩句話。那邊芸生換衣服；這邊是張英告訴艾虎，就把綺春園分手到家，壞種訛房子，坐死壞種，馬大哥合我哥哥收監，眾紳士斂錢買他二人不死，贓官有意點頭，太太的口緊，馬大哥教我找你上武昌府，一五一十細說了一遍。艾虎一聽，肺都氣炸，把腳一跺，咬著牙說：「好贓官！我不殺你，誓不為人！」胡小記、喬賓也覺掛心，過來打聽說：「這就是三兄弟的胞弟嗎？」張英說：「不是，張豹是我叔伯哥哥。」艾虎帶著張英與大眾見了見。艾虎說：「我可不能陪著上武昌府了，我先救我兩個哥哥要緊。」大官人說：「不可，艾虎去不得，現在監牢裏收著，你怎麼去救？」艾虎說：「全憑我這一身能耐，進了監中，開了獄門，有一得一，凡是打官司的全放將出來，給他個淨牢大赦。然後我奔知府衙，把贓官滿門家眷，殺他個乾乾淨淨，方消我心頭之恨。」徐良說：「算了，兄弟你別往下說了，那不是反了嗎？」大官人說：「事緩而別圖。你這孩子老是一衝的性兒，我給你出個主意，準保萬全。咱們大家去罷，見了大人苦苦央求，就說這岳州府的知府，是怎麼樣寵信官親，苦害黎民，你兩個盟兄怎麼樣的不白之冤。若是論私，大人去封書，或是來二指寬的帖，管保無事；論官，行套文書，連知府都壞。」徐良在旁說：「兄弟，大叔這個主意很是。再說監牢也不易進去。古人云：『事要三思，免了後悔。』一衝的性兒，到了那裏救不出來，豈不是徒勞往返。」盧珍在旁稱善，說：「賢弟，

❸ 孝家：指服喪的人。

這是個好主意，你就依計而行罷。」艾虎心中雖不願意，有大官人的話，也是敢怒而不敢言，只可委曲著答應，自己內裏單有打算。就是張英心中不願意。盧珍旁邊說：「哥哥，你自管放心吃你的東西，這就不用著急了，監中二位哥哥準保無事。」張英也就無可奈何，只得勉強坐下。

叫過賣把後邊那一桌搬在前面，換了一個圓桌面，大家團團圍住，添換了許多酒菜。就是芸生悶悶不樂。他們那桌酒席，那些從人吃用。從人也都換了縞素衣服。這邊大官人打聽襄陽的事情，又問了問丟大人的情節，又提胡小記、喬賓，「你們也不必回湘陰縣了，咱們一同回見大人去。再說破銅網也得用人，今天暫且住在此處，明日起身。」芸生不能一路走，他們有馬；徐良單走，他們有小車，走得慢；教張英回去先送信，好教監中人放心。安排妥貼，芸生叫從人出去，在黃花鎮打店。丁大爺一瞧，他們這小弟兄們芸生、徐良、天錦、盧珍、艾虎，雖則是高矮不等，都是將門之後，俱各虎視昂昂。丁大爺說：「我的主意，你們五個人正當結義為友。上輩是陷空島的五義，你們若拜了盟兄弟，可稱為是小五義。」這幾個人無不樂從。書要剪斷為妙。

大家飽餐一頓，就有芸生、大爺的從人前來回話，說店已打妥，由此往西路北字號是悅來店。隨即這裏就把殘席撤去，四張歸一連。外頭推小車的飯錢，也算在一處。給了飯錢酒錢，大家出來，一直撲奔悅來店。馬匹拉在馬棚，小車推在上房的門口。眾人進了上房，伙計打臉水烹茶，復又告訴伙計，預備香案。張英告辭，先辭別了大官人，復又辭別眾人。眾人要往外相送，都被艾虎攔住，一人送出。張英出了店外，就在店門東牆垛子旁講話。張英叫道：「艾虎哥哥，你可務必要催著他們點才好哪！倘若大人文書去晚，我們那裏臭文一到，兩個哥哥性命休矣。」艾虎道：「二哥你好糊塗！他們事不關心。

誰能等得去見大人，再說大人還不知下落哪！你在前邊等我，咱們定一個地方相見。可不準甚麼時候，等他們睡熟，瞞了大眾，我追趕於你。你說明在哪裏等我。」張英一聽，歡喜非常，道：「出此東鎮口一箭地，正北有個雙陽岔路，可走西北的那條路，別奔東北。過一個村，又是正南正北的大路，路東有個破廟，廟牆全都坍塌。此廟好認，對著廟門有一棵大楊樹，我在那破廟中等你。」說畢分手，張英歡歡喜喜去了。

艾虎回店，香案已給擺齊，大家一序年庚，芸生大爺，霹靂鬼二爺，徐良三爺，盧珍行四，艾虎是大老兄弟。大爺頭一個燒香，香點著，插於香斗之內，跪倒身軀，磕頭已畢，說：「過往神祇在上，弟子白芸生與韓天錦、徐良、盧珍、艾虎結義為友，願為生死之交，倘有三心二意，天厭之！天厭之！」二爺韓天錦也是照樣將香點著，插在香斗之內，跪下磕了幾響頭，說：「過往神佛，記著我叫霹靂鬼。」大官人說：「沒有那麼說的，說你的名字。」韓天錦又說：「不算，這說的不算。過往神佛記著，我叫韓天錦，小名兒叫猛兒，外號人稱霹靂鬼。如今與他、他、他、他」，隨說著拿手指著大爺、三爺、四爺、五爺說：「我們拜把子，我要有狼心狗肺，我是狗狼養的！」大官人在旁說：「這都是甚麼話？他可真是個渾人！」三爺、四爺、五爺三個人論次序，燒香磕頭，說的言語都與大爺一樣。論排行，又磕了一回頭，眾人給道喜。是大是小又行了禮，重新打店中要了酒飯，大家暢飲了一番。吃到二鼓，艾虎頭一個告辭。大官人一想：「這孩子是個酒頭鬼，怎麼他會告了辭了呢？」哪裏知道他有他的心事。大家喝畢，撤下殘席，內中也有過了量的，也有不喝的。

艾虎早就躺在東房內裝醉。山西雁把艾虎拉起來往外就走。艾虎說：「三哥你撇我，今天這酒已過量，你著我躺一會就好了。」徐良仍是拉著就走。至院落之中，找了個僻靜所在，徐良說：「五弟，你有甚麼心事，對我說來。」艾虎說：「我沒有甚麼心事。」徐良說：「老兄弟，咱們如今可就比不得先前了。咱們一個頭磕在地下了，有官同作，禍福共之。你要有甚麼心事不對我說明，就虧負了方才一拜之情。不是你看著那位張二哥一走，你心中不快？」艾虎說：「不是。」徐良說：「別者之人不告訴還可以，你可得告訴三哥，我好助你一臂之力。」艾虎終是怕他把話套出去，告訴大官人，故此咬定牙關不說。徐良說：「我問到是理，你不說，我可就沒法了。」隨即來到屋中，當著眾人，徐良也不提這事情，張羅大家安歇睡覺。

艾虎仍然還是醒著，聽大家的動作，直到天有四鼓，看看大家都已睡熟，搭訕著出去走動，下地先把燈燭吹滅，少刻自己拿了自己的兵刃、包袱，繫在腰間，把刀別❹上。出得門外，一看四顧無人，躥上牆頭，飄身下來，這可就出來店外了，一直的撲奔正東。出了黃花鎮的東鎮口，施展夜行術的工夫，鹿伏鶴行，一直的撲奔正東大路，走來走去，果然有個雙陽岔路：一條是奔東北，一條是奔西北。直奔西北而來，前面有個村子，不肯進村，恐驚村中犬吠，繞村而走，仍然又歸了正北的大路。走不上一里路，就見大道，遠遠就望見了這棵大楊樹。臨近之時，在大道的東邊有一破廟，周圍的牆都塌陷了，山門沒有了，砌出的旋門甕洞兒仍然還在。自己打算從這個甕洞而入，又想打牆這進去，心中一猶疑；又聽裏邊有人說話，一伏身軀，見兩個賊人拿著張英的包裹、利刃。艾虎一見，肺都氣炸，亮刀向前。

要知張英的死活，且聽下回分解。

---

❹別：指插住。

第六十八回　三賊喪命惡貫滿　二人連夜奔家鄉

詩曰：

為人百藝好隨身，賭博場內莫去親。
能使英雄為下賤，敢教富貴作飢貧。
衣衫襤褸賓朋笑，田地消磨骨肉分。
不信但看鄉黨內，眼前敗❶過幾多人。

且說艾虎到了破廟，打算會同張英，連夜趕岳州府救人。不料走在此處，見兩個小賊由廟中出來。這兩個人一調坎兒，艾虎懂得，聽他們「咱們越吊碼，頭一天到瓢把子這來」，說的就是他們兩個人，頭一天到他們賊頭家混事；「遇孤雁兒脫條」，說的就是遇見一個人在廟裏睡覺；「得了他的青字福字」，說的就是得了他的刀合包袱；「留了他的張年兒，不知道瓢把子攢兒裏如何，總是聽瓢把子一剛再箕不遲」，說的就是留了他的性命沒傷，見他們這賊頭兒，聽他們賊頭兒一句話，再殺不晚。兩個人說著撲奔正西。艾虎曉得，知道張英沒死，進裏頭看看去，又怕這兩個小賊去遠。「諒這兩個小賊生出多大事來？

❶ 敗：指敗落。即家道由盛而衰。

他們必有賊頭。二哥現在此處，一旦之間不能就死，跟下兩個小賊，找他們『瓢把子』。」在後邊躡足潛蹤。兩個小賊連一點形色❷不知。

你道張英因為何故幾幾乎沒教他們殺了？是與艾虎定妥破廟相見，張英先來到破廟，看了看神像不整，供桌上就有一個泥香爐，往裏一推，自己躥上供桌，把包袱、刀摘下來，枕在頭顱之下。看著上邊的神像，暗暗的讚嘆：人也有不在時運中的，神佛也有不在時運中的。看此神像不整，心內慘淒，自己嘆息著，就渺渺茫茫沉沉睡去。猛然間一睜眼，看見已然被人拿住，二臂牢拴。苦苦央求，那兩個人執意不聽。就把他的衣襟水裙撕去，扯了兩半，塞在口中，把佛櫃撬起一頭兒，將他壓在底下。兩個人商量著才走，被艾虎聽著。

原來這西邊有個耿家屯，村口外頭住著一個坐地分贓的小賊頭兒，此人姓馬，叫馬二混，外號叫草地蛇。可巧打頭天❸來了兩個小賊，這兩個小賊投奔在這裏給他作買賣，也就是打杠子、套白狼❹這等買賣。高來高去，一概不會。一個姓曹，叫曹五；一個姓姚，叫姚智。兩個人頭天到，這天到二鼓才出去作買賣去了。可巧繞了個夠，走了五六里地，全沒遇見一個孤行客，這才尋找二郎廟內，遇見張英，這叫「打睡虎子」。也皆因張英睏得實係難受了，教人捆上，還沒睜眼睛哪。然後口中塞物，壓在佛櫃底下，教人拿著包袱、刀走了。

---

❷ 形色：同「形跡」。

❸ 打頭天：指在上一天。

❹ 套白狼：指用布口袋套住行人而搶劫其財物。

直奔耿家屯的村口，見路北黑油漆門，上去叫門。裏頭有人答應，出來開門，把門開開，二人一同進去，後又關閉。艾虎在於後邊，容他們進去，這才躥上牆頭。見他們一直上裏頭院去了，才飄身下來，直奔二門，見他們一去已進上房屋中去了。自己站在窗欞之前，用唾津蘸在指尖之上，戳了個月牙孔，覷一目，眇一目❺往裏窺探。見他們這個賊頭兒長得也不威風，不到四十歲，黃臉面，細條身子，小名叫該死的，又叫倒運。把包袱打開，刀獻上去，問了來歷。姚智說：「我們今天剛到，也不知你這甚麼規矩。人可拿住了，沒有結果性命，聽你個吩咐。」馬二混說：「我這向例，要死的，不留活口。既是在破廟裏，好極了，東南上有一個大土井，極深，上面有個石板蓋兒，是三瓣兒拼成。把他殺了，揭開一塊兒，扔在裏頭，極嚴密的個地方。天氣尚早，你們哥們再辛苦一趟，結果了他的性命，也許再有買賣。今天這就是很吉祥的事情。」說畢，兩個人又走。艾虎早就躥出牆外，暗地裏等著。曹五拿著張英的刀，同著姚智出去，兩個人以為是一趟美差。二人低言悄語，說著笑著，直奔破廟。剛進廟門，就覺著腳底一絆，「噯喲」噗通噹啷。一個是教髁膝蓋點住他的後腰；一個是腿肚子上教艾虎釘了一刀背。先把這個搭胳膊擰腿，四馬倒攢蹄捆起，口中一個勁求饒。艾虎哪裏肯聽，撕他的衣襟，把他的口塞住。那一個「噯喲、噯喲」的滿地亂滾，就是站不起來。艾虎也把他捆上，撕衣襟，口中塞物，把兩個人提在南邊塌了的牆根底下。兩個人俱都頭衝著北，胸腔貼地，口中塞物，言語不出。

艾虎拿著張英刀，進廟裏頭去，把張英在佛櫃底下拉出來，口中塞物拉出，解了繩子。張英作嘔了半天，細一看是艾虎，雙膝點地說：「艾虎哥哥救命之恩，我是兩世為人了。只顧等你。」艾虎說：「你

❺ 眇一目：本指瞎了一隻眼睛，這裏指閉上一隻眼睛。

不用說了，我盡已知曉。把捆你的那兩人，我業已將他捆上，你要出出氣，拿刀把他剁了。」張英說：「在哪裏？」艾虎說：「在臺階底下南邊塌牆那裏。」張英提著一口刀出去。「噯喲！艾虎哥哥，你冤苦了我了。你殺完了，你又教我殺。」艾虎說：「我沒殺，我把他們捆上放在那裏了。」張英說：「你來瞧來。」艾虎出去一看，一怔說：「這是甚麼人殺的？」又一看說：「他們的腦袋哪裏去了？」張英說：「你怎麼倒來問我呢？」艾虎瞧見東南有個黑影兒一晃，說：「不好，有人！隨我追來。」張英跟著艾虎，直奔東南追。那條黑影好快，從後面又繞到前面，整整追了兩個彎兒，始終未追上。艾虎心中納悶：「這是個人，怎麼會追不上呢？」再看那兩個屍首蹤跡不見。艾虎嚇了一跳，拉著便走，出了廟外，奔了大道，直奔馬二混家中來了。艾虎總思想著這個事，實在古怪。就到了賊頭的門首，艾虎躥上牆去，飄身下來，開了街門，讓張英進來，在二門那裏等候。艾虎直奔裏頭院，仍然到窗欞之外，戳小孔往裏觀看，也不知那賊頭往哪裏去了。屋裏連一個人影兒皆無，就見包袱仍然在那裏放著。艾虎進來把包袱拿上，轉頭出來，將到屋門，就見打房上掉下一宗物件，把艾虎嚇了一跳。艾爺往後一抽身，細細一看，原來是打房上摔下一個人來。艾虎細一瞧，原來是那個賊頭兒。艾虎一擰身，躥在院落之中，先往房上一看；再一低頭細看，馬二混周身並無別傷，惟有脖頸之下津津的冒血。艾虎說「奇怪」，走到二門，把包袱交給張英，說：「急速快走罷，此處有高人。」隨即出了街門，二人直奔正北。張英問：「院子裏面方才噗通一聲響，是甚麼緣故？」艾虎說：「此處必有高明人，你是不懂。方才就是廟裏這個事，就奇怪得很，並且上賊的家裏去，那個死賊打房上掉下來，又不知是怎麼個緣故。絕不是鬼，必有高明人看見咱們，咱們沒有看見人家。我是沒有工夫，我要有工夫，必在此處訪訪這個人。可惜有一點不到，這個死屍扔在院子裏，本地面官擔架❻得住麼？」張英說：「依你怎樣？」艾虎說：「依我，離村口又遠，又是孤零零的一處房子，放把火給他一燒，就算沒了事了。」張英說：「你說得後頭了。你看那火起來了。」艾虎回頭一看，果然烈焰騰空，火光大作。艾虎說：「這更是行家了。」

隨說隨走，到了第二天，用了早飯晚飯，直到二鼓才到張家莊，直奔張豹的家中。張英叫門，裏面有人出來，見了艾虎俱都歡喜，隨往走著。艾虎打聽張、馬的官司，家人告訴全好，這裏有眾紳士、財主、舖戶攢湊的銀錢甚多，就是不能買二位的活命。艾虎說：「我來就得了。」家人給預備酒飯。家人也都知道艾虎的脾氣，就是好飲，有張英陪著，整整飲了大半夜。次日吃了早飯，自己隻身一人，教本家給借來了一套買賣人的衣服穿戴起來，辭了張英，有家人告訴明白道路。艾小爺離了張家莊的門首，進了城門，打聽著監牢的地方，就在知府衙門的西邊，看見縲絏❼的所在。直到監門，見橫擔著一條鐵鏈，那門兒是半掩半開。艾虎直到門前，把著門往裏一看，不料被人一把抓住。小爺一驚。

不知怎樣，且聽下回分解。

---

❻ 擔架：指承擔、擔當。

❼ 縲絏：音ㄌㄟˊ ㄒㄧㄝˋ。捆綁犯人的繩索。借指監獄。

第六十九回 因朋友捨命盜朋友 為金蘭奮勇救金蘭

且說來到監牢獄的門首，往裏一看，被人揪住了，說：「甚麼人？找誰？」艾虎本穿著一身買賣人的衣服，就裝出那害怕的樣式來，說：「我在這找人。」那個說：「這個所在，也是找人的地方？」艾虎說：「有個姓馬、有個姓張的打死人了。我在姓馬的舖子裏頭作過買賣，我打算來瞧看瞧看。我又不敢進去。」那人一聽，說：「原來是瞧馬龍、張豹的，早點言語。」艾虎說：「可以見得著見不著？」那人說：「你要瞧別人可不行，你要是瞧他們二位，現成。有我們這塊的紳縉富戶，見好了我們頭兒了。憑哪位來瞧，不認得，我們還管帶著；見完了出來，還不用你花甚麼。」艾虎也會就此一躬到地，說：「奉懇你老人家罷。」那人一回頭，叫過一個小伙計來，說：「帶他瞧瞧張、馬二位去。」小伙計說：「隨我來。」

艾虎跟著一躬❶腰，鑽了鎖鏈子，往裏一走。奔正西有個虎頭門——上頭畫著個虎頭，底下是柵子門——正字叫作狴犴❷門。雖畫著虎頭，乃是龍種，這就在一龍生九種之內❸。其性好守，吞盡乾坤。

---

❶ 躬：音ㄏㄚ。彎下身軀。

❷ 狴犴：音ㄅㄧˋ ㄢˋ。古代傳說中的一種靈獸，傳說其「好訟」，「有威力」，故被畫在獄門上作為監獄的象徵。監獄在古時也因而有「狴牢」、「狴獄」、「狴圄」等代稱。

惡人要能悔悟的，或者是吞屈了，仍然吐還出來。不然怎麼在監牢獄中，不是打官司，進了狴犴門，盡都問成死罪；或有悔悟的，或有情屈的，仍然無事：可就應在狴犴這個性情上。靠著外邊大門的兩旁邊，一邊五間東房。在狴犴門北邊有個獄神廟，約有半間屋子大小。那位伙計叫開了狴犴門的柵子，進了狴犴門，兩邊一邊有三間東房，裏面有人當差。再聽裏面鐵鏈聲響，悲哀慘切，真是鬼哭神號，聲音慘不忍聞。順著北邊有個夾道，直奔正西，走到西頭，並無別者的房屋，淨是一溜西房，一間一個柵子門，沒有窗戶。那官人指告：「盡北頭那間是姓馬的，盡南頭那間是姓張的，你自己去看罷，我在外邊等。」你道甚麼緣故？別人瞧人，他必隨隨步步跟他，怕是串供。到了這案，他怕不能得的進來一位高明人，串供救了他二位的活命，大家全都願意，故此教艾虎一人自己過去。把著柵子門往裏一瞅，就覺一陣心酸。只見他蓬頭垢面，脖頸上有鐵鏈，當地有根柱子，穿在柱子上。柱子靠著一個小窄坑兒，這根鐵鏈由坑沿上拉過來鎖在坑沿之上。靠著那邊，堆著上下手的刑具，每要過堂之時，就把那上下手的刑具套上；每遇收監的時節，把上下手卸下來往那裏一堆，又把這一根脖鏈套住鎖上。

這是有錢有情，見了頭兒說好了。若不然，把他鎖在坑沿上，站也站不起來，蹲也蹲不下，為是好擠錢，不花不行。這個不用十分刑具擠對❹，眾人攢錢，早經打點妥了。然馬龍心中總是不樂，要找著艾虎還好，找不著艾虎也是一死，自己坐在坑上正想此事呢。忽聽有人低聲叫他說：「哥哥，小弟來也。」馬爺抬頭一瞅是艾虎，說：「噯喲！原來是我的艾——」「虎」字未曾說出，艾虎一擺手，低聲說：「悄

❸ 一龍生九種之內：此說見升菴外集：「龍生九子……四曰狴犴，形似虎，有威力，故立於獄門。」

❹ 擠對：方言。逼迫人使人屈服。

言。」馬爺說：「你從何而至？可見著張英了？」艾虎低聲說：「一言難盡。你今天晚間等著，三鼓時分我來救你，有話出去再說。」馬龍點頭說：「你可要看事作事，要不行，就把你連上了。」艾虎說：「你多點耐煩，等著罷。」

說畢，艾虎出來，奔了南邊一聽，那屋鐵鏈聲響，把著柵子門一瞅，原是張豹一個人抖著鐵鏈子玩耍呢，竟沒把這件事放在心。小爺暗道：「這才是無心無肺哪。」低聲叫道：「二哥，千萬別嚷，小弟來也。」張豹抬頭一瞧，艾虎又說：「別嚷，別嚷，小弟艾虎。」張豹低聲說：「我算計你該來了。」艾虎說：「你倒是好算計。」張豹說：「可想主意救我出去。」艾虎說：「白晝如何行得了。今日夜靜三更，我來救你，不可高聲。」張豹說：「那些個難友聽見也不要緊，我一罵，他們全不敢言語了。」又囑咐：「你可早些來。」艾虎點頭，撤身下來，又叫那人帶將出來。一路把各處地方全都看明，晚間打哪裏來，打哪裏走。又與那人說：「朋友，我送你一杯茶資罷。」那人說：「咱們後會有期。你給我萬兩黃金，我也不敢收。」艾虎深深的作了一個揖，揚長而去，一直奔城門，往張家莊來了。

未到門前，早有家下人迎接。進了大門，入了庭房，從人獻茶，更換了衣服。張英吩咐叫擺酒，正對了艾虎的意了。飲著酒，這才說怎麼見了兩位哥哥，說明此事，今夜晚至三更搭救他們二位。張英問：「今夜晚間可用甚麼東西？艾虎哥哥早早的吩咐下來。」艾虎說：「別物件一概不用，只用兩床被窩，可要裏外粗布的。你們是怎麼個打算？」張英說：「等他們出來，讓他們議論。」艾虎說：「不行，早為打算。」張英說：「我這不怕他，絕不能把我拿去。」艾虎說：「也不行。他們在獄中無妨，差事❺

❺差事：在職責範圍內要做的公事。這裏指案件中的人犯。

要一丟，狗官必要找尋你們當族來了。倘若被他拿去，打了逮治❻，那還了得！你通知你們大族個信息，都要躲避躲避才好哪。再說連你們這些個家下人都得躲避，不然也許把你拿了去。」家下人大家點頭。「所有的這些個東西，粗中的物件，就一概都不要了，你們大家分散罷。等著我們來的時節，見見你們大爺、二爺，你們大家就走罷。」眾人說：「事不宜遲，拾掇東西要緊。」張英聽了他這套言語，就往同族送信去了。書不可重絮。

交到二鼓之半，艾虎的酒已過量。張英說：「艾虎哥哥，回頭再喝罷。」艾虎就把自己包袱拿將出來，把白晝衣服脫下來，換了夜行衣靠：頭上軟包巾，絹帕擰頭，搓打拱手，三叉通口夜行衣，寸排骨頭鈕，青縐絹紗包，青縐絹裩褲，青緞襪子，青緞魚鱗靸，青綳腿，青護膝。把刀亮將出來，插入牛皮軟鞘；鞘上自來❼裏著羅漢股裝絲縧，把刀背於背後。胸膛雙繫蝴蝶扣，脊背後走穗飄垂，伸手拉過來，掖於肋下，為的是躥房躍脊利落。一抬胳膊，紗包抱腰，雖繫了個頂緊，一點皺扭地方沒有。一回手就把被窩兩床一捲，捲了個小席捲相似。要了一根小細長繩兒，在被窩上一捆，餘者的繩兒往上一繞，往肩頭上一扛，說：「我告訴的你們那事，可要記著，我要走了。」張英又給跪下。艾虎說：「二哥，你這是何苦？」隨即出去。出了庭房，有機靈的從人往外就跑。艾虎說：「你幹甚麼？」從人說：「給你老人家開門。」艾虎說：「我向來不走門。」嗖的一聲，蹤跡不見。

躥房躍脊，出了張家的院落，直奔城門而來。天已三鼓了。過了吊橋，已然路靜人稀，直奔城牆而

❻ 逮治：指正式逮捕治罪。

❼ 自來：本來；原來。

來。找了個城牆的拐彎，把被窩放下，把繩子放長，繫在腰間，由這拐彎蹬著城牆上去，爬著上頭城垛，使了個鷂子翻身上去。到裏面下去，把被窩扛起來，看了看，四顧無人，直奔監牢獄而來。

到了獄門之外，靜悄悄、空落落，比不得白晝了。兩扇黑門一關，瞅著就有些個發忑忑。自己把被窩繩子一解，一床被窩摺成四摺，把兩床垛在一處，對著上頭的棘針。往後退了數十步，使了個旱地拔蔥，往上一躥，把被窩搭在棘針之上，就便把身子往上一撲，把那一床接將下去，腳站實地，扛著那個被窩，搭在二道牆上。就見那門旁的一溜房子，靠著北邊的並無燈火；靠著南邊五間房子有人說話。自己奔到房子那裏，把窗欞紙戳了個窟窿，一看裏邊是四個人說話哪。有個年老的說：「咱們吃的是陽間飯，當的是陰間差使。」那人說：「此話怎麼講？」老者說：「白日裏無事，到了晚晌，上夜沒事便罷，要有事，就有性命之憂。再說他們外頭打更的算甚麼差使，單會欺負咱們，總嗔❽著咱們，接鑼❾接晚了，必要拿這個立臉。我但有一線路，再不幹這個。」正說著，四更鑼到。艾虎上了房，看著暗說：「我來的甚巧，還有個『接鑼』之說哪！我要不知道這件事，就誤了差使了。他們外頭的一嚷，我怎麼救人？少時，總得把這幾個人俱都捆上。再有鑼到，我還得替他們接鑼。」果然外面的鑼到，「鏜鏜」的打了四更。裏面由屋中出來，打了四下。二人將要回屋，早被艾虎踢倒捆上，口中塞物。又進屋中，把那兩個照樣捆好。出來奔二道牆，眼前一條黑影。不知是誰？且聽下回分解。

---

❽ 嗔：責怪；對人不滿。

❾ 接鑼：指以鑼聲接應對方的鑼聲。用這方法向在外面打更的表示裏面平安無事。

第七十回　艾虎求獄神實有靈應　徐良顯手段弄假成真

詩曰：

莫逞兇頑膽氣豪，身拘縲絏豈能逃。
棘針排列千層密，牆壁周圍數仞高。
房設囹圄❶為禁獄，門塗狴犴作囚牢。
請看枷鎖收監者，因犯王家律一條。

且說艾虎把四個人捆好，口中塞物，把鑼立在門旁，將外面的兩個人提在屋中，放在炕上，四人彼此瞧看，就是話不能說。艾虎出來，就見眼前一陣的黑風相似，自己爬伏地上再瞧，蹤跡不見，心中好生納悶。只可奔狴犴門而來，由北屋那裏躥將上去，飄身下來，也是六間屋子，那三間有人，那三間沒人。有人的是兩個人，艾虎進去，也把他們俱都捆上，口中塞物。復又出來，由北邊夾道直奔正西，聽見各處鐵鏈聲響，並有哭泣之聲，淒慘之極。艾虎救哥哥的心盛，直奔死囚牢而來。到了馬龍這裏，聽見唉聲嘆氣。小爺說：「哥哥不要憂心，小弟到了。」馬龍低聲叫道：「賢弟縱然到了，我怎麼能夠出

❶ 囹圄：音ㄌㄧㄥˊ　ㄩˇ。監獄。

去。」艾虎說：「這有何難！」話言未了，抬頭一看，怔了半天，話都說不出來了。甚麼緣故？看見那個柵子門上的鎖頭，又大又沉重，自己又沒帶著投簧匙，這便如何是好？

夜行人百寶囊中，應有投簧匙。前套智化盜冠，全仗著投簧匙，無論大小、銅鐵、洋廣❷的鎖頭都行。艾虎的夜行衣靠，是盧珍給作的。上輩的老人，本不教他們小哥們偷盜，故此百寶囊中沒有投簧匙。一著急，搬擰了半天，又拉出刀來，撬了半天，一點動靜沒有。又拍得那鎖嘩啷啷亂響。隔壁屋中難友聽見，問道：「噯喲！你們那邊甚麼事呀？怎麼外頭有人晃鎖，必有緣故罷？難友兒有救星，想著我們哪！」馬龍說：「賢弟，不行了，你也就算盡到了心了。」艾虎說：「不能救得出哥哥去，我絕不出這個監牢獄。」艾虎暗自著急，越想越不好：「臨來的時候，三哥再三的問我，我執意的不說；這如今要有他來，他的那口刀斷這鎖頭，不費吹灰之力。再說自己來這裏踩道，竟自沒看明這把鎖頭。莫非兩個哥哥不應有救？我救不了我兩個哥哥，有甚麼臉面出這個地方，只可以刀橫項上。」正在為難之外，忽然想起一件事來，每遇打官司的說，獄神廟最靈。自己也在開封府打過官司，應坐四十日監。監牢中一日也沒待過，淨在校尉所內，臨起解發配大名之時，在獄神廟磕過一回頭。如今何不哀告哀告獄神爺去。倘若獄神爺有靈有聖，也許有之。自己主意拿定，告訴馬大哥：「小弟去去就來。」

自己仍然撲奔正東，到了狴犴門的北邊，找著搭被窩的地方，縱身躥將上去，飄身下來，到了獄神廟，雙膝點地說：「獄神爺在上，弟子艾虎在下，如今我有兩個哥哥，一個叫馬龍，一個叫張豹，兩個人因給本地除害，結果了惡霸的性命，問成死罪。弟子前來要把他們救將出去，不想柵子門甚緊，不能

❷ 洋廣：西洋、廣東的簡稱。

搭救兩個人出監。弟子叩求獄神爺有靈有聖，暗助弟子一臂之力，將他們救將去，重修獄神廟，另塑金身。」禱告完了，又磕了一路頭。又衝空中過往的神靈，正要往下許願，只聽見鏜鏜的鑼聲響亮，正是四更。二趟自己趕緊奔到門那裏，把鑼拿起來等著。外邊更夫衝著門縫打了四下，艾虎也「鏜鏜」打了四下。外頭人說：「這還不差甚麼，你們醒著點，別等著我們到了這裏打完了，你們現爬起來。」艾虎也不言語，恐怕人家聽出語聲來。聽著他們打更的去遠，自己把鑼仍然放下，復又到獄神廟又祝告祝告：「若無靈應，就是一死。」

自己仍打牆上躥將進去，直奔死囚牢。沒有到馬爺那裏，就見馬龍在院子裏站著哪。艾虎趕奔前來問道：「哥哥，是怎麼件事情？」馬龍低聲說：「兄弟，我這裏找你哪，你往哪裏去了？」艾虎說：「我給你許願去了。你是怎樣出來的？」馬龍說：「聽見外頭鎖子嘩喇一響，柵子門就開了，進來三尺多高的一個黑影兒，我叫了一聲賢弟。眼前打了一道白閃相似，聽嘩喇一響。我一展眼，你來看，我項上這個鎖鏈子就斷去了一半。我料著是賢弟，再找蹤跡不見。又想你必是在張賢弟那裏去了，我上那邊看了看，也是靜悄悄的，一點聲音皆無。故此我在這納悶。你是怎樣除去外頭的鎖頭？」艾虎說：「我怎麼配哪！我是給你們二位大大的許了個心願，你們出去以後，得便之時重修獄神廟，另塑金身。這方才獄神爺顯聖。」馬龍連連點頭說：「使得，使得，這個使得。」艾虎說：「你在此少等，我看看二哥怎麼樣。」去了一時，回來說：「獄神爺沒聽明白。絕不能淨管你，不管他。咱們哥兩個暫且出去，再在獄神爺跟前把話說明，自然二哥也就出來了。」說畢，兩個人撲奔正東，來到牆下，將飛抓百練索掏出，把馬爺便拴上。馬爺仍然還戴著脖圈，上頭還有三尺多長鐵鏈，暫且無法，只可先教他那麼戴著，等出去再說。艾虎先躥上牆頭，往上一導❸絨繩，導來導去，就把馬爺提在牆頭之上，由外牆皮翻將下來。艾虎也就躥下牆頭。馬爺將腰中繩子解開，艾虎繞好，收在囊中。

待到獄神廟前，教馬爺磕頭。艾虎復又祝告獄神爺，又把張二哥的事情述說了一遍，仍是重修廟宇，另塑金身。復又望空祝告了祝告。然後站起，帶著馬爺到了那五間無人的屋子，把風門❹拉開，帶著馬爺到了裏邊。艾虎自己取出千里火來一晃，照見那邊有一大坑。教馬爺自己在坑上等著。艾虎說：「我把二哥救出，咱們一同出外頭監牆，你可在這裏等著。千萬別溜離開此處！」馬爺連連點頭說：「你只管放心，我絕不能離此處。」

艾虎隨即出來，到了獄神廟，又磕了路子頭，祝告了祝告，復又躥進牆來。還沒有到死囚牢哪，就聽見二哥在那裏嚷道：「你們誰要再嚷，我要把你們腦袋擰下來了。」艾虎一見，歡喜非常，立刻來到身旁，低聲說道：「二哥，千萬不可高聲。」張二爺一見艾虎，問道：「你把我救出來，你上哪裏去了？」艾虎說：「你往這裏來，我告訴你。」把他拉在東邊牆下，離那些難友們甚遠。艾虎問：「二哥，你是怎樣出來？」張豹說：「你怎麼倒來問我？你這不是明知故問？」艾虎說：「你告訴我罷，我還有話說。」張豹說：「聽外面的鎖頭一響，柵子門一開，進來了三尺多高的一個黑影兒。我一問是誰，嗖的一聲，就在眼前打了一道白閃。我一展眼的工夫，我這條鎖鏈子就斷下去半截。你來看，這不是我這個脖圈，還有三尺多長的鐵鏈？我就出來找你。我一叫，那些打官司的人聽見了，他們一嚷，不要緊，要教看差

❸ 導：這裏指拉、牽引。

❹ 風門：冬天在房門外面所加設的擋風的門。也叫風門子。

的聽見，就不好辦了。」艾虎聽罷一笑，說：「哥哥，不是我救的你，連大哥帶你，都是獄神爺顯聖。我給你們兩個人許了一個願心，重修獄神廟，另塑金身。出去之後，務必可想著還願。錯過獄神爺顯聖，那麼大的鎖頭，這麼粗的鐵鎖，焉能斷得了。」張豹說：「真靈，我明兒務必重修獄神廟，另塑金身。」又問：「大哥現在哪裏？」艾虎說：「現在這牆的外頭，在五間屋子內等著你我呢。」張豹說：「我可不會上牆，這怎麼出去？」艾虎就把絨繩掏出，張豹繫上腰。艾虎上牆，把張豹提在外頭。把絨繩解開，交與艾虎。到獄神廟磕了一路頭，到屋子裏頭找馬龍，蹤跡不見。

若問馬龍去處，且聽下回分解。

第七十一回　丟馬龍艾虎尋蹤跡　失張豹義士又為難

詩曰：

無論龍韜❶與豹韜，徐良真不愧英豪。
眾聲況是稱多臂，百戰何曾損一毛。
斬鐵豈須三尺劍，削金直借大環刀。
若非暗地來相助，怎得同盟脫虎牢。

且說艾虎帶著張豹，到了屋中，尋找蹤跡不見，急得艾虎跺腳，暗暗的叫苦。張豹問道：「大哥到是上哪裏去了？」艾虎想：「大哥不是粗魯人，我緊囑咐千萬可別離開此處，到底還是出去了，豈不教小弟著急。」張豹說：「你瞧我是個渾人，我都行不出那個事來，不怕拉屎撒尿也不離這個地方。」艾虎說：「我去找他去。找了他，你可別走了哇。」張豹說：「我死都不出這屋子。」艾虎出去，一直的往南，過了那五間東房，知道那裏頭捆著五個人，馬大哥不能上那屋裏；又順著

❶龍韜：六韜中的卷名。六韜是古代的兵書，在宋代曾與孫子兵法等等同稱武學七書。舊本題周代呂望撰，分文韜、武韜、龍韜、虎韜、豹韜、犬韜等六卷。這裏用以借指機變、謀略。

南夾道一直的往西，到了西面，又是死囚牢的後身，蓋著五間木板房兒，靠裏屋內有燈火半明不暗。艾虎把窗欞紙戳了一個窟窿，往裏一瞧，見了一宗詫事：就見四個人在炕上，四馬倒攢蹄捆著，嘴裏鼓鼓囊囊，必然是塞著口哪。都翻著眼睛，彼此看著，就是說不出話來。艾虎納悶：「這是誰幹的事情？莫不成是馬大哥？看見這有人，他怕嚷嚷。」艾虎看畢，只可又奔了北邊夾道，重新再奔狴犴門，繞了一個四方的彎兒，馬龍的一點影色皆無。只可到屋中來，告訴張豹，焉知曉張豹也不知去向了。艾虎一著急，叫道：「二哥哪裏去了？」一晃千里火筒，屋中何嘗有人。無奈收了火筒，轉身出來，心想著到那屋中問問那人，是甚麼人捆的，便知分曉。剛到西頭死囚牢的後頭，將要進屋子去，就聽外面已交五鼓，打更的到來。自己想著回來接鑼，剛走在半路，就聽見裏面鑼「鏜鏜」響了五聲。艾虎吃了一大驚，這是甚麼人打鑼哪？恨不得一時到了跟前看看才好。來到門前，遠遠的就看見了「鏜啷」把鑼一扔，一個黑影一晃。艾虎就跟下來了。真快，艾虎追著追著，就不知追在哪裏去了。自己站在那裏發怔：「兩個哥哥好容易救將出來，俱都丟了。」一想天已不早了，自己怎麼辦法，也就是一死，決不能自己一人出去。就哼了一聲。

忽聽身後「哈」了一聲，艾虎回頭一看，身後立定一人。艾虎將要拉刀，那人「噗嗤」一笑，原來是三哥到了。艾虎羞得面紅過耳，趕緊過來叩頭說：「你可嚇著我了。不用說，種種事都是三哥辦的。」徐良說：「我在店中同你說甚麼來著？你執意不肯告訴我實話。我勸你未思進先思退，你偏是一衝的性兒。我打算你有多大本事，原來就是求獄神爺的能耐。你們在店外說話，我就全都聽明白了。你前腳出來，我後腳就跟出來了。你走的東邊，我走的西邊，還是我先到破廟。你打前頭進賊家裏去，我在後窗戶那裏瞧著。你到廟裏頭捆人，我在牆外頭等著你救張二哥去。我這裏殺的人，我特意一晃您，你追了我兩個彎。我把兩個死屍扔在土井。我就到了賊的家裏，站在他們房上一笑。賊人出來，他望房上一瞅，在哽嗓上我給了他一袖箭。我拿絨繩拴上，我把他繫上房去。你打屋中出來，我把他扔下房去，教你納悶。你們走在哪裏，我跟在哪裏。可惜你還踩了一回，倒扮作個買賣樣兒，你連鎖頭都沒瞧見。要不是我跟來，老兄弟！你這條命還在不在？你這一走，人所共知，都知道你救他們來了。你要救不出去，頭一件你先對不住我——我再三要跟你來，你偏不肯告訴我。要沒有我這口刀，也是不行；我要不來，兩個哥哥也救不出去，你也死了。從此往後行事，總要思尋思尋，膽要大，心要小，行要方，智要圓。」數說得艾虎臉似大紅布一般，言道：「哥哥，小弟比你大差，天淵相隔，不必說了。那賊頭家裏火，也是你放的？這後頭四個人，也是你捆的？」徐良點頭說：「賊家裏放火，省得教地面官存案。後頭四個人不但是我捆的，我還幫著在外面接鑼哪。」艾虎說：「哥哥，你真乃奇人也！」徐良說：「算了罷，我是白菜畦的『畦』❷。」艾虎說：「你把兩個哥哥藏在哪裏去了？」徐良說：「那個我可不知道。」艾虎說：「你別教我著急，夠我受的了。」徐良說：「隨我來罷。」帶著艾虎，直奔門的南邊那五間東房來了。

徐良在外邊一叫，雙刀將同著勇金剛在裏出來。艾虎一看，兩個人脖子上的鐵鏈俱都不在了，就知道是徐三哥用刀砍斷。艾虎一問：「我的哥哥，你們真把我急著了。」張、馬二位一口同音說：「這位徐三哥說，是你們兩個一塊來的，他在外頭巡風，你在裏救我們。我說有查監的頭兒過來了，暗查不點

❷ 畦：本指分成一塊塊的便於灌溉的田地。這裏以諧音表示自己不「奇」。

燈的屋子，必是看差偷閑多懶，吹燈睡了覺了。他要進來翻著，這還了得。他帶著我們找了個有燈的屋子，外頭若有查監的問，教我們只管答應，說我們這四個人全醒著哪，他倒不進來。」張豹說：「見了我也是這個話。我說我怕老兄弟著急，他說他給老兄弟送信去。把我們兩個人項上鐵鏈俱都挑去。」復又給他們引見了一番。徐良說：「天氣不早了，咱們早些出去罷。」

到了外頭，找著被窩地方。艾虎把飛抓百練索解開，徐良躥上牆去，拿著絨繩，這邊把馬爺的腰拴好。徐良往外一看，並無行走之人，騎馬式蹲在牆頭，往上導絨繩。艾爺在底下一托，便上牆頭，由外邊繫將下來。馬爺解開繩子。徐爺又扔在裏邊，把張爺拴上繫上去，也是打外面繫下來。張豹也把絨繩解開。徐良說：「老兄弟，你不用絨繩可上得來？」艾虎說：「別取笑了。」徐良說：「我把被窩帶著走了。」艾虎說：「三哥不可，那我怎麼上去。」徐良先下去，艾虎隨後上去，就著躥下來，腳站實地。接過絨繩來，四個人魚貫而行，直奔城牆的馬道❸。來到馬道，是個柵欄門，用鎖鎖住。徐良把大環刀拉出來，把鎖頭砍落，開了柵欄門，大家上去，奔了外皮的城牆。艾虎又把飛抓百練索扣在城牆磚縫之內，拿手按結實了，先教徐良下去。揪著絨繩，打了千斤墜，慢慢的鬆絨繩，鬆來鬆去，腳站實地。馬龍、張豹連艾虎，一個跟著一個下去。艾虎把絨繩一繃，繃足了往上一抖，自來的抓頭兒就離了磚縫，拉將下來裹好，收在囊中。徐良說：「我去取衣服去了，咱們家中相見。」原來是他白晝的衣服，在樹林裏樹丫枝上夾著哪。艾虎說他們單走。

到了張家莊，張家的家人遠遠的望著哪，見了主人都過來道驚。艾虎說：「有話家裏說去罷。」連

---

❸ 馬道：這裏指內城牆上所砌的供戰馬上下城頭的斜坡。

張英也迎接出來，給艾虎道勞。艾虎問：「給我預備的怎麼樣了？」家人把酒菜端上來。艾虎已把衣服換好。馬龍、張豹也就更換衣巾，落座吃酒。艾虎問：「你們往哪裏投奔？」張豹說：「上古城我們姑姑那裏去。」教家下人把東西分散，粗中物件俱都不要。把家中細軟、金珠，包了幾個包袱。所有文契帳目，都交與張英。馬爺告訴張英說：「你明早告訴管事的，好好照應買賣地畝，我不定幾年回來。」原來馬龍家中無人，並且孤門獨戶，無所掛礙。

少刻，就見徐良打房上躥下來，進得屋中說：「老兄弟，你還飲哪！你看天到甚麼時了？天光一亮，官人一來，誰也不用走了。」張英、張豹、馬龍全過來給徐良道勞。徐良把他們攙將起來，說：「你們還不快拾掇！」張豹答言：「我們細軟東西已經包好，下餘教家人分散，文書交與我兄弟收訖。我同著我馬大哥，上古城縣找我姑母去躲避。我們當族人，等明天俱都躲避躲避。」徐良說：「好。馬大哥的家務哪？」回答俱已料理好了。艾虎說：「咱們大眾起身，放火燒房。」徐爺方說：「且慢，這是誰的主意？」艾虎說：「我的主意。咱們走，房子不是還便宜他們麼？偏不能落在他們手裏頭。」家人跑進來說：「官人來了。」大家一驚。不知如何，且聽下回分解。

第七十二回　大家分手官兵到　弟兄走路遇兇僧

詩曰：

古城迢遞❶費追尋，顛沛流離苦不禁。
親屬此時相別面，故人何日再談心。
皆因逃獄辭同里，急覓安巢隱密林。
待到南霄鴻脫網，依然雲路寄回音。

且說艾虎要燒房，徐爺攔住說：「這官司不一定打，別說不回來了。這見著大人，人情託好，教知府官一壞❷，你們哥們仍是回家。這時燒了，那時再想置可就費了事了。不如此時暫且將門鎖上，將來回家總是咱們自己的房子。」馬爺點頭說：「此計甚善。」正說著，家人跑進來說：「遠遠有馬步隊燈籠火把，奔了這裏來了。」徐良說：「快鎖門！」一抬腿，「嘩喇」，艾虎的那張桌子就翻了個了。艾虎說：「這是怎麼了？」徐良說：「官兵都到了，你還慢慢的喝酒哪！官人到來，你我不怕呀，別人怎麼

❶ 迢遞：路途遙遠的樣子。
❷ 壞：這裏指撤除（官職）。

走呢？」這就各自背上包袱，出了屋中，把門鎖上，大家出去。艾虎將大門鎖上，自己跳牆出去，就看見西北燈籠火把，馬上步下的撲奔前來。大家撒腿就跑，各奔東西。臨分手，對囑咐❸都要小心了。惟有徐良跑得甚快。仗著有一樣好：連官帶兵一到，先圍大門。他們這些人就有了跑的工夫了。張豹、馬龍奔古城，暫且不表。

單提艾虎與徐良，奔武昌府的大路，又是白晝不走路，找店住下；晚間起身。走了兩天，仍然是白晝走路。這天正走到了未刻❹光景，遠遠看見一道紅牆，聽見裏面有喊喝的聲音說：「好禿頭！反了！反了！」艾虎說：「三哥等等，你聽裏面有人動手哪！」徐良也就止住步了。果然又聽見喊喝說：「好僧人！」徐良說：「不錯，是動手哪！」艾虎說：「我聽出來了，是熟人。」兩個人縱上牆去一看，原來是江樊。

因何江樊到了此處？有個緣故。前套二義韓彰收得義子螟蛉，名叫鄧九如，救過包三公子。石羊鎮會賢樓遇見包興，將他帶到開封府。念及他救過三侄男，他母親又是為三公子廢命，請先生連三公子帶鄧九如在一處讀書，戊辰科得中❺。早晚淨教他在堂口聽著問案，為是升出來❻的時節，堂口必然清楚。日限也多了，總央求著包公要在外頭作作有司❼。包公知道他年幼，怕他不行。又苦苦的哀求，包公保

❸ 對囑咐：互相囑咐。

❹ 未刻：古時一晝夜分作十二時辰，以地支數表示。未刻大約相當於現在下午一時至三時。

❺ 戊辰科得中：指在戊辰年舉行的會試考中了進士。

❻ 升出來：指以進士資格被授予官職。

舉他石門縣知縣。為是守著顏按院甚近，先給按院去了一封信。究竟不放心，總要派個人保護他才好。開封府此時無人，就派了江樊保護他上任。包公深知江樊口巧舌能，臨機作變最快，又有點武技學本事。他本是韓彰的徒弟，私下管著江樊叫江大哥，同桌而食；升了堂，站堂聽差，可算快、壯班的總頭兒。領憑上任之時，包公囑咐鄧九如：「文的不好辦，到大人那裏請公孫先生；武的不好辦，大人那裏有校、護衛，可以往那裏借去，有疑難案件，打發江樊與我前來送信。你到任的名氣好歹賢愚，我必然知曉。倘若不行，我急急把你撤回。」囑咐已畢，鄧九如辭行起身，領憑上任，所有一路上應用的俱是包公預備，一路無話。

到任交接印信，查點倉廒❽府庫，行香拜廟，點名放告❾，要學開封府勢派。別處有司衙門鳴冤鼓都在大堂，怕有人撾鼓，還把鼓面扣上個簸籮蓋子。他這不是。他把鳴冤鼓搭將出來，放在影壁頭裏，鼓槌掛在鼓上，每日派兩個值班的看鼓，若有人撾鼓，一概不許攔阻。再者永遠升大堂辦事，無論舉監生員❿，作買作賣，貧富不等，准其瞧看。這一到任那日升堂，就把所有的陳案盡都發放清楚。打的打了，罰的罰了，該定罪名的定了。當堂立聽傳人，該責放的放，整辦了一天，這才辦完。要按說才十九歲的人，有偌大的才幹？究竟是「鳥隨鸞鳳飛騰遠，人伴賢良品格高」。共總不到一個月的光景，奇巧古

---

❼ 有司：指官員。

❽ 廒：音ㄠˊ。貯藏糧食的倉庫。

❾ 放告：散布告示。

❿ 舉監生員：指有功名的舉人、監生、秀才。

怪的案件斷了不少。巧斷過烏雞案，審過黃狗替主鳴冤。就把這一個清廉的名兒傳揚出去了，給縣太爺起了個外號，叫作玉面小包公。

這天正是出差迎官接詔，帶著江樊眾人役等把公事辦完，自己換了一身便服，教江樊扮作個壯士的模樣，教別者之人回衙聽差。教江樊帶上散碎的銀兩，留下兩匹馬。江樊攔阻了太爺幾句，說是太爺升大堂理事，見過的甚多；倘若被他破識，大大的不便。鄧九如不聽，江樊也就不敢往下講了。看著天氣不好，就遊玩了兩三個村子，到處人家都誇獎這位太爺實在是一位清官。江樊催著回衙門。太爺趁著天氣不好，要在外頭住下。果然見前邊樹木叢雜，到近處一瞧，原來是個鎮店⓫。

進了鎮店，是東西大街，南北的鋪戶，很豐富的所在。就是一件：是鋪戶⓬字號⓭，匾上四個角上四個小字，是朱家老舖；十家到有八家皆是如此。走到東頭路北，有個朱家老店，教江樊前去打店。江樊下馬，不多時回來說：「各房全都有人住了。就有盡後面，有一連八間正房，有兩個兩間，四個一間，沒人住下。」九如說：「倒也可以。」下了馬，把馬上包袱拿下去，交給店內，伙計遛馬。伙計帶著，直到後邊，就住那兩間屋。打洗臉水、烹茶，俱都淨了面。江樊給斟出茶來，傳酒要菜，喝的是女貞陳紹。飯還未曾吃完，就把燈燭點上，嗣⓮後來要的饅首湯碗，餐一頓。將殘席撤去，連店錢飯錢俱都算

⓫ 鎮店：貿易的集鎮。
⓬ 鋪戶：商店。
⓭ 字號：商店的名稱。
⓮ 嗣：（時間上）接著。

清，格外賞的酒錢。伙計當面謝過，又烹來的茶。

外面有人說話：「到底是哪屋內？」伙計出去說：「就是你們二位麼？」回答：「不錯，就是我們兩個。」伙計說：「住一間，住兩間？」那人說：「住兩間。」伙計說：「就在這隔壁，這是兩間。」隨即把門推開，點上燈燭，二位進去，放下褥套行李，打臉水烹茶。這兩個人剛一進屋子，就打了個冷戰。原來這兩個是親弟兄，姓楊，一個叫楊得福，一個叫楊得祿。兩個是鄉下人，在京都作買賣，這是回家，住在這裏。前頭先說有房子，後又說沒房子，這才把他們支在後邊來了。伙計過來問：「要甚麼酒飯？」那兩個人隨便要了點菜，要的是村薄酒，要了二斤餅，兩碟饅首。鄉下人能吃，飽餐了一頓，撤將下去，開發了店錢飯錢。

天到二鼓時分，嚷起來了，說：「你們這個賊店，我們要搬家了，還給我們店錢罷。」店裏伙計過來說：「客官別嚷。」住店的說：「你們這個賊店。」伙計說：「你怎麼看著是個賊店？要是教官人聽見，我們這買賣就不用作了。」那人說：「你就是給我房錢罷，我們不住了。」連鄧九如帶江樊都聽見此事，也就出了屋子。伙計說：「要找給你們錢不難，你得說說，是怎麼件事情。」那人說：「你們這賊店，如今鬧鬼哪！必是你們害的人太多了。」伙計說：「你這更是胡說了。你只管打聽打聽，我們這個店裏不死人，每遇有有病的，病體已沉，必教人或推著，或搭著，道路甚遠的，也必要推著、搭著，送回家去。或左右鄰近的，有親戚朋友，必派人給他親朋送信。我們這店內，總沒搭過棺材。」那人說：「你說不鬧鬼，你去屋裏，去瞧瞧去。」伙計說：「這時還鬧哪？」那人說：「不信，你進去瞧，去瞧去。我們剛吃完了飯，一歪身，就見這蠟苗⑮忽然烘烘的有一尺多高，並且蠟苗全是藍的；不多時，蠟苗越縮越小，縮到棗核相似，我們可就歪⑯不住了。我一瞧，也是害怕；我兄弟一瞧，也是害怕。忽然又打八仙桌底下，出來了一個黑忽忽的物件，高夠三尺，腦袋有車輪子大小，也看不見胳膊，也看不見腿，出來衝著我們一撲，我們就跑出來了。虧了我們跑得快，要是跑得慢，就截⑰了。」伙計說：「這都是沒有的事。」那人說：「你不信，你進去把我的東西拿出來。你一進去，那個鬼就在那裏對著。」伙計又膽小，起先就毛骨竦然；又聽這一說，如何還敢進去。鄧九如說：「伙計不要為難，教那二位搬在我們屋裏去，我們搬在那屋裏去。」

換房屋審鬼，俱在下回分解。

⑮ 蠟苗：蠟燭上的火苗。

⑯ 歪：指斜著身子躺。

⑰ 截：指被中途攔住。

第七十三回　朱仙鎮鄧九如審鬼　在公堂二秃子受刑

詩曰：

正直廉明又且聰，無慚玉面小包公。
秉心不作貪污吏，舉首常懷建白❶功。
斷案能教禽獸服，伸冤常與鬼神通。
虛堂❷何幸懸金鑒，老幼騰歡萬戶同。

且說鄧九如聽了姓楊的那兩個人的話，必然不虛。既要有鬼，準有屈情之事。所以出來私訪，為的是要見著點甚麼事情才好，故此告訴他們兩下裏換房。連伙計帶那兩個人全都願意，惟有江樊不樂，若真要有鬼，驚嚇著太爺，那還了得！過去諫言，他也不聽，叫江樊拿了自己的東西，搬在西屋裏去。鄧九如在前，先進了那兩間屋中，看見兩間屋子當中有個隔斷，外間有張桌子，兩張柳木椅子；裏間屋掛著個單布簾子，裏屋順前簷❸的坑，坑上有個飯桌，對面一張八仙桌，兩張椅子，並沒有甚麼詫異的事

❶ 建白：指在政事上有所創議。
❷ 虛堂：本指空室，這裏比喻虛靜的內心。典出莊子人間世：「虛室生白，吉祥止止。」

情。連伙計帶江樊，俱都進來。伙計把他們東西扛出去，說：「相公爺，你看哪裏有鬼？」九如說：「有，我也不怕。」伙計出去說：「你們二位看看，人家怎麼沒看見甚麼。你們必是眼離❹了。」那二人說：「別忙，少刻再聽。」太爺又叫伙計烹茶，找一本書來看看。伙計說：「並沒有甚麼閑書。」拿了一本論語來。伙計出去。

見江樊就靠著裏間屋子門站著，不住的瞧著八仙桌底下。九如說：「江大哥坐下，這出外來，這麼立規矩還行？不然，你就在那邊椅子上坐下。」江樊說：「唔喲！我可不敢，我更不敢了！我淨瞧著這桌子底下，我覺著總有點不對，我還敢在那椅子上坐著。」鄧太爺一笑，說：「江大哥，你好膽小哇！心中無鬼，自然無鬼。既然不願在那邊，你在我這對面來坐。」江樊答應了一聲，過來給鄧太爺斟上了一碗茶。

九如就把那書翻開，一看正翻在「務民之義，敬鬼神而遠之」這一節上，忽聽外面「咯吱咯吱」的直響。江樊說：「不好，來了！」往外一迎，說：「甚麼東西？」就聽「噯喲」「噗通」，有一個人打外間屋裏，摔到裏屋裏來了。江樊嚇得往鄧九如這裏一蹿，把刀就亮將出來要砍，細瞧原來就是那個姓楊的。鄧九如攔住問：「你上我們屋裏作甚麼來了？」楊得祿說：「嚇著了我了！」爬起來戰戰兢兢的道：「我同我哥哥眼睜睜看著鬧鬼，似你這個人造化真不小，這麼大個歲數，總是你的福田大，就連一點動靜沒有。我過來，一者要合你老說說話，二則間我倒要看看。這鬼透著有點欺負人，我在外頭瞧著，這

❸ 順前簷：與前面屋簷並行。

❹ 眼離：眼花。

蠟也不變顏色，不鬧故事。我將往裏一走，教他老這麼一嚷，就嚇了我一個跟斗。可真把我嚇著了！」江樊說：「你是把我嚇著了哇，我是把你嚇著了？」鄧九如說：「不用分爭那個。你先坐下，你看見就是這個八仙桌底下出來了麼？」那人說：「可不是麼。來了，來了，你看這就來了！」就見他用手一指這個燈，大呼小叫說：「你看看，看看這個燈！」連江樊帶鄧太爺一瞧，這蠟苗烘烘烘的高下，足有一尺開外；慢慢往回縮小，小來小去，真彷彿個棗核一般，藍窪窪的顏色，這屋中就發了暗了。江樊目不轉睛的瞧著桌子底下，忽然間，就聽見桌子「啪嚓」一聲響亮，如同是桌底下牆裏出來黑忽忽的一宗物件。江樊一瞧，「噯喲」「噗通」，摔倒在地。那個姓楊的也是照樣「噯喲」「噗通」，摔倒在地。

鄧九如雖然不怕，也是瞧著有些詫異，見燈光一起，忽然一暗，只見打八仙桌底下，滴溜溜的起了一個旋風，就把兩個人嚇倒，那旋風往姓楊的身上一撲。鄧九如就下去把兩個人攙架起來。就見那個姓楊的慢慢的蘇醒，一歪身就跪在了平地了，說道：「太爺在上，屈死冤魂與太爺叩頭。」鄧九如一怔：「怎麼展眼之間，他就說是屈死的冤魂哪？這必有情由。」隨即問道：「有甚麼冤屈之事，只管說來。」那人跪在那裏，哭哭啼啼的說：「冤魂姓朱，我叫朱起龍，死得不明，淨等太爺到此，我好伸冤告狀。」鄧九如問：「你是哪裏人氏，死得怎麼不明，只管說來，全有太爺與你作主。」回答道：「我是這小朱仙鎮的人，此店就是我的。死後我的陰靈兒無處投奔，也沒人替我鳴冤；今恰逢巧太爺的貴駕光臨，到了冤魂出頭之日了。」說畢，又哭哭啼啼。鄧九如又問：「難道你就沒親族人等麼？」冤魂說：「回稟太爺得知，我有個兄弟，名叫朱起鳳。不提他還在罷了，提起他來令人可恨。本待細說，天已不早，我有幾句話，太爺牢牢緊記：自是兄弟，然非同氣，害人謀妻，死無居地。只求大爺與死去的冤魂作主就是了。」說畢，往前一爬，又是紋絲兒不動。鄧九如自己思想了半天，不甚明白。就見江樊慢慢起來，翻眼一瞧，桌子底下甚麼也看不見了，再看太爺端然正坐。問了問鄧九如，可曾見鬼，鄧太爺說：「鬼，我倒不曾見。」就把姓楊的說的甚麼言語連詩句，告訴了他一番。江樊當時也解將不開。就見那個姓楊的復又起來，口音也就改變了，說：「相公，你橫豎看見咧。」問他方才事，他一概不知，抹❺頭他就跑了。鄧九如與江樊商量了個主意，明日問他們伙計，他必知曉，就渾衣而臥。

到了次日，店中的伙計過來，打了臉水，烹了茶。江樊說：「我們在這打早餞。」伙計答應，少時過來，問要甚麼酒飯。知縣說：「天氣還早些，你要沒有事，咱們談談。」回答：「早起我們倒沒有事。」又問：「你貴姓？」回答：「姓李，行三。」又問：「你們掌櫃的姓朱，尊字怎麼稱呼？」回答：「叫朱起鳳。」又問：「朱起龍是誰？」回答：「是我們大掌櫃的，死了。」又問：「得何病症而死？」回答：「是急心疼。」又問：「可曾請醫調治？」回答：「頭天晚好好的人，半夜裏就病，大夫剛到，人就死了。」又問：「可曾有妻有子？」答道：「沒兒子，淨有我們內掌櫃的。」太爺問：「妻室多大歲數了？」伙計說：「你這個人怎麼問得這麼細微，直是審事哪。」九如說：「咱們是閑談。」伙計說：「二十二歲。」又問：「必是繼娶罷。」答道：「我們掌櫃的五十六沒成過家，初婚娶的可是再醮❻。」又問：「死鬼屍身埋在甚麼地方？」伙計說：「虧了你是問我，別者之人也不知道這細微。我們這有這麼個規矩，每遇人要死在五、六月內，總說這人生前沒幹好事；死後屍骸一臭，眾人抱怨，故此火化其

❺ 抹：方言。指掉轉。也作「磨」。

❻ 再醮：再嫁的女子。醮，音ㄐㄧㄠˋ。古代結婚時用酒祭神的儀式。

屍，把骨殖裝在口袋裏，辦事不至有氣味。我們掌櫃的就是這麼辦的，就埋在村後。」又問：「你們二掌櫃的多大歲數？」回說：「今年三十歲。」又問：「與你們大掌櫃的不是親的罷？」回說：「你這個人問事實在了不得。是一父兩母。」又問：「他也在店中？」回答：「我索性告訴你細細微微罷。你多一半許沒安著好心眼。我們二掌櫃的在隔壁開著一個楠木作，作著那邊的買賣。我們大掌櫃的一死，他得照料這邊的事情。這邊又有我們內掌櫃的。他們雖是叔嫂，究屬俱都是年輕，不怕五更天算完了帳，他也是過那邊睡覺。他是個外面的人，總怕外頭有人談論我們內掌櫃的，就住在這後頭。這裏頭隔上了一段牆，後頭開了一個門出入，不許打前邊走。還想著不好，我們內掌櫃的又不往前走。我們二掌櫃的給了他一千兩銀子，教他跟娘家守節去了。這也都說完了，你也沒有甚麼可問的了罷？」把話說完。鄧太爺已明白了八九。又問：「你們二掌櫃的是楠木作，我家裏有些個楠木家伙俱都損壞了，教他親身去看看怎麼拾掇。」伙計答應，說：「很好，很好，我這就給你找。」隨即就要飯。

將把飯吃完，朱二禿子就來。伙計帶著見了見，說：「這是我們二掌櫃的。就是這位相公爺教瞧活。」九如一見禿子臉生橫肉，就知道不是良善之輩。禿子與太爺行了個禮，問：「相公爺貴姓？」回答：「姓鄧。」又問：「在哪裏瞧活？」回說：「在縣衙旁。」禿子說：「你們二位有馬，我有匹驢，已然備好，聽你們信那時起身。」鄧太爺說：「這就走。」遂給了店飯錢，備上馬，一齊起身，離了朱仙鎮，直奔縣衙口下馬，教起鳳在此少等。江樊使了個眼色。太爺入內換衣服，審禿子，下回分解。

第七十四回 白晝用刑拷打朱二 夜晚升堂闖入飛賊

詩曰：

猶是前宵旅邸身，一朝冠帶❶煥然新。
升堂忽作威嚴象，判案還同正直神。
任使奸謀能自詐，詎❷愁冤屈不能伸。
清廉頃刻傳宣遍，百姓歡娛頌禱頻。

且說到縣衙口，三人下驢下馬。太爺說：「掌櫃在這等等，我裏頭瞧個朋友，少刻就來。」禿子說：「去罷，我這也有個朋友，在班房裏當差使，正要排班伺候太爺。」大家退去。有幾個頭兒都讓朱起鳳說：「二掌櫃的屋裏坐，歡茶。」朱起鳳說：「眾位哥們辛苦了。」自己到了那班房，驢教小伙計接過來，自己去裏邊待茶。問：「二掌櫃的甚麼事，往這裏來？」起鳳說：「這瞧點活。」又問：「在哪裏瞧活？」回答：「跟著那位相公瞧點活。」又問：「就是方才進去的那位相公？」回答：「正是。」頭

❶冠帶：戴冠束帶。指穿戴上官員的裝束。
❷詎：豈。表示反問語氣。

兒說：「這號不錯，等著出來聽信罷。」

少刻，裏邊梆點齊發，太爺升堂。朱二禿子忽聽裏面說：「帶禿子！」就有一個頭兒過來說：「太爺升堂了，帶你進去。」就把鐵鏈搭於脖頸之上。二禿子一怔，問說：「這是甚麼緣故？」頭兒說：「我們不知，你到了堂上，你就知道了。」往上就帶。喊喝的聲音，將禿子帶到堂口，往上磕頭。鄧九如教：「抬起頭來，你可認識本縣？」朱起鳳嚇了個膽裂魂飛。原來是教瞧活的相公，是本縣知縣。自己心中有虧心的事情，自來的膽怯，又對著太爺又問到病❸上，說：「朱起鳳，你把哥哥怎麼害死，謀了你嫂嫂，從實招來，免得三推六問。」叫官人挑去鐵鏈。禿子復又往上磕頭，說：「太爺在上，小的哥哥死了二年的光景，至今我這眼淚珠兒還不斷呢。再說我們一奶同胞，我怎麼敢作那逆理之事。就求太爺口下留德，一輩為官，輩輩為官。這話要傳揚出去，小的難以在外頭交友。」鄧九如把驚堂木一拍，說：「咄！好生大膽。我且問你，你哥哥得何病症而死？」禿子說：「乃是急心疼的病症。人要得急心疼必死。我哥哥得病不到半個時辰，大夫來到門前，我哥哥已然氣絕，就打發醫生回去了。」又問：「你是怎樣謀你嫂嫂，從實招來！」禿子說：「太爺這句話，更是要小的命了。我嫂嫂立志守節，在店中我就怕有人談論，故此給了他一千兩白銀回到娘家，欲守欲嫁，聽其自便，永不許他在店中找我。太爺如或不信，問我們近鄰便知分曉。」太爺又問：「你嫂嫂他娘家姓甚麼？」答道：「姓吳。」又問：「他哪裏人氏？」回說：「是吳橋鎮的人。」又問：「給了你嫂嫂一千兩銀子，教他回娘家，是甚麼人送去的？」這一句話，把個朱二禿子問得張口結舌。旁邊作威❹皁班在旁邊吆喝著教：「說！快說！」朱二禿子說：

❸ 病：這裏指弱點。

「小的送去的。」太爺立刻出簽票，吩咐拿吳氏。朱二禿子一攔說：「聽人說，他已改嫁別人去了。若要派人去，豈不是白跑一趟！」鄧九如說：「你好生大膽！難道說他就沒親族人等麼？」禿子說：「他們家都死絕了。」太爺叫道：「朱起鳳，實對你說，昨日晚間住在你們的店中，有你哥哥的鬼魂告在本縣的面前，故此深知此事。你若不招出清供，豈能容你在此鬼混。不打你也不肯招認，拉下去，重打四十板！」早有官人按倒揪翻，把他中衣褪去，重打了四十板。復又問道：「朱起鳳，快些招將上來！」禿子仍然不招。仍然又吩咐，又打了四十板。復又問道：「快把害你哥哥的情招將上來！」禿子仍然不招。吩咐一聲，將夾棍抬上來，「噹啷」一聲，放在堂口。禿子一見夾棍，就嚇了個真魂出殼。這夾棍乃是五刑之祖，若要用十分刑，骨斷筋折。卻是三根無情木，一長兩短，上有兩根皮繩。當時不招，就把兩腿套上，當中有一人按住當中那根長的，兩個官人背著那兩根皮繩，往左右一分。上面叫：「招。」禿子情知招出來就剮，回道：「無招。」就聽見「噶吱吱」一響，好利害，怎見得？有贊為證：

鄧九如，要清供，打完了板，又動刑；夾夾棍，攏❺皮繩，兩邊當下不容情。真是官差不由己，一個背來一個攏。蕭何❻法，共五宗；刑之首，威風聳。壯堂威，差人勇，為的是分明邪正鎮口供。「噶吱吱」響三木攢，一處共。穿皮膚，實在痛，筋也疼，骨也疼。血攻心，渾身冷，麻酥酥

❹作威：古代在公堂上大聲吆喝起震懾作用。

❺攏：收緊。

❻蕭何：漢代的開國功臣。漢高祖時封酇侯，制訂漢代的律令制度，成為後世列代律法的源頭。

的一陣，眼前冒了金星。銅金剛，也磨明；鐵羅漢，也閉睛。人心似鐵，官法無情。好一個朱二禿子，咬定牙關總是不招承。太爺叫招，他怎肯應？又言是敲，渾身大痛。太陽❼要破，腦髓欲崩，「哎喲」一聲昏過去，禿子當時走了魂靈。

把夾棍套在腿上，仍是不招。吩咐一聲，收用了五分刑，用了七分，用了八分，仍是不招。吩咐教「滑槓」，就滑三下。朱二禿子心中一陣迷迷離離，眼前一黑，就昏過去了。

你道是這夾棍乃是五刑之祖，若要用刑之時，先看老爺的眼色行事——吩咐動刑，老爺必有暗會兒，瞧老爺伸幾個指頭，那就是用幾分。十分刑到頭。這一「滑槓」，可就了不得了。用一三五六的槓子在夾板稜兒上，通上到下一滑，「嘩喇喇喇」就這麼三下，無論那受刑的人有多麼健壯，也得暈將過去。

朱二禿子一暈，差人回話說：「氣絕了。」吩咐說：「涼水噴！」過來官人，拿著一碗涼水，含在口中，衝著朱二禿子「噗」的一噴。朱二禿子就悠悠氣轉。上頭問：「教他招！」差人說：「他不招。」上頭說：「再滑槓。」江樊說：「且慢。老爺暫息雷霆，朱二禿子身帶重傷了，不堪再用刑具拷問；倘若刑下斃命，老爺的考程❽要緊。」上頭問：「依你之見？」江樊說：「依我之見，把他先釘肘收監，明日提出再問。打了夾，夾了打，必有清供。今日不招有明日，明日不招有後日。想開封府相爺，作定遠縣審烏盆，刑下斃命，就是這麼罷的職。老爺的天才——」鄧九如點頭道：「說的是。」吩咐鬆刑。

❼ 太陽：指太陽穴所在的人頭部鬢角前的部位。

❽ 考程：指古代對地方官員政績的考察。任期滿後據此定官職之升降。

當堂釘肘，就標了收監牌，收在監牢。吩咐掩門退堂。

歸書齋，把江樊叫過去議論：「昨夜鬼說的話，『自是兄弟，然非同氣』，他們是兄弟，又不是親的，這話對了；『害人謀妻，死無居地』，把他屍骨化灰，即是『死無居地』；這個『害人謀妻』，不是明顯著是朱起鳳謀了嫂嫂，害了哥哥的性命！怎麼他一定挺刑不招？莫非這裏頭還有甚麼情節？據我想著，夾打他不屈，江大哥替我想想。」江樊說：「鬼所說的那四句話，據我想著，與老爺參悟的不差。不然，明日將他那個伙計傳來，再把那伙計拷問拷問，說出清供，也許有之。再不然，有三兩日的工夫，每日帶朱二禿子上堂夾打，一個受刑不過，說出清供，也許有之。」鄧九如點頭，用了晚飯。鄧太爺在書房中坐臥不寧，想起朱二禿子挺刑不招，不由得無名火往上一撞，吩咐一聲，坐夜堂審問。頃刻傳出話去，教外頭三班六房衙役人等，在二堂伺候升堂。

立刻，外面將燈火公案預備齊備。老爺整上官服，帶著江樊，升了座位，拿提監牌標了名字。官人把朱二禿子提到堂口，跪於公案之前。太爺復又問道：「朱起鳳，快些招來！不然還要動刑夾打於你。哪怕你銅打鐵煉，也定要你的那清供。」朱二「哼咳」不止，說：「太爺，小的冤枉！」旁邊衙役作威教「說！」忽然由房上躥下一人，一身夜行衣靠，手中拿著一宗物件，唰喇一抖，堂外人俱倒於地；進屋中一抖，眾人迷失二目，睜眼看時，差事已丟。若問來歷，下回分解。

第七十五回　丟差事太爺心急燥　比衙役解開就裏情

詩曰：

身居縣令非等閑，即是民間父母官。
一點忠心扶社稷，全憑烈膽報君前。
污吏聞名心驚怕，惡霸聽說膽戰寒。
如今斷明奇巧案，留下芳名萬古傳。

且說太爺升夜堂審問，指望要他的清供，誰知曉打房上躥下一個賊來，手中拿定一宗物件，使一個細長冷布❶的口袋，把白灰潑成壙子灰細麵，用細羅過成極細的灰麵子，裝在冷布口袋裏，用時一抖，專能迷失人的二目。江樊瞧著他進來，就要拉刀，被他一抖口袋，二目難睜，還要護庇老爺，焉得能夠？先把自己雙睛一按，淨等著眼淚把壙子灰沖出，這才能夠睜開眼睛；再瞅，連老爺也是雙袖遮著臉面，不能睜眼，也是眼淚沖出壙子灰，這才把袖子撤下。大家睜眼一看，當堂的差事，大概是被賊人盜去了。江樊暗暗的叫苦。太爺吩咐教掌燈火拿賊。大眾點了燈籠火把，江樊拉出利刃，一同的捉賊，叫人保護

❶ 冷布：即舊時用以糊窗戶、防蚊蠅等事的能透風、不保暖的稀疏紗布。

著太爺入書齋去。

江樊帶領大眾，前前後後尋找一遍，並無蹤跡，復又至書齋面見老爺。鄧九如把大眾叫將進去，問眾人可曾看見賊的模樣。大家異口同音說：「小的們被他的白灰迷失了二目，俱都未能看見。」內中有一個眼尖的說：「小的可不敢妄說，微須❷看出一點情形來。」江樊說：「你既然看出一點情形來，只管說來，大家參悟。」那人說：「這個賊不是禿子，定是個和尚。」太爺問：「怎麼見得？」那人說：「小的在二堂的外頭，賊一下房，我往後一閃，他先把那些人眼睛一迷，我正待要跑，他又一抖手，小的眼就迷了。看見他戴著軟包巾，鬢間不見頭髮，想來不是禿子，就是個和尚。別人鬢邊必要看出頭髮來，此人沒有，小的就疑惑他不是個禿子，就是和尚。」江樊說：「不錯，你這句話把我也提醒了。我也看著也有那麼一點意思。」知縣就賞了一天的限期，教他們拿賊——拿禿子、和尚。

到第二天出去，連禿子帶和尚，把那素常不法的就拿了不少，升堂審訊，俱都不是，把那些個人俱都放了。又賞了一天的限，教他們拿賊，仍然是無影無形。整整的就是數十天的光景，一點影色皆無。那些差人比校❸的實係也是太苦。索性不出去訪拿去了，每天上堂一比❹。這天打完了那個班頭，將往堂下一走，一蹶一顛的還沒下堂哪，就有他們一個伙伴說：「老爺一點寬恩的地方沒有，明天仍然還是得照樣。」那個受比的班頭就說：「九天廟的和尚——那是自然。」鄧太爺又把他叫回去問他：「你方

❷ 微須：同「些許」、「些微」。一點兒；少許。

❸ 比校：提比考校。清代稱限定時期命捕役抓捕在逃人犯歸案為提比，見清會典。

❹ 比：這裏指捕役未完成提比而受到責罰。

才走到堂口，說甚麼來著？」就把那個班頭嚇了膽裂魂飛，戰戰兢兢說：「小的沒敢說些甚麼。」太爺說：「我不是責備於你。你把方才說的話，照樣學說上來。」那名班頭說：「乃是外面的一句匪言，不敢在老爺跟前回稟。」太爺說：「我教你說的，與你無干。」班頭復又說：「這是外面一句歇後語，說了前頭的一句，後半句人就知道了，故此謂之歇後語。小的說的是『九天廟的和尚』，他們就知道是自然。緣故是離咱們這石門縣西門十里路，有個廟叫九天廟，裏頭的方丈叫自然和尚，很闊，是個外面結交官府，認得許多紳縉富戶；窮苦難窄的，他也是一體相待，有求必應，故此高矮不等的人，皆都認識於他。就是前任的太爺，與他還有來往哪。」鄧太爺聽了這句話，沉吟半晌，教他下去，從此也不往下比校班頭了。吩咐掩門，一抖袍袖退堂。

歸後書齋內，小廝獻上茶來。江樊總不離鄧太爺的左右。鄧九如又把江大哥叫來，說：「那個鬼所說的那四句，明顯著情理，暗中還有點事情，我方才明白了。横著要念哪，就是『自然害死』。方才那個班頭說，九天廟和尚叫自然，此事難辨真假，咱換上便服去，到九天廟見了和尚，察言觀色，就可以看出他的虛實。」江樊說：「老爺使不得。老爺萬金之軀，倘若被他人看出破綻，那還了得。不然，我一人前去，查看查看他的虛實，回來再作道理。」鄧九如不聽，一定要去，兩個人前往。江樊也不敢往下攔阻，只可就換了便服。太爺扮作個文生秀士的模樣，隨教人開了後門。

二人行路，出了城門，撲奔正西，逢人打聽九天廟的道路。原來是必由之路，直到九天廟前，只見當中朱紅廟門，兩邊兩個角門❺，盡都關閉。教江樊到西邊角門扣打，少刻有兩個小和尚開了角門，往

❺ 角門：整個建築物靠近角上的小門。也作腳門。

外一看，問道：「你們二位有甚麼事情，扣打廟門？」鄧九如說：「我們是還願來了。」小和尚說：「甚麼願？」鄧九如說：「我奉母命，前來還願燒香。」那個小和尚問這小和尚說：「奉母命前來還願，母親許的是甚麼願？」那個小和尚答言說：「噯喲！是了，老太太許的是吃雷齋，這方才上雷神廟還願。」說畢，兩個小和尚哈哈一笑。鄧九如也覺著臉上發赤。本來這是九天應元普化天尊雷神廟，哪有母親許這個願心的？也就憨著臉❻往裏就走，叫和尚帶路，佛殿燒香。見那個小和尚一壁裏關門，一壁裏往後就跑。太爺帶著江樊到了佛殿。小和尚開了隔扇，把香劃開。江樊給點著，太爺燒香。小和尚打磬。太爺跪倒身軀，暗暗祝告神佛：暗助一臂之力，辦明此案，每逢朔望日，廟中拈香。

燒香已畢，在殿中看了看神像，出了佛殿，直奔客堂。正走著，就聽見西北上有婦女猜拳行令，猜三叫五的聲音。鄧九如就瞅了江樊一眼，江樊就暗暗會意。來到了客堂，小和尚獻茶。江樊出去，意欲要奔正北。由北邊來了一個小和尚，慌慌張張把江爺攔住，說：「你別往後去，我們這裏比不得別的廟，有許多的官府中的官太太小姐；倘若走錯了院子，一時撞上人家，我們師傅也不答應我們，人家也不答應你。」江樊說：「走！我管甚麼官府太太不官府太太呢。他若怕見人，上他們家裏充官太太去。廟宇是爺們遊玩的所在，不應使婦女們在廟中。」一定要往後去。那個小和尚哪肯教他往後去。

兩個正在口角、互相分爭❼之間，有一個胖大的和尚，有三十多歲，問道：「甚麼事情？」那個小和尚就把江樊要往後去的話說了一遍。那個僧人就說：「你怎麼發橫？你別是有點勢力罷，你姓甚麼？」

❻ 憨著臉：指厚著臉皮裝傻。
❼ 分爭：分辯爭吵。

江樊說：「你管我姓甚麼？」那個僧人說：「拿著你這個堂堂的漢子，連名姓都不敢說出。」那個和尚說：「你就是不說，光景我也看出個八九，你必是在縣衙裏當差的。」江樊一聽，就知道事要不好，無奈就先忍了這口氣，此時要教他們識破機關，老爺有險，那還了得。自己說：「似乎你這出家人說話，可也就太強暴了。誰與你一般見識？我就是不往後去，也不大要緊。我還要看看我們朋友，大概也要走啦。」那個和尚一笑，說：「走？大概夠走的了罷！」江樊一聽，更覺著不得勁❽了，急忙的回來，奔了客堂，與鄧九如使了一個眼色。鄧九如就明白八九的光景，正要打算起身，就聽外邊如巨雷一般，念了一聲「阿彌陀佛」。忽然間打外邊進來了一個和尚，身量威武，高大魁偉，面如噴血，合掌當胸，說：「阿彌陀佛，原來縣太爺到此，小僧未能遠迎，望乞恕罪。」鄧九如說：「師傅是錯認人了，哪裏來的太爺？」和尚微微的一笑，說：「實不相瞞，那日晚間盜出我那個朋友來，就是小僧。我就知道太爺早晚必要前來尋找小僧，小僧久候多時了。」太爺將要折辨，僧人一陣狂笑，說：「我不去找你，你自來找我，分明是『天堂有路你不去，地府無門闖進來』。」吩咐一聲：「左右綁了！」打外面來了許多小和尚，圍裏上來，不容分說，過來就揪太爺。江樊一瞧地方窄狹，先就躥在院內落叢中，把刀亮將出來。早有人給和尚拿了一條齊眉棍，就與江樊動起手來。

要問勝負輸贏，且聽下回分解。

❽ 得勁：同「對勁」。指事情進展得順利。

第七十六回　知縣臨險地遇救　江樊到絕處逢生

世上諸般皆好，惟有賭博不該。擲骰押寶鬥紙牌，最易將人鬧壞。　大小生意買賣，何事不可發財。敗家皆由賭錢來，奉勸回頭宜快。

西江月：

我為何道這首西江月呢？只因那年在王府說小五義，見有一人愁眉不展，長吁短嘆，問其緣故，他說：「從前因賭錢將家產全輸了，落得身貧如洗，來到京中，才找碗飯吃。今又犯了舊病，將衣服舖蓋全都賣了，主人也不要我了，焉得不愁呢？」我便說道：「老兄若肯回頭，從今不賭，自然就好了。我還記得戒賭十二則，請老兄一聽便知分曉。」破家之道不一，而賭居最。每見富厚之子，一入賭場，家資旋即蕩散，甚至釀為盜賊，流為乞丐，賣妻鬻子，敗祖宗成業，辱父母家聲，誠可痛恨。彼惛然❶無知之徒，不思賭之為害，敗家甚速，反曰「手談消遣」。夫世間何事不可以消遣，而必欲為此乞丐之事，甘心落魄哉？在賭者意欲有錢，殊不知賭無常勝之理，即使勝多負少，而一出一入，錢歸窩家，是輸者固輸，贏者亦終是輸。況賭博之人，心最刻薄，有錢則甜言蜜語，茶酒迭承，萬般款洽，惟恐其不來。

❶ 惛然：糊塗的樣子。

迨至囊空，不獨茶酒俱無，甚且惡言詈辱，並不容其近前。似此同一人也，始令人敬，終令人賤，能無悔乎？吾以為與其悔之於後，毋寧戒之於先。戒賭十二則：

一壞國法　朝廷禁民於賭博尤嚴，地方文武官長不行查拿，均干議處；父母姑息，鄰甲隱賭，俱有責懲。君子懷刑，雖安居無事，尚恐有無妄之災，時時省惕；彼賭博場中有何趣味，而陷身於國法憲網？以身試法，縱死誰憐？

一壞家教　父母愛子成立，叮嚀告誡，志何苦也。為人子者，不能承命養志，而且假捏事端，眠宿賭錢，作此下賤之事，不知省悟，良可痛悼！故為子之道，凡事要視於無形，聽於無聲。若乃於父母教悔諄諄，全不悛改，背親之訓，不孝之罪，又孰甚焉！

一壞人品　人一賭博，便忘卻祖宗門第，父兄指望；隨處懶散，坐不擇器，睡不擇方，交不擇人，衣冠不整，言語支離。視其神情，魂迷魄落，露尾藏頭，絕類驛中乞丐，牢內囚徒。

一壞行業　士、農、工、商，各有專業，賭則拋棄，惟以此事為性命。每見父母臨危呼之，不肯稍釋者，何況其他。迨至資本虧折，借貸無門，流為乞丐，悔之晚矣。夫乞丐，人猶憐而捨之；賭至乞丐，誰復見憐？則是賭博，視乞丐又下一層矣。

一壞心術　大凡賭錢者，必求手快眼快。贏則恐出注之小，輸則竊籌偷碼。至於開場誘賭，如蛛結網，或藥骰密施坐六、箝紅之計；或紙牌巧作連環、心照之奸。天地莫容，尚有上進之日哉？

一壞行止　賭場銀錢，贏者耗散一空，全無實惠；輸家毫釐不讓，逼勒清還。輸極心忙，妻女衣飾，轉眼即去，親朋財物，入手成灰，多方拐騙，漸成竊盜。從來有「賭博盜賊」之稱，良非虛語。

一壞身命　賭博場中，大半係兇頑狠惡輩，盜賊剪拐之流。輸則己不悅，贏則他不服，勢必爭鬥打罵，損衣傷體。若與盜賊為伙，或彼當場同獲，或遭他日指扳❷，囚杖夾桚❸，身命難保。即或衣冠士類，不至若此，而年宵❹累月，暗耗精神，受凍忍飢，積傷肌髓，輕則致疾，重則喪身。揆厥由來❺，皆由自取。

一壞信義　好賭之人，機變百出，不論事之大小緩急，隨口支吾，全無實意，以虛假為飲食，以哄脫作生涯，一切言行，雖妻子亦不相信。夫人至妻子不相信，是枉著人皮，尚可謂之人乎？他日雖有真正要緊之事，嘔肝瀝血之言，誰復信之？

一壞倫誼　親戚鄰友見此賭徒，惟恐絕之不遠，而彼且自謂輸贏由我，與他何涉。正言讜論❻，反遭仇憾。以賭伴為骨肉，以窩家為祖居。三黨❼盡惡，五倫❽全無，與禽獸何異？

---

❷指扳：同「攀扯」。指牽連他人獲罪。

❸夾桚：夾棍和桚子，兩種刑具。桚子是用以夾手指的刑具。桚，音ㄗㄢˇ。

❹年宵：過年和過元宵節。

❺揆厥由來：推究其起因。

❻讜論：正直的言論。

❼三黨：即父族、母族、妻族三族諸親。

❽五倫：君臣、父子、兄弟、夫婦、朋友等五種倫理關係。

一壞家聲　開場之輩，均屬下流；嗜賭之子，無非污賤。旁人見之，必暗指曰：此某子也，某孫也。門楣敗壞至此，畢竟祖父有何隱惡以致孽報。是生而既招眾人鄙賤，死後何顏見祖宗泉下？

一壞閨門　窩賭之家，哪論乞丐、盜賊，有錢便是養生父母，甚至妻妾獻媚，子女趨承，與淫院何異？好賭則不顧家室，日夜在外。平日必引一班匪棍往來，以成心腹。往來既熟，漸入閨閣，兩無忌憚。所以好賭之人，妻不免於外議者，本自招之也。況彼既不顧其家室，青年水性，兼又有飲食財物誘之者，日夜不離其室，能免失身之患乎？

一壞子弟　大凡開賭、好賭之家，子弟習以為常。此中流弊無所不有，雖欲禁之，不可得也。故開賭、好賭之子弟，未有不賭博者，平日之習使然也。夫既習於賭博，又焉望子弟之向上乎？且好賭之人，未有不貪酒肉而怠行業。故即其居室之中，塵埃堆積，椅桌傾斜，毫不整頓。抽頭贏錢，盡俱吃喝，吃之既慣，日後輸去，難煞清淡，便不顧其廉恥，不恤其禮義，邪說污行，無所不為——男為盜，女為娼，不能免矣。戒之！戒之！

戒賭十二則說完，奉勸諸公謹記，仍是書歸正傳。

詩曰：

特來暗訪效包拯，清正廉明得未曾。
消息誰知今已漏，機謀在是此多能。
況無眾役為心腹，空有一人作股肱。

不遇徐良兼艾虎，幾遭毒手與兇僧。

且說和尚出來，認得鄧九如，倒是怎麼個緣故？情而必真，朱起龍死得是屈。因為五十多歲，娶了一房妻子。他這妻子娘家姓吳，名叫吳月娘，過門之後，兩口子就有些個不對勁。何故？是老夫少妻。吳家貪著朱家有錢，才肯作的此事。夫妻最不對勁，他倒看著小叔子有些喜歡。又搭著禿子能說會道，又不到三十的年紀。叔嫂說笑，有個小離戲，久而久之，可就不好，作出不堅不潔的事情來了。兩個人議論，到六月間，二人想出狠毒之意。那晚間，就把朱起龍害死。連禿子幫著，用了半口袋糠。朱起龍仰面睡熟，把糠口袋往臉上一壓，兩個人往兩邊一坐，按住了四肢，工夫不大，朱起龍一命嗚呼。把口袋撤下，此人的口中微然有點血沫子浸出。吳月娘兒拿水給他洗了臉，一壁裏❾就裝裹❿起來，一壁裏教童子去請大夫。大夫將至門首，婦人就哭起來了，隨即就將大夫打發回去。朱家一姓，當族的人甚多，人家到了的時節，惡婦早把衾單蓋在死人的臉上。議論天氣炎熱，用火焚化，情真⓫他們那塊倒是有這個規矩。有人問起，就說是急心疼病症死的。這個又比不得死後擱幾天才發殯，怕有甚麼妨礙，犯火忌日，與甚麼重喪、回煞⓬等項，總得請陰陽擇選日子。這個不用，自要一家當族長輩、晚輩商量明白就得。就是本家人將死屍搭出去，抬到村後有那麼一個所在，架上劈柴一燒，等三天把骨灰裝在口袋之內，

❾一壁裏：一邊。

❿裝裹：給死者換穿衣服。

⓫情真：方言。確實。

⓬回煞：陰陽家認為人死後若干日後，死者靈魂要回家一次，稱作回煞。

親人抱將回來，復反開弔辦事。諸事已完，葬埋了骨灰。他們想著大事全完了，吳月娘穿重孝守節。二禿子接了店中的買賣，絕不在店中睡覺，不怕天交五鼓，或趕上天氣，總要回到他舖中安歇。豈不想他的舖子與店一牆之隔，櫃房與店的盡後頭相連，吳月娘安歇的屋子也只隔著一段短牆。只管打前頭過去，可又由後頭過來；天交五鼓，仍然復又過去。朝朝如此，外面連店舖中並無一人知曉。以後還嫌不妥，教人在店後疊起一段長牆，後面開了一個小門，為的是月娘兒買個針線等類方便。外人無不誇獎禿子的正派。

豈知壞了事了。這日正對著⑬月娘兒買絨線，正遇著九天廟的和尚打後門一過，可巧被月娘看了他一眼。列公，這個和尚非係吃齋念佛、跪捧皇經的僧人，他本是高來高去的飛賊，還是久講究採花的花和尚。白晝之期，大街小巷各處遊玩，哪裏有少婦長女，被他一眼看中，夜晚換了夜行衣，背插單刀，前來採花。他也看那個婦女的情形，若是正派人，他也看不中意，也不白費那個徒勞，滿想⑭來了，人家也是求死，別的是休想。那日看見月娘瞟了他一眼，早就透出幾分的妖氣；又對著月娘本生的貌美，穿著一身縞素，惡僧人看在眼內。到晚間換了衣服，背著刀，撥門撬戶進來，正對著禿子也在這裏。可倒好，並未費事，三人倒商量了個同心合意，自此常來。白晝，禿子也往廟裏頭去，兩個人交得很密。後來和尚給出了個主意：終久沒有不透風的牆，倘若機關一泄，禍患不小，不如把月娘送在廟中，就說把他送往娘家去了，給了他一千兩白銀作為店價，遮蓋外面的眼目。其實送在廟中，那禿子喜歡來就來，

⑬ 對著：口語。指兩件事碰在一起。近似於「湊巧」。
⑭ 滿想：想周全；想清楚。

和尚絕不嗔怪。

這日正是和尚進城，走在縣衙門口，就見朱二禿子的大蔥白驢在縣衙門口拴著。和尚一瞅就認得，心中有些疑惑。牠是禿子常騎著上廟，故此和尚認得。正對著太爺升堂，又是坐大堂，並且不攔阻閑人瞧看，和尚也就跟著在堂下看了個明白。見禿子受刑，和尚心中實在的不忍，趕緊撤身出來，找了個酒舖，自己喝了會子酒，自己想著：「回廟見著吳月娘兒，可是提起此事好哇？是不提此事好哪？再者，這個知縣比不得前任知縣，兩個人相好，自己就可以見縣太爺，給託付託付。這個知縣一者臉酸⓯，二來毫絲不得過門⓰，倘若禿子一個受刑不過，連我都是性命之憂。」自己躊躇了半天，無計可施，只可會⓱了酒錢，出了酒肆，直奔城外。比及來到廟中，到了裏面。他這廟中婦女，不是吳月娘一個人，也有粉頭妓者，也有用銀錢買來的，也有夜晚之間扛來的，也有私奔找了他來的，等等不一，約有二十餘人，俱在廟內。

這日他回來，奔西跨院，眾婦女迎接。他單把吳月娘兒叫到了一個僻靜所在，就把朱二禿子已往從前之事，一五一十細細說了一遍。月娘兒一聽，不覺的就哭起來，復又與和尚跪下，說禿子待他是怎麼樣好法，苦苦的哀求僧人救禿子的性命。又說：「怕禿子一個挺不住刑，我倒不要緊，還怕要連累了師傅。只要師傅施恩，救了他的性命，他若出來，我準保他這一輩子忘不了你的好處。」說畢，復又大哭。

⓯ 臉酸：指面相長得迂腐。
⓰ 過門：本指戲曲唱段中起鋪墊或承啟作用的器樂演奏的部分。借指作解決問題的途徑。
⓱ 會：指在飯館、酒店、澡堂等處付帳。

和尚一者心軟，二來也怕連累了自己。正然猶疑，徒弟報道：「師爺爺到了。」僧人迎出，原來是他的師叔。這個和尚是南陽府的人，外號人稱粉面儒僧法都，前來瞧看師侄。叔侄見面，行禮已畢，讓至禪堂，獻上茶來，問了會子買賣如何。

列公，怎麼出家人問買賣？本來全是綠林的飛賊，豈不是問買賣！其實淨賣不買，偷了來就賣，幾時又買過哪？回答：「南邊買賣不好，我們師兄弟四人，俱都各奔他方，早晚你師傅還要上你這裏來哪。」自然和尚他叫悟明，他有師弟叫悟真，他師傅叫赤面達摩法玉。還有兩個師叔，一個叫鐵拐羅漢法寶，一個叫花面勝佛法淨。這些人們都在續小五義上再表。

悟明見師叔來了，他就把朱二禿子這些事情，對著他師叔面前述了一遍。晚間用完了晚飯，就約了他師叔與他巡風，法都也就點頭。彼此換了夜行衣靠，悟明帶上灰口袋。本打算前去盜獄，不想到三更時分進了城，到了獄門，當差的人甚多，都在那裏講究這位太爺性烈，夜晚間還坐堂審禿子哪。悟明聽了，輕輕的回來告訴粉面儒僧。兩個人就進了衙門，施展飛簷走壁之能，到了二堂，自然和尚下來抖口袋，迷眾人的眼睛，就把禿子背出去了。法都幫著出城，拿飛抓百練索絨繩拴上禿子，繫上繫下，到了城外，找了個僻靜的所在，扭斷了手鐲腳銬，連項索盡都扭壞，換替背到廟中。禿子也不能與二人磕頭道勞。法都拿出藥來敷上，慢慢將養。月娘兒替禿子與二僧道勞。從此吩咐小和尚，小心衙門的公差，留神贓官前來私訪，說了知縣的相貌。不然，怎麼鄧九如一來，他們就知道是知縣？那個關門的小和尚，就是給悟明他們送信去了。少刻出來，後面即給他預備著兵器哪。見面先說好話，後來叫小和尚拿人。江樊把刀與自然和尚交手，他如何是兇僧的對手。他雖是二義韓彰徒弟，沒學甚麼能耐，三五個彎，就對不住和尚那條棍了，急得亂嚷亂罵說：「好兇僧呀！反了！」並有些個小和尚也往上一圍。江樊情知是死，忽然間打牆上躥下兩個人來。艾虎、徐良捉拿和尚，且聽下回分解。

第七十七回　粉面儒僧逃命　自然和尚被捉

詩曰：

不信豪雄報不平，請看暗裏助刀兵。
只因縣令災星退，也是兇僧惡貫盈。
貪樂焉能歸極樂，悟明還算欠分明。
到頭有報非虛語，莫向空門負此生。

且說廟中僧人正在得意之間，江樊看看不行，自己就知道敵不住僧人準死。自己若死，如蒿草一般；保不住老爺，辜負包丞相之重託。到底是好心人，逢凶化吉，可巧來了個小義士、多臂熊。二人聽出廟裏聲音，艾虎認得江樊，隨即兩個人躥下牆來。艾虎道：「江大哥放心罷，小弟還同了一個朋友來哪。」江樊一看，是艾虎到了，還同著一個紫黑的臉，兩道白眉毛，手中一口刀，後頭有個環子，跳下牆來就罵：「好禿驢，倭八日的！」是山西的口音。艾虎見對面兇僧，青緞小襖，青縐絹紗包，醬紫的中衣，高腰襪子，開口的僧鞋，花繃腿；面如噴血，粗眉大眼，臉生橫肉，兇惡之極。惡僧人一看艾虎、徐良，倒提劈山棍，對著艾虎往下就打。艾虎一閃，拿刀往外一磕。僧人往下一蹲，就是掃堂棍，艾虎往上一躥，兇僧撒左手，反右臂，其名叫反臂刀劈絲。艾虎縮頸藏頭，大蝦腰，方才躲過。徐良看著暗笑：「老兄弟就是這個本事。」自己躥將上去，說：「老兄弟，這個禿驢交給老西了。」和尚一看此人古怪，拿棍就打。山西雁用刀一迎，「嗆」的一聲，「噹啷」，那半截棍就墜落於地，把和尚嚇了個真魂出殼，抹頭就跑。早被徐良飛起來一腳，正踢在和尚脅下。「噯喲」一聲，和尚栽倒在地。艾虎過來，髁膝蓋點住後腰，搭胳膊擰腿，就把兇僧捆上。兇僧大喊，叫人救他。徐良一回手，在他脊梁上「吧」的一聲，釘了他一刀背。小和尚風捲殘雲一般，俱都逃命。依著艾虎要追，徐良把他攔住說：「他們都是出家人，便宜他們罷。」

再見小和尚復又返轉回來，圍著一個胖大和尚，就是粉面儒僧法都。皆因他在西跨院，同著那些婦女正自歡樂，見悟明出去不見回來。有小和尚慌慌張張跑將進來，說：「師爺，大事不好了！我們師傅拿了知縣，他還有一個跟人，與我們師傅那裏交手，打外頭又躥進來兩個，全是他們一伙的，我師傅教他們拿住了，你快去罷！」兇僧脫了長大衣服，提了一口刀，直奔艾虎他們來了。小和尚本是跑了，見法都來，復又跟著法都，又要圍裏上來。徐良一瞧，這個和尚雖然胖大，倒是粉白的臉面，往前撲奔。徐良說：「好師傅，你是出家人，不應動氣，本當除去貪嗔痴愛，萬慮皆空，沒有酒色財氣，這才是和尚的規矩。又何必拿著刀來，要與我們拚命，我們如何是你的對手。你要不出氣，我給你磕個頭。」和尚將要說「磕頭也不行」，他焉知是計？豈不想老西這個頭可不好受，就見他兩肩頭一聳，一低腦袋，「哧」的一聲。和尚「噯喲」，還仗他眼快，瞧見一點動星由徐良腦後出來，一閃身，雖然躲過頸嗓咽喉，「噗哧」一聲，正中肩頭之上，抹頭就跑。這些小和尚就跟著跑下去了。粉面儒僧躥上牆頭，徐良並不追趕，抹頭尋找艾虎來了。滿地上小和尚橫躺豎臥，也有死了的，也有帶著重傷的。兩個人會同尋找江樊，不知去向。

原來是江樊瞧見艾虎、徐良進來，把那無能的小和尚砍倒幾個，自己就跑出來了。明知道有艾虎一人足能將那和尚殺敗，自己出來尋找老爺要緊。找來找去，並沒見著。遇見一個小和尚，過去飛起一腳，就踢了個跟斗，攞刀要砍，說道：「你說出那位老爺現在哪裏，就饒你不死。」和尚說：「我告訴你，饒了我呀。」江樊說：「我豈肯失信於你。你說出來，我就饒了你。你快些說來！」答道：「在西跨院❶庭柱上捆著哪。」江樊果然沒有結果他的性命，一直奔西跨院，一看老爺果然在柱子上那裏捆著。三四個小和尚在那裏看守，看見江樊進去，惡狠狠的拿著刀撲他們去了，小和尚撒腿就跑。江樊也並不追趕，救老爺要緊。江樊過來，解開了繩子，跪倒塵埃，給老爺道驚。鄧九如用手攙起，說：「這是我的主意，縱死不恨，與你何干？我還怕連累了你的性命。你是怎麼上這裏來了？那和尚怎麼樣了？」江樊說：「有小義士艾爺，還同著他一個朋友前來解圍。要不是他們兩個人，我就早死多時了。」鄧九如問：「莫不是開封府告狀的那個艾虎？」江樊說：「正是。」鄧九如說：「我們兩個人還怪❷好的哪！他坐監，我打書房出來散遊❸散遊，正遇見他在校尉所我義父那裏，我們兩個人一同吃的飯。他不認得字，他說還要跟我學一學，怎麼把眼前的字認得幾個才好。很誠實的一個人。他是北俠的門徒，智化的乾兒子。」

❶ 跨院：位於正院旁邊的院子。
❷ 怪：在口語中表示「非常」。
❸ 散遊：散步。

江樊說：「不是，老爺記錯了，是智化的徒弟，北俠的義子。老爺看，來了。」艾虎與徐良也是問了小和尚，找到西跨院。江樊要跪下給艾虎道勞，早教艾虎一把拉住，對施了一禮；又與徐良見了見江大哥。艾虎說：「這是我徐三叔跟前的❹，我三哥，名叫徐良。」與江樊彼此見了禮。江樊又要與徐良道勞，也教徐良攙住。鄧九如過來說：「若非是二位到來搭救，我們兩個早死多時。活命之恩，應當請上受我一拜。」艾虎一怔，攙住說：「你不是我韓二叔的義子嗎？姓甚麼來著？」鄧九如一笑，說：「艾大哥，你是貴人多忘事，我叫鄧九如。」艾虎說：「是了，你們二位怎麼遊玩到這裏來了？」江樊就把怎麼上任，怎麼私訪、審兇、坐堂、丟差事、解開歇後語、到廟中來遇見兇僧的事，細述了一遍。艾虎聽了說：「三哥，你看還是文的好，似乎你我別說作不了官，即作了官也算不了甚麼；看人家這個，出任就是知縣。」江樊說：「少敘那個，和尚怎麼樣了？」艾虎說：「拿住捆好了。」徐良說：「我把他扛過來看看，是那個自然和尚不是？」鄧太爺問艾虎從何處來，艾虎就把自己的事說了一遍。鄧九如說：「還有件怪事。方才他們大家把我捆上，推到這裏來拴在庭柱上。這屋裏頭有許多的婦女，陪著那個白臉的和尚喝酒，還猜拳行令哪。就皆因那個和尚出去動手去了，這屋中許多婦女沒見出門，他們全往甚麼地方去了？」艾虎說：「何不到屋裏找找他們去。」

同著江樊，帶老爺一齊到屋中，也沒有後門，眼睁睁那酒席還在那裏擺著，就是不見一個人影兒，連老爺也納悶。江樊那樣機靈，也看不出破綻來。還是艾虎看見那邊有一張床，那個床幃子亂動。艾虎用刀把床幃子往上一挑，見裏面有兩個人，將要把他們提將出來。一看是兩個婦人，他就不肯去拉了，

❹跟前的：在這裏表示最接近的親屬，即兒女。

叫：「江大哥，你把這兩個提出來。」江樊就將他們隨即捆上，帶過來說：「這就是太爺，跪下磕頭。」鄧九如一看，兩個人俱在二十多歲、三十以內。太爺問：「你們都是幹甚麼的？說了實話便罷，如若不然，即將你們定成死罪。」兩個婦人往上磕頭，說：「我們都是好人家的子女，半夜間兇僧去了，把我們扛到廟內；本欲不從，怎奈他的人多，落了禿賊的圈套。」太爺說：「你們既是好人，本縣放你們歸家。可有一件，有個朱二禿子，他在廟中沒有？」兩個人連連答應說：「有，不但有朱二禿子，連吳月娘兒俱在此處哪。」太爺問：「現在哪裏？」婦人說：「你看那邊有一張條扇❺，是個富貴圖，那卻是一個小門。開開那個小門，裏頭是個夾壁牆兒。他們聽見事頭不好，俱都鑽在那裏頭去了。我們也要鑽的裏頭去，他們說沒有地方了，故此我們才藏在床下。裏頭男女混雜好些個人哪。」老爺聽了，隨即叫江樊過去瞧。那一張畫，是一張牡丹花，旁邊有個環子，雖是個門，可開不開。正要問那個婦人，就見徐良扛著和尚進來，把他地上一摔，「噗通」的一聲。徐良隨即說：「我全問明白了，他們這裏頭有個夾壁牆，連朱二禿子他們那一案都在這裏哪。」

忽然外面一陣大亂，進來許多人，各持兵刃。若問來者何人，且聽下回分解。

❺ 條扇：指繪著圖畫或寫著文字的條屏。

第七十八回　小爺思念杯中物　老者指告賣酒人

詩曰：

悟明作事太冬烘❶，淫婦收藏夾壁中。

自謂是空原是色，豈知即色即成空。

其二：

謀命圖姦太不明，最陰究屬婦人情。

奇冤自此從頭洗，敗壞閨中一世名。

且說徐良在外邊問自然和尚，不說；拿刀威嚇帶傷的小和尚，倒是有一得一，將實話全都說出來了，故此徐良連那個假門他都知道。扛了自然和尚進來，正要獻功，人家這裏也都知道了。將要進去，外頭一陣大亂，進來了無數的人，各持單刀鐵尺。大眾以為是僧人的餘黨，原來不是，是由衙門中來了一夥子馬快班頭。有老爺的內廝，一瞧天氣不早，老爺無信歸回。主管一著急，暗暗的就把馬步班的頭目叫

❶ 冬烘：這裏指知識淺薄、行為乖謬。

將進來，就把老爺上九天廟的話說了一遍，教他們帶著伙計去迎接老爺要緊。頭目一聽，也怕老爺有舛錯，趕著帶了伙計們急速出城，俱帶著單刀鐵尺。到了九天廟，遠遠的就望見打裏頭跑出許多的和尚們來，焉敢怠慢，就叫伙計們向眾人往前一闖，一看有許多的僧人們，也有死於非命的，也有帶著重傷的。問那個帶傷的人：「縣太爺現在哪裏，你們可知曉？」那人回答道：「現在西跨院。」大眾就奔西跨院而來。江樊、艾虎、徐良大家往外一迎，見是馬快班頭，江樊這才放心。

大眾都過來見了太爺，給太爺道驚。他們請罪。太爺說：「於你們無干，我的主意。」復又過去，在那張畫軸那裏，把那個銅環子擰了半天，果然一轉，那個門兒一開，這才看見夾壁牆。江樊使了一個詐語，說：「裏面眾婦女們聽真，今日本處的太爺到此，所以就為的是朱二禿子、吳月娘一案，於你們眾婦女無干。你們誰要將他兩個獻將出來，就將你們放去；倘若不獻，拿到衙門裏是一概同罪。」這句話不大要緊，就聽見裏面婦女們亂嚷。不多一時，出來了二十多人，連伺候他們的婆子，內中揪扭著一個婦人，就是吳月娘。大家一齊說：「這就是吳月娘。那個禿子，可得你們爺們進去，我們拉不動他。」艾虎就進了夾壁牆，不多時，就見艾虎拉著他一條腿，就提拉出來了。班頭過來，將禿子鎖上，也就把吳月娘兒鎖上；又把兩個人的二臂倒綁，待等回衙再問。將那些個婦女盡行釋放，並且准他們把和尚那些東西，量自己的力氣，能拿多少拿多少，不許再拿二趟。大家磕頭，分散物件出門去了。

少刻，地方進來，叩見太爺。江樊叫道：「地方出去，或馬或車，找來教太爺騎坐。」地方出去。太爺叫把那些帶傷和尚，聽其自己逃命；受重傷不能動轉的，少刻回衙，打發人來給他調治；死了的，就在廟後埋葬：就罪歸一人。跑了的和尚法都，案後訪拿。叫官人把悟明帶回衙署審問。地方把車輛套來，請艾虎、徐良到衙中待酒。徐良說：「老兄弟！索性咱們作事作個全始全終，一半押解差事，一半保著老爺。咱們要是一走，路上倘有舛錯，豈不是前功盡棄了麼？」艾虎點頭道：「所有廟中東西，叫地方看守；倘若短少，拿地方是問。」押解著禿子、吳月娘、悟明和尚起身。出了廟門，直奔縣衙。叫艾虎、徐良一併上車，二人不肯，連江樊俱都地下走。一路之上，瞧看熱鬧之人不在少處。書不重絮。

到了衙署，老爺下車，三班六房伺候，進了衙署，連艾虎、徐良讓到書齋待茶。太爺立刻升堂，用刑拷問三個人，一字的不招，只可夾打了一回，把他們釘肘收監。太爺一抖袍袖，退堂掩門，歸書齋陪著徐良、艾虎談話，然後擺酒吃飯。用完了飯，直談論了一夜，無非講論些個襄陽故事，怎麼丟了大人，至今尚無音信的說了一番。直等第二天早晨，二人告辭。他們還是上武昌的心盛。鄧九如送的盤費銀兩，二人執意的不要，讓之再四，也就無法。鄧九如、江樊送出作別。

二人也就不上黃花鎮去了，順著大路，直奔武昌，逢人打聽路途，曉行夜住，渴飲飢餐，無話不講。

這天正然往前走著路，一瞧前邊是個山口，原來是穿山而過。進了山口，越走道路越窄。忽然抬頭一看，正是桃花開放，滿山遍野，一味盡是桃花香氣撲鼻。艾虎說：「三哥，你看這個地方有多麼可觀，可惜是不會作詩；這要是會作詩，更有了趣味了。」徐良說：「那個詩也是那麼容易作的？哪裏能文武兼全？要鬧個藝多不精，還不如不會哪。」隨說著，越走越往上去。到了上邊極平坦的個地方，往四面無一處看不到。放眼往四面一看，粉融融俱是桃花，真似桃花山一般。這時桃花還稍微開過去了點哪。看著遍地都是桃花，仿佛把這座山，遮蓋了個挺嚴的相似。對著二人上山走得有些發燥，找了一塊臥牛青石，暫且先歇息歇息。徐良說：「老弟，咱們歇著這個地方可不好。」艾虎說：「怎麼不好？」徐良說：「四面全是溝，惟有這個地方孤孤零零的一個山頭，專藏歹人的所在。我師傅對我說過。老兄弟不至於不知道罷？」艾虎哈哈一陣狂笑，道：「三哥說什麼歹人！要無歹人便罷，若有歹人，小弟正然悶倦，拿著歹人開開心才好哪。」徐良聽了，把舌頭一伸，說：「兄弟好大話呀！咱們歇歇走罷，我是怕事的。」

正說話之間，聽見有人說：「哈！這個地方才好看哪，勝似西湖景。」艾虎說：「我二哥來了。」徐良說：「可不是麼，他打哪裏來？」艾虎答言：「此處不是西湖，哪裏來的西湖景？」原來是胡小記、喬賓。黃花鎮第二天丟了徐良、艾虎，大官人就明知道他們兩個人的事情了。對大眾一說，也就不便等著了。告訴推小車的：「你們只管推著奔武昌路上，倘若要有人劫奪丟失了，找地面官往他要。不然，上武昌告訴大人去。」芸生騎馬單走。胡小記、喬賓不放心，告訴大官人，竟奔岳州府，找下來了。二次到岳州，大街小巷一上，就把丟差事事情吵嚷遍了。二人不敢停留，又不敢走華容縣，繞著石門縣，奔武昌走。在這裏正然遇見大眾，彼此見禮，對問，對說自己的心事，不可重敘。

忽然由西邊上來了一位老者，拉著個驢，還是個叫驢❷，老頭年到六旬，穿著土絹大氅❸，回頭把草綸巾摘下來當作扇子。那驢亂叫，老頭說：「這種東西也是怪，每逢走在這裏，你也歇歇❹來！我就教你歇歇，要不，你心裏也是不願意。」把驢身上的口袋抽下來，那驢又是亂叫。

❷ 叫驢：即公驢。因公驢喜叫，故有此俗稱。
❸ 大氅：套在上衣外的大衣。氅，音ㄔㄤˇ。
❹ 歇歇：這裏指停止（亂叫），與下句之指休息字同義不同。

艾虎說：「眾位哥哥看看，好不好？」胡小記說：「真好。」艾虎說：「有點缺典❺。」胡小記說：「缺甚麼典？」艾虎說：「我常聽見我五叔愛說這句：『有花無酒少精神，有酒無花俗了人。』可惜咱們這裏就是有花無酒。這個地方要是有個酒攤，可就對了事了。」喬爺說：「對，可就是短那麼一個。」徐良說：「你是過於愛飲酒了。這個地方，你瞧瞧，要是有酒攤能喝得麼？」艾虎說：「只要有酒攤，也不管他喝得喝不得，我就要喝。要都像你，那就不用走路了。我還是過去打聽打聽去。」徐良說：「你打聽，我也不教你喝。你怎麼這樣不知進退❻？」艾虎真就過來，與那位老者打聽說：「你這個老人家，咱們這裏哪有酒舖？」老頭說：「你要喝酒麼？」艾虎說：「正是。」那老頭說：「曖呀！那可遠了，離此約有四里多地，來回八九里地哪。我們這有個賣酒的，串著鄉村賣，挑著個高挑兒❼，上頭也有酒，也有燒餅麻花。」正說話間，西邊一陣亂嚷。不知是甚麼緣故，且聽下回分解。

---

❺ 缺典：指不合典故。
❻ 進退：泛指行動恰如其分，應進則進，應退則退。
❼ 挑兒：即挑子。包括扁擔與其兩頭所挑的東西。

第七十九回　為飲酒眾人受害　論寶刀毛二被殺

詩曰：

對酒觀花總一般，賞花飲酒盡開顏。
不知誤食盤中菜，猶當尋常作等閑❶。

其二：

客路前途望轉賒，緣何樂酒又貪花？
個中幸有山西雁，假作迷離❷入賊家。

且說艾虎正與老者打聽那個賣酒的，忽然西邊一陣亂嚷，上來了許多人。山西雁一怔，原來是些個行路的，也有七八個人，也有賣帶子的，也有趕集的，也有扛著舖蓋捲兒回家的。大家一齊說：「好熱天氣！」說道：「咱們歇息歇息。」對著艾虎他們那邊的那塊石頭就坐下了，把東西放在石塊之上。也

❶ 等閑：這裏指隨隨便便地對待。
❷ 迷離：這裏同「迷糊」，指神智不清。

有本地人，也有山西人，也有鄉下人，等等不一。就聽那個山西人說：「怎麼這個地方，有這麼些個桃花？」就有本地人說：「沒往這邊來過罷？此處叫作桃花溝，故此這裏的桃花甚多。」那人說：「怎麼這裏也沒個賣酒的哪？」本地人說：「有賣酒的，此時可不知道他過去了沒有哪。我給打聽打聽。」那人說：「敢情好。」就問那個老頭兒說：「咱們這裏那個仁義小王三過去了沒有？」老頭說：「沒有過去。」那人說：「給你打聽了，還沒過去哪。橫豎不差甚麼，也就快來了。」那人說：「怎麼叫個『仁義小王三』哪？」那人答道：「皆因是這個人作買賣公道，故此人叫他仁義小王三。賣酒，也有燒餅、餜子❸，還是貨郎❹兒。少刻就過來，你再少等等罷。」正說之間，就聽見搖鼓聲音。老頭說：「得了，來了。那不是他搖鼓呢！」果然聽見搖鼓的聲音。徐良早把艾虎叫將過來，不教艾虎打聽賣酒的，此處的酒是萬萬喝不得。小爺雖然不願意，也無可如何，淨瞧著人家打聽。自己想著：「賣酒的來了。看他們喝不喝。他們要喝了沒事，自己喝了也就沒事，那時再問三哥不遲。」

不多一時，就見山坡底下來了一個高挑賣酒的。老頭說：「這就是賣酒的王三來了。王三掌櫃的，今天來得晚了，擱的這裏賣罷，好些個人等著喝酒呢。」瞧這人賣酒的，三十多歲，藍布褲褂，白襪青鞋，花褲腿，高挽髮髻，腰中藍搭包，黃白臉面，粗眉大眼；挑著一付圓籠，兩邊共是六層。扁擔頭有個釘兒，上來時節把個長把鼓就掛在那釘兒上。老頭告訴他把圓籠放下，那邊的眾人就都過去了，亂說喝酒。這個說「給我打二兩」，那個說「給我打三兩」。就有問酒價的，王三說：「別忙，別忙，等我打

---

❸ 餜子：麻花等類油炸的食物。

❹ 貨郎：在農村、山區等偏僻無店處流動性地販賣各種貨物的人。

開圓籠。酒是五個錢二兩，燒餅、餜子是五個錢兩個，躉❺來的賣三個錢一個。你們這些人我可記不清楚，誰吃多少喝多少，可是自己記著。你們也不能吃三個說兩個，全是靠天吃飯的人，誰也不能瞞心昧己，你們可是自己記。」那個本地人說：「錯不了，我們都打集上來，全是買賣人兒。」這個說我打四兩，那個說我打六兩。王三說：「不行，沒有那麼大家伙，二兩的壺，一兩的碗，喝了再打。」大家亂搶一會，就有拿燒餅的，也有拿餜子的；就有在這喝的，就有在石頭上喝的，有喝完了又來打的。艾虎饞得直流涎沫，說：「三哥，你瞧見了沒有？」徐良說：「少時在店內有多少喝不了，何必單在這裏喝呢？」艾虎說：「哥哥，我可不是不聽你的話，這個景況難過。」徐良說：「我勸的在你愛聽不聽。」艾虎說：「死了我都願意。你們還有不怕死的沒有？」喬賓說：「我不怕死來著，咱們哥兩個喝去。」胡小記說：「我也不怕死。三哥怎樣？」艾虎說：「不用問，他是向例不喝酒的。」

艾虎過去說：「掌櫃的，給我們打一斤。」王三說：「誰喝酒哇？你喝酒不賣。」艾虎說：「怎麼？我不給你錢麼？」王三說：「你憑甚麼不給我錢？」艾虎說：「我既給你錢，為甚麼不賣給我？」王三說：「我這個買賣，屈心❻不賣，屈心不買。」艾虎說：「為甚麼說起哪？」王三說：「你們那個伙計剛才說，我聽見了，說我這酒裏頭有東西，故此我就不賣給你。你們喝了這酒，萬一要死了呢，我再跟著你們打人命官司去？」艾虎說：「誰說的？」王三說：「你們那個伙計。」艾虎說：「酒是我喝，他又不喝酒，我死而無怨。」王三說：「你可準不怕死。打多少？」艾虎說：「打一斤。」王三答道：「沒

❺ 躉：音ㄉㄨㄣˇ。為了出賣而整批地買進。
❻ 屈心：指冤枉人。

有那麼大家伙。」艾虎說：「有多大家伙？」王三說：「一兩的碗，二兩的壺，還是全叫人家佔了，等著他們喝完了再說。」艾虎說：「那我可等不得。」王三說：「你等不得可沒法。有了，我這有個攔酒漏子❼的罈，你拿那個打罷。也裝得下一斤酒，拿過去，拿兩個小碗勻兒❽著喝去。」艾虎說：「很好。」王三就把那個漏子拿起來，用鐓❾子打酒，整打了十六鐓。徐良在旁說：「老兄弟，你可要小心，別人不拿這個罈子打酒，獨你拿這個罈子打酒，預先把藥下在罈子裏，喝下去就悔之晚矣。」艾虎一聽，想這個情理不差，瞪了賣酒的一眼，說：「哈哈！好，這酒我不要了。」賣酒的說：「不要不行，賣定了你了。」艾虎說：「你還要講強梁❿嗎？」賣酒的說：「我們小本經營，焉敢強梁，橫豎你總得要。」艾虎說：「我偏不要，你便當怎樣？」賣酒的說：「我自有主意教你要。」說罷，他把酒鐓子倒過來，拿那頭竹柄下在罈子裏，呼嘍呼嘍的攪合了半天，那酒是亂轉，復倒過來，打一鐓在碗裏，他自己喝了；又打一鐓，又喝了，說道：「你看看，我這酒裏有甚麼沒有？要有甚麼，難道說我喝了還不死麼？我這個人一生不作虧心事，你要屈我的心不行，非把他洗明白了不可。酒裏頭要是有毒藥，說話這半天也就發作了罷？」艾虎一見，連連的告錯，說：「是我錯了，是我們這個朋友說的，我心裏也亂猜起來了。是了，我少時多給你幾個錢罷。」王三說：「你多給我一文錢，直頂到萬兩，我都不要。」隨說著，又

❼ 漏子：即漏斗。
❽ 勻兒：一部分一部分地勻出來。
❾ 鐓：音ㄉㄨㄟˋ。打酒用的平底金屬勺。
❿ 強梁：即強橫。強硬蠻橫。

添了兩鏇酒。艾虎暗暗倒佩服這個人。就見有人過來說：「你不是有菜麼？賣給我們點菜吃。」王三說：「菜可有，先不能賣呢。你看看這個亂。」那人說：「我們自己拿去。」王三說：「又不是成件的東西。」艾虎這裏隨即拿了些燒餅、餜子，說道：「你看看我拿了幾個？」王三說：「你這個人，白給你一百個，你都不吃。」就見把後頭的圓籠揭開，給那人撥菜。艾虎也就瞧了瞧，原來是一盤子炒鹹食，一盤子青黃豆，招⑪了點紅蘿蔔丁兒，勾⑫了點團粉⑬，就叫豆兒醬。若論尋常，白給艾虎都不吃；如今見著這個山景兒，有了酒，對著這個菜，倒是個野趣。問道：「這個菜你賣幾百錢一碟？」王三一笑，說：「三個錢、兩個錢、一文錢的全賣。」

艾虎就撥了兩碟，有喬賓幫著拿過去。再瞧那邊人，他也買菜，我也買菜，也有打酒的。艾虎問：「三哥喝不喝？」徐良回答：「不喝。」艾爺說：「吃燒餅不吃呢？燒餅、餜子、菜，這橫豎可以。」徐良說：「這還可以，我吃點。」把燒餅掰開，把豆兒醬、鹹食夾的裏頭，拿著燒餅轉著身，面向北觀花，說道：「你們飲酒賞花，老西吃燒餅賞花。我總看著這花是瞧一會，少一會。」艾虎說：「你又不喝酒，你疑甚麼心？」徐良說：「你別理我，你只當我這裏鬧汗⑭呢。」艾虎說：「三位哥哥，我怎直暈哪？」胡爺說：「別真是不好罷？」喬爺嚷：「噯喲！」「噗咚」摔倒在地。艾虎也就身立不住了。胡

⑪ 招：方言。擱進去；放。
⑫ 勾：調和粉質物品使變得黏稠。
⑬ 團粉：烹調用的澱粉。
⑭ 鬧汗：中暑。

爺他一個「三哥」沒叫出來，也就躺倒在地。徐良說：「我又沒喝酒，這是怎麼了？」也爬在地下。老頭一笑說：「老三，念西真倉⑮啊！大家拾掇。」王三收家伙。老頭把口袋裏的抖了，搭在驢上，把三位的包袱繫上，也就搭在驢上，把四位的刀他都摘下去，單把徐良的那口利刀拉出來，看了一看，復又插入鞘中，笑嘻嘻說：「好買賣！這號買賣作著了。」大眾說：「怎見得？」老頭說：「少時你們就知道了。」兩個人搭一個，搭在家裏去。

老頭先下了西山坡，拉著驢出了西溝口，往南，他們起的名叫桃花村，進了籬笆門，將驢拴在桃樹上，說：「有請瓢把子。」少時寨主出來，叫病判官周瑞，出來問道：「毛二哥，作了好買賣嗎？有點油水嗎？」毛二說：「你看看這個青子⑯罷。」周瑞把大環刀拉出來一看，寒光灼灼，冷氣侵人。毛二問：「此刀何名？」回答說：「不知。」毛二一論這口刀，就是殺身之禍。

不知怎樣，且聽下回分解。

---

⑮ 念西真倉：切口。山西人真狡猾。

⑯ 青子：切口。指兵器。

第八十回　殺故友良心喪盡　遇英雄嚇落真魂

詩曰：

尤物招災自古來，愚人迷色又貪財。
誰知醜婦閨中寶，更是齊王治國才。

這四句詩因何說起？皆因古往今來，佳人豔色不是使人爭奪，就是使人劫掠，看起來不如醜陋的好了。有句常言說得好：「醜陋夫人閨中寶，美貌佳人惹禍端。」曾記得戰國時齊無鹽還有一段故事，請列公細聽，在下述說一遍：

鍾離春者，齊無鹽邑之女，齊宣王之正后也。生得白頭深目，長肚大節，卬鼻結喉，肥項少髮，折腰出胸，皮膚若漆。無鹽一邑，莫不知有醜女之名。欲嫁於人，而媒妁恐人嗔責，不敢通言。偶有見者，皆遠遠避去，人相傳說，莫不以為笑談。年至四十，尚未適人。有人戲之道：「姑何不嫁耶？豈有待於富貴者耶？」鍾離春道：「不嫁則已，嫁則非大富貴不可也。」其人哂其妄言，復戲之道：「大富貴人誠欲娶姑，但恐無媒耳。」鍾離春道：「自為媒，未為不可也。」其人又戲之道：「自為媒，不幾越禮乎？」鍾離春道：「禮不過為眾人而設，豈能拘賢者耶？」遂將自穿的短褐脫下來抖一抖，去了灰塵，重新穿在身上；又用溪水將黑鐵般一個面孔，洗得乾乾淨淨，又將幾根稀稀的黃髮，挽作盤龍髻，竟輕折著數圍寬的柳樹之腰，搖搖擺擺走到齊宣王宮之前，竟要入去。守宮的謁者看見著實驚慌，忙攔住道：「汝是何人，怎敢亂闖宮門？」鍾離春回說道：「妾乃齊國四十嫁不去之女也。」謁者因戲問道：「汝四十年嫁不去，皆因汝之容貌太美也。吾聞女子遲歸終吉，汝宜家去靜坐以待之，到此何為？」鍾離春道：「妾聞君王之聖德如日當空，無物不照，何獨遺妾？故願自獻於王，欲以備後宮除掃。乞大夫為妾進傳一聲。」謁者聽了，不覺大笑道：「豈王之後宮，獨少汝一美人耶？吾不敢傳。」鍾離春道：「王教你在此傳命，妾欲見王，而子不傳，是子之罪也。傳而王見與不見，則是王與妾之事也。子若必不傳，妾則謹身頓首，伏於司馬門❶外以待命；倘有他人見而報知於王，則子罪恐不辭。」謁者聽說，不得已，因報知宣王道：「宮門外有一奇醜女子，自言願獻於王，以備後宮之選。臣再三斥之不肯去，故敢上聞。」此時宣王正置酒於漸臺❷之上，左右侍者甚眾，聽見謁者報之言，皆知是無鹽醜女，莫不掩口而大笑道：「此女胡強顏至此。」惟宣王聽了轉沉吟，暗想道：「此女閭閻市井中也沒人娶他，敢來自獻於寡人，必有奇異之處。」因教人召他入去。因問之道：「寡人已蒙先王娶立妃

❶ 司馬門：王宮之外門。

❷ 漸臺：古代皇家宮苑中的臺名。戰國時楚昭王、漢代文帝時，都有臺名漸臺。齊國著名的臺榭是景公時的路寢臺。

配，備於位者不少矣，何敢復誤天下之賢淑？汝女子乃欲自獻於寡人。且聞女子久矣，不嫁於鄉里之布衣，忽欲於萬乘之主，必有奇能也，幸以告我。」鍾離春道：「妾無能，但竊慕大王之高義耳。大王妃匹雖多，皆備色以事大王，未聞備義以事大王。故妾願入後宮，以備大王義之所不足。」宣王道：「備義固寡人之所深願，但善補之，不知汝有何善？」鍾離春道：「妾善隱。」宣王道：「隱尤寡人之所喜，試即一行。」鍾離春因起立殿下，揚目露齒而上視，復舉手附膝道：「殆哉！殆哉！」如是者四遍。宣王看了不解其意，因問道：「隱固妙矣，寡人愚昧不能深測，還乞明教。」鍾離春乃對道：「所謂隱者，不敢明言也。大王既欲明言，妾何敢終隱。所謂四殆者，蓋謂君王之國有此四殆也。君王之國，西有強秦之患，南有楚之仇，大廷無一賢人，而所聚者皆奸臣，王獨立於上，而眾人不附。且春秋已四十，而壯男不立，又不務眾子而務眾婦。所尊者皆所好之人，所忽者皆所恃之人。今君王幸無恙耳，設一旦山陵崩弛，社稷不可知也。此非一殆耶？漸臺五重，所聚者，黃金也，白玉也；所設者，琅玕也，籠疏也；所積者，翠翡也，珠璣也，而不知萬民已罷❸極矣。此非二殆耶？國所倚者，賢良也，而賢良匿於山陵；國所憎者，諂諛也，而諂諛滿於左右。雖有諫者，而為邪偽所阻。此非三殆耶？飲酒聊以樂性情耳，乃沉溺於中，以夜繼日，致使女樂俳優，縱橫大笑。外不能修諸侯之禮，內又不能秉國家之治。此非四殆耶？故妾隱指四殆者此也。」宣王聽了，不覺駭然，驚惕然悟。乃喟然長嘆，道：「寡人奈何一迷至此哉！非無鹽君之言，不幾喪國乎！」因急命拆漸臺，罷女樂，退諂諛，去雕琢；選兵馬，

❸ 罷：同「疲」。疲乏；勞累。

實府庫；四辟公門，招進直言，延及側陋；卜擇吉日，立太子，進慈母，拜無鹽君為后。而齊國大治，皆醜女之力也。君子謂鍾離春，正而有辭。

閑言少敘，書歸正傳。

詩曰：

自古英雄愛寶刀，削金切玉逞情豪。
流星閃閃光侵目，秋水泠泠❹掛腰。
壯士得來真可喜，奸徒遇此豈能逃。
物原有主何須強，顯得奇人手段高。

且說桃花溝的寨主，就是五判官之中病判官周瑞，就在此處坐地分贓。這個桃花溝地勢太僻，晚晌沒人敢走，冬天連白晝人都少。官人往這裏查得又緊，買賣又蕭條。可巧毛順由飛毛腿高解那裏繃❺出來，到了桃花溝，見了周瑞訴說：「給高解出了個主意，他們掰了個智❻，把我繃出來。我不犯❼賴衣求食，我才投在你這來了。多蒙寨主寬宏大量，不嫌我老而無用，收留於我。若非寨主待我這番的好處，

❹ 泠泠：音ㄌㄧㄥˊ ㄌㄧㄥˊ。形容清冽的樣子。
❺ 繃：這裏表示分裂、決裂。
❻ 掰了個智：口語。設計出一個計謀。掰，本指用手把東西分開。
❼ 不犯：犯不著。

我也不能把我掏心窩子❽的主意施展出來。」原來這個主意是他出的。這王三不叫仁義小王三，他叫機靈鬼王三。餘者的小賊扮作走道的。王三酒裏頭沒有蒙汗藥，卻是菜裏頭有兩大盤子，膨膨滿滿的。一邊有蒙汗藥，一邊沒蒙汗藥。他們吃的菜，沒有蒙汗藥。外人要吃，把盤子一轉，吃人也難以猜透，不但他們這幾位小爺上當，受害的人多了。尋常撒出小賊四個溝口看著，只要有人來，就給他們送信。毛二拉驢，王三挑酒，眾小賊妝扮行路趕集、作小買賣的。不單淨是溝內，在左近的地方，也敢辦這個勾當。不怕你不喝酒，老頭子就問他了：「你走過這裏沒有？」別人說：「沒走過這裏。」他就說：「這裏有宗土產，叫桃花酒；若走桃花溝，必得嘗嘗桃花酒。桃花溝不喝桃花酒，枉在桃花溝中走一走。是人就要嘗一嘗桃花酒甚麼滋味。」只要一飲，就上了當了——上當的人不計其數。故此今天也是他們的惡貫滿盈，遇見他們幾位。艾虎又是個愛喝的。

毛二預先倒不以為然是好買賣，嗣後來見了這口刀，他知道價值連城的東西，要在周瑞的面前賣弄賣弄，故此才問道：「寨主爺，可認識這口刀嗎？」周瑞本不認得，教他一發笑，說：「寨主，這口利刃價值連城，世間罕有；若非寨主的德厚，萬萬不能遇見此物。」周瑞說：「這麼一口刀，怎麼教二哥誇得這麼好呢！」毛二說：「把你那個刀拉出來比一比。」周瑞就將自己的刀亮出來。毛二說：「你再剁一剁試試。」周瑞就著大環刀，將自己的刀背一剁，「嗆啷」一聲，「噹啷啷」，自己的刀頭落地，倒把周瑞嚇了一跳。然後哈哈一笑，誇道：「好刀哇，好刀！」毛二說：「不知道出處罷？」周瑞說：「不知。二哥知道，我領教領教。」毛二說：「出於大晉赫連波老丞相所作三口刀：一口大環、一口龍殼、

❽ 掏心窩子：口語。猶言費盡心思、嘔心瀝血。

一口龍鱗，全能切金斷玉。實對你說，我就為這口刀，棄了烏龍崗。寨主，難道說高寨主立寶刀會，你不知道嗎？」周瑞說：「那我怎麼不知！」又問道：「你去了沒去？」周瑞說：「我正病著來著。我還直急呢，一者是連盟，二者我要開開眼。就是未能去赴寶刀會。就是這口物件嗎？」毛二說：「正是此物。」周瑞說：「咱們可要立寶刀會了。」毛二說：「怎麼落在這老西手裏了？莫不成高寨主有禍？怎麼也沒見踊盤子的伙計報信哪！」

正講論此事，大家回來，把四位小爺全扔在籬笆牆那裏。王三把酒擔放下，也過來瞧刀，大家無不誇獎。寨主說：「今天這個買賣，不拘有多少東西，我都不要了，你們大家分散，我就要這口刀就得了。」毛二就有些個不願意，說道：「怎麼樣，寨主就要這口刀？」周瑞說：「正是，我就要這口刀。」毛二說：「設若是你見著這口刀，你肯花多少銀錢買？」周瑞說：「我要見著這口刀哇，花二千銀子，我都是情甘願意的。」毛二說：「既然那樣，就算你二千銀子，把那些東西照著尋常算計明白，該當合算銀價值多少，照樣分派你的成帳，這口刀就算你二千兩銀子。」周瑞說：「那是何必呢！我不要你們的就是了。」毛二說：「不行。常言說得好：『不能正己，焉能化人。』你看著這口刀好，你就留下。設若是伙計們以後出去作買賣，看見好東西不往回裏拿，就壞了你的事情了。我這個說話，永遠不為我自己，以公為公。設若你要不願意，我拿出去，就可以給你賣二千兩銀子，出去就能把他賣了。」這句話一說，就把病判官說了個紅頭漲臉。周瑞說：「二哥，你可太認真了。」毛二說：「我辦事認真，可全不為己事。我也明知，我這一生得罪人的地方，全在這個認真的上頭。」周瑞說：「你看是誰。」毛二說：「我要看是誰，自己有分寸，那就不算認真了。」周瑞說：「今天我偏要合二哥討這個臉。」毛二說：「不行，或者折價，或者我去賣刀。」周瑞說：「也不用折價，也不用賣去，只當是你的，我要合二哥討這口刀。」毛二說：「不行，皆因眾伙計有份。要是我的，我可就送與寨主了。」周瑞說：「二哥真罷了，小弟說了半天，你也教我落不下臺來。」毛二說：「那個我可不管。你是或要，或不要，速速說明。」也搭著❾旁人沒人解勸，毛二素日間就不得人；也對著周瑞往日就強梁，周瑞又搭著也是氣惱之間。有句俗言：「一個不摘鞍，一個不下馬。」周瑞倚仗著得了一口寶刀，又想著這個劫奪人的主意，毛二已經給他出好了。一不作，二不休，除去了這個後患罷。毛二扭著個臉，也是氣得渾身亂抖，就被周瑞「磕嗆」一刀，結果了毛二的性命。

當時間，眾人一亂。周瑞藉著這個因由，說：「這可是他找死，休來怨我。我與眾位討這口刀，眾位想一想怎樣？」大家說：「這是一件小事，寨主何必這般的動怒呢？」周瑞說：「哪一位不願意，咱們就較量較量。」說話中間，把刀一揚，就聽見「噗哧」，手背上中了一暗器，「噹啷啷」，舒手扔刀；「吧嗒」一聲，面門上中了一塊石頭子兒。又聽說：「好烏八日的！」是山西口音罵人。眾人一亂，徐良就躥過來了。

你道徐良為何醒得這麼快當❿？原來起先就沒受著蒙汗藥。他心神念全在那個賣酒的身上，一點破綻也沒看出來；嗣後瞧他們一撥菜，可就明白了，那時就要動手拿他們。又想憑著這幾個小賊，作不出這樣事來，必有為首的高明人。似乎這個主意是人人得受，這個道兒不定害死過多少人了。滿想把這幾

---

❾ 搭著：湊上；添加。

❿ 快當：迅速敏捷；不拖泥帶水。

個拿住，為首的跑了，以後仍然是患。「不如我也裝著受了蒙汗藥的一般，他們為首的必然出來，那時再拿未為不可。」明知道菜裏有藥，特意說夾上燒餅，故意臉衝著外吃；若要面衝裏，怕他們看出來是沒吃。只是一件，瞧見艾虎他們躺下，都是漾白沫，自己要躺下嘴裏沒有沫子，又怕教他們瞧出破綻來。這也不管甚麼乾淨，將自己口中涎沫咕嚷咕嚷了半天，就是一嘴的白沫子，連噴帶吐，往那裏一爬，眯縫著眼睛瞧著。就是他們過來摘刀，自己猶疑了猶疑：「刀要教人摘了去，那可不是耍的。」總而言之，藝高人膽大，真不把這幾個小賊瞧在眼內；且又上著緊臂低頭花裝弩哪。又搭著那幾個小賊知道受了蒙汗藥了，誰還把他擱在心上，兩個人搭著他就到了桃花村。可巧把他扔在盡靠著東邊籬笆牆，他們都去看刀去了。索性就把眼睛睜開，瞧著他們。自打得了刀，今天這才知道刀的出處，暗暗的歡喜。他早看出來，周瑞要殺毛二，心裏說：「這個老頭子要死，也沒那麼大工夫救他。等他死了，我給他報仇。」果然殺了毛二。自己一低頭，弩箭正打周瑞，過去撿刀拿賊。不知如何，且聽下回分解。

第八十一回　徐良用暗器驚走群寇　寨主受重傷不肯回頭

詩曰：

未剿醜類恨如何，且住賊窠作睡窠。
舊繫花裝❶經再整，新銂利刃看初磨。
支更正可巡長夜，待旦還須枕短戈。
誰似徐良籌妙策，獨操勝算益多多。

且說徐良對準了他的手背，一低頭，弩箭出去，正中手背上。用了個鯉魚打挺，往起一躥，可巧手按著一塊石頭子兒。徐良一罵，周瑞一瞧，他「叭」的一聲，正中周瑞面門之上。說時遲，那時快，徐良早就縱過去了，把刀就踹❷住了。周瑞把手甩著就跑了。有一個手快的貪便宜，他打算要撿刀去，早被徐良「鏜」的一聲，一腳踢出多遠去了，爬起來就跑。徐良說：「追！」「騰騰騰騰」，一步也沒追，淨是乾跺腳。怎麼個緣故呢？他怕要追他們，這三個人就教人家殺了，永不作那宗玄虛❸之事。自己想

❶ 花裝：指徐良所用的緊背低頭花裝弩。
❷ 踹：踩。

主意，怎麼救那三個人。忽然又打後邊跑過幾個人來，周瑞拿著一對雙鐧。緣故❹他豈肯就白白的丟了他這個窩巢？把手背上的弩箭拔出來；把英雄衣上的水裙綢子，撕了一條子裹上手背；拿了一對雙鐧，復又過來拚命，說：「好！山西人，我與你勢不兩立！」徐良一笑，說：「很好！老西在此等候。過來，咱們兩個鬧著玩。」就把周瑞肺都氣炸，說：「你這廝，是哪裏來的？」徐良說：「老西還要問問你姓甚麼，叫甚麼哪。」回答：「你寨主爺姓周，叫周瑞，人稱為病判官。」徐良一笑，說：「你就是那病判官？」周瑞說：「然也。」徐良說：「你沒有打聽打聽老西，我叫閻王爺。」周瑞說：「你怎麼叫閻王哪？」徐良說：「我專揍的是判官。」周瑞氣往上一攻，掄鐧就打。徐良將大環刀往上一迎，只聽「嗆」「噹啷」，把鐧削為兩段。周瑞抹頭就跑。徐良說：「追！」「騰騰」的亂響，仍是不追，連那些個小賊全都跑了。

容他們去遠，徐良把胡小記夾起來，往北就走，走不遠放下；又夾喬賓，又夾艾虎，就這麼一步一步倒來倒去，就把他們倒在後頭院裏去了。一看後頭院裏，五間上房，三間東房，三間西房。三間西房是兵器房，三間東房是廚房。徐良進去看了看，掛著整片子的牛肉，堆著整口袋的米麵，一大罈子酒，還有許多乾鮮水菜、作料等等，無一不全。徐三爺打水缸裏取了一瓢涼水，拿了一根筷子，把他三個都是用筷子把牙關撬開，涼水灌下去。少刻蘇醒過來，人人睜眼，個個抬頭，齊說道：「好酒呀，好酒！」老西說：「幾希乎沒廢了命，還好酒哪！」艾虎問：「這是甚麼所在？」徐良就把已往從前之事細說了

❸ 玄虛：口語中表示不牢靠、靠不住。

❹ 緣故：在這裏相當於「因為」、「原因是」。

一遍。艾虎說：「三哥也沒將他拿住嗎？」徐良說：「他逃跑了。」艾虎說：「這個東西，怎麼不把他追上呢？」徐良說：「我要追他，你們三個人誰管？倘若進來一個人，你們就廢了命了。」胡小記說：「咱們這些人，都不及三哥的算計。」艾虎說：「咱們趁早打算起身❺罷。」徐良問：「上哪去？」艾虎說：「起身，咱們得找鎮店，去住店去。」徐良說：「天已將晚，道路又不熟，準❻知哪裏有鎮店？離此多遠路程？此處就是頂好的一個店房，也有米麵，也有肉，乾鮮水菜全有。」艾虎說：「當怕的，你又不怕了。這是賊的窩巢，倘若他們夜間來了，睡覺如小死，豈不遭他們的毒手！」徐良說：「教我嚇破了膽子了，他們還敢來？只管放心，敞著門他們也不敢來。」連胡小記想著都有些不放心，又不敢多言。

徐良說：「把外頭的包袱拿進來。」喬賓出去，把驢上包袱拿下來，搬在上房屋裏。徐良說：「咱們大家煮飯。」大家亂抱柴的抱柴，燒火的燒火。喬賓說：「我抱柴。」到後頭院裏一個大柴火垛，夾了四捆秫秸❼。胡小記找著菜，就把牛肉割了一大塊去切。徐良找了缸盆，倒上了有五六斤白麵。艾虎就把大瓢，「嘩喇嘩喇」的倒了六七瓢水。還要倒哪，徐良說：「這是要吃甚麼？」艾虎說：「我知道要吃甚麼呀？」徐良說：「不拘吃甚麼，你倒那麼些個水？」艾虎說：「喲！壞了。」徐良說：「我打算你要打漿子哪。」艾虎一笑，說：「我沒作過飯。」徐良說：「你等著吃罷，瞧我的。你說是吃甚麼罷。

---

❺ 起身：指動身、出發。

❻ 準：一定。

❼ 秫秸：音ㄕㄨˊ ㄐㄧㄝ。已去掉穗的高粱稈。

切條❽，趕條，拉條；揪疙瘩❾，削疙瘩，扒拉❿疙瘩；扒魚子，溜魚子，貼把穀溜溜錢，魚兒鑽沙，你們說甚麼，老西全會作。」大眾全笑了。艾虎說：「這些個樣兒，我們全沒吃過。」胡小記說：「你愛作甚麼，就作甚麼罷。」喬賓說：「你倒別瞧我這個樣兒，我倒會。」艾虎說：「你會作甚麼？」回答：「會吃。」大家又笑。真是徐良作飯。艾虎看見有一大罈子酒，說：「這可是有福不在忙，我可該喝點了。」這就找碗要喝。徐良氣往上一撞，把酒罈子抱起來往下一摔，「噗嗤」一聲，摔了個粉碎。艾虎把嘴一撇，「呼哧呼哧」的生氣。徐良說：「方才為喝酒，差一點沒死了。瞧見酒又想要喝，總不怕死。實在饞得慌，爬到地下去喝。」艾虎瞅了他一眼，敢怒而不敢言。胡爺催著吃飯。

大家飽餐了一頓，俱歸上房屋中去了，就把他們燈燭掌上。艾虎說：「我是吃飽了就睏，我要先歇著了。」徐良說：「睡覺，這個地方如何睡得？睡著了就是個熱決⓫。」艾虎說：「全依著你老人家說。我說住不得，你說住得了；我說睡覺，你又說睡著了是個熱決。到底是怎麼辦才好哪！」徐良說：「我說在這住著，叫捨身誆騙，他們晚晌必來。咱們少刻四個人睡覺，東南西北佔住四面：一個頭朝北，一個頭衝東，枕著頭朝北的腳；一個頭衝南，腦袋枕著頭朝東的腳；一個頭朝西，枕著衝南的腳；頭朝北，

---

❽ 條：指麵條。

❾ 疙瘩：麵疙瘩。

❿ 扒拉：（在沸水中）撥動。

⓫ 熱決：本指死刑中的斬立決。亦即立刻斬首，不等到通常處死刑的秋季。這裏指立刻被人殺死，是開玩笑的說法。

又枕著頭衝西的腳：這叫羅圈睡。自己都別著刀。咱們的包袱擱在當中間，全別睡覺，裝著打呼⑫。往這麼招賊，不怕；要是有睡著了的，把腳往上一抬，那個人也就醒了。賊要來了，慢慢的起去，下去就可以把賊捉住了。你瞧這個主意好不好？」胡小記說：「此計甚妙。」艾虎說：「三哥，你怎麼想這個招兒來？就依著你這個主意。」果然，就把門一關，把插管拉上。先前，艾虎是淨笑；嗣後，四個人裝著一打呼，聲音還真是不小，「呼嚕呼嚕」的。艾虎說：「這賊三更天來了還好；要是一個不來，把咱們這鼻孔都要抽乾了。」大家笑成一片。徐良說：「要是這麼笑，可就把賊笑跑了。」艾虎說：「還是一個打了，一個打罷，不然是準乾。」真是一對一聲，接連著打了。

始終不出徐良之所料。周瑞一跑，二次把鐧削折，逃躥性命到桃花溝西溝口，躲在山洞裏頭，一捏嘴亂打呼哨。呼哨本是賊的暗令，慢慢的又聚在一處。王三也來了，說：「寨主，刀也不要了罷？」周瑞苦苦的告錯，說：「眾位兄弟，還得助幫我一臂之力。」王三說：「誰還敢助你一臂之力，毛二哥就是我們的前車之鑒，誰還能輔佐於你。」周瑞說：「從此往後，不分甚麼叫寨主，甚麼叫伙計，作了買賣平分秋色。」這才把大眾說得心軟。還是王三給出的主意。周瑞親身探了一探，正對著徐良在廚房那裏說哪：賊教他嚇破了膽子了，敞著門睡覺都不怕。周瑞回去，把這話對王三說了一遍，還求王三給出個主意。王三說：「量小非君子，無毒不丈夫。夜至三鼓，大眾湊齊，咱們大家前去，講武不是他們的對手。咱們把後院柴薪搬過去堵門燒，燒他們個焦頭爛面之鬼，風火中的亡魂。」大家說：「還是王三這個主意甚妙。」這個桃花溝離鎮店甚遠，要找住戶人家討頓飯吃，沒人肯給，只可把他們燒死，得回

⑫ 打呼：打呼嚕；發出鼾聲。

桃花村再打主意吃飯。可憐他們要放火，連石鋼火種⓭都沒有，現找左近的住戶人家借來的石鋼火，在山彎後等到三鼓，好去放火。將到二鼓之半，奔了桃花村來，由後籬笆牆躥入，大眾搬柴運草。未能放火，眾人躥拿病判官周瑞。這段節目，且聽下回分解。

⓭石鋼火種：指舊時用火石、火鐮敲打取得的火種。

第八十二回　追周瑞葦塘用計　殺小寇放火燒房

且說周瑞等不死心，二次前來放火燒。大眾躥進籬笆牆，來搬柴運草。周瑞堵著門口，把秫秸將垛到四尺多高。焉知人家大眾裏頭就防備著。究屬柴薪，一搬挪總有響動。幾位小爺在裏頭本是裝打呼，聽見外頭一響，就嚇了一跳，彼此把腳亂抬。徐良先就躥下炕去，直奔屋門口，插管一拉，開門一看，秫秸垛了四尺多高，被徐良一腳踢散，拉刀蹦將出去。周瑞哪裏敢交手，抹頭就跑，直躥出後籬笆牆去。徐良咬牙切齒，想著把他拿住，才解心頭之恨，後面緊緊追趕。暫且不提。

且說艾虎、胡小記、喬賓三個人，把窗戶一踩，躥將出來，拉刀就剁。這些小賊誰敢與他們爺們動手。再說「人無頭不行，鳥無翅不騰」，沒有周瑞，誰肯那麼捨命，故此淨想著是要跑，也得跑得開。這幾位如同削瓜切菜一般，霎時間殺得乾乾淨淨。原來遭劫的難躲，在數的難逃，別瞧殺得乾淨，還有漏網之人。艾虎等大家一看沒有人了，回到屋中等著三哥，暫且不提。

單說徐良追下周瑞，緊趕緊追，始終不捨，恨不得一時把他追上，結果性命，以與一方除害。焉知周瑞進西溝口，順著邊山直出北溝口。你道徐良為甚麼追不上他？皆因是周瑞道路熟，跑得果然是快；徐良道路又生，疑心又大，恐怕的是山賊把他帶到埋伏裏去，留神找著周瑞的腳蹤跡，果然顯慢，未能將他追上。出了北溝口，徐良著急，要是有了村莊，他扎將進去，這就不好找了。倒沒有進村莊，前頭黑忽忽的一片葦塘，眼瞅著病判官扎入葦塘。徐良罵道：「好烏八日的！進葦塘你打算老西就看不見你了？你往西北去了。」周瑞納悶：「這麼高的葦子，我又蹲著身走，又是黑夜之間，他怎麼瞧得見我哪？」徐良又嚷：「你往西北去，咱們兩個在西北見。判官你直是渾蛋，你不論東南西北，我都看得見。你走在哪裏，上頭那葦葉就動在哪裏。咱們兩個人西北見面。」周瑞就聽見「騰騰騰」的腳步的聲音，繞著葦塘，直奔西北去了。周瑞暗笑：「你說我是渾蛋，你比我更是渾蛋。我本來沒留神上頭的葦葉子，你雖看見，你也不該說出來。你說出來，就是把我提醒。你在西北等，我可就不往西北去了。總是我命不當絕，他若看出來，一語不發在西北一等，我若出去，準死無疑。」自己一轉身，用腳尖找❶著地，慢慢的分著葦子，一步一步提著氣，慢慢撲奔東南。

列公就有說的：桃花開放的時節，哪有這麼高的葦塘？此處可是南邊的地方，桃花開放，那葦子就夠一丈多高；若要是水葦，還高哪！閑言少敘。

病判官出了東南。他本傷弓之鳥，出葦塘眼似鸞鈴❷一樣，就見前邊黑忽忽似乎蹲著一個人相仿。周瑞又不敢前去，他本看不很真，心想必是自己眼花。等了半天並無動靜，別是個土堆兒罷？仗著膽子往前就走。看看臨近，忽然站起來一躥，說：「判官，你才來呀，老西久候多時了，咱們是死約會，不見不散，過來鬧著玩罷。」這一下，可把周瑞的真魂嚇掉，這才知道是上了當了。徐良那個聰明無比，遇事一見而明，他如果真往西北追，他豈肯說將出來。他特意的說：「往西北去，咱們往西北見。」他

❶ 找：這裏是「探索」的意思。

❷ 鸞鈴：掛在馬勒上的鈴鐺。亦作「鑾鈴」。這裏指把眼睛瞪得像鈴鐺一樣大。

明知說出在西北見，周瑞絕不肯往西北去。他往西北跑，故意的跺腳；往東南來，一點聲音皆無。往這裏一蹲，淨等著周瑞。果然不出他的所料。見著周瑞，他還不肯起去❸哪；容他往前一來，躥起來掄刀就剁。周瑞焉敢還手，抹頭就跑，復又扎入葦塘去了。徐良說：「追！」眼瞅著葦梢亂動，徐良雖然跺腳，並不進去。緣故他在暗處，自己在明處，進去總怕吃虧，又怕裏頭有水。徐良就是不會水，目不轉睛，到底瞧著那葦葉往那麼❹晃悠。看了半天，那葦葉一絲也不動。自己心中納悶，一翻眼明白了，必然是周瑞藏在葦塘裏面，不敢奔東南西北，怕的是葦葉一動，外邊瞧見。徐良說：「周瑞裏邊等著，我在外邊看著，咱們兩個看誰耗得過誰？」周瑞果然是進在裏邊不敢走啦，就蹲在裏面，自己心中納悶，說：「怎麼他那樣好眼睛，我在裏頭蹲著，他會看見。且合他耗一會再說。那人鬼計多端，別聽他這一套言語。」忽然間，就聽見外邊說：「淨這麼耗著無意思，揭石頭子兒啦。」「吧嚓吧嚓」，打進葦塘，衝著周瑞來了。周瑞一低腦袋躲過去，復又瞧見一塊一塊直往裏打。原來是徐良不準知道他往哪裏蹲著，打了半天，也不知道是打中了沒打中。「誰有些個心腸在此耍他？我還是找眾兄弟去要緊。」臨走還說了一句話：「我淨合你耗著就完了。」其實自己輕輕的就走了，按舊路而回。

就見前邊有一個人影兒亂晃，徐良須微❺一停步，前邊那裏叫徐三哥。山西雁方知道是艾虎，回答：「老兄弟，有甚麼事？」艾虎說：「呵，三哥你上哪裏去了？我們等急了你了。那幾個賊，我們全打發

---

❸ 起去：口語。站起身來。

❹ 那麼：在這裏包含哪裏、怎麼樣等多種意味。北方口語中常有此類用法。

❺ 須微：同「稍微」。指少許、略微。

他上他姥姥家去了。你這一個，可拿住了沒有？」徐良就把追周瑞進葦塘——往西北追在東北等，使了甚麼詐語，拿石頭子兒投，一五一十說了一遍。艾虎說：「可惜！要有我就追進去了。」二人回到籬笆牆裏頭，會定胡小記、喬賓，把那些個死屍，連毛二都把他堆在屋內，把自己的包袱俱都拿上。依著喬賓說，把那個驢拉上，教他馱著行李。徐良不教馱，說：「你知道他那驢是哪裏搶來的？有本驢主瞧見，那還了得！咱們把他解開，教他逃命去罷。」就用那小賊搬來的柴火，用火點著。小賊打算燒人家沒有燒成，人家倒把自己死後屍首燒了，也是他們惡貫滿盈。頃刻間，烈焰飛騰，火光大作。幾位一看，天色微明，正好走路，也就不穿著桃花溝走了，未免也就繞了點道路，整走了一天，打尖用飯，也就不細表了。

到了晚間，走到一個鎮店住店，稍微透❻早，艾虎奔武昌府的心盛，恨不得要連夜下去才好。依著徐良就要在這個鎮店住下才好。艾虎淨說：「天早，再走幾里。」也沒打聽打聽哪裏有店，公然就一直的往正南走下來了。走到天已昏黑，又無月色，幾位覺著腹中飢餓，喬賓就說：「都是老兄弟你的主意，方才要住了店好不好。你看這趕不上鎮店，昏黑夜晚，怎麼個走法？」艾虎說：「你別抱怨我呀！我還想酒喝哪。」好容易這才遇見了一個人，跟人家打聽打聽哪裏有店。那人說：「離此不遠有一個小山坡，上頭孤零零有一棵大梓樹，參天拔地，過去有一個小鎮店，就叫孤樹店。東西大街盡東頭有一個大小店❼，窮富都可住。闊人單有房屋，窮人作小買賣、推車、挑擔，在外頭。對著廚房，有一溜南房，大炕上住

❻ 透：口語。顯得。

❼ 小店：指不同於商店的客店，即旅店。

人，就是起火小店❽。」幾位打聽明白，直奔孤樹店而來。

到了那個小山坡，果然看見那棵大樹。過了山坡，穿那個孤樹店，到了東頭路北，有一個大店，字號是興隆老店。門口兩條板凳，店中人大概也都住滿了的時候了。伙計問：「幾位投宿嗎？」徐良回答：「正是。可有上房？」伙計說：「沒有上房了，有三間東房。」徐良說：「可以。」伙計帶路拐過影壁，伙計說：「掌櫃的是山西罷？貴姓？」徐良說：「老西姓徐。」說到此處，就見上房的簾子一啟，有個人往外一探頭，把著往外一瞅，復又撤身回去。幾位也沒很留神，這就奔了東房去了。進了屋子，點燈烹茶，打洗臉水。徐良看了看這個屋子，就有些詫異，就與艾虎、胡小記、喬賓說：「這屋子可透著有點奇怪，別是賊店罷。」艾虎說：「教三哥一說，全成了賊了。」徐良說：「咱們方才進來，上房有一個人往外一瞅，看著可有些個奇怪。我自顧與伙計說話，沒瞧見甚麼模樣。這個地方可空落，留些神才好。」忽然一瞅，有一宗詫事。甚麼緣故，且聽下回分解。

❽ 起火小店：北方方言。指備有大炕作統鋪的客店。

第八十三回　二強寇定計傷好漢　四豪傑設法戰群賊

明明❶在上，顧❷畏民喦❸。民之父母，民具爾瞻❹。

知縣官職雖不大，卻為民之上司，若要作威，不能愛民如子，一方乾❺受其苦，所以聖帝明王於此獨加小心。曾記唐史有段故事，聽我慢慢講來：

唐玄宗時，以縣令係親民之官，縣令不好，則一方之人皆受其害，故常加意❻此官。是時，有吏部新選的縣令二百餘人，玄宗都召至殿前，親自出題考試，問他以治民之策。那縣令所對的策，惟有經濟、詞理都好，取居第一，拔為京畿❼醴泉❽縣令。其餘二百人，文不中策，考居中等，

❶明明：指上天。典出詩經小雅小明：「明明上天，照臨下土。」明明，本是指明察到極點的樣子。
❷顧：反而。
❸民喦：民情之參差不齊。言出尚書召誥：「王不敢後用，顧畏于民喦。」喦，「岩」的異體字。
❹民具爾瞻：人民都仰望著你。言出詩經小雅節南山：「赫赫師尹，民具爾瞻。」
❺乾：徒然；白白地。
❻加意：特別留意。
❼京畿：國都附近。

姑令赴任，以觀其政績何如。又四十五人考居下等，放回原籍學問，以其不堪作令，恐為民害，也不敕令❾。在京五品以上的官及外面的刺史，各舉所知的好縣令一人奏聞於上，既用之後，遂考察那縣令的賢否，以為舉主的賞罰。所舉的賢，與之同賞；所舉的不肖，與之同罰。所以那時縣令多是稱職，而百姓皆受其惠，以成開元❿之治。今之知縣即是古之縣令，欲天下治安，不可不慎重此官也。

閑言少敘，書歸正傳。

詩曰：

世事人情太不平，綠林豪客各知名。
何須定要傾人命，暗裏謀人天不容。

且說徐良到了屋中各處細瞧，但見西屋裏有張八仙桌子，桌子底下扣著一口鐵鍋，兩邊有兩張椅子。徐良叫大眾瞧，說：「你們看，這有些奇怪。」三位過來一瞅，艾虎說：「人家無用的破鍋，你也起疑心。」徐良說：「你看看，這是新鍋。」艾虎說：「新買來的，要換舊鍋還沒換哪，也不足為慮。」徐

❽醴泉：縣名。始置於隋代，在陝西咸陽西北。
❾敕令：本指天子所下的命令。這裏指下敕令授以官職。
❿開元：唐玄宗年號。自西元七一三年至七四一年，共二十九年。

良說：「老兄弟，搬開瞧瞧。」艾虎過去一搬，用平生之力，一絲也不動。艾虎復又將刀拉出來，欲要將刀插在鍋沿底下，往起一撬，便知分曉。徐三爺不教，說道：「使不得！待我來用大環刀一剁，豈不省事。」艾虎說：「哥哥的主意怎樣？」徐良說：「誰也不準知是賊店，無非看著這事情詫異。就是少時要來吃食，別吃菜，淨吃他的饅首，那發麵物件，絕沒有甚麼毒藥與蒙汗藥。」胡小記說：「既然不吃，就告訴咱們大家吃素，不要酒菜了。」徐良說：「吃素！催著他要素菜，公然就說大家全吃白齋⓫。」

眾人議論了會子，伙計進來問：「幾位爺要甚麼酒飯？」徐良說：「我們要多著的哪。你再給烹一壺茶來。」伙計去烹茶。徐良說：「咱們要不用他的酒菜，再烹茶，也許給使上蒙汗藥。」大家說：「有理。」少刻，把茶烹了來，問道：「幾位爺們要甚麼酒飯，快吩咐，天不早了。」徐良說：「你們這有饅首？」回答說：「有。」徐良說：「先端上五六斤來，我們先瞧瞧麵好哇不好。麵要不好，我們吃餅。」伙計說：「咱們這裏是玉麵⓬饅首。」胡爺說：「你取去，我們瞧瞧。」不多時，伙計端了一屜饅首，熱氣騰騰，就放在當中，教他留下。伙計又問：「要甚麼菜？」徐良說：「我們甚麼也不要了。」伙計說：「怎麼不要菜呢？」徐良說：「你看不出我們來，我們都是吃齋。」伙計說：「吃齋，咱們也有素菜。這裏素菜還更好哪。」徐良說：「是吃白齋。」伙計說：「吃白齋連鹹菜都不要？我給作點湯來。」徐良說：「湯也不要。」伙計說：「吃白齋的也有，怎麼可巧四位全吃白齋？」徐良說：「我們因得癆病，許的吃白齋。吃百日就好了。」伙計說：「你們幾位這個身子，還是癆病哪？」徐爺說：「你可別

⓫ 白齋：只吃糧食，不吃任何菜肴的齋。
⓬ 玉麵：形容麵粉之白。

瞧這個樣兒，這都吃白齋吃好了。前一個月，連道都走不上來。」伙計說：「既然這樣，甚麼都不要。少刻，烹茶時候言語。」徐良說：「你張羅別的屋內買賣去罷。」大家吃完，有的是這壺茶喝了。把門一關，大家就在炕上安歇，也不脫衣裳，就有睡著了的，就有醒著的，也有盤膝而坐，閉目合睛，養精神的。伙計淨過來問烹茶，就有五六趟。後來索性把燈燭吹滅，再來就說睡了覺啦。天交二鼓，店中也就沒有甚麼動靜了。

直到三鼓時候，徐良就把艾虎、胡小記叫醒。胡小記並未睡著。艾虎將一沉昏，徐良低聲說：「有了人了。」胡小記說：「我也聽見了。」艾虎說：「現在哪裏？」徐良說：「鍋響哪。」三人慢騰騰的下來，直奔西屋內。八仙桌子底下，就聽見那個鐵鍋「嘩喇」的一響。三位爺輕輕的就把八仙桌子挪開，椅子也就搬開。慢慢的往那裏一蹲。你道為甚麼不叫醒喬賓？皆因他粗魯，說話嗓音又大，故叫他睡去倒好。待了半天，就見那鍋呼的往上一起。徐良是聽見說過；艾虎是守著綠林的人，懂的；胡小記幾時見過這個事情，就嚇了一跳，幾乎沒有坐下。三個人暗笑。就見那鍋左一起，右一起，起了好幾次，嗣後索性起來就不落下去了，打裏頭出來一個腦袋，黑忽忽的。胡小記過去就要抓，被艾虎攔住。出來進去好幾次，後來有一個真人打裏頭鑽出來，早被山西雁一把揪住，借力使力往上一揪，刀到處人頭已落，把屍往旁邊一丟。底下那個問：「哥哥上去了？」上面三位爺不敢答言，怕他聽出語音來。又低聲問：「哥哥上去了？看你這道人，這麼問你，連言語也不言語。」又一打哧，說：「哧，他們睡了沒有？」自己一篙氣子上來，被艾虎抓住，往上一揪，一刀殺死。第三個上來，徐良一揪沒揪住，就聽見裏頭「咕嚕咕嚕」的滾下去了。徐良說：「不行了，開門罷，叫喬二哥。」

你道這個賊店是甚麼人開的？這個人姓崔，叫崔豹，外號人稱叫顯道神。他這個黑店與別人不同，不是進來就死，看人行事。不怕住滿店的客人，他總看著那個有錢得值當⑬的，用蒙汗藥把他蒙將過去殺了。第二天眾客人都走了，然後就在後院掩埋。已經有幾載的工夫，一點的風聲沒有，極其嚴密。可巧有綺春園的鑌鐵塔崔龍到來，皆因綺春園事敗，六條人命，十幾個帶重傷的，教艾虎追跑。又與趙盛、薛昆、孫青、李霸俱都失散，未能見面，自己捨了綺春園，又不敢回家，怕的是兇手跑了，他得打官司。故此連著夜走，也是白日住店，找了他兄弟崔豹來，說了自己的事情。崔豹不教他出門，就教他在店後，一半張羅著店中的買賣。

可巧這天，正然在上房屋中與他兄弟說話，聽見伙計說：「你是山西人？」他可就看見徐良。徐良他雖不認得，他可認得艾虎、胡小記、喬賓。趕著把身子抽將回去，就與他兄弟把此事說明：「這是鬼使神差，該當我報仇，也是他們自投羅網。」苦苦央求他兄弟。崔豹說：「你我乃是同胞的弟兄，你的仇人即是我的仇人。到了咱們店中，他們就是籠中之鳥，釜內之魚，就讓他們肋生雙翅，也不用打算逃脫羅網。」吩咐把猶三叫來。

不多時，猶三來到面前，見二位掌櫃的。每逢店中要是殺人用蒙汗藥，由地道進屋子，全是此人。他是管黑買賣的頭兒，姓猶，叫猶福，行三，外號叫小耗子。崔豹把小耗子叫過來，告訴明白了大掌櫃的事情，叫他囑咐伙計用蒙汗藥，晚晌要他們四個人的腦袋。猶三連連點頭，說：「這個事情交給我了。」轉頭就走。天到初鼓，復又回來說：「掌櫃的，這四個人可不好辦哪。」崔龍問：「怎麼？」猶三就把

⑬值當：方言。值得；犯得著。

他們先要兩壺茶，又叫端饅首瞧瞧，不要菜蔬，吃白齋，竟把饅首留下，連鹹菜全不要，後來再想給他烹點茶都不要了。「這個光景，怕有點扎手哇。」崔龍說：「他總得睡覺。等他睡熟之時，由地道進去，無非是多加點小心，不怕不行。打翎子⑭全有我們呢！」

猶三領了話出去，帶了三個伙計，後院單有兩間平臺，打著燈籠，每人拿著一把刀。猶三拿著一個紙殼子作的腦袋，上頭戴著一頂藍氈帽頭，一根棍子上一個青包袱，插上這個腦袋，進了平臺，打開地板，倒下臺階，走地溝。原來這是個總地道，要往哪屋裏去，就往哪屋裏去。可是各屋裏頭全有一口鐵鍋，鐵鍋底上釘著一個鐵環，一根鐵鏈，上面有個鐵鉤勾住鐵環，底下有橛子釘在地下，打外面萬不能將鍋揭開。不怕要是有人問下來，就說新買的鐵鍋。他們走在東屋那個鐵鍋的所在，教他們拿著替身上去，摘了鐵鉤，把鍋掀了幾掀，支住鍋，晃替身，一點動靜沒有，後來人才上去。上去一個殺一個，第三個心裏頭就有點害怕，將一露頭，徐爺一揪沒揪住，他拚著命往下一仰，正打上頭滾下來了。猶三也不問甚麼緣故，抹頭就跑，直奔平臺上來，奔櫃房找掌櫃的說：「掌櫃的不好了！我們伙計連死了兩個，人家有防備。」崔龍、崔豹兩個人正在那裏吃茶哪，一聞此言，甩去長大衣服，壁上摘刀，叫猶三齊人⑮，撿家伙往前院去。預備燈籠火把，撿長短的家伙，大伙嚷喝拿人。崔龍將到前院，就見徐良他們大眾出來了。四個人連喬賓，也就拿著利刃在那裏罵哪：「好！你們是賊店哪！快出來受死罷！」剛一見面，胡小記、艾虎、喬賓就都認識崔龍，可不認得崔豹。見崔豹頭上挽髮髻，藍綢絹小襖，藍綢絹裩褲，青

⑭ 打翎子：當主角；擔當主要責任。翎子，戲曲中武將頭上所插的雉尾。

⑮ 齊人：齊集人；聚集攏人。

縐絹紗包，薄底靴；面似紙灰，白眉，小三角眼，尖鼻子，薄嘴唇，細長身子，手中拿著一口刀，撞將上來。大家動手。

拿賊的節目，且聽下回分解。

第八十四回　崔龍崔豹雙雙逃命　義兄義弟個個施威

西江月曰：

可恨崔龍崔豹，終日設謀害人。投宿入店命難存，多少銀錢劫盡。　也是合該倒運，來了弟兄四人。看破機關怒生心，欲把賊人殺盡。

且說徐良、艾虎、胡小記叫醒了喬賓，吊衣襟，挽袖袂，刀鞘全別在帶子裏，把刀亮出來，開門躥在院內，喊喝聲音：「原來這裏是個賊店，賊人快些出來受死！住店的，大家聽真，他們是個賊店。」店中就是大亂。仗著這天住店的不大很多，前頭起火小店的人倒不少，前頭小店裏住的俱是些個窮人，更亂了。山東、山西、本地的人全有，俱是作小買賣的人。這個說：「我丟了東西了，是個賊店。」那個說：「不錯，是賊店，我把褲子沒了。」這個說：「我褲子丟了，得賠我褲子。你們找去，我出去找地保去，就是賠我褲子。」旁邊那個人說：「你赤著身，怎麼出去找地保去。」這個人復又一笑，說：「不用找了，我穿著哪。」這就有開店門的，還有乘亂拿著人家東西跑了的。

店中人顧不得這些事情，都幫掌櫃的動手來了。伙計也有四五十人，也有拿兵器的，也有拿叉耙、掃帚、大鐵鍬、棍子、槓子、切菜刀。眾人一圍裏四位小英雄。艾虎抵住崔龍，胡小記抵住崔豹，喬賓打圍，徐良打圍。就聽一陣「叱喳磕喳」，就把店中伙計手中的家伙削為兩段，「丁丁當當」，那半截折兵器墜落於地。大眾嚷：「利害呀，利害！」就顧不得動手了，就打算逃躥性命。算好，連一個也沒死。再少刻間，那些個伙計就連蹤跡也不見了，就剩了六個人交手。內中單有個小耗子兒在暗地裏，此時正對著明亮亮的月色，他在那黑影兒裏藏著，撿了一塊磚頭，對準了徐良，「叭喳」就是一磚。只聽見「噗通」一聲響，紅光崩現，死屍腔栽倒。

列公聽明白了，可不是徐良躺下了，就是猶三躺倒死了。山西雁瞧著周圍那些人全逃跑了，就剩下崔龍、崔豹，自己掏出一隻鏢來要打崔龍。一眼看見猶三在暗處躬著腰，蹲著撿磚頭要打。徐良暗說：「這隻鏢照顧了你。」容他磚頭出來，自己一閃，一反手，「噗哧」正中咽喉，「噗通」躺倒在地。崔龍、崔豹一驚，看見猶三一死，手下人俱跑了，就知今天事敗。兩人抵住兩人，就不能取勝，何況他們四個人一齊而上。又不肯敗陣，若要一敗，這店就得算人家的了。徐良嚷道：「你們兩個人還不過來受死！」崔龍拔刀就剁，徐良用刀往上一迎，「嗆啷」一聲，削為兩段。仍是「噹啷啷」，刀頭墜地，嚇了個膽裂魂驚。早被艾虎一刀剁將下來。崔龍縮頸藏頭，大蝦腰躲過了脖頸，躲不過頭巾，只聽見「嗤」的一聲，把頭巾砍去了一半。此時也顧不得兄弟了，抹頭就跑。崔豹一人慌成一處，哪有心腸還與大眾動手，虛砍一刀，抹頭就跑。將一轉臉，「叭」的一聲，面門上中了飛蝗石子，「噯喲」一聲，疼痛難忍，「噗哧」，肩頭上又中了一枝袖箭，恨不能脅生雙翅，逃出店外。可是躥在房上，躍脊而走。徐良、艾虎也是由房上緊緊追趕。胡小記、喬賓由門內追出，緊跑緊追。一直的奔東南逃跑。論腳底下，兩個還是真真的不慢，徐良、艾虎竟自追他不上。

前邊黑忽忽一片樹林，兩個人直奔樹林而跑。按著規矩說，逢林而入，遇燈而吹，這是夜行人的規矩。若是行家追人，你只要進了樹林，他就不追趕了。這叫「窮敵莫追」。這兩個人就這麼點想頭，要按規矩，他們就活了；不按規矩，他們就死了。將才躥進樹林，後邊四個人陸續著就到了。老西說：「人家可就不應例追趕了，這叫『窮敵莫追』，按說這就不應例追趕了。無奈一件，這時我要想著殺人了，我就不按情理不情理了。」「嗖」，往上一躥。崔龍、崔豹聽見說他不追了，稍微的放了點心；剛一緩氣，就見他「嗖」的一聲，躥進來了，把兩個人嚇得又跑。就聽見崔豹說：「咱們扯花神湊子兒罷。」徐良不懂，穿樹林緊追趕。遠遠看一段紅牆，簷前鐵錚錚，頻搖鷩雀鈴，就知道是個廟宇。追到廟前，蹤跡不見。徐良一伏身爬在地下，周圍細看。艾虎趕到，說：「三哥作甚麼哪？」徐良說：「我把賊追丟了。」艾虎說：「我知道地方。」徐良說：「你怎麼知道地方？」艾虎說：「三哥，你可缺典，他們調坎兒，你不懂的。他說『扯花』，就是走奔；『神湊子』，是廟。他們奔了廟去了。」徐良說：「我怎麼沒瞧明白。咱們等等胡大哥。他既然上廟內，廟裏就有他們同伙的賊。胡大哥他們來了時節，咱們進廟裏去看看。」

不多一時，喬賓、胡小記趕到，兩個人跑得喘息不止。他們本來不會夜行術的功夫，跑了這麼遠，怎麼會不喘？艾虎就把怎麼調坎兒，三哥追到此處，怎麼不見的話，說了一遍。胡小記問：「老兄弟，你打算怎麼樣？」艾虎說：「我同三哥進去瞧瞧。廟中要有同類之人，我們一併拿獲。你們二人不能躥房躍脊，先在外邊等候，我們打裏頭追出來，你們在外頭截殺。」徐良說：「奔在頭裏去。就是等候，也在廟頭裏等候，咱們也看看是個甚麼廟。」四個繞在前邊一看，硃紅的大門，密擺金釘，石頭上鐫著字是藍地金字：「敕建古跡雲霞觀」。兩邊有兩個角門，俱都關閉。胡小記問徐良說：「不然叫開他的廟門，我們也就進去，幫著你們一同搜尋去。」徐良說：「不好，深更半夜，又得驚動人開門。若要廟中有他們同類的人，一開門有聲音，豈不驚動跑了呢？」廟前有兩棵大樹，大樹旁有兩塊石頭，就教胡小記、喬賓在石頭上等候。

徐良與艾虎躥上牆來，一看好大個廟宇，頭裏有三條神路，內有三座石橋，有些個松柏樹林。鐘鼓二樓，就是二道山門。兩個人奔了二道山門，躥上卡子牆❶去。往裏一看，三四層佛殿，盡都是黑洞洞的，惟獨看著西北有燈光閃亮。艾虎就同山西雁，兩個人一前一後，就奔了燈光來了。看看臨近，徐良低語與艾虎說：「這個廟這樣的寬大，地面寬闊，房屋甚多，大略這兩個賊不容易找了。」艾虎說：「咱們奔那個燈亮。那剛才你不是念的甚麼『觀』？觀，必是老道。他們要是合老道同類，必在老道那裏躲避。如今和尚老道不法的甚多。」徐良說：「老兄弟，你別說，我師傅可就是老道。」說畢，兩個人一笑，直奔西北。到來，原是個跨院，三間西房。兩個人就由南邊那個牆頭躥上房去，奔前坡，把身子一伏，爬在房上，手搬瓦口，雙足踹住陰陽瓦❷，攏身子往下一探，看裏邊燈光閃爍，並無一點聲音。

忽然見簾子一啟，出來了一個小道童兒，頭上挽著道冠，藍布袍，白襪青鞋，面白如玉，五官清秀。見他說：「我們祖師爺打發我出來，問你們是哪裏來的。下來罷！」

---

❶ 卡子牆：（類似關卡般）為阻擋遊客而設置的牆。

❷ 陰陽瓦：即屋瓦。中國傳統的瓦片，鋪上屋頂時一片朝上，一片朝下，互相鉤連。朝上為陽，朝下為陰，故稱陰陽瓦。

當時就把艾虎、徐良嚇了一跳，自己覺著腳底下輕巧，又並無踹破瓦，他怎麼會聽出來了。兩個人暫且先不言語。小童兒又說：「你們到底是打哪裏來的？祖師爺算出來了，知道你們來。下來罷，也不害你們。」徐良就答言說：「下去就下去罷。老兄弟，咱們就下去見見祖師爺去。」這兩個人飄身下來。小童說：「就是你們二位罷？」徐良說：「不錯，就是我們兩個人。」問：「祖師爺現在哪裏？」小童指告說：「就在這鶴軒裏邊。」就教童兒頭前引路。可見得真是藝高人膽大，啟簾而入。到了裏邊，迎面有張八仙桌子，上頭有個四方烏木盤子，裏頭擺著個金錢卦盒，有一個十二元辰的盤子。有幾個木頭棋子兒，上頭刻著字：父母、兄弟、子孫、官鬼、妻財這些個言語。還有幾個長條木頭上畫著單拆交重❸。再見屋中，擺列著許多經卷。由裏間屋中出來一位老道。黃楊木道冠，橫別著金簪；穿一件豆青色的道服，斜領闊袖，通身到下繡的是三藍色的百蝠百蝶，周身鑲寬片錦邊，白襪青鞋。上背著一口寶劍，豆青挽手絨繩飄擺，鵝黃絲絛拴住了劍匣，背於背後，胸前十字絆繫蝴蝶扣，走穗飄垂。生就一張冬瓜臉，兩道寶劍眉，一對大三角眼，蒜頭鼻子，四字口，一部花白髯鬚，大耳垂輪，身高八尺，臉生橫肉，不像道家仙風的形色。見了艾虎、徐良，單手打稽首，念聲「無量佛」，說：「原來是二位施主。」徐良、艾虎也就一躬到地，說：「原來是道長仙翁，弟子二人有禮。」老道說：「二位貴客請坐。小老道獻茶。」就見他過去把金錢盒一搖，哼了一聲，說：「二位施主貴姓？」徐良說：「弟子姓徐。」艾虎說：「弟子姓艾。未曾領教道長仙爺的貴姓？」老道說：「貧道姓梁，叫梁道興，匪號人稱先知子。」徐良說：「原來是位高人。」老道說：「貧道何敢稱高人。方才略占一數，你們不是四位嗎，怎麼來了兩位呢？」

❸ 單拆交重：指單一的、分開的、交叉的、重疊的（線條）。

艾虎看著徐良，只是發怔，暗說：「遇見神仙了。」直是不住的瞅著徐良。徐良答道：「不錯，我們正是四個人，廟外坐著兩個人呢。」老道吩咐一聲，叫小童把外二位請進來。不多時，就把二位請進來了。老道單手打稽首，口念聲「無量佛」，說：「未領教二位貴姓？」二人回答：「弟子姓胡，弟子姓喬。」徐良說：「仙爺既是先見之明，我們也不必隱瞞，是我們住在店中，那是個賊店。如今我們追下賊人來了，見他進到廟中，我們這才趕到廟內，被道爺算出。索性懇求道爺占算占算，指引著我們將他拿住，與一方除害，豈不是妙。」那老道說：「不難。」就把金錢卦盒一搖。畢竟不知怎樣指引，且聽下回分解。

第八十五回　貪功入廟身遭險　巧言難哄有心人

詩曰：

乘車策馬比如何，御者洋洋得意過。
不是其妻深激發，焉知羞恥自今多。

甚麼緣故？聖賢云：「羞惡之心，義之端也，人皆有之。」人有一時自昏，偶然昧卻羞惡之心，或因人激發愧悔，自修做出義來的。這套書雖是小說，可是以忠烈俠義為主，所以將今比古，往往隔幾回搜討故典，作為榜樣。此段又引出一個趕車的來：

春秋時齊國晏嬰❶為齊相，有一趕車的不知其姓名，其妻號為命婦。一日，給晏子趕車入朝，適到自己門前，其妻從門隙窺之，見其夫為晏子趕車，擁蓋策馬，意氣洋洋，甚自得也。到晚，即速而歸。其妻求去❷。趕車的驚而問之道：「吾與汝夫婦相安久矣，何忽求去？」其妻回答：「始，

❶ 晏嬰：春秋時齊國大夫。字平仲，夷維（今山東高密）人。歷仕靈公、莊公、景公三世，以賢明著稱。
❷ 求去：請求將自己休去。

妾以子今暫為卑賤，異日或貴顯，故安之久。今見子之卑賤之日，倒自足自滿，得意洋洋也，似乎卑賤無期之日。」趕車道：「何以知之？」其妻道：「妾觀晏子身長不滿三尺，若論其身為齊相，名顯諸侯，不知當何如驕傲，何如滿盈。乃妾觀之志氣，恂恂❸自下❹，若不知有富貴者，則其意念深矣。若子身長八尺，偉然一男子，乃為僕御，若汝有大志，不知何如愧悔，何如悲思。乃妾觀子之志氣，則洋洋自足；洋洋自足，是以卑賤自安也，他何復望，是以❺求去。」御者聽了，不覺羞慚滿面，深深謝過，道：「請從此改悔何如？」其妻道：「晏子之過於人，亦此改悔，謙沖之智耳。子信能改悔，則是能懷晏子之志，而又加以八尺之長，若再躬行仁義，出事明主，其名必揚矣。」御者甚喜。御者致謝其妻，道：「蒙賢妻教戒，始知進修有路。」其妻道：「妾又聞，賤雖不可居，若背於義，則又寧居之。貴雖可為，若虛驕而貴，則又不可也。」御者感謝，自此之後，遂自改悔，學道謙遜，常若不足。雖仍出為晏子趕車，而氣象從容，大非昔比。晏子見之，甚是驚異，因詰問道：「汝昔糾糾是一匹夫，今忽雍和近於賢者，斯必有故。」御者不能隱，遂以其妻之言實對。晏子聽了，大加嘆賞道：「汝妻能匡夫以道，固為賢婦。汝一改悔，便能力行，亦非常人。」因見景公，薦以為大夫，顯其妻以為命婦。君子謂：命婦不獨匡夫，自成者遠矣。

❸ 恂恂：老實木訥的樣子。
❹ 自下：貶低自己，即謙恭。
❺ 是以：以此；因此。

閑言少敘，書歸正傳。

詩曰：

道士須知結善緣，害人害己理由天。
佛門反作賊徒穴，口說慈悲是枉然。

且說胡小記、喬賓進來，俱都問了姓氏，彼此落座，復獻上茶來。徐良索性就把這個說了，求老道給占算占算賊的下落。老道滿口應承，並不推辭，就把金錢卦盒一搖，說：「還有一件。幾位施主，我要把他占將出來，保你們一去就能將他拿住。可有一件事，我出家人慈悲為本，善念為緣，你們要拿住他的時，必須要勸他改邪歸正，千萬不可殺害他們的性命。你們要結果他的性命，豈不是貧道損了德了嗎？」徐良說：「既是有道爺這麼說著，我們絕不殺害他的性命。要是勸解他不聽，我們也把他放了，也不結果他們性命。」老道說：「你們要是得著他，也是打廟內得著他。」徐三爺說：「你得指告在哪地方？是哪個廟內？」老道說：「我這句話說出來，就怕不妥。」徐良說：「你只管說罷。你要怕我們把他殺了哇，我們起個誓。」這句話未曾說完，就見艾虎「噯喲」一聲，「噗通」栽倒在地。徐良就知道是中了計了。再看胡小記、喬賓過去一攙，徐良說：「老兄弟，這是怎麼了？」焉知曉藉著攙艾虎的這個光景，也就眼前一發黑，覺著腿一軟，噗通也栽倒在地。徐良一回手，拉刀掏鏢，梁道興手中的卦盒，衝著徐良面門打來。徐良一閃，回手就是一鏢，也沒打著老道。老道躥出屋門之外，喊叫：「二位賢侄快來！」徐良並不追趕，他淨看著這幾個人。

你道這個是甚麼緣故？這個老道本是與崔龍、崔豹叔侄相稱，他外號人稱妙手真人，綠林的大手，與吳道成、蕭道志、黃道安皆是師兄弟。他有兩個徒弟，一個叫風流羽士張鼎臣，一個叫蓮花仙子紀小全。崔龍、崔豹與張鼎臣換帖，沒事也常往廟中來。這個老道雖是綠林，如今不出去偷盜竊取，就在廟中一半算卦相面，畫符鎮宅，若有在廟中投宿的官府客人，仍是結果他們的性命，盡其所有作了一號買賣。一年之中，也不定作著這麼三號兩號的，作不著也不定。可巧這日晚間，崔家兄弟前來見了老道，就把自己的事情學了一遍。老道就教他們在北邊屋裏去，說：「不可聲張，他們要是追將進來，我自有道理。」他們出去，就聽見房瓦微然一響，暗把小童教好，教他如此如此的說法。徐、艾二人進來，假說卦爻，說算出來是四個人，其實是崔龍說的。見了他們，淨是一派的好話，其實茶中早下上蒙汗藥了。追了半天賊，哪一個不渴，就是徐良單單的沒喝。怎麼個緣故？他一見這個老道臉生橫肉，說話聲音宏亮，雖然上了點年歲，究屬不像善良之輩。徐良總疑著那個賊在廟中哪，可又不能指實，瞧艾虎他們喝茶，就怕他要上當；到如今一看，還是不出他的所料。見艾虎一倒，他就亮刀，就掏鏢，給了一鏢。如何能打著他？一回手，「騰」一聲，正打在隔扇之上。老道出去叫人，崔龍、崔豹兩個人過來。

徐良不敢出來，怕艾虎他們三人有傷性命，倒把他大環刀插入鞘中，把緊臂低頭花妝弩拾掇好了，預備了飛蝗石子、鏢囊袖箭。三個人叫他出去。老道也脫了身穿長大的衣，利落緊衫，手中提了一口寶劍，外邊就罵：「山西人快些出來受死！」徐良說：「得了，道爺你饒了我罷！『出家人慈悲為本，善念為緣』，是你說的不是？你慈悲我罷，不然我給你磕個頭。」梁道興焉知是計，說：「我本要饒恕於你，我兩個把侄的機關已漏。也是活該，你們的大數已到，休要怨我，出來受死罷。」將說到「死」字，這個「罷」字還沒說出來，見他一矮身，像是要磕頭的樣子，一低腦袋，「噗哧」的一聲，正中在妙手真人的頸嗓咽喉。也是因為他受這一個頭，把這一條性命就斷送了。噗通，死屍腔栽倒在地。又與崔龍、崔豹說：「還有你們二位，我也給你們二位磕個頭罷。」這兩個人眼瞅著一個頭磕死了一個，如何還敢受他那個，也不敢與他交手，明知他那口刀的利害，撒腿撲奔正南就跑。徐良也不肯輕饒這兩個人，二指尖一點，左手一指，右手一指，兩枝袖箭「噗哧噗哧」，盡都釘在崔龍、崔豹的身上。仗著一樣好，打的不是致命的地方，兩個人連躥帶蹦，逃躥了性命。徐良說：「便宜你個烏八入的。」

徐良總是為難，不敢離開這個所在，明知有涼水就把三個人救活，又不敢離開此處；自己離開此處，過來一個人，就把三個人性命結果。左思右想，一點方法沒有。忽然間，看見對面黑忽忽有宗物件，對著天井的西院。看看天光快亮，出去一瞅，歡喜非常，原來是有一個養魚的魚缸。進來取了茶碗，拿老道的衣服擦了個乾乾淨淨的，出來往魚缸裏舀了一碗涼水，也顧不得髒淨，回到屋中，見木盤子裏現有竹籤子，拿了一根，先把艾虎牙關撬開，將水灌下去；復又舀了一碗，灌了胡小記，又灌了喬賓。不多一時，三個人腹中咕嚕嚕一陣亂響，俱都爬將起來，嘔吐了半天，轉眼一瞅，齊說：「是怪道哇，怪道！」徐良說：「你們都起來罷，不怪。」艾虎說：「這個牛鼻子哪裏去了？」徐良說：「不用說了，咱們是上了老道的當了。你就是別罵老道。」胡小記說：「咱們也真不害羞，累次三番，咱們要不虧三哥，早死多時了。」艾虎說：「到底是怎麼件事情？」徐良說：「茶裏有東西。我是一點沒喝。我看著那個老道臉生橫肉，不像良善之輩，故此我沒喝茶。」艾虎問：「他們哪裏去了？」徐良說：「我把老道打發回去。崔龍、崔豹給了他們兩枝袖箭。」如此如彼說了一遍。艾虎說：「我們已經醒過來，咱們廟中各處搜尋搜尋，還有別人沒有？」

喬賓同三位英雄出去，各處尋找了一番，對艾虎說道：「廚房之內有兩個人在那裏睡覺，俱都教我捆上了。」艾虎說：「這兩個人俱有六十多歲了，看著他們也是老而無用的人。」徐良說：「那必是兩個香火居士。若要是和尚廟中，與和尚使喚的，就叫老道；要是老道廟中，與老道使喚的，就叫香火居士。那必是與他們使喚著的人，把他兩個提溜過來。」艾虎答應一聲，出去不多時，就把兩個老頭提溜過來，扔於地上。徐良一問，這兩個也不敢隱瞞，就提他們胡作非為，每遇到廟中投宿的，結果人家的性命，屍首埋在後院，他還有兩個徒弟沒在廟中，把這些個事細說了一遍。徐良說：「少刻把地方找來，你就將這個言語只管對你們太爺說明，準保沒有你們的事情。不要害怕，我們是按院大人那裏辦差的。」兩個人情甘願意。天光大亮，就叫胡小記出去，把本地地方找來。不多時，將地方找來，見了徐良、艾虎等，俱都行禮。少刻，就將跟隨大人辦差，怎麼知曉這裏有賊情，奉命辦差的話說了一遍。地方一聽，嚇得膽裂魂飛，就知道他這個禍患不小。徐良說：「我們也沒工夫，還得辦事去呢。就把此事交與你們本地面官就是了。這裏還有在案脫逃的。若問贓證，就問這兩個香火居士，他們俱都知曉。」地方俱都聽明白。又說：「還有崔豹、崔龍之興隆店，教你們本地面官鎖店拿賊。」徐良說畢，他們大家起身。地方交給當官審案辦差，就不細表了。

徐良與艾虎等大家起身，直奔武昌府的大路。走了幾日，歸了大道，曉行夜宿，飢餐渴飲，亦不多表。這日正走，打聽說歸了武昌府的管轄地面。打❻完了早餞，將出飯店，有人在艾虎背後叫道：「艾

❻打：這裏表示打發、對付的意思。

五爺上哪去？遇見你老人家，這可就好了。」艾虎一瞧，不認識，二十多歲的年紀，大葉披巾，翠藍箭袖，絲鸞帶，薄底靴子，幹伴❼的模樣。艾虎說：「你是誰？我不認得你。」那人跪下磕頭道：「五爺連小的都不認得了？我叫白福。」說著話，眼淚直往下落。「我家相公爺，是你老人家的大盟兄。」艾虎說：「哎喲！是了。」說：「起去❽。」白福起來，又與徐良、胡小記、喬賓磕頭。徐良問道：「你們騎著馬，怎麼今日才走到這裏？」從人說：「你們幾位爺們別走了，到店裏我有要緊話告訴你們爺們。」幾位跟著白福到了店中，奔到五間上房，許多從人迎出來說：「你們爺們到了，可就好了。」挨著次序磕頭。俱都教他們「起去」。進屋中，大家坐下，立刻叫店中烹茶。徐良這才打聽說：「有甚麼話說？你家主人哪裏去了？」白福說：「我家主人丟了好幾天了，無影無形，不知去向。你們眾位爺們，看看奇怪不奇怪。」徐良問：「倒是怎麼丟的哪？」從人說：「這個話也就長了。頭一天住在這個順興店，這個鎮店叫魚鱗鎮。第二天早晨起來要起身，天氣不好，濛濛的小雨，打了坐地尖❾，自然就落程❿了。我家相公究屬心中煩瑣，吃完了飯，睡了一覺，自己睡醒，就覺身上倦懶。我們勸著他老人家散遊散遊。自己出去的時候，連我們誰也沒帶。每遇出去，沒有不帶從人的時候；單單這天，就是自己一人出去的。再說腰間帶著一二兩銀子，一二百錢，就打那天出去，至今未回。我們大家出去四下打聽，一點影色皆

---

❼ 幹伴：即伴當。跟隨在身邊做伴的僕人。
❽ 起去：方言。指起來。
❾ 打了坐地尖：就地打尖。旅途中停留下來休息進食叫打尖。
❿ 落程：在途中停留。

無。」徐良說：「你家主人有甚麼外務⓫沒有？」回答：「一點外務沒有，在家中不是習文，就是習武，永不隻身一人出門。」艾虎說：「既然這樣，咱們大家出去找找，誰要聽見甚麼信息，咱們俱在店中會齊。」胡小記點頭。大家吃了茶，復又出來。

單提艾虎，他是愛喝，找了個小酒舖進去要酒。忽然進來一個醉鬼，把白大爺的事說出。若問原由，且聽下回分解。

⓫ 外務：本身從事的事務以外的事。

第八十六回　魚鱗鎮家人說凶信　三義居醉鬼報佳音

詩曰：

美酒從來不可貪，醉中偏愛吐真言。
無心說要有心聽，話裏妙寓巧機關。

且說艾虎到了小酒舖，他也不認得字。書中暗交❶：三義居是個小酒舖，不賣菜。艾虎隨便坐下，要了兩壺酒。酒菜就是醃豆兒、豆腐乾。酒座不多，就有七八個人。艾虎為的是打聽事情，出在茶館酒肆中，暗暗聽他們說些甚麼言語。就有說莊稼的，就有說買賣的。

忽然打外頭進來一個醉鬼，身上的衣服藍縷，高挽著髮髻，沒戴頭巾，扛著一件大氅，白襪青鞋，酒糟臉，鬥雞眉，小眼睛，斷山根翻鼻孔，小耳朵，耗子嘴，兩腮無肉，細脖頸，躬躬肩，雞胸脯，圓脊梁蓋，紅滑子腳，面賽薑黃，黃中透紫，藉著酒的那個顏色，更紫得難看。進門來身軀亂晃，舌頭是短的，說：「哥們都有了酒了？這邊再喝罷，過賣拿兩壺。」過賣說：「大爺，你可別惱，櫃上有話，你還不明白嗎？上回就告訴你了，不賒。你說你有錢，喝完了沒錢，我拿出錢來給你墊上。一共才幾十

❶ 暗交：暗中交代。指說書人脫離書中人物向聽眾作補充性的說明。

個錢，可算不了甚麼。你說第二天給我，至今天一個多月了，又來喝酒。是有錢，是沒錢？我可沒錢墊了，別叫我跟著受惱。」醉鬼說：「今天不但有錢，到晚半天還有銀子呢。你先給我記一記，晚晌連櫃上的前帳都清了。」過賣說：「那可不行！你上櫃上說去，我擔不住。」醉鬼說：「二哥，廟裏那個事，我是準知道的。我下了好幾天工夫哩，我全知底。不但那個事情，他們還圈❷著一個人呢！晚上我去了，不給我銀子，我合他們弄場官司。別看他們有銀錢勢力，我有條命。」過賣說：「你說下天文表❸來也不行。」艾虎聽了，暗說：「圈著一個人，內中有因，不如我請這個人喝兩壺酒，問他一問。倘若有了哥哥的下落，可也難定。」遂說道：「那個朋友，你喝酒，咱們哥兩個一同的喝。來，我請你喝兩壺。」那人聽了，笑嘻嘻的說：「哥哥，咱們素不相識，我又不能作個東道，如何叨擾❹？」過賣說：「你不用拘❺著。」隨即過來，就給艾虎作了一個揖，就坐在對面。

艾虎又叫拿兩壺酒來，便問：「這位大哥貴姓？」回答：「姓劉，我叫劉光華，有個外號，叫作酒罈子。不瞞大哥說，我就是好喝兩杯。」拿過酒來，他要給艾虎斟，艾爺不教斟，這才自己斟上。喝了幾盅，艾虎叫：「劉大哥。」那人說：「不敢，你是大哥。你老的貴姓？」艾爺說：「姓艾。我方才聽見你說晚上就有了銀子了，叫他記記，他們都不記，他們可真來的死象❻。」劉光華說：「我可真是該❼

❷ 圈：口語。把人拘禁、關押起來。
❸ 天文表：記錄日月星辰在空中運行情況的表格。這裏比喻天樣大的大事。
❹ 叨擾：打擾。
❺ 拘：即拘謹、拘束。

他們的。」艾虎說：「你晚上怎麼就會有了銀子了？」回答說：「艾大哥，你不知道，此話說出來可有些個犯禁。在咱們這西邊有個廟，叫雲翠庵，是個尼姑廟。裏頭有個尼姑，叫妙修——妙師傅。老尼姑死了，剩下這個小尼姑，掌管雲翠庵。他還收了兩個小徒弟，叫甚麼我可記不清楚了。就不用問他們那個長像長得有多麼好哩！淨交我們這裏紳衿、富戶、大財主的少爺。廟也大，也亂騰得利害，每天晚上，總有好些個人住的廟內各處。各處地方也大，房子也多，連他帶他徒弟應酬這些人，連這裏官府還有去的哪！不但這個呀，那個尼僧還有本事呢，高來高去，走房如踏平地一般。按說這話可說不得呀：他是個女賊，大案賊還常住在廟內哪！」艾虎說：「你怎麼知道呢？」劉光華說：「我有堂叔伯姥姥在廟內佣工，廟裏頭每天得點子吃的，就給我們家裏拿的去。到我們家說住❽了話，就懶怠走哩。也是不願意在廟裏，怕早晚遭了官司，受連累，因掙的錢多，又捨不得。」艾虎道：「你方才說圈住人，是甚麼事？」劉光華說：「那更說不得。」連連擺手搖頭。艾虎又要了幾壺酒，明知道他不肯說，多要幾壺酒，灌醉了他，他就必然說出來了。左一杯，右一盞，苦苦的一讓。劉光華本來就在別處已經喝夠了幾成了，這裏又叫艾虎苦苦一灌，舌頭更短哩，兩個眼睛發直，心裏總想著過意不去，怎麼答報答報艾爺才好。艾虎看出這個光景來了，復又問道：「廟裏頭圈人，到底是男是女？」醉鬼說：「女人也有，男人也有。女人可說不得，是我們本地有名人焉。這裏頭還有人命哪！男人也不知是哪裏來的，咱們疑惑著是上哪

❻ 死象：死板的樣子。

❼ 該：這裏指欠（錢）。

❽ 說住：（話）說得來勁了。

找便宜去了，原來不是，是管閑事去哩。給便宜不要，那個尼姑情願將他留在廟中，他偏不肯，如今幽囚起來了。也有他的吃喝，就是出不來，非從了妙修不行。這個人長得本來也好看，大姑娘都沒他長得好看。」艾虎想著必是大爺，又問道：「劉大哥是親眼得見的？」回答：「不是，我姥姥說的。」又問：「是個文人？是個武人？」回答說：「是個武的，能耐大著的哪。」艾虎一想，更是大爺了。

正然問話，忽然見外邊有許多人「嘩」一笑，有宗奇事。見一個人：身軀不到五尺，極其瘦弱。青布四方巾，迎面嵌白骨，飄帶剩了根半。青綢子袍兒，上面著些個補丁，黃藍綠甚麼顏色都有。一根舊絲絲縧看不出什麼顏色來了，穗子全禿了，還接著好幾節。青綢子中衣也是破爛，高腰襪子，襪腰脫落到核桃骨兒❾上，一雙大紅厚底雲履鞋。看臉膛如重棗一般，一雙短眉，一對圓眼，黃眼珠自來的放光，準頭小，嘴唇薄，兩腮無肉，大顴骨，尖頭頂，元寶耳朵。手拿著蒼蠅拴，倒騎著一匹黑驢。大家瞧看以為稀罕之事，故此大家笑他。到了酒舖，往裏瞧了一眼。大家伙都瞧他，這才看出來都有了鬍鬚了。他這鬍子合他臉一個顏色，紅不紅，黃不黃的。瞧他這個下驢各別：倒騎著，一扶驢，「嗖」的一聲就下來了。艾虎那麼快的眼睛，直沒瞧見他怎麼下的驢。可也不拴著。他說話是南方的口音，說：「唔呀！站住。」驢就四足牢紮。他就進了屋子喝酒，叫過賣要酒。過賣說要多少，回答兩壺。過賣先給他擺上鹹菜碟，復又拿過兩壺酒來，問道：「這驢不拴上點，要跑了呢？」回答說：「唔呀！除非你安著心偷。」過賣說：「我告訴你是好話，這街上亂。」那人說：「我這就喝完。」見他把酒拿起，他一口就是一壺。艾虎瞧著這個人各別；再瞧同他喝酒的那醉鬼，趴著桌子就睡覺了。自己就知道這個騎驢的多一半

❾核桃骨兒：口語。指小腿與腳連接處兩側凸起的骨頭。又稱踝子骨。

準是個賊，就先把過賣叫來，會了酒鈔，也不叫那個醉鬼。他淨等著這個騎驢的出去，他跟將出去，看他奔什麼所在。果然見這個騎驢的喝了兩壺，又要了兩壺，就是吃了一塊豆腐乾。他叫過賣算帳。過賣要算，他又攔住說：「我算出來了，四四一十六，搭兩個錢，一共十八個錢，明天帶來罷。」過賣說：「今天怎麼都是這個事呢？全是一個老錢沒有就敢喝酒。那個劉光華倒是認得，這個素不知識，又不知他家鄉住處。」這個騎驢的惱哩，說：「太不認街坊了！教你記上，你不記上，我驢丟了，賠我驢罷。」過賣說：「你的驢丟了，怎麼教我賠驢呢？」騎驢的說：「在你這裏喝酒，萬兩黃金，你都該給照應著。」過賣說：「我明白你這意思了，我們這酒錢不要了，管保⑩你也不要驢了罷？」那人說：「我敢情⑪那麼好。要不咱們兩便了罷。」艾虎過來說：「你們兩個人不用爭鬥了，這個酒錢我會了罷。」過賣說：「得了，以後人家不敢在我們這裏喝酒來了。一個是請喝的，一個是抄酒帳。」那個人說：「你不用放閑話。」艾虎說：「酒錢我會了，這個驢怎麼找呢？」那人說：「我這個驢不怕的，丟不了。我是出來騙點酒喝；那驢到人家有牲口的地方槽頭上，騙點草吃就得了。」只見他一揑嘴，一聲呼哨。艾虎知道他九成是賊了。不多一時，就見他那驢連蹿帶蹦回來了。過賣說：「難為你怎麼排練來著。」就見他一抱拳，也不道個謝，也並不問名姓，說了聲「再見」。艾虎也要一抱拳，一瞧那個人已經上驢去了，在驢上騎著呢。艾虎到了外頭，過賣也到了外頭。過賣成心戲耍他，這回這個驢呀，情而必真⑫是騎正了，

⑩ 管保：保證。
⑪ 敢情：方言。表示發現了原來沒發現的新情況。
⑫ 情而必真：口語。表示確實、千真萬確。

過賣成心耍笑他，說：「你騎倒哩。」那人道：「皆因我多貪了兩壺酒，我醉了。我就是好喝一盅，我在家裏喝醉的時候倒騎了驢，是我兒子告訴我的。」過賣道：「好說呀！孫子。對了，原是這麼騎著的是。」艾虎見他買了過賣一個便宜，他又把雙腿往上一起，在半懸空中打了一個旋風，仿然是摔那個一字轉環叉⑬的相似，好身法，好快，就把身子轉過去了，仍是倒騎著驢。那驢也真快。艾虎追下去了。

出了魚鱗鎮，西口路北有座廟，見那個騎驢的下了驢，在門口那裏自言自語的瞧著山門上頭說：「這就是雲翠庵。」艾虎心中一動，原來雲翠庵就在這裏。見那人拉著驢往廟後去了。艾虎遂即瞧了瞧廟門，也就跟到後邊來了。到了廟後，見有一片小樹林。過這一個小樹林，正北是一個大葦塘，找那個人，可就蹤跡不見了。艾虎一陣發怔納悶：「又沒有別的道路，他往哪裏去了？」直到葦塘邊上，看見那小驢蹄兒的印了，看著奔了葦子那裏去了。離著葦子越近，地勢越陷，驢蹄子印兒越看得真。順著驢蹄子印，倒要找找他奔甚麼地方去了。一件怪事，這個驢蹄子印，就到這葦塘邊上；再往裏找，一個印也沒有了；往回去的印也沒有，往別處的印也沒有。艾虎納了半天的悶，說：「這個人實在的怪道。」找了半天，也就無法了，按舊路而回，重新又到廟前踩踩道，俱都看明，轉頭回店。

回到順興店中，徐良已然回來了，皺眉皺眼在那裏生氣呢。艾虎進去說：「三哥早回來了嗎？」答道：「回來了半天了。」艾虎說：「三哥出去見著甚麼信息沒有？」答道：「甚麼也沒打聽出來。老兄弟！你見著甚麼信息？」艾虎還未回言，胡小記打外邊進來。艾虎說：「又來了一個。」進門就問：「大哥打聽著甚麼信息沒有？」胡小記說：「出去了半天，甚麼事我也沒打聽出來。」徐良說：「必然是老

---

⑬一字轉環叉：武術動作，即將兩腿劈叉成一字形地在空中旋轉。又稱打旋子。

兄弟打聽著了，面上有喜色。必是打聽著了。」艾虎把方才在酒舖遇見醉鬼泄機，看見騎驢的詫異的話，說了一遍。徐良歡喜，議論大家晚晌上雲翠庵找芸生。

不知怎樣，且聽下回分解。

第八十七回　白公子酒樓逢難女　小尼僧廟外會英才

詩曰：

英雄仗義更疏財，不是英雄作不來。
一生慣打不平事，救難扶危逞壯懷。

且說艾虎說了醉鬼泄機言語，又提起了騎驢的那般怪異，那身工夫，那驢怎麼聽話，怎麼到了葦塘不見驢蹄子印。「三哥，你是個聰明人，你想想這是何許人物？據我看著，他不像個賊。」徐良說：「不是個賊——萬一是個賊呢？可惜我沒遇見。老兄弟，你既給他會了酒帳，怎麼不問問他的姓名呢？」艾虎說：「也得容工夫問哪！會了酒錢，他連個『謝』字也沒道，就上了驢，鬧了個故事❶就走了。我跟到廟前，他那裏念了聲『雲翠庵』，到廟後就找不著了。」隨說話之間，預備晚飯。喬爺也打外邊進來，大眾又問了問喬爺。喬爺說：「甚麼也沒打聽著，就看見了個倒騎驢的。」艾虎說：「可聽見說了些什麼言語？」回答道：「眾人都說他是個瘋子，並沒聽他說話。」徐良說：「咱們大家吃飯罷。指望著喬二哥打聽事，那不是白說！」大家飽餐了一頓。候到初鼓之後，喬賓、胡小記看家，徐良、艾虎預備了

❶ 故事：這裏指前面已經提到過的趣事或奇事。

兵刃，換了夜行衣靠，躥房躍脊出去，直奔雲翠庵而來。

一路無話。到了雲翠庵。二位看了地勢，隨即躥將進去。一看裏頭地面寬闊，也不準知道是在哪裏。過了二層殿，見正北上燈光閃爍，西北上也有燈亮。兩個人施展夜行術，奔了西北，卻是一個花園。進了月亮門，見有兩個小尼：一個打著燈籠，一個托著盤子，就聽他們兩個人低聲說話。二位好漢就暗暗的隨在了背後，就聽他們說：「咱們師傅太死心眼了，人家執意的不允，偏要叫人家依他，就在今天了。似乎這樣男子也少。今天再不點頭，就要廢他的性命了。」前邊一個太湖山石堆起來的一個山洞，穿那個山洞而過，到了一所房屋。外邊看著燈光閃爍，人影搖搖。小尼啟簾進去。二位好漢用指尖戳破窗欞紙，往裏窺探明白。原來見芸生大爺倒綹❷著二臂，在燈光之下閉目合睛，低著腦袋在那裏發煩。旁邊坐著一個尼姑，約在二十多的光景，身上的衣服華麗，百種的風流，透著就是妖淫的氣象。桌案上擺列些個酒菜，那個意思要勸大爺吃酒，大爺是一語不發。外邊二位看這般光景，心中好淒慘，依著艾虎就要進去，徐爺拉住，不教他行事莽撞。

列公，你道這芸生大爺何故到此？就皆因那日未帶從人，出了店門，自己遊玩了半天，就在魚鱗鎮西口內路南找了一座酒樓，就靠著北邊樓上落座吃酒。要了些酒菜，把北邊的樓窗開開，正看街上的來往行人，就見有個二人小轎，後面跟著一個小尼姑兒，就有些個人們瞧看，七言八語的說話。樓上可也就講究起來了，過賣就攔說：「眾位爺們喝酒，可別談論這些事情。」眾人被過賣一攔，雖不高聲談論，也是低聲悄語的講究。可巧芸生同桌一個人，也是在那裏吃酒，連連的嘆息。芸生借此為由，就打聽了

❷ 綹：借指捆綁。俗語中稱一捆絲麻為一綹。

打聽。那人先嘆了一口氣，說：「世間不平的事甚多了。」大爺就問：「怎麼不平的事？」那人說：「方才那轎子裏頭是位姑娘，姓焦叫玉姐，人家識文斷字，是我們這的教官跟前的姑娘。教官死哩，剩下他們哥三個，一個老姑娘。這兩個哥哥，一個叫焦文丑，一個叫焦文俊。焦文丑進學之後，家中寒苦，顧不得用功念書了，就教學。文法又好，學生又太多，把個人累死了。剩了焦文俊，從小的時節就有心胸，他說他哥哥一死，不能養活老娘合妹子，他說非得發了財才回來呢。打十五歲出去，今年整五年未歸。他們這有前任的守備，姓高，他有個兒子叫作高保，外號人稱叫地土蛇。倚勢淩人，家內又有銀錢。有那位焦教官的時節，高守備親自到他家求婚。焦教官知道他兒子不能成器，故爾親事未許。到後來焦教官一死，焦文丑又一死，焦文俊又走了，知道他母女無有錢，給他送了些個銀錢去，作為是通家之好。明知怕他母女度日艱難，又送些個資斧。久而後可以再去說親，就不能不給了；如若不給，就得還錢。明知他母女使著容易還著難，這親事就不能不作了。焉知曉他母女更有主意，所有送去的銀錢俱都璧回，執意的不受。又去提親，仍是不給。可巧高守備死去了，過了百日的孝服，聽說他們要搶人家這個姑娘，又怕不行。如今這個高保私通了雲翠庵尼姑，他們定下的主意，要誆這個姑娘上廟。尼姑設計，教高保強污染人家姑娘。此話可是個傳言，不實。方才你可曾見那轎子裏頭，就是姑娘。到了廟內，準墜落他們的圈套。」

芸生大爺不聽則可，一聽無名火按納不住，天然生就的俠肝義膽，最見不得人有含冤被屈之事。復又打聽這個廟現在哪裏。那人說：「就離西鎮口，不大甚遠，坐北向南。」芸生又說：「這要真污染了人家這姑娘，難道就不會去告狀去？」那人說：「要是真要如此，也短不了詞訟。再說人家教官還有好些個門生哪。你看來了，這就是那個地土蛇。」見有數十匹馬，猶如眾星捧月一般，都是從人的打扮。當中有一位相公服色，戴一頂墨綠繡花文生公子巾，迎面嵌美玉，雙垂青緞飄帶，穿一件大紅百花袍，斜領闊袖，虛攏著一根絲絲；白襪朱履，手中拿定打馬絲鞭；黃白臉面，兩道半截眉，一雙豬眼，尖鼻子，吹火口，耳小無輪，印堂發暗，直奔正西去了。大家又是一陣亂嚷亂說。眾人說：「去了，去了！此時沒多事的人，若有多事的人，這小子吃不了兜著走。」芸生大爺立時把過賣叫將過來，會了酒帳；又要會同桌的那人，那人再三不肯。共總吃了幾百錢，給了一兩銀子。過賣謝了芸生大爺。大爺復又與同桌那人說：「尊兄，咱們再見了。」自己下樓去了。

出離了酒樓，一直的奔正西，走到廟前，抬頭一看，朱紅的廟門，密排金釘，兩邊兩個角門俱都關閉。看正當中門上頭石塊上，刻著陰文的字，是「古跡雲翠庵」。忽然見東邊角門一開，出來了許多人合馬匹，原來就是高相公手下從人，他們大眾回家。就見有兩個小尼姑送出，說：「明天也不用很早來接。」大家笑嘻嘻的乘跨坐騎走了。小尼姑一眼看見白芸生。芸生大爺也瞧看小尼姑子，見他說：「眾位，你們勒勒馬罷，師傅出來了，有話合你們說哪。」那幾個人一人也沒有聽見，竟自揚長去了。那個小尼姑一回頭說：「師傅，你瞧這個人。」見裏面又一個把著門檻，往外一探頭，二目發直——看那個神思，就像真魂離了殼的一般——目不轉睛淨瞧著芸生。大爺本來好看，一身青布衣巾，青布武生巾嵌白骨，青布箭袖袍，灰襯衫，青棉線帶子，青布官靴；面似美玉，細眉長目，皂白分明，垂準頭，唇似塗朱，牙排碎玉，大耳垂輪；十七八歲，好似未出閨的幼女，都沒他長得體面、俊秀、清雅。那妙修本是個淫尼，幾時見著過芸生這個男子，看了半天，早就神馳意蕩。芸生可也看見淫尼啊，見他這麼一瞧，芸生也有些個害羞意思，抹頭要走。尼姑不肯教他就走，說道：「阿彌陀佛，這位施主相公別走，請到廟中坐坐，小僧有件事情奉懇。」芸生的心內，打算回到店中，夜晚再來，為的是那位姑娘，怕遭他們的毒手。倒是要解救女子，他反讓我到他廟中，何不趁此機會，去到廟中走走？「但不知道師傅有甚麼事，請快些說來。」尼姑說：「你先請到廟中。」芸生說：「倒是什麼事情，先要說明，然後進去。」尼姑說：「尊公可認識字麼？」芸生說：「我略知一二。」尼姑說：「我扶了一個乩❸語，請相公爺給批❹一批。」芸生說：「我不會乩語。」尼姑說：「念念就得了。」芸生說：「那還可以。」隨著尼姑進了雲翠庵，一直往後，直到西跨院單一所房屋。啟簾進去，到裏面獻茶。見那屋中糊裱乾淨，擺列些古董玩器，幽雅沉靜。芸生說：「把乩語拿上來我瞧。」尼姑說：「我現去請乩。」叫小尼姑預備晚飯。果然，晚間預備的豐盛席面，不必細表。

大爺飽餐了一頓，預備好殺尼姑。直等到二鼓，並沒見一人進來。芸生一看，原來是把跨院門已然鎖上了，四下一看，忽見牆頭上「刷」的一聲，一個人影。不知何故。

若問是誰，且聽下回分解。

---

❸ 乩：亦作「箕」。一種由兩人共同扶著架子，將架子上所吊小棍在沙盤上寫出的字句作為神仙指示的占卜活動叫扶乩。沙盤上寫出的字句即乩語。

❹ 批：這裏指評論解釋。

第八十八回　芸生為救人受困　高保定奸計捐生

詩曰：

自古尼僧不可交，淫盜之媒理久昭。
詭託扶乩誆幼女，誰知偏遇小英豪。

且說芸生自打❶吃完了飯，烹過茶來，點上燈，就不見有人進來。天有二鼓，自己出去一看，原來西跨院門已然用鎖鎖了。芸生暗道：「這淫尼把我鎖在這裏，必沒安著好意。就是這樣的牆壁，如何擋得住你公子爺！」將要縱身躥出牆去，忽見牆頭「刷」一個黑影，隨即躥上牆頭，再找蹤跡不見。

你道那尼姑，非是出去扶乩，他本與高保商量下的主意，是欲與焦家的姑娘成親。皆因是玉姐兒是個孝女，老娘染病，尼姑早與高保定好這個主意，哪時遇在機會上將他誆在廟中，強逼成了親，他們也就不能不給了。可巧這天甯氏老太太染病，尼姑得信，立時親身到了焦家，假說給老太太看病，說了些利害言語，非得扶乩求藥才行。「可惜少大爺沒在家，在家才行呢。」旁邊焦小姐問道：「怎麼得他在家裏才行？」尼姑說：「總得天交正子時，在淨室之中燒上香，設上壇，把神請下來，將藥方開好，方許

❶ 自打：自從。

點燈。這求方的人，得在那裏跪著。」玉姐說：「就這個事，怎麼單得我哥哥在家呢？」尼姑說：「自然，要是小姐去也可。我怕你膽小害怕。」玉姐說：「只要求著我老娘病好了，就是赴死去也不怕。懇求老師父慈悲，咱們是幾時扶乩求藥？」尼姑說：「姑娘果有這樣的膽量，那可就在今朝。」玉姐連連點頭。尼姑也沒在焦家吃飯，定下在廟內等他，就起身去了。回到廟中，與高家送信。少時姑娘到，他把姑娘安置在東院，陪著說了會子話，叫小尼姑預備晚飯。少時高相公到，他把高相公安置在北院。高相公家人走，他追出來，是教從人往這裏帶銀子，沒趕上。可巧他遇見芸生大爺了，他把芸生大爺安置在西北跨院，先囑咐好了，預備完了晚飯。他算著先把高保安置樓上，再把小姐帶上樓去，他的大事已完，再找芸生大爺來。其實盡後院還有他兩個相好的呢！皆是綠林的好漢，一個叫作碧目神鷹施守志，一個叫鐵頭狸子苗錫麟。又是久已相好，又在他這裏住著。今日一見芸生，論品貌，固然比他們強到萬分，他打算白大爺是尋花問柳之人哪。

閑言少敘。到了天交二鼓，先見了高保，就問道：「你吃過飯了？」高保說：「吃過多時了。」又說：「這件事可是我的中人哪，沒有我可不行罷。事畢之時，是怎麼樣謝賞於我？」高保道：「我給你修廟。」尼姑說：「不行。」高保說：「給你白銀三千兩。」尼姑說：「銀子倒是小事，還可往我屋中走走。大概沒有得隴望蜀之心了罷？」高保說：「妙師傅，我要忘了你，必不得善終。」尼姑一笑：「一句戲言，何故你起這麼重的誓。」一回說道：「我不是喪良心，又把良心喪的人。」妙修說：「天已不早，我把你先送上樓去，可是不點燈。我寃那姑娘就說是請神，必要神仙走了，方許點燈。你就算是神仙，可不定是甚麼神仙。我把你帶上樓去，趁著黑暗，我一躲避，你將他揪住，我就不管了。你可要緊記這個言語。事不宜遲，我同你前往。」二人說著，出了房門，打著燈籠，直奔西院。到了西花園，走入西樓，上了樓梯，將高保安放在樓的後炕上。尼姑告訴他你可別動，自己提燈下樓，又到東院，見了小姐，問道：「可吃過飯了？」小姐回答：「吃過了。」尼僧說：「天已不早，你我去罷。」姑娘點頭，暗暗祝告神祇，但願母親病體痊癒，再來廟中還願。跟著到了西院，直奔樓來。離樓不遠，說：「到樓上，可就得將燈吹滅，上邊把壇俱都設好。」小姐答應。將到樓下，忽聽上面「噯呀」一聲，「噗哧」，像是殺人的聲音。妙修說：「什麼？」姑娘嚇得金蓮倒退，戰兢兢的問道：「上面甚麼聲音？」尼姑說：「別慌，你先在此等等，我去先看看去，多一半是神仙先到了罷。」小姐無法，只可點頭。尼姑入內，由護梯❷上樓，剩了五六層兒，不提防一宗物件衝著自己打來，意欲躲閃，焉得能夠，「砰」「噗咚」，正撞在自己身上。「噗咚」，是摔倒。「咕嚕咕嚕」滾下樓來了，連燈籠撲滅。尼姑是一身的工夫，要除非是冷不防，斷不至於滾下樓來。自己一挺身，躥將起來，也就不敢上樓了，那個滅燈籠也就不要了。跑出樓來，哪知道一找姑娘，是蹤跡不見，心中納悶：「這是怎麼個緣故？」將一發怔，耳後生風，「嗖」就是一刀。尼姑總是大行家，聽得金刃劈風的聲音來，尼姑一閃身閃過，抹頭就跑，大聲喊叫說：「後頭人快來罷，有了仇家了！」芸生哪裏肯放。尼姑一想，自己主意錯了，本來是喜愛芸生相貌，誰知是引狼入室。隨跑隨喊，不多一時，從後面來了兩個賊，一個叫碧目神鷹施守志，一個叫鐵頭狸子苗錫麟。兩個人提著兩口利刃，躥將上來，讓過尼姑，就把芸生擋住。大爺一看這兩個人，一個穿黑褂皂，一個紫緞衣巾，俱都是細條身材；一個是面如鑌鐵黑中藍，一個是灰色臉膛；一個是粗眉大眼，一個是一雙眼睛綠瑩瑩

❷ 護梯：指有扶手保護的樓梯。

的顏色，故此人稱叫作碧目神鷹。前文表過，二人俱與尼姑通好，就在這裏住著。正要打算上陝西朝天嶺，與金弓小二郎王新玉是盟兄弟。忽聽前邊一陣亂嚷，兩個人亮刀出來，截住芸生大爺動手。三個人，兩口利刃，交手二十多回合，不分勝負。這兩個賊焉能是芸生大爺的對手。大爺往下一個敗式，一回手，「拍」，就是一飛蝗石，正中苗錫麟的面門，抹頭就跑。淨剩一個人更不行了。大爺虛砍一刀，躥出圈外。施守志不知是計，抱刀就扎。白大爺一反手，「拍」，一塊飛蝗石正中額角，鮮血直躥，抹頭就跑。大爺後邊就追。

正要趕上，擺刀要剁，就聽見「嗖」的一聲，大爺見一點寒星直奔面門，往旁一閃，「噹啷」一聲，那支金鏢落地。原來是尼姑趕奔前來交手。未到跟前，遇施守志、苗錫麟臉上帶傷，將他們讓將過去，回手掏出一支亮銀鏢來，對著白芸生就是一下。白芸生正要追趕二人，「嗖」，眼前來了暗器，往旁邊一閃身，那支銀鏢「噹啷啷」落地。尼姑說：「噯呀！好負義郎！咱們兩個人素不相識，把你讓將進來，待你酒飯，卻是一番的美意。誰教你管我廟中的閑事？靠著你有多大本事，來來來，咱們二人較量，勝得了我手中這個兵器，不枉你也張羅會子動手，也算可以。」往上一躥，擺刀就剁。芸生往旁邊一躲，拿自己刀往上一托，一斂腕，尼姑把刀往懷裏一抽，芸生使了個劈山式刀剁。尼姑左手還有件兵器，其名叫輪，就是一個扁鋼圈子，裏外的有刃。在圈子裏頭手拿之處，又有一個小月牙護手。芸生刀到，尼姑用單輪要鎖芸生這口刀，芸生哪裏肯叫他鎖住。芸生受過明人的指教，乃是白五爺親手所教，傾囊盡贈。家裏又是富家，習文的時節，書籍甚多；習武的時節，兵器甚多。除了大十八般兵刃之外，還有些個意外的軍刃，有宗日月鳳凰輪，可是雙的。今天一見尼姑，使得是一柄左手的刀，右手的輪。人家兵刃一到，他先用左手的輪，或是往外一磕，或是把人家兵刃套上。要是大槍、梅花槍等套上了槍桿，順著槍桿往上一滑，他這一輪是裏外鋒芒的刃子，往上一滑，人家就得撒手扔槍，他的右手刀就跟上去了。若要把單刀套住，要想拿刀剁他的手，他這輪內有個小鐵月牙的護手，就有這個護手擋住，也是剁不著手，故此這宗兵刃極其得力。可巧遇見芸生，知道這兵刃招數。有句俗言：「單刀見輪莫要扎。」大爺與尼姑交手，總沒叫他得刀。也就在十幾個回合，就不是白相公的對手了。尼姑終是個女流，到底力軟，霎時間，鼻窪鬢角熱汗直流，就知道難以取勝，意欲要走；復見芸生剁了一刀，抹頭就走。尼姑方才要追，芸生一反手，拍，就是一飛蝗石。尼姑會打暗器，也會躲暗器，微一縮頭，石子蹭著頭皮過去。尼姑就跑，芸生就追。尼姑越過房去，芸生也就上房，到了後坡，見他在院中站著說：「這條命不要了！」芸生下房，「噗咚」墜落坑中。

若要知生死如何，且聽下回分解。

第八十九回　文俊歸家救胞妹　徐艾庵內見盟兄

光緒四年二月間，正在王府說小五義，有人專要聽聽孝順歌，餘下自可順口開河。自纂一段添在小五義內，另起口調❶，將柳真人所傳之敬孝焚香說起，曰：

眾人們，焚起香，側耳靜聽。柳真人，有些話，吩咐你們。談甚今，論甚古，都是無益，有件事，最要緊，你們奉行。各自想，你身子，來從何處；哪一個，不是你，爹娘所生？你的身，爹娘身，原是一塊：一團肉，一口氣，一點血精。分下來，與了你，成個身子。你如何，兩樣看，隔了一層？且說那，爹和娘，如何養你：十個月，懷著胎，吊膽提心。在腹時，擔荷著，千斤萬兩；臨盆時，受盡了，萬苦千辛。生下來，母親命，一生九死。三年中，懷抱你，樣樣辛勤：冷和暖，飽和飢，不敢失錯；有點病，自埋怨，未曾小心；恨不得，將身子，替你災痛；哪一刻，敢鬆手，稍放寬心？顧兒食，顧兒衣，自受凍餓。盼得長，請先生，教讀書文。到成人，請媒妁，定親婚娶。指望你，興家業，光耀門庭。有幾分，像個人，歡天喜地。不長進，自羞愧，暗地淚零。就到死，眼不閉，掛念兒子。這就是，爹和娘，待你心情。看起來，你的身，爹娘枝葉；爹和娘，

❶ 口調：指唱腔、曲調。

那身子，是你本根。有性命，有福氣，爹娘培植；有聰明，有能幹，爹娘教成。哪一點，哪一件，爹娘不管？為甚麼，把爹娘，看做別人？你細算，你身子，長了一日；你爹娘，那身體，老了一層。若不是，急急的，趁早孝養；那時節，爹娘死，追悔不能。

可嘆的，世上人，全不省悟；只緣他，婚配他，恰似當行。卻不想，烏反哺，羔羊跪乳；你是人，倒不及，走獸飛禽。不孝處，也盡多，我難細述；且把那，眼前的，指與你聽。你爹娘，要東西，甚麼要緊？偏吝惜，不肯送，財重親輕。你爹娘，要辦事，甚麼難做？偏推諉，不肯去，只說不能。你見了，富貴人，百般奉承；就罵你，就打你，也像甘心。你爹娘，罵一句，鬥口回舌❷；你爹娘，打一下，怒眼瞪睛。只愛你，妻與妾，如花似玉；只愛你，兒和女，似寶如珍。妻妾亡，兒女死，肝腸哭斷；爹娘死，沒眼淚，哭也不真。這樣人，何不把，兒女妻妾，並富貴，與爹娘，比較一論？天不容，地不載，生遭刑禍；到死時，坐地獄，受盡極刑。鋸來解，火來燒，磨捱碓搗；罰變禽，罰變獸，難轉人身。

我勸你，快快孝，許多好處；生也好，死也好，鬼敬神欽。在生時，人稱讚，官來旌獎；發大財，享大壽，又有兒孫。到死時，童男女，持旛擁蓋；接你去，閻羅王，也要出迎。功行❸大，便可得，成仙成佛；功行小，再轉世，祿位高升。勸你們，孝爹娘，只有兩件。這兩件，也不是，難做難行。第一件，要安你，爹娘心意；第二件，要養你，爹娘老身。做好人，行好事，休要惹禍；

---

❷ 鬥口回舌：指爭吵回罵。

❸ 功行：所行的功德。

教妻妾，教兒女，家道興隆。上面的，祖父母，一般孝養；下邊的，小弟妹，好生看承④。你爹娘，在一日，寬懷一日；吃口水，吃口飯，也是歡心。盡力量，盡家私⑤，不使凍餓；扶出入，扶坐立，莫使孤伶。有呼喚，一聽得，連忙答應；有吩咐，話一完，即便起身。倘爹娘，有不是，婉轉細說；莫粗言，莫盛氣，激惱雙親；好親戚，好朋友，請來勸解；你爹娘，自悔悟，轉意回心。到不幸，爹娘老，百年歸世；好棺木，好衣被，堅固墳塋。盡心力，圖永久，不必好看；只哀痛，這一生，何處追尋？遇時節，遇亡辰，以禮祭奠；痛爹娘，永去了，不見回程。這都是，為人子，孝順的事。切莫把，我的話，漠不關心。

嘆世人，不孝的，有個通病：說爹娘，不愛我，孝也無情。這句話，便差了，解說不去⑥；你如何，與爹娘，較論輸贏？譬如那，天生的，一莖茅草；春雨潤，秋霜打，誰敢怨嗔。爹娘養，就要殺，也該順受；天下無，不是的，父親母親。人愚蠢，也知道，敬神敬佛；哪曉得，你爹娘，就是尊神。敬得他，仙佛們，方才歡喜；虛空中，保佑你，福祿加增。你有兒，要他孝，須做榜樣；孝報孝，逆報逆，點滴歸根。

訓女孝歌：

④ 看承：照顧。

⑤ 家私：家中的資產。

⑥ 解說不去：道理上說不過去。

宏教真君曰❼：婦女們，最愛聽，談今論古；又有的，最愛聽，說鬼道神。我今日，有一段，極大故事；細講來，與你們，各各聽聞。

我本是，一棵樹，長條細葉；是當初，天和地，精氣生成。這地下，植立起，一棵柳樹；那天上，高懸著，一個柳星。過了個，幾萬年，凝神聚氣；到唐朝，得遇見，孚佑帝君❽。我帝君，憐念我，誠心學道；就把我，度脫去，做個仙人。一棵樹，如何有，這樣造化？只緣我，心性靈，不昧本根。我無父，又無母，將誰孝養？早朝天，晚拜地，報答深恩。心思專，志向定，奉持原本。全憑我，一點誠，動了聖神。有師傅，我就當，嚴父慈母；幾千年，力孝敬，無點懈心。成仙後，師傅教，多積功果；只要你，勸世人，孝奉雙親。有一人，能盡孝，將他度脫；不論男，不論女，許做仙人。我勸了，男和女，幾千百個；都現在，蓬萊裏，快樂長春。讀書人，也有的，高官顯職；女人們，都做了，一品夫人。我做下，勸孝的，這些功果；所以得，受封個，宏教真君。到而今，奉帝敕，宣揚大化；降鸞筆❾，演訂就，一部孝經。

讀書人，明白的，講求奧旨；俗人們，也有歌，唱與他聽。只有你，婦女們，未曾專訓。說起來，你們想，最好傷情。你雖然，是一個，女人身子；你爹娘，養育你，一樣苦辛。懷著胎，在腹中，

❼ 宏教真君：即本回開頭所說的「柳真人」。道教傳說：他本是柳樹精，遇呂洞賓度脫成仙。

❽ 孚佑帝君：八仙中呂洞賓的封號。

❾ 降鸞筆：指通過人們扶乩時在沙盤上畫出字句。扶乩時在沙盤畫字的小棍被稱為「鸞筆」，所以扶乩亦稱「扶鸞」。

誰辨男女？臨盆時，一般樣，受痛挨疼。懷抱你，何曾說，女不要緊；乳哺你，何曾的，減卻一分。莫說你，女人家，無力孝養；你爹娘，待女兒，更費苦心；替梳頭，替纏腳，不辭瑣碎；教茶飯，教針黹，多少殷勤。嚴肅些，又念你，不久是客；嬌養些，又怕你，嫁後受瞋⑩。離一刻，恐怕你，閨房失事；缺一件，恐怕你，暗地多心。選高郎，要才貌，與你匹配；選門戶，看家資，恐你受貧。聘定過，便思量，如何陪嫁；到婚期，盡力量，總不慊心⑪；捨不得，留不住，好生難過；割肝腸，含眼淚，送你出門。到人家，夫婦和，公婆歡喜；你爹娘，臉面上，許多光榮。有些錯，一聽見，自生煩惱；又增添，一世的，不了憂心。你生來，嫁誰家，都是定數；你如何，不遂意，便怨雙親？好過日，便說是，你的命好；難度日，罵爹娘，瞎了眼睛。待公婆，說他是，別人父母；待爹娘，又說我，已嫁出門。倒是你，女人家，兩不著地；把孝字，推乾淨，全不粘心。哪曉得，女人家，兩層父母；都要你，盡孝順，至敬至誠。你身子，前半世，爹娘養育；後半世，靠丈夫，過活終身。你公婆，養丈夫，就如養你；天排定，夫與妻，只算一人。你原是，公婆的，兒子媳婦；卻將你，寄娘家，生長成人。嫁過來，方才是，人歸本宅；這公婆，正是你，養命雙親。既行茶，交過禮，多少費用；請媒妁，待賓客，幾番辛勤。愛兒子，愛媳婦，無分輕重；原望你，夫和婦，供養老身。為甚的，好兒郎，本是孝敬；娶了你，把爹娘，疏了一層？縱不是，你言語，離他骨肉；也緣他，鍾愛你，志氣昏沉。你

---

⑩受瞋：受到責罵。瞋，發怒時睜大眼睛。

⑪慊心：心裏感到滿足。

就該，向丈夫，將言細說；公與婆，娶我來，輔相夫君。第一件，為的是，幫你奉養；你如何，反因我，缺了孝心。這才是，婦人們，當說的話；這才是，愛丈夫，相助為人。為甚麼，乘著勢，大家怠玩；漸漸的，把公婆，不放在心。他兒子，掙得錢，你偏藏起；私自穿，私自吃，不令知聞。怕公婆，得些去，與了姑子；怕公婆，得些去，伯叔⑫平分。只說你，肯把家，為向男子；哪知道，你便是，起禍妖精。薄待了，公與婆，一絲半粒；你夫婦，現成福，減了幾成。受窮苦，受病痛，由你唆出；犯王法，絕子嗣，是你撮成。你看那，廟中的，拔舌地獄；多半是，婦女們，受這苦刑。更有的，放潑賴，脅制男子；使公婆，每日裏，不得安停。公婆罵，才一句，就還十句；打一下，你便要，溺水懸繩。這樣人，自盡了，陰司受罪；就不死，也必定，命喪雷霆。我勸你，閨女們，聽從父母；說一件，依一件，莫逞性情。起要早，睡要晚，伺候父母；奉茶水，聽使喚，時時盡心。在家中，無多日，還不愛敬；到那時，嫁出去，追悔不能。我勸你，媳婦們，認清題目；方才說，你原是，公婆家人。你丈夫，常在外，做他生理；公婆老，要望你，替他奉承。老年人，飯不多，菜要可口；舊衣服，勤漿洗，補綴停勻⑬。莫聽信，俗人說，不見公面；為兒媳，當他女，不比別人。不時的，茶和湯，親手奉上；難走動，又何妨，扶起行行。有東西，買進來，思量養老；向公婆，送過去，不得稍停。只要你，公與婆，心中歡喜；哪管他，接過去，送與何人。敬伯叔，愛姑娘，和睦妯娌；公婆喜，這媳婦，光我門庭。孝公婆，你爹娘，也是歡

⑫ 伯叔：指大伯和小叔子，即丈夫的哥哥和弟弟。

⑬ 停勻：亦作「亭勻」，指節奏、形狀等等均勻、妥貼。

喜；這便是，嫁出來，還孝生身。況且你，替丈夫，孝順父母；你丈夫，也敬奉，丈母丈人。況且你，盡了孝，作下榜樣；你兒媳，也學著，孝順你們。說不盡，婦女們，孝順的事；望你們，照這樣，體貼奉行。

昨日裏，女孝經，才演一半；那喜氣，就傳到，南海觀音。宣我去，獎賞了，加個佛號；又教把，菩薩事，勸化你們。這菩薩，原做過，妙莊王女；生下來，便曉得，立意修行。菩薩父，見女兒，一心好道；百般的，教導他，要做俗人。誰知道，我菩薩，心堅似鐵；只思想，一得道，度脫雙親。到後來，父王病，十分沉重；我菩薩，日共夜，備極辛勤：叩天地，禱神明，不惜身體。因此上，感動了，玉帝天尊。霎時間，坐蓮臺，金光照耀；居普陀，施法力，億萬化身。千隻眼，廣照著，十方三界；千隻手，掌握著，日月星辰。佛門中，這菩薩，神通廣大；歷萬古，發慈悲，救度世人。有婦女，能行孝，不消禮懺⑭；到老去，便許他，進得佛門。豈不是，極簡便，一件好事；勸你們，莫錯過，這樣良因。

詩曰：

孝義由來世所欽，同心兄妹善承親。
山窮水盡疑無路，柳暗花明又一村。

⑭ 不消禮懺：不必禮拜念經。懺，請僧尼道士代自己懺悔念經叫拜懺。

且說尼姑明知不是芸生的對手，除非智取不行。在他的西北房後，有一個陷坑，坑的上面暗有他的記認。芸生可哪裏知道，自可就飄身下房，正墜落坑中。大行家要是從高處往低處一摔，會找那個落勁⑮；不能摔個頭破血出，慢慢往起再爬，爬起往上再躥，那就費了事了。這一摔下去，一挺身，一跺腳，自己就可以躥將上來。芸生撿刀往上一躍，腳站坑沿，早教碧目神鷹一把揪住底下一腿。大爺躥上來腳尚且未穩，教人揪住一腿，焉有不倒之理？鐵頭狸子過來擺刀就剁。芸生明知是死，把雙睛一閉。等了半天沒事，睜眼一看，原來是被尼姑攔住。妙修說：「別殺他，我還有話問他呢。」瞧著芸生道：「你這個東西，敢情⑯這麼扎手哪！咱們這個事情，多一半是鬧個陰錯陽差。那個高相公，多一半是教你給結果了罷？」隨說著話，碧目神鷹就把芸生倒綹了二臂。芸生說：「我並不知甚麼高相公不高相公，一概不知。」鐵頭狸子問尼姑，倒是怎麼件事情。尼姑就把焦小姐與高相公始末原由的事說了一遍。施守志說：「既然這樣，咱們就一同去瞧瞧去。」尼姑吩咐把陷坑蓋好，將芸生四馬倒攢蹄捆上，扛將起來。直奔西院。

叫人掌起燈火來，一找那個姑娘，不知去向。前前後後各處搜尋，並沒影相；復又進樓，拿著燈籠，奔到護梯，見高相公被殺死，屍腔橫躺在護梯之上。淫尼又覺著心疼，又覺得害怕：怕的是人命關天，又得經官動府。再說，他的從人明明把他送在廟中，明天早晨還要來接人。「有了，我先把他埋在後院，明早從人來接時節，我就說他早晨已然出去了。這焦玉姐的事不好辦，人家明知上廟求乩，人家要問我，

---

⑮落勁：指落地時減輕震力而能站穩的巧勁。

⑯敢情：方言。相當於「原來」。

何言答對？人家是女流，又不能說他自己走了。有了，我問問這個相公。」「可是相公，你貴姓？」芸生說：「我既然被捉，速求一死，何必多言。」尼姑說：「難道說你不敢說你的名姓？你那心眼兒放寬著點，且不殺你哪。到底姓甚麼，我也好稱呼你。」芸生說：「某家姓白。」尼姑說：「白相公，你到底是怎麼件事，這個高相公是你殺的不是？焦小姐你知道下落不知？你只管說出，我絕不殺害於你。」芸生說：「你既然這樣，我實對你說。我在酒樓吃酒，旁邊有人告訴我，焦家姑娘，高家的相公，被你這尼姑用計，要污染人家的姑娘。我實實不平，要救這個姑娘。正要廟前觀看地勢，晚間再來，不料被你將我誆進廟來，假說瞧乩，將我鎖在西院之內。晚間我正要躥牆出來，有一個人影兒一晃，我就跟將下去。你們在屋中說話，連那個人帶我俱都聽得明白。你送那個姓高的上樓，他隨後就跟進去了，我在外邊看著。你帶著那姑娘，看看的臨近，他就把姓高的殺了。你上樓的時節，他可就躥下樓來了，他過去就背那個姑娘。我以為他也不是好人，原來他是姑娘的哥哥，叫焦文俊，他把他妹子背著回家去了。」尼姑一聽，怔了半天：「焦文俊這孩子，怎麼就會練了這一身的本事？這可也就奇怪了。」

書中暗交：原來這個焦文俊自十五歲離家出去，又沒帶錢，遇見南方三老的一個小師弟。這三老，一位是古稀左耳，一位是倉九公，一位是苗九錫。這是南方三老。倉九公有個師弟，外號人稱神行無影，叫谷雲飛。他見著焦文俊，就收文俊作了個徒弟。五年的工夫，練了一身出色的本事。尋常在他師傅跟前，說他是怎麼樣的孝心，不在家中，怎麼不能盡孝，時時刻刻怎麼樣惦念老娘。他師傅才打發他回來，給了他二百兩銀子，教他到家看看，仍然還教他回去，功夫還未成。可巧這日到家，正遇見他的老娘染病，見妹子又沒在家裏，母子見面大哭。問他妹子的原由，老娘就把扶乩的事情說了一遍。他有些個不信，就換了衣裳，晚間直奔尼姑庵來了。到了廟中，就遇見這個事情。他起先以為芸生不是好人，嗣後來⑰方知芸生是好人，並未答話，就把他妹子救回去了。

單提的是廟中之事。芸生說出這段事情，尼姑倒覺著害怕，就教兩個賊人幫著他，把高相公的屍首埋在後院，到了次日再議論怎麼個辦法。他單把芸生幽囚在西院，是死也不放。芸生吃喝等項，是一概不短，全是他給預備。芸生那是甚麼樣的英雄，一味淨是求死。光陰荏苒，一晃就是好幾天的工夫。芸生實在出於無奈，求生不得，求死不得。

這日晚間，又預備晚飯，尼姑也在那裏，隨即說：「就在今日晚間，可要再不從，就說不得了，可就要結果了你的性命。」芸生仍是低著頭，一語不發。又叫小尼姑重新添換菜，要與白大爺同桌而喝。白大爺哪肯與他同飲。小尼姑端來的各樣菜蔬，復又擺好。尼姑把酒斟上，說道：「白相公，你這個人怎麼這樣痴迷不省悟？我為你把高相公的性命斷送了，我都沒有工夫與他報仇去。他家下人來找了幾次，我就推諉說不知道他哪裏去了。人家焦家姑娘教人救回去。人家吃了這麼一個虧，怎會不肯聲張此事？早晚必是有禍。你我咱們兩個人是前世宿緣，我這樣央求於你，你就連一點惻隱之心盡都沒有？可見你這個人心比鐵還堅，世間可也真就少有。」芸生說：「哇⑱！胡言亂語。休在你公子爺跟前絮絮叨叨，你公子爺豈肯與你淫尼作這苟且之事。」尼姑一聽，氣往上一撞，說：「你這廝好不達時務！」將要往前湊，就聽外邊說：「好淫尼！還不出來受死！等到何時？」尼姑一聽，就知道事情不好，又不準知道

⑰ 嗣後來：即以後、後來。

⑱ 哇：音ㄉㄡ。怒斥聲。

外頭有多少人。一著急，把後邊窗戶一踹，就逃躥去了。

山西雁徐良合著小義士艾虎，來了半天的工夫，淨聽著芸生大爺到底怎樣。聽了半天，真是一點劣跡也是沒有，外邊二人暗暗誇獎，也不枉這一拜之情。早把小尼姑嚇得鑽入床底下去了。徐良、艾虎躥入屋中，先過來與大爺解了綁攙起。芸生溜了一溜，自己覺著臉上有個發消。艾虎他們也顧不得行禮，先拿這個淫尼要緊。芸生也跟著躥將出來。當時沒有兵器，可巧旁邊立著一個頂門的槓子，芸生抄將起來。

一直撲後邊，就見尼姑換短衣襟，同著兩個賊人各持利刃，撲奔前來。當時大家就撞成一處。徐良說：「這個尼姑交給老兄弟了，這幾個交給我了。」艾虎點頭，闖將上去。艾虎暗道：「三哥真機靈，他不願意合尼姑交手，教我合尼姑交手。我盡管應著，我可不合尼姑交手。」隨答應著，他可就奔了碧目神鷹來了。白芸生手中拿了頂門槓，就奔了鐵頭狸子苗錫麟。苗錫麟擺手中刀，就往下剁。芸生這根頂門槓子本來是沉，用平生的膂力，往上一迎，只聽見「鏜啷」一聲，把刀磕飛；往下一拍，「啪嗒」一聲，就結果了苗錫麟的性命。尼姑一急，衝著山西雁，「嗖」就是一鏢。徐良說：「噯呀！了不得了！」沒打著。又說：「老西不白受出家人的東西，來而不往非為禮也。」「嗖」的一聲，將他那隻原鏢照樣打回，把尼姑嚇了個膽裂魂飛，仗著躲閃得快；倘若不然，也就教自己的原鏢結果了自己的性命。原來是尼姑打徐良，教徐良接住，復又打將回來。尼姑就沒有心腸動手了，舉刀就剁。兩個人繞了兩三個彎，不提防教徐良的刀剁在他的刀上，「嗆啷」一聲，削的兩段；「鏜啷」，刀頭墜地。尼姑轉身就跑，徐良就追。越過房去，徐良跟著到了後坡，往下一躥，墜落坑中。尼姑搬大石頭就砸，「啪嗒」一聲，砸了個腦漿迸裂。要知端底，且聽下回分解。

第九十回　三俠客同走勸架　二親家相打成詞❶

詩曰：

俠骨生成甚可誇，同心仗義走天涯。
救人自遇人來救，暗裏循環理不差。

且說艾虎正與施守志交手，兩口利刃上下翻飛，未分勝負。白芸生撿了鐵頭狸子的那口刀，也就躥將上來，兩個人併力與施守志較量。論碧目神鷹，艾虎一人他就抵敵不過。何況又上了一個，他焉能行得了？自己就要打算逃竄性命。奈因一宗❷，二個人圍住他，躥不出圈去；鬧了個腳忙手亂，當時刀法也就亂了。好容易這才虛砍了一刀，撒腿就跑，一直撲奔正西。過了一段界牆，前邊兩堆太湖山石，眼瞧著他就在太湖山石當中躥將過去。艾虎在前，芸生在後，自然也得在太湖山石當中過去。艾虎剛往西一躥，只聽東北有人嚷道：「別追！有埋伏。」這句話未曾說完，艾虎已然掉下去了。芸生幾乎也就掉將下去。回頭一看，並不見人，也不知是甚麼人在那裏說話。大爺往裏一看，原來是個陷坑。艾虎墜落

❶ 詞：指詞訟，亦即訴訟。

❷ 奈因一宗：無奈因為一件事。宗，指樁、件。

坑中，站起身來，往上一瞧。芸生上面答言：「難道老兄弟上不來嗎？」艾爺說：「行了。」自己往上一躥，腳蹬坑沿上，問：「大哥，那賊何方去了？」回答：「早已跑遠了。」艾爺大怒道：「便宜這廝！咱們找我二哥、三哥去。」復又回來，遍找不見。忽然由牆上下來，說：「你們二位可好，我兩世為人了。」艾虎、芸生問：「什麼緣故？」回答：「我自顧追尼姑，一時慌張，沒看明白，墜落坑中。那尼姑真狠，舉起一塊大石頭要砸我。坑沿上有一個人，也不知是誰，由尼姑身後將尼姑踢倒，自然那石頭正砸在尼姑的腦袋上，頭顱粉碎。我上來時節，那人不見了。我也沒看見人家，也沒與人家道道勞，我就奔這裏來了。你們將那兩個賊可都殺了無有？」二人道：「我們打死了一個，追跑了一個。」又提艾虎如何墜在坑中的話，說了一遍。

列位就有說的：原來徐良沒死！他若死了，如何還算小五義？再說尼姑，倒是誰人將他要命？可就是艾虎看見倒騎驢的那個人。他又是誰人哪？就是前文表過的神行無影谷雲飛。因他徒弟回家，自己暗地跟下來了，看他到家是真孝順，是假孝順。暗地一瞧，是真孝順，又有救他妹子這一節。自己並沒見徒弟之面，去到廟中要把尼姑殺了。白晝見著街上酒舖中有個醉鬼先在那邊，就沒賒出帳來，他就把尼姑庵中的事聽了一遍。又到這邊酒舖中來，自己見著艾虎，一瞧就奇怪，故意又喝兩壺酒，細看艾爺的情性，方知不是賊。會了酒錢，並不道謝。晚間到廟中，淨在一旁看著他們動手。徐良掉下坑去，自己過去用「閉穴法」把尼姑一點，淫尼一倒，石頭砸在自己腦袋上，腦髓迸流。自己仍然又撲奔前院，見艾虎他們追下賊去。自己也遠遠的跟著，見賊過太湖山石，拿胳膊一跨太湖石，往南一飄身，蹿在正西等著艾虎。他就看出破綻來了，自己想著提撥❸艾虎，報答他這兩壺酒錢，嚷道：「前頭有埋伏！別過去。」說遲了一些。谷雲飛見尼姑一死，自己就算沒有事了，由此起身。下套小五義上金鱗橋辦明奇巧案，救白芸生、范仲淹，誤打朝天嶺的內應，巧得貘皮鎧，皆是後話，暫且不表。

且說的是徐良、艾虎、白芸生他們弟兄三位，不知施守志的去向，就把廟中的婆子、小尼姑找在一處，告訴他們一套言語。小尼姑連婆子等都跪在地下，求饒他們的性命。芸生說：「我教給你們一套言語，就不殺害爾等。」大家異口同音，都嚷「願意」。芸生說：「明日你們報到當官，就提你們這裏的廟主結交賊匪，暗地害死高保。苗錫麟與尼姑通姦，施守志因嫉姦砸死尼姑，殺死苗錫麟，此賊棄兇逃走。當官不信你們，就把埋葬高保的地方指點告訴明白。按著這套言語回稟當官，自然就保住了你們的殘生。如若不依著我們的言語，明晚我們大眾前來結果你們的性命。」大家點頭，情甘願意。「所有尼姑的東西，你們大家分散；當官要是問著你們，就說俱被施守志盜去。」大家千恩萬謝，都感幾位爺的好處。

白芸生、徐良、艾虎三個人一看天氣不早，就此起身，回到店中，仍是躥房躍牆下來。手下的從人俱都在店中等候。來到房中，大家見禮、道驚、打聽。芸生把自己的事情俱都說出，連胡、喬二位都讚嘆說：「這樣公子，都受了這樣苦處。」徐良說：「明天五更就起身，不管他們此處的事情了。」書不可重絮。到了次日，給了店飯錢，有騎馬的，有步下的，直奔武昌府而來。眾人奔武昌，暫且不表。

說書的一張嘴，難說兩家的話。這一丟大人，蔣平、智化解開了沈中元的貫頂詩，各路分散著尋找大人。先說可就是艾虎的事情，這才引出小五義結拜、盜獄等項，也不在少處。丟大人，就有走夾峰前山的，就有走夾峰後山的，就有上娃娃谷的。在路上俱各有事，可是說完了一段再表一段，這個日限相

❸ 提撥：方言。指提醒。

隔差不了多遠。

先提北俠、南俠、雙俠離了晨起望，曉行夜宿，飢餐渴飲，無話不說。這日正往前走著，前邊黑忽忽一片樹林。樹乃莊之威，莊乃樹之膽，倒是很好的個村莊。三位爺就穿村而過，是東西的個街道。他們是由西向東，正走在東村口，圍繞著多人。雖然三位尋找大人的心盛，究屬總是天然生就俠客的肝膽，遇事就要瞧看瞧看。眾人進去一看，原來是兩位老者揪扭著相打。二位老者俱過六旬開外，並且全是頭破血出。還有幾個年輕的，俱都掠胳膊、挽袖子，在旁邊氣哼哼的，欲要打罷又不敢。旁邊有幾位老者說：「你們親家兩個還有甚麼不好說的事情，打會子也當不了辦事。」雖說，也不過去拉去。

丁二爺平生最是好事，說：「歐陽哥哥，咱們去勸勸罷。」北俠說：「二弟，知道是甚麼事情，咱們過去勸勸去。」丁二爺說：「我過去問問去。」北俠一揪沒揪住。二爺就過去，在兩個老頭當中伸單胳膊一插，又把這隻手打底下伸進去往上一起，就見兩個老頭自然就撒開了；兩隻手又揝❹住兩個老頭兒的腕子，往兩下裏一撐，老頭兒一絲兒也不能動轉了。兩個老頭直是氣得渾身亂抖。那個老頭就說：「尊公！你是幹甚麼的？」二爺說：「我們是走路的。」老頭說：「你是走路的，走你的路。你揪著我們為甚麼事情？」二爺說：「我生平好管閑事。我問問你們，因為何故？我給你們分析❺分析。」老頭說：「我們這個事情不好分析，非得到當官去不成。」二爺說：「我非要領教領教不可。」那個老頭說：「你撒開我，慢慢告訴你。」南俠、北俠也就過來說：「二弟，你撒開人家，有甚麼話再說。」二爺這

---

❹ 揝：音ㄗㄢˇ。抓住；握住。

❺ 分析：這裏同「分解」，指排解（糾紛）、調解。

才撤開。

大眾一瞧這三位爺這個樣兒：一個像判官，一位傲骨英風，一位少女一般。旁邊人們說：「得了，你們親家兩個告訴告訴人家罷。」二爺說：「貴姓？」那位老頭說：「我姓楊，叫大成。我有個兒子叫楊秀。這個是我們的親家，他姓王，叫王太。他有個女兒，給了我的兒子，我們作了親家。前番接他女兒住娘家去，我就不教他接。眾位你們聽聽，咱們俱都是養兒女的人，還有姑娘出閣，不許往娘家來往的道理嗎？可有一個情理，我們這個兒婦，他的母親死了，我們親家翁淨剩了光棍子一個人。我說他想他女兒，教他上我這瞧瞧來，他一定接的家去，又便當怎麼樣呢？他要接定了，不接不行；我也不能深攔，就讓他接回去了。可也不知道，他又將他女兒又給了人家了，或是他又賣了，他反倒找在我家來，不答應我。」北俠一聽，就知道不好，要是不伸手，可也就過去了；要一伸手，得給人家辦出個樣子來。那個姓王的說：「這位爺臺貴姓？」二爺說：「我姓丁，排行在二。」老頭說：「丁二相公爺，你想我的女兒，我焉能行出那樣事來。我接，他就不願意。我接到家裏住了十二天，就把他送回來了。我這幾日事忙，總未能來。今天我才有工夫，我來瞧看瞧看我這女兒，不想到此，他胡賴。是他把我女兒賣了，倒是有之，不然就是給你要了命了，還是屍骨無存。我難道說，我還活這麼大的歲數？這條老命不要了，我與他拚了罷。」

丁二爺此時就沒有主意了，淨瞧著北俠。歐陽爺暗笑：「你既然要管，又沒有能耐了。」北俠上前說：「王老者，你們兩親家我可誰也不認識，我可是一塊石頭往平處放。你說你送你女兒，可是送到你們親家家裏來了嗎？」楊大成說：「沒有，沒有。」王太說：「我這女兒不是我送來的，是我女兒的表兒姓姚，叫姚三虎，素常趕腳❻為生。他有個驢，我女兒騎著他表兄這個驢來的。」北俠說：「那就好辦了，找他這個表兄就得了。」王太道：「不瞞你們幾位說，我女兒這個表兄，就是一身一口，跟著我過。自從送他表妹去後，直到如今沒回家。」北俠問：「他把他表妹送去沒送去，你知道不知道？」王太說：「焉有不送去之理。」北俠說：「那就不對了。你總是得見著他這表兄才行呢。倘若他們半路有甚麼緣故，那可也難定。」一句話就把王太問住。楊大成說：「是他們爺們商量妥當，半路途中把我們兒婦給賣了。」說畢，二位又要揪扭。北俠攔住，說：「我有個主意，你們這叫甚麼村？」楊大成說：「我們這叫楊家店子。」又問：「姓王的，你們那裏叫甚麼村？」王太說：「我們那村叫王家坨。」北俠說：「隔多遠路？」王太說：「八里地。」北俠說：「隔著幾個村莊？」王太說：「一股直路，並沒村莊。半路就有一個廟。」北俠說：「你們二位不用打架，兩下撒下人去遍找，十天限期為度。找不著，我們在武昌府，等你們上顏按院那裏遞呈子❼去，上我們大人那裏告去。我們就是隨大人當差的，到那裏準能與你們斷明。」兩家也就依了這個主意。三位便走，連本村人都給三位道勞。

三人離了楊家店子，一直的正東走了三里多路，天上一塊烏雲遮住碧空，要下雨。緊走幾步，路北有座大廟，前去投宿避雨。這一進廟，要鬧個地覆天翻，且聽下回分解。

❻ 趕腳：指趕著驢等牲口供人僱用。

❼ 呈子：指訴訟的呈文。

第九十一回　在廟中初會兇和尚　清淨林巧遇惡姚三

義婢從來絕世無，葵枝竟自與人殊。
全忠全烈全名節，真是閨中女丈夫。

或有人問於余曰：此書前套號忠烈俠義傳，皆是生就的俠肝義膽，天地英靈，何其獨鍾斯人？余曰：忠義之事，不但男子獨有，即名門閨秀，亦不乏其人。又不但名門閨秀有之，就是下而求之奴婢，亦間或有之。昔周有天下時，衛國義婢葵枝有段傳序，因採入小五義中：

衛國有一官人，叫作主父，娶妻巫氏。夫妻原也相好，只因主父是周朝的大夫，要到周朝去作官，故別了巫氏，一去三載，王事羈身，不得還家。這巫氏獨處閨中，殊覺寂寞，遂與鄰家子相通，暗暗往來。忽一日，有信報主父已給假還家，只在旬日便到。巫氏與鄰家子正在私歡之際，聞知此信，十分驚慌。鄰家子憂道：「吾與汝往來甚密，多有知者；倘主父歸而訪知消息，則禍非小，將何解救？」巫氏道：「子不須憂，妾已算有一計在此。妾夫愛飲，可將毒藥製酒一樽，等他到家，取出與他接風；他自歡飲，飲而身斃，便可遮瞞。」鄰家子喜，因買毒藥，付與巫氏。巫氏因命一個從嫁來的心腹侍妾，名喚葵枝，叫他將毒藥浸酒一壺藏下，又悄悄吩咐他：「等主人到時，我叫你取酒與他接風，你可好好取出，斟了奉他。倘能事成，我自另眼看待。」葵枝口雖答應，心下卻暗暗吃驚道：「這事怎了！此事關兩人性命，我若好好取出藥酒，從了主母之言，勸主人吃了藥酒，豈不害了主人之命？我若悄悄說破，救了主人之命，事體敗露，豈不又害了主母之命？細細想來，主人養我一場，用藥害他，不可謂義；主母託我一番，說破害他，不可謂忠。怎生區處❶？」忽然想出一計，道：「莫若拚著自身受些苦處，既可救主人之命，又不至害主母之命。」算計定了。

過不數日，主父果然回到家中。巫氏歡歡喜喜接入內室，略問問朝中的正事，就說：「夫君一路風霜，妾聞知歸信，就釀下一樽美酒在此，與君拂塵。」主父是個好飲之人，聽見他說有美酒，便欣然道：「賢妻有美意，可快取來。」巫氏忙擺出幾品佳肴，因叫葵枝，吩咐道：「可將前日藏下的那壺好酒燙來，與相公接風。」葵枝領命而去。去不多時，果然雙手捧了一把酒壺，遠遠而來。主父看見，早已流涎欲飲。不期葵枝剛走到屋門首，「噯呀」的一聲，忽然跌倒在地，將酒潑了一地，連酒壺都跌扁了。葵枝跌在地下，只是叫苦。主父聽見巫氏說特為他釀下的美酒，不知是怎生馨香甘美，思量要吃，忽被葵枝跌倒潑了，滿心大怒，先踢了兩腳；又取出荊條來，將葵枝撳倒，打了二十，猶氣個不了。巫氏心雖深恨，此時又怕打急了說將出來，轉忍耐住了，又取別酒奉勸主父，方才瞞過。過了些時，因不得與鄰家子暢意，追恨葵枝誤事，往往尋些事故打他。這葵枝甘心忍受，絕不多言。偶一日，主父問葵枝閑話。巫氏看見，怕葵枝走消息。因攛掇

❶區處：處理；解決。

主父道：「這奴才甚是不良，前日因你打他幾下，他便背後咒你；又屢屢竊我妝奩之物。」主父聽說，愈加大怒，道：「這樣奴才，還留他作甚！」因喚出葵枝，盡力毒打，只打得皮開肉綻，痛苦不勝。葵枝只是哭泣哀求，絕不說出一字。

不料主父一個小兄弟盡知其事，本意不欲說破，因見葵枝打得無故，負屈有冤，不敢明訴，憤憤不服，只得將巫氏之私，一一與主父說了。主父方大驚道：「原來如此！」再細細訪問，得其真確，又慚又恨，不便明言，竟暗暗將巫氏處死，再叫葵枝道：「你又不痴，我那等責打你，你為何一字也不提？倘若被我打死，豈不屈死與你。」葵枝道：「非婢不言。婢若言之，則殺主母矣，以求自免；則與從主母之命，而殺主人何異？何況既殺主母，又要加主人以污辱之名，豈為婢義所敢出。故寧甘一死，不敢說明。」主人聽了，大加感嘆，敬重道：「汝非婢也，竟是古今之義俠女子也。淫婦既已處死，吾當立汝為妻，一以報汝之德，一以成汝之名。」就叫人扶他去妝飾。葵枝伏拜於地，苦辭道：「婢子，主之媵妾也。主母辱死，婢子當從死。今不從死而偷生，已為非禮；又欲因主母之死，竟進而代處主母之位，則其逆禮又為何如。非禮逆禮之人，實無顏生於世上。」因欲自殺。主父嘆息道：「汝能重義若此，吾豈強汝。但沒個再辱以婢妾之理。」因遣媒議嫁之，不惜厚妝。詩書之家聞葵枝義俠，皆羨慕之，而爭來娶去，以為正室。

由此觀之，女子為貞為淫，豈在貴賤，要在自立名節耳。閑言少敘，書歸正傳。

詩曰：

佛門清淨理當然，念念慈悲結善緣。
不守禪規尋苦惱，焉能得道上西天。

且說三俠離了村口，走了三里多路，天氣不好。恰巧路北有個廟宇，行至山門，前去叩打。不多一時，裏面有人把插管一拉，門分左右，出來了兩個和尚。和尚打稽首道：「阿彌陀佛，施主有甚麼事情？」北俠說：「天氣不好，我們今天在廟中借宿一夜，明天早走，多備香燈❷祝敬。」那和尚道：「請進。」把山門關上。同著三位進來，一直的奔至客堂屋中，落座獻茶。又來了一個和尚，咳嗽了一聲，念道「阿彌陀佛」，啟簾進來。三位站起身來一看，這個和尚說道：「原來是三位施主。小僧未曾遠迎，望乞恕罪。阿彌陀佛。」北俠說：「天氣不好，欲在寶剎借宿一夜，明日早走，多備香燈祝敬。」大和尚說：「哪裏話來。廟裏工程，十方來，十方去，十方工程十方施，這全都是施主們捨的。」北俠一看這個和尚就有點詫異，看著他不是個良善之輩。晃晃蕩蕩❸，身高八尺有餘。香色僧袍，青緞大領，白襪青鞋。可不是個落髮的和尚，滿頭髮髻，髮開日月金箍，箍住了髮髻，原來是個頭陀和尚。面賽油粉，印堂發赤，兩道掃帚眉，一雙闊目，獅子鼻翻捲，火盆口，大耳垂輪，胸膛厚，臂膀寬，腹大腰粗。有了鬍鬚了，可是一寸多長，連鬢落腮大鬍子圈後，人給他起名兒叫羅漢髯。哪位羅漢長的這樣的鬍子來？閑言少敘。單說和尚問道：「三位施主貴姓？」三位回答了姓氏，惟獨展南俠這裏說：「吾常州府

❷ 香燈：指燒香、點燈的香火錢。
❸ 晃晃蕩蕩：左右搖擺的樣子。

武進縣玉杰村人氏，姓展名昭，字熊飛。」和尚上下緊瞧了展南俠幾眼，然後問道：「原來是展護衛老爺。」熊飛說：「豈敢，微末的前程。」和尚說：「小僧打聽一位施主，你們三位必然知曉。姓蔣，蔣護衛。」展南俠說：「不錯，那是我們四哥。」北俠說：「那是我們盟弟。」丁二爺說：「我們全都是至契相交。」和尚說：「但不知這位施主，如今現在哪裏？」北俠一翻眼皮，說道：「此人大概早晚還要到這裏來呢。」和尚哈哈哈一笑，說：「要上這裏來，可是小僧的萬幸。」北俠說：「怎麼認識蔣四哥？」和尚說：「聽別人所言，此公是文武全才，足智多謀之人。若要小僧會面之時，亦可領教領教。」北俠說：「原來如此。」問道：「未曾領教師傅的法名上下？」和尚說：「小僧名法印。」大家一齊說：「原來是法師傅，失敬了。皆因天氣不好，進來得慌張，未曾看見是甚麼廟。」和尚答道：「敝剎是清淨禪林。但不知三位施主用葷是吃素？」北俠一聽，就知道這個廟宇勢力不小，說：「師傅，這裏要是不吃酒，不茹葷，我們也不敢錯亂佛門的規矩；要是有葷的，我們就吃葷的。」和尚說：「既是這樣，我即吩咐徒弟，告訴葷廚預備上等的一桌酒席。」和尚又道：「我這東院裏還有幾位施主，我過去照應照應，少刻過來奉陪。」大家異口同音說：「請便。」和尚出去，直奔東院去了。

少刻，小和尚端過菜來，七手八腳，亂成一處。擺列妥當，小和尚說：「若要添換酒菜，施主只管言語聲。」隨即把酒斟上。這時天氣也就晚了，即刻把燈掌上，他們就出去了。北俠一看見那個小和尚出去，復又往回裏一轉身，看了他們一眼，透著有些神色不正。見他們毛毛騰騰❹，北俠看著有點詫異；又見杯中酒發渾，說：「二位賢弟慢飲，你們看看這酒怎麼這樣發渾？」二爺說：「多一半這是酒底子❺

---

❹ 毛毛騰騰：方言。指行動慌慌張張。

了。」北俠說：「千萬可別喝，我到外頭去看看：頭一件事，我見這個和尚長得兇惡，怕是心中不正；二則小和尚出去，又回頭一看，透著詭異；三則酒色發渾，其中必有緣故。」丁二爺還有些個不服。到底是北俠久經大敵，見事則明。展爺說：「你出去看看，我們這等著你回來一同的吃酒。」北俠出去。

這客堂是個西院，由此往北有一個小夾道；小夾道往西，單有一個院子，三間南房，一個大後窗戶。見裏頭燈光閃爍，有和尚影兒來回的亂晃，北俠也不以為然。忽聽前邊屋內簾板一響，聽見有一個醉醺醺的人說話，舌頭都短了，說：「眾位師兄們，我學著念個彌陀佛。」眾小和尚說：「快快走出去，你腥氣烘烘的，別管著我們叫師兄。」那人說：「我腥烘烘的，難道說比不過你們這一群葫蘆頭麼？」小和尚說：「我們是生葫蘆頭，你再瞧瞧，你不是葫蘆頭？你幹甚麼還去幹甚麼去罷，你還是去放腳❻去罷。」北俠聽到此處一怔，想起楊家店子來了。兩親家打架說，那王太的女兒是他表兄送往婆家去了，至今音信皆無，說可就是個趕腳的。這些和尚說他是趕腳的，別是那個姚三虎罷？北俠就把窗戶紙戳了個窟窿，往裏一看，見這個人有三十多歲，穿著一件舊布僧袍，將搭膊膝蓋上，短白襪，青布鞋；黃中透青的臉膛，鬥雞眉，小眼睛，薄片嘴，錘子把耳朵，其貌甚是不堪。倒是剃得光光溜溜的頭，喝得醉醺醺的，臉都喝紫了，合那小和尚們玩笑說：「我是新來的人，摸不著你們的門。」小和尚說：「那是摸不著你的門。」醉漢說：「我要拉屎，哪裏有茅房？」小和尚說：「你別挨罵了，快走罷，就在這後頭，往西南有兩間空房，後身就是茅廁。」那人說：「我方才聽見說，有開封府的，宰了沒宰呢？」小

---

❺ 酒底子：指沉澱在酒甕底部的酒腳。

❻ 放腳：指放牧趕腳所用的牲口。

和尚說：「快滾罷！你不想想這是甚麼話，滿嘴裏噴屁。」連推帶搡，那個人一溜歪斜❼，真就撲奔了後院。北俠暗道：「這個和尚，準是沒安著好意了。我先把這個拿住，然後再去辦那個和尚。」

先前奔廟的工夫，陰雲密布，此時倒是天氣大開。北俠奔了西南，果然有兩間空房，關閉著雙門。北俠用寶刀先把鎖頭砍落，推開門往裏一看，屋中堆著些個桌几椅凳。北俠撤身出來，見那人看看臨近，北俠過去，把他脖子一掐，往起一提溜，腳一離地，手足亂蹬亂踹。北俠就把他夾在空房裏頭，慢慢又將他放下，解他的腰帶，四馬倒攢蹄，寒鴨浮水式把他捆上。北俠把刀拉出，就在他腦門子上「噌噌噌」——就這麼蹭了他三下。那小子可倒好，不用找茅房，自來就出了恭❽了。北俠說：「你要是高聲喊叫，立時追了你的性命。我且問你，你可是姚三虎嗎？」那人說：「我正是姚三虎。你老人家既認識我，就饒了我罷。」北俠說：「你既是姚三虎，這個事情可就好辦了。我此時也沒工夫問你。」隨即撕他的僧袍，把他的嘴堵上。

北俠就出來把屋門倒帶，復返回來，直撲奔客堂。來到之時，啟簾進去一看，展爺正在那裏為難，丁二爺躺倒在地，受了蒙汗藥酒。北俠一怔，問道：「展大弟呀！二弟這是怎麼了？」展爺說：「自從兄長去後，我勸他不要喝；他說他腹中飢餓，要先喝杯。頭一杯喝下去沒事，又連喝了兩杯，他就昏倒在地，人事不省。我也不敢離開此處。哥哥怎麼去了這麼半天？」北俠就把遇見姚三虎的話說了一遍。展爺一聽，說：「這可真是想不到。可不知道這個姑娘怎麼樣？在哪呢？」北俠說：「我沒工夫問他，

❼ 一溜歪斜：方言。形容人走路時腳步不穩，走得歪歪斜斜的。

❽ 出了恭：拉出了大便。北方人稱大便為出恭。

恐怕你們等急了。咱們先辦和尚的事情。」展爺說：「有涼水才好把丁二爺灌活了。」北俠說：「這不是一碗涼茶？把這個涼茶灌下去可就行了。」展爺用筷子把丁二爺牙關撬開，將冷水灌下去。頃刻之間，腹內一陣作響，就坐起來了，嘔吐了半天，站起身來，問：「大哥、二哥，是怎麼個事？」南俠就把他受蒙汗藥的話說了一遍。北俠也把遇見姚三虎的事也學說了一番。依二爺的主意，立刻就要找和尚去。北俠把他攔住，說：「他既用蒙汗藥，少刻必來殺咱們來。來的時節再把他拿住，細問情由。大概他是到處有案，不定害死過多少人了。先拿住和尚，去了一方之害，然後再辦王太女兒之事。」展南俠點頭說：「此計甚妙。」就把燈燭吹滅了，等著和尚。不多一時，就聽外邊有腳步的聲音。北俠把兩扇隔扇一關，兩個小和尚進門，跌倒被捉。

不知小和尚說出些甚麼言語，且聽下回分解。

第九十二回　丁二爺獨受蒙汗藥　鄧飛熊逃命奔他方

詩曰：

酒中下藥害群豪，欲報前仇在此遭。
誰識機關先看破，兇僧又向遠方逃。

且說這個和尚在廟中，不一定是見人來就結果了性命，皆因是他聽見是展南俠，才起了殺人的念頭。甚麼緣故呢？此僧姓鄧，叫鄧飛熊，外號人稱金箍頭陀。他師傅叫鐵扇仙吳道成，與梁道興等是師兄弟。在前套上拿花蝴蝶的時節，鐵仙觀被蔣四爺一刺扎死，就是鄧飛熊師父。本找的是蔣平，與他師傅報仇。如今見不著蔣平，知道這是蔣平的至友盟兄，殺了他們也算給師傅報仇。故此教小和尚備酒之時，就下了蒙汗藥，把三位蒙將過去，他好下手。

工夫不大，他就派了兩個小和尚，拿著刀來結果他那三位的性命。不料就是一人誤受蒙汗藥，還灌過來了。兩個小和尚一到，啟簾見兩扇隔扇關閉，用力一推。北俠一閃，整個的二人爬倒在地。北俠過去，同雙俠就把捆將起來，用刀一蹭腦門子。這兩個小和尚將要嚷，北俠說：「要嚷，立刻結果你們二人。要說出實話來，就饒你不死。」兩個小和尚說：「若要饒了我們二人的性命，問甚麼就說甚麼。」

北俠說：「你們那個大和尚害死過有多少人？」小和尚說：「沒害過多少人。用不著我們師傅害人，廟周圍香火地甚多，足夠用度。你們與我師傅有仇。」北俠說：「素不相識，怎麼來的仇？」小和尚說：「我們師爺爺死在那位蔣四老爺之手。」北俠問：「你們師爺是哪個？」小和尚說：「就是鐵仙觀的鐵扇仙吳道成。」北俠說：「是了。我再問你，那個姚三虎是怎麼件事情？」小和尚說：「他是個趕腳的，我們師傅囑咐過他，若有少婦長女長得體面的，教他馱到廟裏來，他總也沒有給馱來過。那日馱著一個少婦，教我們師傅在廟外看見了，把他叫住，說是他的表妹。我們師傅把他誆進廟來，不想那個少婦自己一著急，一頭碰死在佛殿的臺階上了。他也出不去了，把他那個驢，我們師傅的主意，也煮著吃了。他也不敢出廟，我們師傅給他落了髮，他也算當了一個和尚。」北俠一聽，暗暗歡喜，隨即撕他衣襟，將他口塞上了，說道：「我也不殺害於你，待等事畢之時，留你們當官對詞。」就把兩個人提起來，放在裏間屋中床下。

二爺說：「咱們找和尚去。」北俠說：「依我等著他來。」二爺說：「那可等到幾時。」展南俠也願意找去。北俠只得同著兩個人出了客堂，就見東院內燈火齊明，一聽有婦女的聲音。到了東院，南邊有一段長牆，靠著南邊有一個小門。三位爺躥上牆頭，就見院內五間上房，窗櫺紙上看得明白，有許多婦女俱都在裏邊划拳行令，猜五叫六的。二爺受了蒙汗藥，這肚子氣無處消散去，見了這般光景，氣往上一撞，飄身下去，大罵：「奸賊和尚！還不早些出來，等到何時？」金箍頭陀鄧飛熊聽見就是一怔，立刻甩了長大衣襟，裏頭利落緊襯，把他那對開口僧鞋蹬了一蹬，牆壁上摘下護手鉤來，大喊了一聲說：「你們在外邊等等！」靠著西邊牆上掛著一個大木魚，上邊掛著個木魚槌，就將那個木魚槌「梆梆梆」

的敲了一陣，他才躥將出來。

北俠、南俠、雙俠已經下了牆頭，在院中等候。先聽屋內梆子亂響，然後將簾子一啟，忽聽見「磕喳」的一聲，原來是先扔出一個小飯桌子來。這就是賊人膽虛，他怕人在門的兩旁等著他，他若一啟簾子就出來，豈不怕受人家的暗算了？故此先扔出一個小桌子來，聽聽人在哪裏，他方敢出來。等他躥在院中，他焉知道這幾位全是正大光明、光天化日的英雄，豈能暗算於他。他到院中，看見三位正東、正西、正南，明晃晃兩口寶劍、一口刀都亮將出來，在那裏等著交手呢。金箍頭陀一個箭步，先奔了丁二爺那裏去了。他以為他手中這對護手鉤無敵，可情實❶他的本領也好，並且這個雙鉤是軍刃裏頭最利害的兵器，不管你是甚麼樣長短家伙，講的是勾、掛、劈、砸、扎、縮、斜、拿八個字。護手鉤所懼者，雙單梢子虎尾、三節棍、九節鞭、十三節鞭。除此之外的兵器，見鉤就得八分輸，可惜如今遇見這三位寶刀寶劍，也是活該。他奔了丁二爺去了，二爺本就是一腔的怒氣，還沒地方消散去呢，破口罵道：「好兇僧，往哪走！」和尚用單鉤往上一迎，二爺把寶劍往上一揚，只聽見「嗆啷」一下，把鄧飛熊真魂都嚇走了。虧得好，是他先遞的鉤；他要容二爺把寶刀先剁下來，他必拿鉤一鎖，連人都劈為兩半。這柄鉤不像樣兒了，真是峨眉枝子上帶著口小寶劍。丁二爺用了一個白蛇吐信。兇僧不敢拿他的鉤勾了，他又往展爺那裏一躥閃開了，這才躲過這一寶劍。他想拿著半截鉤一晃展爺，然後再拿那柄好鉤往上一遞。焉知曉展南俠用巨闕劍往上一迎，「嗆」的一聲，把這半截鉤又削去了一段，就勢一挫❷腕子，奔了他的

❶ 情實：確實。

❷ 挫：壓低。

脖頸。鄧飛熊哪裏敢還招呢？大閃腰❸，一低頭，躲過脖頸，未曾躲過金箍，「嗆」的一聲，連日月金箍帶這些髮髻都砍下來了。又把兇僧唬得魂不附體，暗暗想道：「他們都是哪裏找來的這些兵器？」

外邊一陣大亂，原來廟中小和尚聽見木魚一響，這是他們清淨禪林裏頭的暗號。十方大院❹裏頭若有事，才砸這個木魚呢。木魚一響，就拿著兵刃，預備打架動手，一齊而上。這才大家陸續前來，直奔著東院緊走，方到小門這裏，只聽眾和尚一嚷說：「拿、拿、拿呀！拿呀！」往前一闖，就把大眾圍上。鄧飛熊淨想著要跑，他棄了南俠，就奔了北俠。又大殺了一陣，想道北俠使的是口刀，他想著這口刀不至像寶劍那樣的利害，打算要從北俠這裏逃竄。北俠使了個野戰八方藏刀式，惡僧剩了一柄鉤，撞著往上一遞，北俠使了一個托雞式，往上一迎，就聽見「嗆」的一聲，就把鉤連峨眉枝子削去了半截。鄧飛熊暗道：「他們哪裏找來的這些兵器？」急中生巧，說聲：「招家伙！」北俠以為是暗器，原來是他把半截峨眉枝子扔將過來。北俠微須❺一閃身，他就從北俠旁邊躥過去了。北俠是心慈之人，他不忍殺害小和尚，他打算日後也出家當和尚，微一耽誤工夫，鄧飛熊業已跑遠。北俠說：「閃路！」只聽「磕喳」一陣亂削，隨就追下兇僧來了。直奔後邊，見兇僧奔後院，有五間上房，五層高臺階，躥入屋中去了。北俠不肯往屋內追，怕有埋伏，自己躥上房去，到了後坡。原來那兇僧屋中有後門，由後門出去直奔後牆，有堆亂草蓬蒿❻，他由亂草蓬蒿那裏躥上後牆。北俠並不追趕，教他去罷。也是活該他的命

---

❸ 大閃腰：大幅度地擺動腰部。閃，指猛然地晃動、扭動。

❹ 十方大院：指位於整個建築中心而四通八達的大院子。佛教中稱四面八方加上下二方為十方，指所有方向。

❺ 微須：稍微；微微地。

不當絕，此人應當後套小五義裏在徐良的手內。

北俠回來，見展南俠已經開發❼了這些小和尚。皆因北俠去後，展爺說：「你們這些個好不達時務，把兵器還不快些扔了。仍然不扔軍刃，你們一個也不用打算逃生。」小和尚聽見此話，一個個全將兵器扔下，一齊跪倒求饒。展爺說：「我恕了你們罪名，可不許逃竄，就在此處等候。」眾小和尚應允一聲，情甘願意。就有那機靈的，暗暗逃走；有那些痴愚的，仍然就在此處等候，一步兒也不敢挪。大概逃走的極多，待北俠回來，已然開發了這些小和尚。

小和尚他們大伙又給北俠磕了陣子頭。北俠又問小和尚：「你們可知道姚三虎馱來的少婦，碰死臺階石上，屍骸現埋在哪裏？」內中有一個人說：「埋在後頭院大松樹底下。」北俠說：「你們出去找地方去。」又叫人把姚三虎搭過來。可巧一個小和尚沒死，就有幾個帶傷的，只當姚三虎死了呢！又叫人去把客堂裏邊床底下兩個小和尚搭來。北俠教把兩個小和尚口中塞的物件拉出來，綁他們的帶子解開，說：「你們也不必害怕，也不用跑，無非另請住持，你們仍然在廟內。」眾小和尚無不歡喜。又把屋中那些婦女盡都放了。北俠說：「俱是良民家的婦女，無非被和尚搶來，你們大家有親戚的投親，有故的奔故。你們自己的東西，仍然還是自己拿著。」這一句話呀，積了大德了。這些婦女們磕了一路頭，打點他們的行囊包裹，大家拾掇利落，就此起身。不多一時，地方進來，他也俱都不認識。有人給他引見了，說：「這是顏按院那裏展護衛大人，奉大人諭出差。」就把廟中已往從前之事細說了一遍。又說：

❻ 蓬蒿：本指飛蓬和蒿子等等常見的野草。借指生滿野草的荒地。

❼ 開發：同「打發」。指安排、處理。

「你派你們伙計，一邊上楊家店子，一邊上王家坨，把楊大成、王太找來。」又把姚三虎的事情說了一遍。地方一瞅認得，說：「姚三！你作的好事。」展爺問地方：「你叫甚麼？」回答道：「小的叫王福兒。」立刻大眾到了松樹底下，看了看，果有個埋人的土印。復又回來。地方找伙計給王、楊兩家送信。那天的晚飯，就是小和尚給預備的。天交二鼓，王、楊兩家全到。路上把這個事早已聽明白了，進門來先給北俠等磕了一路子頭。帶著他們到了後邊，看了看埋人的所在，兩家慟哭了一場。書不可重絮。

到了次日，展南俠說：「為人為到底，我同著他們上衙門走一趟。」北俠說：「展大弟，只是你多辛苦了。」展爺說：「這有何妨。」押解著姚三虎，帶著幾個年老的和尚。整去了兩天，展爺才回來。北俠問道：「怎麼樣了？」展爺說：「見了縣臺，說明此事。縣臺另派住持僧人，將姚三虎定了絞監候的罪名。廟中小和尚仍然不動，不追前罪。廟中香火地二十頃變賣，立節烈坊，埋葬楊王氏。准其楊家再娶。楊、王兩家不許斷親，無論甚麼人家女兒，過門後認為義女。當堂批斷金箍頭陀鄧飛熊，案後訪拿。」北俠聽了大樂。少刻，本縣的縣太爺派四衙前來，奉縣太爺諭，帶著本廟的方丈，查看廟中有多少物件，多少香火地的文書。查看明白，見縣太爺回說。

三位爺見他們一來，告辭起身，大家送出廟來。又走了一天，猛然間，塵沙蕩漾，土雨翻飛，一宗詫異之事。

若問甚麼緣故，且聽下回分解。

第九十三回　夾峰山施俊被掠　小酒館錦箋求情

詩曰：

到處為人抱不平，方知三俠是英雄。
數杯薄酒堪消渴，山望夾峰足暫停。

且說眾位離了清淨禪林，曉行夜住。那日正走之間，見前面黑巍巍、高聳聳、密森森、疊翠翠一帶高山阻路。北俠問道：「二位賢弟，這不知是甚麼山？」丁二爺說：「別是夾峰山罷。」北俠說：「能這麼快就到了夾峰山？」他們說到夾峰山，就離武昌府不遠了。

忽然打那邊樹林中出來了一位樵夫，挑了一擔柴薪，頭戴草綸巾，高挽髮髻，穿藍布褲褂，白襪靸鞋，花綁腿；黑黃臉面，粗眉大眼，年過三旬。展爺過去抱拳說：「這位樵哥請了。」那人把柴擔放下，說：「請了。」展爺說：「借問一聲，這山叫甚麼山？」樵夫說：「這叫夾峰山。」展爺說：「這可是奔武昌府的大路？」樵夫說：「正是。」展爺說：「借光了。」那樵夫擔起柴擔，揚長而去。他們三位就看見前面有一伙馱轎車輛，馱子馬匹走的塵土多高，繞山而行。又走了不遠，丁二爺看見道北裏一個小酒館，說道：「二位想喝酒不想？要想酒喝，咱們在此處吃些酒再走。」北俠百依百隨，展爺也願意歇息歇息。北俠說：「很好，咱們吃杯酒再走。」就奔酒舖而來。

到了舖中，原來是個一條龍❶的酒舖。直奔到裏，靠著盡北頭，一張桌子，三條板凳，三人坐了。伙計過來說：「你們三位嗎？」丁二爺說：「不錯，我們三個人。」伙計說：「我們這可是村❷薄酒。」二官人說：「村薄酒就村薄酒，可是論壺？」伙計說：「不錯，論壺。」丁二爺說：「先要三壺。」伙計答應，拿過四碟菜來：一碟鹹豆兒，一碟豆腐乾，一碟麻花❸，一碟白煮雞子兒外帶鹽花兒。二爺說：「就是這個菜蔬？」伙計說：「就是這個菜蔬。」二爺說：「沒有別的菜蔬？」伙計說：「沒有別的菜蔬。本是鄉下的酒館，就是這個菜蔬。」北俠說：「就吃這個罷。要吃葷的，上店內吃去。」二爺說：「就是罷。」少刻，把酒盪來，每位一連喝了三壺，終是沒有甚麼菜蔬，商量著也就不喝了。

打算會了酒鈔就要起身，忽然慌慌張張打外頭跑進一個人來，三位一看那個人，手拿著頭巾，歲數不大，二十上下的光景，面有驚慌之色，身穿藍袍，白襪青鞋，面白如玉，五官清秀，眼含痛淚，進了酒舖，二目如鈴，口說道：「我渴了！哪裏有涼水？我喝點。快著！快著！」過賣說：「在家伙隔子❹後頭有大白口缸❺，缸內有一個瓢子，拿瓢子舀了水，自己喝去。」說畢，用手一指。那人直奔缸去，

---

❶ 一條龍：比喻狹長形的空間。

❷ 村：指粗俗的、品質不高雅的。

❸ 麻花：一種把麵擰成條狀後油炸而成的食品。

❹ 家伙隔子：指放置著（炊事）工具的木板牆。北方口語稱各種工具、用具為家伙。亦作傢伙。

❺ 白口缸：缸口處不上釉而呈白色的陶缸。

將要舀水。北俠見他神色忙迫，必然是遠路跑來，倘若跑得心血上攻，胏是炸炸的❻；若要喝下冷水去，炸了胏，這一輩子就是廢人了。北俠用手揪住說：「你別喝冷水，我們這裏有茶。」那人說：「不行，熱茶喝不下去，我渴得難受。我喝水還得報官去哪！我們相公爺，連少奶奶帶姨奶奶，連婆子丫鬟，馱子馬匹，金銀財寶，全教他們搶了去了。」北俠問：「甚麼人搶去？」回答說：「是山賊。」又問：「山賊在哪裏？」回答：「就是這個夾峰山，有山大王連嘍兵，把我家少主人掠去。」北俠又問：「你上哪裏去？」回答說：「我去告狀。」北俠說：「你上哪裏告去？」又回答：「我打聽屬哪裏管，我找他們這裏州縣官去。他得好好的與我拿賊。不然，他這官不用打算著作了。」北俠笑道：「你們有多大勢力，本地州縣官給你們家作哪？」那人說：「我可不是說句大話，襄陽太守是我們少爺的岳父，長沙太守是我們少爺二叔父。」北俠說：「你家相公是施俊施相公麼？」那人瞧著北俠道：「不錯，我少主人是施俊施相公。你怎麼認得？」北俠一驚，說：「有個艾虎，你聽見說過沒有？」那人說：「那是我們艾二相公爺，此時要有他老人家，可就好了。你老人家知道在哪裏不知？」北俠說：「你放心，有我哪。艾虎是我的義子，我聽他說過，與你家少主人結拜。你叫甚麼？」書童兒說：「我也聽見我們施相公說過，艾二相公爺的義父是北俠爺爺。」

原來書童就是錦箋，因在長沙遇難，有知府辦明無頭案。假金小姐丫鬟，邵二老爺的主意，就與公子成親。後來才與金大人那裏去信，正是父女母女在黑狼山下相認❼。以後到任，王夫人帶著金牡丹，

❻ 炸炸的：方言。指處在極度膨脹狀態的。

❼ 上述情節見三俠五義第八十九回「憨錦箋暗藏白玉釵，痴佳蕙遺失紫金墜」至第一百零一回「兩個千金真假

與老爺說明，要上長沙見見那金小姐是誰。金知府也就點了頭，叫他母女帶了婆子、丫鬟等到長沙。佳蕙就上了吊了，多虧錦箋報與相公爺知道，方才解將下來。也對著❽金小姐寬宏大量，倒是苦苦的解勸。又是邵二老爺的主意，真的也在此處完婚。有百日的光景，施大老爺來信，病體沉重，急急的回家，若要來晚，大老爺命就不保，故此施俊、金小姐、佳蕙一同起身。好在小姐與佳蕙不分大小；佳蕙也好，不忘小姐待他這個好處，三個人十分和美。馱子上許多的黃白之物。馱轎❾上是金牡丹，那個馱轎是佳蕙，馬上是施俊，引馬是書童兒錦箋。將到山口，有鑼聲響，不多一時，寨主、嘍兵全出來了。一家寨主大王，三四十嘍兵出山口，就把書童兒嚇得墜馬，裝死不動。見嘍兵趕馱子上山，連相公俱都被捉。錦箋就跑，跑不甚遠，口乾舌燥，奔了酒舖，求口水喝，被北俠揪住一問方知。

書童兒也知道北俠，急忙跪下與歐陽爺叩頭。又問：「那二位是誰呀？爺爺。」北俠笑道，說：「這孩子真聰明。也罷，與你見見。這是茉花村的丁二爺，這是常州府展護衛老爺。」錦箋又與二位叩頭，說：「三位爺爺，求你們三位搭救我主人，不知行與不行？你們三位若寵著我們艾相公爺，能格外恩施，要全將我們相公、少奶奶救出山來，不但我，就是我們家的老爺，一輩子也忘不了幾位爺爺的好處。」丁二爺先說：「你也不用去報官。我也不是說句大話，勿論那山賊寇，項生三頭，肩生六臂，有姓丁的

已辨，一雙刺客妍媸自分」，只是在三俠五義中假小姐佳蕙並未與施俊成親，也就沒有發生下文所述佳蕙上吊獲救等情節。

❽ 對著：口語。適逢；正巧碰上。

❾ 馱轎：舊時馱在騾馬等牲口背上便於女眷所乘的一種小轎子。

一到，準能把他那山寨碎為齏粉。」立刻就把過賣叫來算帳，遂急給了酒錢，就催著南俠、北俠起身。歐陽爺攔住說：「不可。」隨叫過賣問道：「伙計，我問你，這座山可是夾峰山不是？」過賣說：「是夾峰山。」北俠問：「此山有多少山賊？」伙計說：「這座山先前一個山賊也沒有，如今日子不多，有了山寇。聽人說，有三個山王寨主，嘍兵共有四五十人。可也不傷害過往的行人，也不搶男掠女，也不放火殺人，也不下山借糧。山上可是有賊，這一方沒報過案。」丁二爺說：「你們別是一手兒事⑩罷。這裏現有他家的相公、少奶奶，連婆子、丫鬟都搶上山去了，你還說不劫奪人？」過賣說：「爺臺，你真會說。我們這小舖多了沒有，正開了三四十年，與山賊同類，早就教官人辦了，能到如今？」北俠說：「你不用聽我們二爺的。我問你，這山上寨主姓甚麼，你知道不知道？」過賣說：「我們要說出來，更是一手兒事了。」北俠說：「你不必多心，我與你打聽打聽。」伙計說：「我們這裏是個酒舖，在此喝酒的常提他們。聽人家說，大寨主叫玉貓展熊飛。」這三人聽了大笑，問說：「叫甚麼玉貓展熊飛？這二寨主哪？」回答說：「叫徹地鼠韓彰。」三人聽說叫徹地鼠韓彰，問：「三寨主哪？」回答道：「三寨主不大記得了。」丁二爺說：「這可不能不管這個事了。」展爺說：「你們不管，我也要得管。不然這事到了京都，我應當奏參。」給完了酒錢，多給了些伙計的零錢。

三位出來，帶著錦箋。書童暗喜，想著相公有了救星了，水也沒喝——也不渴了，跟著就走。拐了兩山彎，北俠叫他帶路找山口，書童答應。正走之間，見太陽西垂，東邊一片松柏樹，對著日色將落的時候，照定松樹，碧瑩瑩的好看。耳邊忽然有人念聲「無量佛，原來是三位施主，貧道稽首」，過去了。

---

⑩ 一手兒事：方言。指一回事、同一伙的。

三人回顧，是一段紅牆，有個硃紅的廟門，高臺階上站定一位老道。看看有些奇怪，穿一件銀灰色的道服，銀灰色的絲絛，銀灰色的九梁純陽巾，迎面嵌白玉，雙垂銀灰色飄帶，蹬一對雙臉⑪銀灰道鞋，白布襪子；手拿拂塵，面如美玉，兩道細眉，一雙長目，皂白分明，五形端正，唇似塗硃，牙排碎玉，大耳垂輪，三綹短髯，細腰闊背，精神足滿，透出了一派的仙風道骨，念了聲「無量佛」。北俠一見，暗暗的就有幾分喜愛，見他念了一聲佛，說：「三位俠義施主，焉有過門不入之理，請在小觀吃杯茶。」北俠聽那人稱三位俠義，只當認得丁、展二位；丁、展二位以為老道認得北俠哪，三人對猜，故此全是一口同音說：「道爺請了。」老道再三苦讓，三位也就點頭進了廟門，直奔鶴軒⑫，連錦箋也進了屋子。三間西房，迎門一張佛桌，懸著一軸紙像，是一位純陽老祖；桌上有五供，銅香爐內有白檀。三位落座。道爺在對面相陪，言道：「未能領教三位施主貴姓高名？仙鄉何處？」歐陽爺自思：「原來老道全不認得，假充熟識。」北俠說：「道長仙爺，若問弟子，我乃遼東人氏，複姓歐陽，單名一個春字，人稱北俠，號為紫髯伯。」道爺一聽，又念聲：「無量佛！原來是歐陽施主，小道久聞大名，如雷貫耳，皓月當空，自恨無福相見；今日得會尊容，實是小道的萬幸。無量佛，這位哪？」展爺說：「小可常州府武進縣玉杰村人氏，姓展名昭，字是熊飛。」老道大笑，說：「原來是展護衛老爺，可稱得起朝野皆知，遠近皆聞，名昭宇宙，貫滿乾坤；今日光臨小觀，蓬蓽生輝。無量佛！這位呢？」丁二爺說：「我乃松江府華亭縣茉花村的人氏，姓丁雙名兆蕙。」道爺說：「原來是雙俠。貴昆仲之大名，誰人不知，

⑪雙臉：指兩個鞋幫分開的。傳統布鞋的鞋面一般是一整個的，只有棉鞋、道鞋等例外。

⑫鶴軒：這裏指道士所居的齋屋。

哪人不曉，名傳天下，四海皆聞。今日三位大駕光臨，真是小道之萬幸。無量佛！」遂喚小老道獻茶。北俠問道：「弟子未能領教道長仙爺的貴姓？」老道說：「小道姓魏，單名一個『真』字。」北俠說：「莫不是人稱雲中鶴魏道爺，就是尊駕？」老道回答說：「正是小道的匪號。」北俠說：「原來是魏道爺，弟子也是久聞大名，只恨無福相會。今日在寶觀相逢，是我等不幸中之大幸矣。」說畢大笑，暗看展、丁二位一眼，就知道沈中元與他是師兄弟，他在此處，不必說沈中元定在他的廟內，掩藏著了大人的下落。可不知如何，且聽下回分解。

第九十四回　夾峰山錦箋求俠客　三清觀魏真惱山王

西江月：

雙俠性情太傲，南北二俠相交。扶危救困不辭勞，全仗夜行術妙。　今日偏逢老道，亦是當世英豪。夜行術比眾人高，鶴在雲中甚肖❶。

且說北俠聽了是雲中鶴，不覺的暗暗歡喜，知道沈中元與他是師兄弟，他寄居在此廟，沈中元必在廟中；縱然他不在此處，老道必知他師弟的下落，可就好找了。暗與二位弄了一個眼色。丁、展二位也想在這裏了。北俠又問道爺說：「我久聞你們貴師兄弟是三位哪。」老道嘆了一聲，說：「施主何以知之？」北俠說：「你們三師弟與我們弟兄們都有交情，與我們蔣四弟、白五弟偏厚，故此久聞大名。方才說過，今日見著道爺是我們的萬幸，我等正有一件大事為難哪！今見著道爺，可就好辦了。」雲中鶴說：「我可先攔歐陽施主的清談。我就為我們這兩個師弟，我才雲遊往山西去了一次，整整的住了十幾年的工夫，收了個徒弟，並且不是外人。」北俠問：「甚麼人？」回說：「就是陷空島穿山鼠徐三老爺的公子。我見著他在鐵舖門外，此人生得古怪，黑紫臉膛，兩道白眉毛，連名字都是貧道與他起的，叫

❶ 肖：相像；相似。

徐良，字是世常。我想當初馬氏五常，白眉的最良，故此與他起的名字連字。如今武藝不敢說行了，十八般兵刃與高來高去，夜行術的工夫與暗器，又對著他天然生就的伶俐，又跟著學了些暗器，現今在山西地面很有些個名聲，人送了一個外號，叫山西雁，又叫多臂熊。自己生來揮金似土，仗義疏財，倒有些個俠義肝膽。」北俠等三位聽了大喜，說：「徐三爺一生天真爛漫，血心熱膽，忠厚了一輩子，積了這麼一個精明強幹的後人。」

南俠問：「道爺由山西幾時到此？」道爺說：「到此三清觀半載的光景，住了這座小觀。我是總不出門，方才心中一動，到得廟外，正遇三位，實是有緣。」丁二爺問道：「你雖不出門，你師弟你必知曉在於何處。要在你的廟中，這也都不是外人，你自說出也無妨礙。」魏道爺說：「是我方才說過，所為我兩個師弟走的。如今可不是我推乾淨，自打我到廟中，並沒見著我的師弟。慢說在廟中，就是連面也沒見；若有半字誆言，必遭五雷之下……」北俠急忙攔住，說：「道爺不可往下再講了。」魏真說：「我倒要與眾位打聽打聽，我們那下流的師弟作的是甚麼事情？」北俠說：「看你這個人不是不誠實人，又與我們徐三弟是親家，若非如此，可是不能告訴與你。」魏真說：「我師弟若要作出大不仁的事來，我必要當著眾位之面將他處治，諸位可就知曉，我這個人性如何。」說畢，北俠就將沈中元之事，一五一十的細述了一遍。雲中鶴一聽，怔了半天說：「他罪犯天廷，早晚將他拿住，準是剮罪。」又問說：「我們三師弟近來如何？」北俠說：「他倒好了。」一提如今改邪歸正的事情，魏老道點頭，說：「這還算知時務的哪！」

北俠又說：「別者不提。魏道爺，你在此廟也不是一半個月。」回答：「半載有餘。」歐陽說：「常言一句說得好：大丈夫床下，焉許小人酣呼？」魏真說：「歐陽施主，何出此言？」北俠說：「你在廟中閉門不出，你也不曾聽見有人說，你這個對面山上的賊人嗎？」雲中鶴道：「施主此話差矣！對面山上雖然有賊，並不殺人放火，不下山借糧，不劫奪人。」北俠聽了大笑，說：「好個不劫奪人！大約著是沒錢的不劫。」魏真說：「貧道敢畫押❷，他們要敢劫人，我願輸三位一個東道。」北俠說「好」，就把錦箋叫過來，說道：「爺問他。」魏真便問書童，書童就把已往從前細說了一遍。魏老道覺著面上發赤，三位俠客淨笑。道爺說：「三位不必笑貧道言語不實，少刻我到山上看看，如有此事，若不殺了這三人，貧道誓不為人！」北俠說：「他們是個山寇，道爺你如何管得了哪！不劫人，山中吃喝甚麼？」老道說：「你們三位不知，就是那個大寨主，是我的拜弟，我教他們佔在山上，等著遇機會之時，入營中吃糧當差，也是好的。將相本無種，男兒當自強。」北俠問：「大寨主與你是拜兄弟？」老道回答：「正是。二、三寨主不是一拜❸，他們三人一拜。」北俠問：「道爺，你與玉貓展熊飛是一盟❹？」魏真說：「歐陽施主何出此言？」北俠說：「大寨主不是展熊飛嗎？」老道說：「這是甚麼人說的？」北俠說：「我們聽著酒舖中的傳言。」老道說：「這就是了。」丁二爺問：「他倒是姓甚麼？」回答：「姓熊，叫熊威，外號人稱玉面貓。」丁二爺說：「玉面貓熊威，玉貓展熊飛，這個音聲不差甚麼，必是外頭的人以訛傳訛。」南俠說：「那個徹地鼠大概也不是韓彰了。」回答：「不是，叫賽地鼠韓良。」北

❷ 畫押：指在公文、契約等文件上簽字或畫符號來作為憑證。

❸ 一拜：指一起結拜的。

❹ 一盟：指一起結拜的同盟兄弟。

俠說：「這也是以訛傳訛。徹地鼠韓彰，賽地鼠韓良，音聲不差甚麼，故此傳誤。」又問：「那三寨主叫甚麼？」道爺說：「叫過雲雕朋玉。他們大爺，我們一拜。原故山中先有一個賊頭，有三十多人，劫他們三個人來著，教熊威殺了賊頭，那些個小賊跪著，求三位為寨主。熊威不肯，朋玉願意，三人就為了寨主。我那日知道，貧道要將他們掏❺開此處，不想見面苦苦的在我跟前央求。我看著此人倒是一派的正氣，應了我幾件事情：不借糧，不劫人等事。可是我管他們山中的用度，故不敢違我的言語。我許下他們三個，倘若有機會，教他們與國家出力。」北俠說：「如今劫人，必有情由。」老道說：「今日必要看看此事，要真，必殺了三個小輩。」北俠暗想：「老道自己去，上山沒人見著他們，知道冪地裏❻說些什麼！要去，自己同他去方妥。」想畢，說道：「道爺要上山，我與道爺一路前往如何？」老道聽了，說：「甚好。貧道與歐陽施主一同的上山。」錦箋在旁說：「三位爺爺，天已不早了，工夫一大，可怕寨主把我家的相公殺了，縱然就是到了山上，人死不能復生，豈不悔之晚矣。」老道說：「童兒放心，他們要敢殺了你家相公，我殺他們三個人，與你家相公償命，絕不能在你跟前失言。」錦箋也不敢往下再說了。

就在廟中，道爺備的晚飯，吃畢之時，點上了燈火。童兒又說：「天不早了。」丁二爺說：「歐陽兄同著道爺去。」北俠點頭。丁二爺說：「既是兄長同著道爺去，我們哥倆個在廟中等候也沒甚麼意思，不如一同前往。」北俠就有些不願意，怕的是與老道初逢乍見，聞名這個雲中鶴夜行術工夫很好。倘若

---

❺ 掏：趕走；驅逐。

❻ 冪地裏：指暗中。冪，音ㄇㄧˋ。覆蓋；罩。

要走上路，老道與許較量較量腳底下的工夫如何，倘若贏了他便罷；要是輸給他，一世英名付於流水，所以躊躇的就是這個，不願意教丁二爺一同前去。說道：「二弟與展大弟，你們二位就不必去了。」展爺本就不願意去，聽著北俠一攔，正合本意。丁二爺不答應，一定要走。他倒非是要去，他惦記著與老道比試比試腳底下夜行術的工夫如何。北俠也就不能深攔了，對著老道在一旁說：「有他們二位一同前往，豈不更妙。」老道的意見，也是願意與他們三位比試比試夜行術的工夫，故此緊催趲❼著他們二位一同前往。說畢，大家拾掇❽。

老道回到裏間，屋中更換衣巾。少刻出來，北俠一看，暗暗吃驚。甚麼緣故？是老道換了一身夜行衣靠。這身夜行衣靠與眾不同，是夜行衣靠皆是黑的，惟獨魏真這身夜行衣靠是銀灰的顏色。身背寶劍。怎麼老道是銀灰的衣靠？就是他這個雲中鶴的意思。在他這衣服袖子底下，有兩幅兒銀灰的綢子，不用的時節，將他疊起來，用寸排骨頭鈕將他扣住；若用之時，將兩幅綢子打開，用手將綢子揝住，從山上往下一躥，借綢子兜風之力，也摔不著，也摯不著。要有一萬丈高可不行，無非是人躥不下來的，他就可以躥得下來。說他這雙手一抖，兩片綢子一搧，類若是兩個翅膀兒相仿；對著他銀灰的顏色，類若是一隻仙鶴相仿，因此就送了他這麼一個外號。北俠見人家是夜行衣靠，自己是箭袖袍，薄底靴子，論利落就輸給人家了。

二爺一瞧老道也背著寶劍，他就有些個不願意。他也並不知老道那是一口甚麼寶劍，他也不知道天

❼ 趲：音ㄗㄢˇ。快走。

❽ 拾掇：收拾；整理。

外有天，人外有人，自己就知道各人祖傳的那口寶劍，橫豎天下少有。就把自己的那口寶劍拉將出來，說：「道爺，你也是使劍，我也是使劍，你看看我這口劍，比你那劍如何？」說畢，就將自己那口劍遞將過去，教老道一看。北俠就瞪了丁二爺一眼。南俠也覺著心中不願意，人家一個出家人，這何苦考較人家作甚麼？雲中鶴更覺著不悅了，心中暗道：「你我彼此初逢乍見，我哪點待你們也不錯，因為甚麼拿寶劍考較我？甚麼緣故？」微微的冷笑，用手接過來一看，冷森森的寒光，灼灼奪人的眼目。並不用問，老道就說出來了，說：「此劍出在戰國的時節，有個歐冶子所鑄。大形三，小形二，五口劍。此乃是頭一口，其名湛盧，切金斷玉，好劍哪，好劍！」二爺說：「魏道爺可以。」魏真說：「不定是與不是？」似乎一口劍沒盤住人家，不必往下再問了。接過自己的劍來，又把展南俠的拉將出來，遞與老道去看。道爺接劍一笑，說：「怪不得二位成名，這兩口寶劍世間罕有的東西，稱得起是無價之寶。此劍與方才閣下的那口劍是一人所造。這是小形二第一口，其名巨闕，也是善能斷玉切金。」二爺見人家說出劍的來歷，叫出名色，覺著臉上發赤，把寶劍接來，交與了展爺。二爺暗想：「這個老道善能識劍，我把歐陽哥哥的拿來，大概就把他考問住了。」隨即就將北俠的刀亮將出來，交與老道。北俠大大不樂。又說：「道爺，你看看這把刀怎樣？」魏真說：「此刀出後漢魏文帝曹丕所造，共是三口：這口刀紋似靈龜，其名就叫靈寶；還有一口刃似冰霜，其名叫素質；還有一口彩似丹霞，其名叫含章。這口刀俗呼又叫七寶。小道無知亂談，不知是與不是？」北俠連連點頭，說：「道爺真乃廣覽多讀，博學切記，名不虛傳。」老道微微一笑，就把自己的那一口劍從背後拉將出來。這一亮劍不大要緊，就把下回書白菊花故事引出來了。要問如何，且聽下回分解。

第九十五回　出廟外四人平試藝　到山上北俠顯奇才

自古能人不少，個個皆要虛心。能人背後有能人，到處自當謹慎。　談劍幾乎被困，夜行又不如人。幸有北俠技藝深，才使老道相信。

西江月：

且說老道遂把自己寶劍拉將出來，說道：「無量佛！丁施主請看，小道這裏有口寶劍。」丁二爺一瞅，老道的這口寶劍也是光華奪目，冷氣侵人，寒光灼灼。二爺一瞧，吃驚非小，就知道老道這口寶劍也是無價之寶，自己連刀帶劍考問了人家半天，老道一一應答如流，說的是一絲兒也不差。不料老道又有這麼一口寶劍，若要接將過來說不出劍名，豈不被他人恥笑，暗暗的一急，就鼻窪鬢角見汗，無奈只可叫道：「歐陽哥哥，你看這口寶劍如何？」北俠心中暗道：「這都是你招出人家來了。你若不考問人家，人家必不考問於你。這就叫打人一拳，防人一腳。此時若有智賢弟在此，無論他甚麼刀、劍，他俱都識認；如今你把老道招將出來，我可實實不行。」丁二爺一瞧北俠搖頭，即知道是不好，又向展爺說：「你看此口劍如何？」展爺並沒用手接將過去，只是微微的冷笑，說：「好劍哪，好劍哪，好劍！此可真是寶物。」老道說：「請問，此劍雖微末之物，可有個名色沒有？小道在施主跟前領教領教。」丁二爺此時急得站立不住，張口結舌，這時候恨不得有一個地縫兒都鑽了。展爺看他這般光景，心中不忍，連忙說：「道爺，此劍在道爺手中，是一口哇是兩口？」老道一聽，就知是大行家。老道說：「就在小道手中一口。」展爺說：「此劍乃雌雄二劍，此是一口雄劍，其名叫皤❶虹；還有一口雌劍，其名叫紫電。既不在道爺手，可曾見過沒有？」老道說：「雖然不在小道手，見可是見過。提起來話長。當初那時節，相爺上陳州放糧的時候，在陳州看過一次。這天白晝之時，剁了安樂侯龐坤。到了夜晚三更時分，我親身去到公館，到底要看看這位陰陽學士怎麼樣的忠臣。將一到裏面，看見東房上一個，上房上一個，見包公在屋中端然正坐，另一番的氣象。就聽上房上的那人說：『好清官！』轉頭就走。我隨後就追，追來追去，追至一個樹林，他躥將進去。我在後面跟隨進去，原來是一個墳地。那人扭轉身軀，問道：『甚麼緣故追趕於我？』後來我們兩個談論起來，他可是個綠林，這人極其好的人，姓蕪叫蕪子拖，就是陳州人。他有口紫電劍。」展爺說：「這麼些個年的事情，想不到說到一家來了。那日晚晌，東房上爬著的就是我。我在暗地裏保護著包大人。就聽見正房上頭說道：『好清官！』西房一人追趕下去，不知是誰，直到如今還納悶呢。但不知這個蕪子拖，此人還有沒有？」雲中鶴說：「此人早就故去了。」展爺問：「他的後人如何？」老道說：「他的後人，大大的不肖。此人叫蕪飛，有個外號，人稱叫燭影兒，又叫白菊花。一身的好工夫，雙手會打鏢，會水；在綠林之中任意縱橫，到處採花——不拘哪裏採花作案，必要留下他這個白菊花的記認。」展爺聽畢，說：「道爺，這劍早晚必要歸你的手中。這乃是寶物，總得有德者居之，德薄者失之。似蕪飛這樣不肖之子，如何在他手中長久的了。」老道一聽，說：

❶ 皤：白色。

「貧道也不能有那樣的福分。」

列公，這一段論劍的節目，一者為顯出雲中鶴之能，二則間為引出白菊花，為下文的伏筆。還是閑言少敘。

丁二爺此時也覺著心中好過了，他想著我們三個人橫豎沒有都著你考問住，他倒把老道根上了，說：「天氣不早了。」催趲著起身。老道把寶劍收入匣內。錦箋給大家磕頭，教眾位搭救他家主人。教小老道看家。並不用開山門，幾位都是越牆而出。

到了外邊，看見山了。其實可是「望山跑死馬」。走了不多的一時，丁二爺就急了，上前道：「咱們這麼走，得幾時到了山？不如咱們平平的畫上一個道，誰也不許過去，全是施展夜行術。」拉齊了，「吧」一跺腳，一齊按力走。不上二里，已經就把丁二爺、展南俠丟的後頭。北俠就覺著臉上發燒，暗說道：「不教你們兩個人來，一定要來，輸給人家老道了。」北俠只管心中難受，腳底下仍然是不讓，可又不把老道丟下多遠，總贏著了他一步——也不多也不少。老道想著：「已然贏著那兩個，就算贏北俠了。他們淨仗著狐假虎威，以多為勝。」一看一步，一按勁就過了。無奈一件，可就是過不去。他見北俠一慢，他這裏氣往下一砸，腳底下一按勁，心想著就要過了北俠。焉知道北俠是久經大敵之人，已然三個輸了人家兩個，自己怎麼也是不肯教他越過去。這一氣跑了四里地，再回頭瞧看展南俠，看不真切了。北俠假裝著歇歇氣喘，說：「道爺，我可不行了。我這肉大身沉，論跑實在不是你們對手，輸了輸了，實在不行了。」雲中鶴說：「歐陽施主算了罷，還是我輸。」道爺見他嘴中嚷輸了，腳底下不止，仍然是跑。老道也跑得歇歇氣喘，這才把步止住，說：「歐陽施主，我不行了。」北俠見他收住步，自己這才收住步，說：「不行了，可把我累壞了。道爺，咱們在這裏歇息歇息。」雲中鶴搌了搌臉上汗，緩了半天，這才緩過這口氣來，暗暗的佩服北俠。

待等丁二爺、展南俠到，展爺說：「道爺，好精工夫，我弟兄二人實在慚愧，慚愧。」老道說：「哪裏話來，要論工夫，還是歐陽施主。」北俠說：「道爺不要過獎了。」老道說：「這是夾峰後山，若要是走頭裏，奔寨柵欄門甚遠；若要由此處登山而上，極其省路。可不知歐陽施主，你走山路如何？」北俠說：「我就是怕山。」說的個雲中鶴歡喜非常，暗道：「平坦之地雖然輸給北俠，設若山路贏將回來，也轉轉面目。」北俠一看，說：「沒有道路，如何上得去？」雲中鶴說：「無妨，我在前邊帶路。」北俠只可點頭，說：「道爺，你可慢慢的走。」老道指了南俠他們道路，順著邊山撲奔寨柵欄門。暫且不表。

單說是北俠、雲中鶴。老道在前，北俠在後，見雲中鶴「嗖」的一下，躥上約有八尺多高，回頭叫著：「歐陽施主！」北俠慢慢的一步一步往上爬，說：「這還了得，又沒個道路，沒有安腳的地方，如何上得去？」雲中鶴一聽，更覺著喜悅了，隨走隨叫，後來直聽不見聲音了，雲中鶴就知道將北俠離遠，自己蹭蹭的直往上爬。十程爬了約有七程了，他料著北俠爬了連二程沒有，又大聲音叫道：「歐陽施主！」忽聽見他腦門子上頭有人答話，說：「魏道爺！我在這呢！你怎麼倒在底下，我反倒走到你頭裏了呢？」雲中鶴翻眼往上一瞧，就見北俠離著他總有十丈開外，暗暗忖道：「他怎麼上去的呢？噯呀！我上了他的當了！別人說過，他是兩隻夜眼；他如果生就兩隻夜眼，我如何是他的對手！」北俠那裏說：「都是魏道爺你出這個主意，咱們走山，走得我口乾舌燥。這個酸棗樹上有乾酸棗兒，我在這裏吃哪，甚是解渴。道爺，你上這裏來也吃點兒解解渴。」雲中鶴說：「我不行。」論走山，雲中鶴沒有個敵手，可巧遇見北俠了。北俠這個爬山，是在遼東地面練的。那裏的賊聚眾就搶，一遇官人就跑，就往大山大嶺上跑，一過山嶺就是好人。北俠作守備的時候，衙門後頭有座大山，每天早晚淨練跑山，練得跑山如踏平地一般，官也不作了。如今魏真拿跑山贏北俠，如何行得了？再說北俠是三寶護身：一世童男，寶刀，夜眼；雲中鶴是二寶護身：一世童男，一口皤虹劍，不是夜眼。

兩個人到了一處，一同的再往上走。北俠又告訴：「道爺，叫著我點兒。」魏真不信了。到了山頂，北俠特意叫魏真瞧瞧他這個眼力如何，手搭涼棚，往對面一看，說：「那邊黃琉璃瓦，那是甚麼所在？」老道說：「你把黃琉璃瓦都看出了，真是夜眼。那個就是玉面貓熊威的後寨，就是他妻子住的所在。」北俠一聽，一皺眉說：「既是玉皇閣，怎麼又說是他妻子住的所在？」魏道爺說：「這件事情，那個兄弟實在的辦錯了。就皆因熊賢弟上廟中去，一日沒回山。賽地鼠韓良他想著，有嘍兵，又有他嫂嫂在前寨，男女混雜，實在不便。他就將玉皇閣的神像派人搬出去，扔在山澗，就把玉皇閣拾掇了一個後寨，教他嫂嫂那裏居住。待我送我盟弟回山，他已然把那事都辦妥當了。待我看見之時，我說你這是一個大錯處，我勸我盟弟斷不可教我弟妹居住。據我看著，他們日後要遭橫報。」北俠說：「這個人也就太渾了。」不然，怎麼後文書二盜魚腸劍時候，在團城子裏頭先死了個玉面貓熊威，又死了個賽地鼠韓良。此是後話，暫且不表。

說的是二位隨說隨走，過了一道小山梁，就到了後寨。雲中鶴說：「咱們不可打此處進去，緣故這裏有弟妹居住。」北俠說：「你在前邊引路。你說從何處走，我就跟著你何處走。」兩個人貼著西邊的長牆，一直的正南走了半天。雲中鶴說：「由此處進去。」兩個人躥上牆頭，往裏一看，並無行走之人，飄身下來。雲中鶴在前，北俠在後，直到了聚義分贓庭的後身。雲中鶴用手一指，低聲說：「到了，就是此處。」兩個人躥上房去，一躍脊，躥在前坡。二位爬伏在房上，伸手把住了瓦口簷頭，雙足一踹，兩腳找著了陰陽瓦壟。往下探身一看，天氣已熱，正看見屋內三家寨主：正居中的是玉面貓熊威，七尺身軀，一身素緞衣襟，面若銀盆，細眉長目，鼻直口闊，正居中落座，倒有一團的威風；上首一人，青緞衣襟，身長六尺，面賽薑黃，立眉圓眼，面形小，菱角嘴，已然酒到十分，賽地鼠大醉；再瞧過雲雕朋玉，身材矮小，可是橫寬，一身墨灰的衣裳，面似新磚，粗眉大眼，獅子鼻，火盆❷口。他那裏嚷說：「二哥！你作的都是甚麼事情，要教老道知道，咱們全都得死。再說這裏頭有婦女，咱們哥們也不要這個名氣❸。」賽地鼠說：「又沒難為婦女，交給嫂嫂了。要愛他們，就留下使喚；要不愛他們，就將他們放下山去。」正說間，由後邊跑過兩個人來，嚷說：「寨主爺！可別殺那個相公，是咱們的恩人。」

若問是甚麼恩人，且聽下回分解。

---

❷ 火盆：舊時盛放炭火用以取暖與烘物的大口盆。

❸ 名氣：口語。指名聲。

第九十六回　熊威受恩不忘舊　施俊絕處又逢生

詩曰：

曾見當年魯母師，能無失信與諸姬。
拘拘小節成名節，免得終身大德虧。

凡人立節立義，全在起初。些須一點正念，緊緊牢守，從此一念之微，然後作出大節大義來，使人欽敬佩服，皆有所矜式❶。不信，引出一位母師來。列位請聽：

母師者，魯九子之寡母也。臘日歲祀禮畢，欲歸私家❷，看看父母的幼稚❸，因與九子說知。九子俱頓首從母之命。母師又叫諸姬，囑之道：「謹守房戶，吾夕即返。」諸婦受命。又叫幼子相伴而歸。既歸，閱視私家事畢。不期❹這日天色陰晦，還家早了。走至閭門之外，便止不行；直

---

❶ 矜式：指敬服而倣傚。出孟子公孫丑下：「使諸大夫國人，皆有所矜式。」
❷ 私家：指娘家。
❸ 幼稚：指膝下的幼兒稚女。
❹ 不期：不料。

等到天色傍晚，方才歸家。不期有一魯國大夫，在對門臺上看見，大以為奇。叫母師問道：「汝既已還家，即當入室；為何直捱至傍晚方才歸家？此中必有緣故。」母師答道：「妾不幸夫君早卒，獨與九子寡居。今臘日禮畢事閑，因往私家一視。臨行曾與諸婦有約，至夕而返；今不意歸早，因思醉飽娛樂人之常情，諸子諸婦在家，恐亦未能免此。妾若突然入室，使他們迎侍不及，坐失禮儀，雖是他罪；然思致罪之由，則是妾誤之也。故止於閭外，待夕而入。妾既全信，諸婦又不致失禮，不亦美乎？」魯大夫聽了，大加嘆賞。因言魯穆公，賜母尊號，曰「母師」，使國中夫人、諸姬皆師之。君子謂母師能以身教。

閑言少敘，書歸正傳。

詩曰：

熊威不枉負英聲，遇得恩情尚報情。
縱作山王為叛逆，亦知德怨要分明。

其二：

大仁大義說施昌，賄買亡徒不死亡。
始識救人人救我，好心腸換好心腸。

且說劫奪了施俊的馱轎車輛等，不是熊威與朋玉的主意，都是韓良一人的主意。皆因酒吃得過量，無事之時，常有嘍兵蠱惑：為山王寨主，應當論秤的分金，論斗的分銀，寨主講究吃人心麻辣湯。韓良就記在心裏了。他們三位得了山寨之時，山中原有些財帛，熊威的主意大家都分散了，又遇著老道不教他們下山借糧，兩氣夾攻❺，山中就苦了。老道往山上供日用，也是三四十人吃飯，固然很豐富，縱有些個銀錢，慢慢的也就墊辦了。這日韓良大醉，就把施俊劫上山來。可有一樣好處：不許嘍兵污辱人家的婦女，就把女眷交與後寨，服事夫人，由他們大家作一個使喚人，聽後寨使喚。所有男子，都捆將起來，等著挖心吃麻辣湯。皆因後寨夫人吳氏，見著金氏娘子品貌端莊，是一團的正氣，問明了家鄉、姓氏、籍貫，趕著就把金氏娘子攙於上坐，自己倒身下拜。把金氏娘子嚇了一跳。又細問他的情由。

原來是玉面貓熊威，他先前作的是鏢行買賣，皆因是與本行人鬧了口氣，立志永不吃鏢行。後來自己落魄，病在店中，衣不遮體，食不充飢。店中伙計與他出了個主意，在武昌府賣藝，每天總剩十幾串錢。就在三四天的工夫❻，也換上衣服了，也存下錢了。那日又出去賣藝，本處的地方與他要錢，他給二成帳，地方不答應，要平分一半，還不是淨分當日的，並且要平分那前幾天的錢。彼此口角分爭，三拳兩腳把他的那條小性命歸西去了。這一結果了地方的性命，如何是好？又走不了。可巧遇見蘭陵府的知府施昌施大老爺卸任坐轎正走在那裏，看見熊威的體態，問了從人，當時沒管，教他們交縣；晚間教老家人重賄了獄卒，打點❼了上下手❽，自己越獄出來。臨行，老家人還贈了他十兩銀。他又問了老家

❺ 兩氣夾攻：指陰陽二氣交戰引起的氣候變化。

❻ 工夫：這裏指所花的時間。

人的名姓，問了老爺的原籍，並且問老爺跟前幾位公子都叫甚麼名字，日後好報答活命之恩。自己銜著老爺那裏磕頭謝了恩，又給老家人磕了頭，自己方逃命了。到後來居住此山，他的家小焉能不知。

可巧這日問起金氏來。金氏看著這個壓寨夫人也是一團的正氣，金氏就將自己婆家、娘家姓氏籍貫說將出來。吳氏一聽，方知是恩人到了，自己參拜了一回，復打發婆子急與寨主爺送信。婆子急忙出來，找著嘍兵告訴明白。嘍兵飛雁相似的往頭裏跑，喊道：「寨主爺！別殺那位公子，那是恩人。」總論萬般皆由命，半點不由人。其實論施俊被捉，直到天有二鼓，有多少都死了。就皆因韓良要殺，朋玉勸了一回，熊威又勸了一回，打算著二寨主醉躺下了，大寨主與三寨主要把那些人俱都放下山去。不意嘍兵報道是恩公，當時熊威也不知道是甚麼恩公，把嘍兵叫到跟前細問。嘍兵就將後寨夫人的話學說了一遍。熊威一聽，「噯喲」一聲，把手一擺，嘍兵退出。

自己站起身來，出了聚義分贓庭，奔到捆人的那裏，喝叫嘍兵把從人解開，自己與施公子親解其縛，請入庭中，讓於上座。倒把施公子嚇了一愣，不知甚麼緣故，說道：「我本該死的人，為何寨主優待？」熊威說：「我驚嚇著恩公，我就該萬死。」施俊終是不明白，倒要細問。熊威就將在蘭陵府受了施老爺的活命之恩，訴說了一遍。施俊這才明白。可見是「但得一步地，何須不為人」。施俊又問自己的妻子現在何處，熊威說現在後寨。賽地鼠韓良、過雲雕朋玉也就過來見禮。韓良又與施公子賠禮，身軀晃晃悠悠的叩頭說：「但要知是恩公，天膽也不敢，求恩公格外施恩恕罪。」施俊趕緊用手攙將起來，說：「哪

❼ 打點：指用錢財收買。

❽ 上下手：職位高低不同的人。

裏話來！若非是尊公，咱們大家還不能見面呢。」又叫人重新另整杯盤。

房上的二人俱都聽得明白，躥身下來，找了個僻靜的所在。雲中鶴說道：「歐陽施主，你可曾聽見了？」北俠說：「我俱都聽見。」老道說：「咱們這就不必打房上下去了。」北俠說：「怎麼著？」老道說：「咱們也打前頭寨柵門過去。」雲中鶴帶路，二人直奔寨柵門而來，暫且不表。

單說的是庭中大家飲酒，張羅施公子合從人的酒飯。賽地鼠韓良喝的是沉醉。東方此時正是天色微明，忽然進來一個嘍兵說：「報！山下來了一夥人，破口大罵，傷了我們三個伙計，特來報知寨主。」賽地鼠韓良說：「待我出去看看，這是哪裏人，好生大膽。」熊威說：「不行，賢弟你酒已過量了。」過雲雕朋玉要出去，熊威說：「賢弟千萬小心著。」朋玉說：「不勞大哥囑咐。」隨即壁上摘了一口刀，帶了十幾名嘍兵，出了寨柵門。「嗆啷啷」的一陣鑼響，到了山口平坦之地，一瞧前邊，果然有許多人破口大罵。朋玉將到，那人抹頭就跑，細聽全是山西人的口音。朋玉納悶：「哪裏來的這些人罵人的？」

忽然顯出有本領的來了。頭一個紫緞六瓣壯帽，紫緞箭袖袍，薄底靴子，面如紫玉，箭眉長目，三綹長髯，提著一口刀，撲奔前來。身背後又閃出一人，青緞箭袖袍，青緞箍巾，薄底靴子；黑窪窪的臉面，半部髯鬚，手中提著一口刀。還有一個白方面，一部短黑髯，粗眉大眼，也有一口利刃。還有一人未長髭鬚，三十多歲，帶著一口刀，可沒亮將出來，也是一身青緞衣巾，黃白臉面，兩道細眉，一雙長目，垂準頭，薄嘴唇，細腰窄臂，雙肩抱攏，一團足壯。還有一個大身量的，九尺開外，腰圓背厚，肚大胸寬，青緞六瓣壯帽，青箭袖袍，皮挺帶，並鐵搭鉤，三環套月，繫著一個大皮囊，裏面明顯著十幾隻鐵蹔，別著一個亞圓❾長把大鐵錘，面賽烏金紙，黑中透亮，粗眉大眼，半部剛髯。還有一個大黃臉兒，也提著一口刀。還有一個人面賽淡金，一身墨綠的衣巾，也拿著一口利刃。原來是鑽天鼠盧方，穿山鼠徐慶，黑妖狐智化，大漢龍滔，鐵錘將姚猛，愣大漢史雲，胡列，大眾前來。

若問眾位怎麼個來歷，且聽下回分解。

❾ 亞圓：指橢圓形。

第九十七回　鑽天鼠恰逢開山豹　黑妖狐巧遇花面狼

西江月：

凡事不可大意，飲酒更要留心。低聲下氣假殷勤，一片虛情難認。　粗人不知是假，智者亦信為真。一朝中計毒更深，何不早為思忖。

且說盧方、徐慶、智化等，這日由晨起望與北俠等分手，一路之上尋找大人，武昌府會齊，前文說過。說書的一張嘴，難說兩家話，何況好幾路事。再說各路找大人的這些人，路上俱都有事。單說他們走夾峰前山的盧方、徐慶、黑妖狐智化、龍滔、姚猛、史雲共六個人，離了晨起望，撲奔夾峰前山。

走了兩日，這日正往前走，忽見前面一個山嘴子。忽聽見鑼聲一響「嗆啷啷啷」，大眾等立住身軀。觀看山寇約有四五十號嘍兵，青布短衣襟，腰繫紗包，青布褲子，有靸靴，有薄底靴子的，高矮胖瘦不等。當中有兩杆皂色的纛旗，上有白字——用白綢子包出字繃在旗子之上，如同書寫的一般：一個是「開山大王」，一個是「立山二大王」。兩杆旗下，閃出兩匹馬來。瞧這兩家大王好看：垂手青銅盔，青銅甲，綠羅袍，獅蠻帶，青銅搭鉤，三環套月，脅佩純鋼，兩扇綠緞征裙，五彩花戰靴，牢紮青銅鐙魚踏尾，三折吊掛；前後護心鏡，襻❶甲絲九股攢成，背後護旗，雙插雉雞翎，胸前搭用一對狐裘；面如生蟹蓋，紅雙眉，金眼，翻鼻孔，火盆口，暴長鬍鬚不大甚長，如同赤線相仿；提一口佝僂❷古月象鼻刀；跨下一匹艾葉青驄獸，鞍韂鮮明，倒掛威武鈴，鬃尾亂乍，蹄跳咆哮，尾巴倒撒，嘶溜溜的吼叫。再看這個：鑌鐵盔，鑌鐵甲，皂羅袍，獅蠻帶，跨下一匹黑馬，手擎三股托天叉；往臉上一看：面賽煙薰，長了一臉的白癬；騎一匹坐騎，闖將上來，說：「此山是我開，此樹是我栽，要打山前過，留下買路財。」智爺接過來說：「管保是『牙崩半個說不字，一刀一個不管』哩！我告訴你，咱們都是線上的合字。」徐慶大吼了一聲，說：「沒有那麼大工夫，與這小子說這些閑話！」躥將上去，就要動手。兩個賊一個橫刀，一個托叉，大吼了一聲，說：「黑漢少往前進，通上名來，好在寨主爺的刀下殞命。」徐慶說：「小寇聽真：你老爺山西祁縣人氏；鐵嶺衛帶刀六品校尉之職、穿山鼠徐三老爺就是我老人家。莫不成你們兩個鼠輩也有個名姓嗎？」兩個山賊一聽，說：「原來你就是穿山鼠徐慶。」徐三爺說：「然也！」賊又說：「你們這裏可有鑽天鼠姓盧的？」盧爺聞聽，一個箭步躥將上來，說：「某家就姓盧。兩個鼠寇可認得你盧大老爺？」兩個賊人又問：「你們這裏可有翻江鼠姓蔣的？」徐慶說：「你四老爺未來，上別處去了。」賊人又問：「可有徹地鼠姓韓的？」徐慶說：「你不用絮絮叨叨，過來受死罷！」賊人說：「徐三老爺不必如此，我們問明白言語，還有好心獻上。」依著徐慶要動手，智爺把他攔住，說：「三哥不必如此，問問他還有甚麼好心獻上。」隨即說：「二位寨主，你們還有甚麼好心獻上，快些說來。」山賊問：「尊公的貴姓？」智爺說：「也不用絮絮叨叨，我都告訴你們。那個黑臉的，人稱鐵錘將飛蹔

---

❶ 襻：音ㄆㄢˋ。將分開的東西用繩線等連在一起。

❷ 佝僂：形容像人駝背那樣彎曲的。

大將軍，他叫姚猛。那個白方面、短黑髯的，他叫大漢龍滔。那個黃臉的，叫愣大漢史雲。我姓智，單名一個化字，匪號人稱黑妖狐。」就見兩個山賊彼此一瞧，這個說：「我的哥哥。」那個說：「我的兄弟，你我可等著了。」見兩個人鏜啷啷，扔刀的扔刀，扔叉的扔叉，全都是滾鞍下馬，一撩開甲，雙膝點地，衝著六位磕頭說：「小寇二人在山中，等候眾位老爺們的大駕。」

智爺一瞧，就是一怔，事情來得古怪。徐慶哪管青黃皂白，說：「起來罷！兩個小子，你不劫奪我們了，我們也不殺你。」智爺說：「等等，三哥，有話問他們。」三爺說：「對，你問問這兩個小子罷。」智爺問：「二位寨主貴姓高名？」一個說：「小寇姓馮，叫馮天相，匪號人稱開山豹，這是我拜弟，他姓侯，他叫侯俊傑，他有外號，叫花面狼。」智爺說：「你們有甚麼好心獻上？」那賊說：「你們幾位不是尋找大人？我們連大人帶沈中元的下落，俱都知曉。說將出來，求幾位老爺作個引線之人，我們情願棄了高山，歸降大宋。就是與眾位老爺們牽馬墜蹬，也是情甘願意。」智爺說：「你既知曉我們的來歷，我們也不必隱瞞於你，正是各處尋找大人。你要說出大人的下落，你要棄暗投明，我們焉有不作引線之人的道理。你們就說，眼下沈中元現在哪裏？」兩個人一口同音，說道：「此處不是講話之處，請眾位老爺們到山上，我們備一杯薄酒，慢慢再講。」徐慶說：「好啊！咱們到山上喝他們個酒兒，這有了大人的下落，咱們也就不忙了。」智爺說：「且慢。人心隔肚皮，就憑這麼一句話，咱們就上山去？咱們地理不熟，倘若中了他們的詭計，那還了得！」徐慶說：「憑這兩個小子，他們敢嗎？除非是他們不要腦袋了。」智爺說：「你可別說呀，等我問問。」隨叫道：「馮寨主，這座山叫甚麼山？」馮天相說：「叫豹花嶺。」智爺說：「我且問你們二位，丟大人你們怎麼會知道？這裏頭必有情節。」

馮天相、侯俊傑一同說道：「有情節沒有情節，我們焉能知曉。實不瞞眾位，我們先前就在王府，皆因王爺寵幸著鎮八方王官雷英，別人是誰他也沒看到眼內。他淨瞧上鎮八方雷英了，可就待別人有限。我們弟兄二人這個性情如烈火一般，自己就暗暗的不辭而別，離了王府，就到了這個豹花嶺。我們也是怕遇見大宋的官人。我們要是不住此山，遇王府人也是禍，遇大宋人也是禍，無奈之何，暫居豹花嶺。忽然這日沈中元到，是我們舊日的朋友，焉有不讓上山來的道理。我們以為他還在王府呢，原來他也不在王府了。他提怎麼害了鄧車，棄暗投明沒投上，這麼一口氣，他把大人盜將出來，顯顯他的手段。他把地方安置妥當，連大人帶他姑母，然後用車一併接來。先前一聽，我們是渾人，怕是有禍，說我們這山狹小，教他上夾峰山去；後來一想，不如就此機會，拿了沈中元，救了大人，我們豈不是進獻之功呢！後來就告訴他，只管把你姑母、大人接在此處，有你這足智多謀的人料亦無妨，他也就點了頭了。如今他去接大人與他姑母去了，我們正要往官府去送信，怕趕不及，可巧你們眾位老爺們到了，這是活該大人的福分不小。這是已往從前，我們不敢隱瞞你們眾位老爺們。」

徐慶說：「智賢弟，你看這裏頭還有甚麼假造嗎？」智爺說：「據我看來不妥。」馮天相說：「你們幾位不必疑心，本來素不相識，有你們老爺們這一想：人心隔肚皮。你們幾位要不願上山，我們也不深讓，你們就在這臨近地方找一店住下。他幾時把大人接到，我們就把他捆上，連大人一併送去，可就顯出我們的真心來了。可別離此甚遠。我們請著大人，押了沈中元，倘若教官人遇見，就把我們辦了，我們吃罪不起。」徐慶說：「智賢弟，也不必多疑了，你要不去，我就去了。有不怕死的隨我來，一同的上山。」智爺說：「誰也不怕死，沒有怕死的人。咱們就一同上山。」徐慶說：「我看他們也沒甚麼詭計，縱讓他們有甚麼詭計，諒也無妨。要在山上，我叫穿山鼠，也沒他們甚麼大便宜。」智爺說：「既是三哥這麼說，咱們就上山。」開山豹、花面狼兩個人一齊說道：「眾位老爺們要犯疑猜，可就不必上山了。」徐慶說：「我們沒有疑猜之處，你們就前邊帶路罷。」

兩個山賊把馬交與嘍兵，撿了兵刃，前邊帶路。進了寨柵欄門，直奔分贓庭。到了裏面，大家落座，兩個寨主一旁侍立。智爺說：「你們還不卸了甲冑嗎？」兩個答應一聲，出去卸了甲冑，換了一身便服，復又前來伺候。嘍兵獻上茶來。智爺讓他們坐下，兩個謙讓了半天，方才落座。徐三爺不管三七二十一，拿上茶來就喝。龍滔、姚猛、史雲，也就端起了茶盞。智爺衝著徐慶使了個眼色，徐三爺他哪裏懂得。智爺不好當面明攔，又怕錯疑了人家寨主，豈不叫人家恥笑嗎？又一想：「他們幾個人，不怕教山賊蒙將過去。有自己同盧大哥，足是他們兩個山賊的對手。」想畢，也就不攔他們了。看他們喝了又要，一點詫異的地方沒有，盧爺也就喝了一碗。徐慶說：「你們有酒沒有？」山王說：「酒倒是現成，我們不敢預備。」徐慶說：「有菜呀？」侯俊傑說：「菜也有，恐怕眾位老爺們疑心，不敢預備。」徐慶說：「我不怕，我看得出人來，你們兩個行不出那個狗娘養的事來。誰不怕死，誰跟著我喝酒；誰疑心，教誰餓著。」馮天相說：「徐三老爺真稱得起是俠義肝膽，格外的慷慨。」隨即叫嘍兵擺酒。不費吹灰之力，頃刻間羅列杯盤。徐慶就問：「誰喝？誰不喝？大哥喝不喝？」盧大爺心中也是有些犯疑，說道：「三弟既然要喝，咱們就喝。」盧爺知道智賢弟足智多謀，回頭問了問：「智賢弟，你喝不喝？」智爺說：「既然是三哥說喝，咱們就大家同喝。」龍滔、姚猛也就說喝。徐慶總還算粗中有點細，說：「兩個寨主，你們喝不喝？」兩個人說：「喝，我們焉有不喝之理。」徐慶一想，他們喝，就更不怕了。

馮天相、侯俊傑兩個人執壺把盞，先給盧大爺把酒斟好，然後慢慢的都把酒斟起。兩個山賊側坐旁陪，端起酒杯一讓道：「兩個人可是斗膽說，眾位還是有些疑心。」徐慶見他們面面相覷，不端酒杯，連自己也不敢喝了。兩個山寇一笑說：「世間可沒有這個情理，哪有我們先喝的道理。我們要是不喝，眾位終是疑猜。」徐慶說：「對了，你們要是一派的好意，酒裏頭沒有甚麼緣故，你們就先喝。」瞧這兩個人一喝，大家俱都歡喜，全都把酒端將起來。智化總是不喝，瞧著菜蔬。兩個山寇復又把各樣的菜蔬俱都嘗了一嘗。大家更覺放心。每遇上來的酒菜，必是山寇先吃。二人大樂說：「你我這可算腳踏了實地了。兩個人先醉，別人也就沒有疑心了。」連智爺也就搭訕著喝起來了。獨他喝不到四五杯酒，六位英雄一齊翻身栽倒。

若問甚麼緣故，且聽下回分解。

第九十八回　二賊見面嘴甜心苦　大眾受騙信假為真

詩曰：

淑女何妨贅宿瘤，採桑不自妄貪求。
閔王特遣人迎聘，致使齊宮粉黛羞。

人負天地之氣以生，妍媸各異，萬有不齊。無論男女，不可以貌取人，總以忠孝節義為是。閨閣之中，具忠孝節義者，有一採桑之宿瘤女，因併列之：

且說齊國有一宿❶瘤女者，齊東郭採桑之女，閔王之后也。生來項有一大瘤，故人皆叫他作宿瘤。這宿瘤為女子時，父母叫他去採桑，忽遇齊閔王出遊於東郭，車馬甚盛，百姓皆擁於道旁觀看；獨宿瘤女採桑如故，頭也不抬，眼也不看一看。閔王在車上看見，甚以為奇怪，因使人將宿瘤女叫到車前，問道：「寡人今日出遊，侍從儀仗繽紛於路，百姓無少無長，皆停棄了所作之事，擁擠於道旁觀看。汝這女子難道沒有眼睛，怎麼只是採桑，略不回頭一看，此何意也？」宿瘤女答

---

❶ 宿：久；舊。

道：「妾無他意，但妾此來是受父母之命，叫妾採桑，未嘗受父母之命，叫妾觀看大王也。」閔王道：「雖受父母之命採桑，但汝一個貧家女子，見寡人車騎這樣盛美，獨不動心而私偷一視乎？」宿瘤女道：「妾雖貧，妾心安之久矣。大王雖貴，千乘萬騎，於妾何加❷，而敢以私視動其心乎？」閔王聽了大喜，道：「此奇女也。」又熟視其瘤而曰：「惜哉！」宿瘤女道：「大王嘆息，不過憎妾之瘤也。妾聞婢妾之職，在於中心，屬之不二，予之不忘。大王亦念妾中心之謂何，雖宿瘤，何傷乎？」王聽了，一發大喜，道：「此賢女也，不可失也。」遂欲後車載之。宿瘤女因辭道：「大王不遺葑菲❸，固是盛心。但父母在內，使妾不受父母之教，而竟隨大王以去，則是奔女❹也。大王宮中，粉白黛綠者何限，又安用此奔女為哉！」閔王大慚，道：「是寡人之失也。」因遣歸。復使使❺持金百鎰❻，往家聘迎之。父母驚慌一團，就要瘤女洗沐而加衣飾。瘤女道：「已如此見王矣。再要變容更服，王不識也。請仍如此以往。」竟隨使者登車而去。閔王既歸，先誇於諸夫人，道：「寡人今日出遊得一聖女，已遣使往迎，頃刻即至矣。一至，即盡斥汝等矣。」諸夫人聽了皆驚怪，以為這個女子美麗異常，眾皆盛飾，惶惶等候。及使者迎至，則一敝衣垢面

❷ 加：指利益、好處。

❸ 葑菲：本為古時二種菜名，根葉均可食，但其根有美惡之不同。後引申為婦女對自己的謙虛說法，表示不肖之身。

❹ 奔女：隨男子私奔的女子。

❺ 使使：派遣使者。前一「使」字為動詞，後者為名詞。

❻ 鎰：古代重量單位，合二十兩（一說二十四兩）。

之宿瘤女子也。諸夫人不禁掩口而笑，左右絕倒，失貌不能自止。閔王亦覺不堪，因回護道：「汝輩無笑，此特不曾加飾。夫飾與不飾，相去固十百也。」宿瘤女因乘機說道：「大王何輕言飾也。夫飾與不飾，國之興亡皆繫焉，相去千萬猶不足言，何止十百耶！」閔王笑道：「恐亦不至此，汝可試言之。」宿瘤女道：「大王豈不聞『性相近，習相遠』乎？昔者，堯舜與桀紂，皆天子也，能飾以仁義，雖為天子，卻安於節儉，茅茨不剪，采椽不斫，後宮妃妾衣不重采❼，食不重味，至今數千歲，天下歸善焉。桀紂不能飾以仁義，習於驕奢，造高臺深池，後宮妃妾蹈綺縠❽，弄珠玉，意猶不足，身死國亡，為天下笑，至今千餘歲，天下歸惡焉。由此觀之，飾與不飾，關乎興亡。相去千萬，尚不足言，何獨十百？王何輕言飾也！」諸夫人聽了，皆大慚愧。閔王因而感悟，立瘤女以為后，令卑❾宮室，填池澤，損膳減樂，命後宮不得重采。不期月之間，化行鄰國，諸侯來朝，宿瘤女有力焉。及女死之後，燕遂屠齊，閔王逃亡而被弒死於外。君子謂宿瘤女通而有禮❿。

閑言少敘，書歸正傳。

❼ 重采：兩種色彩。

❽ 縠：音ㄏㄨˊ。有縐紋的細紗。

❾ 卑：指造得矮小。

❿ 這一故事出列女傳。齊閔王即齊湣王、齊愍王，戰國後期的齊國君主。約西元前三〇〇年——前二八四年在位。

西江月：

愚人最易誆騙，英雄偶爾糊塗。三杯兩盞入迷途，最怕嘴甜心苦。　幸有人來解救，不至廢命嗚呼。諸公且莫恨賊徒，總是一時粗魯。

且說兩個山賊一派的假意，哄信了大眾。惟有智化精明強幹，諸事留神，明知山賊降意不實，仍是墜落他們圈套之中。若論兩個山寇相貌，生得是外拙而內秀。到底是怎麼個緣故呢？這兩個人，情實與小諸葛相好。再說自打丟去大人，直到如今也沒說明沈中元是怎樣盜去。列公，有句常言是「坐穩了聽書」，別看甚麼節目，說了一個頭緒，就不提了；相隔三日五日，十天八天，再要提起之時，必要清清楚楚分解得明白。事情雖是假，理卻不虛。

沈中元就為的是同神手大聖鄧車行刺泄機，徐慶、韓彰不能作引見之人，自此一陣狂笑，說：「咱們後會有期。」一踩腳揚長而去，把此事懷恨在心，自己就上了信陽州。他有個盟兄姓劉，叫劉志奇，是信陽州的押司⑪先生。他們兩人一拜，與他盟兄討一個迷魂藥餅兒。這位先生的迷魂藥餅從何而得？也是韓彰救巧姐，拿賣穿珠花的婆子，當官搜出七個迷魂藥餅，被劉押司作了三個假的，合著四個真的，當著官府一齊入的庫。沈中元知曉此事，與他盟兄借了一個迷魂藥餅，還應許著還他，自己又到了姑母那裏，與他姑母借了一個熏香盒子，自己就奔了襄陽那裏。晚間換了夜行衣靠，奔到上院衙，捆了大人跟班的，問大人的下落。這可就是展南俠他們盜彭啟那日晚晌，跟班的教賊捆上，展爺沒追上的就是他。

⑪押司：宋代書吏之類的小官名。

其實早已問明，知道大人在武昌府哪。次日，就打襄陽奔了武昌府，到公館去了兩次，沒能下去。那日公孫先生看著大人，可出了規矩了。天有五更，他把大人盜將出去，用了迷魂藥餅按住大人的頂心，迷迷糊糊盜將出去，就奔了娃娃谷，到他姑母那裏，連他姑母一齊的起身。把大人用車輛裝上，按住迷魂藥餅。大人人事不省，早晚給點米湯灌將下去，度⑫住了三關⑬，不至於死。甘媽媽不答應，教他把大人送回去。他說，說明了他的冤屈，就送回去。就到了豹花嶺，遇見兩家山寇，本要上山。甘媽媽不教，皆因是有甘蘭娘兒已經許配人家了，乃是有夫之婦，若要教人家知道，人家不要了，故此沒上山。侯俊傑他們可知道沈中元盜大人一切事情。可也是沈中元說的，說不住此處，上長沙府朱家莊，還到夾峰山瞧看玉面貓熊威。這兩個山賊就應下沈中元了：「他們五鼠五義必要找大人，若從此經過，我們必把他們拿住與你報仇。」這麼說下走的。

可巧馮天相聽嘍兵一報，就疑惑是找大人的人，下山一見，果然不差。他們早把計策定好了，拿他們假話誆他的實話，就約上山來。先前喝酒的時節，酒菜之中並沒有蒙汗藥。原定的計策，等著第二頓酒內，才下蒙汗藥。後來一看連機靈人都不疑心了，不如早早的把他們制了就結了。兩家寨主一裝醉，再上來的酒就有蒙汗藥了。智爺也是終日打雁，教雁啄了眼睛，這叫「智者千得，必有一失；愚者千失，必有一得」。馮天相說：「這六個人一齊全躺下了，咱們是把他們結果了好哇，還是與沈大哥送個信，教他自己報仇好哪？」侯俊傑說：「咱們山中有的是地方，把他們幾人捆起來，派人趕緊追沈大哥去。他

⑫ 度：維持；保持。

⑬ 三關：舊時指人體的三個關鍵部位，或謂腦後玉枕關、夾脊轆轤關、下陰尾閭關，或指明堂、洞房、丹田。

要走得慢，還許在夾峰山呢；他要走得快，到了朱家莊，咱們這裏奔長沙也不甚遠。此時若把六個人一殺，日後見了他，說是給他報了仇了，哪是憑據？你告訴他說，六個人怎麼扎手，怕他不能深信。依我說，總是與他送信的為是。」大寨主點頭說：「賢弟言之有理。」立刻叫人把六位二臂牢拴，押在後面的五間西房，放在屋中。侯俊傑說：「淨捆二臂不行，這點藥力一散，他們對剋⑭了繩子，豈不都跑了嗎？」大寨主說：「對，還是你想得到。」隨即派人，就把六位都是四馬倒攢蹄、寒鴨浮水式捆將起來，搭在後面，放在五間西廂房內，把房門倒帶。到了前邊，見二位寨主回話。打外進來了一個嘍兵的頭目，說是：「二位寨主爺在上，小的可是多言。就是他們四馬倒攢蹄那麼捆著，也許剋斷了繩子。咱們這裏有的是人，何不派兩個人看守他們，豈不更妙。」寨主一聽，也倒有理，有的是人，說：「就命你再帶上一個人，你們兩個人看守，難道說還不行嗎？」嘍兵點頭。這人出去，自己挑人去看守著六位，暫且不表。

單說聚義分贓庭，重新另整杯盤，兩個人暢飲，越想越是得意之間，直吃到天交二鼓，二人酒已過量，越想這個主意越高興。焉知曉樂極生悲，忽聽外面大吼一聲，罵道：「山賊！人面獸心！」侯俊傑、馮天相兩個人一聽，嚇了個膽裂魂飛，回手壁上抓刀。好一個愣徐慶，躥將過來，擺刀就剁。

你道這徐慶因為甚麼事出來？六位本是人事不省，忽然一睜眼睛，全都是四馬倒攢蹄捆著。前邊有一個人給道驚說：「大老爺、三老爺請放寬心，小的在此。」徐慶說：「你是誰？怎麼我聽不出來？」那人說：「我是胡列。」盧爺說：「嗳喲！你是胡列，在此作甚？」那人說：「小的實出無奈，在此當

⑭ 對剋：指互相剋制、對付。

了一名嘍兵的頭兒。」這個人可就是在前套七俠五義上，白玉堂盜三寶回陷空島，展爺上盧家莊拿他去，展爺吊在陷險窟，又打陷險窟把展爺扔在通天窟，改名叫憋死貓。在通天窟裏頭見著郭章，郭章說他的女兒教白五員外搶來了。到次日，展爺見白玉堂，想著辱罵他一頓。白五爺不知道搶姑娘之事，一追問是胡列、胡奇辦的。五爺把胡奇叫進去殺了，放了郭增嬌——郭章之女。胡列趕下去了，又被茉花村的人把他拿住，大官人押解著他交於五員外。五員外拿自己的名帖，把他交松江府邊遠充軍⑮。自己逃回，不敢歸陷空島，就在此處當了一名嘍兵，如今熬上了一個頭兒。可巧今天見著他家大老爺、三老爺教人誆上山來，自己又不能泄機。可巧把他們六位幽囚起來，自己得了手了，上去一回話，明向著寨主，暗裏要搭救六位。又給他派了一個伙計，他先把伙計殺了，然後把六位的兵器暗暗的偷出去，仗著山賊喝得大醉，也就不管他拿甚麼東西，他想著都是自己人還怕甚麼。胡列暗暗攋⑯了一壺涼水，拿了一根筷子，撬開了牙關，俱都把涼水灌將下去。不多一時，俱都還醒過來。徐三爺一問胡列，說了自己的事情。盧爺很嗔怪他在此當了嘍兵。智爺在旁勸解說：「不是當了嘍兵，咱們幾個焉有命在。」隨即把繩盡都解開，一個個俱都站起身來。胡列說：「我也都不認得眾位。」智爺說：「也不用見了，這時也沒有那工夫。你給我們找點家伙來。」胡列說：「全都在這裏呢。」大家把兵器拿將起來。智爺本打算大家商議商議，三爺那個脾氣如何等得，撒腳往前就跑。來到聚義分贓庭，大吼了一聲就罵，躥進庭去，擺刀

⑮ 上述情節見三俠五義第五十四回「通天窟南俠逢郭老，蘆花蕩北岸獲胡奇」，但郭章作郭彰、胡列作胡烈，且被白玉堂所砍的是胡烈而不是胡奇，也只傷了他的手臂。

⑯ 攋：音ㄎㄨㄞ。方言。用手臂挎。

就剁。馮天相一抬腿，就把那桌酒席衝著徐三爺一踢，只聽見嘩喇的一聲，全翻於地上，碗盞家伙全摔了個粉碎。徐三爺一刀剁在桌子上，濺了一身油湯酒菜；也搭著自己使的力猛，刀教桌子夾住，一時抽不出來，眼瞅著侯俊傑把刀摘將下來，奔了徐慶。三爺一急，急中生巧，一抬腿，一踢桌子，這才把刀抽出來。眼睜睜侯俊傑的刀到了，徐爺將要躲閃，就聽見「叭喳」一聲，就打外邊進來了一隻飛鏨。原來是飛鏨大將軍隨後趕到，給了一飛鏨，躲過了頸嗓咽喉，沒躲過肩頭。只聽見「匉⑰」一聲，正中侯俊傑肩頭，「哎喲」一聲，轉頭就跑。馮天相摘下刀來，往外一闖，早被三爺攔住。當時黑妖狐智化、盧大爺等俱堵住門了，不用打算出去。

若問二賊的生死如何，且聽下回分解。

⑰ 匉：同「砰」。音ㄆㄥ。狀聲詞。

第九十九回　豹花嶺胡列救主　分贓庭二寇被擒

詩曰：

乳母不忘舊主人，攜持公子竊逃身。
堂堂大節昭千古，愧煞當年魏國臣。

魏乳母一婦人，竟知大義，不至見利忘恩。以魏之故臣較之，乳母勝強萬萬，不啻有天淵之隔，皆因天性使然，非強制而能。勢利之徒，一見應當羞死，真婦人中之義士也。余廣為搜羅，因併錄之：

魏節乳母者，魏公子之乳母也。秦破魏，殺魏主，恐存魏子孫以為後患，因使人盡求而殺之，欲以絕其根。已殺盡矣，止有一公子，遍求不得，因下令於魏國道：「有能得魏公子，賜金千鎰。若藏匿者，罪滅其族。」不期這個公子，乃乳母抱之而逃，已逃出宮而藏匿矣。忽一日，遇見一個魏之故臣，認得乳母，因呼之道：「汝乳母也，諸公子俱已盡殺，汝尚無恙乎？」乳母道：「妾雖無恙，但受命乳養公子，而公子不能無恙，為之奈何？」故臣道：「吾聞秦王有令，得公子者賜千金，匿之者罪滅族。今公子安在？乳母倘要知道，獻之，可得千金；若知而不言，恐身家不能保也。」乳母道：「吾逃免一身足矣，焉知公子之處。」故臣道：「我聽得人皆傳說，此公子舊日實係乳母保養，今日又實係乳母竊逃，母安得辭為不知。」乳母聽了，不禁唏嘘泣下道：「妾既受養，無論妾實不知；妾雖知，亦終不敢言也。」故臣道：「凡為此者，皆有可圖也。使魏尚有可圖，祕而不言可也。今魏國已破亡矣，族已滅矣，公子已盡誅矣，汝匿之尚為誰乎？況且失大利，而蒙大害，何其愚也！」乳母聽了，唏嘘泣下，因哽咽而說道：「夫為人在世，見利而反上者，逆也；畏死而棄義者，亂也。持逆亂以求利，豈有人心者之所忍為？且受人之子而養之者，求生之也，非求殺之也。豈可貪其賞，畏其誅，遂廢正義，而行逆節哉！妾日夜憂心者，惟恐不能生公子；豈至今日乃貪利，而令公子死耶！大夫，魏臣也，胡為而出此言？」遂捨之而去。因念城市不能隱，遂抱公子逃於深澤。故臣使人尾之，因以告秦軍。秦軍追及，爭而射之。乳母以身蔽公子，身著數十矢，遂與公子俱死。報知秦王，秦王嘉其守志死義，乃以卿禮葬之，祀以太牢。寵其兄為五大夫，賜金百鎰。君子謂乳母慈惠有節，因稱之曰「節乳母」。

閑言少敘，書歸正傳。

西江月：

才把賊人殺卻，行行又入賊窩。綠林豪客何太多，偏是今時甚夥。

也有生來賊命，也有圖的

吃喝。也有事出無奈何，到底不如不做。

且說二賊，一個是帶傷，一個是出不去，在屋中亂轉。屋內又有徐慶，嘴裏是罵罵咧咧的，手中這口刀是神出鬼入。別看人渾，躥蹦跳躍，身體靈便，這兩個山賊如何行得了。他們兩個是佔山為王的，要講動手，跨上馬，掌中長兵器，那可行了；若論躥房躍脊，一概不會。侯俊傑一著急，上椅子一腳，「噗喇」一聲，把後窗戶踹了，就打裏頭往外一躥，「噗通」一聲，就摔倒在地。甚麼緣故？是在後窗臺上，有兩個人在那裏等著呢。一個是胡列，一個是愣史。胡列準知道他們這山賊有多大能耐，料著他抵敵不住，必打後窗戶逃跑。他就拉著史雲，往後一拐，問道：「大哥，你貴姓？」史雲說：「我姓史，叫愣史。」胡列也瞧著他沒有甚麼多大本事，身量可不小，說：「咱們哥兩個在這等他，他一個不能打前門出去，必打這走。」史雲拉出刀來，在窗臺這一蹲；胡列抓了兩把土，也在窗臺這一蹲。果然侯俊傑「磕嚓」把窗戶一踹，往外一躥。胡列「刷喇」就是一把土。侯俊傑把眼睛一瞇，整個的摔倒在地。史雲來「匈」的一聲，打了他一刀背。賊人「噯喲」一聲，搭胳膊擰腿，就把他四馬攢蹄捆上。又在這一等，再等第二個賊人出來。馮天相也打算要打後窗戶出來，聽見外頭「噯喲」一聲「噗通」，他就料著後邊必是有人，他就不敢打後窗戶出來。要打前門走，又走不了。自顧兩下一猶疑，步法就錯了，早被穿山鼠徐三老爺一腿踢了個跟斗，「噗通」一聲，摔倒在地，「鏜啷啷」舒手扔刀。智爺說：「留活的。」徐三爺過去，髁膝蓋點住後腰，放下自己的刀，搭胳膊擰腿，四馬倒攢蹄捆將起來。徐三爺說：「捆上了，你們大家進來罷。」眾人這才進來。外邊胡列說：「我們這還拿了一個哪！」智爺叫提溜進來。史雲就打踢碎的窗戶那裏，將他提溜進來。一撒手，「噗通」一聲，往裏一摔。他也由窗臺那裏進來，胡列也打那裏進來。

智爺叫道：「胡莊客，他們這山中那些嘍兵，各安汛地。雖與二家寨主動手，兩個寨主也未能出屋子，未能傳令，故此也未能前來幫著他們動手。」此時與胡列一說：「這些嘍兵便當怎樣？」胡列說：「我們大老爺、三老爺肯施恩不肯？」盧爺說：「施恩怎麼樣？」胡列說：「大老爺饒了他們大家的性命，就是施恩；若要不施恩，我把他們聚在一處，結果他們大家性命。」盧爺還未答言，智爺就接過來說：「胡莊客，你還不知道你們大老爺那個性情嗎？揮金似土，仗義疏財，最是寬宏大量，不忍殺人。你把他們聚集了來，你就出去把他們找來罷，我有套話說。」胡列說：「出去要找他們，就費了事了。」隨即拿了一面銅鑼，「嗆啷，嗆啷，嗆啷啷」的打了三遍。就聽一陣亂嚷：「大庭的號令啊，大庭的號令！」不多一時，嘍兵俱已到齊。胡列說：「咱們這裏寨主，已經被我們開封府的眾護衛老爺們拿住了。」眾嘍兵一聽，一個個面面相覷。智爺過來說：「你們眾嘍兵，大家聽真。我們都是開封府的，特旨擒拿山賊，拿住了你們頭目，打算著要開活你們大眾。要是不服的，找死的，你們只管抄家伙，咱們較量較量。」眾嘍兵一聽，這才「噗通通」全跪下，一口同音求饒。智爺說：「你們可不許撒謊，我說出幾件事情來，任憑你們大眾來挑。你們是願意回家務農？是願意在山當嘍兵？是願意投營當差？回家務農，我指引你們回家務農的道路；在山當嘍兵，我指引你們在山當嘍兵的道路；投營當差，我指引你們投營當差的道路。」大家一口同音說：「願意當差。我們夢穩神安，比嘍兵勝強百倍，祖墳不至於給刨了。」盧爺說：「智賢弟，把他們打發的哪裏去？」智爺說：「我先把他們打發在君山去。」隨即叫著嘍兵說：「我寫一封書信，把你們薦在君山，教飛叉太保鍾寨主收留下你們。」眾嘍兵說：「我們不願當嘍兵了，情願入營，吃糧當差。」智爺說：「你們焉知這裏的事，君山已然降了大宋。但等襄陽大事辦畢，可著❶君山寨主皆是作官，君山嘍兵皆是吃糧當差。」大家嘍兵一聽，各各歡喜。就在山中居住，嘍兵預備飯食。

把兩個山賊，到次日也不結果他們的性命，也不把他們交在當官，就把他們在豹花嶺的後頭有個極深的山澗，搭在那裏「咕嚕嚕」扔將下去，那是準死無活。然後回來，叫胡列拿了文房四寶，取八行書連皮子，濃墨填筆，一揮而就。寫畢封固停妥，皮面上又寫了「鍾寨主親拆」的言語，然後交給嘍兵一個頭兒。所有豹花嶺裏面的東西物件，金銀財寶，給嘍兵大家分散。又算整整的拾掇了一天，只得第二日起程。到了次日，也有找來小車子的，也有找來扁擔的，也有背上包裹的。頃刻間，大家告辭起身，推車挑擔，肩扛背負，離了豹花嶺，履履行行，直奔君山去了。暫且不表。

且說盧爺大眾。智爺道：「這個所在，直不給後來的賊人留著這個窠巢。此處離著住戶人家甚遠，大哥，依小弟主意，放把火給他燒了罷。」盧爺說：「賢弟言之甚善。」將才出唇，大漢龍滔、姚猛、愣史、胡列，這幾個就忙成一處，抱了柴薪，點著了火，前前後後一燒。穿山鼠徐三爺可換了山賊的一套衣服。因為甚麼獨他換了山賊一套衣服呢？皆因是他那身衣服，教山賊一踢桌子，撒了一身油菜的湯，故此他才換了山賊一套衣服。閑言不必多敘。自己拿了自己本人的物件，大眾出了寨柵門，前後的火就勾上了。可巧來了一陣大風，這火越發大了，火借風力，風助火威。霎時間，「磕喳喳」，磚飛瓦碎；「割崩崩」，杜斷梁折。好利害，萬道金蛇亂竄，火光大作。常言說得好「水火無情」，一絲兒不差。

幾位爺就不管山中的火了，直奔武昌府的道路，曉行夜住。那日天氣已晚，看見黑巍巍、高聳聳、山連山、山套山，不知套出有多遠。前邊有個小小的鎮店，進了西鎮店口，見人一打聽，原來這就是夾

❶可著：口語。盡著；所有的全都。

峰山。找店住下，用了晚飯，頭天就打發了店錢飯錢，第二天為的起來就走。將到四更多天，徐三爺就睡不著了，他要是睡不著，誰也不用打算睡。他一醒，就嚷嚷叫人說：「起來！天又不早了，該走了。」誰要同他住店，他仿佛是個王爺，說走就走，說住就住，說吃甚麼就吃甚麼。這天四更多天起來，大家拾掇起身，店錢頭天已然開發清楚，叫開店門，伙計不開。問：「怎麼不開？」回答：「太爺有諭不教開。」徐三爺說：「告訴你們太爺，說祖宗到了，一定要開。」伙計說道：「店裏緊。」徐三爺說：「放你娘的屁！如若再不開，把你腦袋擰下來。」伙計說：「這個事不好惹，給他開開罷。」徐三爺這才歡喜。大家出來，一直撲奔武昌府的大路，可是得繞著夾峰山前山道路走。一聽更鼓的聲音，起早了。同著智爺說：「智賢弟，你看店裏這個小子不開門，他說有賊，咱們要是遇見賊，不是賊倒運嗎？」走在邊山，三爺有點自負。智爺說：「三哥，別把話說滿了，老虎還有打盹時候呢！設若咱們走在樹林，有個悶棍手，抽後就是一棍，你敢準說躲閃得開嗎？」徐三爺說：「也不敢說躲閃得開，横豎他打著有點費事。」智爺說：「走罷，別忙，同三哥說話實在難說。人家常言說得好：明槍容易躲，暗箭最難防。」這一個「防」沒說出來，被徐三爺一把揪住，低聲說：「有賊！你可念道出來了。」智爺一瞧樹林之中，黑忽忽一片。智爺一分派，教魚貫而行，大家小心。徐慶這高興，他要在前頭。盧爺等一個跟著一個。看看臨近，徐慶這才看得明白。總是夜行人眼光足，看著他們在樹林內，一個個探頭縮腦，「呼啦」往外一闖。徐三爺一看是件詫事，實在的奇怪。

若要問有甚麼奇異之事，且聽下回分解。

第一百回　智化放火燒大寨　嘍兵得命上君山

西江月：

常言道得甚好，窮寇不可深追。追來追去惹是非，落得一時後悔。　明槍尚能躲閃，暗箭容易吃虧。漫❶憑技藝逞雄威，前路埋伏可畏。

且說智爺與徐三爺正講論著起早了，怕遇見賊。正說之間，遇見了。徐慶說：「我在前頭，我打發他們。」看看臨近，見他們「呼啦」打樹林躥將出來。徐三爺把刀一拉，那夥人撒腿就跑，一口同音嚷道：「好山賊！意狠心毒，穩住了我們，又來殺我們來了。」徐慶一聽，山西的口音。徐慶有個偏心眼，遇見山西人有難，他念同鄉的分上，就要解救，故此往前一跑，大吼了一聲說：「你們是幹甚麼的？怎麼說我們是山寇？我們可不是山寇。你們到底是甚麼人？」那夥人說：「我們可也不是山寇，我們是被山寇害的。」徐慶說：「你們是怎麼被山寇害的？咱們是同鄉，我救你們。我叫徐慶，鐵嶺衛帶刀六品校尉，徐三老爺就是我。」那夥人說：「我們打長沙府馱來的少公子，教山賊劫上山去了。我們合他要我們的那頭活車輛馱子：『你們劫人我不惱，橫豎是把我們的牲口給我們啊。』他們趕著牲口上山，還

❶ 漫：「漫說」之省略。別說。

要殺我們。同他們說好話，央求他們，還不行呢。」徐慶說：「呔！咱們山西人不央求人，央求人家挫了三老爺的銳氣。」馱夫說：「後來我們就罵上了。」徐慶說：「對了。」馱夫又說：「我們一罵，他們拿刀就追。」徐慶說：「你們呢？」馱夫說：「我們就跑。」徐慶說：「跑甚麼？」馱夫說：「不跑不是熱決❷了嗎？」大眾一看，徐三爺話出來的利害，又聞名，全都跪下求徐三爺救命，給他們望山賊要牲口馱子車輛。智爺過來一問，說：「方才你們說哪個少公子？」馱夫一提始末根由。「人教賊劫上山去，他們不給車輛，馱夫想著當官去告。走在此處，天晚不敢前進，又怕遇見歹人，在這樹林中待一夜，天亮再走。不料遇見眾位爺爺們，救命罷！」智爺一聽，說：「三哥、大哥，劫的這不是外人哪！這是咱們艾虎的把兄弟。一者衝著艾虎得救他；二則間，我想此處離武昌不遠，沈中元許在山上。」盧爺說：「有理。」智爺又衝著馱夫說：「你們大眾不用淨磕頭，你們前頭帶路，把我們帶到山口，你們堵著山口亂罵。」馱夫說：「不行，我們堵著山口一罵，他們全下來殺我們。」智爺說：「不礙，有我們呢。」馱夫說：「有你們，可就沒有我們了。」徐慶說：「你們祇管這麼辦罷。你們去誘陣，我們殺賊。」馱夫說：「我們把他罵出來，你們可出去呀！要不出去，就把老西害苦了。」徐慶說：「我們不能行出那樣事來。走罷。」一個個往山口亂跑。

不多一時，到了山口，大家都會在一處，教馱夫罵。馱夫跳著腳大罵。馱夫一罵，嘍兵就聽見了，說：「還是昨日那一夥馱夫。」下來了十幾個嘍兵，搯著刀一威嚇，馱夫轉身就跑，說：「可了不得，又來了，我的太爺！」往兩邊裏一分。徐慶躥上去了，直是鬧著玩一樣，「叱嗆磕嗆」，仿佛削瓜切菜一

❷ 熱決：口語。當場處決。這裏指等死。

般，殺了幾個。那幾個回頭就跑。徐三爺就追，說：「鼠寇毛賊慢走，你徐三老爺，今天務必把山寨擊成齏粉。」智爺嚷：「別追了，別追了！」徐三爺回來，仍是教馱夫亂罵：「好烏八兒的！該死的山賊！好好的把車輛牲口送下來，不然老爺殺上山去，殺你們個雞狗不留！你們就打算著會欺負老西，以為老西無能為。老西有能為……」正罵之間，忽聽山上「嗆啷啷」一陣鑼響，沒等山賊嘍兵下來，老西就跑起來了。

看看臨近，來了一家寨主，帶著數十名嘍兵，嘍兵一字排開，每人拿著兵器，有雙刀的，有單刀的。看這家寨主，身量不大甚高，横寬；絲鸞帶，薄底靴，提著一口刀，身臨切近，大吼一聲：「你們是哪裏來的這些小輩？前來受死！」徐三爺未能上去，早教龍滔躥將上去，「刷」的一聲，就是一刀。山賊躲過。緊跟著又是兩刀，又是一腳。從此往後，他把老招兒又施展出來了，三刀夾一腿。三刀一左腿，三刀一右腿，老是三刀一腿，不換樣式。漫說是個山賊，就是前套上花蝴蝶，教他砍得也是手忙腳亂。兩個人沒分勝敗。

姚猛在旁瞧著，說：「拿這小子不用兩個人，你退下來交給我。」龍滔往下一退，姚猛往上一躥，亞圓大鐵錘雙手一揝，騎馬式一蹲，在那邊一等，紋縫不動。過雲雕也不敢過去，不認得他這個招兒。按說錘打有式，他這不是，他這是兩手揝著錘把，那邊一等。朋玉想著叫他過來先動手。按著武技學說，見招使招，見式使式，他不認得人家這個招術，他就不敢先動手。這個使錘的永遠不會先動手，兩個人對耗著。耗急了，姚猛說：「你過來呀，小子！」朋玉說：「你過來罷，小子！」姚猛說：「你過來罷，我永遠不會先過去。」朋玉一瞧，他就是個笨家子❸，也許甚麼不會，自己先給他一下試試，把刀一剁，瞧著不好，往回再抽，變換招式；焉知道刀離頂門不遠，竟自不躲，自來❹一坐❺腕子，用平生之力，要把姚猛劈個兩半。焉知姚猛膽有天來大，小眼光也真足，刀離著頂門有一寸多遠，雙手把錘往上一撩，就聽見「鏜啷」，那口刀「嘤」的一聲，就騰空而起，待半天的工夫才墜落下來，震得朋玉單臂疼痛，撒腿就跑。連姚猛帶龍滔追趕下去。智爺喊叫別追，這兩個人哪裏肯聽，苦苦的追趕，總打算著把他拿將回來。

姚猛在前，龍滔在後。朋玉不敢往山上跑，他要往山上跑，怕的是把兩個人帶上山去，只可順著邊山撲奔正北去了。真如同傷弓之鳥一般，帶了箭的獐麃❻相似，恨不得脅生雙翅。緊跑緊追，朋玉會夜行術的工夫，這兩大個身量高，腿長過步大，可也追不上，可也離得不大甚遠。究屬這兩大個氣量真足，跑上連喘都不喘。朋玉知道要不好，想了想，量小非君子，無毒不丈夫。姚猛就瞧著他往前跑得好好的，往前一栽。姚猛往前一躥，掄錘就砸，哪知道他一緩腰❼，說著「寶貝」，就見黑忽忽一宗物件奔了面門，意欲躲閃，焉能那麼快。只聽見「嘣喳」一聲，正中面門，把姚猛嚇了一跳，也不知是甚麼物件打在臉上，又不甚疼。後頭的龍滔收不住腳了，前頭的姚猛手捂著臉一蹲，龍滔正打身上折❽過去了。朋玉是

❸笨家子：這裏指無能的人。俗話稱一行中的能手為「會家子」，這裏反用其意。
❹自來：自然。
❺坐：這裏指向下用力。
❻麃：同「麅」。音ㄆㄠˊ。也有說是麞或麋的。
❼緩腰：指由彎曲恢復到挺腰。
❽折：口語。翻轉；翻過去。

甚麼法寶？是脫下一隻靴子來扔出來了，正中姚猛的面門。不然，怎麼瞧著黑忽忽的一塊，打得不疼？可把姚猛嚇了一跳，又對著龍滔打他身上折了一個貓兒跟斗。朋玉回身瞧見龍滔躺下，又沒有刀，不能剁他，只可抹頭還是跑。姚猛說：「你索性把那隻靴子也祭出來罷！」站起來就追。龍滔也就隨後趕下來了。又瞧著朋玉往前一栽，這回姚猛也就透著❾大意了，見他一回手，「嗖」一件暗器打將出來。仗著姚猛身足眼快，一歪身，原來是隻鏢。姚猛雖然躲過，「嘣」的一聲，正中龍滔肩頭。仗著一宗好，衝著姚猛打的，姚猛身軀比龍滔高一尺，衝著姚猛脖頸打去，姚爺一閃，龍滔在後，又離著遠些，鏢也沒有那麼大力氣了，雖中在肩頭，也不甚要緊。遂將鏢拋棄於地，按了按傷處，說：「哥哥在前頭，我在後，你瞧得見，我瞧不見；你躲得開，我躲不開。咱們兩個並肩追趕罷，別這麼一前一後了。」二人復又追趕。原來是個渾人，他竟會打暗器。他這暗器是自己出的主意，先扔靴子，使人無疑；後打鏢，十中者八九。想不到靴子打著姚猛，鏢倒沒打著。想著要再往外發暗器，又怕勞而無功。焉知曉他這一鏢惹出禍來了，姚猛罵道：「山賊！狗娘養的！打算著就是你會暗器。你瞧瞧二太爺的這個塹子！」說畢，衝著朋玉「鏜啷啷」打將出來。沒打著，打著人就不是這個聲音了，這「鏜啷啷」是在山石上頭出來的聲音。再說暗器是打暗中來，他這是直嚷：「我這裏有鐵塹子！」再者前番說過，他的塹子有準頭，如今連打了五六塹，也沒打著朋玉。此時是動手，尋常是打著玩兒；那個坦然不動心，這個越慌越打不著人，故此白打了幾隻。二人追賊，一拐山彎，「噗通」一聲，兩個人一齊墜落下去。

二人掉在坑中，不知生死，且聽下回分解。

---

❾ 透著：顯得；表現出。

第一百一回　龍姚追朋玉貪功受險　智化遇魏真奮勇傷刀

詩曰：

豪情一見便開懷，談吐生風實壯哉。
滾滾詞源如倒峽，須知老道是雄才。

其二：

初逢乍會即相親，曠世豪情屬魏真。
論劍論刀河倒瀉，更知道學有原因。

且說這龍滔、姚猛兩個本是渾人，對著山賊也不明白❶。前頭已經說過，是賊都有他得力的地方，怕是遇見扎手的，或是官人，或是達官，或是真有能耐的人，他們抵敵不過，就把人帶到埋伏地方去了。埋伏之地總在樹林深處，預備犁刀、窩刀❷、絆腿繩、掃堂棍、梅花坑、戰壕等。自要刨得深，上頭搭

❶ 不明白：這裏指不聰明。
❷ 窩刀：本是清代綠營所用的一種長柄彎刀，這裏借指尖刀。

上蒲席，蓋上黃土，留下記認。不留下記認，帶路的就掉下去了。過雲雕朋玉怎麼沒上山，順著邊山而跑呢？就為把他帶到埋伏裏頭去。鏢雖打出去了，打得人也不重，自己幾希乎❸沒有中了人家的壍子，咬牙切齒，憤恨之極，把他們帶入埋伏裏頭來了。兩個人自顧貪功心盛，一拐山環，足下一軟，「噗咚咚」就墜落下去了。兩個人生就的皮粗肉厚，骨壯筋足，雖摔了一下，不大要緊，爬起來拿刀的拿刀，拿錘的拿錘，就往上蹦。至大❹蹦了三尺多高，照樣腳踏實地，他們在底下亂罵。上頭過雲雕也是亂罵，說：「你們兩個人上來！」姚猛說：「你下來！」朋玉是沒有兵器，忽然想了個主意，拿石頭往下砸。這兩個人就要吃苦。

還是這句話：說書的一張嘴，難說兩家話。自從朋玉那兵器一飛，嘍兵早就飛也相似報到上邊分贓庭去。正是賽地鼠韓良趴的桌子上睡覺，玉面貓熊威陪著恩公說話，忽然打外邊進來一個嘍兵說報：「啟稟大寨主得知，大事不好了！山下原來是那些馱夫勾來了許多人，實在扎手，頭一個與我家三寨主未分勝負；又過來一個使錘的，與我家三寨主剛一交手，就把三寨主刀磕飛，特來報知。」大寨主一擺手，嘍兵未即退出，忽又進來一個嘍兵說報：「三寨主敗陣。」熊威又一擺手，說：「恩公在此替我看守山寨，待小弟出去看看是甚麼人。」早把施俊嚇得渾身亂戰。他本是官宦公子出身，幾時又給賊看過大寨？又怕有官人進來把他拿去，渾身是口難以分辨，玉石皆焚。

單說玉面貓熊威掖衣襟，挽袖袂，拉出一口刀來。大寨主下山，又透著比三寨主有點威風了，鑼聲

---

❸ 幾希乎：即幾乎、差點兒。

❹ 至大：至多；最多。

陣陣，出了寨柵門。到了平坦之地，正聽著「烏八兒的！烏八兒的！」老西在那裏大罵呢。馱夫見嘍兵一露面，往兩邊一分，就跑下去了。頭一個就是盧爺撞將上來，先把自己的鬍鬚挽起來，抖擻了精神，擺刀就剁。智爺在旁邊暗暗的誇獎這家寨主，與展南俠的品貌相似，再瞧這路刀上下翻飛。本來盧爺的刀法就好，兩下並未答話，就戰在一處。穿山鼠徐三爺怕大哥上點年歲，戰不過這家寨主。合山賊交手也不論甚麼「情理」二字，按說可沒有兩個打一個的，這是拿賊，哪裏還論那些個？徐慶上去，熊威也不懼，這口刀封避躲閃得快，便往上就遞刀，還是進手招❺兒。盧、徐要是含糊一點，也就輸給他了。智爺是真愛熊威，自己又想著正是用人之際，不如將他拿住，勸解他歸降，豈不又多添一個人。想畢，也就躥上去了，將刀一亮，說：「山賊休走！」

忽然打半山腰中飛下一個人來，智爺以為就是他們的伙計，也就不奔熊威去了。他也並沒看明白是甚麼人，他就瞧著穿一身白亮亮的短衣襟，又是空著手兒。剛一腳踏實地，見智爺用了個劈山式，這刀就砍下去了。見那人往旁邊一閃，回手就把二刃雙鋒寶劍亮將出來，蓋著智爺的刀，就聽見嗆啷的一聲，就把智爺的刀削為兩段，把智爺唬得是膽裂魂飛。緊跟著用了個白蛇吐信，直奔智爺的脖頸而來。智爺焉能躲閃，就把雙睛一閉等死。就聽半懸空中說：「魏道爺使不得，是自家人，是自家人！」說得遲，那時可快呀，魏道爺就把寶劍一抬，智爺就得了活命。原來雲中鶴、北俠繞邊山撲奔寨柵門而來，只見離寨柵門不遠，聽鑼聲陣陣，望見是玉面貓熊威出來，下面有山西人叫罵。雲中鶴同著北俠就不奔寨柵門了，找著山邊的道路要下去，未能到下面，就看著他們交手。先一人，後兩個，又上來了一個，共是

❺ 進手招：主動進攻的招式。

三個人與一個人交手，難以為情。雲中鶴急了，也並沒有合北俠商量，自己就躥將下來，削了智爺的刀，把寶劍跟將進去要殺。聽北俠言，道爺把劍往回一抽，念了聲「無量佛」！北俠也就躥將下來，那邊的玉面貓教徐三爺踢了個跟斗，也教北俠攔住說：「自家人，休得如此！」盧爺阻住徐慶，不教殺他。

彼此湊在一處，惟獨智爺扔了自己的刀，把他上下打量了打量，智爺聽他念了聲「無量佛」，見他是個老道，自己暗暗一忖度：「別是雲中鶴罷？要是他，我這個跟斗可不小。」北俠叫道：「大家見見。」又與魏真見見盧大爺。又說：「徐三爺，你們二位不認得麼？」徐三爺說：「沒見過。這位道爺是誰？」北俠笑道：「三弟，你們要不認得，可就叫人恥笑了。這就是徐賢侄的師傅，就是此人。三弟，你還沒見過面哪。」徐三爺一聽，說：「原來你就是魏道爺呀！我可疏忽了。見過家信言道，我也知道小子與道爺學本領。聽說小子與你一樣，一點兒也不差，你也一點兒沒藏私。好小子，真有你的！難得你們都一個樣。」北俠說：「三弟！你說的是甚麼話呀？全連了宗了。」魏道爺一聽：「真不錯，我們都成了你的兒子了。」智爺說：「道爺，你別聽他的，我三哥矇❻著什麼說什麼。」徐三爺與老道行了一個禮，說：「親家，你別怪我，我說話一點準頭沒有，我是個渾人。」魏道爺又是氣，又是笑，「怪不得他們家裏說過，三爺是個渾人。」又有大家在旁說了徐三爺一頓。三爺就此與魏道爺玩笑。魏道爺與北俠，與智爺、盧爺、史雲等眾人見了一番禮。盧爺又把胡列叫來，給大眾行禮。道爺又與熊威合北俠、智爺等大家見了見禮。

熊威問道：「兄長怎麼認得列位？」道爺回答：「也是路遇，提起來才知不是外人。」熊爺說：「既

❻ 矇：指胡亂想到。

不是外人，請到山上，有什麼話慢慢的細講。」智爺說：「這也都不是外人，我們那裏兩個人，追下你們一個人去了。你們派一個人，我這派一個人，好與他們送個信。」熊威點頭，叫來了一個嘍兵頭目。盧爺也把胡列叫過來，說道：「你二人快去，迎接追下去的二人，叫他們千萬不可動手，言說都是自家人。」兩個人答應而去。

眾人上山，看了看已到寨柵門，就遇見南俠、雙俠二人。雲中鶴與玉面貓熊威與他們三位見過了禮，對敘了些言語，不可細表。丁二爺說：「這個後山，敢是不近哪。」一找徐慶，不知去向。原來是叫那些馱夫把他截住了，說道：「三老爺，你給我們要頭活❼車輛怎麼樣？」三爺說：「跟著我上山去，跟他們要去。」馱夫說：「我們不敢上山。」徐慶說：「有我呢。」馱夫不敢來，三爺又把熊威叫住：「你作件好事罷，把他們那馱子車輛給他們罷。」熊威說：「那個馱子車輛，我不能不給他們。再說那是我的恩人的東西，焉有不給之理。」徐慶說：「你們還怕甚麼？」馱夫方敢上來，還是半信半疑，仗著膽子上來。到了上邊，熊爺吩咐嘍兵，待承馱夫酒飯。馱夫這才將心放下來了，信以為實，準知道並沒害他們的意了。

少刻間，進了分贓庭，施俊正在那裏害怕呢。一見他們回來，這才放心。又見進來許多的人，智爺先過來見施俊，先把自己的事情說明。施俊趕著❽行了禮，說：「是智叔父麼？」智爺與北俠等都見過了禮，這才彼此大家謙讓座位。施爺再也不肯上坐，卻是何故？只因都是盟弟的叔叔、伯父，他如何敢

❼ 頭活：駕車的牲口。

❽ 趕著：趕緊。

坐上座。讓了半天，大家按次序而坐。殘席撤去，重新另換了一桌。大家彼此正要用酒，忽然間大漢龍滔、姚猛、過雲雕朋玉進來，連胡列一同進來了，嘍兵歸汛地去了。

原來龍滔、姚猛正在坑中，朋玉拿石頭亂砸倒不要緊，他們也好在裏頭躲閃，似乎姚猛皮糙肉厚的地方，打上幾下也不要緊。朋玉在外頭打不死這兩個人很著急，一點法子沒有。忽然急中生巧，想起一個主意來了。渾人原來也有個渾法子，自己到了南邊，挑了一塊石頭，約有三四百斤重，用平生之力，把一塊石頭運過來了。運到坑沿，搭訕著說話，想著把他們二個人誆在坑沿這邊來，縱然砸不死兩個，也砸死一個，那可就好辦了。他把石頭放下，奔到坑沿，搭訕著與他二人說話，叫道：「兩個小子，我勸你們一件事情，你們願意不願意？」龍滔說：「好矮小子，你勸我們什麼事？」朋玉說：「你過來，我告訴你。」龍滔說：「你把我誆過去，要拿石頭打我們。」朋玉一拍巴掌，說：「你看我有石頭沒有？我勸你們歸了我們夾峰山罷。我是喜歡你們兩個，如不然，山上嘍兵一到，就要了你們兩個的命了。」龍滔聽出便宜來，說：「你教我們降你，得把我們拉上去。」朋玉說：「你二人準降，我就把你們拉上去。」龍滔說：「我們準降，拉上我們去罷。」朋玉說：「等著，我解帶子。」朋玉一轉臉，將石頭搬起來，照他二人頭頂上正要打下。也是活該龍滔、姚猛兩個人命不該絕，五行有救，要是胡列與嘍兵晚來一步，縱然不死，也得砸個骨斷筋折。忽聽背後喊聲震耳，回頭一看，只見胡列與嘍兵急急跑到，口內叫說：「寨主爺！休傷他二人的性命，是一家之人。大寨主有令，不教動手。」到了跟前，叫胡列與朋玉見了一見，嘍兵對著朋玉學說他們大寨主的事情。胡列對著坑內學說了一遍。然後胡列將帶子解下來，先把龍滔救將上來；又扔下帶子去，龍滔與胡列兩個人把姚猛提將上來。胡列叫龍滔、姚猛與朋玉見了見禮以後，三人說道：「不打不相交。」這三個人真相親近，不必細表。

一路上撿刀拾槍，依舊路而回。來至寨門，進了寨柵門，到了分贓庭。熊威與眾位見過，彼此對施一禮，也就落座。智爺叫龍滔、姚猛與魏真見禮，又與大寨主見了一見。見畢，雲中鶴說：「你們幾位在此更好，貧道有件事情奉懇眾位。」智爺說：「有話請講。」魏真說：「我這三個盟弟，情願棄暗投明，改邪歸正，求你們幾位作個引見之人。」大家連連點頭說：「使得，使得。」智爺說：「我們大眾與白五老爺報仇，打算請道爺出去一力相助，不知道爺肯從不肯？」魏真道：「無量佛！」徐慶說：「不用念佛了。親家，你總得出去，沒有你不行。」忽聽打外面躥進一人，「噗咚」摔倒在地。眾人一看，好不詫異。

若問來者是何人，且聽下回分解。

第一百二回　北俠請老道破網　韓良泄大人機關

西江月：

最喜快人快語，說話全無隱藏。待人一片熱心腸，不會當面撒謊。三國桓侯❶第一，梁山李逵最強。夾峰山上遇韓良，真是直截了當。

且說大家正在各說其事的時節，北俠說他們路上看見的甚麼事情，智爺說他們路上見的甚麼事情，一問施俊的來歷根由，施俊就把他家裏天倫染病，攜眷歸固始縣的話說了一遍。施俊又打聽了打聽艾虎。正說話之間，忽然打外邊進來一人，「噗通」趴倒在地。眾人一瞧一怔。南俠、智化等皆不認得。見嘍兵過去，趕緊將此人扶將起來，撣了撣身上的塵垢，也就在這邊坐了。再瞧玉面貓熊威、過雲雕朋玉羞得面紅過耳。就見他說：「哥哥，新來了這些人，也不給我見一見，都是誰呀？」後來玉面貓說：「賢弟，你今天多貪了幾杯，明天早起再見罷，你仍然在外面歇息去罷。」賽地鼠韓良哪裏肯聽，雖然他坐在那裏，還是身軀亂晃，他總說他無醉。一回頭，瞧挨著他就是龍滔、姚猛、史雲，隨即問：「你們幾位大哥是打哪裏上哪裏去呀？」這渾人不管哪些個，有甚麼說甚麼。龍滔等說：「打襄陽上武昌。」賽地鼠

❶桓侯：指張飛。張飛被封西鄉侯，死後謚號為「桓」，故後世尊稱為桓侯。

韓良哈哈一笑，說：「你們上武昌幹甚麼？」回答說：「我們上大人那裏去，給大人請安去。」醉鬼一笑說：「你們說別的還可以，要說給大人請安去，這話我不信。大人準……」說到這「準」字著，往下沒說出來，就教熊威接過去了，說：「你糊糊塗塗的，還不外頭睡覺去，還要說些甚麼！」過雲雕朋玉說：「你睡覺去罷，二哥，別胡噴了。」

智爺早已聽出十有八九內中有事，說：「寨主不必攔他，我們倒對脾氣，我要同著這位哥哥談談。」一回頭，叫龍滔這邊坐著，他倒奔了那裏去了。玉面貓熊威說：「千萬可別聽他的話，他是個瘋子，不用聽他的。」智爺說：「不用管我們的閑事。」衝著韓良又說：「兄弟，你沒有我歲數大。」韓良說：「差多著的呢，你是哥哥。」智爺說：「這咱們就在一塊作官了。」韓良說：「甚麼？」智爺說：「已說明白了，你們棄暗投明，改邪歸正，有開封府的護衛老爺們保舉你們作官。」韓良說：「教甚麼人去提說？」智爺說：「見大人。」韓良說：「大人在哪裏？」智爺說：「在武昌府。」韓良說：「武昌府有大人嗎？」就見玉面貓顏色都變了，說：「可別聽他的，他喝得大醉，又是個瘋子。」又說：「二爺還要說些甚麼？」智爺說：「我這越說你不用管呢，任憑他說出甚麼話來，與他無干。方才這位賢弟說的話有因。我索性說罷，我們把大人丟了，我們各處尋找大人呢。既是這位賢弟他知道的確，只管說出來，知情舉者，可免一身無禍，你只管說罷。」雲中鶴在旁說：「這個事怎麼連我都不知呢？」北俠暗想：「黑狐狸精真有道兒。」大家催著說。賽地鼠韓良可就說：「你們丟了大人，知道甚麼人盜去不知？」智爺說：「我們知道是沈中元。」韓良說：「對了。」智爺說：「我們可不知他把大人盜在甚麼地方去了。」韓良說：「在我們這住了一夜，他姑母、他表妹都在後頭跟我嫂嫂這住著。車上拉著大人，他們如今上長沙府朱家莊。那有弟兄二人，一個叫朱文，一個叫朱德。不就你們說見大人，哪有大人，哪有？我們知底。」玉面貓說：「好！你知道的真不錯。眾位老爺們，我們都該著甚麼罪過，與盜大人的結交來往？」智爺說：「大宋的規矩，家無全犯，兒作的兒當，爺作的爺當。除非你們幫著動手，那就沒得說了。這既然有了下落，咱們誰去迎請大人？」北俠說：「我去。」南俠說：「我也去。」雙俠、智爺全去。過雲雕朋玉說：「你們認得嗎？」智爺說：「我們到那裏現打聽罷。」過雲雕朋玉說：「我跟你們去，我帶路。」盧爺說：「我也還要去呢。」智爺說：「你們不用去，去這些人幹甚麼？」盧爺說：「我們在武昌府等。」智爺說：「對了，你們在武昌府候等。」

智爺又衝著寨主說：「這些個嘍兵，熊爺問問他們怎麼樣？」隨即叫到，問明眾人，一口同音說：「全都願意棄了高山，跟隨大人當差。懇求老爺們指一條明路。」智爺告訴熊威說：「君山如今受了招安了，把嘍兵打發那裏去，等著萬歲爺有旨的時節，俱是吃糧當差。」熊威大喜。智爺叫拿文房四寶，寫了書信，交與熊威說：「你們二位拿著書信，攜著寶眷，撲奔君山。君山後面也有女眷，叫鍾大哥把你寶眷安置妥當，你們就在那裏聽我們的信息。我們要到了襄陽之時，必要去請你們去。魏道爺的事，咱們是一言為定了。」道爺說：「白日之時，穿著這一身衣服也實在是難。你們打發個人，在我廟內把我道袍取來。」熊威打發嘍兵往三清觀去取道袍，隨即把錦箋帶來。等取道袍穿上，就不細表了。

施公子也等第二天，還是教馱夫拾掇車輛馱子起身。金氏辭別了後寨的夫人，送了許多的東西物件，賞了後寨婆子、丫鬟。後寨夫人亦送了金氏些個物件，也賞了金氏的婆子、丫鬟銀兩。二人拜為乾姐妹，從此灑淚而別。到外邊上了馱轎車輛。施俊在前邊辭別大眾。熊威瞅著施俊走，總有些個放心不下，對大眾說：「我恩公這一走，前面還有幾座山，如今都有許多強人，萬一有失，如何是好？」智爺說：「不然，熊賢弟你就送他去，教韓賢弟他們同嘍兵保著嫂嫂，亦未為不可。」熊威說：「我二弟糊塗，倘若到了君山說得不明，又怕教鍾寨主挑眼。」賽地鼠韓良說：「不然，我保著恩公去，你嫌我說不明白。」雲中鶴說：「這倒使得。」智爺也說：「使得。」韓良自己別了刀，拿了銀兩，辭別大眾，保著施公子一同起身。

然後雲中鶴說：「咱們到武昌府再會，我要先走了。」鑽天鼠盧方、穿山鼠徐慶、大漢龍滔、姚猛、史雲、胡列一同起身，辭別大眾，說：「到武昌府見。」眾人並不往外相送。嘍兵、頭目，大家拾掇包裹等等，用騾馬驢牛馱著。也是僱來的馱轎，教夫人坐上，先打發嘍兵、頭目，履履行行下山去了。粗糙東西一概不要。大家一議論，放火燒山。頃刻間，烈焰飛騰。北俠、智化、南俠、雙俠、過雲雕朋玉撲奔長沙府。熊爺保護著家眷上君山。

再說賽地鼠韓良保護著施俊上固始縣。走不甚遠，就見前面一帶樹林，穿林而過，有幾人打樹林裏出來。還是書童眼快，說：「相公爺！那不是艾二相公嗎？」施俊一瞧，何嘗不是，頭一個就是艾虎，還有徐良、胡小記、喬賓。他們辦完了尼姑庵的事情，曉行夜住，正走在此處。忽見前面來了些個馱子馱轎馬匹，見馬上的相公下了坐騎。艾虎一瞧是施大哥，告訴徐良、胡小記、喬賓說：「是我盟兄。」過來與施俊磕頭問好。遂說：「我有幾個朋友，來給見一見。這是陷空島我徐三叔跟前的，也是行三，叫徐良，外號人稱山西雁，是我們盟兄。這是施公子，叫施俊，也是我盟兄。你們二位見見。」彼此對說了些謙虛話。「這是我盟兄胡小記、喬賓。」彼此一見。施公子又把韓良叫過來，與艾虎四人等也見了一見。艾爺又過去，打馱轎上見了見嫂嫂。

前邊有個鎮店，彼此俱在此處住下。到店中住了五間上房，五間南房。五間上房，住了金氏、丫鬟等；五間南房，施公子與小爺居住；配房從人居住；馱夫等俱住外邊。在店中打臉水洗臉，烹茶用晚飯。艾虎問施俊從何而至。施俊就把家中天倫染病，打長沙府回家，路過夾峰山被掠，又遇見大眾誰誰說了一遍。徐良一聽，原來自己師傅住三清觀，離此不遠，要往三清觀見他師傅去，施俊說：「也起身上武昌府去了。」徐良說：「大人有了下落，也就好辦了。大概我師傅也是找大人去。」施俊說：「卻來也是。」徐良說：「咱們大家也上武昌府罷。」施俊衝著艾虎說：「艾賢弟，有件事我打算奉懇。」艾虎說：「咱們哥兩個，怎麼說出『奉懇』二字來了。甚麼事？哥哥說罷。」施俊說：「韓兄他們大眾本是奔君山，又怕我道路上有失。賢弟若要無事，你同著我們走上一趟何如？」艾虎連連點頭：「使得，使得！」一夜晚景不提。

次日給了店錢飯錢，徐良、胡爺、喬爺奔武昌；韓良追熊威，奔君山；艾虎保著施俊，路過臥牛山。一段熱鬧節目，且聽下回分解。

第一百三回　力舉雙獸世間少有　為搶一驢遭打人多

西江月：

為人居在鄉里，第一和睦為先。謙恭下氣好周旋，何至落人恨怨。　才與東鄰爭氣，又同西舍揮拳。強梁霸道惡沖天，到底必遭災難。

且說艾虎保著施俊，撲奔固始縣，暫且不表。

單說蔣四爺同著柳青找大人，撲奔娃娃谷，一者找大人，二來找他師娘。離了晨起望，直奔娃娃谷。離晨起望不遠，還是君山的邊山呢，就見山坡上有一個小孩子，長得古怪：身不滿五尺，一腦袋的黃頭髮；身上穿著藍布襖，藍布褲子；赤著雙足，穿著兩隻藍靸鞋；生得面黃肌瘦，兩道立眉，一雙圓目，兩顴高，雙腮窪，鷹鼻尖嘴；梳著雙抓髻，腰中別著個打牛的皮鞭子。山坡上約有數十隻牛，黑白黃顏色不等，也有花的。只見這兩頭牛「哞」的一聲，往一處一撞。原來是二牛相爭，頭碰頭，「嘣嘣」的亂響；角攪角，也是「嘎楞嘎楞」亂響。蔣爺說：「老柳不好哩！那個病孩子要死。」柳青一看，這個小孩子過去，往兩個牛當中一插，雙手揪著兩個牛角，說：「算了罷，兩小廝瞧我罷。」蔣爺看著瘦小枯乾的一個瘦弱的孩子，那牛有多大膂力。常說「牛大的力量」，別說這個病孩子，就是自己夾在當中，也不是耍的。好奇怪，這孩子揪住了牛角，那牛眼睛瞪圓，嗍嗍的亂叫，乾用力，撞不到一處。這孩子就說：「你們要不聽話，我要打你們了。」蔣爺說：「這個孩子的膂力，可實無考較了。老柳哇，你看，似乎這兩個牛，你能支持得住麼！」柳青說：「不行，我可沒有那麼大膂力。這孩子真怪道，怎麼這麼大膂力呢？」蔣爺說：「可不知此子是甚麼人家的。此子日後必然不凡。如果真要是像韓天錦那個樣子，也不足為奇。這是真瘦真有力氣，這可是神力。我要有工夫，我真問問這孩子去在哪裏居住，叫何名姓。」柳爺說：「誰管那些事情，走咱們的罷。」蔣爺隨即點頭，兩個人也就走了。

走不甚遠，穿了一個鎮店過去。此地方卻是南北的大街，東西的鋪戶❶。正走在北頭，見一個人騎著馬，有十八九歲，歪戴著翠藍武生巾，閃披❷著翠藍英雄氅，薄底快靴；手中拿定打馬藤鞭；面賽窗戶紙，青中套❸白，白中套青，五官略透著清秀。後頭有幾個從人，都是歪帶著箍巾，閃披著衣裳，俱在二十來歲，跟著馬亂跑，迎面吆喝走路之人說：「別撞著！我們少爺來了，都閃一閃！」可巧由小巷口出來了一個小孩子，拉著一匹大黑驢，粉嘴粉眼，四個銀蹄子。一眼就被這個武生相公看見了，回過頭來叫了一聲：「孩子們，好一個驢呀，給大爺搶過來。」答應一聲，許多從人過去攔住路口，說：「小子站住，把我們這驢還我們罷。」那個孩子說：「憑甚麼給你們？」這許多的惡奴過去，並不容分說，伸手就將驢拉過來了。那個小孩子說：「搶我呀！」豪奴說：「我們的驢丟了一個多月了，你還敢拉出

❶ 鋪戶：指商店。
❷ 閃披：指側披在一邊肩上。
❸ 套：這裏指（顏色）重疊。

來。我們大爺積德，不然就拿你送到官府內當賊治你了。」那個孩子哪能肯給，架不住這邊人多，上去就是一個嘴巴。又過來幾個惡奴，就有拉腿的，就有擰胳膊的，七手八腳，打了一頓。這孩子是直哭直嚷，說：「眾位行路的救人哪！」蔣爺將要過去。再說蔣爺行俠作義的，天然生就俠肝義膽，如何見得這個光景。

忽見由南往北來了數十頭牛，大大咧咧的趕著牛，牛上騎著三個小孩子，內中就有那個瘦孩子。這個拉驢的一眼看見了，說：「少大爺，有人搶咱們的驢哪！」那個孩子就下牛背來說話，還是個大舌頭❹，說：「誰敢搶咱們的驢？他可不要腦袋了！」那孩子說：「你快來罷，他們要搶著跑了！」蔣爺就知道，奪驢的這個苦子❺吃上了就不小哇！他回頭瞧著那人趕著牛走過去了，一把拉住，就聽見「噗咚噗咚」的躺下了好幾個。他叫著那個拉驢的孩子，說：「你拉著回家，不要告訴爹爹。」那幾個躺下的爬起來，就告訴那個騎馬的去了，說：「大爺看見了沒有，那愣小子來了，敢是他們家的驢。」馬上那個人說：「他們的驢，教他們家拉去了罷。這可不好意思的要了，上輩都有交情，怎麼好意思為一個毛團❻變臉❼，走罷，走罷！」為是當著瞧熱鬧的，弄個智兒❽好走。焉知曉那個瘦孩子不答應，過來把馬一橫，說：

❹ 大舌頭：指說話口齒不清。
❺ 苦子：猶言「苦頭」。指磨難、痛苦、不幸。
❻ 毛團：對牲口的蔑稱。
❼ 變臉：突然改變態度。
❽ 智兒：指小計謀、小策略。

「小子！你為甚麼訛我們的驢？」馬上的人說：「兄弟，咱們過得著❾。」瘦孩子說：「誰是你兄弟，我是你爺爺！」那人說：「別玩笑，咱們上輩真有交情。」瘦孩子說：「今天你不叫我爺爺，不教你過去。」馬上的那人真急了，一橫心想著：「要了他的命罷！」用力一抽馬，那馬往前一躥，就衝著這個傻孩子去了。蔣爺一瞅，就知道他躲閃不開。就聽「吧」的一聲，蔣爺倒樂了。原來是衝著他一躥，他用左手衝著馬的眼睛一觸，馬往外一撥頭；他右手衝著馬脖子「吧」的一聲，那馬「嘶溜溜」一叫喚，馬脖子教他打歪了；衝著馬的膝寸子，橫著踹了他一腳，馬「噗通」栽倒，就把那人的腿壓住了，這個過去一抓。蔣爺知道那個小孩子的力量不小，過去一拳，準打死他。怎奈這馬上摔下來的那個人倒不生氣，反苦苦哀告，一味的求饒，兄弟長，哥哥短，說了無數的好話。那個孩子說：「非得叫我爺爺，我方饒恕與你。」這個也好，就叫了他兩聲「爺爺」，才撒開手說：「便宜你，以後別訛爺爺的驢了。」從人過來，揪著馬的脖鬃，把那人腿才抽出來，一蹶一顛走到舖子門首，找了個坐物坐下，只在那裏生氣。那個馬也是不能走哩。又見瞧熱鬧的圍著，紛紛議論。柳爺說：「咱們是走？咱們或是住在這裏？」蔣爺說：「我要住在這裏，我要管這個閑事；依我料，此事絕不能善罷干休，必有後患。咱們又沒有工夫。」柳爺說：「咱們走罷，天氣可不好哇，大雨來了。」

果然，二人行不到二里之遙，天就陰雲密布。蔣爺說：「快走罷！天不好。」又走了不遠，點點滴滴雨就落下來了。只見道北有一座廣梁大門，暫避一避，打算著要不住雨時節，就在這家借宿一宵。正在此處盤算，猛見打裏頭出來一位老者，年紀六旬開外，頭戴杏黃員外方巾，身穿土絹大氅；面如紫玉，

---

❾ 過得著：口語。指有來往、有關係。

花白鬍鬚，後面跟著兩個從人。卻說蔣爺性情，到處是和氣的，問道：「老員外爺在家裏哪！我們是走路，天氣不好，暫且在此避一避。」員外一笑，說：「這算甚麼要緊的事呢。裏邊有的是房屋，請二位到裏邊避一避罷。」蔣爺說：「我們不敢打攪。」員外一定往裏讓。蔣爺合柳青就搭訕著，謝了一謝，隨著員外就進來了。

一拐四扇屏風，一溜南房。啟簾來到屋中，叫從人獻上茶來。蔣爺心內暗道：「別看人家可是鄉村居住，很有點樣式。」又有個外書房，屋裏頭幽雅沉靜，架兒上書史成林。分賓主落座。員外問：「二位貴姓高名？尊鄉何處？」柳爺說：「在下鳳陽府五柳溝人氏，姓柳，單名一個青字。」蔣爺說：「小可姓蔣名平，字是澤長。」那員外一聽，慌忙站起身來，說：「原來是貴客臨門，失敬！失敬！此處不是講話之所，請二位到裏邊坐。」又重新謙恭一會，隨著又到了裏邊庭房，叫從人獻茶。蔣爺就問：「員外貴姓？」員外說：「小可姓魯，單名一個遞字。」蔣爺說：「怎麼認識小可？」員外說：「久仰大名，只恨無緣相會。我提個朋友，二位俱都認識。」蔣爺說：「哪一位？」魯員外說：「此人在遼東作過一任副總鎮，均州臥虎溝的人氏，人稱鐵背熊。」蔣爺說：「那是我沙大哥。員外認識？」員外說：「我們一同辭的官。」蔣爺說：「我再提兩位，大概你也認識。」魯員外說：「是誰呢？」蔣爺說：「石萬魁、尚均義。」魯員外說：「那是我兩個盟兄，俱已辭官了，到如今直不知道他們飄流在何處？」吩咐一聲「擺酒」。蔣爺說：「來此不當叨擾⑩。」員外說：「酒飯俱以現成，這有何妨。還有大事相求呢。」真是個富家，不多一時，擺列杯盤，不必細表。酒過三巡，慢慢談話。

---

⑩ 叨擾：客套話，打攪（對受到款待表示感激、不安）。

蔣爺說：「方才大哥說有用小弟的所在，不知是何事相派？」魯員外說：「四老爺有幾位門人？」蔣爺說：「一位沒有。」魯員外說：「我有個小兒，實在愚昧不堪，懇求四老爺教導於他。」四爺說：「那有何難。只是一件，我的本領不佳。」員外說：「你不必太謙了。」蔣爺說：「何不請來一見。」員外吩咐從人說：「把公子叫來。」從人答應一聲。不多一時，從外邊走進一人。蔣爺一瞅，就是一怔。卻是何故？這就是方才力分雙牛的那個小孩子。員外叫過來說：「給你蔣四叔行禮。」見他作了一個揖。員外大怒，說：「你連磕頭都不會了！」這才復又跪下磕頭。蔣爺用手一攙，說：「賢侄請起。」魯員外又教他與柳爺行禮，說：「是你柳叔父。」柳爺用手扶起。蔣爺說：「賢侄叫甚麼名字？」就見他特特了半天，也沒有說清楚了。蔣爺暗笑：「我要收這麼一個徒弟，可教人說我把機靈佔絕了。」員外在旁見他說話結巴，只氣得要打他。蔣爺把他攔住。還是員外說：「他叫魯士杰。」到續套小五義上，小四傑出世，四個人各有所長的本事，下文再表。

單言蔣爺見他站在一傍，又卻把衣服更換了，不像那放牛的打扮了。蔣爺說：「方才我這個賢侄，在外頭闖了個禍，大哥可知道麼？」這一句話不大要緊，魯士杰一傍聽見，顏色改變，嚇得渾身亂抖。員外問：「士杰，你外邊闖下甚麼禍了？」士杰哪裏肯說。蔣爺一想，很覺著後悔，說：「大哥別責備他，一責備他，小弟臉上不好看了。」員外說：「到底是甚麼事，要教他說明，我絕不責備他。」蔣爺說：「可不怨他的過錯，待我替他說明罷。」士杰說：「四叔叔，你不用說，說了我就要挨打。」蔣爺說：「我給你說，焉能教你挨打。」蔣爺就把奪驢之事，對著魯員外細說了一遍。員外一怔，說：「可不好，這個人家可不是好惹的。既然惹著他們少爺，大概不能干休善罷。」蔣爺說：「他們是何許人物？」

員外說：「大概是個賊。」蔣爺說：「那還怕他倚官倚私！倚官，我是皇家御前水旱帶刀四品護衛之職，這是倚官辦；倚私辦，別看我沒有文書，護衛之職應當捕盜拿賊。這個人姓甚麼？叫甚麼？他是怎麼回事？哥哥你說罷。」員外說：「此人就住在我這東邊。我們這村子就叫魯家林，我們這姓的甚多。他們住東魯家林，我們這住的叫西魯家林。」蔣爺說：「他們也姓魯？」魯爺說：「不姓魯，他們姓范，叫范天保，外號人稱叫閃電手。」蔣爺說：「他這外號就是賊。難道他還敢任意胡為不成？」員外說：「他倒不任意胡為，他這兩個妻子可惡。」蔣爺問：「他這兩個妻子也有本事？別是女賊罷？」員外說：「是兩個跑馬解⑪的，大姑娘叫喜鸞。皆因范天保有錢，人家本不賣，指著他掙錢。他給人家金銀財寶，應著明媒正娶，這才娶過來了。過門之後，就養了一個兒子，叫范榮華，小名叫大狼兒。又十數年，跑馬賣藝的又教了一個女兒，他又看上了，這個可是二房。這個叫喜鳳，花費多少銀子金子，應著老頭、老婆養老送終。也在他們家裏住著，也出去賣藝去。大狼兒到了十六七歲，就戲弄鄰家的婦女，就叫人苦打了一頓。當日晚間，那家被殺一二個人。左近的地方，無頭的案不少哪。官人在他門口栽樁⑫，總沒破過案。對著他父親，衙門裏頭又熟。今日咱們家的孩子，打了他們家的孩子，他豈肯善罷干休，今晚間必來。」一回首，叫著士杰說：「我年過六旬，就是你一個。你倘若被他們暗算了，你叫為父是怎樣過法？」士杰說：「特……特……爹哇，他們來，我擰……擰……擰他們的腦……腦……腦袋。」蔣爺說：「他們今夜晚要是不來，是他們的造化。他們要是今夜晚來的時節，有我同我柳賢弟將他拿住，或

⑪ 跑馬解：也說跑馬賣解或跑解馬。指舊時在馬上表演各種技藝來謀生的江湖藝人。

⑫ 栽樁：口語。指暗中站崗監視。

是結果他的性命，以去後患，也給此一方除害。」柳爺答言說：「連我都聽著不服。真要有此事，咱們還不如找他家裏去呢。」蔣爺說：「那事也不妥。他不找咱們來便罷，他若是找了咱們來，那可就說不得了，結果了他的性命。」

魯員外又問：「這個徒弟你要不要哇？」蔣爺說：「怎麼不要呢？好意思不要哇！」員外叫：「士杰，還不過去磕頭。」士杰真就立刻爬的地下，「咕咚咕咚」磕了一路頭，也不知道磕了多少頭。員外說：「四弟，這可是你的徒弟了。」蔣爺說：「我這個徒弟，你要打算著教得他像我這麼機靈不成啊？」員外說：「還用像你？只要你教他稍微明白點就得了。」這也是閑言，書中不必多表。

說話之間，天已不早，就在庭房內安歇。員外要陪著二位，也在庭房內作伴。蔣爺不教，說：「你今天先在後面罷，萬一後面有點動聲呢，也好給我二人送一信。」魯員外也就點頭，後邊去了，囑咐了女眷們把門戶關閉嚴緊：「若有甚麼動靜，急速喊叫，不可錯誤。」書不重絮。

天交三鼓，外邊一響，蔣、柳二位出來拿賊。要知怎樣拿法，且聽下回分解。

第一百四回　翻江鼠奮勇拿喜鸞　白面判努力追喜鳳

西江月：

自來治家有道，不可縱子為兇。婦人之言不可聽，勸著吃虧為正。　日日為非作歹，朝朝任意欺凌。不思天理學公平，難保一家性命。

且說魯員外歸後安歇，保護著他的家眷；那屋裏要有甚麼動靜，就教他們嚷嚷，不可出來。把家人也都囑咐好了，都預備下燈火兵器。蔣爺打洪澤湖丟了分水峨眉刺，永不帶兵器。無論哪裏用著時候，現借十八般兵刃，哪樣都行。今夜晚間，與員外借了一口刀，一問士杰，甚麼也不會。問他：「難道說沒有跟著家裏學過嗎？」他說：「學過了，五天挨了十一頓打，就不教了。」緣故是頭天學了，二天忘，二天白日學的，晚晌忘；一忘就打，末天晚晌挨了兩頓打。員外一賭氣，不教了。下文書蔣爺教了他八手錘，外號叫賽玄霸，成了一輩子名，這是後話，暫且不表。晚間囑咐明白，別管有甚麼事，不許他出去。也是渾孩子，初鼓後，躺下就睡了。

天有二鼓，蔣爺與柳青拾掇利落，別上刀，吹滅燈燭，閉上門，盤膝而坐，閉目合睛，吸氣養靜，等著捉賊。天到三鼓，忽聽院落叢中「噶啷」一響，就知道是問路石的聲音。兩個人把窗欞戳小月牙孔往外一瞅，由東邊卡子牆，「刷」，下來了一條黑影。蔣爺拿胳膊一拐，柳爺悄悄的把門一開，把刀亮將出來，看準了是那女賊。蔣爺在柳爺耳邊告訴他一套言語。柳爺點頭，正對著女賊要奔窗戶這裏窺探，迎面躥將上來就是一刀。那個女賊真利便好快，直是折了個反跟斗相似，就到當院叢中了。雖是晚晌，柳爺眼光兒也是看得頂明白：一塊青絹帕把髮髻箍了個挺緊，穿著一件綁身的青小襖，青汗巾子束腰，青中衣，窄窄的金蓮，蹬著軟底的弓鞋，並沒戴著釵環；粉白的臉面，必是蛾眉杏眼；背後勒刀，腰間鼓鼓囊囊有個囊，可又不是鏢囊。一個反跟頭躥在當院。柳爺一個箭步跟上，又是一刀。女賊也把刀拉將出來，由此交手。此時天已不下雨了，滿天星斗。柳爺暗暗誇獎女賊，三寸金蓮，躥蹦得真快，刀刀進手，神出鬼入。柳爺本領也不弱。女賊終是膽怯，怕柳爺叫人，人要一多，他走著就費事了；虛砍一刀，往下就敗，直奔東牆而來。柳爺一追，女賊一回手，「啪」一流星錘。柳爺看見是暗器，一閃身躲開，「啪」一聲，正中肩頭。柳爺「噯喲」，把身子往下一蹲。女賊把流星往回一收，用手抓住，躥上牆頭，往下一飄身子，「砰」就是一刀。女賊「噯喲」，「噗通」一聲，由牆上摔將下來。

原來是蔣四爺與柳爺耳邊說了幾句話，就是這個言語，不然怎麼柳爺動手，蔣四爺不見呢？蔣爺預先躥出牆外，在那裏蹲著，等著他必由之路。而且知道打哪裏進去，必是打哪裏出來，預先就在那女賊進去的地方一等，等他往牆頭一躥，蔣爺就看見了。他往下一飄身，蔣爺往上一起，一反手，「啪」就是一刀背。刀背正打在迎面骨上，漫說是個女賊，就是男賊也禁受不住。這還是蔣爺有恩典，拿刀背釘❶的；要是拿刀刃一砍，雙腿皆折。把他釘下牆來，蔣爺嚷：「拿住了！」柳爺也躥出來了，雖然肩頭上

❶釘：口語。指敲打。

受了他一流星鍾，打得不重，又是左肩頭。柳青飄身下牆，問：「四哥，怎麼還不捆？」蔣爺總是行俠義的，最不愛捆婦女；再說要是四馬攢蹄，總得搭胳膊擰腿。四爺這是把他釘下牆來，用腳將他刀踢飛，在旁邊蹲著看著。一者女賊沒刀，就不要緊了。二來腿帶重傷，往起來一站，「噗通」一躺；往起來一站，「噗通」一躺。不多時，柳爺就出來了。蔣爺就教他捆人。柳爺恨他恨入切骨，搭胳膊擰腿，就把他捆將起來，提溜著由垂花門❷而入——那日晚間，蔣爺的主意不教關垂花門——直奔上房。柳爺把他提溜在屋中，他是苦苦求饒。柳爺索性撕衣襟，把他口中塞住，仍然把門閉上。柳青說：「四哥，我還受了他的傷了哪。」蔣爺說：「你受了甚麼傷了？」柳爺說：「他一敗，我一追，受了他一流星鍾。」蔣爺說：「在甚麼地方？」柳爺說：「在左肩頭上。」

聽著院裏咳嗽一聲，原來是魯員外交三鼓之後，哪裏睡得著，自己拾掇利落衣襟，預備下刀索。沒甚麼動靜，自己出來，走到院中，咳嗽了一聲，試試蔣爺睡了沒有。一咳嗽，裏頭一答言，把員外讓將進去，把千里火一晃，教員外看看這個女賊，低聲就把如此如彼的話說了一遍。蔣爺說：「你不是說他們家裏連男帶女都是賊嗎？少刻還有來的，你先在後邊等著，要是來一個，拿一個；來一對，拿一雙。」員外點頭歸後。他們仍是又把門關上，就是虛掩。兩人復又坐下，靜聽外邊。天有五鼓，聽問路石「吧噠」一響，蔣爺拿胳膊一拐柳爺。忽聽由後夾道「蹬蹬」有腳步的聲音。蔣、柳二人開門出去，原來是前頭跑著個女賊，後頭追的是魯員外。

---

❷ 垂花門：舊式的住宅中，在第二道門的頂上修建有屋頂狀的蓋，四角有下垂的短柱，柱端雕花彩繪，故稱之為垂花門。

你道這兩個女賊，可是魯員外說的不是？正是分毫不差。就皆因閃電手范天保作了些好買賣，掙了家成業就，可也沒算棄了綠林，就在此處居住。果然是先娶的喜鸞，又買的喜鳳。喜鸞又給他生了一個兒子，愛如掌上明珠一般，嬌生慣養。這溜街坊鄰舍，從小兒小孩們誰要打了范大狼，范天保倒不出去，不是他娘出去，就是他媽出去──他管著喜鳳叫媽，必與鄰居吵鬧，就是男子也打不過天保這兩個女人，男子常有帶傷的。打遍了街巷，誰也不敢惹。大狼越大越不好了，街坊有少婦長女的，直不教他進門。也有鬧出事來，與他告訴的，晚晌家中就是無頭案。也有告狀的，他們永遠沒破過案。這天可巧大狼為搶驢，被魯士杰將家人也打了，馬也打壞了，算央求著他沒挨著打。回到家中，與他娘、媽一哭，飯也不吃了，教給他報仇，不然他活不得了。他娘說：「教你練，你老不練。你若要練會了本事，如何當面吃苦？」大狼給他娘、媽磕了一路頭，求他娘、媽斷送士杰的性命。喜鸞、喜鳳俱都應承了，哄著教他吃飯。不然這個養兒再不可溺疼，這就是溺疼之過。也是他們惡貫滿盈，把此話可就告訴了范天保。天保猶疑說：「魯家可不是好惹的呀！再說咱們與魯家素常怪好的，他們那是傻小子，必是咱們這個招了人家了。不然，我去見見眾賢去，教他責備責備他那兒子，何苦動這麼大參差❸。」原來魯遞號叫眾賢。喜鸞把臉一沉，說：「我的兒子不能出去教人家欺負去，為死為活，都是為的我那兒子。命不要了都使得，也不能教我那兒子出去栽跟斗。現在咱們的馬教他們打壞了，現在咱們家人帶傷，倒給他賠不是去，你怕他呀！我今天晚晌去，我要不把他這個孩子剁成肉醬，誓不為人！」說畢，氣得渾身亂抖。不然怎麼說「家有賢妻，男兒不作橫事」，范天保又是懼內。可巧喜鳳在旁說：「這事不用你管，有我們姐兩個，

❸參差：本指高低不平。這裏借指衝突。

絕給你惹不出禍來。」又是激發的言語。究屬總是善有善報，惡有惡報。魯家要沒有蔣平、柳青在那裏，魯家滿門有性命之憂。

天交二鼓之半，先是喜鸞去，天保與喜鳳喝著酒等著，左等不來，右等也不來。天交五鼓，喜鳳放心不下，說是：「大爺，我去看看我姐姐去罷。天氣太晚，魯老頭子也會點本事，別是與我姐姐交了手了罷。」天保說：「不然我去。」喜鳳說：「不用，還是妾身前往。」說畢，脫去長大衣服，摘了簪環首飾，絹帕蒙頭，汗巾束腰，換了弓鞋，背後勒刀，跨上流星囊，躥房躍出去，直奔魯家而來。躥上了東牆，「吧噠」，問路石往下一扔，一無人聲，二無犬吠，飄身下來，不先奔房屋，先找他姐姐。順著東牆根，施展夜行術往前。早見打腰房之中躥出一個人來，提著一口刀，撲奔喜鳳，就是魯員外。回到他的屋中，哪裏能睡，不時把著窗戶往外瞧，看見貼著東牆一條黑影，提刀追出。喜鳳轉頭就走。老頭子追了個首尾相連，喜鳳一扭身，撒手流星，「叭喳」一聲。魯遞「噯喲」，「噗通」栽倒在地。喜鳳回身，抽刀就剁。若問魯員外生死，且聽下回分解。

第一百五回 魯員外被傷嘔血 范天保棄家逃生

西江月：

放目蒼崖萬丈，拂頭紅樹千枝。雲深猛虎出無時，也避人間弓矢。建業❶城啼夜鬼，維揚❷井貯秋屍。樵夫剩得命如絲，滿肚南唐❸野史。

且說喜鳳本是賣藝出身，專會打流星，百發百中。一根絨繩上頭，拴著個鐵甜瓜頭兒，打將出去，往回裏一收，又接在手中，百發百中。魯遞出來一追。論本領，魯員外本會的是在馬上使長家伙，衝鋒打仗，對壘廝殺；要論平地高來高去的能耐，本不甚佳。再說又是夜晚之間，眼光不大很足。對著喜鳳一跑，他打算是喜鳳不敢合他交手了。追到前院，將要叫蔣爺幫著拿賊，只見喜鳳一扭身。他本是弓著腰追，虧他把身子往上一挺，不然正中面門，這算正中胸膛之上，「噯喲」一聲，撒手扔刀，「噗咚」躺

❶ 建業：江蘇南京的古稱之一。

❷ 維揚：亦即江蘇揚州。

❸ 南唐：五代時十國之一。西元九三七年李昪代吳稱帝，建都金陵（今江蘇南京），國號唐，史稱南唐。九七五年為北宋所滅。

在地下。喜鳳抽刀將要剁下，就聽見他身背後「嗖」的一聲，一陣冷風相似。別瞧喜鳳是個女流之輩，工夫也算到家，沒有回頭就看見了，往前一彎腰，就閃開了蔣爺的這一刀，然後兩個人交手。此時柳爺也躥上來了，兩個人圍住了喜鳳。真難為他，一口刀遮前擋後，究屬不是柳爺、蔣爺二人的對手。看看天色微明，喜鳳一想：「天已將亮，難以逃走。」又想：「姐姐大概凶多吉少。不料魯家竟有防範，這個人是誰呢？」賣了個破綻，躥出圈外，直奔垂花門跑。蔣爺就追。女賊躥出門外，蔣爺到門內「吧」一跺腳，打算追將過去，喜鳳「嗖」就是一流星。可巧遇見機靈鬼了，蔣爺早就知道他要發暗器，將身往門旁一躲，流星打出，蔣爺用刀一繞，往懷中一帶，「噶嘣」一聲，就把絨繩拉折，把喜鳳嚇了個膽裂魂飛，撒腿就跑。柳青往下就追。蔣爺反身回來，先看了看魯員外，來到跟前一瞧，見他閉目合睛，哼哼不止。蔣爺把他攙起來了。魯員外負著痛，眼前一陣發黑，又覺口中發甜，「哇」聲就是一口鮮血吐將出來。蔣爺喊叫他們的家人快來呀，這才有人出來。眾人一路亂喊，叫拿賊。蔣爺說：「你們不用嚷，有人拿賊。把你們老爺攙在屋中，我去給你們拿賊。」

蔣爺可就追去柳青來了。工夫雖然不算大，竟自不知他們往哪方去了。忽然聽見東邊有犬吠的聲音，就往正東追趕。追來追去，就瞧見前邊有點影色，盡力一追，就追在一處了。喜鳳實無法了，往家中就跑，由西邊牆兒進去。柳爺跟將進去。蔣爺說：「小心點！」柳爺見蔣爺一來，更把膽子壯起來了。女賊進了他們院子，把嘴一捏，一聲呼哨，嚷道：「風緊！」忽然間，打上房屋中出來一人，手提著一口刀，迎將上來，擋住柳青。蔣爺也就上來，男女四人交手。閃電手說：「好生大膽，黑夜入宅，是『合字』麼？」蔣爺說：「鷹爪。」范天保就知道大事不好了。自己問了一聲「合字」，問的是賊不是。蔣爺說「鷹爪」，是辦案的官人。每是賊遇見官人，自來就懼怕三分。范天保要準知道蔣爺合柳青兩個人，還不至於十分的害怕，料著要是官人，絕不能就是兩個，必有他們伙計。一來天色已然大亮，想走，可怕有些費事，自己一想，「三十六招，走為上策」，告訴他妻子說：「扯滑。」喜鳳也說「扯滑」。蔣爺追喜鳳，柳爺追范天保。出了他們的院子，不敢由平地跑，遇有住戶人家的地方，躥著房，越著牆，打算要逃竄性命。自己跑著，回頭一看，柳爺是緊緊的追趕，死也不放。看看紅日東升，就見前邊白茫茫一帶是水。柳爺一看蔣四爺不在，暗暗的著急，自己一想：「又不會水，他必然奔水去。這一奔水，白白將他放走，豈不可惜。」追著就有些泄了勁了，可又不能不追。追到河邊，見范天保也是順著河沿直跑，心中暗一忖度：「莫不成他也不會水，也許有之的。要是他不會水，那可是活該了。」又自己一高興，把足下平生之力施展出來，緊緊一跟，死也不放。果然他不奔著水走，柳爺就得了主意了。

忽然打蘆葦當中出來一隻小船，他高聲嚷道：「那隻小船，快把我渡過去罷，後邊有人追我哪！快快把我渡過去！」柳青嚷叫：「別渡他，千萬可別渡他！他是個賊，我們這裏正拿他呢。」范天保說：「我是個好人，他是個歹人，他搶了我的東西去，他還要結果我的性命。」船家也並不理論，衝著前來。離碼頭不遠，范天保「蹭」一個箭步，就躥上船去。柳爺乾著急，又嚷說：「船家，千萬可別渡他！要渡他，連你都是一例同罪。」船家說：「我們為的是錢，不管甚麼賊不賊，只要有錢給我們，就渡他。」柳爺也就沒了主意了，站在岸上發怔。見那隻船到河心不走了，說：「有句俗言，你可知道？『船家不打過河錢』，拿船錢來。」范天保說：「船錢是有，到那邊還能短的下你的？你只管把我渡過去，短不下你的船錢。」船家說：「你不給錢，我把你渡回去。」范天保說：「可別渡回我去。到了那邊，我要沒有錢，把我這衣服都給你，難道還不值嗎？」船戶說：「你這等等。」放下竹篙，進了船艙。少刻出來說：「怪不得岸上有人說你是賊呢！過河你都不給錢。到了那邊，你準把我們殺了，你自己一跑。活該！這可是到了你的地方了。大概你久處有案，你不定害過多少人呢。我打發了你罷。」見船家一抬腿，一兜范天保的腿，「噗通」一聲，范天保就躺在船上。船家並沒費事，打腰間取出一根繩子來。原來進船艙裏，就是取繩子去了。這范天保也不急忙的起來與船家交手。船家不慌不忙，把他捆了個四馬倒攢蹄，拿起他的刀來就要殺。天保苦苦的央求。柳爺看了個挺真，高聲嚷道：「船家，你別殺他，把他給我罷。我把他交在當官，也省得你殺他，也給本地原原案。」船家說：「我不管那些事。你若是要他，你替他給我船錢。」柳青說：「你太小氣了。我不但給你錢，還是給你銀子呢。」船家往回就撐船。柳爺在碼頭這等著。船臨切近，柳爺上船，見船家拿竹篙一點，「嗤」的一聲，這就出去了多遠。柳爺說：「你往哪裏去？」船戶並不答言，將船直往西撐。柳爺說：「你是要怎麼著哇！」只顧跟船家說話。范天保把柳爺連節骨❹揝住，往懷裏一帶。柳爺不提防，「噗通」一聲，摔倒船頭。就用那根繩子，把柳爺四馬倒攢蹄捆上。柳爺方知中他們計了。

原來這個船家是范天保的族弟，叫范天佑。皆因他生了一腦袋的黃頭髮，他本是個水賊，也不是海島中的江洋大盜，衝著他這個頭髮，外號人稱他金毛海犬。就在這裏安著個擺渡，遇著有倒運的，或早或晚，也作些零星散碎的買賣。不能糊口，又好吃喝嫖賭，無所不為，常常淨找范天保去。本范天保來的財也不正，倒是常常周濟他兄弟。今日自己一想無處可跑，就直奔這道河來了。看看快到蘆葦之處，

❹連節骨：指腳上的關節。

范天佑早就看見。這作賊的兩隻眼睛鑾鈴相彷，早已瞧見范天保教人追趕，故此把船就撐出來了，把他哥哥接上船來。雖然高聲的說話，低聲的調坎兒❺，這個叫作捨身誆騙。不然，怎麼說拿繩子捆，並沒費事？他也沒起來與船家較量，就老老實實的教捆上了？其實他爬在船頭，把手腳湊在一處，拿手揝著繩頭，並沒繫扣，淨等著把柳爺誆上來好拿他。果然直把柳爺誆上去了。船家直撐船，柳爺合船家說話，就是那根繩子預備捆柳青的，把柳爺拉倒。范天保把柳爺四馬倒攢蹄捆上，范天佑這才問范天保，是怎麼個情由，教他追的這般光景。范天保就將大狼兒教魯士杰打了，喜鸞怎麼去的，喜鳳怎麼找的，魯家有防備，教人追下來，從頭至尾把話學說了一遍。范天佑不聽則可，一聽氣往上一壯，說：「我大嫂嫂準教他們禍害了。先拿他給我大嫂嫂抵償！」說畢，就將柳爺的刀拿起來要剁。范天保說：「兄弟略等片刻，問問他你嫂嫂的下落再殺。我問你是何人？」柳爺說：「我也不必隱瞞，我姓柳名青，人稱白面判官。你妻子如今被捉，現在魯家。你要肯放了我，我去與你妻子講情，兩罷干戈。你若不肯，就速求一死。」天佑說：「誰聽你這一套。」擺刀就剁，「噗」的一聲，紅光崩現。

若問柳爺生死如何，且聽下回分解。

---

❺ 調坎兒：方言。本指同行之間說內行話。這裏特指同伙間的悄悄話。

第一百六回　娃娃谷柳青尋師母　婆婆店蔣平遇胡七

詩曰：

年年垂釣鬢如銀，愛此江山勝富春❶。
歌舞叢中征戰裏，漁翁都是過來人。

且說柳爺還想著說出喜鸞的事情來，打算人家把他放了，哪知道天佑非殺了他不可。剛一舉刀，在他的腿上「嘣」就是一刀，「噯喲」一聲，「噗通」掉在水中去了。「呼隆」的一聲，蔣爺一扶船板，就著往上一躍身軀，衝著天保「嗖」的一聲，刀就砍下來了。范天保瞧著打水中躥上一個人來，對著❷天佑掉下水去，再看蔣爺已躥上船來，迎面用刀砍來。天保一歪身，「噗通」也就沉落水中去了。蔣爺這才過來把刀放下，給柳青解了繩子，說：「柳賢弟受驚！你怎麼到船上了？」柳爺把他自己事說了一番，就著問：「四哥，你從何處而來？你要不來，我命休矣！」蔣爺說：「我追那個婦人來著，我看著你們往這裏來了，走在此處就瞧不見你們了，我也顧不得追那個女的了。後來我看見你在船上教人家把你捆上，

❶富春：指浙江省的富春江。東漢著名隱士嚴子陵隱居垂釣的釣臺即在此江畔。
❷對著：口語。指同時。

我有心下水，又怕教他們瞧見，我打那邊蹿下水去，慢慢到了這裏。我貼著船幫上來，給了那廝一刀。便宜那兩個東西罷，有心要追他們去，你在船上比不得旱地，怕你吃了他們苦子，故此便宜他去罷。」柳爺說：「別追他們，這三面朝水，一面朝天的地方，我可是真怕。」說畢，蔣爺撐船仍然又回碼頭。下了船，蔣爺把身上的水擰了一擰，也就不管那隻船飄在何處，聽他自去罷。兩個人回奔魯家，看看的臨近，有魯府上家人遠遠的招呼說：「我們在這裏尋找你老人家哪！你老人家怎麼落了這麼一身水？」蔣爺把自己的事說了一遍。到了魯員外家中，來至庭房。魯爺先拿出衣服來教蔣爺換上，不合身軀，衣服太長，先將就而已。打臉水獻茶，吩咐擺酒。酒過三巡，魯員外與蔣爺講論這個女賊怎麼個辦法。蔣爺教了魯爺一套主意：「先擺布他，把地方找來，教他們把女賊押解送在當官，然後自己親身到衙署把他告將下來，必要拿人。索性到他家中，先把他兒子連家人一併拿住，以為見證。左近地面既有無頭案，這贓證必在他的家中，只要找著一個人頭，這算行了。你要不行，我替你去辦。」魯員外說：「四弟，稍在我這裏住三五日，我要辦不了的時節，四弟還得幫著辦理。」蔣爺點頭。比及找了地方的伙計，約了鄉長，找了里長，派人去先拿了大狼兒，拿了幾個家人，送在當官。說到此處，就不再重絮了。

縣官升堂審訊，派人下來抄家，後院搜出六個人頭。家宅作為抄產，抄出來的物件入庫，六顆人頭傳報苦主前來識認。重刑拷問喜鸞。重責大狼兒八十板，一夾棍全招了，質對他母親。喜鸞無法，全推在閃電手范天保、喜鳳身上。教他們畫供，大狼兒、喜鸞暫為待質；出簽票，賞限期，捉拿范天保、喜鳳，連拿范天佑，待等拿獲之時，一併按例治罪。家人僱工人氏，當堂責罰。魯員外拿女寇有功，暫且回家。後來本縣縣太爺賞賜魯家一塊匾額「急公好義」四個字。

本縣留魯員外住了一宿，次日回家，見蔣四爺一一告明此事。蔣爺說：「還有要事，意欲告辭，我又放心不下。」魯員外說：「所為何事放心不下？」蔣四爺說：「我們走後，怕范天保去而復轉。」魯員外說：「四弟公事在身，我這裏自有主意，多派家下人晚間打更；晚間教你侄子跟著我那裏睡覺，若有動靜，我把他叫將起來。」蔣爺說：「等著我們襄陽之事辦完，我再把我這個徒弟帶去。」員外說：「我是難為四弟一件事，這孩子可是不好教哇。」蔣爺說：「我能教，交給我罷，你別管。」用完早飯，告辭起身。魯員外送路儀，再三不受，連徒弟都送將出來，由此作別。與魯員外打聽道路，哪裏是奔武昌府的道路，哪裏是奔娃娃谷的道路。魯員外一一指告明白。傻小子與蔣、柳二位又磕了一路頭，這才分手。

蔣、柳二位直奔娃娃谷來了，路上無話。至娃娃谷，直到甘婆店，柳爺一瞧，果然牆上寫著「婆婆店」三個字。蔣爺說：「走哇。」柳爺說：「不可，你先把我師母找出來，我才進去呢。」蔣爺說：「老柳，你這個人性實在少有，你師母開的店，你還拘泥不進去。瞧我叫他『親家呀，小親家子』！」隨說隨往裏就走，隨叫「小親家子」。柳青瞧了個挺真，打旁邊來了個人，拿著長把笤帚在那裏掃地，聽著蔣爺叫「小親家子」，未免得無明火起，把笤帚衝上，拿著那個笤帚把，望著蔣爺後脊背就是一笤帚把子。虧了蔣爺是個大行家，就聽見後脊背「叭」一聲，往旁邊一閃身，一低頭，「嗖嗖」的就是幾笤帚把兒，蔣爺左右閃躲。柳爺說：「該！幸虧我沒進去。」蔣爺連連的說：「等等打我，有話說。」看那人的樣兒，青衣小帽，四十多歲，是個買賣人的打扮，氣得臉是焦黃，仍是追著蔣爺打，他一下也沒打著。蔣爺這裏緊說「別打了」，那人終是有氣。蔣爺躥出院子來了，問道：「因為何故打我？」那人說：「你反來問我？你是野人哪！」蔣爺說：「你才是野人呢！」那人說：「你不是野人，為甚麼跑的我們院子裏撒野來？」蔣爺說：「怎麼上你們院內撒野？」那人說：「你認得我們是誰，跑的我們院子裏叫小親家子？」蔣爺說：「誰的院子？你再說。」那人說：「我們的院子。這算你們的院子？」蔣爺說：「誰的院子？你們的院子，憑甚麼是你們的院子？」那人說：「你們親家姓甚麼？」蔣爺說：「我們親家姓甘。」那人說：「姓甘，姓甘的是你們親家，姓甘的早不在這住了。我們住著就是我們的地方，你不是上我們這撒野嗎？」蔣爺說：「你說的可倒有理。無奈可有一件，你們要搬將過來，為甚麼不貼房帖？再說你是個爺們，為甚麼還寫甘婆店？」那人說：「我們剛過來拾掇房子哪，還沒有用灰將他抹上呢。」蔣爺說：「也有你們這一說。就不會先拿點青灰把他塗抹了嗎？倒是嘴強爭一半，沒有理倒有了理了。」那人氣得是亂戰。柳爺實瞧不過眼了，過來一勸說：「這位尊兄不用理他，他是個瘋子。」連連給那人作揖。那人終是氣得亂戰，說：「他又不是孩子，過於矯詐❸。」柳爺說：「瞧我罷。我還有件事跟你打聽打聽，到底這個姓甘的是搬了家了？」那人說：「實是搬了家了。」柳青說：「請問你老人家，他們搬在甚麼所在？」那人說：「那我可是不知。」柳爺復反又給他行禮，深深一躬到地，說：「合你老人家討教討教，實不相瞞，那是我的師母，我找了幾年的工夫也沒找著。你老人家要知道，行一個方便。」那人說：「我要但知分曉，我絕不能不告訴你。我是實係不知。」柳青聽說不知，柳青也就無法了。又問了問：「他們因為何故搬家，尊公可知？」那人說：「那我倒知曉。因為他們在這住著鬧鬼，本來就

---

❸ 矯詐：說話強辭奪理、違反常情。

是母女二人，膽子小，也是有之的。」柳爺暗道：「他們娘兩個膽小，沒有膽大之人了。」柳爺說：「尊公貴姓？」那人說：「我姓胡，行七。」那人也並沒問柳爺的姓氏。柳爺與他拱了拱手，同蔣四爺起身。胡七瞧著蔣四爺終是憤憤不樂，也就進門去了。

柳爺見不著師母，心中也是難過。蔣爺見不著甘媽媽，心中也是不樂，又鬧了一肚子氣。正走之間，遇見一位老者，蔣爺過去一躬到地，說：「請問你老人家，上武昌府走哪股道路？」那人說：「兩股路，別走正東，走正南的道路，直到水面，一水之隔，就是武昌府。」蔣爺抱拳給人家道勞。那人揚長而去。柳青就著也告辭。蔣爺說：「你往哪裏去？」柳爺說：「彭啟是拿了，君山是定了，就單等與五爺報仇了。」蔣爺揪著死也不放，說：「那可不行，你一個人情索性作到底。你等著把大人找著，給五弟報完仇，我絕不攔你。」柳爺說：「我暫且回去，大人有了下落，我再來。只要去信，我就來。」蔣爺說：「那可不行。」揪住柳爺死也不放。柳爺無法，隨到了水面，一看人煙甚稠，船隻不少，蔣爺說：「哪隻船是上武昌府的？」立刻就有人答言，有個老者在那隻船上說：「我們就是武昌府的船，是搭船哪，是單僱？」蔣爺說：「我們單僱，上去就走。」那人向後艙叫了一聲：「小子出來！」忽聽後面大吼一聲出來，看此人兇惡之極。

上船到黑水湖，就是殺身之禍。要知端的，且聽下回分解。

第一百七回　蔣澤長誤入黑水湖　白面判被捉蟠蛇嶺

西江月：

凡事當皆仔細，不可過於粗心。眉來眼去要留神，主意還須拿穩。　莫看甜言蜜語，大半皆是哄人。入人圈套被人擒，休把機關錯認。

且說蔣爺僱船是行家，一問上武昌府的船，自然有順便的就答言了。見這位老者可善靜，出來這位年輕的可是兇惡。說：「二位上武昌府，請上來瞧船。」蔣爺說：「我們瞧船幹甚麼？」那人說：「船與船不同，這不是那破爛船隻，上船就擔心。」蔣爺說：「到武昌府多少錢罷？」那人說：「管飯不管菜，二位，五兩銀子。」蔣爺說：「不多，不多！你們要遇見頂頭風，可就賠了；遇見順風，還剩幾個錢。」老者說：「原來你是個行家，請上船罷。」柳爺瞧著這個船家發怔，暗暗與蔣爺說：「這個船家可不好哇。」蔣爺「嗤」的一笑，說：「老柳，你這是多此一舉，黑船不敢與他們這船貼幫❶。你且記：僱船，離碼頭或上或下，有一兩隻，此是黑船，萬不可僱。」也不在話下。

二位搭跳板上船，老者問：「二位貴姓？」蔣爺說：「我姓蔣，這是盟弟姓柳。船老板貴姓？」老

❶ 貼幫：（船）緊挨著停靠。幫，指船的兩旁。

者說：「姓李，我叫李洪。」蔣爺說：「那個是伙計呀，是甚麼人？」管船的說：「那是我侄子，他叫李有能。」遂說道：「二位客官，方才已經言明，我們管飯不管菜，趁著此處是個碼頭，或買肉買酒，快去買，少刻要開船了。」蔣爺說：「你們給我們買去。」老者說：「咱們這有人。」柳爺把包袱打開，內中有一個銀袱子。打開銀袱子，「嘩啷」一聲，露出許多銀子來，也有整的，也有碎的。蔣爺瞪了他一眼，拿了點碎的，教有能去買。李洪拾掇船上船篷桅繩索，不多一時，有能買了回來。蔣爺說：「剩下的錢文，也不用交給我們了。」少刻間，把錨索提將上來，撤了跳板，用篙一點，船往後一倒，順於水面，這且不提。

單言蔣爺與柳青在艙中說：「柳賢弟，你是個精明強幹的人，怎麼這麼點事情你會不懂得？」柳青說：「甚麼事？」蔣爺說：「水旱路一樣，你把銀子一露，這就算露了白了。窮人他有個見財起意，今天晚晌睡覺就得加分小心。」柳爺說：「咱們給他那銀子不要了，咱們下船罷。」蔣爺說：「我是多慮呀！」柳爺說：「你是多慮，我是害怕。三面朝水，一面朝天，你敢情不怕。咱們下船罷。」蔣爺說：「無妨，有我哪。」柳爺說：「沒事便罷，有事就是我吃苦。」焉知曉他這一回苦子更吃大了。柳爺說：「你瞧，他們這是幹甚麼呢？」連蔣爺一瞧，就是一怔：「是何緣故呢？」他們兩個水手在那裏嘀嘀咕咕的，兩個人交頭接耳，不知議論甚麼事情。柳青說：「咱們這還不下船？」蔣爺說：「下船幹甚麼？這兩個小廝真個要起不良之意，就是活該他們惡貫滿盈了，可怨不上咱們。」柳青說：「你看他們又嘀咕甚麼呢？」蔣爺一看，果然是又嘀嘀咕咕的。見那個年幼的皺眉皺眼，咬牙切齒，意思是要一定這麼辦。又見那個老頭兒搖頭擺手，那意思是不教他辦。遂說：「柳賢弟不怕，有我哪。他們不生別念便罷，他們要生別念頭，就有前案，結果他的性命，也不算委屈他們。晚晌睡覺，多留點神。」柳青終是不願意，也是無法。

正走之間，忽然見前邊由水中生出兩座大山，當中類若一個山口相似；再看好詫異，見那水立時改變了顏色，類若墨湯兒一般。蔣爺一瞧一怔，叫道：「船家，這到了甚麼所在了？」船家說：「這是黑水湖。」蔣爺說：「把船靠岸罷。」船家說：「甚麼緣故？」蔣爺說：「我們不走黑水湖。」船家說：「因為甚麼不走黑水湖？」蔣爺說：「你不用問我們！我們不走黑水湖。黑水湖慣出強人。」船家說：「若要是道路不安靜，我們也不敢走。只管放心罷，不像前幾年了。」蔣爺說：「不管像不像，我們不走。」船家說：「已經到了這了，不走不行了。」蔣爺說：「你繞遠都使得，多走個一天半天的不要緊。」說話之間，已到了黑水湖口了。船家說：「二位客官，只管放心罷，這就進湖口了。」蔣爺也就不拿這事很擱在心上，總是藝高人膽大。柳青也就無法子了。若論使船上水櫓，下水舵，至黑水湖搶上水，才能進得了湖口。搶上水是最難搖櫓的，總得有力氣。水都歸在湖口，往外一流，水力甚猛，搖櫓的得一口氣搖進去才行，不然若搖在半路，力氣不加，船就順下流又出了湖。不然，怎麼說搶上水最難？若是有能，行的，正在二十五六歲的光景，「嗶嗶嗶」的盡力搶著上水，往湖口裏一搖。

這隻小船將進了湖口，就聽見東山頭「嗆啷啷」一陣鑼響，打上頭「吧噠，吧噠」扔下許多軟硬拘鉤來，搭住了船頭。眾嘍兵一叫號兒❷，往裏就帶。蔣、柳二位看了個挺真，見這些嘍兵一個個蓬頭垢面，衣不遮身，滿臉的污泥，漫說靴子，連利落的鞋襪都沒有，真是一群乞丐花子，三分像人，七分像

❷ 號兒：指協同使勁時為統一步調發出的呼喝聲。

鬼。何為叫「軟硬的拘鉤」？就是鐵拘鉤，可是五個，上頭掛六尺長的鐵鏈，鐵鏈那邊是極長的絨繩，好打山上往下扔。若要瞧見船隻進了湖口，他們就用軟硬拘鉤往下一扔，拘鉤尖扎住船板，眾嘍兵一叫號兒，往近一拉，拉著一跑，直奔東山邊去。蔣爺看著這個景況，早就躥出艙了來。蔣爺懂得這個事情，一出世十四歲，淨守著水賊水面的事情，無一不曉，無一不知。他們這船家叫送禮合賊勾串❸，每遇載上有錢財的客人，必得要送到他們這裏來。水賊作了買賣，還分給他們成帳，船家又不擔不是❹。蔣爺一生恨透了這種人了，蔣爺往外一躥，就奔了有能去了。有能嚇得也不敢搖櫓了，被蔣四爺攔腰一抱，說：「我恨透了你們這種東西了，咱們水裏說去罷！」只聽「噗通」一聲，兩個人俱都墜落水中去了。把後頭那扳舵的嚇得是身不搖自戰，體不熱汗流。

蔣爺說他們送禮，說屈了他們了，他們也不是賊船。皆因李有能所為的此事，省二百多里地的路程，依著李有能主意，要搶湖❺穿湖而過，李洪不教。李洪說：「近來湖中走不得，我聽見人說，連客人帶船、帶船家都走不了。」李有能說：「不怕，到底近二三百里地呢。設若搶過湖口去，豈不省些路程？就是搶不過去，船隻也不礙，近來搶湖口的甚多，都沒有遇見甚麼事情。」那老者是執一的不教穿湖，後來才點了頭。他們那嘀嘀咕咕的，就是為這件事情。進得湖口，搭住船隻，李洪焉有不害怕的？

柳青一見這個景況，也是害怕，要是在旱路也就不要緊了。一瞧蔣爺，把個使船的抱入湖中去了。

---

❸ 勾串：勾結串通。

❹ 不是：這裏指罪責。

❺ 搶湖：指搶時間迅速過湖口入湖。

自己把衣裳一掖，袖子一挽，亮出刀來，躥出船艙，刀剁鐵鏈，呱喇喇的聲音，一絲也不動，又夠不著絨繩。不然，怎麼說是軟硬拘鉤呢？硬拘鉤，淨是鐵鏈，多少丈長未免分兩太重，要是軟拘鉤，淨是絨繩，遇刀就斷，故此用的是軟硬拘鉤。刀剁鐵鏈剁不動，剁絨繩胳膊夠不著，急得柳爺在船上跺腳，罵道：「病夫哇，病夫！你可害苦了我了！」見嘍兵往東山邊上拉著一跑，「嘩啷」一聲，那船一歪，在水中一半，在山坡上一半，把柳爺幾希乎沒摔下水去。借力使力，就著往岸上一躥，這可得了手了，叱喳磕喳亂砍。嘍兵本來就有幾天連飯都沒吃，又沒有兵器，豈不是甘受其苦，挨著就死，碰著就亡，扔下拘鉤，南北亂躥。柳爺追上，就要了他的性命。

不多時，打山上跑下一個人來，身高六尺，頭挽髮髻，沒有頭巾，身穿破襖破褲，直看不出甚麼顏色來，足下的靴子綁著象錢串，面賽地皮，拿著一口刀，說話餓得連點氣都沒有了。柳青看見他肺都氣炸了，罵道：「山賊！過來受死！」那山寇擺刀就剁，覺著眼前一黑，往前一栽。柳爺倒省力，就結果了他的性命。

你道這山中為甚麼這麼窮呢？有個緣故，常說：「一將無謀，累死千軍；一帥無謀，挫喪萬師」。山中大寨主是個渾人，眾人跟著他受累。若論此人身高丈一，膂力過人，使一雙三稜青銅節附刺，天真爛熳，人事不通，名叫吳源，外號人稱鬧湖蛟。他不曉得綠林的規矩，他把船家傷了。論說水賊不傷船家，旱賊不傷馱夫，這才是規矩呢。他一傷船家，船家要一通信，他就沒有買賣了。餓了幾天，連寨主皆是一體。好容易報有船到，嘍兵下去，又報扎手，教四寨主聶凱出去，又報聶凱被殺。吳源親身出來到湖，此湖叫黑水湖，嶺叫蟠蛇嶺。吳源下了蟠蛇嶺，柳青一見山賊來得兇惡，擺刀迎頭一剁。吳源看見一閃身，一腳就把柳青踢倒，吩咐嘍兵連船家一併綁上，將他們煮了，大家飽餐一頓。

若問柳青生死如何，且聽下回分解。

第一百八回　蟠蛇嶺要煮柳員外　柴貨廠捉拿李有能

西江月：

自古英雄受困，後來自有救星。人到難處想賓朋，方信交友有用。　當時救人性命，一世難忘恩情。銜環結草❶志偏誠，也是前生造定。

且說柳爺活該運氣有限，到黑水湖，現在這種餓賊，半合未走，教人踢了個跟斗，教嘍兵連船家一併捆上，要大煮活人。柳爺暗暗的淨恨蔣平：「要不是病夫，怎麼也到不了這裏。人活百歲終須死，大丈夫生而何歡，死而何懼。真個要教人煮死，作了甚麼無法的事了？自己出世的時節，在綠林日子不久，也沒作過傷天理的事，至刻下到了冬令，捨棉襖，捨粥飯。再說修橋、鋪路、建塔、蓋廟宇，絕不嗇吝銀錢，為的是以贖前愆，怎麼落了這麼一個收緣結果？」遂教人搭上山去，抱柴燒火。還有的說：「把他的衣裳脫下來，給大寨主穿。」此刻也不知道蔣四爺哪裏去了。

焉知蔣四爺把水手抱下水去，一翻一滾的出了黑水湖口。蔣爺一撒手，那水手打算要往起裏一翻，

❶ 銜環結草：指報答恩惠。銜環，用黃雀銜環報恩的典故。結草，用左傳魏顆嫁亡父之妾、而在與秦軍作戰時此妾亡父結草絆倒秦將來報恩的典故。

哪知道在水裏頭更不是蔣爺的對手。蔣爺順著後脊背往上一伸手，把他脖子一捏，要把他浸在水底；右手閉住了自己的面門，怕水手一回手把他抓住。那水手頭顱朝下，閉著嘴死也不肯張口，一張嘴那水就灌在肚子裏來了，非淹死不可。蔣爺非教他飲水不可，蔣爺真有招兒，左手捏住了脖子，右手用力一勾水手的肋條。水手一難受，一張口水就灌進去了。這一下就把他灌了八成死，才把他提溜上來，解他的帶子，把他四馬倒攢蹄捆上，將他放在阻坡的地方，腦袋衝下，自來他哇哇的往外吐水。蔣爺就知道他死不了哩，遂喊叫地方，就聽見那裏遠遠的有人答言，說：「來了！來了！」看看臨近，蔣爺一看，此人身量不高，四旬開外，說：「你就是此處地方？」回答說：「正是。」蔣爺說：「你們這是甚麼地名？」回答說：「叫柴貨廠。」蔣爺說：「你叫甚麼名字？」地方說：「我叫李二愣。」蔣爺說：「我們僱船上武昌府，船家與賊人勾串，把我們送進黑水湖來。還有個朋友，此時尚不知道生死呢？我把這個船家在水中拿住，大概久處有案，你把他先送在當官。」地方說：「你在哪裏將他拿住的？」蔣爺說：「在水中拿住的。」地方說：「在水中拿的我管不著。」蔣爺說：「你管不著，連你一同送下來。」地方一聽，嚇了一跳，就知道蔣四爺口氣不小，必有點勢力，回道：「你老人家先別動氣，我們這是差使，水有水地方，早有旱地方，各有專責，誰不錯當誰的差使。」蔣爺說：「我偏教你送。」地方說：「你老貴姓？」蔣爺說：「姓蔣名平，字澤長，外號人稱翻江鼠，御前帶刀水旱四品護衛。」地方爬下就磕頭，說：「原來是蔣四大人，你拿過花蝴蝶。」蔣爺說：「你怎麼知道？」地方又說：「還有北俠、二義士爺、龍滔、夜星子馮七。」蔣爺說：「你怎麼知道？」地方說：「那我可全知道。」蔣爺說：「你怎麼知道的？」地方又說：「實不相瞞，我實實告訴你老說罷。四老爺，我們這裏到了夏天，搬出張桌子來，在柳蔭之下說這個拿花蝴蝶，你老怎麼相面，怎麼教他們識破了機關，怎麼你老挨打，北俠同二義士爺來，大眾群賊怎麼甘拜下風，你老在水內怎麼拿的花蝴蝶，說得熱鬧著的哪！」蔣爺問：「誰說的？」地方說：「是你的一個朋友。」蔣爺問：「我哪個朋友？」地方說：「莊致和。」蔣爺說：「莊先生他這時在哪呢？」地方說：「就在這北邊胡家店。」蔣爺說：「伙計，你把莊先生找著，你說我在這呢。」地方說：「西邊就是我的屋子，四老爺到我家去罷。」地方就要扛著水手，蔣爺說：「我扛著他罷。」遂扛將起來。地方頭前引路，到了他那房前，也沒院牆，共是兩間，鉤連搭，啟簾進去。蔣爺把他往地下一摔，「噗通」摔在地下。正在黃昏之時，地方點上燈。蔣爺說：「你去找去罷，可教莊先生給我帶衣服來。」

地方去不多時，就聽外邊咳嗽一聲，說：「原來是蔣四老爺貴駕光臨。」啟簾進來，就要行大禮。蔣爺把他攙住，說：「莊先生不可。」莊致和問：「四老爺一向差使可好？」蔣爺說：「託福，託福。」莊致和說：「恩公先換上衣服，有甚麼話然後再說。」蔣爺脫濕的換乾的。

這個莊致和可就是七俠五義上，二義士「大夫居」與他會酒鈔的那個莊致和。白日會的酒鈔，晚間救的他外甥女。不然，怎麼見蔣爺以恩公呼之？濕衣服地方應著給烘乾。

莊致和說：「此處不是講話之所，咱們上店裏去說話。」蔣爺點頭，把地方叫過來，蔣爺在他耳邊如此恁般、恁般如此說了一遍。地方連連點頭。莊致和說：「走哇！咱們上店裏去。」蔣爺一同起身，出了屋子，直奔胡家店。走著路，莊致和說：「四老爺到這有甚麼事？」蔣爺就把已往從前說了一遍。莊致和說：「這位姓柳的還在黑水湖哪？」蔣爺說：「這個時候不出來，還怕他凶多吉少哪。」莊致和說：「不怕！你這個朋友活著更好，要是死了報仇準行。」蔣爺說：「喲，這個仇怎麼個報法呀？」莊致和說：「我們親家是十八莊村連莊會的會頭。」蔣爺說：「你們甚麼親家？」莊致和說：「我這話提起來長。我姐姐死了，我姐夫也死了。我那個甥女韓二恩公救的，那個也出了閣了，給的就是這個開店的胡從善之子，名叫胡成，如今跟前都有一個小女兒了。」蔣爺聽著，讚嘆說：「真是光陰荏苒。」莊致和說：「我再告訴恩公說罷，我們這個胡親家店中沒人寫帳，把我找來與他寫帳。他的地畝甚多，我幫著他照料照料地畝。後來商量著，我們親家給我這說了分家，我也不想著回原籍作買賣了。我如今跟前有個小女兒了，整整的兩生日，三歲了。」蔣爺一聽，連連點頭，說：「人有甚麼意思，長江後浪催前浪，一輩新人趲❷舊人。」

隨說著，就到了胡家店門首了。早有胡掌櫃的出來迎接，旁邊點著燈火。見面之時，有莊致和給兩下一見。胡掌櫃的要行大禮，蔣爺趕緊把他攔住，攜手攬腕，往裏一讓，來在櫃房落座，獻茶。蔣爺打聽了打聽買賣發財，掌櫃的說：「豈敢。」胡掌櫃的問了蔣爺的差使，吩咐擺酒。蔣爺說：「來此就要討擾。」蔣四爺上坐，莊先生相陪，胡掌櫃的坐在主位。酒過三巡，然後談話。胡掌櫃問：「聽說四老爺的朋友，怎麼還在黑水湖中哪？」蔣爺就把上武昌的話，船家怎麼送禮細說了一遍。掌櫃的說：「我們這叫柴貨廠，共有十八個村子，地方極其寬大，買賣住戶甚多：燒鍋、當舖、估衣店。黑水湖中的賊，先前常出來借糧，我們外頭被害不少，後來我們十八個村子立了個連莊大會，按著地畝往外拿錢，置買刀槍器械，他們出來，就合他們拚命。」蔣爺問：「他們出來沒有？」回答：「出來過，連合他打了三

❷ 趲：音ㄗㄢˇ。快走；追趕。

仗，把他們殺敗了三回，再也不敢出來了。」蔣爺說：「他們怎麼那麼窮？」店東說：「他們把船家傷透了，是船家都不敢走黑水湖。二者他們不敢出黑水湖，一出來，我們這裏就打。他們單行人出來不打，淨有上咱們這買東西的，兩下裏公公平平的，咱們也不欺負他們，他們也不敢發橫，故此他們山中連衣食都沒有了。我到廟上撞起鐘來，約十八莊的會頭，有你老人家挑梢❸，咱們大家進去，要你老這個朋友，給了便罷；要是不給，就合他講武，索性把他平了。」蔣爺說：「不可，不可！掌櫃的有這番美意，足感盛情。只是一件，倘若交手，刀槍上無眼，傷損一條性命，我擔架不住。」胡從善說：「無妨。我們這裏立下了規矩，與賊交手，要是廢了命，看家裏有多少口人，或有兒或無兒，有兄弟沒兄弟，父母在不在，按條例給養廉，死多少人也不怕。」蔣爺說：「不行！你們是本村，我是外人，論私，傷一條命，我擔架不起；論官，更不應例了。有一件事，求求掌櫃的就得了。」胡從善問：「甚麼事？」蔣爺說：「你給預備一匹好馬，找個年輕力壯二十多歲的人，我寫封信，教他連夜投奔武昌府，能人全在武昌府呢。」胡從善說：「在武昌哪個地方？」蔣爺說：「在顏按院那裏呢。」胡從善說：「顏按院在哪裏？」蔣爺說：「在武昌府。」胡從善哈哈大笑，說：「好一個在武昌府！隨蔣四老爺吩咐罷，在武昌府更好。」

蔣爺說：「等等，這裏頭有事，我聽出了，怎麼個情由，你告訴告訴我罷。」胡從善說：「四老爺不告訴我實話，我們就告訴四老爺實話？」蔣爺說：「大人丟了，你必知道下落。」胡從善說：「這不奇了。教甚麼人盜去，知道不知？」蔣四爺說：「知道，教沈中元盜去。」胡從善說：「知道他盜的哪

❸挑梢：俗語。帶頭；為首。

去？」蔣爺說：「可不知道盜的哪去，你必知道情由。」胡從善說：「沈中元有姑母在娃娃谷開甘婆店，母女娘兒兩個，忽然間店中鬧鬼，急賣房子。我兄弟胡從喜貪便宜要買他這房子，自己銀子不夠，教我給他添幾十兩銀子。我不教他買，咱們不與婦女辦事，除非他有男子出來寫字才辦呢。後來他說有男子，有他娘家的內侄，姓沈叫沈中元，他出來寫的字，我們才把這事辦了。我兄弟把這房子買過去。」蔣爺心中說：「也不必言語了。」隨問：「怎麼樣呢？」胡掌櫃的說：「這有寫字的，這麼一面之交。前日晚間，忽然有三更多天了，外面叫門住店，咱們這裏說：『沒有房屋，全住滿了。』那人說：『與掌櫃的相好。』問他姓字名誰，回答：『叫沈中元。你們把門開罷，實沒地方，我們在院子裏頭待一夜都行了。我們車上有女眷，夜深不好往前走了，誰教合掌櫃的有交情呢？』伙計可就合我商量。本沒交情，若要見面，店錢不好要了。我沒見他，就教他住了西跨院三間西房。不但店錢飯錢給了，還給了許多的酒錢。這都不要緊，我晚晌取夜壺去，可把我嚇糊塗了，正是姑母娘兩個口角分爭呢。他就說起來了，車上拉著大人，他要住在豹花嶺。他姑母不教，說他表妹給了人家了，人家知道就不要了。始終還是在夾峰山住了一夜，如今上長沙府朱家莊朱文、朱德那裏去了。我過去一摸大人，正在車上躺著哪！夜壺沒顧得拿，官人要在我店內把他拿住，我也就剮了。好容易盼到五更天，他才起了身，我方放心。」蔣爺一聽大人有了下落，歡喜非常。忽然想起一條妙計。不知甚麼主意？且聽下回分解。

第一百九回　地方尋找莊致和　店中初會胡從善

詩曰：

人生如夢春復秋，半是歡娛半是愁。
入畫雲煙空著相，穿梭日月快如流。
才看少婦誇紅粉，又見兒童嘆白頭。
惟有及時行善好，莫教作惡枉遺羞。

且說蔣四爺聽了胡掌櫃的一套言語，不意之中得著大人的下落。老柳雖然生死未定，大人要緊。仍然還與店中掌櫃的借筆硯寫書信，求胡掌櫃的找一匹馬，找一個年輕之人上武昌府送信，書不可重絮。這時已然天亮，撤去殘席，打上臉水，烹上茶來。忽聽外頭一陣大亂，外頭伙計趕緊往裏頭就跑，說：「掌櫃的，大事不好了！有人攪鬧咱們的飯鋪。他們幾個人進門要吃東西，咱們將挑出幌子❶去；他們就要菜蔬，回答沒得哪。他們說先要酒喝，剛把酒給他們端上去，又要鹹菜，也不坐下，走動著喝，左要右要，一連要了五六遍了。他們就有醉了的，他把伙計抓住說：『還沒有喝呢！怎麼就打這個馬虎眼❷

❶ 幌子：舊時店鋪門外用以表明所賣商品的標誌。

哪！』」掌櫃的一聽，氣得肺都炸了，說：「我出去。」蔣爺一攔：「不可，人非聖賢，誰能無過。也許你們錯了，也許他們錯了。」伙計說：「我們不能錯，這是早晨頭一次賣酒，哪能伙計們錯了呢？每天晚晌，酒壺上架子，酒壺底朝上，壺嘴朝下，裏頭一點酒也沒有；打架子上拿下壺來，頭一次打酒，他說是個空壺。」蔣爺說：「這個不用打架，問短了❸比打短了強。」伙計說：「怎麼問呢？」蔣爺說：「我教的你們個法子，拿一根筷子，撕一塊紙沾在筷子頭上，往酒壺底上一戳，紙要濕了，就是他們錯記；紙要不濕，就是拿的空壺，是你們的差錯。知錯認錯，是好朋友。」伙計一聽，說：「這個是好主意。」往外就跑。待了半天的工夫，帶著滿臉血痕進來了。蔣爺說：「你這是怎麼了？」那人說：「這夥人不說理！」蔣爺說：「我那個主意沒使嗎？」伙計說：「使了，不但是紙濕了，壺裏還可倒出酒來。那人羞惱便成怒，給了我個嘴巴，這血是我在牆上撞破的。前頭可不好，大伙要拆這舖子哪。還算有一個上年歲的好，在那裏勸解呢。」蔣爺說：「待我出去看看，甚麼人欺負到咱們這裏了。我去。」掌櫃的說：「咱們一同前往。」店中還有好些個伙計，都搓胳膊，挽袖子。原來他是店外頭有個飯舖，前頭有門面，裏頭賣飯座，這半邊通著店裏。教伙計帶著路，伙計高興，暗暗歡喜：「淨掌櫃的還是不行，有翻江鼠蔣四老爺在這裏，這可不怕他們了。」

大家跟隨出來，單有一個帶路的，說：「往這裏來。」蔣爺還未到門口，就聽見罵罵咧咧。伙計有好事愛打架的，緊緊跟著蔣四爺，想著見面就是打；趕他見著也真作臉❹，瞧見人家就給人家跪下了，

❷ 馬虎眼：俗話。表示敷衍、搪塞的意思。

❸ 問短了：俗話。指用責問的方式把人說得屈服了。

伙計們也泄了勁了。鬧了半天，原來不是別人，是鑽天鼠大義士盧大爺，穿山鼠徐慶，大漢龍滔、姚猛、史雲、胡列。這幾個人由夾峰山起身，走柴貨廠，也打算著穿湖而過，打半夜裏聽著徐慶的主意就起了身了，走在此處，又飢又渴，要吃的又沒有。這幾個人除了盧爺，哪一個人都不說理。到了這喝酒，他們記錯了，拿了人家個錯，愣說人家拿上來的空壺；對著伙計，又拿著筷子往壺裏一蘸，紙條全濕，更羞惱便成怒了，伸手就打，把伙計頭也撞破了，桌子也翻過了。史雲抱著柱子要拔，把椅子也摔碎了，過去要拆人家舖子。那個要拉家伙擱子❺，才被盧爺攔住。蔣爺一瞧是他們，說：「自家，自家！別動手。」蔣爺給盧爺行禮，又給三爺行禮。然後他們過來給蔣爺行禮，史雲過來給四爺爺磕頭。蔣爺一瞧胡列也在其內，蔣爺說：「你是個充軍人，你怎麼也來了？」胡列與蔣爺磕了頭，就把自己的事說了一遍。蔣爺一翻眼睛，想了一想：「此人有這番好處，正在用人之際，正好留下。」他回頭就把胡掌櫃和莊致和，與他們大家見了一見。掌櫃的說：「此處不是講話之所，先到櫃房❻說話。」伙計們帶傷的，算甘受其苦了。

大眾來到櫃房，落座獻茶。蔣爺說：「你們幾位來得湊巧。」就把自己的事情說了一番，又把黑水湖柳爺的事提了一提。「還有件喜事。」盧爺問：「甚麼喜事？」蔣爺說：「大人有了下落了。」徐慶說：「早知道。你還知道的晚了呢。」蔣爺說：「三哥，你們怎麼知道？」盧爺就把他們一路上夾峰山各等

---

❹ 作臉：方言。爭光；爭氣。

❺ 家伙擱子：口語。指舖子裏擱放各種用具的架子。

❻ 櫃房：商店裏的帳房。

事情，細說了一遍。蔣爺這才知道，北俠、智化等迎請大人去了。在豹花嶺虧了胡列救了他們性命，把雲中鶴也請出來。蔣爺說：「這下可好了，有人請大人去了。咱們大家出去救老柳去。」盧爺說：「那是總得去的。老柳是咱們請出來的，設若有性命之憂，對不起侄男弟婦。」胡掌櫃說：「你們幾位吩咐罷，要有用著我的地方，兵刃器械人們都有。」蔣爺說：「非兄臺還不行哪。」

正說之間，忽然打外面拿進兩個人來，地方那裏吩咐，教給四大人跪下。蔣爺一瞧，原來是那船家：一個李洪，一個李有能。見了蔣四爺，苦苦求饒說：「我們有眼如蒙，實不知道是大人，我們身該萬死。」蔣爺說：「可恨你們與山賊勾串，不知害過有多少人，從實說來，饒恕於你。」李洪說：「回稟大人，我們要是與山賊勾串，為甚麼山賊把我們煮了？」蔣爺說：「你們在船上嘀咕的是甚麼？」李洪說：「這不是！我侄在這，所怨的是他，他貪圖著少走路程，一定要走黑水湖，我再三攔他不聽，我這條性命幾乎沒喪在他手內。」蔣爺翻眼想了想：這個情理一點不錯。隨說：「我們那個朋友呢？生死怎樣？」李洪說：「如今作了大王了，若不是他老人家，我還不能得逃活命。這可是叫我出來攬買賣進黑水湖，不但不傷我們的人口船隻，要搶了坐船的客人，還分的我們二成帳。焉知道我剛一出黑水湖，他們就要僱船，將我誆下來，問明白了我們姓名，就把我綁起來。」原來蔣四爺同著莊致和往這麼來的時節，與地方說了幾句話，就是這個言語，教地方找伙計在水面那裏看著，如要打黑水湖裏面出來船隻，問明白了，只要是李洪，就綁了他，故此才將他拿到。

蔣爺說：「這也是柳賢弟的主意，他必然知道我在外頭。咱們就給他個計上加計。」莊致和說：「何為叫計上加計？」蔣爺說：「胡掌櫃的，你給我們找兩隻船來，我們這有一隻，一共三隻船。你教你們十八村連莊會，聚點子人來，教他們在外頭嚷，助我們一臂之力。給我借口刀來，給我預備十幾條口袋，裏頭裝上虛攏物件❼，放在船頭作為是米麵。他們山上沒吃的，見了米麵必來劫奪，教李洪就說載進米麵客來了，他必信以為真，那就好辦了。」李洪點頭。胡掌櫃的說：「我這就去約會人拿刀，預備口袋去。」蔣爺說：「就手給借幾身買賣人的衣服來。」胡從善說：「有的是衣服，我一齊辦去。」徐慶說：「這麼點事還用費那麼大事？咱們大家上山還不行？」蔣爺說：「三哥，你就別管了。」胡從善去不多時，就把衣服取來，船隻也到，人也約會了，刀也拿來，口袋也裝在船上，把那些買賣人的衣服披在身上。把李洪、李有能解開，放了，教他們拾掇船隻去。李有能的衣服，一日一夜自己也就乾了。蔣爺衣服也乾，換上自己衣服。大家出來上船，有許多人，胡掌櫃的都給見了見，這就是十八村的會頭。見黑水湖外，壓山探海一片，俱是十八莊的人在那裏嚷哪。大家上了船隻，直奔黑水湖。

本離黑水湖不遠，緊搖櫓，頭一隻船將進黑水湖口，李洪嚷：「山上大王聽真，今現有米麵客人進了黑水湖口了。」就聽東山頭一陣鑼鳴，把軟硬拘鉤扔將下來，搭住船隻，往裏就拉。那兩隻船也不用拘鉤搭，自己就進來了，也奔東山坡。頭一隻船一到，二隻、三隻一齊全到。船上人把衣服一甩，全都拉刀，「噗通噗通」跳下船來，「叱喳磕喳」亂砍嘍兵。嘍兵東西亂躥，早就報上山去。依著徐慶要往山上追，蔣爺把他攔住。不多一時，就聽見蟠蛇嶺上如同半懸空中打了個霹靂相似，山王大眾，三分像人，七分像鬼。盧爺頭一個就躥上去了，擺刀就砍。就見吳源用雙刺往外一崩，「鏜啷」一聲，震得盧爺單臂疼痛，手心發燙，撒手扔刀。吳源單刺一跟，只聽見「噛」的一聲，鮮血直躥。若問盧爺生死，且聽下回分解。

❼ 虛攏物件：作假的東西。

第一百十回　定計妝扮米麵客　故意假作大山王

西江月：

幾見花開花謝？頻驚雲去雲來。誤人最是酒色財，氣更將人弄壞。　看破紅塵世界，快快回轉頭來。一心積善卻非呆，樂得心無掛礙。

且說柳爺怎麼會作了大寨主，總論命不當絕。已然連船家捆好，搭在分贓庭頭裏，教嘍兵坐鍋，已然要煮了。寨主說：「你我三四天的工夫，甚麼也沒吃。今天連嘍兵，大家雖不能飽餐一頓，也到底吃點東西。」嘍兵大家歡喜，抱柴燒火。柳爺倒不恨寨主，恨的是蔣平，大聲嚷罵：「病夫澤長，我就是把你告在閻王殿前！我這條命斷送在你手裏了。」嘍兵過來將要動手，聽屋中有家寨主說道：「且慢動手。我聽著像是熟人的聲音。」那人躥將出來，柳爺一看，就知道死不了哩。

此人是誰呢？原來就是鄧彪，外號人稱分水獸，就是前套劫江奪魚的那人。展南俠比劍聯姻之後，他把茉花村的魚奪了，大官人來與他辨理，他給大官人一叉。丁二爺在後頭把他拿住了，交給盧員外。盧爺拿自己的名片子，交松江府，把他充了軍了。到本地不到半年，逃跑回家，走到鳳陽府，病在招商店中，看看待死，銀錢衣服一概盡行沒有了。人家店中問他：「有個親人沒有？要是離此不遠，店中給送信，倒是有人瞧看瞧看。」鄧彪說：「我這裏倒有個人，不定他照應我不照應我。」店中問：「姓甚麼罷，我們聽聽。」鄧彪說：「五柳溝，姓柳，柴行的經紀頭。」店中說：「你認得柳員外？」鄧彪說：「我不認得，就說了嗎！」店中說：「你只要見面認得他就行。那個人揮金似土，仗義疏財。」店中送信，柳員外親身來到，請大夫，還店帳，僱人服侍他的病。直等到病好，還給了幾十兩銀子的路費。受了柳員外的活命之恩。嗣後到了黑水湖，遇見鬧湖蛟吳源、混水泥鰍聶寬、浪裏蝦聶凱，他們就湊在一處了。吳源大寨主，他是二寨主，聶寬三寨主，聶凱四寨主。如今聽見是柳員外的聲音，他這個活命之恩怎能不報？過來親解其縛，攙起來，鄧彪納頭便拜。柳爺把他攙住，說：「因為何故，在此山中？」鄧彪就把已往從前之事細述了一遍。

請到聚義分贓庭，與吳源一見，又與聶寬見，聶寬過來給柳爺磕頭，柳爺趕緊扶住。吳源一問鄧彪與柳爺甚麼交情，鄧彪就將前者怎麼救我活命之恩說了一遍。又提柳爺也是綠林的人，誇張柳爺甚麼本領，與吳源一商量，就請柳爺為大寨主。柳爺不肯。鄧彪說：「柳員外不用推脫了，你救這些個生靈罷。」柳爺說：「此話從何說起？」鄧彪說：「我們這一山的俱是渾人，連一個認識字的沒有。你老人家足智多謀，只要調動著這山上有吃的，有穿的，豈不是救了這一山的性命？」吳源揪著柳爺，按於上位說：「柳大哥大寨主，我們大家參拜你。」柳爺說：「要教我為大寨主不難，可著山上嘍兵連眾寨主，都得聽號令，如要違者立斬。我要為了大寨主，總得教這山上豐衣足食，論秤分金，論斗分銀，也不枉作了這場寨主。」嘍兵、吳源說：「我們俱是個渾人，我先打聽打聽，怎麼教這山上豐衣足食？」柳青說：「妙法多極了。像你們這是給山王現眼呢。」吳源一笑，說：「來，把船家殺了，請新寨主。」柳青說：

「使不得。就這一件事，你們就錯大發了。水路上作買賣，萬不可傷船家。傷了船家，使船的俱都通氣，大家一傳言，就全不敢走這了。一不走這，就斷絕了買賣了。一斷絕買賣，大家豈不就苦了嗎？」吳源說：「怎樣辦法？」柳青說：「解開船家，帶上來。」船家上來跪下。柳青說：「你別害怕，明天放你下山。只管去攬買賣，攬進買賣來，分給你們二成帳。」船家千恩萬謝，天光一亮，就下山去了。柳爺明知蔣四爺在外頭，哪裏是放船家，分明是教他與蔣四爺送信。

忽然第二天嘍兵進來報道：「啟稟眾位寨主得知，前邊來了三隻大船，船上頭放著許多口袋，大概是米麵。」吳源說：「這是新寨主的造化。」柳爺說：「出去細細查看，快些回報。」又進來一名嘍兵說報：「前者放的船家，渡進來了米麵客人。」分水獸鄧彪說：「還是新寨主哇，飯進來了。」柳爺一擺手，那個還未能出去，又進來一個說報：「啟稟眾位得知，那些個米麵客人是假扮的，客人甩了他們那衣服，殺了我們伙計，好幾個人要殺上山來哪！寨主早作準備才好。」柳爺說：「吳賢弟，把那些人俱都給我拿上山來。」吳源答應「得令」，就摘他這一對青銅刺。嘍兵早已退出，吳源也就隨後繞蟠蛇嶺而下，見大眾高矮不等：頭一個就是鑽天鼠盧方，見他紫面長髯，擺刀就砍。怎麼盧爺先過來呢？皆因盧爺見山賊過於兇猛，一丈一二的身軀，赤著背，穿著破褲子，赤著足，形如鬼怪一般。刀一到，就教青銅刺往外一磕，盧爺刀就拿不住，「鏜啷」一聲，把刀磕飛。青銅刺往上一跟，盧爺就閉了眼啦，知道躲閃不開。「噗哧」一聲，紅光崩現，吳源大吼了一聲，如巨雷一般。那位說了，多一半是盧方死了。盧方要是一死，續小五義漁樵獵三槍一刀破銅網是甚麼人去？那麼「噗哧」一聲，紅光崩現，是誰呢？是吳源受了傷哩。皆因是盧爺刀一飛，大伙一怔，倒是渾人手快，飛蟿大將軍一飛蟿，正中吳源右肩頭之上。吳源也真皮糙肉厚，大吼了一聲，將左手那柄青銅刺往右肋下一夾，伸手把右肩頭那鏨子拔將出來，拋棄於地，用手按了一按，那血也就不流了，重新又把那柄青銅刺一提。徐慶就躥將過來，劈山式刀往下就剁，吳源用雙刺搭十字架，往上一接徐三爺那口刀，「鏜啷」一聲，用雙刺的鉤兒一咬，徐三爺的刀背用力往下一壓，徐三爺的刀被人家鎖住；往回裏一抽，力氣不敵吳源，拉不回來，就知道不好。吳源用力往上一蹦，徐三爺也就撒了手了，一個箭步躥開。吳源不追，怕的是又受飛鏨。

龍滔過去，三刀夾一腿，倒把吳源的氣撞上來了，手忙腳亂。三刀一腿，吳源直沒見過這個招兒，一賭氣，雙刺一掛，「鏜啷」，龍滔舒手❶扔刀，轉頭就跑。姚猛過去，仍是不會先動手打人，雙手揝著長把鐵錘，淨等人家兵器到，他才還手。吳源瞅見姚猛就像半截黑塔相彷，瞧著他又不上來動手，在那裏等著，是甚麼緣故？等了會子，姚猛急了，說：「大小子！還不過來受死！」吳源只得過來，用雙刺往上一點，是個虛招兒。姚猛哪裏懂得，用錘往外一磕。人家把雙刺往回裏一抽，復又一扎。蔣爺在旁邊瞅著，一閉眼，就知道姚猛沒有命了。焉知道姚猛造化不小，錘雖則一空，總是他的膽大眼快，見吳源刺又到，一著急，急中生巧，使了個來回，往前一掄又往回裏一掄，可就掄到刺上了，「鏜啷」一聲，吳源就覺出錘沉力猛來了。吳源說：「黑大漢！我真愛惜你，不忍斷送你這條性命，依我相勸，你降了寨主罷。不然，就悔之晚矣了。」姚猛就說：「放你娘的屁！」又一交手。吳源使了個丹鳳朝陽架式，把那柄刺擱在姚猛的脖子上，可把大眾真嚇著了，把姚猛也嚇著了。吳源說：「饒你不死，降不降？」姚猛一蝦腰，躥開說：「再來，小子！」吳源說：「你這廝太不知時務，寨主爺饒了你，你知道不知道？」

❶ 舒手：指鬆開手指。

說畢，往上要躥。胡列、史雲直不敢上去。

蔣爺「蹭」一個箭步躥將上去，本是借的一口刀，份量尺寸全不合式。他教姚猛下去，用手中刀一指吳源，說：「山寇！我看你堂堂一表人才，為甚麼作山寇？你若棄暗投明，我保你上大宋為官，豈不光前裕後，顯親揚名？」山賊大蝦腰，這才瞧見了蔣平，一瞅「哈哈」的大笑，說：「你也出朗朗的狂言，你是甚麼人？通上名來，我先聽聽。」蔣爺說：「姓蔣名平，字澤長，小小外號是翻江鼠。」山寇一聽，說：「噯呀！你就是翻江鼠蔣平嗎？」蔣爺說：「不錯！大丈夫行不更名，坐不改姓。」山寇說：「好蔣平！正是尋找你這些日子，怎麼也沒找著。今日你可想走不能了，父兄之仇不共戴天。」蔣爺說：「你先等等動手，你姓字名誰？咱們兩個人素不相識，怎麼會有父兄之仇？」回答道：「我姓吳，我叫吳源，外號人稱鬧湖蛟。我哥哥坐鎮洪澤湖，人稱鎮湖蛟吳澤，轄管天下水中的綠林，教你結果了性命。各處尋你，今天才相逢，可是冤家的路窄，非生食了你的心肝，絕不獨生於世！」話言未了，一個箭步躥將上來，使了個孤雁出群的架式。蔣爺明知與他走個三合兩合的，絕不是他的對手，不如與他水中較量。見吳源往上一躥，自己抽身就跑，說道：「賊人要講較量，咱們是水中較量，我看看你水中的本領如何？」吳源說：「你是翻江鼠，我正要會會你水中的本領如何？」蔣爺一聽，就有點暗暗吃驚：「他要合他哥哥本領一樣，我就非死不可。」是甚麼緣故？是洪澤湖遇吳澤的時節，蔣爺不是他的對手，多虧苗九錫父子。苗九錫之子名叫苗正旺，外號人稱玉面小龍神，到下套小五義五打朝天嶺的時節，非此人不行，這是後話，暫且不提。

且說蔣四爺到了水面，「哧」的一聲，扎入水中去了，「呼瀧」往上一翻。再瞧吳源也就到了湖邊，也就往下一縱，「呼瀧」往上一翻，踹水法露出上身，雙手一順三稜刺，一踹水，「哧」的一聲，就奔了蔣四爺來了。蔣爺一個坐水法，往水底下一沉，睜開二目，看著吳源，心中暗道：「看他能睜眼睛不能？他要在水中能睜眼視物，我估八成得死；他在水中不能睜眼視物，我就可以結果他的性命。」蔣爺把一雙小眼瞪圓，淨瞅著山賊，就見他也是一個坐水法，往下一沉，雙手一捧青銅刺，把一雙怪眼一翻，在水中一找蔣四爺。蔣爺瞅得見他。他原來一翻眼，也瞅得見蔣四爺，只見他一踹水，直撲奔蔣四爺來了。蔣四爺直不敢與他交手，深知道他那個膂力過於太猛，就是在水中分水，東衝西撞，一味淨是逃命的架式。吳源哪裏肯放，蔣爺走在哪裏，他追在哪裏。蔣爺一想：不敢合他交手，淨跑會子，也是無益於事。常言一句說得好：「逢強智取，遇弱活擒。」忽然想起一個主意來了。

要問是甚麼主意，且聽下回分解。

第一百十一回　柳青倒取蟠蛇嶺　蔣平大戰黑水湖

西江月：

世上般般皆盜，何必獨怪綠林。盜名盜節盜金銀，心比大盜更狠。　為子偏思盜父，為臣偏要盜君。人前一派假斯文，不及綠林身分。

且說蔣四爺與吳源水中交戰，岸上的胡列、愣史他們追殺嘍兵，把那些餓嘍兵追得東西亂竄。大漢龍滔、盧爺、徐三爺撿刀。敗殘的嘍兵跑上山去：「報與眾位得知，我家大寨主與那些人交手，把他們兵器俱都磕飛。」柳爺說：「聶賢弟下山，把這些人給我拿上山來。」聶寬就不敢答言。分水獸鄧彪說道：「大寨主不知聶賢弟旱路的本領有限，若要捉拿這些人，我願前往。」柳爺把眉一皺，說：「靠著米麵客人有多大本領？再說也都把他們的兵器磕飛了，如赤手空拳一樣，聶賢弟還拿不了來？我不願為寨主就為這個。難道說我還不如你們的韜略？還是你當大寨主罷，我不管這山上事了。」說得分水獸鄧彪羞得是面紅過耳，趕緊一躬到地說：「從此再也不敢了。」混水泥鰍說：「寨主不必動氣，待我出去。」隨即提了一口刀出去。不然，這個節目怎麼叫倒取蟠蛇嶺？是柳爺在裏頭以為內應，他們在外往裏殺。柳爺在裏頭使招兒，這就謂「倒取」。明知這米麵客人是蔣爺，不知道那些人是從何處搬來的助拳的，怎麼搬來的這麼快呢？

混水泥鰍出去得忙，倒死得快。當有一嘍兵進來報：「聶寨主被他們殺死。」鄧彪說：「如何？他也是陸地本領有限。待小弟出去與他報仇。」柳青說：「不用。我一句話要了聶賢弟的性命，還是我與他報仇。」鄧彪也就不敢往下再說了。柳青他那個刀已然是有人給他搶進來了，如今還是拿著他自己的兵器。鄧彪也拿著自己兵器。柳爺問：「幹甚麼拿兵器？」鄧彪說：「跟著寨主爺去。」柳爺說：「賢弟，是你與他報仇，還是我與他報仇呢？」鄧彪說：「還是寨主與他報仇，兵器我不得不拿。」柳爺說：「這麼幾個米麵客人，還值得兩個人出去？我也不是說大話，今天索性教你瞧瞧我這本領，你不用拿刀。」鄧彪暗想：「近來寨主怎麼這麼大脾氣呢？」卻也無法，受過他活命之恩，只可就不拿兵器。

柳青吩咐一聲：「齊隊下山。」那隊哪能「齊」呢？只可繞著蟠蛇嶺往下一走。到了平川地，就看見眾位。分水獸鄧彪想不到有陷空島人，一瞧類若是胡列。胡列叫道：「那不是鄧大哥嗎？」這句話未曾說完，「噗通」一聲，分水獸就躺在地下了。原來是柳青在前，鄧彪在後走著，走著。柳青一回手，就在鄧彪的前胸上使了一個靠山❶，只聽「噗通」一聲，分水獸鄧彪就躺在塵埃。柳爺搭胳膊擰腿，先把他捆上，紋絲不能動；然後拿刀威嚇眾嘍兵：「來，來，來，哪個不服，咱們就較量較量。」話言未了，那些嘍兵跪倒蟠蛇嶺下，苦苦的求饒。柳爺隨即開發說：「那邊是開封府的老爺們，過去就饒恕你們。」眾嘍兵過去，跪倒塵埃，往上磕頭，一齊說：「我們都是安善的良民，被他們裹來，不隨就殺，貪圖性命。今見眾位老爺，求施恩就是了，我們都不是當嘍兵的。」說畢，大家磕頭，直是一群乞丐花子。盧

❶靠山：這裏指往背後頂。

爺瞧著也不忍，說：「便宜爾等，饒恕你們性命，仍是各歸汛地去罷。少刻拿著鬧湖蛟，在分贓庭相見。」

盧爺一瞧，有一個人在旁邊跪著，一瞧是胡列。盧爺明明知道他是給分水獸鄧彪講情，竟不理論於他，過來與柳爺說：「賢弟受驚了。」柳爺過去行禮，說：「眾位解救我，活命之恩。」徐慶說：「自己哥們，哪說的著！」柳爺問：「我們山中那個大呢？」盧爺說：「在湖中與老四交手呢。」「後出來那個小呢？」徐慶說：「教我宰了。」說的可就是混水泥鰍聶寬。不然，怎麼說出去得忙，倒死得快？一見面，就教徐三爺結果了他的性命。似乎此就不細表，一句話就說過去。

有話即長，無話則短。再說柳爺問盧爺：「怎麼來得這巧？」盧爺把自己事，將長將短❷對著柳爺說了一遍。又說：「柳爺在山中怎麼得脫的活命？」柳爺這才一回手，指著分水獸鄧彪說：「大爺，難道不認得他嗎？」盧爺一看，說：「好！他也作了山賊了，今天就是非要他的性命不可。」柳爺說：「大哥別要他的性命，要非此人，我焉有命在。你要了他的性命，我不算是負義之人嗎？」分水獸說：「大老爺、三老爺，我實出於無奈，才在山上。柳員外知道我的事情，不敢回家，怕教老爺們生氣。我走在黑水湖，教他們截上山來，吳源愛惜我，要與我結義為友。『明知不是伴，無奈且相隨。』佔住此山，得便之時，再想個脫身之計。不料山中清苦，連飯都沒有，我勸他早晚之間散夥。可巧柳爺來到。就求大老爺、三老爺格外施恩，饒恕於我。」盧爺旁邊還跪一個人呢，可就是胡列，早在旁邊跪著呢，說道：「大老爺、三老爺也知曉我們兩個人是盟兄弟，我二人皆是一招之錯。二位老爺既肯恩施格外，饒恕於我；還求二位老爺開天地之恩，饒恕我盟兄。」又有柳爺在旁邊苦苦解勸，盧爺這才點頭，連徐三爺也

❷ 將長將短：即這樣長這樣短。「將」是「這樣」的合音。

說饒了他們罷。柳爺教胡列去把鄧彪解開，過來與盧爺、徐三爺磕頭。徐三爺給鄧彪與大眾見了見。鄧彪又過來給柳爺道勞，又奔到盧爺跟前說：「我家四老爺與賊交手嗎？」盧爺說：「正是，在水中交手呢。」分水獸說：「我四老爺力氣敵不住那個人的膂力，此處現有我與胡列，何不下水中去幫著四爺，不然，悔之晚矣了。」盧爺說：「不用。你還不知道你四老爺那個水性，還用你們幫著？就在此處瞭望罷。」鄧彪一聽，諾諾而退，靜看著水面。

吳源往上一翻，「哇呀呀」的吼叫，忽又往水中一沉；再看他往水中一扎，「滑」的一聲，那水就是一片血水相似，只見吳源在水中扎下去了。盧爺以為是蔣四爺在水中沒有命了，就見吳源再往下一扎，又往上一翻，嘴裏頭罵罵咧咧，東瞧西看，找不著蔣四爺，復又扎在水內。盧爺也瞧不見蔣四爺上來，以為必是死在水裏頭了；再見吳源復又上來，吼叫的聲音各別。盧爺見他上來整整的三次，蔣四爺一面未露；再瞧黑水湖如紅水一般。

你道甚麼緣故？蔣爺要死在水中，還是那話，就不用破銅網了。蔣爺因在水中一瞧賊人的水性甚好，又能在水中睜眼，蔣爺直不敢合他交手。若是教他拿青銅刺掛住自己，就得撒手；要是再拋了兵器，更不是他的對手了。忽然想起個主意來，就是這麼一招兒，行就行咧，不行就完哩。淨瞧他這眼力，要比自己看得遠，就輸給他了；要比自己看得近，就贏了他了。怎麼就會試出他的眼睛遠近？蔣爺合他繞彎，就圍著他繞圓圈，越繞越大，先離七八尺。吳源抱著青銅刺，瞪著兩隻眼睛看他，他繞在哪裏，拿眼光跟在哪裏。蔣爺一踹水，「哧」的一聲，出去了兩丈開外，吳源還瞧著他。蔣爺暗暗的心裏著急，若要三丈開外，自己就瞧不見。焉知曉就在兩丈四五，吳源就不行了。蔣爺就知道行了，贏了他了。吳源還心中納悶哪，暗道：「你合我繞彎，難道說你還跑得了？你跑的哪裏，我老瞧著你往哪裏去。」他可忘了，遠啦瞧不見了。他見蔣爺一踹水，往南去了，他可就瞧不見了，他也踹水往南。蔣爺望著西北出去了三丈，他往上一翻，他以為蔣爺必是翻上去了。趁著他往上翻的時節，蔣爺一踹水撲奔前去，就打他腳底下往上一鑽，抱著刀往上一扎。扎在哪裏？「噗哧」一聲，正扎在腳心上。對著山賊往下一蹬水，蔣爺往上又一扎，兩下裏一湊，蔣爺往回裏一抽刀，又一踹水，「哧」的一聲，就是三丈的光景。吳源露出上身，怎麼會不嚷呢？又往水中一扎，水面上就是一道子紅。吳源到水中仍是不見人，再往上一翻，整整的三次。吳源雖勇，也是禁受不住，復又上來，將把身子露出水來。蔣爺的刀衝著肚臍之上「噗哧」一聲，扎將進去。要問吳源的生死如何，且聽下回分解。

第一百十二回 鬧湖蛟報兄仇廢命 小諸葛為己事伸冤

詩曰：

楓葉蕭蕭蘆荻村，綠林豪客夜知聞。

相逢何必相迴避，世上如今半是君❶。

且說蔣四爺屢次扎了吳源幾刀，賊人本是一勇之夫，扎了幾刀，也就沒有多大力氣了。蔣爺瞧著行了，容他上來，自己一踹水也就上來，刀由他肚腹之中扎將進去，「噗哧」一聲，大開膛，「嘩喇」一聲，腸肚盡都出來。自己口中含住了手中這個刀背，騰出兩隻手來，過去把吳源手中一對青銅刺奪來。可嘆吳源順水漂流下來。蔣爺一見吳源就愛上了，可不是愛上他這人，是愛上他這一對青銅刺，如今得將過來，心滿意足，為是好應他這節目；洪澤湖丟刺，黑水湖得刺。岸上眾人瞧見，這才放心。蔣爺到岸，給柳爺道驚。柳爺抱怨了他幾句，說：「我這條命又幾希乎沒喪在你手。」蔣爺直給柳爺賠禮。鄧彪過來與蔣爺磕頭。鄧彪又把他的事情學說了一回。蔣爺也不十分讓責❷他。一聽黑水湖外

❶ 這首詩係改寫中唐詩人李涉的絕句井欄砂宿遇夜客而成。原詩作：暮雨瀟瀟江上村，綠林豪客夜知聞。他時不用相迴避，世上如今半是君。

大家吵嚷的聲音甚眾，原來黑水湖外大家助陣吵嚷的聲音，裏頭聽不甚真切。蔣爺立刻將三隻船叫將過來，教他們出黑水湖，將十八莊會頭連莊致和俱都請將進來。蔣爺把自己身上衣服擰了一擰，說：「此處不是講話的所在，咱們上山去。」眾人點頭。

大家一齊上蟠蛇嶺，所有嘍兵俱都跪在一處，跪接眾人。蔣爺說：「你們大家俱都不願當嘍兵？」嘍兵一口同音說：「全不願意了。」蔣爺說：「你們暫且先在此處，事畢都安置你們一個去處。」嘍兵一齊磕頭。蔣爺直奔分贓庭，進了屋中一看，一無所有，窮苦之極。蔣爺衝著鄧彪說：「你們這個寨主倒作了個豐衣足食。」鄧彪說：「四老爺別罵人了。」不多一時，嘍兵進來報道：「現有柴貨廠眾位會頭老爺們到。」蔣爺說：「請！」不多一時，進來盡是些紳衿富戶、買賣讀書之人，大家相見，都與蔣四老爺道勞。彼此落座。惟有胡從善、莊致和見蔣四爺身上衣服水淋淋的，心中不忍，教人取衣服與蔣四爺換上。蔣四爺說：「等等，淨我這一身衣服可不行，我要與你們化個緣。從此山賊一沒，你們十八莊連莊會一撤，歷年中打地畝裏少拋費❸多少銀錢！我這一次化你們幾個錢，也不要緊。」大家一口同音說：「行得，你是作甚麼用？」蔣四爺說：「你們出去，可著❹這裏的嘍兵多少人，預備多少套衣服、頭巾、鞋襪、中衣，免得這一群花子的形象。再說米麵、肉腥、菜蔬夠我們吃兩天的，就得再給嘍兵預備點路費，夠他們上岳州的盤纏就得。」眾人連連點頭，這就去辦理，擇對❺了五六人，查點嘍兵數目，

❷ 讓責：譴責；責備。

❸ 拋費：方言。糟蹋（東西），浪費（金錢）。

❹ 可著：方言。就著某個範圍；盡著某個數目。

起身出去。蔣爺借的那口刀，也教他們帶去。

眾人出去，仗著此處有的是估衣舖，前文表過，連當舖等項湊兌頭巾、衣裳、鞋襪，用船載了米、麵、酒、吃食等項，又用船隻載了銀錢，直進黑水湖。嘍兵看見無不歡喜，大家搬運下去。衣服等項俱都堆在分贓庭前，先給蔣爺換上，次與鄧彪換上，然後大家穿戴起來。也是機靈的先搶新鮮好點的穿上，些微痴傻的也就落後。落後也是知足的，到底是有衣服，有飯吃。這就抱柴燒火，連會頭帶蔣爺等俱在分贓庭吃酒。整整一天的光景，次日可就商量著起身了。

忽然嘍兵進來回報：「我們有三個遠探伙計如今回來了，老爺們賞給他們衣服穿不賞？」蔣爺問：「他們也願意不當嘍兵？」嘍兵回話：「他們都願意改邪歸正，就求老爺們一併施恩罷。」蔣爺說：「把他們叫進來。」把三個人叫將進來，在當中往上一跪，蔣爺說：「你們是遠探的嘍兵麼？」回答：「正是。」蔣爺說：「探得甚麼事情？」回答：「沒探出別的事情來，就知道大人回武昌府穿湖而過。」蔣爺說：「哪個大人？」回答：「是顏按院大人。」眾人一怔。盧爺問：「老四這是怎麼件事？」蔣爺說：「沒有怎麼件事，這必是歐陽哥哥把大人請回來了。」盧爺說：「這要是大人在此處經過，可就省了事了，咱們就著❻見見大人。」蔣爺說：「你們打聽的準嗎？」嘍兵說：「準也不大很準，橫豎大人回武昌，準準是大人罷。」蔣爺說：「你們吃了飯，換上衣裳，帶著盤費，倒是打聽大人帶著甚麼人，從何而至，為甚麼緣故，打聽明白，再來回話。」嘍兵說：「是。」隨即出去，換上衣裳，吃了飯，拿上盤費，再去打聽。

---

❺ 擇對：挑選好。

❻ 就著：趁著便利。

不多一時，就回來了，又進來報道：「我們打聽明白來了，是大人帶著公孫先生上武昌府私訪，如今歸回，有武昌府的知府護送，離黑水湖不遠了，看看就要進黑水湖口。」蔣爺說：「還有甚麼人？」嘍兵說：「並無別者之人。」盧爺說：「這事又奇怪了。」蔣爺一翻眼，說：「啊！是了，我明白了。」盧爺說：「你明白了甚麼？」蔣爺說：「這個不是公孫先生。」盧爺說：「不是公孫先生是誰呢？」蔣爺說：「這個是沈中元。」盧爺說：「怎麼見得是沈中元呢？」蔣爺說：「準是沈中元，這是他合大人說明白了，大人饒了他了，他以為是沒了事了。大人饒了他，咱們不饒他，以為硬人情託好了。」盧爺說：「你打算怎麼樣？」蔣爺說：「少時來了的時節，我先把他扔的水裏，涮❼他一涮。」盧爺說：「小心大人見罪呀。」蔣爺說：「甚麼罪呀？此時正在用人之際，咱們把他殺了，大人絕不能把咱們殺了。我也不怕教他師弟聽著惱，他太不是了，枉叫『小諸葛』了。」柳青說：「你把他殺了，也不與我相干。病夫你不用混拉扯人。」蔣爺將分水獸鄧彪、胡列叫來，就把自得來的銅刺每人一柄，附耳低言如此這般，教他們出去辦事。後又把遠探嘍兵叫過來，說：「你們在黑水湖看著，大人一到，疾速報與我知。」復又把那些嘍兵的頭目叫過來，說：「你們查點查點，那軟硬拘鉤還夠數目不夠數目？」嘍兵說：「回稟四老爺得知，自有富餘的，我們伙計不夠數目了。」蔣爺說：「怎麼不夠數目？」回答：「教老爺們殺了幾個；又有餓了幾天，剛一吃飯，撐壞了幾個。」蔣爺說：「他們死去，那屍身怎麼樣了？」回答：「俱已把他們掩埋在蟠蛇嶺下。」蔣爺說：「好。」胡從善、莊致和說：「大人看看將到，我們是怎麼樣？」蔣爺說：「你們瞧個熱鬧，有我哥哥他們幾位迎接大人。你們瞧瞧涮人的。你們瞧見說過涮人的？

❼ 涮：音ㄕㄨㄢˋ。本指把生肉片放在開水裏燙一下吃。這裏戲稱把人淹死。

沒有瞧見過，這回教你們瞧瞧罷。」盧爺說：「老四，你可慎重著點。」蔣爺說：「無妨。大哥，你瞧熱鬧罷。」嘍兵進來報：「大人船已到黑水湖口。」蔣爺說：「大家出去迎接大人。」

蔣爺這一料，料得實在是不差。沈中元就打把大人盜將出去，全仗著劉志奇的迷魂藥餅兒。賣了娃娃谷的房子，三輛車奔長沙府，一輛車是大人，一輛車是他表妹，一輛車是沈中元與他姑母。路過豹花嶺，甘媽媽不教住山賊那裏，夾峰山住一晚晌。一者玉面貓是師侄，又有家眷，這才在那裏住了一晚晌。次日起身，過胡家店還可以的，倒是個店口哇。奔長沙府，到了朱文、朱德家裏，可巧哥兩個都沒在家，仗著是真有交情，就在朱家住下。甘媽媽說：「再要不把大人喚醒過來，我就要出首了，把你送將下來。」沈中元應著晚間就把大人還醒過來了，甘媽媽這才點頭。

到了次日，吃完早飯，在書房裏給大人起了迷魂藥餅兒，後脊背拍了三巴掌，迎面吹了一口冷氣。大人還醒過來了。一看是個書房景象，旁邊跪著一人。大人一瞅一怔，見他翠藍頭巾，翠藍袍，絲鸞帶，薄底靴子，沒有佩著刀；白面無鬚，五官清秀。大人問：「這位壯士是誰，請起來，有話慢慢的講來。」沈中元跪而不起，說：「罪民身該萬死！萬死猶輕。有天大的冤屈無處伸訴，夜晚間施展匪計，將大人盜在此處，為鳴罪民不白之冤。見大人天顏，如撥雲見日，說明罪民之冤屈，雖死也瞑目。」大人說：「無論你有甚麼罪名，我一概赦免，有話起來說。」沈中元磕了頭起來，旁邊一站。大人教他坐下，再三不肯。大人問他的姓氏，「為甚麼屈情？慢慢說來。」沈中元說：「罪民姓沈，叫沈中元，匪號人稱小諸葛。先在王爺府，非是跟著王爺叛反，罪民料著大宋必然派人捉拿王駕千歲，罪民在府中好得他的消息。不料大人特旨出京，不想白五老爺一旦之間失於檢點，誤中他們的詭計，為國捐軀，喪於銅網。可惜他老人家那樣年歲，竟自喪在王府。罪民只恨無有幫手，那時節但有一個心腹之人，也就刺殺了王爺，也就與五老爺報了仇恨。可恨罪民一人獨力難成，可巧王爺派鄧車行刺，罪民明與他巡風，暗地保護著大人，一者拿住刺客，以作進身之計。不料大人那裏徐、韓二位老爺，把他追將出來，追來追去，不知他的去向了。那時罪民在暗地跟隨，罪民在旁邊嚷道：『鄧大哥，橋底下可藏不住你。』竟有如此者好幾次。罪民明是向著鄧車，暗是向著徐、韓二位老爺。又說：『鄧大哥，小心人家拿暗器打你。』這才把韓二老爺提醒，用袖箭將他打倒，將他拿住。罪民料著必要問問罪民泄機的緣故。不想他怕罪民投在大人跟前，必要說拿鄧車的來歷，豈不露出二位老爺無能了嗎？豈不想罪民非為功勞，自要與五老爺報了仇，免了罪民與叛逆同黨名氣。罪民保住合家滅門之禍，罪民就是平生的志願。不想二位老爺忌妒，不肯引進罪民得見大人之面；這一來不要緊，耽誤了與五爺報仇之事，可全在徐、韓二位老爺身上。實係無法，不能得見大人天顏，這才夜晚間施展匪計，將大人大駕請在長沙府。這就是已往從前。」他怎麼叫小諸葛呢？直衝著大人心眼：誰要說五老爺這個年歲死的可憐，無非一時的慌疏，墜在銅網之內，大人就把誰喜歡透了；誰要說五老爺情性總是眼空四海，目中無人，他去是自找的，他就把誰恨透了。小諸葛類若知道大人的心思，不就大人恕了他的罪名，教他假扮公孫先生，知會了長沙府，作為大人巧扮私行，訪查惡霸來了。

邵邦寧聞知大人現在此處，會同總鎮大人、合城文武官員，預備轎馬，見大人投遞手本，送大人回武昌府。到水路換船，進黑水湖，嘍兵拿拘鉤搭船，沈中元出艙，蔣爺把沈中元抱下水去。若問生死如何，且聽下回分解。

第一百十三回　眾嘍兵撥雲見日　分水獸棄暗投明

詩曰：

規諫從來屬魏徵，太宗何竟望昭陵？
自茲臺觀全拆毀，感念高皇不復登。

或有問於余曰：小五義一書，純講忠孝節義，以忠冠首，大概直言敢諫，謂之忠；委曲從事，則不謂之忠。余曰：不然。直諫固謂之忠，或有事不便直諫明言，必委曲以寓規諫，終使君心悔悟，頓改前非，此不諫之諫，更有勝於直諫者。不忠直焉能作出此事來？唐時有一魏徵可為證據：

唐太宗貞觀十年，皇后長孫氏崩，謚為文德皇后，葬於昭陵。太宗因后有賢德，思念不已，乃於禁苑中起一極高的臺觀，時常登之，以望昭陵，用釋其思念之意。一日引宰相魏徵，同登這臺觀，使他觀看昭陵。魏徵思太宗此舉欠當。他的父皇高祖葬於獻陵，未聞哀慕；今乃思念不已，至於作臺觀以望之，是厚於后而薄於父也。欲進規諫，不就明言，先故意仔細觀看良久，對說：「臣年老，眼目昏花，看不能見。」太宗因指所在，教魏徵看。魏徵乃對說：「臣只道陛下思慕太上皇，故作為此觀以望獻陵；若是皇后的昭陵，早已看見了。」太宗一聞魏徵說起父皇，心裏感動，不覺泣下，自知舉動差錯，遂命拆毀此觀，不復登焉。太宗本是英明之君，事高祖素盡孝道，偶有此一事之失，賴有直臣魏徵婉曲以進善言，太宗即時感悟，改過不吝，真盛德事也。

又唐史上記太宗時的大臣，只有個魏徵能盡忠直諫，太宗也極敬重他。一日，聞魏徵所住私宅，止有傍室，沒有廳堂。那時正要蓋一所小殿，材料已具，遂命撤去，與魏徵起蓋廳堂，只五日就完成了。又以徵性好儉樸，復賜以素屏褥几杖等物，以遂所好尚。徵上表稱謝。太宗手詔答曰：「朕待卿至此，蓋為社稷與百姓計，何故謝焉？」夫以君之於臣，有能聽其言、行其道，而不能致敬盡禮者，則失之薄；亦有待之厚禮之隆，而不能諫行言聽者，則失之虛；又有賞賜及於匪人，而無益於黎元國家者，則失之濫：而人不以為重。今觀太宗之所以待魏徵者，可謂情與文之兼至。固宜徵之盡忠圖報，而史書之以為美談也。

閑言少敘，書歸正傳。

西江月：

五義皆為好漢，蔣平真是能員。水裏制伏沈中元，莫把病夫錯看。　任爾諸葛能算，猛然擒你下船。腹內滿飲山下泉，才顯翻江手段。

且說大人到了棄岸登船的時節，坐了三號太平船，知府總鎮在第二隻船上，文武的小官在第三隻船上，護送大人的兵丁們就在旱岸上行走。進黑水湖，誰也想不到賊人有這麼大膽子，敢劫奪欽差大人。剛進湖口，就聽見「嗆啷啷」一陣鑼鳴，「叭噠噠」就把軟硬拘鉤搭住船隻，往近裏就拉。小諸葛一著急，打官艙裏就躥將出來，喝道：「好山賊！現有欽差大人在此。」回手就要拉刀，一瞧沒有，錯了，自己扮的是文人模樣，哪裏來的刀呢？正一著急，就見打船旁「呼瀧」一聲，由水中躥出來如水獺相似，把住船沿，把沈中元腰一抱，說：「咱們兩個人水裏說去罷。」大人看了個逼真，見蔣護衛，大人高聲嚷道：「護衛千萬不可與沈壯士無禮！」話言未了，早就聽見「噗通」一聲，打水漂相似。

蔣爺把人都安置好了，他自己都換了短衣襟，也沒拿刀，就到了蟠蛇嶺下，看見了大人那隻三號太平船進了黑水湖口，桅杆上面有一個大黃旗子，被風飄擺，行舒行捲，上面是朱書的「欽命」兩個字，墨書的「代天巡守按院大人顏」。蔣爺一吩咐嘍兵，他就躥下水去，容他們拘鉤搭住就走。蔣爺躥上船頭，攔腰一抱，就躥下水去。到了水中，蔣爺把手一撒，沈中元就是鑼子浮，灌滿了為止，淨剩了喝水了。蔣爺把他往脅下一夾，攏住了他的手，踹著水，繞過了一個山彎。蔣爺知道把他灌滿了，提溜上來，大人也看不見了，有甚麼話慢慢再合他說。

沈中元水喝得有八成光景，眼前發黑，心似油烹，耳內如同打陣雷的一般。蔣爺解他的絲縧，把他捆上。蔣爺騎馬式將他騎上，伸雙手打他兩脅下往上一擁，「哇哇」的往外一吐，吐得乾乾淨淨。蔣爺一撒手，把自己身上水擰了一擰，對著沈中元一蹬，叫道：「武侯諸葛亮臥龍先生，可惜了你這個外號，你怎麼配呢？你冤苦了人家臥龍先生了，你怎麼配？」沈中元說：「我本不配，是大家抬愛，我早就說過不配。」蔣爺說：「你所為我二哥、三哥有一點不到之處，得罪於你，懷恨在心，你就行了這麼一個法子，五條性命幾希乎沒有斷送在你手中。一計害三賢就夠受的了，你這叫一計害五賢：武昌府的知府池天祿，在他地面上丟個大人，他得死；我二哥，保大人是他的專責，得死；玉墨丟了老爺，得死；兩位先生得死。這是立刻得死的，餘者沾銜的還不定死多少呢。你挑理，你得挑明白了，那才是英雄呢。再說我聽見我哥哥說，你道了姓名，我趕著就上樹林找你，沈壯士長，沈壯士短，可也不知你聽見哪，也不知你是去遠咧，可也不知是成心不理我。你不想想，你把大人盜走了，顯顯你的能耐，不想我們擔得住、擔不住。你這是把大人說合了，央求得大人點了頭。你必是能說呀。你又是王府的人，你必是說能破銅網，能拿王爺。再說我們老五死得怎麼苦，你怎麼給他報仇，揀著我們大人愛聽的說一說，這個就把你赦了。你哪知道大人赦了，蔣四老爺不赦。趁著在這大人瞅不見，我先把你宰了，給我二哥報仇。我宰了你，你們大人絕不能把我宰了。」小諸葛一聽，心中說：「我早就算計下這個病鬼不好了，如今遇上他了，這也無法。」想到此間，雙睛一閉，一語不發，就是等死。

正說之間，聽見「蹬蹬蹬」的跑過兩個人來，是盧方、徐慶。徐三爺嚷道：「大人有話，老四可千萬別殺他！」蔣爺說：「誰說的？」三爺說：「大人。」蔣爺說：「你才實心眼哪！這會大人瞧著呢嗎？他害咱們二哥，幾希乎沒死了。他央求了大人，大人饒了他，咱們不能饒他。咱們先把他殺了，我去見大人去，就說你們來送信來，我已然把他殺了，我去上大人那裏請罪去。三哥，你帶著刀呢？是你殺呀，是我殺？」徐三爺說：「我殺。」徐慶他本是個渾人，蔣四爺說甚麼，他就聽甚麼，擺刀就剁。蔣爺可又把他攔住，說：「咱們要殺他，也教他死個心服口服，別教他死得不服。姓沈的，生死路兩條，你是要死，你是要活？」沈中元說：「大丈夫生而何歡，死而何懼？」蔣爺說：「你到底是願意死？願意活？

我有意救你。」沈中元說：「我願意死，我還不棄暗投明呢。」蔣爺說：「你要是願意活，依我個主意，你就活了。」沈中元問：「甚麼主意？」蔣爺說：「你見了我二哥，我給你說情。也不枉你棄暗投明，也別管真假，你總是給我們老五報仇，也不辜負你這點好意。就是有一樣，知錯認錯，是好朋友。你見了我二哥，給我二哥磕個頭，一天雲霧全散，打這誰也別計較誰。我二哥這個脾氣，非教他順過這口氣去，憑爺是誰說也不行。有這一個頭怎麼好怎麼好。你趕長了，你就知道了。」沈中元說：「你快些住口。若要給別人磕頭還在罷了；要是給你們五鼠、五義磕頭，這是我一輩子短處。二義韓彰，他還不到了有人的去處訐調❶於我。再說我無論作了是甚麼樣的官職，也洗不下這個羞慚去了。」四爺說：「甚麼羞慚？你這個頭貴重，我這個頭賤，我給你磕一百，你給我二哥磕一個。一百折一個，還不行嗎？我可是為息事罷訶，打這就給你磕頭了。」說畢，蔣爺也真拉的下臉來，就雙膝點地。沈中元說：「等著，等著，這麼磕了可不算。」蔣爺也就站將起來了。沈中元說：「你還捆著我。再說你這給我磕頭，誰瞧見了？我給他磕的時節，是眾目之下。怪不得人說你足智多謀，這又是你的主意。」蔣爺「噗哧」一笑，說：「你過於疑心太大。咱們這麼辦，等那時你給我二哥磕的時候，我再給你磕頭，你看著，管保行了罷？」沈中元說：「肯那麼著嗎？」蔣爺說：「來，我先給你解開。君子一言既出，駟馬難追，這話以後絕不提了。」隨即給他解開繩子，彼此把身上水擰了擰。蔣爺說：「過來給你們見見。這是我大哥；這是我們三哥，你是認識的。」徐慶說：「老四，他不給我磕頭。」蔣爺說：「憑甚麼給你磕頭？你還應當給人家磕頭呢。」徐慶說：「噯喲！我還應當給他磕頭，我們兩個人折了罷。」

---

❶ 訐調：揭發、嘲笑別人的隱私。

又見打那邊來了人了，一拐山環就到了，這個人說：「千萬可別殺沈壯士，教我送信來了。」原來是大人船進黑水湖，看見是蔣四爺把沈中元提溜下去了，大人叫「蔣護衛」，沒有攔住，早就下去了。少刻，後頭文武官員的船隻俱到，船上水手忙成一處，大伙找家伙保護大人要緊。此時由東岸上也有船隻到了，大家都上官船找大人的。主管回話大人，親身手把官艙，盧爺大眾過去請罪。大人說：「於你們何罪之有？這沈壯士已然赦過他了。」盧校尉、徐校尉，千萬告訴蔣護衛，可別殺沈壯士。」得大人諭，下船直奔東南去了。文武官員上船給大人道驚。大人說：「何驚之有？」復又派人前去，教本地面武職官去追趕下去：「千萬別殺沈壯士，大人已經赦過了。」那人去不多時，同著蔣四爺回來。

等那人到時，蔣爺已經把話說好了。蔣爺也應著，當著大眾給沈中元磕頭；沈中元也應著，當大眾給韓彰磕頭。蔣爺給他解了綁縛，跟這裏來的時節，那人也就到了。一提大人說，不教殺沈壯士。蔣爺說：「沒有殺。既然有大人諭，我們焉敢殺他？大人諭要下來晚一點，可就不好了。」沈中元心裏說：「我就知道他們這五鼠、五義裏頭，這個瘦鬼不好了，這才叫雨後送傘。」蔣爺說：「這位老爺貴姓？甚麼前程？」那人說：「我是守備，姓王叫殿魁。」蔣爺說：「王老爺。」那人說：「好說。老爺貴姓？」蔣爺說：「姓蔣名平，字是澤長，排行居四。」那人說：「原來是蔣四老爺，失敬，失敬！」蔣爺說：「豈敢，豈敢！」隨說著隨走，將一拐這個山環，就看見大人的船隻了，正是那些個嘍兵打船上摘軟硬拘鉤呢。蔣爺說：「不好！有了刺客了！」忽見打西山頭上「嗖」躥下一個人來，回手拉兵器，準是要行刺。

要問來者何人，且聽下回分解。

第一百十四回　蔣澤長水灌沈中元　眾鄉紳奉請顏按院

西江月：

矯若雲中白鶴，羨他絕妙飛行。忽然落下半虛空，能不令人發怔？　寶劍肩頭帶定，人前念佛一聲。熱腸俠骨是英雄，到處人皆欽敬。

且說蔣爺同著那人剛一拐山環，就瞧見山半腰內一個人躥將下來，躥在大人船上。蔣爺一嚷：「刺客！」盧爺撒腿往前就跑。徐三爺眼快，說：「站住罷！大哥，不是外人。」盧爺也就「噗哧」一笑：「可嚇著了我了，敢情是他，把大人也嚇著了。」你瞧，無緣無故打半懸空中飛下一個人來，銀灰九梁巾，道袍、絲縧、鞋皆是銀灰顏色，除了襪子是白的；背插二刃雙鋒寶劍，面如滿月相似，五官清秀，三綹短髯，回手拉寶劍，念聲「無量佛」！大人也不知道老道從何而至，一瞧那意思不是個行刺的，見他一回手，就要拉雙鋒寶劍，說：「爾等們這些嘍兵，好生大膽！」將攞劍要剁，船艙之中說道：「師兄，你且慢，大人現在此處，你要作甚麼？」趕著出來，雙膝點地，給雲中鶴魏道爺磕頭。

你道雲中鶴從何而至？自打夾峰山說明了幫著大眾破銅網定襄陽，回到廟中，把自己應用物件全都帶好，將廟中事安置妥當，離了三清觀，直奔武昌府。正走在柴貨廠，看見湖口裏面浩蕩蕩的大黃旗子飄擺，上寫著「欽命代天巡守按院」，被山頭遮擋，往下就看不見了，自己心中一忖度：「必是顏按院大人罷。」忽聽裏面「嗆啷」一陣鑼響，意欲奔黑水湖，沒有船隻又進不去；上黑水湖西邊那座山，看看又沒山道。仗著老道常走山路，山頭卻又不高，把衣裳一掖，袖子一挽，竟自走到上面去了。往下一看，正是嘍兵那裏導絨繩哪。東岸上站著好些個人，看又不像山賊的樣兒，看那旗子可不是顏按院大人嗎？自己一著急，飛身躥將下去，念了一聲佛，拉寶劍要斷軟硬拘鉤。此時白面判官柳員外打裏邊出來，說：「給師兄叩頭。」魏道爺一問：「師弟因為何故到此？」弟兄約有十七八年沒有見面，見面覺著有些淒慘。柳青說明了自己的來歷，魏道爺點頭。

正說話之間，就聽見岸上有人叫：「親家！」原是穿山鼠徐三爺到。魏道爺一瞧沈中元，水雞兒一般，還有一個也是水淋淋的衣服，可就是蔣四爺。大家上船，雲中鶴俱一一的單手打稽首，念聲「無量佛」。徐慶給見的蔣四爺。見禮已畢，蔣爺復又給魏道爺行了一個禮，說：「我聽我三哥說，請出魏道爺來幫著我們大眾與我五弟報仇，慢說我們感念道爺的這一番好處；就是死去的我們五弟，在陰曹地府也感念道爺的功德。」徐三爺在旁說：「你瞧你這絮絮叨叨的，也不知是作甚麼。自己哥們，哪用那些話說。」雲中鶴念聲「無量佛」，說：「貧道既然點頭，敢不盡心竭力。」沈中元在旁雙膝跪倒，說：「師兄，你老人家一向可好？小弟沈中元與兄長叩頭。」雲中鶴念聲「無量佛」，說：「你今年歲數也不小了，比不得二十上下的年紀了，也應當奔奔正途才是。你想想，你所為的都是甚麼事情？我為你們兩師弟遠走他方，雲遊天下，皆因有這個師兄弟的情分。一人增光，大家長臉；一人慚愧，大家慚愧。按說弟兄們廿載光景未能相逢，弟兄們見面，怎麼我就數說你一頓？皆因你作事不周，連劣兄臉上也是無光。」

沈中元說：「小弟早有棄暗投明之心，不得其門而入。事到如今，改邪歸正，不必兄長惦念了。」

正在他們說話之間，裏邊傳出話來，說：「大人有請蔣護衛。」盧爺教蔣爺換上衣服。蔣爺就此進去面見大人，見大人給大人行禮，給大人道驚，在大人跟前請罪。大人又把沈中元的緣由說了一遍。大人深知蔣爺是能牙利齒，派蔣爺與沈中元、韓彰兩家解和。蔣爺點頭。然後又問打半山腰中飛下來的那個老道是誰？徐三爺回話如何回得明白，向來又不懂得說官話，一張口就不成文：「回稟大人得知，他是我小子，是我兒子的師傅。我們是親家。」大人瞪了他一眼，話就更說不上來了。又說：「我回話大人聽不明白，問我哥哥罷。」他也想著說的不是滋味了，推在盧爺身上。盧爺接過來，這才把始末緣由說了一遍，大人方才聽明白。原來是沈中元、柳青的師兄，被眾人請出來幫著定襄陽、破銅網，與五弟報仇。方才看見有些道骨仙風的氣象，自己一忖度：此人是請出來的，不可慢待，又是徐校尉的親家。立刻吩咐：「有請魏道爺。」魏真進了船艙，與大人行禮。大人趕緊站起身來，抱拳帶笑說：「魏道爺請坐。」上下一打量魏真，好一番的氣象。怎見得？有贊為證：

顏大人，用目瞧；見此人，好相貌；入玄門，當老道。看身材，七尺高。九梁巾，把頭皮罩；素帶兒，腦後飄；迎面上，有一塊無瑕美玉吐放光毫。穿一件灰布的袍，繫一根細絲縧，在腰間來回繞。蝴蝶扣，繫得牢；相襯著燈籠穗兒被風擺搖。白布襪，腰兒高；銀灰的鞋，底兒薄；行不偏，走正道。背後背，無價寶；二刃雙鋒，是一口利刃吹毛。看先天，根基妙；看後天，栽培得好：地角圓，天庭飽；二眉長，入鬢角；看雙睛，神光好；面形正，雙腮傲；耳輪厚，福不小；

脣似塗朱，還有那三綹髯鬚相配著。這老道，真奇妙：不修仙，不了道；不愛錢，不貪鈔；暗隱著威，面帶著笑；喜管不平事，專殺土棍豪。每遇那污吏贓官，姦夫淫婦，不肯饒。

大人看畢，暗暗誇獎，叫人與道爺預備一個座位。魏道爺哪裏肯坐，讓至再四，方才落座，與眾位打了個稽首，念了一聲「無量佛」。大人說：「本院久聞魏道爺之名，方才又聽盧校尉等所說，魏道爺肯出來拔刀相助。待事畢之時，本院奏聞萬歲，必然要聲明魏道爺之功。」雲中鶴說：「小道無能，無非聽著言講五老爺死在銅網，被奸王所害，實在可慘。小道也是一腔不平之氣，焉敢稱為拔刀相助？無非眾位老爺們前去破銅網，小道有何德何能？不過巡風❶而已。」大人說：「魏道爺不必太謙了。」

正說話間，一宗詫事，就見那船忽悠忽悠直奔東山邊而來，把大眾嚇了一跳。怎麼這船自己走起來了呢？大人問：「甚麼緣故？」蔣爺知道底下有人，轉身躥入水中，才把胡列、鄧彪叫將出來。原來是蔣爺預先叫他們兩個拿著青銅刺，容拘鉤搭住船隻往裏拉的時節，教他們用刺鉤掛住船底往裏就帶。兩個人扎在水中用刺掛船，嗣後怎麼也掛不動了。緣故是拘鉤不拉了，兩個人如何掛得動？這才用盡平生之力，慢慢忽悠忽悠的也就奔了東山邊了。有蔣爺進去把他拉上來，到了上面，才能告訴，可不能在水裏頭說話。蔣爺就把水灌沈中元、大人到了的話說了一遍，隨後帶著兩個人到了船上，放下青銅刺，與大人叩頭，說明了他們來歷。大人收留下，教他們跟著當差。

大人又問：「你們大眾如何到的此處？」蔣爺就把尋找大人，誤入黑水湖，殺了山寇，饒恕了嘍兵

❶巡風：指擔任巡查放哨的工作，來回走動著查看。

的話說了一遍。「岸上那些人，那都是十八莊的會首。」大人說：「既然他們獻了些個衣服，又預備的吃食，也俱是為國有益的好百姓，應當請來一見。」蔣爺這才下去，把那些鄉紳們請將上來，俱與大人叩頭。大人倒說了些謙虛的言語。那些人請大人上柴貨廠暫且歇馬，明日起身。大人不肯，眾人跪著不起來。大人出了個主意，就在山上聚義庭中住一夜，明日再走。大眾只可點頭，就此請大人下船上聚義庭。眾鄉紳派人出去，治辦上等海味官席幾桌，也皆因柴貨廠地勢寬闊繁華，要是背鄉❷也不能這麼便當。蔣爺、沈中元、鄧彪、胡列俱都換上衣服，眾嘍兵跪接大人。

眾人到了聚義分贓庭中，晚間由外邊痾酒席備到，連知府帶總鎮大人，連文武的大小官，以至外邊兵丁等。蔣四爺等連眾會頭，帶嘍兵大家飽餐一頓。也就把君山歸降大宋，回稟了大人一遍。又把盜彭啟，假扮陰曹，畫陣圖，回了大人一遍。大人問：「陣圖有些個日子，大概也就畫齊備了罷？」蔣爺說：「這日限也不少了，大約也畫齊備了。」就此回明白了大人，把嘍兵也打發他們上君山去，待等襄陽用人之際，再調他們上襄陽。大人也就依著蔣爺的主意。蔣爺叫分水獸鄧彪，叫他取紙筆墨硯去。分水獸說：「四老爺怎麼又來取笑我們，這哪有紙筆墨硯呢！」這才有知府來的文案，教他們預備。蔣爺親筆寫了書信，封固停妥。

一夜晚景不提，次日清晨，大人打發文武官員俱都免送，回衙理事。大家一定要送，說至再四，這才不送了，連兵丁們俱都教他回去。早飯又是十八莊會頭預備。早飯用畢，山中也沒有甚麼物件，嘍兵也不用分散。蔣爺仍穿上自己的衣服，帶上一對青銅刺，請大人下山。餘者眾人保護，放火燒山，為的

❷背鄉：偏僻的鄉野。背，這裏指偏僻。

是賊要再來了，沒有住處，自然也就存留不住了。頃刻間，烈焰飛騰，萬道金蛇亂竄。嘍兵帶著書信盤費銀兩，投奔君山，暫且不表。

十八莊會頭要送大人一程，大人攔住，大人謝了謝他們。後來大人上京交旨，奏聞萬歲，天子一喜，還賜了一塊匾額，讚美他們村莊的義氣。大家上船。大人在官艙中見火光大作，點頭嘆息：燒毀房屋，傷害多少生靈。蔣爺早派聽差的前去給武昌府送信。內中單有柳青要見他師母去。蔣爺不願意，說：「待等破完了銅網，索性你把這一個整人情作完了，再見不遲。」柳爺說：「趁著此處長沙府不遠，我實在是想我師母。你只管放心，我絕不能半途而廢，我不是這樣人物。你們先走，隨後我奔襄陽，絕不能誤事。」這一說，雲中鶴也要去，沈中元帶路。蔣爺一想：「不得他們師兄弟湊在一處，睡多了夢長，萬一不奔襄陽，便把他們怎麼樣呢？有了，我同著他們一處去就無妨了。」就此回明白大人，四位一同起身，奔長沙府。這一到長沙府，火焚郭家營，且聽下回分解。

第一百十五回　雙錘將欺壓良善　溫員外懼怕兇徒

西江月：

世上豪傑不少，巾幗亦有鬚眉。救人急難扶人危，竟出閨閣之內。　不是姻緣匹配，強求必定吃虧。要擒惡霸將雙錘，女中英雄可畏。

且說大人回武昌不表，蔣爺上長沙亦不提。單說的是南俠、北俠、雙俠、智化、過雲雕朋玉直奔長沙府，到了郭家營，過雲雕朋玉認得。總是不巧不成書。自從小諸葛沈中元他們走後，本家有事是前文表過。王官雷英上長沙府郭家營，聘請雙錘將郭宗德。這雙錘將可就在長沙府，皆因此人膂力過人，受了襄陽王的聘請。這人生就的膂力真大，雖不能說萬夫不當之勇，要論這一對雙錘，實在是力猛錘沉。可惜他這樣的本領，只是一件，教他妻子誤了一世的英名。這就是那句話：大丈夫難免妻奸子不孝。他娶妻花氏，實在的不是個東西。郭宗德家中一貧如洗，他是個武夫，飯量最大。他交了一個朋友，叫崔德成。這個崔德成家大業大，就是孤身一人，尚未婚娶；就皆因這個花氏不是東西，那崔德成又有銀錢，這宗德又窮，貪圖了人家銀錢，就把醜事作出來了。崔德成拿著銀錢，教郭宗德作買賣。這個買賣一多了，郭宗德也就作不過來了，又找的領東的❶開了許多舖戶，拾掇了自己的房舍，前後東西共是四個大院子。後院拾掇的花園子，蓋了一座大樓，花氏起的名字，叫合歡樓。後花園中有些個奇花異草、太湖山石、竹塘等項。家業一大，雙錘將的名氣也傳揚出去了。雙錘將不叫雙錘將了，改送了他一個外號，叫了個癩頭鼋❷。大人還不好意思的叫他，小孩子可不管那個。他在前邊走著，小孩子就在後邊叫他：「咳咳咳，癩頭鼋哪，上哪去呀？吃了飯了沒有？」他瞧了那孩子一眼，也無非是乾鼓肚子生氣。那孩子更討人嫌，又說：「癩頭鼋，你發了財了，你不是上我們家裏討餅子吃的時候了。」這個人一想：「再要是孩子湊多了，更不好辦了。」真是那些孩子俱在一處唱起來了：「癩頭鼋，癩頭鼋，丟了人，有了錢。」他就要追趕著打他們，他們就跑了。自己一想：「不是事，不久的要跟著王爺打軍需去了，又不能攜眷。自己要把家眷搬在襄陽去，又捨不得這片事業。」再說崔德成公然就在他們家裏住著，也不回崔家莊了，「總想一個法子，怎麼把他推出去才好呢？」忽然這天生出一個主意來，把崔德成請到書房內，兩個人喝著茶閑談。癩頭鼋說：「兄弟，你這不是事。憑你這個家當，這樣的事業，打這麼一輩子光棍子，算怎麼個事情？聖賢說過：『不孝有三，無後為大。』非得說一個不行，早晚我給你為媒說一個，非說一個不行。」崔德成說：「不要。別辜負了哥哥的心。」郭宗德說：「你為甚麼不要？」崔德成說：「媒人叫我趕出去的許多，緣故再醮的不要。誰坐家女❸教對相❹對看？非品貌好了我不要。」

---

❶ 領東的：即帶頭作主的。

❷ 癩頭鼋：一種大型的鱉類動物，重可達數百斤。因頭頂上有磊塊似癩，故有此稱。

❸ 坐家女：沒出嫁的閨女。

❹ 對相：對面觀看（是不是合心意）。

郭宗德說：「難道這一方，就沒一個品貌好的麼？你要甚麼樣的？」崔德成說：「非得像我嫂嫂那品貌不行。還有一個，不行了。」郭宗德問：「是誰？怎麼不行了？只要你看得中意，我就能給你去說。」崔德成說：「那日清明上墳，插柳的時節，看見溫家莊溫員外家有個女兒，叫溫暖玉，稱得起美貌雙全。我見了他一面，神魂恍惚，直到如今，我總有些個思念。可惜人家是有夫之婦了。」雙錘將說：「只要你看著如意，有夫之婦，他也得給咱們。」崔德成說：「他要是給的無能之輩，還有你這一說。他給的朱家莊朱德家，那如何行得了？」雙錘將說：「你只管放心罷，後天咱們就辦事。要是不給，咱們還會搶哪！妥了，兄弟你在哪辦？」崔德成說：「要是妥了，我就在這辦。」癩頭黿聽了，雖不願意，也是無法。有句俗言：「寧借停喪❺，不借人成雙❻。」無奈可有一件，吃了人家的口軟，使了人家的手軟，自蓋房屋不敢說不行。崔德成雖說此話，也沒有擱在心上，仍然告辭上合歡樓去了。

雙錘將把家人叫將過來，自己教人備辦了八盤子花紅彩禮，教人備上馬匹，自己換了新衣服佩上，出了自己房門，乘跨坐騎，帶上從人，直奔溫家莊。到了溫員外門首，雙錘將撇蹬離鞍，下了坐騎，從人前去叫門。裏邊有人答言：「甚麼人叫門？」從人說：「開開罷，我們大爺來了。」正是溫員外出來開門，一看就是一怔，知道雙錘將是一惡霸，素無來往，到門必沒有好事。只可滿臉陪笑，一躬到地。雙錘將要行大禮，說：「老伯在上，侄男有禮。」溫員外說：「豈敢。好兄弟，請到寒舍待茶。」說畢，往裏一讓，庭房落座。溫員外問道：「有甚貴幹，駕臨寒舍？」雙錘將說：「侄男聞聽老伯有一千金令

❺ 停喪：即停靈。指靈柩在入土前暫時停放某處。

❻ 成雙：指男女成婚。舊時認為把家借給他人成婚是不吉利的。

嫚，我有個盟弟，此人大大有名，提起來大約老伯也知道，就是崔家莊崔德成。侄男作個冰人❼，可稱得起是門當戶對。」溫員外連連搖手，說：「辜負賢弟一番美意，我的小女已然許配人家了。」雙錘將說：「老兒，你太不知進退，好意前來說親，你竟自拿這般言語推託於我。後天前來迎娶，孩子們，把定禮放下。」溫員外把雙錘將一攔，說：「且慢，我的女兒許配朱家莊朱德為妻，倘若不實，小老兒情願認罰。」雙錘將把手一抖，溫員外「噗咚」摔倒在地，他竟自揚長而去。

溫員外放聲大哭，皆因是安人已然故去了，就是自己帶著女兒度日，已然給了朱德，郭宗德硬下花紅彩禮。不從罷，人家勢力真大，從了罷，也得朱家答應。鄉村有點事情，街坊鄰舍盡都知道，早有鄰居過來探問。溫員外就把始末根由對著大眾說了一遍。眾人七言八語，就有說打官司的；就有說攢❽人打架，打完了合他打官司；就有說把姑娘藏起來的；就有說給朱家送信的。溫員外就依了這個主意。

鄰居散去，溫員外到了後面，就把此事對著女兒學說一遍。姑娘是個孝女，跟隨天倫溫習儒業，熟讀列女傳，廣覽聖賢文。口尊「天倫」：「是女兒累及你老人家了。他明天一來，女兒我就速求一死。」溫員外說：「女兒先別行拙志，為父去到朱家送信。要是死，也是破著我這一條老命，先與他們拚了，我兒可千萬別行拙志！」暖玉說：「孩兒死也不這麼死，我還有個主意。」說畢，姑娘痛哭。員外勸解了一番，出來找了鄰家二位老太太伴著姑娘，怕小姐行了拙志。員外復又出來，離了自己門首，直奔朱家莊而來。

到了朱家莊上，直奔了朱德家中。家下人等見了老員外來，說：「老員外爺兩眼發直，莫非有甚麼

❼ 冰人：舊時稱媒人為冰人。

❽ 攢：指拼湊、聚集。

事情哪？」溫員外說：「禍從天降，請你們大爺來了。」說著話，往裏就走。從人說：「我們大爺沒在家。」員外也並沒聽見，直到庭房落座。溫員外說：「請你們大爺。」從人說：「方才回稟過員外爺，我們大爺沒在家。」員外說：「請你們二爺。」從人說：「我們二爺沒在家。」那邊從人也說：「我們大爺、二爺都沒有在家。」兩邊從人一口同音齊說「沒在家」，溫員外放聲大哭，說道：「蒼天哪，蒼天哪！」從人問道：「老員外何故這麼恨天怨地？」老員外說：「咳！我們閉門家中坐，禍從天上來哪！」從人一個個瞧著納悶，說：「老員外，到底是甚麼事情呢？」溫員外對著朱家從人，一五一十細說了一遍。從人說：「員外爺來得不巧，前三兩天還行呢！我們大爺、二爺，把兄弟沈大爺在這裏的時候，這樣的惡霸有一千也拾掇了。」老員外說：「怎麼這麼不巧，你們大爺、二爺到底上哪去了？」從人說：「上南鄉取租子去了。」老員外說：「要給送信，明天晚上回得來回不來？」從人說：「回不來，要是連夜趕騎著快馬可行咧。」溫員外說：「煩勞你們哪位辛苦一趟，總是大爺來才好哪！我們姑老爺尚未過門，說話有點不便。」

正說話之間，見老太太從外邊進來。甘媽媽一生是個直率的脾氣，皆因朱文、朱德沒在家，沈中元保著大人走了，娘兩個還在這裏住著，淨聽沈中元的信息，搬在哪裏，好奔哪裏。忽然聽見前邊哭哭啼啼，甘媽媽在後窗戶那裏聽著，有聽見的，有聽不見的。就聽見說：「硬下花紅彩禮，無論怎麼樣後天搭⑨人。」就聽見這兩句話，自己親身就過來了。進了庭房，從人說：「這就是我們這裏住的甘老太太到了。」員外問：「哪位甘老太太？」從人說：「這是我們大爺、二爺、沈大爺的姑母，眼下在我們這

⑨搭：這裏指共同抬起（轎子）。

住著呢。要不怎麼說前幾天來好呢？沈大爺是有本事的，要論勢力人情，我們這裏有按院大人，可惜如今都走了。此時就是給我們大爺送信，也是無益。」溫員外也是無法。此刻甘媽媽進來，員外與甘媽媽行了個禮，甘媽媽與員外道了個「萬福」，讓溫員外坐下。甘媽媽也就落座，問：「老員外，到底有甚麼事情？咱們大家議論議論。誰教我在我們老賢侄這住著呢？」溫員外又把自己的事學說了一遍。甘媽媽「咳」了一聲，說：「這個事，要是我們侄兒在，這就好辦了。等等，我給你算計算計，是我們侄子容易呀，是找本家大爺、二爺容易。我們侄子是上武昌府，本家大爺、二爺是上南鄉。」正說話之間，忽聽外面有人。甘媽媽一回頭，聽見後窗戶那裏有人叫，說：「媽呀媽，你老人家這裏來。」甘媽媽說：「老員外暫且請坐，我女兒叫我哪。」說畢，轉頭出來。溫員外仍與從人講話，說：「你們家大爺、二爺上南鄉去，離這有多遠哪？」從人說：「遠倒不遠，離這一百多里地，大概也就在這一半日回來，湊巧今天就許回來。」溫員外那個意見，就打算給大爺、二爺送信為是。

正說話間，甘媽媽從後面過來，也是皺眉皺眼，甘媽媽也添了煩了。員外說：「甘媽媽請坐。」媽媽說：「員外請坐。」從人問：「媽媽到後面作甚麼去來？」甘媽媽「咳」了一聲，說：「員外，方才是我女兒將我叫到後面去了。我女兒一生好管不平之事，他要見著不平事，他就要伸手去管。老員外，這件事情他要替你們出氣。」員外說：「姑娘小姐，怎麼能夠替我們出氣？」甘媽媽說：「實不相瞞，我養活得嬌縱，練了一身本事，明天教你的女兒躲避躲避，他去替當新人。待下轎之時，亮出刀來，殺他們個乾乾淨淨。」溫員外說：「那可使不得。」話言未了，忽見朱文打外邊跑將進來。此人一來，不知端的如何？且聽下回分解。

第一百十六回　朱文朱德逢惡霸　有俠有義救姑娘

且說姑娘叫過甘媽媽去，同他娘一說，他要替人家暖玉小姐去。暗帶短刀一把，下轎之時殺個乾乾淨淨的。媽媽一攔他，不教他去，他就要行拙志。媽媽也是無法，故此到前面與溫員外說這套言語來了。溫員外也是為難，甘媽媽也是著急。溫員外說：「那如何使得！」忽然朱文慌慌張張，手中拿定打馬藤鞭，打外邊跑將進來。從人趕著給大爺跪下磕頭，說：「大爺從哪裏來？」大爺也不理論那些從人，過來先給溫員外行了個禮。從人衝著甘媽媽說：「這就是我們家大爺。」「大爺，這就是沈大爺的姑母。」朱文過來與甘媽媽行禮，說：「姑母，你老人家到得孩兒家中，可巧我們哥兒兩個沒在家，慢待你老人家。」甘媽媽說：「喲！我們在這騷擾你們。」朱文心中有事，不能淨白陪著甘媽媽，一回頭，奔了溫員外來。溫員外伸手一拉朱文手，放聲大哭，說：「賢戚，我們禍……」那個「禍」字底下的言語尚未說出，朱文接過來說：「你老人家不用說了，侄男從你老人家那裏來。聽見趕集說，我趕緊到了你老人家家裏，才聽見隔房兩位老太太說，你老人家上我們這裏來了。」溫員外說：「好惡霸！欺我太甚了。」朱文說：「老伯只管放心，我這就寫呈子❶。並且長沙縣還不行，我知道長沙縣與癩頭鼋換帖，告他往返徒勞，非長沙府不行。你老人家不必憂心，我們兩家較量較量，我扳不倒郭宗德，我誓不為人！」甘

❶ 呈子：指呈文，即告狀的狀子、訴狀。

媽媽說：「喲！賢侄且慢，適才我女兒聽見此事，他一定要替他溫大姐姐坐這一次轎子，暗藏短刀一把，待等下轎之時，殺他們個乾乾淨淨。」朱文連連擺手，說：「姑母，這件可萬萬使不得。我這個表妹，可許配人家沒有？」甘媽媽說：「早已許配人家了，還是俠義的門徒。」朱文說：「倘若要教人家那頭知曉，姑娘可就擔了不是了。再說為我們家的事情，我天膽也不敢，實係擔架不住。」甘媽媽也就沒法了。朱文立刻寫呈子，說：「老伯暫且在我家聽信，我前去遞呈子，聽信息。」員外點頭。

朱文本是文秀才，朱德是武秀才。寫了呈子，朱文不費吹口之力，外頭備了兩匹馬，帶著一名從人，直奔長沙府。事逢可巧，長沙府知府沒在衙署，送按院大人去了。一打聽，回來的日限不準。這個事等不得，後天就要搶人，如何等得了。只可轉頭回來，再作主意。人，這無名火是霸道火性，往上一壯，舉家性命都顧不得了。離了長沙府，正走長沙縣。到了長沙縣衙署的門首，心中一動，想著：「自己這個事是理直氣壯，他們雖然是把兄弟，難道說他就把這門親事斷與癩頭黿不成？再說我先在他這裏遞了呈子，他與我辦不好此事，我再打府衙門去後，我也不算是越訴。」想畢，就下了坐騎。從人說：「大爺，這裏告他可不好哇，難道說你老人家不知道他們是把兄弟嗎？」朱文說：「你知道甚麼！少說話。」從人也就不敢多言了。所帶的呈子是知府那裏遞的呈詞，到縣衙也就用不著了。自己一直撲奔大堂，正對著這位太爺升二堂理事呢。朱文打算要擱鼓，忽見打裏邊出來兩個青衣，剛一見朱文，笑嘻嘻趕奔前來，說：「這不是朱相公嗎？」朱文點頭，說：「不錯。」青衣說：「很好，倒省了我們的事了。」朱文問：「甚麼事？」青衣說：「我們太爺派我們去請你老人家去。」朱文說：「好，我正要見見你們太爺呢，你就給我回稟一聲。」當即就同著朱相公進去。

知縣姓吳，名字叫天良。原來有雙錘將的片子早就到了，隨著五百銀子，託付吳天良買一個賊，攀告朱文、朱德的窩主。吳天良暗地裏叫官人通知犯罪的賊人，一口將朱文、朱德攀將出來，說：「他們是窩主，與賊人消贓。」暗地辦好，知縣升二堂，帶賊上來審訊，賊人就把朱文、朱德招將出來，教他畫了供。出簽票拿朱文、朱德。官人領簽票剛出去，正遇上了，故此就把他帶將進來。面見知縣，身施一禮，說：「學生朱文，與父母太爺行禮。」知縣把公案一拍，說：「好個大膽朱文！枉是聖人的門徒，聚賊窩賊，現有人將你供招出來。」會同教官革去了他的秀才，暫將釘肘收監。朱文在堂口，百般叫罵狗官長，狗官短，知縣把耳朵一捂，退堂歸後去了。把天良一滅，就得了紋銀五百兩，這可真算是「無天良」了。

外邊的從人一瞅主人釘肘收監，自己把馬拉過來，騎著一匹，拉著一匹，回朱家莊去了。一路無話，到了自己的門首下馬，進了院子，往裏就走，一直撲奔庭房，正對著溫員外在那裏等信呢。甘媽媽先瞧見，這從人就把已往從前的事情，對著甘媽媽學說了一遍。溫員外一見還是不行，倒把朱文饒上了。忽然又從外邊跑進一個人來，說：「大爺在家裏沒有？」從人說：「怎麼件事？」那人說：「可不好了，咱們二爺教郭宗德誆得他們家裏去了，收在空房裏頭了。」眾人一聽，又是一陣發怔。

原來癩頭黿搶人這個事傳揚遍了，這朱德剛打南鄉回來，也是帶著一名從人。他是武夫，好走路。正遇見有人講論呢，可巧教他遇上了，過去一打聽，人家說明天瞧搶人的，就教朱德聽見了。又過去細細的一打聽，可巧人家不認得朱德，一五一十就把這個事告訴朱德了。朱德立刻帶著從人，就奔了郭家營，不用說，見了郭宗德就破口的大罵：「好癩頭黿！你敢搶二爺沒過門的妻子！」見著他們的從人，說：「你快把癩頭黿叫出來！」從人哪裏敢怠慢，立刻往家就跑，就把癩頭黿叫將出來。不多一時，癩頭黿出來，滿臉陪笑說：「原來是朱賢弟。」朱德大罵，說：「你甚麼東西？你合我呼兄喚弟！」郭宗德說：「兄弟，你今天是帶了酒了。不然我一還言，傷了咱們的好交情了。」朱德說：「癩頭黿！你要再說合我有交情，我要胡罵了。」癩頭黿說：「我就問你一句話，你是怎麼了？」朱德說：「你反來問我是怎麼了？憑甚麼在溫家莊硬下花紅彩禮？」癩頭黿說：「你聽誰說，我在溫家莊硬下花紅彩禮？」朱德說：「這是人所共知。」癩頭黿說：「咱們可千萬別受了人家的煽惑呀！你是聽誰說的？你把這人拉來咱們對對。不然咱們一同到溫家莊問問此事。再說溫家莊住戶人家甚多，把花紅彩禮下在甚麼人家了？」朱德說：「就是溫宏溫員外他們家裏。」癩頭黿說：「這可就更好了。你先把氣消消，我換上衣服，咱們一同去問問，要果有此事。你要怎麼罰我，就怎麼罰我。再說溫員外家姑娘給了兄弟你，你也知道，放定的時節，我還去道喜去哪，怎麼我能行得出那樣事來！再說我也有家小，我還能再娶一個不成？」朱德被他這一套話，說得自己倒覺著有些個舛錯，必是自己沒把事情聽明白，大料著他也不敢。雙錘將說：「你先到我家裏喝碗茶，把氣消一消，咱們訪聽訪聽這個話是誰說的。你要饒了這個人，我也是不饒。」往進一讓。朱德說：「這倒是我莽撞了，虧了是你寬宏量大。不然，咱們得出人命。」郭宗德說：「我要與你一般見識，我對得起大哥嗎？」

二人往裏一走，進了廣梁大門，往西一拐，四扇屏風，剛一進去，兩邊有人蹲著拉著繩子，往起裏一站，兜住了朱德的腳面，朱德往起一躥，躺下得更高。從人過來，五花大綁。朱德破口大罵，說：「好小輩！暗使陰謀，不敢合你二太爺一刀一槍的較量較量。」雙錘將說：「朱德，今天把你拿住，為的是教你瞧著明天把你這個妻子給我把弟娶來，都教你瞧著拜天地，入了洞房，合巹交杯。到次日生米作成熟飯。也不要你的性命，把你一放，你們哥們有法，淨管使去，或講文，或講武，隨你們的便。」朱德大罵。癩頭黿說：「把他嘴塞上。」朱德一急，一抬腿，叭的一聲，就把家人踹出多遠去，「噯喲」，「噗通」，爬伏在地，還醒了半天，才緩過這一口氣來，幾希乎沒有死了。郭宗德說：「這不得不把他四馬攢蹄捆上。」從人把他按倒，口中塞好了物，叫人把他搭在後邊，扔在空房子裏頭，也不用看著，把門鎖了。雙錘將這裏搭棚辦事，衙門裏信也到了，朱文收了監了，暫且不表。

單說跟朱德的這名從人，飛也相似往家就跑，到了家中，見甘媽媽連溫員外帶伙伴們，就把二爺的事對他們學說了一遍。眾人目瞪痴呆一般，一點方法無有。溫員外淨哭。甘媽媽勸解，也是無法。只可就是按姑娘那個法子，除了那個法子，別無主意。正在束手無策之間，忽然從外邊「蹭蹭蹭」躥進幾個人來：頭一個青緞衣巾，黃白臉，細條身材；第二個碧目虯髯，紫衣巾；又兩個寶藍色的衣服；還有個身材矮小的。五個人倒有四個拉兵器的，往庭房裏頭就跑。溫員外以為是雙錘將他們人到了，嚇得整個兒掉下椅子來，爬起往桌子底下就鑽。倒是甘媽媽，別瞧是個女流之輩，總是開過黑店，膽量不小，說：「你們這是哪裏來的一夥人哪？清平世界，朗朗乾坤，白晝入人家的宅舍，難道說反了不成？」原來是南俠、北俠、雙俠、智化、過雲雕朋玉大眾前來。甚麼事情往進就跑？有個緣故，皆因是眾人走著，遇見天氣了，耽誤了三兩日的光景。看著快到朱家莊，智爺就問明了朋玉，朱文、朱德他們家進莊第幾個門居住，都有朋玉告訴明白。到了門首，智爺一扭嘴，使了個眼色，連朋玉也不知是怎麼個意見，大家拉兵器亂往進躥。

原來是智爺怕沈中元得信跑了，故此進來得即速，連朋玉也就跟將進來，直進庭房，並沒一點影色。對著甘媽媽一問，朋玉說：「這就是那位甘媽媽。」智爺把刀插入鞘中，說：「親家，我且問你，你內侄哪裏去了？快些說將出來，好保你們母女沒事；如其不然，連你都大大的不便。」甘媽媽說：「你是甚麼人？管我叫親家。」智爺說：「我不說，大約你也不知，我姓智，單名一個化字，匪號人稱黑妖狐。這是你們乾親家，這就是北俠。」甘媽媽說：「可了不得了，原來是二位親家到了。二位親家恕我未能遠迎，望乞恕罪。」北俠說：「豈敢。」朋玉過來與甘媽媽磕頭。緣故他與沈中元聯盟把兄弟，不能不過來磕頭。甘媽媽說：「你們來得湊巧，我正有點為難事。」智爺說：「別的話等等再說，我們是請大人來了。你先說，你內侄在哪呢？」甘媽媽說：「你們請大人來晚了；大人，我內侄早送回去了。」智爺說：「這不是當耍的呀！」甘媽媽說：「這焉能撒謊。我要撒謊，我婆子也擔當不住。」智爺細細的一問，他就把大人怎麼吩咐文武官員，怎麼護送的細述了一遍。北俠還有些不相信，智爺聽著裏邊沒有甚麼假潮❷。甘媽媽又問，說：「蔣四老爺沒來？」智爺說：「沒來。」甘媽媽說：「病鬼可把我冤苦了。今天你們這二位親家，咱們可是初會，一見就不像病鬼他那個詼詼諧諧的。」智爺說：「怎麼？」甘媽媽說：「我倒是合你們打聽打聽，我們這位姑老爺，到底哪個是真正的艾虎？你見有自己的女兒給了人，到底不準知哪個是真正姑老爺？」智爺說：「你先見的那不是，後見那個才對呢。你先見的那個是個大姑娘，女扮男裝，臥虎溝沙大哥的女兒。」甘媽媽說：「等著見了病鬼再說。」智爺說：「你沒瞧明白，你女兒還是個二房。」甘媽媽說：「那可不行！」智爺說：「這是人間的大事，有個日期管著，

❷ 假潮：指作假的訊息。

先定的就是頭一個，後定的就是二房。先定的就是假艾虎，那是我歐陽哥哥下的定禮，他又拿著那塊玉珮定了你的女兒，你算算誰先誰後？」甘媽媽把臉一沉，一語不發。智爺說：「給你見見，這是展護衛老爺，這是丁二爺。」甘媽媽道了個萬福。甘媽媽回頭把溫員外打桌子底下叫出來，與大家見了禮，就把溫員外的事對大眾一說。忽見打外頭闖進一夥人來，眾人一怔。

要問來者是何人，且聽下回分解。

第一百十七回　甘蘭娘改扮溫小姐　眾英雄假作送親人

西江月：

世事無非是假，誰知弄假成真。本是沙家女釵裙，巧把蘭娘眼混。　自從結為秦晉❶，無暇著意追尋。今朝才遇做媒人，能不一一訪問？

且說甘媽媽對著南俠、北俠、雙俠、智化、過雲雕朋玉，一提郭家營的這個惡霸雙錘將郭宗德，先前怎麼窮，後來大闊，全是崔德成的銀錢；怎麼硬下花紅彩禮，要搶溫員外家女兒。這裏本家朱文、朱德弟兄兩個，一個是收了監了，一個是在郭家營捐❷的空房子裏頭幽囚起來了。大眾一聽，頭一個就是丁二爺好事，說：「這不是要反嗎？你告訴我他的門戶，我去找他去。」北俠說：「你先坐坐，你等著我們親家說完了，咱們大家議論個主意。還能不去嗎？」丁二爺這才落座。甘媽媽說：「不然我怎麼說你幾位來得真巧呢？」北俠說：「智賢弟，你出主意罷。」智化還沒有說話呢，溫宏衝著大眾雙膝點地，說：「眾位老爺們大駕光臨，實在是我小老兒的萬幸。」智爺說：「老翁你先請起，有話咱們大家計議。」

❶秦晉：指姻親。出戰國時秦穆公嫁女於晉文公，秦晉兩國君主建立婚姻關係的典故。

❷捐：這裏指捨棄、拋棄。

老頭將要起來，忽然闖進幾個人來。智爺一拍巴掌，說：「咳！我的膀臂來了。」又把溫員外嚇了一跳。原來是雲中鶴魏真、小諸葛沈中元、白面判官柳青，三個人過來與甘媽媽磕頭，說：「師母，你老人家一向可好？想死孩兒們了。」甘媽媽見三個人給他磕頭，魏真、柳青兩個人問好。甘媽媽說：「你們起去。」就覺著心中一慘，不禁淒然淚下，就想起自己沒兒，還有這麼兩個徒弟，一個內侄。回思舊景，又想起九頭獅子甘茂來了，那樣健壯的身體倒故去了，更覺著心中淒慘。魏真與柳青看著師母有廿載的光景不見，如今相貌也透著老了，也覺著淒慘。按說見面當是一喜，此時倒是悲喜交加。甘媽媽問：「兩個孩兒，你們在外這幾年可好？」兩個人一口同音說：「託師母之福，倒也平平。」

蔣四爺單單過來說：「小親家子，這一向可好？」甘媽媽說：「瘦鬼！別挨罵了。」蔣雲中鶴著著實實的瞪了他一眼。甘媽媽說：「今天人們都在此處，咱們三頭對案的說一說。病鬼你冤苦了我了。」蔣爺說：「你先等等，我先見見禮，有話然後再說。」過來與大眾見禮，先見北俠，然後智爺與他行禮，過雲雕朋玉不認識，南俠、北俠給指引，連溫員外都見了一見。北俠問蔣四爺見大人的事，蔣爺就把黑爺就把黑水湖的事學說了一遍。北俠他們這才放心。智爺就把這溫家莊的事，如此如彼告訴了蔣爺一遍。蔣爺說：

「怎麼辦呢？」甘媽媽說：「瘦鬼，說完了話了沒有？」蔣爺說：「完了。」甘媽媽說：「你給說的媒，這是怎麼件事？倒是哪個是真的，哪個是假的？」蔣爺說：「當著你徒弟在，這我要冤你對不起你徒弟。」甘媽媽說：「你還不冤我哪！拿大姑娘愣❸算爺們。」蔣爺說：「是你自己瞧的呀，是我一定教你給的？你教我作個媒人保人，我那時說過：『作媒不作保，準有一個艾虎。』那就不算冤你。頭一件，我得對

❸ 愣：口語。不考慮實際效果地硬說蠻幹。

得起柳賢弟，對不起人的事我不作。這準對得起你們娘們。怎麼如今你倒合我找起後帳來了？」北俠說：「你們就不必分爭了，大概這也是夙世的姻緣，月下老人配就的，非人力所為。」甘媽媽說：「算了罷，你長肉去罷。咱們管管人家朱家橫事，行了罷？」蔣爺說：「那焉有不行之理。智賢弟，你打算怎麼辦？」甘媽媽說：「還有件事哪，我這個女兒他還要去哪！」就把蘭娘兒的話學了一番。蔣爺說：「就不用姑娘去了，比不得先前沒人，這已經有了人了，還教姑娘出頭露面的幹甚麼。」就聽見後窗戶那叫：「媽呀，媽！」甘媽媽出去，不多時回來說：「方才還是我女兒把我叫出去，還是願意替人家姑娘去。這一趟不教他去，他就行拙志。不瞞眾位老爺們說，我那女兒養得太嬌，這可是怎麼好？我合二位親家商議商議，這事情是怎麼辦法？我那姑娘是太濁❹，若要是不濁，教他去他都不去。誰家有姑娘替人家當新人去？他可不是傻是甚麼？」智爺說：「歐陽哥哥，說句話罷。這以後過了門，兩口子性情可不差甚麼。」北俠說：「智賢弟，你出個主意罷。我是艾虎的義父，我不敢作主意，久後一日艾虎要不答應，我擔不住。」智爺說：「歐陽哥哥，你可會推乾淨。」北俠說：「不是推乾淨，我這義父不敵你這師傅。」蔣爺說：「智賢弟，你為難歐陽哥哥幹甚麼？依我說，你們哥兩個無論誰出個主意，艾虎也不能不答應，這是一。二則間，姑娘不會本事，性情還驕傲呢；況說會點本事，脾氣更驕傲咧。他有這一身的功夫，大家再保護著，大約也沒有甚麼舛錯，不如教他去就截了。我這可是多說。」智爺說：「去就去罷。」大家點頭。甘媽媽也就樂了。

蔣爺說：「咱們就把這個主意商量停當。溫員外先把他的女兒藏起來，咱們可各有個專責：歐陽哥

❹ 濁：這裏指頭腦不清楚。

哥去救人；展大弟等事完，上縣衙裏去要人；魏道爺、柳賢弟，你們哥倆個前後巡風；沈賢弟，你表妹、你姑母，千斤重擔全交給你一個人。瞧著那時事要不順，就亮刀殺人。咱們有個暗令，擊掌為號。親家，你可看著姑娘，別教他拜天地，作為姑娘的奶母，隨隨步步別離開姑娘。再說上轎之時不教點燈火，說教人家瞧了，今天日子不好。餘者的人，作為送親的。」蔣爺這麼一分派，公然就把這一件大事派妥當了。溫員外先給大眾行了一個禮，「待等事畢之時，一齊給大眾道勞。」蔣爺先教溫員外回家，早早先教姑娘放心，也好教姑娘拾掇拾掇，明天好上親戚家躲避著去。

頭天不提，到次日，北俠、南俠單走，魏真、柳青單走，問明白了郭家營的道路，前去上郭宗德家門口踩道。甘媽媽與蘭娘早有蔣爺分派著，叫朱家的家人僱了二人小轎兩乘，送甘媽媽、姑娘上溫家莊。到溫家莊停轎，去扶手下轎，溫員外迎接出來，一躬到地，往裏一讓。轎錢外邊已然是開發了。將到裏面，暖玉迎接出來，要行大禮磕頭。甘媽媽攔住，說：「噯喲！我的乾女兒。」從此認甘媽媽為乾娘，與蘭娘兒為乾姐妹。讓到溫小姐的香閨繡戶，重新與甘媽媽、蘭娘兒行禮。蘭娘兒攙住說：「你淨磕頭也是無益於事。」溫員外進來，說：「外邊轎子到了。」溫小姐與甘媽媽、蘭娘兒灑淚分別。

小姐去後，外面有人進來說：「沈爺大眾到。」甘媽媽出去迎接，讓到前庭，落座先獻茶後擺酒，都是甘媽媽張羅。蔣爺說：「親家，你怎麼張羅我們哪？咱們都是幫忙。」甘媽媽隨道：「如今本家姑娘我認為乾女兒了。」蔣爺說：「應當道個喜兒才是。」不多一時，溫員外進來，張羅大家酒飯。蔣爺問：「把姑娘送下了？」員外說：「正是。」後面與甘媽媽、蘭娘兒預備酒飯。用畢之時，蔣爺教給找衣服，或買賣人的，或長工的，預備好了，淨等第二天晚間，暫且不表。

且說的是朱家莊，北俠等分頭踩道，到了雙錘將家門首，好惡霸，懸燈結彩，聽裏面刀勺亂響。瞧看明白，幾位使了個眼色，歸奔朱家莊來。到朱家門口，進了朱文家庭房，重新落座，大家議論怎麼個辦法。雲中鶴說：「他這有的是從人，教從人暗裏探望。再說郭家營離這不遠，打聽著哪時有信發轎，咱們大家再去不遲。」果然派從人探望，天到初鼓，從人回來，大家起身，一直撲奔郭家營。到了郭宗德門首，北頭東牆腳躥將進去。北俠、南俠、雙俠一直撲奔正西，雲中鶴、白面判官撲奔西北。

單提北俠前去救人，也不知朱德現在甚麼所在。仗著自己是兩隻夜眼，走到太湖山石四下觀瞧，忽見那邊破房子裏有一個燈籠兒一晃，兩個人打著燈籠往前去，嘴裏頭抱抱怨怨的說：「拿住他殺了就截了，何用又給他吃的。再說明日事完，他出去一準是有事。」那個說：「你知道甚麼？這叫成心羞辱他。少時拜堂的時節，還提溜出來教他瞧著哪。明日趕事畢，把他一放。這人要出去，不能像咱們出去了，苟延歲月，還活著。這個人火性是大的，出去就得死。不然咱們給他甚麼，連吃都不吃？」隨說著，撲奔正南去了。北俠以為必是在這個屋中，遂擊掌，南俠、雙俠也到。南俠回手拉七寶刀，把鎖頭一點，「嘩啷」一聲，鎖頭脫落，把門一開，內中果有一個人在那裏，四馬倒攢蹄捆著。北俠一看，就知道是朱德，過去解了繩子，口中塞物拉出來，見朱德爬在地上，一絲兒也不動。丁二爺問：「怎麼了？必是受了傷了罷？交手來沒交手哇？」朱德搖頭。北俠說：「二哥，他這是捆了兩天，捆得渾身麻木，攙起來走走就好了。一點別的傷症沒有。」丁二爺說：「我攙起來遛遛他。」北俠說：「沒有那個工夫，你背他走罷。」展爺聽了這句話，一伸手把朱德背將起來，拿紗包兜住他的下身。展爺在自己胸前繫了一個麻花扣兒，哪怕就是撒手，他也掉不下去。朱德雙手又攏住展爺的肩頭，說：「眾位恩公，我也都不知道是誰？」展爺說：「全上你家去再說罷，此處沒有講話的工夫。」北俠說：「二弟走哇。」丁二爺說：「我不去了，我在這還瞧熱鬧哪。」北俠囑咐：「二弟小心著。」竟自出東牆去了，一直奔朱家莊，暫且不表。

單說雲中鶴、柳青奔在後面，瞧見有一座高樓，裏面燈光閃爍，用飛抓百練索搭住了上面，二人導絨繩而上。到了上面，起下飛抓百練索來，直奔西邊房屋。到了窗前，用舌尖吐津，把窗櫺紙戳了個小孔，往裏一看，是一男一女。書中暗交代：男的就是崔德成，女的就是郭宗德之妻。擺著一桌酒席，兩個人對面吃酒。男的是文生公子打扮，女的是妖淫氣象。郭宗德之妻說話，慘悲悲的聲音，說：「兄弟這就好了，今夜洞房花燭，尅爾新婚，這就得了。今夜這酒是離別酒，從此個月期程一年半載，還能到為嫂這裏來一次不能？」崔德成說：「嫂嫂只管放心，要忘了嫂嫂，必遭橫報。」婦人說：「你們這男子說話專能夠隨機應變，說的時節實在好聽，轉過面去就是兩樣的心腸。」崔德成說：「嫂嫂待我這一番的好處，銘刻肺腑，永不敢忘。別看這時，這是我哥哥苦苦相逼，教我成家辦事，擠兌的實在無法了。我這才指出溫家的姑娘來了。我本是推託的言語，不想他竟作出這麼一件事來。」婦人說：「轎子是走哩，少時就搭到。既不願意，早些說明才是。這明明的你在我跟前撒謊。」崔德成說：「嫂子，教你看著，搭到了我也不下去拜堂。」婦人說：「你準口能應心嗎？」崔德成說：「我要是有半句虛言，教天打雷劈，五雷轟頂。」婦人說：「這你就是不下去拜堂也不行，人已然是搭在家來了。你早有這個心思對我說明，我也就把肺腑話說出，咱們兩個就作個長久的夫妻了。你不肯說出來，我也就不肯說出來。」崔德成說：「咱們這個長久的夫妻，你不用打算，就是朝朝暮暮的在這個樓上，我都放心不下。」花氏說：「你叫多此一舉。」崔德成說：「多此一舉？好罷，一下要教他撞上，那可不是當耍的呀！」花氏說：「我告訴你說罷，我要沒有那個拿手❺哇，那個烏龜忘八小子，早就找上咱們門來了。若非是有拿手，他就能這樣不聞不問的嗎？」崔德成說：「甚麼拿手哇？拿手甚麼？拿手也不行。」花氏說：「這個意思，你是怕他？」崔德成說：「我怕他。你先把這個拿手告訴我，我就不怕他了。」花氏說：「我有意要告訴你，怕的是咱們不能長久，這是何苦哪。」崔德成說：「好嫂子，你告訴我聽聽。你要不放心，我對天盟誓。」花氏說：「我要說出這個話來，可有干係呀。他那條命在我手心裏擗著哪，我要教他活，他就活；我要教他死，他就得死。」崔德成說：「你說說，是甚麼拿手？」婦人說：「你真要瞧，給你看看。」就見打箱子裏頭拿出一件東西來，交與了崔德成。那廝拿過來一看，說：「可惜，可惜！我要早知道有這物件哪，咱們兩個人長久夫妻就準了。」魏道爺與柳爺聽外邊一陣大亂，大吹大擂，鼓樂喧天，聲若鼎沸。

大鬧郭家營不知如何？且聽下回分解。

❺ 拿手：指成功的把握。

第一百十八回 合歡樓叔嫂被殺 郭家營宗德廢命

詩曰：

可笑姦淫太不羞，時時同伴合歡樓。
風流哪曉成冤債，花貌空言賦好逑❶。
夢入巫山❷終是幻，魂銷春色合❸添愁。
任他百媚千嬌態，露水夫妻豈到頭！

西江月：

害人即是害己，不外天理人情。眾俠一聽氣不平，要了惡霸性命。大家計議已定，分頭各自潛行。一時火起滿堂紅，燒個乾乾淨淨。

❶ 賦好逑：成為良好的配偶。典出詩經關雎：「窈窕淑女，君子好逑」。
❷ 夢入巫山：指男女之情。典出宋玉高唐賦序中楚王遊高唐時夢見巫山神女薦枕的故事。
❸ 合：這裏指應當、應該。

且說雲中鶴、魏真同著柳爺在樓上看見姦夫淫婦所說的這套言語，有一宗物件就能要他性命。甚麼東西這麼要緊？也要看看虛實。就見打箱子裏頭拿出來是極微小的東西，見崔德成接過去在燈光之下一瞅，如同珍寶一般，俱沒有看明是甚麼東西，再說他又是藏著婦人淨樂。此時可就聽見外頭大吹大擂，必是他們到了。雲中鶴一指，柳爺就把熏香盒掏出來，把堵鼻子的布捲給了雲中鶴，兩個自己堵上了。兩個拿千里火把熏香點著，把銅仙鶴脖拉開，將熏香放在仙鶴的肚內，等香煙微絲多一濃，把仙鶴嘴對準了窗欞紙的窟窿，把仙鶴的尾巴來回的一拉，那煙一條線相仿直奔了。花氏忽然聞見一股異味清香，就往鼻孔裏頭一吸——不吸還要躺下哪，何況往裏一吸——說：「兄弟你聞聞，這是甚麼味氣？」崔德成也就一體❹的聞見，也就納悶說：「這是甚麼味氣？」言還未畢，兩個人一齊「噗通噗通」摔倒在樓上。兩個人一倒，柳爺收了熏香盒子，把窗欞推開，進來先拿崔德成看的那東西是甚麼。魏道爺拿起來一看，說：「無量佛。」柳爺說：「師兄，那是甚麼物件？」魏真說：「這可是活該，今日咱們這裏無論殺多少人是白殺，連地面官都不擔疑忌。」你道這是甚麼物件？原來就是襄陽王打發雷英送來的那封信，約他作反。原來花氏得著這封書信，如同珍寶一般收藏起來。他與崔德成兩個人暗地之事，他也知道不定哪時要教郭宗德撞上，就是殺身之禍，並且郭宗德常拿言語點綴❺花氏。花氏預先就有些個害怕，嗣後來就由得了這封書信，花氏常拿言語點綴雙錘將，說：「無瑕者可以治人。」郭宗德累次合他討這個書信不給，故此雙錘將也就不敢深分的與他們較量這個事了。如今把這個書信老道得著了，今天郭家

❹ 一體：一起。

❺ 點綴：這裏指影射、暗示。

營無拘殺多少人，那就全算是王爺的一黨了。忽聽外邊殺聲震耳，就知方才有大吹大擂的聲音，必然是到了，這時也就該動手了。雲中鶴將書信帶好，說：「師弟殺那個，我殺這個。」果然「磕嚓」的一聲，就把淫婦的性命結果。老道殺了崔德成，猛一抬頭，見窗欞紙照得大亮，就知道是前邊火起了。他們這裏也就拿燈，把可以引火的地方點著，兩個人躥出了樓窗之外。合歡樓一著，樓下頭的丫鬟、婆子就慌成一處了。

再說前頭娶親去，應是新郎官自己親身迎娶。惟獨這個娶親的事情——各處各鄉俗，一處一個規矩——到了他們那裏，新郎官迎接新人。雙錘將打發人，連他自己請崔德成數十餘趟竟不下樓，說他有點身子不爽，只可就是郭宗德替他迎娶。這不是本人，也不能十字披紅❻、雙插金花。馬上掛上他兩柄錘，帶了三四十打手，遠遠瞧著，以防不測。要是沒動靜，就不教他們露面。帶了四個婆子，跟著轎子到了溫家莊，溫員外家那裏並沒甚麼動靜，吹打了半天，方才開了門。溫員外出來迎接。郭宗德下馬，與溫員外行禮道喜，眾親友彼此的行禮道喜，往進一讓，讓進庭房落座。溫員外故意把事再問：「到底是甚麼人娶我的女兒？」雙錘將說：「是我的把弟崔德成。」員外說：「今天不來，是甚麼緣故？」雙錘將說：「皆因今天早晨起來身體不爽，不能前來迎娶。本當改期，又怕誤了今天這個好日子，故此侄男替他迎娶。待等回門❼之日，再與老伯叩頭。」溫員外也就點頭，說：「還有一件事情，今天這個日子，我也瞧了，好可是好，就是不宜掌燈火，少刻上轎之時，我屋裏不掌燈火。到了你們那裏，洞房裏還能

❻ 十字披紅：舊時在迎娶新娘時，新郎佩帶在胸前交叉成十字形的紅綢帶，稱十字披紅。

❼ 回門：舊時新娘出嫁後若干日內（大多地方為三天）與新郎一起回娘家拜見長輩和親友，叫做回門。

不點燈嗎？就是那一盞長明燈❽。燈火千萬不要多，多了與他們無益。」雙鍾將哪裏把這些個事放在心上，也猜疑不到有別的事情。他還說：「那多承老伯的指教。」吩咐一聲，把轎子搭進來，搭在後面，請新人上轎。不多時，婆子慌慌張張跑出來了，說：「大爺，他們這裏新人上轎的屋裏，連個火亮也沒有，別是不得罷。」雙鍾將說：「甚麼不得呀？」婆子說：「不是個瞎子，就是禿子；不是個駝背，定是個瘸子❾，準是個殘廢人罷。不然，不能不點燈。」雙鍾將說：「你們知道甚麼？少說話，預備去罷。」婆子答應，諾諾而退。不多時，轎子搭出。雙鍾將告辭，大吹大擂，轎子直奔郭家營。送親的累累行行，也就跟下來了，其實都是暗藏兵器。來到自己的門首，雙鍾將下馬，進了自己院中，轎子搭將進來，請崔德成拜堂。有從人說：「二爺不拜堂，吩咐新人先入喜房。」蔣爺一聽，這下對了勁❿了，有容工夫的時候了，更好了。甘媽媽把轎簾打開，仗著蓋著蓋頭，穿著大紅的衣服，甘媽媽攙著他，為的是擋著他那個刀，怕人家瞧見，直奔喜房。

送親的俱在棚裏落座，擺上酒席，大吃大喝。酒過三巡，就豁拳行令，都是智爺、蔣爺的主意。智爺裝的鄉下人，仍像前套⓫上盜冠⓬的時節，學了一口的河間府話，划拳淨叫「滿堂紅」。有陪座的客問：

❽ 長明燈：晝夜不熄的大油燈。多置於神像、佛像之前。

❾ 瘸子：口語。跛子；瘸腿的人。

❿ 對了勁：即對勁。指稱心合意。

⓫ 前套：指七俠五義。

⓬ 盜冠：在七俠五義第七十九至八十一回中，有智化扮作逃荒的去紫禁城中挖御河，乘機盜出御冠藉以告倒奸臣馬朝賢的情節。

「你怎麼淨叫『滿堂紅』？」回答：「你老連『滿堂紅』都不知道嗎？」少刻間，拿著個蠟往席棚上一觸，火一起來，就是『滿堂紅』。」那人說：「別說這個喪氣話。」智爺說：「可有個瞧頭。」那人說：「可別教本家⑬聽見哪。」智爺說：「聽見怕甚麼？我這就點了，衝著喜房。怎麼還不點哪？我這就點哪！」行情⑭的親友以為他醉了，也不理他。那邊蔣爺也嚷上了，說：「點哪！是時候了，點罷。」

喜房裏頭就打姑娘進了屋子，媽媽把裏間屋簾一放，拉了條板凳迎著門一坐，憑爺是誰也不准進去。姑娘自己把蓋頭揭了，拉出刀來，綁了綁蓮足，蹬了蹬弓鞋，自己擰絹帕把烏雲攏住，把耳環子摘將下來，把刀往旁邊一放，就聽婆子合甘媽媽分爭，說：「我奉我們大爺的命，教我們伺候新人，你這麼橫攔著不教我們見，是怎麼件事？」甘媽媽說：「我們姑娘怕生人，讓他定定神，然後再見也不晚。你們還能見不著？」婆子說：「我先進去張羅張羅茶水去。」甘媽媽說：「要你進去，你一個人進去，換替著進去倒可。」婆子說：「我給姑娘張羅茶去。」甘媽媽就把板凳一撤，簾子一啟，那人進去，嚷道：「噯喲了……」這個「了」字未說完，就聽見「噗哧」，又跟著「噗通」一聲。甘媽媽就知道結果了一個性命。外頭的婆子也有聽著詫異的，也要進去瞧去。甘媽媽問：「姑娘得了沒有？」蘭娘兒說：「得了。」這個婆子將要進喜房，甘媽媽一抬腿，踹了婆子一腳，婆子就整個的爬在喜房裏頭去了。蘭娘兒手中刀往下一落，又死了一個。本家婆子的伙伴就急了，說：「這位老太太，你是怎麼了？怎麼把我們伙伴踢一個大跟斗？」甘媽媽說：「我告訴你，這還是好的哪。」婆子說：「不好便當怎麼樣？」甘媽媽抄起

---

⑬ 本家：對第三者稱當事人的家人。

⑭ 行情：亦稱「行人情」。舊時指到親友家送禮、賀喜、弔喪等人情方面的事務。

板凳來，衝著那個婆子「叭」就是一板凳，「嗳喲」「噗通」，摔倒在地，紋絲不動。新人躥將出來，手拿著一把刀，把門口一堵，誰也不用打算出去。甘媽媽脫了長大衣服，原來的時候，腰內就掖上了兩把棒槌⑮，本來任甚麼本事也不會。蘭娘兒這本事，都是甘茂教的。甘媽媽雖上了年紀，就仗著有笨力氣，拿棒槌衝著婆子「叭」一下，腦漿迸流，對著裏外一亂，這麼一嚷，屋中的頃刻間盡都殺死。

外邊人一亂，送親的甩了長大衣服，拉兵刃、把桌子一翻，「嘩喇嘩喇」碗盞家伙摔成粉碎，拿起燈來往席棚上一觸。蔣爺就嚷：「姑娘快出來，別教火截的裏頭。」這幾個陪客也有死了的，也有爬下的。廚役端著一盤子菜，衝著他們頭兒的腦袋就倒了去了，燙得頭兒直嚷嚷，說：「教你拿去救火，你怎麼跟我腦袋上倒呢？」還是頭兒明白，端起一盆子油，往火上就澆，「烘」的一聲，廚師傅全都是焦頭爛面。

姑娘出喜房，東西兩個院子都嚷成了一處。這西院裏是廚房、喜房、席棚，可巧雙錘將在東院裏，聽見西院裏亂嚷，出來一看，烈焰飛騰，聽見人說：「連新人帶送親的亂殺人哪！」郭宗德才知道中了他們計了，趕著拿錘往西院就跑。沒有到西院裏，撞上就交手。頭一個過雲雕朋玉，刀往下一剁，單錘往上一迎，就聽見「鏜啷」的一聲，就把那口刀磕飛，跟著那柄錘就下來了。朋玉仗著手快，早預備下了，「叭」就是一鏢；雙錘將拿那柄錘往下一壓，「鏜啷」一響，那隻鏢磕落在地，騰出工夫來，也就躲開了。緊跟著就是蘭娘到，甘媽媽在後頭，沈中元緊跟著甘媽媽。雙錘將大吼了一聲：「好丫頭！你們定的好詭計。別走，今天務必要你的性命！」沈中元就知道蘭娘兒不是他的對手，沈中元躥過去就是一刀。雙錘將一掛，沈中元如何吃那個苦子，始終沒有教他把刀震飛了。五六個彎，已然火就大了，沈中

⑮ 棒槌：舊時用在水中捶打的方式來洗衣服，棒槌就是用來捶打的方頭圓柄的木棒。

元無心動手。甘媽媽、蘭娘兒已然出去了。這邊是智爺躥上來一刀，蔣爺也躥上來了。火是直撲，行情的這些人死了無數了，又沒有兵器，又是害怕，就有迷昏了的，扎的火堂裏去的；也有出去找不著門，又回來的。總而言之，遭劫好躲，在數的難逃。蔣爺說：「老沈，出撥扯活火。都看看快烤得慌了。」忽見迎面上來一人，雙鎚將上下一打量，三十來歲，一身的縞素，面白如玉，五官清秀，手中二刃雙鋒寶劍。郭宗德用鎚一指，說：「好小輩！你們都是哪裏來的這些強人？」丁二爺哈哈一笑：「我們倒是強人？你清平世界搶人家的姑娘。別走，受我一劍！」雙鎚將哪裏瞧得起丁二爺，身量又不高，長相又不惡，兵器又不沉，見他那口劍菲薄。二爺並沒告訴他名姓，就往前一躥。雙鎚將單鎚已然舉起來了，對著丁二爺頂門往下就砸。丁二爺往旁邊一閃身子，用劍一找他的鎚把，就聽見「嗆通」。「嗆」一聲，是把鎚柄削折；「通」一聲，是鎚頭落地。雙鎚將就成了單鎚將了，嚇得抹頭就跑，不敢往西，有火；東院火也起來，一直撲奔正北，迎面上聽見說：「無量佛！」

這一遇見老道，生死如何，且聽下回分解。

第一百十九回　臥牛山小英雄聚會　上院衙沙員外獻圖

西江月：

俠義勤勞恐後，武夫踴躍爭先。畫成卦象幾何天？特把陣圖來獻。　勉勵同心合意，商量執銳披堅。大家聚會院衙前，演出英雄列傳。

且說雙鍾將郭宗德出世以來，沒有見過這個樣的寶物，那麼壯的鍾把，「嗆啷」一聲，鍾頭落地。不敢往西，直奔正北。一看正北合歡樓烈焰飛騰，火光大作。他一瞧大樓一燒，這可真動了心了。本是一個窮漢出身，全仗著他女人掙了個家成業就，連舖子帶買賣這一下子全完了，怎麼會不疼？可巧迎面之上站著一個白人，細瞧是個老道，念聲「無量佛」，也是拿著一口二刃雙鋒寶劍，也是耀眼爭光，奪人眼目，心中暗忖道：「剛才遇見那麼一口寶劍，難道這口合他那個一樣？不能罷。」自己使了個丹鳳朝陽的架式，鍾打悠式往下一拍。老道往旁邊一閃身子，寶劍往上一托，就聽見「嗆通」——合前番一個樣：「嗆」，削折了鍾柄；「通」，是鍾頭落地。丁二爺到，腦後摘巾❶，「嗖」就是一寶劍。雙鍾將大蝦腰，真是鼻子看看沾地，這才躲過去了。剛往上一起，「叭」，腮顎骨❷上釘了一鏢。過雲雕兩鏢未能結果他

❶ 腦後摘巾：指從後腦往前削。

的性命。癩頭黿仗著皮糙肉厚，錘腦袋是沒有了，淨剩了兩根鐵擀麵杖了，捨不得扔。他把兩錘柄併在一隻手中，一隻手往外拔鏢，往南一跑，不行，有丁二爺等堵著哪；往北又跑，有雲中鶴、柳爺堵著哪。東西兩邊是牆，他又不會高來高去，這才叫身逢了絕地。並且還有過雲雕朋玉，也不管打得著，打不著，他還得留神暗器。地方又窄狹，一著急，拿著手中的鐵把打將出去。蔣四爺說：「好了，撒手鐗扔出來了。」如何打得著。魏道爺往旁邊一躍身軀，幾希乎沒打著柳爺。柳爺也往旁邊一閃，可就閃出道路來了。癩頭黿從這個空兒裏躥出去了。蔣爺說：「要跑！」魏真說：「跑不了！還是拿鏢鏢他。」過雲雕朋玉真就拿鏢打他，自然是郭宗德聽見說「暗器」二字，總得留神。他淨留神過雲雕朋玉的暗器，沒想到雲中鶴一回頭，早就把鏢打手中一托，等著癩頭黿一回頭，「噗哧」一聲，正中頸嗓咽喉，「噗通」死屍腔栽倒在地。眾人一喜，蔣爺說：「咱們也快走哇！不然，前後火勾在一處，咱們也跑不出去，也就成了焦頭爛面之鬼，烽火中的亡魂。」眾人說：「有理，就此快走罷。」

一個個撲奔正東。到了正東，一個個越牆出去，眼瞅著是火光大作。智爺說：「今天晚間這個人命不少哇。」柳青說：「智爺這麼有能耐？今夜死了這些人，教本地面官不背案❸。」智化說：「我可沒那個能耐，你有那個能耐嗎？」柳青說：「我就能夠，再多些也無妨。」智爺說：「我領教領教。」柳青說：「我們這得了點東西，也是活該。」就把得了這封書信的言語學了一遍。智爺說：「這可是活該。書信現在哪？」雲中鶴說：「現在我這裏。」智爺說：「那就得了。」雲中鶴說：「你瞧瞧不瞧？」智

❷ 腮顎骨：指下巴骨。

❸ 背案：指有案件在身，也就是不立案調查的意思。

爺說：「回頭有多少瞧不了，何必這時候瞧。走罷！」隨說隨走。就聽見後面亂嚷，又是起的火，又是救火的人。救火的人抬著救火的物，敲著鑼，到這一瞅，說：「他們家還用咱們救火？癩頭黿行陣雨就得了。」大家一半取著笑，一半各自歸家去了。雲中鶴魏真、白面判官柳青、黑妖狐智化、蔣四爺、丁二爺、過雲雕朋玉等，大家歸奔朱家莊。看看來至門首，早有許多人在門前張望，連溫員外俱到門首。

朱德教南俠、北俠背將回來，到了家中庭房之內，展爺解開了搭包。朱德細問名姓，展爺把已往從前細述了一遍。朱德跪倒，磕頭道勞。少刻，甘媽媽亦到了，兩乘轎子，沈中元保護回到朱家莊下轎。朱德跪下，與母女兩個磕頭道勞。蘭娘道個萬福，將要說話，甘媽媽說：「有話裏頭說去。」又與沈爺道勞，沈中元說：「自家哥們，如何提著道勞呢？」往裏一走。溫員外倒要給甘媽媽、蘭娘兒磕頭。甘媽媽說：「你的女兒是我乾女兒，我的女兒也是你的乾女兒，他如何擔架得住呢？」算施了個常禮。又與沈中元道勞。到了裏邊，見南俠、北俠行禮。就有一件，蘭娘兒回來就得歸後面去，可不能見北俠，都有甘媽媽與北俠說明白了，等著過門以後再見，此話暫且不表。

家下人進來報道：「眾位老爺到了。」連溫員外俱都迎接出去，看見由西邊奔出門首來，有家下人指引了，朱德衝著大眾一跪，溫員外也就在一旁跪下。內中有蔣四爺說：「此處不是講話之所。」智爺道：「裏邊去罷，有甚麼話，裏邊大家再議。」進來更換衣巾。朱德、溫員外挨著次序道勞一回，吩咐擺酒，大眾落座。朱德、溫員外每人敬三杯酒，然後敘話。雲中鶴就把書信拿出來，教大伙瞧看一回。內有智爺、蔣四爺給展爺出了個主意，也不用上縣衙那裏去，公然就上知府衙去。展爺說：「知府送大人尚未回來，此刻不在衙中，去也是往返徒勞。」蔣爺說：「我教你去，你只管去，我們合知府一同分的手。大人吩咐文武官員回衙，不必護送；我們到了此處，難說他還到不了衙署？」智爺說：「行了，明天早起就是這麼辦。」天氣不早，殘席撤去，甘媽媽歸後安歇；溫員外也在此處，大家盹睡。

天交大亮，大家淨面❹吃茶。展爺就拿了書信，帶本家一名從人，也沒有馬匹，辭別了大眾，投奔知府衙門。書到此處，就不細表，看看快到銅網陣的節目，焉有工夫淨敘這個閑言？到知府衙門，見知府說明來歷，隨即將王爺書信交與知府。知府立刻行文，調朱文一案，帶信去教知縣聽參。隨即將朱文帶回知府衙門見知府。展爺當面謝過知府。知府命展爺將朱文帶回朱家莊，見大眾，給大眾磕頭道勞。智爺教甘媽媽上襄陽，到金知府衙門找沙鳳仙、秋葵，一同回臥虎溝。甘媽媽點頭。大眾起身，讓朱文、朱德一同前往。蔣爺說：「大人正在用人之際，豈不是後來出頭之日？」朱文、朱德自愧無能，執意不去。兄弟二人給眾位拿出許多銀兩，以作路費，大眾再三的不受。大眾一走，然後甘媽媽、蘭娘兒一同上襄陽，溫員外回家，也把女兒接將回來；知縣被參，另換新知縣；郭家營郭宗德家房屋地畝，以作抄產；所有的死屍掩埋；崔德成家內無人，並無哭主。諸事已畢。

單提大人有眾多人保護，上了太平船，文武官員，大人擺手，個個教回衙署，護送兵丁一概不用，就是大眾保護大人到武昌府。北俠、南俠俱都趕上大人的船，又上船見大人請罪。早有人與池天祿送信。武昌府知府池天祿聞報，會同著二義韓彰、公孫先生、魏昌、盧大爺、徐慶、龍滔、姚猛、史雲、徐良、韓天錦、白芸生、盧珍、大官人、胡小記、喬賓。原來他們這些人是芸生先到的，騎著馬，馬快，先到了武昌府，見二義韓彰。後來的是大官人、韓天錦、盧珍，帶著一車子鐵器，二義韓彰把鐵器暫且入庫。

❹淨面：洗臉。

隨後又到徐良、胡小記、喬賓，見二義韓彰，各說來歷，就不細表了。

這日遠探來報，大人歸武昌，一個個整官服迎接大人。知府帶領同城文武官員，出了武昌府府城門外，一同來到水面，迎接大人，請大人下船。二義韓彰、公孫先生、賽管輅魏昌、池天祿、玉墨見大人道驚請罪。大人就把沈中元的事說了一遍道：「眾位何罪之有？」然後再見大官人帶領著白芸生、韓天錦、盧珍、徐良、鬧海雲龍胡小記、喬賓見大人。大人連大官人都不認得，有二義韓彰挨著次序，一一的把他們體身❺之事說了一遍。大人一見這些人，高高矮矮，相貌不同，也有白面書生，也有醜陋的豪傑。見他們虎視昂昂，搓拳摩掌，各各全有不平之氣，恨不得此時與襄陽王打仗才好。大人一見這番光景，不由得歡喜讚嘆，與老五報仇，正在用人之際。岸上預備著轎馬，大人棄舟登岸，後面眾人是擁擁塞塞，直奔上院衙門。

大人轎子一走，玉墨的引馬，後邊就打起來了。甚麼緣故？認得的都見禮，不認得的，或韓彰，或智爺，或蔣爺給見見。單單的有韓彰與徐良見他父親，令人看著難過。未見之先，徐良就緊打量他天倫，自己聽著娘親說過是怎麼個樣式，並且早託付下韓二伯父了，天倫要是來了，教他給見見。韓二爺說：「三弟，給你們爺們兩個見見，這是你兒子，你不認得？」徐三爺一聽一怔。徐良過去說：「天倫在上，不孝的孩兒與你老人家磕頭。」徐慶說：「起來罷，小子。」用手一拉徐良，上下緊❻這麼一瞅。盧爺說：「三弟好造化。」徐慶說：「小子，給你與眾位見見，這是你大大爺。」徐良過去說：「伯父在上，

❺ 體身：猶言體己。指個人私有的。

❻ 緊：這裏指使勁。

侄男有禮。」盧爺用手一攙：「賢侄請起。」徐慶說：「給你二大爺見過了。」徐良說：「見過了。」徐慶說：「這是你蔣四叔。」蔣爺說：「你們哥幾個瞧瞧，三哥憨傻了一輩子，積下了這麼一個好兒子，真不愧是將門之後。」徐慶說：「教你哥們恥笑我。」蔣爺說：「怎麼？」徐爺說：「人家的孩子都水蔥兒似的，瞧我們這孩子這個相貌，看他這個樣子就沒造化。」蔣爺道：「據我瞧著更有造化。」徐三爺說：「你們哥們瞧著這孩子，像我的兒子不像？可是我打家裏出來的時候，他娘身懷有孕，今年算起來整是二十餘年，正應這孩子的歲數。我瞧他這個相貌，可不像我的長相，這麼兩道不得人心的眉毛有點不像！可就是這嘴像我的四字口。」蔣爺說：「三哥，你還要說甚麼？胡說八道。」盧爺說：「你再胡說，我就給你嘴巴了。」

語言未了，就聽那邊就嚷起來了，二義韓彰一腳將小諸葛沈中元踢倒，上前去用手一揪胸膛，回手就要拉刀。雲中鶴扭項一看，念了聲「無量佛」，說：「這是怎麼樣了？」蔣爺看見，叫大爺、三爺把二爺拉開。蔣爺親身過去，勸沈中元。小諸葛沈中元微微的冷笑，說：「你就是這個能耐，姓沈的不懼。」韓二義說：「你把大人盜去，要我們大家的性命，你如今還敢把大人送回來？韓某與你誓不兩立！」說畢，也是「哼哼」的冷笑。蔣爺勸沈中元說：「沈賢弟，咱們可是『君子一言既出，如白染皂』。先前咱們是怎麼說的？今日可到了，剛才只顧見我們徐侄男，還沒容我說話哪，你們就鬧起來了。還是看我。」徐良也不知是甚麼事，先給師傅磕頭，給師叔磕頭。蔣爺一套話安置住了小諸葛，再勸二義韓彰，說：「二哥，你不是了。沈爺把大人盜走，可是他的不是。你合三哥，你們不是在先，他的錯處在後。我這個人，一塊石頭往平處裏端，沒親沒厚。拿鄧車，準是你們哥兩個拿的嗎？人家棄暗投明，說出來王府人，特來泄機，你們不理人家，故此他才一跺腳走的，他才把大人盜將出去，訴他不白之冤。其錯，這可是他的錯處。把大人盜出去，訴明了他的冤，他可不管咱們擔架得住，擔架不住。再說起來，他棄暗投明，口口聲聲說的是與咱們老五報仇，衝著這一手也不該合人家相打。再說起來了，問短❼了比打短了強。」韓彰說：「我不能像你那兩片子嘴翻來覆去，我們兩個人誓不兩立，有他沒我！」蔣爺說：「二哥，你可想，人家師兄弟都是請出來的，給咱們老五報仇，得罪了一個，那個也就不管了。二哥！殺人不過頭點地，我橫豎教你過得去就完了。」韓二義說：「怎麼教我過得去？你說我聽聽。」蔣爺說：「我把他帶過來給你磕個頭，這就是『殺人不過頭點地』，他磕頭也是頭顱點地，把腦袋砍下來也是頭顱點地。」韓彰說：「他肯磕嗎？」蔣爺說：「人家哪肯磕，我央求人家去罷。」韓二義說：「只要他磕，我就點頭。」蔣爺復又轉身與沈中元說：「剛才我二哥得罪你，就是我得罪你。咱們在黑水湖說的言語，到如今還算不算？」沈中元說：「你算我就算。」蔣爺說：「我沒有甚麼不算的。磕頭哇，我先給你磕一百，換你一個。我先說給你磕頭，是在山彎呢，你不願意；你要在眾目之下，這可是眾目所觀。」沈中元說：「你真給我磕嗎？」蔣爺說：「要是說了不算，除非是臉搽紅粉❽。我這個人是個實心的人，人家說甚麼我也當永遠不假。」隨說著，他就屈膝跪倒，嘴裏仍然還說著：「我這個人是個實心眼，磕一百，你們可計數。」剛要一磕，小諸葛想著：「他不能給磕，哪知道真磕？」沈爺也是一半過意不去，就說了一句謙虛話，說：「算了罷，不用磕了。」蔣爺就站起身來，說：「這可是你說的，我這個人是實心認

❼ 問短：口語。指責問得對方屈服。

❽ 紅粉：指婦女化妝用的胭脂。

事，說的哪就應的哪，人家合我說，我也信以為實。說了不算，就是個婦人。你可是不教我磕，該你給我二哥磕了。」沈爺心裏說：「這個病鬼真壞透了，我說了句謙虛話，他就不磕了。」問蔣爺說：「你這算完了？」蔣爺說：「不是你不教我磕了嗎？我這個人實心認事，說了不算，臉上就搽紅粉。」沈中元說：「你真利害透了，就撮❾了我，索性給你二哥磕罷。」蔣爺帶著過來，說：「二哥，可別的話沒有，我把沈爺帶過來給你賠個不是。錯可是你在先哪，人家可不是怕咱們哥們，人家是淨念著死鬼老五，為是給老五報仇。」沈中元一屈膝，說：「別怪乎小可了，前番盜大人是我的不是。」說畢，將要磕頭。蔣爺在旁說：「就這麼受人家的頭，咱們還怎麼稱得起是俠義。」韓二義也就覺著不對，又有蔣爺在旁一說，也就一屈膝，說：「事從兩來，莫怪一人，先前是韓某的不是。」蔣爺說：「從此誰也不許計較誰。」一天雲霧全散，眾人俱是哈哈一笑。就見對面慌張張跑來一人，說：「眾位老爺們，大人有請。」眾人這才回奔公館。

到了公館見大人，把君山的花名呈上去，教大人閱看。大人看畢，擇日上襄陽。池天祿又把武昌的公事回了一回。書不可淨自重絮。到了第三日，預備轎馬起身，文武官員護送。到了棄岸登舟的時節，教他們文武官員回衙理事，眾文武官辭別了大人。大人的船隻奔襄陽，路上無話。直到襄陽，棄舟登岸，早有預備的轎馬——金知府預備的。文武官員俱各免見，上院衙投遞手本。獨見金知府，問了問襄陽王的動靜如何。金知府說：「這幾日王府倒消停❿，不見甚麼動靜。」問畢，知府退下，暫且不表。

❾ 撮：撮弄；戲弄。

❿ 消停：方言。安穩；安靜。

單說大人到上院衙，下轎入內，主管二爺迎接大人。將到屋中，更換衣巾。忽然有眾俠義圍繞著一人，原來是鐵臂熊沙老員外背著一宗物件，有人帶著見大人行禮，回明大人陣圖畫得清楚，請大人過目。觀看陣圖，破銅網，且聽下回分解。

第一百二十回　看圖樣群雄明地勢　曉機關眾位抖威風

詩曰：

看明圖樣問如何？陡覺威風比昔多。

況有君山來助陣，管教叛逆倒干戈❶。

且說大人回衙，眾英雄保護，忽然沙老員外背圖而入。大眾見沙大哥見禮，解下包袱來，回稟了大人，帶著沙員外要見大人。孟凱、焦赤也進來了。皆因三位由晨起望起身，乘跨坐騎而來。焦、孟二人在外邊拴馬，馬已拴好，隨後進來與大眾見禮，也帶著一同見大人。來到屋中，沙、焦、孟一同與大人叩頭。大人問說：「陣圖怎樣？」回答：「陣圖畫齊，請大人過目。」沙、焦、孟站起身來，出裏間屋子，來到中庭，把包袱打開。一看陣圖，見是一張大紙，所畫的陣圖連形象，俱寫的是蠅頭小楷，按著是木板連環八卦連環堡，按八面八方，八八六十四卦，三百八十四爻，每面一個大門，內裏套著七個小門。靠北有一個樓，叫沖霄樓，三層兒，按三才；底下有五行欄杆，外有八卦連環堡。各門俱有小字寫著，是甚麼卦、甚麼卦，吉卦、凶卦俱寫得明白。沖霄樓前有兩個陣眼：一個紙象，一個紙犼，是一個

❶倒干戈：這裏指反過兵器來敗逃。

天宮網，一個地宮網。沖霄樓下面盆底坑，盆底坑上面十八把大轆轤掛住了十八扇銅網，按東南西北，有四個更道。地溝內有一百弓弩手，俱是毒弩；十八扇網，單有十八根小弦，有一根總弦，兩根副弦，直通到木板連環之外。正南有一火德星君殿，在火德星君殿的拜墊底下，就是總弦的所在。乍看，誰也看不明白。大人看了半天，也看不明白。大人說：「眾位都與我五弟報仇。本院實在看不明白，你們眾位請看罷，定到哪時要破銅網，備一桌酒席，本院論次序每次奉敬三杯。」大人說畢退下，大人歸大人屋子。

眾人都要爭看陣圖。蔣爺說：「咱們認得字的往前，不認得字的往後。」公孫先生說：「我可不行，我雖認得字，不懂銅網之事，你們請看。」賽管輅也要退下。蔣爺說：「你別走，你是王府的人，你幫著我們參悟參悟。」魏昌這就不能走了。智爺是進去過的，小諸葛是進去過的，直參悟了一天，這才明白了。對成捲起來，用晚飯。這才細問沙老員外：「彭啟怎麼樣了？」沙爺說：「仍把迷魂藥餅兒給他按上，路、魯二位看著他，早晚還是給他米湯喝。」智爺說：「很好，千萬留他這個活口。」

當日晚景不提。到了次日，將要拿陣圖瞧看，忽有官人進來說：「回稟眾位老爺們得知，外面現在君山飛叉太保鍾雄求見。」大眾就著往外迎接。到了門外，一見飛叉太保，大家見禮。還有亞都鬼聞華、神刀手黃壽、金鐺無敵大將軍于賒、金槍將于義、玉面貓熊威、賽地鼠韓良，大家又見了禮。有認得的，有不認得的，不認得的，有智爺給挨著次序一見。問大人的事，智爺就把大人事如此恁般的說了一遍。又問鍾雄：「你們這是由君山來嗎？」鍾雄說：「正是。有黑水湖的嘍兵、夾峰山的寨主到我那裏，我一算這個日限，大人必到襄陽，近來家人謝寬訓練了二百名嘍兵，我把他們俱都帶來；帶來四家賢弟，連熊賢弟他們二位。我嫌幾百人進襄陽城怕的是招搖，有謝寬帶領著他們紮了一個小行營，在小孤山的山內候信，要用他們的時節，去信就來。」

蔣爺帶著他們先見見大人，帶著進去，見大人回明，大人下了個「請」字，把鍾雄帶將進來。鍾雄見大人雙膝點地，大人欠身，吩咐攙住。可見得是念書的尊貴，再者他又是一個山王寨主，又知道他文中過進士，故此賞了他個臉面。大人也以為鍾雄管理水旱二十四寨的大寨主，必是五官兇惡，誰知曉他竟是個文人的打扮，青四稜巾，迎面嵌白玉，皆因是身無寸職，例不應冠嵌白玉，故釘了一塊白骨；雙垂青緞帶，飄於脊背之後；翠藍袍，斜領闊袖，白襪朱履；面白如玉，五官清秀，三綹短髯。大人一瞅，暗道：「說他文中過進士，倒像，說他武中過探花，不像。」慢騰騰的起來，大人賞了他個座位。再叫神刀手黃壽、金槍將于義、亞都鬼聞華、金鑣無敵大將軍于賒，大人一見，眼淚幾乎沒落將下來。緣故呢？是金槍將于義與白玉堂相貌不差，大人回思舊景，想起五弟來。玉面貓熊威、賽地鼠韓良剛要磕頭，大人一擺手，蔣爺就把他們帶出來。鍾雄問甚麼緣故。蔣爺就把于義相貌合五爺一樣，大人瞧見于義，就想起白五弟來了的話說了一遍。鍾太保說：「這就是了。」然後獻上茶來。大家仍然還是看陣圖。蔣爺說：「咱們大家打算著幾時去破網？」智爺說：「方才我看了看曆日，明日就好，趁著艾虎沒來。艾虎要來了，那孩子脾氣不好，一準要去，要不教他去，不是偷跑，就是行拙志。我的徒弟，我還不知道！」蔣爺說：「要是那樣，咱們可就早破銅網，他來了趕不上，他可也沒法了。」

正說話間，就聽見哈哈一笑，說：「一步來遲，就趕不上了。我五叔疼了會子我，我殺王府一個賊，就是給我五叔報了仇了。」大伙一瞧，是艾虎進來。這一進門，艾虎這頭真是磕頭蟲兒一樣，給大伙這麼一磕；回頭一看，全在這裏呢，就是短他了。磕完了，有不認得的，給他們見了一見，對施禮完畢。也有人給他磕頭的，就是大漢史雲。行完禮，就奔了陣圖去了，也不顧說話，他也不問人家；人家要問他，瞧他兩眼發直，也不敢問。智爺說：「你這孩子，又不認得字，怎麼淨往前湊呢？你認得字嗎？」艾虎說：「我不認得字，我瞧一瞧圖樣，明天好去。」蔣爺問他：「外頭站的兩人是誰？是跟一塊來的不是？」艾虎說：「我忘了。哥哥進來見見，不是外人。」這兩個，一個是勇金剛張豹，一個是雙刀將馬龍，皆因艾虎保著施俊，路過臥牛山，艾虎些微落點後，施俊教山寇拿上山去了。艾虎一追，駄子拐山口，聽不見駄子那個鐘兒響了。剛到山口，又有嘍兵下來了，要劫艾虎，教艾爺一怒，倒追了他們一個跑。正追之間，寨主下來了。艾虎一瞧是熟人。

若問是誰，且聽下回分解。

第一百二十一回 臥牛山下巧逢故友 藥王廟前忽遇狂徒

詩曰：

臥牛山下罷干戈，一路憑他保護多。
更遇東方兇太歲，英雄到處有風波。

且說艾虎一看山王，認得是熟人，不由得就有了氣了，衝著山王說：「二哥，你怎麼幹這個呢？」勇金剛張豹一瞧，是老兄弟艾虎，過去行禮。行禮已畢，跟著上山。到了分贓庭，見雙刀將馬爺，艾虎過去行禮。馬爺把他攙住，說：「想不到老兄弟你來，你怎麼走到這呢？我們正要找你去呢。」艾虎說：「我這話說起來就長了，你先把施大哥放了。」回答：「哪個施大哥？」艾虎說：「就是固始縣的施大哥，是我盟兄，聯盟的把兄弟。」馬爺說：「兄弟，我不教劫，你一定要劫。你瞧瞧，劫出禍來了沒有？解開去！」趕緊就把施俊解開。艾虎過去給哥哥道驚。施俊又受一大險。進分贓庭，大家一見。雙刀將說：「後邊現有閑房，教嫂嫂就在後邊閑房裏住罷。」施俊就在前面，張爺請罪，把施俊讓在上首，正居中落座，叫擺酒。後門這裏教嘍兵紮住，憑爺是誰，不准往後去。施俊就在前面與大眾各自講究各自之事。艾虎把自己的事學說了一遍。

艾虎問張爺、馬爺：「你們想起甚麼來了，佔山為王？」馬爺說：「你們一走，我們的事發作了，幾乎沒有教官人拿了去，還虧的是些個嘍兵，把我們救下了；沒有這些個嘍兵，此時我們大概也就截了❶。此時佔住棲身之所，等著找你。」艾虎說：「找我怎麼樣呢？」馬爺說：「找你見大人給求一求。」艾虎說：「就得了，咱們一同前往，大哥棄了山寨罷。」大家整飲了一夜，方才席散。

第二天早晨，教嘍兵收拾，裝馱子下山；教馬爺寫了一封書信，教嘍兵奔君山；所有的東西，大家一分。金氏上了馱轎，小義士、馬龍、張豹護送施俊上固始縣。這一路上並沒有甚麼舛錯。到了固始縣，回汝寧村，到家中。金氏下馱轎車輛，僕從丫鬟攙架，先見公爹。施俊也進來見天倫。本來施大人病體沉重，忽然一報少爺、少奶奶到了，施大人一高興，已經臥床不起，叫家人攙將起來。見施俊帶著金氏、佳蕙，三個人給老爺磕頭。老爺一喜歡，病類若好了一半。其實通俗說叫「抖機靈」，正字叫「回光返照」。甚麼都有個「回光返照」，人要是病得臥床不起，忽然爬起來了要點水喝，或是要點吃的，眼睛也睜開了，舌頭說話也利落了，留神罷，那可就快了。還有一宗比方：家內點的油燈，看看要滅，屋裏也發了暗了，燈苗也小了，必然就叫快添油，說：「快著點罷，沒有油哩！」拿油的還沒到，那必是緊催。忽燈一亮，拿油的還說：「那裏頭還有油呢，瞧這不是頂亮嗎？」話猶未了，滅了，這也叫「回光返照」。太陽落的時節，已然落將下去，東邊反倒一亮，這也叫「回光返照」。閑言少敘。再說施俊在天倫跟前，所有自己的事情回稟了一番，遇兇險的事情一概沒提。後來把艾虎帶將進去，給見了一見。

到了次日，金氏往家中婆子們打聽說：「左近的地方有個太歲坊，緊對著就是小藥王廟，甚靈。」

---

❶ 截了：猶言「完了」，指死了。

就自己秉虔心，與公爹討一靈籤。全憑著自己的虔心，公爹病體痊癒，也是有之。對施俊一說，施俊不教去。究竟是大人家的氣象，不教婦女們上廟燒香還願，最是一件無益之事。金氏苦苦的一說，施俊又想著他妻子是一點的誠心，又怕燒香惹出禍來，就與艾虎、張豹、馬龍一說此事。艾虎說：「哥哥，我可是多言，這是我嫂嫂的一片孝心，要能感動神佛，也是有的。我可是聽見說，開封府包相爺的夫人，為太后老佛爺三乞天露，把香案設上，自己一想不行了，已經露結為霜了。李氏夫人立志，求不下天露來，就死在香案之前。後來果然這一點誠心驚動天地，古今盆中竟把露水求下來。後來鳳目重明，那時可也是一點誠心。這番要感動神靈，也是有之。要是怕我嫂子遇見匪人，現有我弟兄三人跟隨，還怕他何來？」被艾虎這一套言語，說得施俊心中願意。張豹說：「要有人瞧我嫂嫂一眼，我把他腦袋擰下來。」施俊說：「既然這樣，用完早飯之後，三位就辛苦一趟。」

果然用完早飯，裏頭傳出信來，三位爺預備跟隨轎子。金氏換了一身布衣荊釵上轎，明知後面有三位爺跟著。到小藥王廟月臺之前下轎，艾虎等就在角門那邊一站。果然西邊有一溜西房廊子，底下有張八仙桌，坐著一個惡霸，跟著也有個二十多打手。看那個惡霸，戴一頂紅青緞子員外巾，大紅袍，上下三藍色的牡丹花，看不見靴子，有桌帷遮著；面如油粉，濃眉怪眼，暴長髯鬚，不大甚長，在那裏坐定。他一見金氏下轎，一眼就瞧見了，告訴他手下的從人說：「過去搶他。」有個從人叫王虎兒，內外的都管。說：「使不得，二太爺，這個人要是一動，可就是馬蜂窩。」你道這個人是誰？這就是太歲坊伏地太歲東方明，仗著他手下人多，各處裏傳言，說「小藥王廟甚靈」，故此這方就傳開了這個靈了。其實他淨要看燒香還願的少婦長女，只要有幾分姿色，被他看上，他就要搶。可巧今天他瞧上金氏了，也打算要搶，早被王虎兒攔住了，說：「二太爺搶不得，這是金徽金知府的女兒，邵邦傑邵知府的媒人，施昌施大老爺的兒婦。你想想搶得嗎？這還是一件小事。你看那角門口站著那三個老虎哇。是的，那都是跟來的。跟著的那三個，就是不好惹的。」伏地太歲翻眼一瞧，就嚇了一跳，並且張豹那裏還直罵，說：「再要近瞧，二太爺過去，可就要把你兩眼睛挖出來了。」東方明一扭頭，說：「孩子們，我這兩天耳朵有點上火，甚麼都聽不見。」從人說：「好哇，上點火，少鬧點閑氣。」馬龍也是直攔張豹，不教他惹事，等著金氏求完了籤，拿了籤帖，給了香錢，賞了緣簿，婆子攙著上轎，放轎簾，搭起來就走。張豹大嚷道：「便宜這小子！」這才走了。

艾虎上襄陽的心急，恨不得立時就走了才好，到家中見施俊，第二天告辭。施俊不教走，教多住幾日。艾虎不肯，一定要走。施俊拿出二百銀子的路費來。艾虎不肯受，說：「我們這盤費甚多，要沒有，還不拿哥哥的嗎？」就此告辭起身，直奔襄陽，趕著去破銅網。不知到襄陽怎樣，且聽下回分解。

第一百二十二回　小義士起身離固始　舊賓朋聚首上襄陽

詩曰：

匆匆別去為誰忙？頃刻天涯各一方。
不是英雄留不住，心中惟計上襄陽。

且說艾虎同著馬龍、張豹把施俊護送到家，住了兩日，艾虎一定要起身告辭，施俊也並不遠送。幾位爺起身，路上也就無話了。曉行夜住，飢餐渴飲，到了襄陽。至上院衙，艾虎叫他們進去，他們不肯。艾虎一定要教他們進去，在大庭之外等著。哪知道艾虎進去不出來了，一問外邊兩個人是誰，艾虎這才教他們進來。到了裏邊，給大眾一見，說明了來歷。艾虎說：「幾時去破銅網？」智爺說：「幾時你也別打聽，不許你去。」艾虎說：「師傅，我五叔疼了我會子，好師傅，你教我去罷。」蔣爺說：「明天再說罷，不用忙。」仍然又把陣圖參悟了半天。

到了次日早晨，大人親身給預備著酒飯，所有破銅網的人無論大小老少，每人面前三杯酒，都是大人親身給斟。大眾說：「吾等何德何能，敢勞大人給斟酒？」大人說：「不必太謙了。」又預備一桌酒席，把白五老爺古磁罈請出來，供了一桌酒席，燒錢化紙，奠茶奠酒，暗暗的祝告：「但願吾弟陰靈有感，早助大眾成功。」眾人也過來磕了一路頭，俱都是暗暗落淚。然後大家落座吃酒。大人說：「你們眾位吃酒，本院不久陪了。」大人歸到裏間屋內去了。

飲酒議論，蔣四爺說：「咱們商量商量，今天晚晌都是誰去？」這句話未曾說完，就聽見：「我去！我去！我去！我去！」除非智爺沒要去，剩下的全都要去。蔣爺「嗤」的一笑，說：「這些個人全去，上院衙淨剩下大人一個人。咱們去破銅網，王府裏倘若差一個人來，不利於大人。咱們縱然把銅網破了，大人也沒了，誰擔架得住？總得留看家的要緊。按武侯兵書說『未思進，先思退。』重新再商量罷，誰去誰不去。」飛叉太保說：「吾等由君山到此，也不敢造次討差，不敢說辦起大事。些須小事，我等萬死不辭。若要用兵，我們由君山帶了二百名嘍兵，現在小孤山紮定。若要用他們時節，大人早吩咐，好把他們調來助陣。」蔣爺一聽，便道：「鍾兄，我們這裏破銅網之人綽綽有餘，只怕晚間一動手，殺得王府人東西亂躥，怕他們逃出城外，煩勞寨主哥哥帶著二百名嘍兵，過了海河吊橋，把襄陽城四面圍住，就是西面要緊。倘若有越城而過者，務必要將他們拿獲。」飛叉太保一聽，微微的一笑，說：「四大人剛才吩咐我們在城外頭等賊，小可鍾雄帶領嘍兵在城外等候拿人。城內若有用人之處，還有我四個兄弟；城內若沒有甚麼事情，我們就一併出城去了。」蔣爺說：「寨主哥哥，可不必多心，城裏城外皆是一樣。」鍾雄說：「既然這樣，我們就出城去了。」鍾雄笑嘻嘻的說：「我們這就要告辭了。」蔣爺吩咐教拿上盤纏，歡歡喜喜而走。大家送將出去，由此抱拳作別。

出離了上院衙，直奔小孤山。走在路上，于義、聞華、黃壽皆不願意，說：「寨主哥哥，你可全明這個道理？」鍾雄說：「甚麼道理？」回答：「這分明是怕咱們降意不實。咱們何苦在他們這裏賴衣求食？還是回咱們山中，作咱們的大王去罷。」鍾雄把臉一沉，說：「五弟！你還要說些甚麼？要在山寨上當著嘍兵說出此話，就叫惑亂軍心。」于義也就諾諾而退，不敢多言。他們奔小孤山，暫且不表。

單說上院衙，鍾雄走後，北俠責備蔣爺行得不是。蔣爺說：「那人寬宏大量，絕不能挑眼。」蔣爺說：「誰去誰不去，早些商量明白。」雲中鶴念聲「無量佛」，說：「小道不但是去，還要在四老爺跟前討點差使。」蔣四爺道：「你說罷。」魏道爺雲中鶴說：「我情願去至王府，到火德星君殿破總弦，不知行不行？」蔣爺說：「破總弦還非你不行哪！得了，破總弦是魏道爺的事。」盧爺說：「我可去。」韓彰說：「我可去。」徐慶說：「我去。」南俠、北俠、雙俠、沙老員外、孟凱、焦赤、白芸生、盧珍、徐良、韓天錦都說也去。艾虎說：「我也去。」蔣爺說：「不行。徐良有他父親關心，得去。盧珍為他天倫上幾歲年紀，白賢侄與他叔父報仇，也正應當去。韓天錦也不用，頭件不會高來高去，不該去。再說，艾虎，你師傅、你義父去，你還有甚麼不放心的地方？講武藝，講韜略，還用你掛心？就是徐良、盧珍、芸生他們雖去，也不教他們身臨大敵，也就是在木板連環之外，各把佔一個方位；若有王府之賊打哪方逃竄，就把哪方把守之人，按例治罪。」智爺說：「連我還不去哪，看家要緊。」蔣爺說：「對了，連我還不去哪。」北俠又說：「艾虎，小小的孩子，此處有你多少叔伯父，你單單的往前搶，你準有甚麼能耐？」艾虎敢怒而不敢言，諾諾而退。自此一說艾虎，大家也不敢往前搶了。白面判官柳爺說：「我……」下句沒說出來，教蔣爺用胳膊一拐，他也不敢往下說了，說：「我也看家。」小諸葛沈中元說：「我……」下句也沒說出來，教智爺也是拿胳膊一拐，不敢往下說了。餘者的眾人更不敢往下說了。蔣爺、智爺說：「我們看家，看家是要緊。」

艾虎心內難受，酒也懶怠喝了，覺著一陣肚腹疼，自己出去走動去。到了西房有個月亮門，北邊一片亂草蓬蒿，走動了半天，將要出亂草蓬蒿，忽見打外頭躥進一個人來。艾虎一瞧，是師傅進了西院，東瞧西看，也不知是看甚麼。瞧了半天，忽然對著外頭一擊掌，打外頭進來一個人，一瞧不是別人，是沈中元，自己心中一動：「他們甚麼事情？」艾虎就在亂草蓬蒿裏一蹲，倒要聽聽他們說些甚麼。沈中元問：「甚麼事情，你把我搭出？」智爺說：「論有交情，就是咱們兩個厚。我聽見說，你要合他們一同破銅網，我故此把你拉了一下。我問你，有寶刀沒有？」沈中元說：「我沒有寶刀。」智爺又說：「有寶劍沒有？」沈中元說：「更沒有了。」智爺說：「咱們哥兩個對勁，一人增光，大家長臉；一人慚愧，大家慚愧。不立功便罷，立就是立驚天動地的功。」沈爺說：「甚麼驚天動地之功？」智爺說：「我問問你王府的道路熟哇不熟？」沈中元說道：「那是熟。」智爺說：「咱們進王府去，奔沖霄樓三層上，把盟單盜下來。可是你給我巡風，盜可是我盜。我可不要功勞，見大人時候，可是說你盜的。我若要一點功勞，教我死無葬身之地。」沈爺說：「怎麼你起起誓來咧？」智爺說：「我把話說明，咱們彼此都好辦。我是早已合你師兄說明白了，拜他為師哥，我是出家當老道。咱們把盟單盜回去，一睡覺，等著明天他們把銅網破了，王爺拿了，問他們王爺作反有甚麼憑據，當時咱們把盟單往上一獻，豈不是壓倒群芳，出乎其類，拔乎其萃？這比跟著他們破銅網不強嗎？要奏事，總得把咱們這個奏得頭呢。可千萬法不傳六耳。」焉知道已傳了六耳了。說畢，兩個人一走。

艾虎在那裏淨生氣，心裏說：「好師傅！有好事約人家，自己又不要功勞。淨知道說我，你們盜盟單，瞧我的罷，不容你們去，我先去。」將要分亂草蓬蒿出來，又打外頭「蹭」躥進來一個，趕著又把身子一蹲。見是蔣四爺，往裏張望了半天；一回頭，又進來一個，是白面判官柳青。艾虎心裏說：「都是這約會。」柳青問：「蔣四爺，我說要跟著破銅網，怎麼你不教去？是甚麼緣故？」蔣爺說：「你是我請出來的，我要不教你立點驚天動地的功勞，我對不起你。」柳青說：「我又不願作官，我要甚麼功勞。」蔣爺說：「你不要利，難道說你還不要名？你跟著破銅網，不過隨眾而已，奏事的時候，必是寶刀寶劍破銅網，不能單把你的名字列上。我拉扯你立一件大功。」柳青說：「我要同你一處走，又該我吃苦了。」蔣爺說：「這可不能咧。他們破他們的銅網，咱們去咱們的。我知道王爺睡覺的地方，叫臥龍居室。咱們去到臥龍居室，仗著你的熏香，咱們把王爺盜出來，你瞧瞧是奇巧一件不是？可千萬法不傳六耳。」柳青還不願意？兩個人定妥了主意。二人一走，艾虎越想越有氣：「他們淨會說我，有好事全不找我，我自有主意。」不知甚麼主意，且聽下回分解。

第一百二十三回　小義士偷聽破銅網　黑妖狐暗算盜盟單

西江月：

背後竊聽實話，心中才釋疑團。多謀縱有計千端，難免門徒偷矙❶。　計議私探消息，商量獨盜盟單。立功何事把人瞞？竟自樓頭受難。

且說艾虎在蓬蒿亂草之間，聽見他們說偷著破銅網，心中暗想：「師傅是與沈中元盜盟單，四叔是約柳青盜王爺。這兩件事我一個人全辦了，我辦完了回上院衙睡覺，等著明天早起，我問問他們這盜盟單、盜王爺的事怎麼著？『法不傳六耳』，先教我聽見，看你們有甚麼臉面。」自己主意已定，又等了半天，這可沒有人了，自己出來，到了前庭。剛一到前庭，智爺一怔，說：「艾虎上哪去來呀？」艾虎說：「我走動去來。」智爺一翻眼，說：「啊，你走動，你上西院去走動去來？」艾虎說：「我沒上西院。」智爺說：「你不能沒上西院，你必是上西院去來。」艾虎說：「我這個拉屎，沒上西院，一定說我上西院。你要不信，你跟著去瞧瞧去。」蔣爺說：「你是上西院裏拉屎去來？」艾虎說：「這個拉屎怎麼也犯起私來了？」緣故人怕有虧心的事情。智爺、蔣爺見艾虎先前是皺眉皺眼，這趟進來是喜笑顏開，二

❶ 矙：音ㄎㄢˋ。這裏指窺視。

人就猜著八九的光景。

等著吃畢了晚飯，二鼓之半，大眾換衣裳，有夜行衣的全換夜行衣靠；沒有夜行衣的全是隨便衣服。這一套書，北俠換過兩回夜行衣靠：頭一次是拿花蝴蝶，這一次是破銅網。智爺告訴沙老員外，連焦、孟二位，把住王府門口。白芸生、盧珍在王府的東牆兒，牆裏牆外一個，一見王府之人或拿或殺，不許私離汛地。徐良在王府的正北北牆外頭。北俠、南俠、雙俠、盧方、韓彰、徐慶、雲中鶴魏真、智爺，都在耳邊告訴了幾句言語，大眾依計而行。大人親身出來，給破網的人一躬到地。所有不走的人倒多，智化、蔣爺、柳青、沈中元、大官人、艾虎、大漢龍滔、姚猛、史雲、分水獸鄧彪、胡列、韓天錦、馬龍、張豹、胡小記、喬賓、過雲雕朋玉、熊威、韓良，這都是不走的人。

單提北俠等來至王府後身，一個個躥上牆頭，飄身下去，直走木板連環。到木板連環外頭，雲中鶴說：「我可要往南去了，你們可別忙著進去，不是別的，我那裏總弦斷不了，你們要進去，豈不涉險？離此處有半里地遠哪，千萬可別忙。」北俠說：「是了，道爺你多辛苦罷。」道爺點頭，一直撲奔正南。走了真有半里之遙，才到火德星君殿，東邊五間東房，並無燈火，西面五間西房，燈光閃爍。戳窗櫺紙往裏窺探，兩個王官，十名兵在此上夜。魏真撤身下來，直奔佛殿。到了佛殿，寶劍亮將出來，一點鎖頭，微然有點聲音，把鎖斬落，推隔扇進去。佛龕裏邊神像看不真切，有前頭的黃雲緞幔帳。正當中有一個海燈，照徹的大亮。佛櫃上古銅五供。佛櫃前有一個四方的拜墊，拿黃雲緞包著。魏真將隔扇閉好，把拜墊搬開，下面有四塊大板，把四塊大板搬開，放在四面——怕他們有人進來，把板蓋上，故此放於四面。拿自來火筒一照，類若井桶子一般，又是一磴一磴的臺階。雲中鶴拿劍點一點，邁一步；點一點，邁一步，走來走去，直到平地。一晃千里火，地面寬闊：南至北足夠五丈，東至西足夠五丈。正當中一根鐵柱，兩旁兩根副柱，共有三個大輪子，俱比車輪還大。每個輪子有兩個撥輪，一個管輪，兩邊有個大皮條，東邊有九個小輪子，西邊有九個小輪子，就是掛十八扇銅網的小弦。總柱上有一個鐵撥攏子❷，上頭四個鐵滑子，有一個鋼搭鉤。這根總弦就在鐵滑子鐵撥攏子上，繞著這一根弦繞回去，類若兩根弦一般。還有兩根副弦在半腰中掛定，單有柱子、輪子、滑子掛定；單有一個發條❸相似，在正當中，有個塔子上繞著。魏道爺拿著雙鋒寶劍，對著那總弦一剁，「嗆啷」一聲，「呱噠呱噠」，那根總弦斷下去了。還要斷那副弦，就聽上面口把井桶子圍滿，眾人一口同音說「拿」、說「拿」。魏道爺顧不得了，回身上去。上面的人全是長槍，把槍尖扎將下來，嚷：「拿人！」魏道爺不慌不忙，上臺階用寶劍一轉，槍尖全折；自己往上一躥，那些個兵丁挨著就死，撞著就亡，連兩個王官都未能逃命，先結果了神偷皇甫軒，後結果了神火將軍韓奇。魏道爺一想：「總弦一斷，就不必再下去了。」再把上頭的海燈用寶劍挑碎。仗著這二十二人俱死在火德星君殿內，自己出殿，仍把隔扇關閉，直奔木板連環而來。走的是正南離為火，把兩扇大門用劍點開，裏頭套著七個小門：火山旅、火風鼎、火水未濟、山水蒙、風水渙、天水訟、天火同人。蹭一個箭步，就躥進「天火同人」一個門去了。兩邊地板一起，上來兩個人，一個叫出洞虎王彥桂，一個叫小魔王郭進，與老道動手。先殺了一個，後殺了一個。老道躥卍字式當中，念了聲「無量佛」，說：「原來是王府作反的人就是這樣本領。」腳踏卍字式，一直撲奔正北，直奔沖霄樓。

❷ 攏子：本指細密的梳子，這裏指梳子狀的傳動裝置。

❸ 發條：用片狀鋼條捲成的一種發動機器的裝置。在擰緊時由於彈性作用產生動力。常用於鐘錶中。

北俠、盧爺早到了。這六個人分開，一個寶刀，後頭帶一個人；一口寶劍，後頭帶一個人。北俠與盧方由正西「兌為澤」進來的。盧爺知道老五誤入的是「雷澤歸妹」，盧爺也要打「雷澤歸妹」走。大門一開，看的是澤水困、澤地萃、澤山咸、水山蹇、地山謙、雷山小過、雷澤歸妹七個門。北俠先躥將進去，隨後盧爺揝著把刀也就進來。剛一進小門，就見兩地板一起，「蹭蹭」躥出兩個人來，口中嚷道：「甚麼人！敢前來探陣？」原來這兩個，一個是一枝花苗天祿，一個是柳葉楊春。苗天祿拿刀，北俠往上一迎。楊春乘虛而入，就是一刀，北俠閃躲不開了，飛起來一腿，正中楊春肋下，「噗通」躺在盧爺面前。盧爺擺刀就剁，自聽「磕嗤」一聲，劈為兩段。又聽「噗哧」，也把苗天祿扎死。北俠說：「大哥走罷。」盧爺這才走，一直撲奔正北。奔了兩個圓亭，一個叫日升，一個叫月恆。遠遠的就看見一個石象，一個石犼，將要撲奔正北，正南離為火，老道闖將進來，會在一處。

就聽正東方罵罵咧咧，是徐三爺同定展南俠。展爺是一語不發，淨聽著徐三爺這一個人，你瞧這個罵。正北上丁二爺、韓二義由「坎為水」進來，走「水火既濟」卦。展南俠進的是「震為雷」，走的「雷風恆」，大眾會在一處。原來看陣的就是四個人，被盧爺、北俠、雲中鶴所殺。大眾直奔沖霄樓，腳著卍字式當中，跐著黃瓜架樣式走，一看兩邊石象、石犼，當中兩根鐵鏈搭在沖霄樓上。盧爺用手一指那個石犼說：「我五弟就從此處掉將下去，我也由此處下去。」北俠說：「那倒可以。可別打一處下去，兩處裏分著。」徐慶說：「我也打那邊下去。」展爺說：「我也打那邊下去。」這邊是雲中鶴、北俠、二官人，兩下裏彼此全把兵器扎上，擊掌為號。

「叭」一拍巴掌，「蹭蹭蹭」大眾往上一躥，兩邊的石象、石犼「呱喇喇」上頭的鐵鏈往下一落，翻板自來往下一翻。大眾急拿腳一找網，二反網，往下一翻，眾位仍然是半懸空中翻身，腳找盆底坑兒。七位全有智爺教明白的，抱刀往下，臉朝外。三鼠在使寶刀寶劍的身後，也是面向著外，手中都拿著兵刃，淨瞧更道地溝裏頭往外出入。天宮網、地宮網一起，類若鐘表開鬧的聲音：「嘩喇喇喇喇」。十八扇銅網，按說一齊都起來，這把總弦一破可就不行了，起落的不齊了，可也有起來的，可也就有不起來的，可也有起來「叭噠」往後一仰，又躺下了的：皆因是斷總弦，沒斷十八根小弦、兩根副弦。若要一齊全斷，十八扇網，連一扇網都不能起來；這雖起來，就不能齊了。下面的金鐘一響，聲音也是不齊。每時「咚咚」直響三陣，此時行打三下，又打兩下；再不然等半天，他又響一陣，參差不齊。銅網的樣式，前文說過，二指寬銅扁條上，有胡椒眼兒窟窿，全有倒取鉤，上尖下方的式樣。底下的橫鐵條上，掛石輪子兩個，由盆底坑上往下一滾，石輪極其快速。如今所有滾下來的網，「叱喳磕喳」，遇寶刀寶劍削成好幾段，是下來的全碎了。不動的網，他們也就不管了。北俠大伙躥上盆底坑兒，把更道地溝東西南北，俱是兩個人把守；地溝門惟獨正南，北俠一人把守。忽然一宗詫事，要問甚麼緣故，且聽下回分解。

第一百二十四回 眾豪傑墜落銅網陣 黑妖狐涉險沖霄樓

西江月：

彈指幾朝幾代，到頭誰弱誰強？人間戰鬥迭興亡，直似弈棋模樣。說甚英雄豪傑，談何節烈綱常。天生俠義熱心腸，盡入襄陽銅網。

且說北俠聽金鐘一響，是一百弓弩手，有一個頭兒，是聖手秀士馮淵，拿著梆子，提著一條長槍，聽見金鐘一響，就由更道地溝上邊下去。大眾聽梆子的號令，剛出正南上更道地溝門，正遇著北俠，拔刀就剁。馮淵聽見刀聲，往前一躥，扭頭一瞧是北俠。他是認得的，立刻雙膝點地，苦苦求饒，甚麼「大爺」、甚麼「爺爺、太爺、祖宗、師傅、大叔、二大爺、義父、爸爸」全叫到了。北俠空有刀，剁不下去。馮淵又叫：「你老人家肯饒了我，我就算計著你們老爺們該來了，小子在這正等著呢，別看你們老爺們淨管把銅網削碎，你們也不知道王爺在甚麼地方，盟單在甚麼所在，我願作嚮導。你願收我個徒弟，就是徒弟；願收我個乾兒子，就是乾兒子；願收我個孫子，就是孫子。」北俠一想也是，正短這麼一個嚮導，說：「起去，我饒恕於你。」馮淵說：「你老倒是認我個徒弟，是兒子，是孫子？我好稱呼你老人家。」北俠說：「你可是真心嗎？」馮淵就跪在那裏起誓，說：「過往神祇在上，我要有虛情假意，教我死無葬身之地。」北俠說：「起去罷。」馮淵說：「我倒是稱呼甚麼？」北俠說：「我已然有了義子，我收你為徒弟。」馮淵復又就地給北俠拜了四拜，叫了兩聲「師傅」。北俠答應，教馮淵起去。馮淵答應，樂得是手舞足蹈，說：「師傅，我先獻點功勞，我一打梆子，弓弩手全出來，你可就殺人。可別教箭釘在身上，釘在身上就死。」他在這裏「梆梆梆」一打，一百弓弩手聽見梆子一陣亂響，大家出來。這個更道地溝最窄，並肩佔不下兩個人，只可一個跟著一個走，門兒又矮，出來一個，再出來一個。出來一個殺一個，出來兩個宰一雙，第三的被殺，第四、第五的回去不敢出來了。東西北共殺了九個。南面的聽見馮淵投了降，連一個也沒出來。誰要把著一瞧，弩箭就射。

上頭一陣大亂，是王官雷英、金鞭將盛子川、三手將曹得玉、賽玄壇崔平、小靈官周通、張保、李虎、夏侯雄，帶了些王府的兵丁，辭別了王爺，到此瞧看。進了木板連環，奔沖霄樓末層，進了五行的欄杆，到沖霄樓裏頭，腳蹬著大鐵篦子，往下瞧看。雷英一瞧銅網盡都損壞，跺足捶胸，暗暗的叫苦。按說在沖霄樓鐵篦子上頭，往底下瞅，瞧不見底下的事情，在前文可就表過。再者鐵篦子上四個犄角，單有四個大燈，晝夜不息，故此看得明白。雷英看見馮淵投降，雷英咬牙切齒大罵。底下馮淵聽見，也是破口的大罵。他本是個南邊人，未說話先叫「唔呀唔呀」的，罵道：「唔呀，混帳忘八羔子，吾跟著我師傅，拿你們這些叛逆之賊來了，還不快些下來受縛。」

金鞭將等大家問雷英主意，怎麼辦。雷英說：「略展小計，管教他死無葬身之地。」吩咐兵丁：「先把一百弓弩手撤回，後搬柴運草，拿火把他們燒死，破著這座沖霄樓不要了。」頃刻間，王府柴草甚多，全把柴草運將進來，把軟柴薪在燈上點著，順鐵篦子的窟窿往下一扔。這一下可了不得了，下面人全吃了苦了。這火全衝著頭顱就下來了，個個用手中的刀把拉，連躲帶閃，用腳扒拉，工夫甚大，足下的軟底報鞋全要燒著，大眾亂嚷。馮淵偷著往地溝裏一看，說：「這可好了，他們走了，咱們出地溝罷。」教馮淵帶路。馮淵在前，一個個都跟隨著，奔南邊這個地溝。走到南頭，一看不好了，把大板子蓋上了，這還不算，上頭壓上石頭，弓弩手在上頭坐著。趕著出來，又奔正東，也是不行。照樣四面全繞到了，全是不行。這火就更大了。徐慶嚷道：「死鬼！活著的時候機靈，我們都為你前來報仇，你下陣雨也好哇！」馮淵說：「下陣雨也流不到這裏來。」丁二爺說：「這可好了，他們不往下扔火了，這還有點恩典。他們往下扔生柴火❶呢。」老道說：「更不好了。底下這都是火，扔下來的是生柴火，全勾在一處，一陣風一鼓，大眾全都是焦頭爛面之鬼。」這眼睛全睜不開，盡是黑煙。大眾在此受困，暫且不表。

單說的蔣爺，容他們破網的人走後，拉了柳青一把，兩個人出上院衙，奔王府後身，正遇徐良。蔣爺就說：「怕裏頭人少，我們看一看動作。」徐良也不能管，二人直奔王府後牆躥將下去，繞木板連環，直奔西南。柳爺問：「蔣爺，你們怎麼知道王爺住處？」蔣爺說：「我是聽見魏昌說。」有個月亮門，進月亮門，內有北上房，屋中有燈火，趕奔前來戳窗櫺紙。見王爺在後虎座裏半躺半坐，手中托著一本書，擋住面門，就見露著花白的鬍鬚。兩個王官，面向裏，靠著落地罩花牙子❷站著。教柳青使熏香，拿了堵鼻子的布捲把鼻子堵上，把熏香掏出來，把香點著，將仙鶴嘴截在窗戶窟窿裏頭一拉，仙鶴尾巴緊一拉，屋中香煙都滿了。蔣爺說：「你因為甚麼還不收起來？」柳爺說：「沒熏過去呢。」蔣爺說：

---

❶ 生柴火：沒有乾透的木柴或柴草。

❷ 牙子：口語。指物體周圍雕花的裝飾。這裏特指舊時屋中分隔空間的雕花落地門罩。

「那麼些煙還熏不過去？難道咱們外邊說話他聽不見？」柳爺說：「怎麼不躺下呢？」蔣爺說：「兩個王官靠住擱子了。」柳爺說：「王爺怎麼不扔書？」蔣爺說：「你不用疑心，跟我進去罷。」蔣爺掀簾櫳，就往裏走。柳爺將熏香盒子收了，在後跟著，蔣爺進去，往前一撲抓王爺，把王爺的鬍鬚抓掉了，這才瞧見王爺是假的。傀儡頭，衣帽靴子都是真的。再回頭一看，兩個王官也是如此。原來是雷英的用意，自打長沙府回來，他父親提了蔣爺的事情，不教他保王爺了，從此與他父親反臉，憤憤而出，保定了王爺了，有消息地方加上消息，沒消息地方安上消息。故此蔣爺上當，腳底下「呼喇喇」一響，趕著撤身回來，早就蹬的翻板上了，「噗通噗通」，兩個人墜落下去。原來底下有四個王官，把他們四馬攢蹄捆上。柳青怨恨蔣平，閉目合睛等死。王官拉刀要殺，暫且不表。

且說智爺拉小諸葛出上院衙，直奔王府後身，看看臨近，由樹林躥出一個人來，原是山西雁，說：「智叔父、師叔，你們也是打接應去罷？」智爺說：「你怎麼知道？」回答：「我蔣四叔剛過去。」智爺說：「同著柳爺罷？」回答：「正是。」智爺說：「咱們準是要走到一處。」沈爺說：「不行，他們去也是白去，上不去樓。」徐良要跟著進來，智爺把他攔住。二人奔將進去，直奔木板連環，走「坎為水」，進的「水火既濟」，腳著卍字式，直奔沖霄樓，進五行欄杆，都是沈中元帶路。智爺要掏飛抓百練索，沈爺把他攔住。沈爺奔到柱子後頭，把一尺二寸長的一個大鐵楔子一搬，自然打上頭「呱喇喇」放下一個軟梯來，二人這才上去。到了上面，又把軟梯捲上去。又上三層，也是照樣。往正南上一看，王爺兵丁如螞蟻盤窩一般。智爺說：「咱們不管他們的閑事。」直奔隔扇，連鎖頭都沒鎖，一推就開。晃千里火一照，上面有個懸龕，下面一個佛櫃。晃著火，看著櫃上有古銅五供，櫃面子上有一大道橫縫。

智爺問沈爺：「這裏怎麼有個縫子？」沈爺說：「那是乾裂。」智爺說：「添漆❸的東西哪有乾裂，別有消息罷？」沈爺說：「沒有。」智爺教沈爺巡風，自己躥將上去，將要直奔懸龕的底梁，就從那縫子出來了兩個扁槍頭子，「噗哧」一聲。智爺一摸肚子，「咕咚」摔在樓板亂滾，說：「我的腸子教他們扎出來了，在外搭拉著呢。」沈爺一急進來。原來裏頭有兩個上夜的，一個金槍將王善，一個銀槍將王保，開佛櫃後門躥出來。王善叫：「兄弟殺那個。」沈爺一急，與王善交手，就聽那邊「磕喳」一聲，沈爺就知道智爺被殺。王善一喜，說：「兄弟得了罷？」智爺答言說：「得了，就剩了你哩！我學那古人托陽大戰。」王善沒躲閃開，早被智爺一刀殺死。沈爺問智爺：「怎麼樣？」智爺說：「沒有扎著我，把我百寶皮囊扎了兩個窟窿。」沈爺說：「嚇著了我了。」智爺把百寶皮囊解下來，問沈爺：「還有消息沒有？」沈爺說：「你不必問我，我直不敢說了，要怕有埋伏，我上去罷。」智爺說：「還是我上去罷。你給我巡風。」教沈中元在外邊巡風，仍是智爺上去，細拿千里火一照，躥上佛櫃，拿刀緊剁樓板，把上頭的黃雲緞佛帳用刀削將下來，就看見了盟單匣子。回手把刀插入鞘中，把千里火放在旁邊，伸手一夠盟單夠不著，只可就爬在懸龕的底板上，伸雙手把那個盟單匣子兩邊有兩個銅環用手一揪，「哧」的一聲，從上面掉下一把月牙式的刀來，正在智爺的腰上「噹」的一聲。智爺把雙睛一閉。

智爺生死，破銅網陣，一切各節目，仍有一百餘回，隨後刊刻續套嗣出。先將大節目暫為開載於後：

若問眾英雄脫難，襄陽王逃跑寧夏國；智化盜盟單，因為讓功暗走黑妖狐；專摺本入都，顏大人特旨進京陛見；山西雁追賊；開封府雙行刺，大鬧天齊廟；九尾仙狐路素真出世；小五義朝天見主，見駕

❸添漆：又重新漆過。

封官；北俠特旨出家，大相國寺教刀訓子；慶曆爺丟冠袍帶履，潞安山琵琶峪拿白菊花，拿火[illegible]棍打太歲坊，神鬼鬧家宅；南陽頭盜魚腸劍，二盜魚腸劍，三盜魚腸劍；白沙灘打擂，拿伏地君王東[illegible]亮；劫囚車，鬧法場，開封府丟相印；北俠歸三教寺，收徒弟，救難婦；白菊花行刺；北俠兵破姚家寨；群賊奪陷空島，累死盧方，哭死徐慶；復奪陷空島；五打朝天嶺，三搶天峰山；失潼關，鍾雄掛帥印，搶寧夏國拿獲襄陽王：俱在續套小五義分解。

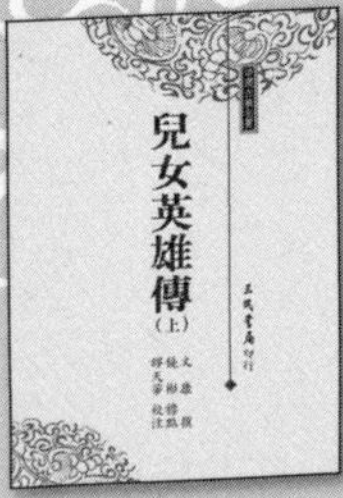

兒女英雄傳

文康／撰　饒彬／標點　繆天華／校注

《兒女英雄傳》是平話體的小說，作者摹擬說書人口吻來寫，使得小說中的對話特別流利、漂亮。內容旨在揄揚勇俠，讚美粗豪，以智勇兼具的十三妹為主角，前段行俠仗義，英姿煥發；後嫁為人婦，顯出其兒女情態，英雄與兒女之概，備於一身。而書中更可見當時的官場與科舉文化，是一部難得的俠義寫實小說。

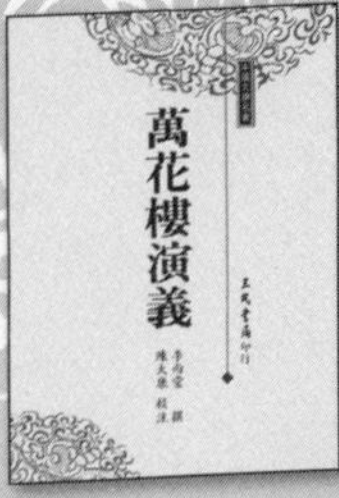

萬花樓演義

李雨堂／撰　陳大康／校注

《萬花樓演義》以英雄狄青從出身到發跡的傳奇經歷為主線，穿插包公查明狸貓換太子案、朝廷顯貴圖謀龍馬、龐孫奸黨謀害忠良等精彩故事，人物形象鮮明、情節緊湊、高潮迭起，每每令人欲罷不能、拍案叫絕。

海公大紅袍全傳

清・無名氏／撰　楊同甫／校注　葉經柱／校閱

海瑞是明朝一位正直不阿的清官，嫉惡如仇，執法嚴明，並銳意興利除弊，因此深為百姓愛戴。本以他的一生為經，以他揭露嚴嵩等奸黨惡行為緯，生動刻劃他清廉自守、除暴安良的品格和言行，了當時政治、社會的腐敗黑暗面。情節極富戲劇性，引人入勝，是著名的公案小說之一。